女帝本色

③本无心（上）

天下归元 著

青岛出版社
QINGDAO PUBLISHING HOUSE

图书在版编目（CIP）数据

女帝本色. 3，本无心 / 天下归元著. — 青岛：青岛出版社，2018.1

ISBN 978-7-5552-4638-1

Ⅰ. ①女… Ⅱ. ①天… Ⅲ. ①长篇小说—中国—当代 Ⅳ. ①I247.5

中国版本图书馆CIP数据核字（2016）第224265号

书　　名　女帝本色3本无心

著　　者　天下归元

出版发行　青岛出版社

社　　址　青岛市海尔路182号（266061）

本社网址　http://www.qdpub.com

邮购电话　010-85787680-8015　13335059110

　　　　　0532-85814750（传真）　0532-68068026

责任编辑　郭林祥

责任校对　耿道川

特约编辑　李文峰

装帧设计　苏　涛

照　　排　梁　霞

印　　刷　三河市良远印务有限公司

出版日期　2018年1月第1版　2022年3月第2次印刷

开　　本　16开（700mm×980mm）

印　　张　37.5

字　　数　600千

书　　号　ISBN 978-7-5552-4638-1

定　　价　65.00元

编校印装质量、盗版监督服务电话　4006532017　0532-68068638

建议陈列类别:畅销·古代言情

目录【上册】

目录【下册】

第五十四章　又一场醉

景横波撒酒疯那一刻，整个玳瑁，乃至更遥远的地方，一样不平静。

世外有仙山，山在虚无缥缈间。

山顶终年覆盖着皑皑积雪，远远望去一片洁白连接着湛蓝的天，雪光在霞光下光芒闪烁，干净而神圣。

雪山周围十里无人烟，十里之外有村落，村落里的人，在天气晴好的时候，登高远望，能够看见雪山之上时不时飘出的白色烟气和人影。

他们认为那是神仙。吸云霞，吐霓虹，操纵天地之气的神仙。凡人不可冲撞，否则必遭横祸。

这样说是有来由的。十年前，曾有人贪图山中的猎物，入山打猎，有去无回。也有一些远道而来的游侠儿，听闻山中有仙，或不信，或向往，不顾阻拦入山一探究竟，同样一去不归。

时日久了，传说就成了事实，此地就成了禁地。村民们认为，那不是仙的话，什么是仙？他们不涉红尘，这么多年就没人见过山中仙人；他们高来高去，有时候能看见人影如烟气一闪，倏忽不见。除了仙人，平常人哪能这样呢。

村民们时常仰望仙山，想着那最高级、最法力通神的仙人，一定住在山的最高处，每日只食云霞，沐浴天光。

山的最高处。

终年不化的积雪，没过人膝，确实有无数人影在雪地上游动，那些人都穿着厚厚的白锦衣服，手执带着倒刺的长鞭，在空无一人的积雪之上游走，看上去是在巡视。

一群同样装扮的人从山的一侧上来，每个人手里拎着一个筐子，山上巡视的人迎上去，数了数数目，不满地道："怎么人越来越少？"

"不容易搞啊。"山下上来的人道，"弃婴、残缺儿、被拐带的孩子以及大户人家被主母弃了的妾生子，能搜罗的都搜罗来了。一些贫户养不了的孩子，也花了点钱弄来了。大荒条件恶劣，生育不繁，哪里经得起咱们这样一批批地搜罗。"

"不行就去周边的小国试试。"山上巡视的人取过一个筐子，筐子里有一个婴儿，不过半周模样，小脸冻得通红，不知怎的却不哭，乌亮的眼睛盯着陌生的脸孔，看上去很是可爱。

那男子却像看一块石头一般，漠然看了一眼，三两下扒掉婴儿的衣服，随手往雪地里一抛。

婴儿的哭声尚未响起就被积雪覆盖，那一片雪陷下去尺许，旁边的一片雪微微动了动，那巡视者唰的一鞭子便抽了下去："不许乱动！"

砰的一声闷响，雪花四溅，雪地上隐隐现出一抹长长的血痕，很快又被四周涌来的积雪覆盖。

那片雪地安静了。

周围的人好像没看见这一幕，各自快手快脚地将自己筐子里的婴儿剥光，扔进了雪地里。

有的婴儿发出响亮的哭声，有的哼哼唧唧但随即声音便被湮灭，有的连声音都发不出。

那最先说话的巡视者，不太满意地看着，哼了一声道："越来越差！"

山下送婴儿上来的人，便像犯了错一样低着头，知道这一趟辛苦的差事，能受到的奖赏便有限了。

巡视者对他挥了挥手："下去领赏吧。也许下次会给你换个任务。"

送婴儿上山的人下去了。

巡视者看了看时辰，道："半个时辰后扒出来。"

"是。"

巡视者继续拎着鞭子巡视，他和同伴走在雪地上，轻飘飘不留痕迹，看见脚下的雪地稍有异动，便啪的一鞭子甩下去。

雪地平静了，他走到雪地尽头，那边是一片山崖。

"上一批的时辰到了。"他道。

属下扒开雪堆，拖出一些僵硬的躯体来。大多是三四岁的童子，衣裳单薄的身躯僵硬发青，已经在雪下冻死。

他用鞭子如同拨猪肉一般细细地拨过去，偶有发现一个气息尚存的，便道："送到后山。"

一批孩子看完，只有两个还活着，他叹息一声，摇了摇头，又是一声"一年不如一年"。

处理完这批，他稍稍往下，一段山路之后，有一小段瀑布，瀑布下坐着十几个七八岁的孩子，夹着无数细碎冰晶的水流，就那样无遮无拦地冲到他们头上。

孩子们浑身发青，瑟瑟发抖，在冰冷的圆石之上努力盘坐，要熬住头顶的冰水连贯冲击，还不能滑下满是碎冰的圆石。

瀑布中冰晶随机生成，有的大有的小，有的尖锐有的圆润。小的圆润的，砸在头上不过是个包，遇上大的尖锐的，也许就是刺穿天灵盖的结局。

在这里，不仅需要能力，还需要运气。

巡视者到的时候，瀑布中正顺流而下一支大冰凌，落在了一个孩子的头上，那孩子哎哟一声，头顶血花一溅，身子一倾，滑下圆石。

他落下时徒劳地伸出冻得铁青的小胳膊，似乎在祈求一双救援的手。

然而没有人救他，同伴们咬紧牙关在和自己的命运对抗，巡视者冷冷地抱着双臂，眼神如见一只懦弱的鹿被命运的箭射穿。

失败者无权要求救赎。

这是雪山的铁例。

那孩子轻弱的小身体翻了下去，卷入滚滚冰流。瀑布之下就是一条沟渠，跌落的孩子会被卷入山中暗洞，在深水中腐烂，永不见天日。

冰流红了一霎，随即又恢复了清澈，这水流动不休，再多的血也染不红。

其余孩子目睹同伴的结局，大多面无表情，继续稳坐。

不坐稳，下一个就是自己。

巡视者继续向前走。

前面是一段暗洞，一进去就能感觉到和外面截然不同的温度——火热，似里头点燃了无数熔炉。

在冰流瀑布下挨过三天，立刻来到这里，冷热交加之下，体质稍弱的立刻便会倒下。

不倒的，则进入暗洞中的小洞。暗洞两侧都是这样的小洞，每个洞都散发着暗红的光，似炼狱，似地火，令人见了心中瘆得慌。

然而他们不能犹豫，必须立即走进去。

走进那些小洞，也有玄机，有的是真的天火洞，一进去就被焚化为灰；有的却是可以锤炼身体的血玉髓洞，虽然身受苦痛，却能有所助益；还有更为高级的火源功洞，可炼体，可补气，可学洞壁上的高深心法。

走进不同的洞，便是不同的结局。但这里需要的不是运气，而是智慧。

在进洞之初，便会有一些线索和暗示，指引洞的选择。但没有人会提示你，只凭你自己的悟性和智慧发现。

多少孩子熬过了雪地龟息，熬过了冰流瀑布，进入这洞中，感觉到久违的温暖，信了引路者“每个洞都有大造化”的话，急急寻个洞取暖，就此葬送性命。

只有最细心、最审慎、最聪慧的孩子，才能过这一关。

巡视者自洞中唯一的安全道上走过，落足声空洞而悠远，四周很多洞里都有人，他看见有个孩子进入了天火洞。

他微微地，微带恶意地笑着。

几乎是刹那，黑暗中红光一闪，一蓬灰嘭地弹了出来，散落在他的衣上和脚下。

那个孩子连一声惨呼都没有，瞬间就被从世上抹去。他的家人也许还以为他在某处享福，不知道自己的孩子早已入了地狱轮回。

巡视者撇了撇嘴，骂了一声“蠢蛋”，漫不经心地掸掉袖上的骨灰，踩着那些灰步向洞外。

他很喜欢这截巡视路，温暖、安全、不费事，不需要用鞭子抽那些在雪下忍不住动弹的孩子，也不会被瀑布里的冰锥割伤手和脸。洞里的天火可以帮他解决一切。

脚下声音沙沙的，好多灰白的灰，他走得很舒服。

身后有惨叫声，那是在血玉髓洞里，受熬骨换皮之苦的人在号叫，滚热的血玉髓会贴着他们的肌骨，一遍遍淘洗他们的筋骨。凄厉的惨叫声撞击在厚厚的洞壁上，满洞都是令人恐惧的回声。

伴随着红光猛闪，骨灰不断飞出，仿若地狱。

他却觉得很亲切。

这里活着的每一个人，都是这么过来的，他习惯了。甚至因此，他看见那些傻傻入天火洞的，还会有智商上的优越感。

他看见前方一点天光，要出洞了，于是赶紧竖起衣领——外面会很冷。

出了洞，是一个冰湖。老远就能看见冰湖如镜，尺许长的冰凌如剑如树在侧。

冰湖里也有人，一些赤裸着上身的十来岁少年，在冰湖之上对战。

他们赤足，持剑，剑光如冰凌一般冷寒，招招都往对手的要害招呼。

因为两个人之中，只能活一个。

那些少年脸上，大多有冰珠在反光——那是凝结的泪珠。

能活到现在，活着到这里，和同伴已经相处多年。而且冰湖对战，主持的人会特意选交情最好的两个比剑。

绝情忍性，才能为人所不能为。

巡视者站定，抱臂津津有味地欣赏着比剑。冰湖上有很多深红的痕迹，有粗有细，细的是脚底摩擦粗粝的冰面留下的血痕，粗的，自然是拖曳人体留下的。

一对少年正比到他面前，两人一高一矮，出手都很轻捷，最初的痛苦已经过去，现在彼此脸上都是稚嫩的凶狠，看着越发令人心惊。

巡视者忽然有些恍惚，似回到了多年前，也是蒙蒙飞雪，如镜冰湖，周天寒彻。

有一对少年在比剑，也是一高一矮，两人脸上的泪珠，噼里啪啦地坠落在湖面上，清脆。

……眼前的少年中，个子高的猛地一剑，角度刁钻，从肋下直取对方小腹。

当年的矮个子少年，猛地一剑，直取对方眉心。

……眼前的矮个子少年猛地一个铁板桥，后背着地，剑从脚尖飞起。

当年的高个子少年，忽然一剑从肘下飞起，直奔矮个子少年心口。

……眼前的高个子少年踉跄后退，脚底一滑，落到冰湖边缘，背后冰树锋锐如刺，他撞了上去，一声惨呼，冰刺从他胸口穿出。

当年的矮个子少年，踉跄后退，眼看剑将刺入胸口，高个子少年却忽然收手，剑落。

当年的高个子少年伸手去搀矮个子少年。

当年的矮个子少年仰头看向高个子少年。

忽然一剑飞来，钉入当年的高个子少年的胸口，血花飞溅里有洪亮的声音沉声道："弃剑手软者，处死！"

那寒冷彻骨的声音，钉入当年的矮个子少年心的冰湖深处，永不融化。

……

冰树上，高个子少年的尸体高高挂着，矮个子少年怔怔地盯着他，脸上的表情似乎是想哭，但他不敢哭，泪如果真流了下来，他便过不了最后一关，成不了记名弟子。

巡视者第一次，慢慢抱起了双臂，似乎终于感觉到了寒冷。

当年那个矮个子少年，也没有哭，他捡起了剑，默默回头，走进半山的小树林里，在那里成为一名记名弟子，再经过三年磨炼，成为正式弟子、外堂管事、内堂管事，直到今天。

当年那个矮个子少年，便是他。

当年那因为弃剑被杀的高个子少年，是他的孪生哥哥。

……

巡视者忽然不想再巡视下去了，之后的事，也用不着他多管。

和别人的想象不同，雪山不是越往上越见高人，相反，山顶是第一关，能下山的，才有活路。

他站在半山上，遥遥看着山脚，快要靠近山脚的地方，有一座小木屋，那里，是外门弟子走向内门的必经通道。

只有进入内门，才真正算是宗门的人，宗门会为其承担一切生死要务。

想到当年走进那小屋子所经受的一切，漠然的他也禁不住激灵灵打了个寒战。

体内某个要紧的地方开始痛起来，提醒他“绝情忍性”的真义。

他站在那里，深深吸了一口气，气沉丹田，慢慢往下，往下……

真气在体内沉到一定程度，随即便是一阵剧烈的刺痛，他知道，到了。

在那里，属于男人的最重要位置，有一根针。

断性，锁阳。

他又吸了一口气，以真气将感觉到的那根针，慢慢往上拔。

在这寒冷地域，他脸色涨红，浑身颤抖，额头渗出滚滚的汗，汗珠噼里啪啦坠落地面，融入雪堆不见。

五官因剧痛纠结在一起，近乎狰狞，他忽然吐出一口长气，踉跄地向后退。

背靠在冰面上，他瑟瑟颤抖了好一会儿，才平复下来。

用真气再次查探了一下，他发现，那针上移了大概一粒米粒的距离。

这让他有点高兴，觉得这次进展迅速——以往只能移动一根头发丝的距离。

离将这根针拔出要害部位还很远，但他相信，有生之年总有希望做到。

这个方法，是他付出了极大代价，才从门中的老人那里得来的。拔针极不容易，因为很难控制针的轨迹，很容易刺伤内脏。据说门中很多暴毙的人，都是因为悄悄拔针没有成功。

针是无法完全拔出体内的，时日久了牵扯着要害，剥离不开。所有偷偷拔针的人，都只是希望将针移到别的不要紧的部位，总比堵在那里日夜痛苦要好。

有没有人成功？他不知道。他希望自己是一个。

他靠着冰壁，好一阵才平复了体内的剧痛。每一次拔针都如酷刑，让他们这些历遍苦痛的宗门中人，都觉得难以忍受。

他觉得能将这针完全转移的人，一定是这世上最强悍、最坚忍、最不可动摇的男子。

他开始再次向山上走，循环走过的路。走回去的时候，他忽然想起雪山史上第一次真正意义上走下山的那个人。

他不仅下到雪山的山脚，甚至走出了山脚，走向更遥远的大荒。

他是宗门的禁忌，不可提起，他当年单剑独行的身影，阴影般覆盖在宗门所有人心头。骄傲的宗门，因他深受百年来未有之耻辱，至今宗门上下，对于此事都讳莫如深。

他想起自己那被一剑穿心的兄长，心中微微叹息。

他人有他人的命，我们都是平庸的人，只能服从于森严的命运。

不过，他有没有成功呢？

……

他走到山上，正好半个时辰，手下将那些新上山的婴儿从雪地里扒了出来，正在一个个测试呼吸。

都已经死去。

他很失望，又叹："一年不如一年！"

……

雪山上有四季分布，山顶是冬，而山脚是春。

这里的湖水很清澈，草地如毯，花并没有开在花园里，盛放得到处都是，冬天的和春天的花，都挤挤挨挨开在一起，让人在对山顶的仙气敬慕的同时，又禁不住疑惑，这里或许才是真正的仙地。

花丛里还有很多白狐狸，多到让人觉得，是不是全大荒的白狐狸都被养在了这里。那些狐狸被圈养久了，个个显得温柔娇憨，翘起的雪白大尾巴掩住乌黑的眼珠，在花丛中轻盈跃过，如一蓬蓬软云，覆盖在草地上。

草地上有雪白的裙裾，裙裾被风吹起，蒲公英一般悠悠散开，和山顶的紧张肃杀比起来，这里的气氛悠然自在。

裙裾的对面，有许多双并拢的靴子，一个个禀报事务的姿态。

事情汇报已经告一段落，所有人都在等待裁决。

裙裾上落了一片深紫的花叶，一双雪白的手伸了过来，细细将花叶拈去，似乎这比这些人的等待回复要重要得多。

一只狐狸爱娇地蹭在她的手边，她摸了摸它的头。

"记名弟子失踪？"

"是。"有人恭敬地答，"已经又派了一位外门弟子，前往玳瑁。"

"记名弟子在何处失踪？"

"七峰山。"回话的人小心翼翼地道，"连同带去的所有从属……"

抚摸狐狸的手一顿，但随即恢复了从容，那狐狸却似忽然受惊，尖嘶一声向外蹿出，头顶上一簇深紫的花，簌簌碎了很多花叶。

她静看狐狸逃走，手指毫无烟火气地一弹。

半空中的狐狸身子一顿，随即坠下，落入深紫的花丛下，那里不知何时多了一个坑，狐狸堕入坑中。

风将泥土掩起，明年那花定然开得更美。

“死便死了吧。”她更加没有烟火气地道，“慕容，你这事办得不太妥当。”

一个中年男子微微躬身：“是，稍后属下便前往刑堂领罚。”

她淡淡地嗯了一声，忽然又道：“药坛那事办得怎么样了？”

“维持住了，暂时没有人死亡，但……不排除还是有可能会死。”

“不是说已经从沉棺骨殖上寻找到解决方法了吗？”

“但又发现了其余毒素。”

“我们没必要救那家人的性命，但他们的武功和我们同源，他们所遭受的反噬，将来便可能是我们的遭遇。告诉药坛多用心，需要人手随时增派。”

“是。”

“没有恶化也是喜讯。传信给他，让他加紧了。”提到这个“他”，她语气微微沉郁。

“是。”答话的人更加小心。

“他最近还在帝歌？”

“是，听说他限制了女王的权柄，应该已经有所打算……”

“不要说应该。”她打断。

众人噤声。半晌，有人轻声道：“他会的。我们履行了保护职责，他应感恩。”

“南宫，”她没什么表情地道，“这么虚伪的话，就不用说了。”

又是一阵沉默。

“最近山下有什么变化？”半晌，她似乎很随意地问出一句。

她问得随意，别人却不敢答得随意，立即有人道：“无事。只是……”

“有后续，就不要说无事。”

“是。”那人低下头，觉得今日她似乎心情不好，“有一点不顺。寻找优秀根骨孩子越来越难，连弃婴也很少能找到。下山办理此事的管事，行事也不如当初顺利。”

“原因何在？”

“靠近我们的沉铁翡翠部，和姬国、蒙国，最近都出现了一个‘乐善堂’，专门收留弃婴和无家可归的少年。据说是来自商国的大富商所为，本意不过是行善，却影响了天门的计划。正想请夫人代为请示宗主，是否要对该堂实施制裁。”

“管事们可有异常？此人行事可有故意针对我等之处？”

“管事们的忠诚无可挑剔。至于那富商有无针对——不管他针不针对，他影响了天门宗门延续大计，就是死罪。”

众人纷纷点头，深以为然。

“忽然出现的乐善堂，”女子说话从无沉吟和犹豫之色，思考也像是在下决定，“命专人予以观察，若有不轨，立即铲除。”

“是。”

她站起身，其余人都退后一步，都知道这便是谈话结束了。

雪白的裙裾拂过紫色的花丛，落了一裙的紫云英花瓣，花瓣随着她的步伐轻轻跃动，几个翻落之间，化为一片蒙蒙紫雾不见。

她的自然花园里，什么颜色的花都有，但她永远只在紫色的花下停留。

眼看她将转过拐角，那先前被称为慕容的男子忽然扬声道：“敢问夫人，宗主近日可好？宗主神功大成之期已近，我等当早日备礼，为宗主贺。”

这两句话有点怪异，听来毫无关联。

四周依旧无声，气氛却忽然肃杀了些，满园紫云英簌簌落得更快。

她停也不停，头也不回：“宗主一切安好，你们准备着就是。”

她的身影冉冉消失于花丛深处，所有人都长嘘一口气，缓缓抬起头来。

有人默然，有人冷笑，有人目光闪动。

满园的狐狸惊惶地四处飞窜，不时有一只白狐无声地倒地死去。

天光在雪光的反射下亮到逼人，这里繁花似锦，祥和如仙境。

……

她走入一座外表简朴的小木屋，推开门，向里走，再向里走。

一路向下，再向下。

她步伐缓缓轻轻，却毫不停留。

在道路的尽头，她站定。

这里依旧是普通人家装饰，有床有桌有窗，甚至有厨房和净房，看上去像是最普通的夫妻睡房。只是窗里永远透不进太阳的光线，头顶木板缝隙里暗藏的夜明珠代替了灯火。

床上的百子戏花帐看起来竟有几分俗气，这种民间夫妻用来求子的帐子，挂在这里，充满一种格格不入的感觉。

帐子内，隐约似有人影。

她随意地卸掉披风，如同所有回到家中的妻子：“我回来了。”

没有回音。

她在桌边坐下，给自己倒了一杯茶，捧在手中，道：“你渴不渴，想不想喝？”

没有回音。

她自顾自喝了几口，捧着空杯出了一会儿神，道：“今天慕容问你了，你想不想见他？”

没有回音。

她点了点头，道：“好吧，不见就不见。哦，对了，”她好像忽然想起来般，道，“差点忘记告诉你，今天我惩罚了慕容。”

没有回音。

“哦，你问什么事？”她淡淡地道，“当然是办事不力。虽然他是你弟弟，但门规就是门规，亲弟弟也得按规矩来，是不是？”

没有回音。

她忽然笑起来：“你责得对。是，我是在假公济私，我故意的，我就是故意处罚慕容，怎样？”

她将茶杯一搁，站起身来，快步走到床边，稍稍撩开帘子，有点激烈，但语气依旧平静地道：“对，我不喜欢慕容。他是我们的亲戚，很亲近的血缘关系，但我永远不能忘记……”她顿了顿，“……因为他，我们失去了我们的孩子。”

床上依旧毫无声息。

她撩开帐子，爬进去，双手捧住了里面那人的脸，哀伤地道：“我们唯一的孩子因为他没了，你要我如何喜欢他？”

她的身子忽然一顿，似听见什么诛心之语，半晌，声音终于激烈地响起：“你说我根本不是在意孩子？你说我只是在找借口？嗯？你就这么不相信你的妻子，护着你的弟弟？”

帐子内毫无动静。

她猛地向前一冲，将帐内的人扑倒，一阵沉闷的声音响起，似是有人在捶打床板，帐子一阵震动，稍稍露出的缝隙慢慢合拢，隐约露出一抹雪白的长发。

床板依旧在轻轻震动，隐约夹杂着暧昧的喘息，喘息的间歇，她的声音断断续续地飘出：“……我要去传信给……我不信我找不到他……他还活着……他一定还活着……这无上宗门，未来基业，都是他的……他怎么可以不活着！”

……

雪山的冰风，吹不到黑暗的玳瑁。

上元城附近的一座庄园，在玳瑁独有的微微发灰的迷雾中矗立。

附近的村民都知道，这是属于一位翡翠部贵人的地产，这贵人很少过来，平常庄园都空着。

此时庄园也是一片黑沉沉的，似乎没有人，只有眼力极好的人才能注意到，庄园深处闪烁着一点灯火。

那点灯火擎在一个中年汉子手里，他正就着灯火，细细看一部有些古旧的册子，看了半晌，忍不住摇头惊叹：“果然不愧是世外宗门！随随便便拿出来的东西，就如此惊人！”

他对面坐着一位衣裳朴素的男子，气质干净，眼神却幽邃。那男子微微摇了摇头，道：“大哥，他们给的东西，我劝你不要随便学。”

“为什么？”十三太保中的大太保屈少宏，有点恋恋不舍地放下手中的剑谱。

这里对外称是一位翡翠部贵族的私产，其实却是十三太保的诸多隐秘私产之一，十三太保多年来，在玳瑁诸势力中居于末位，但很少有人知道，他们的私产在玳瑁可称第一，只是很多私产都记在了别人名下而已。

这是二太保简之卓的意思，他崇尚韬光养晦，一击必杀。

“这种宗门的筑基方式，和别家不同，”简之卓道，“一般都极为残酷。尤其天门清心寡欲如此，肯定有绝情忍性的独家修炼法门。你我这种基础不够、需要在红尘中打滚的凡人，还是不要逞能练他们的心法为好，小心走火入魔。”

“你说得也对。”屈少宏立即有点不安地将册子拿开，“看那天门弟子的冷漠，就不像什么有情有义的人，只是帮了一个小忙，就给出这样的谢礼，也未必就怀了好意。”

他想了想，又道：“你说天门这种世外宗门，从来不涉人间烟火的，怎么会忽然派人下山，寻一个普通江湖势力的麻烦？”

简之卓笑了笑，晃动的烛光里，他的笑容不可捉摸。

“难道你……”屈少宏看着他的笑容，似忽然明白了什么，“你在借刀杀人！”

“大哥，小心隔墙有耳。”简之卓笑容温淡。

屈少宏闭上嘴，目光炯炯地盯着他。简之卓被他盯得有点无可奈何，轻声道：“天门要找的是耶律祁，说耶律祁侵犯了他们的尊严，必须惩处。但天门的人，可没见过耶律祁。”

“所以你把目标指向了影阁的穆先生，让天门的人误以为穆先生是耶律祁？但天门的人发现不对怎么办？还有你为什么对影阁这么重视，一定要先除去影阁？把目标转移到凌霄门不好吗？凌霄门欺压我们很久了。”

“天门要面子，不肯明说要找耶律祁，只指出了一个特征，而我也只是说，影阁的穆先生似乎有点像天门要找的人。我并没有肯定，天门自己找过去的，如果不对，与我何干？”简之卓笑得温和又狡黠，“至于指向影阁，而不是更为势大的三门四盟，我觉得是因为，和三门四盟相比，这个不显山不露水的影阁，才是我们将来最需要小心的对手。”

“真的？”屈少宏神情有点难以置信。

“我们隐忍多年，甘心在玳瑁江湖势力中居于末位，绝不允许在关键时刻，冒出一个新势力，来和我们争夺最后的胜利果实。”简之卓淡淡地道，“有没有天门，我都会动手，早迟而已。”

“不对啊！”屈少宏忽然想起什么，惊道，“穆先生不是在玉楼泡汤池的时候，被雷生雨背叛重伤，下落不明吗？罗刹门护送的，你不是说是女王手下的英白吗？你把天门的人，指向英白那一行人做什么？”

“谁说罗刹门那批人，护送的是英白？”简之卓讥讽地笑。

“什么意思？”

“别忘了，打听来的消息是说，女王和我们接头，被人围攻，英白因此失散。真相如何我们自己清楚，十三太保从来没有和女王接头过，有人在散布假消息，将矛头引向我们。所以接头是假，围攻是假，英白也是假。这时候需要护送的人是谁？只有重伤被属下背叛追杀的穆先生！”

“原来如此……”

“所以……”简之卓笑得淡而肃杀，眼底闪动着淡淡的恶意，“有人把祸水引向我们，我们自然也可以引回去。女王陛下、穆先生，等着接九重天门的招吧！”

……

景横波又喝醉了。

许是这杀戮战场，四面刺客中喝酒论风云，有种别样的刺激；许是这茴香豆和牛肉的战争，别有意趣，牵动了她的注意力；许是这穆先生，有种让人不知不觉中放下心防的能力；又许是玳瑁的局势过于让她关注，反正莫名其妙的，她又醉了。

她有个毛病，醉了就喜欢运动，喜欢又蹦又跳大喊大叫，发泄到累了之后倒头睡觉。

她倒还知道，不能冲到战场上出手。第一，反正有人挡刀，何必便宜他们；第二，她晚上恢复了本来容貌，一露面就露馅了。

王进等人还在拼杀，还在庆幸那个猎户的女儿倒是乖巧，晓得自己躲在马车里死活不出来，至于那些接近马车就倒霉的刺客，王进自然以为是英白出的手，心中对这位女王座下大将的战斗力更增几分佩服。

景横波抬头看看车顶，车顶在转，低头看看地面，地面也在转，四面都转得人发晕，似乎这逼仄的空间，要将人挤到喘不过气来。

她决定跑远点透透气，一个闪身，出了马车，已经在远离战场的一处山坡下。

背后忽然多了一个人，趴在她背上，她傻傻地回头：“咦，你怎么也在这里？”

她背上，穆先生笑得又羞涩又无邪：“你背我出来的啊，你说带我出来看看夜景。”

“啊？”景横波捧着头，想了半天，似乎是有这么回事，“哦……”

“我们要看夜景。”他提醒她，“你这样挡住我，我看不见。”

“哦。”她站起身，背着他。

背着他的时候，她心中忽然流过奇怪的感觉——她觉得这一幕，似乎，也许，好像，发生过？

喝醉酒背人……

有哪里像，又有哪里不像。

喝醉酒的脑筋总是打结的，她梳理不开，只得摇摇晃晃地背着他东转西转看星星。

“你看，星星好亮！”

他抬头看了看天上，今夜的天色并不算好，除了西北方向永远的霾云之外，头顶只有几颗暗淡的星，在云层缝隙里很没存在感地明灭。

“是啊，好亮。”

她在的地方，无星光也生亮。

“你看，月亮好美！”

云层偶尔移动，露出一抹月色，模模糊糊的，还染着斑驳的红，像不洁的血帕。

“是啊，很美。”

他盯着她的耳垂，洁白圆润，似有玉色和月光色。

“你看，三个飞着的人！”她雀跃地指着天上，挥手大声喊，“小透视！男人婆！蛋糕妹！别跑！姐在这里！在这里！”

他皱眉抬头看天，天上当然没有人，只有流星飞过，刹那划过天际。

他在这一霎闭目合手，忽然想许个愿。

大荒传说里，对流星许愿，可得上天垂怜。

第五十五章 同心

他从不信这些，然而此刻，他想虔诚地求一回老天。

他的手才合上，就被那喝醉酒的家伙大力拉开，她的嚷声简直可以刺破他的耳膜：“干吗睡觉？干吗睡觉？快看啊！小透视！男人婆！蛋糕妹！”

“是的，小透视，男人婆，蛋糕妹，我看见了，挺亮。”他温声哄她，皱着眉，不大明白这些怪模怪样的名字指谁，听起来像外号，女人的外号。

她的姐妹？

“小透视！”景横波对着一闪而过的流星，拼命地蹦跳挥手，“你晓不晓得，姐要称霸大荒啦！姐做女王啦！姐从天而降，万众膜拜，走到哪儿都桃花朵朵开啦！你快来和姐学一学……”

他拉下她的手，她执拗地又举上去，第二颗流星闪过，特别亮，似呼啸的剑，猛地插过到了山那边。

“男人婆！”景横波喊声更高，“嘎嘎嘎，姐做女王啦！姐称霸大荒啦！姐现在是你们当中的第一啦！你服不服气？服不服气？快过来喊一声‘女王陛下’，我就赏你一万打美男！你就不用发愁嫁不出去啦，哈哈哈哈……”

“一万打美男是多少？”他在她身后静静地问她。

“一万乘以十二啦。”她嘚瑟地大笑，“十二万啊，哈哈哈哈，男人婆，你要不要感谢我？”

他默默算了下大荒的男人总数……

“小蛋糕！”她忽然惊喜地叫了一声。

他抬头看，就看见一抹流星躲躲闪闪地从天际越过。

“哈哈哈，就知道是你！”她指着那看起来鬼鬼祟祟的流星，笑得前仰后合，“德行！

永远这么贼！喂，你去哪旮旯啦？告诉你，姐做女王啦！姐有御厨啦！以后再也不用求你做菜抢你的菜啦，以后你就没的嘚瑟啦！你到哪里去？你来大荒啊，我允许你拜我的御厨为师，将来给你一个做蛋糕的机会，哈哈哈哈……”

旷野风过，呼啸若哭，将她的笑声吹散，荒烟蔓草里，到处散落着她的笑，放肆涤荡，没完没了，听着让人以为，这人一定是无忧无虑地过这一生，未经任何雨横风狂，如温室花朵般被娇养长大。

他不再仰头，若有所思，轻轻用手捂住了她的脖子——她的衣领在一阵蹦跳中，不知何时又绽开了。

那一大片流星，簌簌如无数白色的细线，划裂这深青色的天空，在天涯的另一头消失。

“你们别走，别走啊……”她还在笑，挥手追着那星光跑，似要伸手挽住那流失的一切。

她的笑声不知何时，变成了呜咽。

“小透视，你别走，你停下来帮我看一看……看一看这些没良心的人，他们的心有多黑……给我看看他，看看他的心是什么做的，金刚石？大理石？花岗石……”

他伸手去抚摸她头发的手顿住，在半空中悬了一阵子，慢慢落下来，落在胸口。

胸口，衣裳之下有假皮，假皮之下有……

一丝裂痕在体表，在内心，在长久煎熬的岁月里，在一次次相遇中，被有心无心地撕裂。

痛到极处便是麻木，不如眼前这人可以痛快地哭。

“男人婆，你别走……”她蹦累了，嘚瑟累了，跪在地上，抠紧冰冷的枯草，“姐不嘚瑟了，姐也不嘲笑你了，姐告诉你姐其实没那么好过……你笑我也没关系，你来给我复原，帮我复原到一开始，不，复原到研究所，我们回去，不做女王，什么都不做，什么都不要遇见……或者你来复原我，我要做原来那个景横波……”

她宁愿不要遇见。

她宁愿回归最初。

最初的自己，明亮天真，不懂这世间的爱与恨，不背负这路上的血与刃。

他身子微微一颤，向后滑退，跪坐于冰冷的地面。

一抹血痕，无声无息中点染在唇角，他抬手轻轻抹去。

这世上钻心之痛，莫过于，深爱的那个人，宁愿将你忘掉。

莫过于，她在你身前痛哭，你只能在背后沉默，给不了她温暖的正面怀抱。

……

最后一抹星光将消散。

她伸手抓握，握不住这秋夜冷寂的风。

“小蛋糕！你回来！”她爬着追了几步，伸手徒劳地空中抓挠，那缕星光从她指缝中漏去。

“回来帮我瞧清楚，这大荒到底有多少咱们看不清的东西，看清楚回去的路，咱们一起回去好不好？一起回去好不好？”

她身体渐渐伏低，靠着那冰冷的土地，喉间声音破碎，不知是歌还是哭，黧黑的泥土上草根寸寸碎裂，露出一截截惨白的根。

这一路隐忍，一腔心事，一抔咽下很久的热血，压在心底最深处，用嬉笑来掩盖，直到这一日被冷酒燃着，冲胸而出，借着这满天星火，呐喊在宇宙尽头。

一双手伸了过来，轻轻拉了拉她，拉不起也便算了，手摸索着垫在了她的脸下，以免她的脸被地上的细石磨伤。

一刹那横流的热泪，便湿透了他的手掌。

那些滚烫的液体流过手掌的一霎，他浑身颤了颤，如被热流灼伤。

长空幽冥，星云飞动，苍穹之下，旷野荒草丛中，他用身体，轻轻覆盖住了跪坐的她。

便挡这四面八方的冷风一刻，也好。

便背对着相拥这一刻，也好。

他和她坐拥天下，走在峰巅，却走不进人生的圆满，尝不得红尘幸福的平凡。

她贴着那双温暖的手掌，便似心寻着归处，内心压抑已久的情绪都化为眼底滔滔的液体，流过手掌，流过袖口，流过他紧紧贴着她的脸垂落的乌发。

那些被泪水沾湿的乌黑的发，渐渐褪去颜色，现一抹月色般的银白。

她偶然一侧脸，似乎看见，不禁一怔，停了哭泣，大声抽噎几声，伸手捞了他的发来看。

他忽然惊觉，身子一直，发从她的指间溜走。

她坐直，双手撑地，呆滞而疲倦地盯着地面，脑子里一片空白。

他也坐直，一侧身，指间薄刃寒光一闪，那抹银白的发梢齐齐截落，风一吹，散在天地间不见。

此时她正转身，他指间薄刃已经收起，一双眼睛乌黑而坦荡地迎着她。

她的目光落在他整齐的黑发上，微微有些茫然，似乎想不明白，又似乎明白了刚才只是错觉。

下一瞬，她晃了晃，倒在他膝上。

他双手接住，她闭上眼睛，喃喃道：“小透视，男人婆，小蛋糕，来来来，我们再拼三百回合……”

她在他膝上滚了几滚，口齿不清地嘟囔了几句，翻了个身要睡。

她醉酒就这节奏，闹完就睡。

他伸臂轻轻地揽住了她，将她换了个面对西北的方向。

她很快在梦里浮沉，梦里没有女王，没有国师，没有大荒，只有研究所那间小小宿舍，有三个死党一只幺鸡，有热气腾腾的美食，一群人头碰头地抢着吃海底捞。

曾经无比厌倦的生活，她此刻却觉得如此温馨难得。

她笑出了眼泪。

“真好……”

美梦让她不愿醒来，但梦里，有个人一直在她身后，有个声音静静地和她说：“横波，将来，如果我们终究不能在一起，记住永远不要找我。”

她在梦里，隐隐约约曾睁开眼，看见天尽头，西北方向，那些层叠的霾云不知何时被吹开，露出一抹雪白的峰顶。

……

这个梦没能做完。

她睡了没多久，忽然觉得一阵寒意逼近，一睁眼，又赶紧闭上。

好亮，好刺眼。

前方不知道是什么东西，一闪一闪地亮着，刺得人头晕眼花，而且四面八方都是，她抬手想挡住光，却骇然发现那光似有穿透力，照得她的手掌一片惨白。

有股寒意幽幽地逼过来。她酒后发寒，竟觉得无法抵受，猛地打了个寒噤，喃喃道：“好冷……”

身后稍稍暖和了些，她侧头，看见穆先生的脸，他的银白面具反射着一片银白的光，嘴角平平地抿着，似乎……心情很坏。

“怎么了……”她迷茫地问，觉得身子虚软无力。

“你现在能不能瞬移？”他问她。

景横波感觉了一下，点点头，又摇摇头，道：“走不远。”

她眯眼看了看旷野，远处那些白亮的点，围成了一个圈。如果那都是人的话，就说明他们已经被包围了。

这旷野本来四通八达，哪里都可以跑，但现在对方这么声势浩大地一围，反而哪里都跑不了，因为对方围的距离很远，她此刻瞬移，移不出包围的范围，只是将自己更快地送到包围圈里。

她有点奇怪，刺杀不是应该悄悄潜进，忽然出手吗？怎么这些人生怕别人不知道一样，远远就围住，用白光把人照醒？这也太傲娇了吧？

还有，这些人知道她的能力？那么远地拉开包围圈，正好控制住了她的瞬移。

“好像是刺客。”她悄悄地和他说，觉得说对方是刺客好像有点侮辱刺客。有这么傻的刺客吗？到现在还不出手。

背后很暖和，他的身体挡着寒意，她想挪开，他按住她的肩，她也就不动了。酒后的人，犯懒。

“别侮辱刺客。”他答。

她哈地一笑，觉得英雄所见略同。

“打算怎么办？”她有点忧愁，“我醉了，你有伤还不能走，咱们现在好像都处于状态最差的时期啊……”

“静观其变。”他面无表情地道，“他们花样很多，不妨先瞧瞧。”他一边说一边脱下自己的披风，把她牢牢裹好。

她迟钝的脑子转了转，才反应过来：“你认识？”

“想起传闻里某个宗门。”他道，“不能确定，你瞧。”

她转头，霍然睁大了眼睛。

远处的白点还在，但近处忽然又多了一圈白点，仿佛从草地里生出的一般，白惨惨一片。正前方正对着她，十丈左右距离，那一片尚存绿色的草地，忽然草头齐齐断了一截。

清除了杂草的地面，露出黧黑的泥土，随即有晶光渐渐闪烁，似乎那里正在凝冰。

冰在不断凝结，圆柱状慢慢向上堆砌，然后分出枝丫，枝丫上伸出枝条，枝条上生出叶子……

一棵有人怀抱粗的冰树，在她惊愕的目光中，慢慢凝结而成。

不得不说这一幕很美，冰晶在月光下旋转上升，整棵树透明晶莹，被天色映照，光芒幽蓝，每片树叶都玲珑剔透，如水晶雕琢而成，反射着淡青色的月色。

景横波觉得这一幕美如现代那一世有特效的3D动画片。

这样的场景，如果普通百姓遇上，只怕得跪地膜拜。景横波和穆先生，却只静静地看着。

冰树已经完全凝成，随即树根之下开始泛出淡淡的白气。

“我们可以走了。”穆先生在她耳边轻声道，“三里外有小河，四里外有树林，树林之后有山，山里有深沟和山洞，山下有座小村，你看去哪里？”

“太美了，再看一会儿，再看一会儿。”她两眼闪闪发光。

他似乎叹了口气，有点儿无奈，有点儿宠溺。

冰树的影子闪在他眸里，他的眸色很冷，似看见这世上最不愿意见到的、不洁的东西。

冰树之下白气升腾，迅速凝结，又是一片冰，如无数白色缎带，又似有人拉开了一大卷白色地毯，从树根处无声向前铺展，直达景横波、穆先生脚下。

此刻如果有人从天上往下望，就能看见冰树在旷野正中，其下铺展白色冰路如缎带，呈圆形放射状，四面八方散开，似一轮光芒四射的太阳，镂刻在苍茫大地上。

“漂亮！”景横波大赞。

装神弄鬼能到这个级别，已经算是天神级了。

终于所有布景都摆好，她正准备逃，忽然那冰树的树干上，吱呀一声开了门。

门内走出一个人，沿着长长铺开的冰毯，款款行来。

景横波怔了怔，没想到出场是这个造型。

那冰树凝结的时候她明明有看着，怎么没看见有个人藏在里面，是她酒喝多了眼花了？

冰树晶莹，冰路如毯，那人自冰树中出，稳稳踏着冰毯行来，姿态尊贵，衣袂飘拂，凛然而有仙气。

远看他如冰树一般晶光闪烁，不辨身形面目，走近了才能发现，这人身材不高，但体形匀称，身上的衣裳材质特殊，闪着银光，所以藏身冰树之中能不被立即发觉。

但景横波知道，冰树在凝结的时候，这人肯定不在，他是在冰树完成、冰毯铺开、他人的注意力都在地上的时候，快速从树后方奔近，借着树身遮挡，在树上开洞走出，说穿了不过是个障眼法。

当然，寻常人一时想不通，只会觉得冰树无端生成，而这人无端从冰树中走出，自然非神即魔。

四周的温度在下降，那人冷然走来，语气威严又冷漠："天门神使纳木尔……"

景横波打了个寒战，觉得胃里翻腾得难受，猛地向前一冲，大声道："黑木耳！快看我妖王之血……呕！"

话音刚落，她哇的一声，胃里的酒和菜哗啦一下直喷那人的脸。

发酸的酒气冲天而起，那人怎么也想不到这么个美人竟然会来这么一手，顾不得再做姿态，慌忙后退。

他一退，景横波已经拉住了穆先生的手："走！"

下一瞬她已经拉着穆先生闪过了冰树，半空中一挥手，一块石头飞起，撞在冰树上，啪的一声，冰树毁了半边。

"亵渎神树与天使，你们找死！"愤怒的吼声从后方传来，来得很快。

与此同时，远处的白点也在迅速接近，包围圈在缩小。

景横波又是一挥手，冰树被撞碎的万千碎冰咻地飞起，如流星穿越苍穹，直扑那些靠近的白衣人。

"纳命来！"身后一声暴喝，几乎就在耳侧，那冰树中出来的纳木尔，轻功相当了得。

景横波感到肩后一冷，锐风袭体，纳木尔冰冷的手狠狠地抓向她的后心。

前方，那些负责包围的白衣人，拔剑如电闪，叮叮当当声中，将冰凌击碎，剑光去势未绝，汇聚成一道白虹，呼啸着袭向她的前心！

前后交击，无可遁逃。

身后的人已经发出冷笑——多少不敬天门的人，就是死在这样的夹击之下。

以神幻之术震慑他人，在对方受震慑时出手，是天门的妙招之一，当然，如果遇上这种不被神幻之术迷惑的人，天门也不乏更缜密的手段来对付。

他似乎看到了前心、后心对开一个大洞的景横波……

冰风和白虹对撞交汇，几乎看不见夹在中间的景横波的身影。

在即将完全撞上的一瞬间，纳木尔忽然发现，景横波的影子似乎晃了晃。

这一晃太快太轻微，看上去如水波中影子动荡，不似是真。

他来不及思考。

下一瞬，砰的一声，他的冰爪撞上了坚硬的胸膛。

他露出喜色，随即变色……怎么是胸膛？

坚硬的，属于男子的胸膛。

怎么不是后背？

冰风、白虹停息，冰片簌簌落下，他一抬头，看见对面和自己撞上的，是跟随自己前来的一个记名弟子。

他的手正插入对方的胸口，那人手中的剑递在半空，脸上还残留着“刺中了”的狂喜，此刻已经变成了骇然，以至于神情狰狞，看得人心中瘆得慌。

“怎么会是你？！”纳木尔怒喝，却没有将手从对方胸膛里拔出，怒极之下，手狠狠向里一捌，一抓。

惨呼声刺穿旷野的寂静，纳木尔手伸出来的时候，掌心一颗血淋淋犹在跳动的心。

他将那心狠狠地抛在地上：“废物的下场！”

四面的白衣人都是记名弟子，地位低于他外门弟子的身份，都默然垂头不言。

地上，那枉死的少年胸口一个大洞，似一张嘴在向天呼号。

更远处的包围圈，有人传信：“他们在河中！”

纳木尔的靴子狠狠地踩过地上的心：“追！”

……

这旷野之上，不知有多少神出鬼没的白衣人。

景横波觉得天门第一擅长装神弄鬼，第二擅长人海战术，第三才是武功。

“神迹”骗不住你，我就用人海碾压你。

她对此表示佩服——又狂妄，又不要脸，果然手段非凡。

哗啦一声，她进入冰冷的河水中。

“那个……不好意思。”她昏头昏脑地和背上的穆先生道歉，“……呃，我醉后，好像有点控制不住方向……”

她有点遗憾，在七峰山的时候没什么机会喝酒，没锻炼出酒后瞬移的控制能力。

穆先生内伤未愈，泡这冷水想必不大爽快。

他拍了拍她的后颈，一股暖流涌入，她呃的一声，觉得胸口的烦闷恶心感觉好了很多。

“刚才那一手，很出色。”他轻声道。

她嘿嘿一笑，颇有被师长夸赞的自得，笑完忽然觉得不对劲——这家伙口气怎么这么老气横秋？真以为是她师长了？

她挑了挑眉毛，嘴一撇：“当然，我什么时候都比你出色。”

他笑了笑，道：“是极，所以我现在是五体投地。”

“必须的。”她扬扬自得，忽然又觉得不对劲——五体投地？五体投背吧？还有，哪五体？

脑子忽然就转到了莫名其妙的地方，她开始觉得背上有那么点不自在，此时忽然感觉到身后男子清逸又好闻的气息，河水冰冷，而他的呼吸热热地拂在她耳侧。

她忽然大力地甩开头，以至于险些将背上的他甩出去。

“怎么了？”他揽住她的肩问她。

她心中怪异的感觉越发浓，此刻却来不及回答了，人影闪动，已经逼向小河边，一道白影风驰电掣般射来，刚才还在数丈外，一眨眼就快到近前。

“凝冰！”纳木尔还未到，已经大声下令，声音凛然有杀气。

赶到河边的白衣人围成一圈，齐齐探剑下劈，刺入河水。

嚓的一声轻响，白色冷气蒸腾，河面迅速结冰，冰面扩展着嶙峋的边角，如无数冰剑，从四面八方逼向河中心的景横波和穆先生。

河面上铺开一幅壮阔的抽象画：雪白底色，纵横细纹，边缘参差，向中心迅速合拢。

景横波无法游动，冰面很薄，她也无法爬上冰面，她若冲天而起，会被河水中四面等待的剑光穿透，她若留在水中，会被河水里闪电般蔓延接近的冰剑穿透。

怎么看都是死局。

纳木尔终于展开一抹森然的笑意，仿佛再次看见了这两人被河水之剑穿透的身体。

轻功再好，能从自己手下瞬间逃生，令自己误杀属下又怎样？这河水里，总不能施展轻功吧？

三丈、两丈、一丈，冰面离中心的景横波越来越近。

“好晕……这些白花花的剑看着更晕……”景横波呢喃一声，“……坐好！”

下一瞬，哗啦一声，她出现在河边，那些白衣人的背后。

穆先生手一抬，那一排还在专心凝冰的白衣人背心一凉。他们愕然低头一看，就看见自己胸前突出的带血的冰锥。

这些人想要转身，不明白怎么袭击会突然来自背后，但他们这辈子再也转不了身了。

扑通！扑通！人体坠落声连响，一排人倒入河中，撞碎冰面，沉底。

纳木尔还在对岸，愣愣地看着空荡荡的河中心，和河边半个身子插入河水中的那些尸体，脸上如被扇了数十记耳光。

“怎么会这样？！”他终于失态地暴吼。

所有人都茫然地举着剑，不明白发生了什么，明明前一刻还看见那两人在河中心，下一刻就看见自己人的尸体倒下一排。

有那么一瞬间，这些天门的记名弟子，险些以为是自己门中的长老、护法们来了。

不是自己门中那些神仙般的人物，这天下哪来这样的神通？

纳木尔奔到那些尸体旁，查看了下伤口，脸色更加难看。

这些人死于冰锥刺心，对方的手法看不出任何特别，只是特别凌厉凶狠。连用的武器都学他们的风格，凝冰为锥。

简直是侮辱！

他抬起头，眼前是旷野，风茫茫吹过，不见那两人的踪影。

如鬼魅般的速度……不可能！

这附近没有多少掩藏的地方，他们还在附近！

他霍然站起身，眼神凶狠：“搜！”

……

一道影子风一般卷过，随即猛然站定。

“哎哟，我不行了，好想吐。”风里传来景横波发软的声音，“这是哪里？”

“附近的无名小山。”穆先生声音依旧沉稳，“你怎么样？”

“不大好。”景横波撑着膝盖，垂着头，“好冷。”

穆先生拉过她的手，把了把脉，皱了皱眉：“你这不是酒的问题……你体内寒气积蓄过重，今晚被那群人的冰寒之气一激，发作了。”

景横波点了点头，知道是怎么回事，和酒倒没多大关系。耶律祁走的时候就提醒过她，雪谷一个月，她整天在外奔波，受寒气侵袭，这身体以前也没经过类似的锤炼，不知不觉间就受了寒，种下了病根。耶律祁提醒她调养好再下山，她没放在心上，压下的病因终究会诱发出来，今晚的冰寒之气，就是诱因。

看着她蔫头耷脑的模样，他眼色微微沉郁——她看出她身体内有寒毒，特意以酒试图拔除，没想到这么巧，遇见了那群天门的人。

他伸手拉过她的手，她这回反应倒快，立即甩开：“干什么？”

他不答，景横波嘿了一声，道：“别给我输真气，你的武功似乎也是冰寒一系的，对我可没什么好处。”

他默然，半晌道：“我双系真气，你不用担心。”

她诧异地看他一眼，道：“你欺负我没文化啊？双系真气？听你的口气另一系还是阳火系的？冰寒系真气和阳火系真气不能共存，否则迟早令人走火入魔，这种常识我这练武才半年的人都知道。你别开玩笑了。”

穆先生没有再反驳，似乎在思索什么，随即道：“今晚他们不死不休。”

“你知道他们是谁？”

他顿了顿，才道：“从行事风格来看，像九重天门的人。”

“这名字如雷贯耳啊……”她感叹，“和我想象的一个德行。不过他们不去找耶律祁，找我干吗？我没杀三公子啊。”

“三公子是谁？”

“耶律家的三公子，九重天门的弟子，耶律祁伤了他，影响了九重天门的一个什么计划，三公子说九重天门一定会报复。不过报复到了我身上，很莫名其妙。还有，他们怎么知道我在这里的？”

“或许，他们找的是我……”穆先生轻轻地道，眼神闪烁。

“你说什么？”景横波没听清。

“我只是在想，不管他们找谁，找得对不对，以他们的风格，做了就不会罢休，今夜是个死局。”

“连问都不问，一出手就杀人，这种风格，我不喜欢。”她冷笑，“我也不想他们活着回去。”

“咱们这话有点狂妄。”他轻轻一笑，“一个有伤，一个生病，对方人多势众，咱们逃也许很容易，但如何一个不留？”

她转头看他，黑暗里他只有银面具在幽幽闪光，其余部分都沉在黑暗里，她该对这样的人心存警惕的，可不知道为什么，她就是提不起警觉心和杀心。

他的唇色有些苍白，她的精神也很委顿，这是个糟糕的时刻，但同样不知道为什么，她不觉得恐惧和紧张，似乎有这个人在身侧，哪怕他不能有助力，她的心也是安定的。

这感觉，很久没有过了，很长的时间内，她都觉得自己是个孤魂野鬼，看似身周挤挤挨挨许多人，其实都是透明的影子，只看得见自己的存在。

“事在人为。”她笑了笑，听了听风里传来的声音，“他们快接近了。”

黑暗的树丛里，已经隐约出现白色的影子。

“附近有条深沟，沟底都是乱石……”他指了个方向，轻声道，“你小心些。”

她点了点头。

前方的树丛里传来喊声：“他们在那里！”

景横波没有立即动，一直等到最前面那个人快要看见他们，才猛地抓住了穆先生的手，道：“走！”

下一瞬，她出现在一道坡前，脚下的落叶簌簌碎响，她摇摇晃晃。

她已经开始发烧，身上滚烫，人却冷得瑟瑟发抖。

穆先生塞了颗药到她嘴里，却道：“寒气终究要发出来，药只能给你固本培元，暂时不会起什么大作用。”

身体在需要进行调节的时候，药力作用有限，而且发出来也是好事，硬压住下次便是更凶猛的爆发。她点了点头，表示明白这个道理。

但在寒气发作的这段时间里，如何逃脱并杀人？

她一低头，看见前面是一道斜坡，坡度越来越陡，往下就是一道深沟，沟里落叶的酸腐气息冲鼻，一片腐绿之中，隐约闪耀着骨头的苍白磷光，看样子葬身此沟的人不少。

失重的眩晕感冲来，她头一晕，向下栽去，被他及时拉住。

她这才发现自己这次的瞬移很危险，正在沟的边缘。

沟边有一些石头，上面有一些抓痕，这沟上头也是倾斜的，人很容易因为落叶滑或者失足滑下，一路滑到底，这边缘的石头，就是那些倒霉的家伙最后一道逃生的希望，石头上的抓痕明显，也不知道有多少人在此错过落到沟里，又有多少人在此逃生。

上头追兵追近，白影闪动。

“我们可以假装失足……”她盯着那石头，慢慢地道，“我在上面，你在下面……”

他似乎能猜到她所想，轻轻点头，却道：“应该我在上面，你在下面，你力气不够。”

她觉得这对话似乎哪里不对，但此刻也没有精神去想，发着抖点了点头，嗯了一声道：“那你在上面。”

“就这么说定了？”

“嗯。”

似乎还是有哪里不对……

他挪身过去，抓住一块突出的石头，她攀着他的身体爬下去，抓住了他的脚踝。

两人做失足落沟，及时抓住崖石，正在挣扎逃生模样。

似乎天生默契，又似乎心有灵犀，从头到尾，两人连商量都不需要。

她从他背部滑下，滚热的躯体带给他肌肤灵敏的触觉，他甚至感到背部被火热而饱满的两团轻轻一路挤过，刹那间如电光穿过，觉得背上似乎生了火，一直灼热到心里，不禁一颤，险些手滑。

她向下滑，却有些头晕，抱住他的腿一点点蹭。生病的人感知迟钝，她没想到这姿势有什么不对，他却浑身绷紧，只觉得如被软缎缠住，曼妙盘旋，周身毛孔都似在呼应那般软滑的躯体，竟似骨髓都酥软了，腿禁不住一颤，又一颤。

“你的腿好长好直……”这大色女此刻还不忘品评人家的身材，又咦了一声道，“喂，你的腿似乎有反应，你也许不是全瘫！有机会治治！”

“我少时腿部中毒，”他道，“拔了毒确实有可能站起来。”

她抱住他的腿，嗯了一声，声音发软。他努力控制，希望自己不要因此再颤，不然有反应的就不仅仅是腿了。

他空着的那只手，对着前方的地面一弹，地面上多了一道划痕，看上去像是有人滑落留下的痕迹。

上头脚步声响，有人从林中闪出。

鉴于先前一死一大排的教训，这回纳木尔不再大片出动，决定梯次出击，派人一批批接近目标。

最先闪出的两名记名弟子，是轻功最好的，他们从黑暗中掠来，先看见地面上的划痕，喜道：“好像滚落下去了！”随即看见沟边石头上，紧紧抓住石头的手。

“还想求生？”两名记名弟子冷笑一声，闪身飞来，人在半空便已拔剑，遥斩穆先生抓住石头的手。

为求一击奏功，两人的这一剑都不留余力，身形在半空中飞纵，打算纵到沟边方止。

人在半空衣衫飘飘，腰带垂落，似有仙气。

剑光将及手，两名记名弟子狞笑，等着手腕被斩断，那两人惨呼落下。

他们忽然觉得腰带那里仿佛被人狠狠一拽，凌空的身形难以控制，顿时向前多飞了三尺。

三尺过沟。

呼的一声，他们从穆先生头顶飞过，剑光落在了石头上，火花四溅。

景横波抬头，沙哑地哈哈大笑：“飞得真好看！”

“救命——”一声未绝，底下传来砰砰两声巨响，一些稀烂的腐叶溅上半空。

一声惨呼都没有叫完，沟底树叶之下果然都是碎石，两人当即毙命。

景横波呵呵一笑。

“你累不累？”她仰头问穆先生。

单手吊着两个人，支撑不了多久。

“嘘，来了！”

又是两人冲了出来，他们已经听见了先前的异声，不肯再飞着接近。

他们快步冲近，踏在附近的一块石头上，举剑便砍。

石头连同周围的土忽然塌陷，他们哧溜滑了下去，急忙挥剑想要钉住土坡，延缓下滑之势。

剑却忽然飞了起来，两人这时候再想纵身而起已经来不及，一路惨呼着滑到底，隐约可以听见哧哧两声，想必是撞到了底下的石头。

沟斜而深，冲力巨大，不死也得残废。

这两人惨呼未绝，上头又有几人冲来，前头两批的下场他们虽然没看见，但是可以确定凶多吉少，这些人这回干脆不冲近了，老远站成一列，后面两人抵住前面一人的后心，前面一人挥动长剑，凝气成冰，一道雪亮的冰剑，夭矫自剑尖出，如雪龙，直奔穆先生的头颅。

这是天门的合力驭剑之术，功力不够的记名弟子，合力可以令剑尖延伸出冰剑，按照心意抵达敌人身边，专用于远距离攻杀。

景横波听见上头尖锐的破空声，有点担心地问：“怎样了？”

穆先生没回答。

一瞬间他的眼神极深极黑，越过面前的几人，看向密林深处，那里纳木尔的身影若隐若现。

穆先生似乎在思考着什么。

第五十六章　上花轿和入洞房

随即穆先生空着的手掌微微抬起，劈空一道掌力挥出，掌风炙热，明显是阳火性内家真气。

从后赶来的纳木尔唇角勾出一抹冷笑——天门内力，天下至阴，不是这些普通的阳性真气可以对抗的。

他却没有看见，穆先生抓着石头的那只手，悄悄一抬，指甲微裂，一抹冰雪晶光伴随着几滴浑圆血珠飞射而出。

合力驭冰剑的三名记名弟子，注意力都在那掌风之上，齐喝一声，狠狠挥剑下劈，要将这掌风，连同穆先生这个人，都一劈为二。

冰剑凛冽，将及头顶。

景横波在底下听到声音不对劲，疾声道："怎样了怎样了……"同时挥手对空用力，想要将上头的杀手给挥开。

忽听咔嚓一声。

声音很低。

不断延伸的冰剑，忽然在穆先生头顶停住。

那三名记名弟子一怔，还没明白到底发生了什么，忽然最前面一人惊声道："剑！"

三人低头看去，就看见最前面那人手中的长剑，忽然布满了冰纹，冰纹从剑尖开始，闪电般延伸，似一条细小的冰龙飞快前游，嚓嚓几声微响就到了剑柄处。整柄剑一片霜白，仿佛剑尖前的冰雪都在极速地倒退反噬。

握剑的人只觉得手中彻骨冰寒，比自己能发出的冰寒之气不知道冷了多少，冻得他立即血液麻痹，想甩掉剑，剑却已经粘在了手上般，甩不脱。

那股冰霜嚓嚓几声冻裂了剑柄，继续向上蔓延，嚓的一声，他眼睁睁地看见自己的手腕被冻住了。

被冻住了居然还不知道痛，他看见自己伤口处的血液，也在一瞬间冻成了血色霜花。半截残剑贴在他的胳膊上，嚓嚓几声竟然又冻出了剑身的形状。

那剑身赫然向着他的胸膛方向凝结！

以其人之道还治其人之身，更高的手段！

他惊得心胆俱裂，想退退不了，想叫叫不出，哧的一声微响，残剑凝出一截透明的冰剑，穿过了他的胸膛！

穿过他胸膛的冰剑变成血色冰剑，凝结之势未绝，哧哧两声轻响，再入后面两人的胸膛！

一剑穿三人。

不过闪电之间。

此时穆先生的掌风也到了，炙热的，一看就是阳性真气的掌风。

轰然一声，掌风将已死的三人拍倒，长剑和冰剑都碎裂，那些血色凝冰瞬间汽化。

烟尘漫天里，穆先生一把将景横波甩上去，自己也随之跃起："走！"

呼的一声响，劈空掌力将烟尘散尽，纳木尔的身影出现，一眼看见沟下已经没人，脸色阴霾。

他转身冲回那三具尸体旁边，三人脸上骇然惊惧之色仍在，大张的嘴似乎想喊出什么秘密，但已永远来不及。

纳木尔心头烦躁，又先入为主，只以为三人死于那阳刚掌力之下，随便翻动了一下尸体，也没看见胸膛上的伤痕。

冰剑太薄，瞬间融化，连血都没流多少。

纳木尔心中满满的不可思议。

以往在山上，听门中长老、管事们论大荒，那口气，大荒武林都是蝼蚁之辈，天门随便出个弟子，都足以碾压整个江湖。

所以天门弟子受命下山，大多信心满满，睥睨众生，觉得天门是世外宗门，那些凡夫俗子不值一顾。

然而今年的很多事，都令人意外，让人觉得，天门的自我感觉是不是出了差错。

先是耶律昙莫名受伤，影响了药坛长老的试验；再是记名弟子及其随从的失踪，天门历史上首次出现下山弟子失踪的情况；然后是自己，十年来首次派出的外门弟子，算是天门的难得重视之举，不想围攻一个伤者和一个病人，竟然折损了这么多人，还没沾着别人一根毫毛。

这大荒，变天了吗？

纳木尔慢慢站起身来，脚一抬，将三个同伴的尸体踢入沟内。

废物不值得好好安葬。

废物死多少都没关系，但必须完成任务，否则他自己，也不过是填沟的粪土。

夜色里他声音狠戾："继续追！"

……

夜色深浓，小山里很安静。

景横波和穆先生等那些人走后，从沟里爬了出来。

刚才他们做了个假动作，随即翻到了沟下，根本就没离开。

这些人眼见同伴死亡，心烦意乱，会下意识地继续寻找，不会想到他们还在脚下的沟里。

九重天门的人，论手段和实力，其实真不算差，但问题是他们江湖经验太差，一些瞒不过老手的伎俩，玩他们绰绰有余。

不离开还有个原因，是景横波的身体越发差劲了，已经没什么力气瞬移，因为不可控制的寒冷，她上下牙关轻轻碰撞着。

她四面环顾，山不大，山脚下有座小村，隐约可见星点的灯火，也不知道为什么这时候乡村还有人亮着灯。

山林中到处可见搜寻的白影，速度很快，乍一看会让人以为是孤魂野鬼出没。

她看看穆先生，他的气色也不大好，比先前更萎靡了些，她猜可能是刚才出手的缘故，虽然她没看见他出手，但一霎杀三人，这种手段，想必牵动了内力。

老实说现在情况很不妙，她暂时失了能力，穆先生不良于行，山小且矮，能躲藏的地方很少，出了山就是更加空旷的原野。

怎么办？

"那边有个山洞。"她道，咳嗽了两声，"咱们去那避避。"

那山洞很小，也没什么遮蔽，看上去实在不是什么躲人的好地方，然而他道：“好。”

她避开他的目光，想要背起他，他却按下了她的手，带着她纵身而起。

他的手掌在一路的树木上轻按，飘飞的身形轻若无物，完全看不出有残疾。

景横波记得以前看过一本武侠小说，其中一个男主角就是身有残疾但是轻功极好，以手代腿，行遍天下。

果然一切想象都会有事实来证明。

他将她带到洞边，那洞不大，是个下行洞，底下黑黝黝的，看着挺瘆人，但洞壁入口处不远有个拐角，正好可以躲下一个人。

那个位置极其巧妙，洞外的人点火把是看不见的，走进来也不一定能看见，会首先被往下的洞吸引走注意力。

可惜的是只能容下一人。

她抱紧双臂，止住一阵颤抖，忽然惊喜地对他道：“看！那里有个出口！”

他扶住洞壁，探头去望。

她忽然将他一推。

他猝不及防，一跤跌下，顺着湿滑的洞壁就往里栽落。

他似乎还想起身，景横波拔刀就砍。

“瘸子！残废！累赘！”她一边砍一边大骂，“你还要拖累我多久？姐还生着病！姐一个人早跑掉了！还得背着你这废物！”

“你……”他的话音被她疯狂的砍声打断，他只得向后滑退。

洞内地形狭窄，她的刀也挥舞不开，刀刀都砍在洞壁上，虽然没什么力气，也砍得声势凶猛，一副不砍死你不罢休的凶悍模样。

他定定地看着她，黑暗的洞里彼此都看不清对方的眼神，她劈得那么凶猛，他却忽然伸手来拉她，她的刀险些砍到他的手腕，她只得赶紧止住刀，自己滑了个踉跄，刀当的一声击在洞壁上。她惊出一身冷汗，心道这人看似温和，性子却犟得很，只得狠狠心一脚蹬在他膝盖上，骂道：“别碰我！谁知道你把我灌醉安的是什么心！你再上前一步，我先杀了你！”

他被蹬得向后一倒，撞在洞的最里面，他一时出不来，她的刀也砍不到。

她这才摇摇晃晃地耍了一个刀花，一刀砍在他面前的石壁上。

“救你到现在，我够意思了！下面各走各的路，你别再拖累我！再见！吃人肉的瘸子！”她揣起刀，转身便走，“有种你爬着跟来！”

身后没有动静，她咬咬牙向前走，没走两步，终究忍不住回头。

他靠着洞壁坐着，手指扶着冰冷的石壁，黑暗中只有他的眸子在发光，幽深而亮，似天尽头云雾里半掩的星辰。

那目光里有太多难言的意味，说不出。

刹那目光交会，两人都似颤了颤，他直起腰，她却霍然转头，毫不犹豫地走了出去。

一出洞口她就一个踉跄，赶紧扶住山壁，生怕这时候倒下去，就前功尽弃了。

身后没什么动静，他没追出来，她心中酸酸的不知是什么滋味。

刚才那一推，一骂，一顿砍，挺伤人的吧？

呵呵，伤人就对了。

她也不求瞒过他，只求伤他一刻。只要有那么一刻，他不立即追出来，她就可以走开。

累赘……

她心中苦笑一声——马上她就要成累赘了……

她咕哝一声“姐骂人还是挺有天赋的……”吸了一口气，勉力做了最后一个瞬移。

她眼前一黑，再睁开眼时，眼前是一条弯弯曲曲的小道。

目光向前，可以看见一些屋子，是那座小小的村落，还可以看见村落里白色的人影出没。那些天门的弟子，自然不会放过对这座唯一可以藏人的村落的搜查。

她苦笑一声，所谓屋漏偏逢连夜雨，连瞬移都出问题，移到了敌人面前。

她再也走不动了，疲倦地在旁边的草丛上坐下来，趁敌人还没出现，养精蓄锐。

她想积蓄点力气，等下敌人出现了，将他们引到王进那里去。

穆先生在洞里藏着，应该很安全，总比他一个有伤且行路不便的人，还得带着一个生病的她好。

穆先生的身体确实不好，她看得出，虽然他努力掩饰，但他气息不稳，根本不适宜出手。

也许这人很厉害，但此时不是他的最佳状态。

那又何必死拖在一起？

她抬头望了望天，见鬼，今天还没有明月，她的明月心心法，在月明天气最好调动。

村子里有些骚动，似乎很热闹，那些白衣人在暗处搜查，并没有惊动村里的人，从景横波的角度看过去，还能看见有几处屋舍檐下垂着深红的灯笼。

这时节不年不节，怎么挂起了红灯笼？

小道上忽然传来脚步声，惶急杂乱，看来来人没有武功。

她探出头，就看见一个红衣少女在道路上提着裙子奔跑，一边跑还一边回头张望。

她从景横波身边跑过，景横波看到她的红裙子裙摆上绣着鸳鸯。

景横波心中一动，轻声喊：“喂！”

那少女没提防身后有人，本就紧张，听见这一声被石头绊了一下，一个踉跄跌倒在地。

她也不爬起来，就地用袖子捂住脸，哭道：“我不回去！我不回去！你们打死我算了！我死也不要嫁给那个傻二呆子……”

景横波起身，慢慢走近，看清少女的红绣鞋鸳鸯比目，红罗裙双凤呈祥，果然穿的是嫁衣。

她若有所悟，想起这片大陆有凌晨接亲的风俗。

她忽然想起自己刚刚穿越时，也曾遇见凌晨的花轿，还曾借人家的花轿躲过了耶律祁。

世事兜兜转转，此刻想来恍如隔世。

看这姑娘的造型，可不是当初那个喜气洋洋的新娘，明摆着是逃婚的。

她轻轻地走近，蹲下身，去扒那少女的喜服。

那少女惊得霍然抬头，看见她的脸不禁一怔，待要挣扎，她已经轻轻按住了少女的肩：“来，我代你上花轿。”

……

片刻后，小村里传来惊叫声。

“跑了！快追！”

“天黑，出村就一条路，二丫跑不远，追！”

脚步声杂沓，一群村民追出村来，顺着小路的方向向前。

村旁的树梢上，有白色的人影飘着。纳木尔冷笑着看着下方，脸上充满了高高在上的厌倦。

他刚才已经看过了全村，包括那个哭哭啼啼的新娘，知道这姑娘将要嫁给一个傻子，以换取兄弟能娶傻子的妹妹，姑娘不肯，跑了。

“生老病死，婚丧嫁娶，各种身不由己，各种由人掌控……”他似乎悲悯地叹息，“这就是凡人的悲哀……”

他的目光在那姑娘身上落了落，想了想又道：“这凡间的女子，倒还是有不错的。”

他飘过树梢，准备带人把附近再搜一遍。

……

村里的人追出小道，果然没多久就在路上看见踉跄前行的二丫！

一众人等加快脚步，扑上去将二丫抓住。二丫在他们手中软软地垂着头，似乎是认命了，还在低声抽噎。

跑在最前面的是二丫的大哥，那强壮青年一把抓住二丫的肩膀，劈手就要给差点坏了他的好事的妹妹一巴掌。

二丫忽然抬头，盯了他一眼，乱发里一双眸子湛然似有宝光。

二丫的大哥心一颤，手举在半空竟然没敢挥下去。一旁有人把他拉住，劝道：“二丫只是一时糊涂……别打，打坏了新娘子不好看，得欢欢喜喜上花轿。”

那青年撒了手，冷哼一声道：“跟我回去！再逃，打断你的腿！”

二丫不再挣扎，被一群人拖了回去。

她的身子软软地挂在她兄长的臂上，似乎已经懒得再费力气。

二丫的大哥感觉到妹妹身上灼热，手心却冰冷，心中微微有些奇怪，但他此刻只想婚事赶紧成，怕妹妹生病的事再生枝节，狠下心一声不吭。

这倒正遂了景横波的愿。

此刻的二丫当然是她，真正的二丫正躲在那边的石头后面瑟瑟发抖，不明白怎么有人肯代人家上花轿。

村民们将景横波拖了回去，人多手杂的也没人注意她的脸，完了往喜房里一关，门一锁，外面围得水泄不通，等着上花轿。

景横波进了门，只见一屋子的姑娘、媳妇，她垂着头，往床上一滚，把被子一裹，脸对着墙，呜呜哭了几声。

她这么一哭，别人当她正伤心，心中也颇同情，也不好硬拉她起来了，当下便有几个和二丫交好的姑娘、嫂子，过来坐在她床边，扶着她的肩絮絮劝解。景横波此时正忽冷忽热地难受，哪有心思听人说话，隔一会儿哼了一声，干脆呼呼睡了。

……

月光照亮弯弯的山路，山道上一支吹吹打打的队伍逶迤。

队伍是来接亲的，倒也披红挂彩，一片喜气，就是山间汉子的唢呐吹得不怎么样，初冬挂霜的冷夜里，听来不觉欢喜，倒有种寂寥的凄凉。

最前头的一匹劣马上，坐着迎亲的新郎，马瘦，人更瘦，一张脸也如马脸，突出两颗混混沌沌的眼珠子。

陪着来接亲的乡亲们不时嘱托一句："大富你坐好，别跌下来。"

"大富不要抽鞭子，马自己会走，马是借来的，抽坏了得赔。"

……

有个老者一路走一路关照，神态如对孩童，马上看上去已经三十好几的汉子，也如孩童般呵呵笑着。

众人的神情，几分怜悯几分羡慕——人傻且丑，却有艳福，邻村的二丫，听说是个美人呢。

当然，这都是因为大富也有个不错的妹妹，漂亮又能干，很快也要嫁给二丫的哥了。

贫穷的乡村，换亲是件很正常的事，众人艳羡着两个男人的艳福，没人想过两个少女的命运将从此陷入悲惨的境地。

迎亲的队伍进了村子，树梢上纳木尔遥遥看着，眼底充满了憎恶。

"这样的人也配娶亲，"他对身边的随从道，"我连看都不愿多看一眼，可惜了方才那女子。"

"那女子还不错。"身边的人讨好地道，"配您倒还差不多。"

"胡说！"纳木尔不喜反怒，斥道，"这样庸俗的凡间女子，不过长相尚可，如何就能配得上我？"

"是，是，我说错了，您别见怪。"那人急忙赔罪，"这样的女子，也只配给您端茶倒水、暖床伺候而已，怎么能配得上天门高贵的外门弟子呢。"

纳木尔这才嗯了一声，道："话说回来，外面的很多事和我们想象的不一样呢。当初我们入门'开荤'的时候，长老们说，给我们提供的女子都是天下最美的，凡间女子绝无这般仙姿玉貌。当时倒也觉得确实挺美，如今刚下红尘，却已经瞧见不少出众女子，比如今晚那个，还有这乡野小村一个普通的女子，竟然也有这等容貌，真令人心中生奇。"

"不过巧合罢了。"随从笑道，"门中长老赐下的女子，无论如何，个个冰清玉洁，并且经过门中精心调教，不是这些乡野女子可比。再说也是长老们的恩赐，能领受就是福分，属下们还没这福分呢。”

纳木尔眉头一挑，听出了这话的提醒之意，换在平时，他就该自省——长老们的恩赐，不该背后非议，给人传了话，就是把柄。

天门在所有弟子入外门后，便会有一项安慰性质的“成人礼”——安排“圣洁的女子”给弟子们“开荤”。据说这也是某些功法奠基的需要，有些注定不能入内门的弟子，在此之后会直接选择双修之法。不过一旦被选入内门，修习更高深的功法时，就得绝情忍性了。

不过纳木尔今晚心绪烦乱，并不领情，冷哼一声道：“长老们的良苦用心，我们自然只有深谢的份儿。说起来，真正不知好歹的人你还没见过，想当初有人直接把长老赐下的女子给杀了。他那女子，可比我们的美多了，他竟然也下得了手！”

“杀了长老恩赐的女子？”随从们似乎听见了世上最不可思议的事情，纷纷发出惊呼。

纳木尔又哼一声，觉得心头更烦躁了，这大荒比想象中更讨厌。

随从们还没从惊讶中平复过来，议论纷纷。

“杀了长老恩赐的女子？怎么可能？怎么敢！他后来受到了什么惩罚？”

“死了呗，还能怎样？别说违背长老们的恩赐，就算轻微违反门规，那也是死的下场，何况是这种事！”

“当然是死了！肯定死得很惨！”

……

“你们错了。”一个声音幽幽地道，“他没死，还活得很好。”

众人骇然回头望向发声的纳木尔。

死一般的静默里，纳木尔轻声地、带点羡慕也带点憎恶地道：“他下山了。”

众人再次露出不可思议的神情，有人下意识地要追问，却从纳木尔的语气和神态里，感觉到这必定是天门不可提及的绝大忌讳，别说问，听都不该听的。

众人面面相觑，在浓浓的惊疑中，心中原本牢不可破的、天门高高在上不可侵犯的形象，悄无声息地坍塌了一角。

是谁？

是谁挑战了整个天门，给它留下永远不可磨灭的记忆和耻辱，掩藏在岁月深处，丝毫不能被触及？

是谁这般挑战天门后依旧存在，而天门对此似乎无能为力？

这些掩盖在堂皇宗门之后的秘密，或许只有当事人才知。

“我总觉得……”纳木尔遥望着暗淡月光下的小村，眼底有种不安的情绪，“这事儿还没完，总有一日……”

众人激灵灵打了个寒战，不敢接话。

“这事当我没说过，”纳木尔意兴阑珊地道，“这边已经瞧过了，去查另一边，山那边还有一座小村。”

“是。”

……

迎亲队伍吹吹打打进了小村，随即新娘子被送了出来。

因为怕新娘子逃跑，姑娘、婶子们动作很快地从床上拉起新娘，盖上盖头，塞入轿子，连本地风俗里的闹新郎都省了，进门礼也不要了。

新娘子软绵绵地垂着头，随人拉进拉出，一直到进入轿子，都一声没吭。

迎亲队伍经过了一处山口，两座村子相距本就很近，只是被一道山梁隔开，过了这山口，就可以看见新郎的村子村头的老榕树。

山口的风凛冽，卷起路上的砂石，隐约咻的一声响，似乎有什么东西卷在风里，射向了新郎，啪的一声击在他小腹上。

这些动静都掩盖在难听的唢呐声里。

马上的新郎忽然哎哟一声，道：“我要尿尿！”

“快到了，忍忍……”马旁新郎的叔叔哄着。

“我要尿尿！”

众人无奈，想着新郎去迎亲的时候大喊要尿尿，只怕更难堪，只得将他扶下来，给他指了旁边树林的隐蔽之处，让他去解决。

大富摇摇晃晃地进了林子，刚去解裤带，忽然看见一个人慢慢走了过来。

大富停住手，瞪大了眼睛，没觉得恐惧，却觉得自己忽然看见了一个仙人。

那人踏着幽暗的月色，脸上的银面具也闪着月般光华，乌黑的眸子似永恒的深渊，只一眼便将人摄入。

他抬起手指，点了点。

大富只觉得脑子一晕，天忽然塌了下来。

在丧失意识之前，他只隐约听见一句：“我代你入洞房。”

……

在外面等候新郎解手回来的亲属们，忽然听见林子里新郎哑声大叫：“有鬼！”

众人一惊，急忙冲入，就看见新郎躲在树后，惊恐地望着远处的黑暗，瑟瑟发抖。

众人叹了一口气，心想大富这傻小子又发病了。

众人去拉他，大富双手捂脸，死活不肯抬头，非说有鬼，要回家，不肯前进一步，众人拖他，他却生出一身蛮力，没人拖得动。

众人无奈，最后商量出由队伍中大富的表弟代为迎亲，大富则另外派两人送回去。

反正那边对大富的情况心知肚明，解释一下也不会不接受。

大富听说可以回家，当即跑得飞快，护送的两人追都追不上。大富快步跑回村子，家中等候的亲人们还没看清他的身影，他已经一股脑儿跑进了洞房，啪地把门一关。

大富的父亲是附近小有名气的木匠，所以家中还算殷实，此刻他心情愉悦，也没有去骂儿子，哈哈大笑道：“这小子，急着进洞房咧！既然这样，也别烦他了，等新娘子进门，还是请虎子代拜堂吧。”

众人都笑了，反正这傻儿子谁都明白，拜不拜堂无所谓，只要会睡女人生儿子就行。

喜轿摇摇晃晃，景横波在轿子里睡了一觉。

进村的时候，鞭炮炸响，将她从睡梦中惊醒，她霍然睁开眼睛，第一反应是：鬼子进村了！

她掀开轿帘，看见前面一个小院，三间瓦屋，比刚才二丫家的草房要好很多，看来新郎官家算是村中境况比较好的。

她掀开轿帘，看见一个敦实的少年，由人陪着走过来。景横波有点诧异，觉得这少年看起来还好，朴实端正，和那少女挺配，怎么那少女拼死逃婚也不肯呢？

还有一点奇怪的是，所有人都喜气洋洋，唯独这个新郎官，脸上的表情十分奇怪，几分不愿，几分愤恨，同时似乎还隐藏着几分希望……这什么意思？

轿帘一掀，一双大脚踢了进来，鞋子居然是草鞋——虎子匆忙代新郎拜堂，没换鞋。

泥巴大脚熏得景横波一让，抬手轻轻一拨。

她现在不同往日，出手自有巧妙，那踢轿帘的少年被拨得身子一歪，栽倒在地。他不等人扶，一骨碌爬起，盯着轿帘，声音悲愤地道：“你……”

他的声音被一阵鞭炮声淹没，有人过来将他拉开，又将景横波搀出轿子，对她笑道：“新娘子高抬脚，日子红红火火！”

前方有热浪，景横波软绵绵地打了个哈欠，觉得好暖和，下意识地往那热源处凑了凑，蹲下来烤火。

……

欢呼声乍止，鞭炮声顿时显得响得诡异，所有人瞪大眼睛，看着新娘子不跨门口的火盆，蹲下来烤火。

景横波烤着火，心中满意地想，这大荒的婚礼真体贴，晓得冬天凌晨接新娘子很冷，特意备一个火盆给烤火，真人性化啊。

哎，好安静，好困，抗拒不住的疲惫，她又想睡了。

众人目瞪口呆地看见，新娘子烤着烤着，身子开始往前倾，脑袋开始往下栽……

“不好了，新娘子要跳火盆自杀！”有人忽然大喊一声。

这一声惊醒众人，大家急忙跳过去，踢火盆的踢火盆，搀新娘的搀新娘，踢火盆的唯恐踢得不够远，一脚把火盆踢到人群中，人群轰然四散。

众人一边赶紧灭火，一边又庆幸——幸亏新娘子自杀动作慢！

这回也不敢来任何礼仪了，众人赶紧拥着景横波脚不沾地地过了门槛，上头双亲赶紧坐好，傧相急急准备喊“拜堂”。

那叫虎子的少年，再次被拖了出来，还是一脸古怪，站到了景横波身边。

景横波脑子一阵阵眩晕，心里知道这是在拜堂，她对这个无所谓，也明白戏必须演下去，上头风声转来转去，那群人还在附近搜寻。

这两个小村很明显，他们一定已经搜过，所以在这里，暂时是安全的。

她轻轻地笑了一声……拜堂啊，想不到居然会在这里，和一个陌生男人拜堂，这在大荒，应该算她已经嫁过了吧？

想到这里她心中一阵快意——哼，以后你们再骚扰我，姐就贴黄牌，上写“此乃虎子氏！有夫之妇，谢绝骚扰！”

让你们一群公子、少帅的，喊虎子大爷做大哥吧啊哈哈哈哈。

“一拜天地——”傧相高喊。

她准备拜下去，透过盖头的缝隙，看见身边的少年也是膝盖一弯……

一弯……弯到了底。

砰的一声，虎子跪下去了，还是对着洞房方向跪的，膝盖撞到青砖地面，声音那叫一个清脆。

堂中又是一片死寂，连景横波都被吓了一跳。

不是说弯弯腰就可以了吗？至于跪下去吗？

她感觉了一下周围的气氛，似乎大家也很惊讶，难道这新郎官，还不懂婚礼规矩？

哦，看着端正，原来是个傻子。

“谁！”跪着的虎子这回没有立即爬起来，一声大喊更加悲愤，“谁砸我的膝盖？”

景横波：“……”

全体宾客：“……”

虎子的膝盖似乎伤得不轻，挣扎了几下才爬起来，一时却站不直，眼看着这个拜堂也拜不下去了。

四周有人窃窃私语，讨论着今日婚礼的各种稀奇诡异。

“怎么办？”傧相问上头的高堂。

“加紧些，让新人对拜一下就罢了。”新郎的父亲甚有决断。

虎子被扶着站到景横波对面。他脸上的神情更加古怪了，几分期待、几分痛楚、几分犹豫，眼珠子骨碌碌转，似乎在紧张地思考着什么。

有人附在景横波耳边，道：“新娘子你先拜哪。”

景横波这才知道，敢情那些古代电视剧里的夫妻对拜，在这里是不同的，得新娘先拜，新郎还半礼，再新郎半礼，新娘拜下，以示夫君为尊、男子为尊的道理。

拜就拜，背后有人按着她的背呢。

她的腰还没弯下去，忽觉膝盖侧掠过一股冷风，随即啪的一声，对面的虎子倒了。

脑袋撞在地面上又是清脆的一声。

景横波弯腰的姿势僵住，回头看看，后头是侧门，通往新房。

新房里，此刻应该没人。

喜堂里又是一阵闹哄哄，虎子再次被众人扶起。他这回似疯了般，忽然挣开了众人的搀扶，扑了过来抱住景横波的腿，放声大哭：“二丫！二丫！别生我的气！我知道我受报应了！我知道我不肯和你一起私奔，受报应了！我想通了！咱们走！咱们现在就走！你连拜堂都是和我拜的，命中注定你就是我的人，我现在就带你走！”说着虎子拖着她，撞开众人就要跑。

剧情急转直下，满堂宾客僵住，景横波没有挣扎，微微侧身，让开了身后侧门的位置。

她在等。

果然，下一刻一股冷风掠过，啪地击在身前虎子的太阳穴上，虎子啊的一声仰面倒下，被赶上来的傧相接住。

“快进洞房！快进洞房！”新郎的父亲颤巍巍地喊。新郎的母亲已经两眼翻白，晕在了椅子上。

虎子被拖了下去，醒转之后犹自喊着要和二丫私奔，随即一阵呜呜声响起，大概被人堵住了嘴。

景横波有点茫然——剧情发展到这种程度，她真是风中凌乱，假新娘遇上假新郎，差点被拖走私奔，这要真被拖走，她的计划就前功尽弃了。

现在也有一个问题，洞房里似乎有人，还似乎是高手，这高手是谁？十有八九是天门的人！

她被身后一群女子急急推搡向洞房。

洞房的蓝花布帘子微微动着。

她警惕地盯着那帘子，手慢慢地摸向了腿侧的匕首。

……

纳木尔已经带人在附近绕了三圈，将不大的小山翻了个底儿掉，连洞中洞都跳进去找过，依旧没发现那两人的身影。

他越发烦躁，只觉得心头似有火在烧。

底下还在办喜事，他想着刚才看见的那个娇俏的新娘，居然要嫁给那么个傻丑之人，就觉得这世上的事情，真是太多不公了。

想当初天门赐下那么个丑女，他还欣喜若狂，还有很多人羡慕，如今下到大荒，连个傻子丑八怪都比他有艳福。

“纳木尔师兄……”身边的人察言观色，试探地道，“那村子，要不要再搜一遍？”

“嗯？”他眼神斜斜地飞过来，“不是搜过了吗？”

“洞房里也许还藏着人呢？先前洞房没人，我们没仔细查。”那人低笑，眼神里荡漾着暧昧的光，表情却还极力保持平静严肃。

纳木尔回头看了看他，哈哈一笑。

“你说得也对，”他点了点头，眯着眼睛注视那喜房上的红字，“那我一个人去瞧瞧，你们都不必跟来。”

“是。”

第五十七章　闹洞房和听壁脚

"新娘子进洞房咯。"

有人嘻嘻哈哈笑着，在景横波身后推了一把，她向前一冲冲进室内，身后的帘子唰地拉上，门砰的一声关了。隐约还能听见铁锁碰撞的声音，干脆锁上了门。

这阵仗，搞得她像个被拐卖来的媳妇。

屋子里很暗。只有桌上点着一对红烛，红烛下放着几盘点心。一扇小小的窗户，透不进黎明的天色。

屋内的陈设很简单，这里毕竟是贫苦乡村，所谓境况尚好，也不过就是家具还算齐全，最显眼的是雕花大床，垂着深红的布帐，帐上绣着艳俗的喜庆图案。

帐子是放下来的，半掩着深红的袍角，床上坐着新郎官。

景横波背靠着门，忽然想笑。

这叫哪门子事儿？新娘子陪完客人进洞房，新郎官在房内等掀盖头？

景横波捏了捏手指，匕首就在掌心，冰凉，她的掌心都是虚汗，湿滑得几乎握不住匕首。

透过薄薄的红盖头，她盯着新郎官，他的身形掩在帐子后，看不出端倪，一声不出，也感觉不到有杀气。

景横波觉得他不太像那些天门的人，天门的人太骄傲，自我感觉太好，似乎不大可能改装，穿上这乡村新郎官的艳俗红袍。

不过她也觉得，这新郎官更不像真正的新郎官，虽然看不清楚，但那人静静地坐在红帐里，从她的角度，可以隐约看见他流水般的黑发，感觉到他身形颀长，朦胧的红光里，那人似乎天生散发着一种神秘而诱惑、引人追索和走近的气质。

气质天生，一个乡村青年如果也有这样的气质，那姑娘也不用逃婚了。

她正在考量着危险性，好决定逃走还是出手，那床上的人忽然对她招了招手。

景横波一怔。

随即她笑了笑，慢步走了过去——"新娘子"召唤啦，"新郎官"好歹要掀个盖头是不是？

匕首滑到腕部，一抖便可刺出。

她走到床前，伸手去掀红帐。

浑身冒着冷汗，她虚弱得手指发抖，看人也有些模糊，她咬牙站稳。

帐子里的人忽然抬手，手中一柄细细长长的东西，直挑她的面门！

景横波手中的匕首立即滑出，直刺他的咽喉！

当！寒光一闪，匕首飞起。

那细长的东西断落一截，依旧向前，一挑。

盖头落地，她怔了怔，这才看清面前是半截秤杆——用来挑盖头的那种。

一瞬间她啼笑皆非——这难道真是新郎官，所以惦记着要挑新娘的盖头？

头一低，终于看清了他的脸，她一怔，低呼：“穆……”

他却飞快地伸指按住了她的唇。

景横波眼珠滴溜溜地看着他，没想到这家伙没有藏身山洞，竟然也跑到这里，和她心有灵犀一般，一个扮新娘，一个扮新郎，凑在了一起。不过他这么紧张兮兮做什么？

然后她听见头顶的风声。

有人！

感觉到她身体的绷紧，他一笑，放开手指，却又忍不住盯了一眼她的红唇。

依旧如此温软饱满润泽，似初春清晨初绽的花瓣……

“你……”景横波又想说话。

头顶风声一紧。

他忽然抱住她，一翻身将她压倒。

她的后背撞在床褥上，整张床惊人地吱嘎一声。

窗子下似乎有人在听壁脚，发出叽叽嘎嘎的笑声，屋门外似乎也有人在偷听，隐约有长长的嘘气声。

窗下的是村人，听新人壁脚是好玩；屋外的是新郎的家人，生怕新郎不开窍，如今放了心。

那头顶上的是谁？

景横波被他压住，好不容易聚起来的一点力气都散了，她喘了两口，挣扎了两下，似乎很难受，又想开口，他又伸指按住了她的唇。

她瞪着他的手指——还给不给她说话了！

他比她想象中还不客气，一边按住她的嘴唇，一边手一挥，她的新娘裙子忽然就离了体，飞到了帐子外。

窗户下又是一阵叽叽嘎嘎的低微笑声。

景横波身上当然还有自己的衣服，但被人压着这么脱衣服终究不是很爽的事，她想要抗议，嘴还是被压着，他似乎压上了瘾，但眼睛始终看着外面。

郁闷之下，她很想一口咬断这手指，这么想的时候嘴便一张，他正抬头看屋顶，一不注意，手指便滑进了她口中。

两人都一怔。

景横波忙不迭地将他的手指往外吐，一边吐一边怒瞪他——好多细菌！

他却有些怔怔的，拿出手指后还抬手看了看，手指上一星闪亮的液体，他也不晓得擦。

景横波倒脸红了，急忙抓过他的手，对着褥子狠狠地擦了擦。

他一声不吭地任她擦，她看见他的侧脸，和红光下微微聚起的漂亮眉峰。她从来没想过，“清俊”和“诱惑”这两个不搭调的词儿，竟然可以融合在同一人身上。

上头忽然微微一响，他抬手，砸出一双鞋子，咕咚一声，桌上的红烛被砸倒。

窗口下听壁脚的声音叽叽咕咕更响了，还能听见低低的对话声。

“走吧，走吧，再待下去，二大爷要骂了。”

“再等等，傻子洞房多好玩啊，你听，一声不吭，却砸得噼噼啪啪的，嘻嘻，新娘子不会在打傻子吧？”

……

黑暗中两双眼睛对视，各自目光流动，映照着对方柔和的眉眼。

景横波皱着眉，微微挣扎，他伸手按住，景横波隐约明白他的用意，抬膝对他一顶，他一让，景横波从身下掏出一个东西，砸在他的脸上。

他一怔，伸手一抓，才发现是一颗花生，已经被压扁。

这一抓正抓在她的腹部，触手温暖柔软，他又是一呆，景横波趁他这一呆，狠狠地掐他的胳膊。

可惜她在病中，没什么力气，几个动作已经头晕眼花，只好采取哀兵政策，扁着嘴，可怜兮兮地拼命对他指身下。

他这才明白，被褥里藏了很多瓜子、花生，寓意多子多生的彩头，如今正硌着景横波，硌得她浑身痛。

可怜她几次要说，都被手指压住唇，郁闷得要爆炸。

他想了想，将她往床里挪了挪，景横波险些想将他掐死——有没有常识？床里的花生、瓜子难道就会少些吗？好歹外面的已经压扁了，没那么硌人了，挪她到床里再给花生、瓜子脱一遍壳吗？人肉脱壳机脱完壳，他就可以随便捡起来吃了是吗？

这人一脸聪明相，怎么上了床就各种智商没下限呢！

他被她的眼神瞪醒，赶紧又把她抱过来，景横波只恨自己在生病无力，不然早一个大脚丫子把他给蹬翻。

他的手臂却在微微颤抖——她发着汗，身躯无力，挂在他的手臂上软软的，似捧着一汪春水。

那似可蚀骨的香气……

手臂忽然也似失了力气，将她落下，他只好跪在床上，伸手在被子里捞花生、瓜子，扔到床角，很多花生、瓜子都在她身下的被褥里，他又伸手去她身下摸，虽然隔着被子，却依旧能感觉到她身躯的热和软，那般凸凸凹凹的起伏，肌肤的细腻近在咫尺，属于她的浓而不艳的馥郁香气，灌满了他此刻微微紧张的呼吸。

她也有点紧张，虽然很疲倦，一会儿发冷一会儿发热毫无力气，但身下那只掏掏摸摸的手，让她不能不把心吊着，把意识绷着，把身体紧着，她能感觉到那双手很灵巧，飞快地扫过那些潜伏在被子中的花生、瓜子等硬物。她的背部痒痒的，肌肤和毛孔都似因此微微发颤，感觉出一些不一样的起伏来。有时候他无意的碰触，令她只想逃开，却因为头顶那盘旋的阴影，只能选择微微避让。她身子一翻，身体漾出起伏的曲线，他半跪在她身后，抓着一把被压碎的瓜子、花生，怔怔地忘记了下一步动作。

这般亲密，恍若当初……却已是当初……

床不大，帐子很密，还堆着很多被子，两个人很挤，两个人的呼吸气息也似乎很挤，在压迫着彼此的空间，空气中纠缠着暧昧的气氛，她的馥郁甜蜜和他的清越柔和，分不出彼此，束缚着她和他。

花生和瓜子沾着她的香气，他一捧捧地捧到床角，想了想，又挥掌压碎，衣袖一拂，落了一地粉末。

他不想看见这些花生、瓜子在他们离开后被那些舍不得浪费粮食的乡人，再拿来分吃。

掌间落了一颗花生仁，他慢慢吃了。

很香。

床始终在吱吱嘎嘎地摇着，也不知道木匠怎么打的，景横波听着这声音只觉得脸红，穆先生却趁着这声音，轻声和她道："里头有声音，外头听壁脚的就不会走，上头那个天门的要面子，就不会下来，再等一会儿，天亮了天门的人很多手段就使不出，咱们的胜算更大些。"

景横波这才明白他搞出许多暧昧动静的意思，深以为然，道："那咱们再搞一搞。"伸手将他一推。

他正跪在床上，不防她动手动脚，向后撞在床板上，嘎吱一声大响，让人担心这床要塌了。

外头听壁脚的人嘻嘻哈哈一阵笑，有人兴奋地低嚷："瞧不出傻子好大的力气，只是太不懂爱惜新娘子啦。"

"明儿新娘子还能起得来吗？"

景横波也想笑，她觉得穆先生四仰八叉跌倒在被子上的模样儿，很萌。

好想把他揉一揉卷起来，做个面团儿。

然而她的笑容才展开一半，他忽然一个翻身，又压住了她。

肌肤的热力逼来，携着他清郁的香气，她瞪大眼要反抗——有完没完了！

他又按住她的唇："嘘——"

上头似乎有轻微的瓦裂声，那人耐不住了。

景横波注意力转移到屋顶，就没注意到，穆先生压住她，双手抱住了她的肩，将脸搁在她颈侧，深深地吸了口气。

她的热和香软，暌违已久，他趁此机会，再尝。

一霎之后他抬头，景横波的注意力正好回来，甚至都没发现他偷香。

忽然外头有开门声，又有重重的脚步声，一个老者大声道："这是在做什么？都散了！散了！"

听壁脚的人太兴奋放肆，惹烦了新郎的家里人，忍无可忍出来赶人了。

那些半大小子一哄而散，景横波心中暗叫一声“糟了”。

果然，几乎在外头的脚步声刚刚消失，新郎的家人回房睡觉那一刻，上头的瓦片忽然一响，漏下一片暗淡的天光。

不是天光，是剑光，似雪生凉，似雪亮，一霎自天际生，下一霎抵达婚床。

穆先生忽然抱着景横波向边上一躲。

嚓的一声，剑光闪过，床板裂成两半。

景横波被穆先生面对面搂在怀中，感觉到背后剑气的寒冷，揣摩剑的来势，竟然是对着穆先生的。

她随即一怔，感觉到他的灼热，脸蓦地红了，惊觉这姿势太近太暧昧了……

还没等她想清楚，头顶又是一响，眼前一亮。

穆先生霍然抱着她，往床里一滚。

嚓的一声，床顶到床板，出现一个扁扁的洞，一剑穿床。

景横波揣摩这回的剑势，似乎是对着她，如果刚才那一剑将穆先生砍成两半，那么现在这一剑，正好穿过她的腿，将她钉在床上。

够狠。

两人滚在床里，近到脸贴着脸，他的唇温温软软地擦在她颊边，从他乌黑的发间望过去，大红的被子高高地堆在脚边，而身上的人比被子还热，气息迫人，她忽然没来由地想到“被翻红浪”四个字……

这便宜被占大了，她想。

但此时也不能动，两剑来势如此，说明屋顶的人耐不住已经出手，下面他就会来享用他的胜利果实了。

景横波隐约猜出这人想要干什么。

新婚夜杀死新郎，断了新娘的腿，然后……

这叫天门？还九重天门？下次得赐个匾给他们，改名叫九幽地狱！

他搂着她，一怀软玉温香，心在此刻无比贪恋，想要猛力呼吸有她的空气，却又不敢太过用力，怕因此引爆了早已萌发的欲望，只得细细碎碎地呼吸，温温存存地体验，手指轻轻按过她的肩窝，肩窝是一个美妙的凹陷，他的心也似凹了一个洞，满载的都是思恋，近在咫尺也思恋，近在咫尺更思恋。

他珍惜这宝贵的时光，和她相拥的时光，心里清晰地明白，这是上天赐予的减法，一次少于一次，也因此，他又憎恨这样的时光，奢侈而短暂，他更憎恨自己的明白——人生因太过通透而预知，因预知而不得欢喜。

景横波感觉到他的轻轻颤抖，一开始以为是情动，她立即想要推开他，然而随即她就感觉到了他的心情——浓浓的喜欢，和淡淡的寂寥，还有，浅浅的忧伤。

她不明白为什么会感觉到这样的情绪，但这样的情绪感染了她，她忽然也安静下来，想到了很多人、很多事，想到心底最深处的那个人、那件事。

穆先生渐渐平静下来，忽然伸手取了她的匕首，在腕脉处轻轻一按，一股鲜血流出，也不知道他用了什么手法，景横波顿时觉得满屋都是血腥味，活像这屋子里死了几个人一般。

她明白了，对方出手之后会下来，下来之后闻不到血腥味就会知道没得手，就会心存警惕。

穆先生的细致和江湖经验的老到，让她一直觉得，这是个真真正正的江湖人，不在江湖打滚多年很难有这样的敏锐和经验。

头顶上轻轻一响，一道白影曼妙地飘下来。

景横波说过她最讨厌白影！

她要起身，穆先生又将她按住，对她微微一笑，做了个“尽管休息”的手势。随即他将被子卷了卷，塞到枕头下，用腰带捆好，堆在床边。

景横波正纳闷他在做什么，就见帐外那人手一挥，哗啦一声帐帘破开，那卷被子被卷了出去，重重地落在墙角。

哦对了，床上应该有尸体，这人要上床，自然要先把尸体卷走。

屋子里很黑，烛光已灭，光听声音，这加了枕头的被窝卷儿，还真有几分像尸首。

屋里那模糊的白影算是谨慎，出手卷走尸首后，站在屋中，衣袖甩出长长的一截，向床上探来。

他探的位置现在没人，景横波和穆先生都躲在床尾。

一瞬间穆先生似乎有些犹豫，景横波这时候倒反应快捷，猛地将他一推。

穆先生无声地倒在床上，黑发泻了满枕。

屋中人探路的衣袖此时也到了，“摸了摸”穆先生的脸，确定了床上有人，满意地收了回去。

黑暗里穆先生眼神无奈，景横波捂住嘴奸笑，眼眸晶亮，满是狡黠。

他的目光悄然流转，无奈中便多了几分宠溺的意味。

屋中人向床边走来，从身形、姿态来看，景横波和穆先生都确定是那领头的男子。

九重天门的人有种很特别的特征，就是不同身份的人姿态明显不一样，哪怕一个外人，也能很容易地从九重天门人的神态上，看出他们身份的区别，身份越高，神态越矜贵，姿态越骄傲，下巴和鼻孔抬得越高。

这不是有意培养的，九重天门的人自己可能都察觉不到，这完全是一个宗门长久以来根深蒂固的森严等级制度和区分待遇造成的。

那人走来，以一种掌控一切的胜利者的姿态。

他即将来享受自己看中的女人。

床上需要一个女人，穆先生要坐起身，景横波一屁股坐在他腿上，不让他起身，做了个“你牺牲一下”的手势。

穆先生也就不动了，他当然不情愿自己做这个“被采花的”，但似乎更不情愿景横波

“被采”。

帐子撩开，伸进来一只苍白的手。

纳木尔站在床边，黑暗的室内，隐约可见床上人黑发凌乱地披在脸上，缎子般闪着幽光，露出半张雪白的脸，虽然看不清轮廓，却能知道这脸颇美丽。

纳木尔狰狞而满意地笑了一声，手一抬，腰带滑落。

他无声无息地迅速脱了裤子，外头的长袍居然还穿着。

里头可以不要，外头的面子永远要撑着。

帘子一掀，精壮的大腿一抬，他上床来，伸手就去撕穆先生的裤子。

景横波一刀就刺了过去！

后心！

冷风袭体，纳木尔立即警觉，纵身要起，躺着的穆先生忽然伸手，夹住了他的双臂。

这一夹如铁钳，纳木尔立即跑不掉。他却也不是弱者，紧急关头，身子忽然诡异地一扭，生生将上半身扭出了床外，他扭得如此用力，整个人近乎畸形，以至于腰骨都发出似要断裂的咔嚓声。

哧的一声，景横波的匕首在他背上一滑，一剖而下，险些将他的背剖成两半！

纳木尔仰头要痛呼，穆先生手疾眼快，抓起床头的一只袜子就塞进了他嘴里。

他的手一松，纳木尔拼命跃身而起，洒着血撞向床顶。

他知道面前的是谁，知道穆先生不能走路，而景横波身形诡异，所以他选择最近的，从屋顶出去的距离。

重伤之下他的应变并不慢，也准确，这是天门弟子在恶劣的环境中锻炼出的耐力和本能。

穆先生并没有起身，他躺着，手中乌光一闪。

啪嗒一声，什么东西掉了下来，落在了被子上，纳木尔凄厉的惨呼被另一只袜子给堵住。

剧痛中他拼命向上拔身，忽然想起身后还有人。

那个女子在身后！

这念头一闪而过，他心胆俱裂，用尽全身力气撞破床顶，只求快快逃脱。

身后的景横波咯咯一笑，一抬手。

扑哧一声，她也不知道戳进了哪里，似乎是躯体的中段，她及时扭头，避开了一蓬鲜血。

纳木尔已经发不出惨呼，身躯在往下掉，面对这样两人近距离的夹攻，没有能逃掉的理由。

正对着床顶的屋顶忽然开了一个洞。

一道柔白的细丝闪电般向下一探。

纳木尔此时反应依旧极快，伸手抓住，那丝似有弹性，带得他向上弹了出去。

速度如电，以至于纳木尔洒下的鲜血纵贯屋梁如血虹。

景横波和穆先生双双扑起，那丝忽然分出两端射向他们，两人各自一接，便觉手上一黏，这丝竟然如蛛丝一般有黏性。

只这么一耽搁，纳木尔已经在屋顶消失不见。

穆先生和景横波都沉默了一下，然后景横波忽然一倒，穆先生急忙伸手将她接住，景横波在他的臂弯中气喘吁吁地道：“累死我了……”

她疲惫之下，声音慵懒沙哑，近乎撒娇，而身躯软软的，微微浸着汗意。

他臂上承载着她的躯体，只觉得似扶住了一团云，绯红的，柔软的，轻盈的，在心的苍穹中摆荡。

他的心也悠悠颤起，扶她睡下，虽然不说话，但动作怜惜。

景横波忽然道：“咦，这是什么？”伸手要去拈那一团从纳木尔身上砍落的东西。

她的手啪的一下被打下，穆先生抢着伸手过来，手中一条帕子，裹住那一团，远远对着屋角一扔。

他想了想还不罢休，又射出火折子，点燃红烛，把红烛砸到那一团之上，烧了。

景横波好一会儿才明白那是啥玩意，一脸的震惊古怪，想了想，叽叽咕咕地笑了起来。

穆先生愕然地看着她，也许是产生了什么误会，额角微微发红。

景横波笑的却是自己那一招——先前没看清楚，如果真是那啥要紧的部位，那可怜的家伙可真是被前后夹击了。

不过穆先生下手可真狠，她还从没见过一个男人对那里下手的。这家伙不会有什么古怪吧？

她斜着眼睛打量他，看得他浑身一阵不自在，心里明白这猥琐的女人又在动什么不大好的念头了。

“你要不要睡会儿……”他只好岔开话题。

“这床上全是血怎么睡……”她咕哝，觉得自己好了点，也许是刚才紧张出了一身汗的缘故。

他将带血的被子扔掉，她才发现血都在被子上，床上还是干干净净的。

换句话说，他对那人下手时，连这个都想到了。

这个男人的细心，有时候真是令人叹为观止。

“将来谁如果做了你老婆，可真有福气……”她咕哝着躺了下去，留下和他之间的一尺距离。

他的手一顿，半晌轻轻地道：“那也未必，或许是累赘。”

“谁是谁的累赘？”她翻了个身，拿手肘当枕头，问他。

黑暗中她眸子发亮，灼得他心间一痛。

“自然我是她的。”他拍了拍腿示意。

“想太多。”景横波冷哼一声，“选择自己所爱的，爱自己所选择的。既然跟了你，怎么还会嫌弃你？你怎么知道她觉得你是累赘？也许她因此更心疼你呢？也许她只想和你在一起呢？也许她根本就不在乎呢？你又不是她，你知道她在想什么？你凭什么这么论断她？”她越说越气，重重地拍了一下他的大腿，“你们男人怎么都这样，总是以自己的想法去揣度女人，自以为是，自作主张，自作聪明！”

她怒气冲冲地翻了个身，面对着墙，似乎连话都懒得和他说了。

他默然半晌，伸手轻轻按住了她的肩，道：“别生气了……”

“关你什么事，拿开你的爪子！”

他拿开手，静了半晌，她听见他呼吸声细细的，似乎在压抑着什么情绪。

她忽然也觉得情绪压抑，似乎这一顿发作，并不仅仅是迁怒……

身后那爪子，忽然又轻轻搁在她腰上。

她怒道：“我说过要你把爪子拿开！”

咆哮过后，她呆了呆，忽然觉得好像哪里不对？

这动作，这对话，这语气，怎么这么像小夫妻床头吵架……

下一刻她就听见他尴尬地道：“我是想给你拉上衣服，你腰间的衣裳裂了……”

她霍然翻身，横过去睡在床尾，道：“你去睡椅子。”

他沉默了一下，当真要下床，她也沉默了一下，忽然发觉这剧情发展，越来越像吵架的小夫妻了……

气氛太暧昧，怎么做都不对。

“站住，我去睡椅子好了！”她坐起身，爬下床，将他推了回去，决定再也不要和他共同待在某一个狭小的空间里。

那种从出帝歌就开始有的熟悉感和怀疑感，已经快把她折磨疯了，她什么都不想去思考！

她刚走出两步，忽然窗户咔嗒一响，一个人影钻了进来。

她一怔，停住脚步，身后的穆先生已经发觉，探手便将她拽进怀里。

那条人影却已经扑了进来，也不管穆先生，一把抱住了她的腿。

景横波怔住，穆先生也一愣，两人都感觉到对方没有武功。

“二丫！二丫！”那人气喘吁吁，浑身颤抖地道，“我等了好久，现在外面没人了，你跟我走，现在就跟我走！”

黑暗中那人仰起脸，满面哀求，竟然是那个先前大闹喜堂的虎子。

这家伙在喜堂被拖走，心中却认定是自己懦弱，任喜欢的女子嫁给傻子，如今遭受报应，说明老天也看不下去他如此懦弱，他必得像个男人，奋起一回，一定要把二丫从火坑里救出来！

他在外头逡巡半夜，偏偏今晚听壁脚的小子们迟迟不走，他一直等到那些半大小子被赶走，又等了一会儿确定村中人都睡了，才跑了过来。

“二丫，你跟我走，跟我走！”他被自己勇烈牺牲的情感所感动，激动得浑身乱颤满脸是汗，连穆先生就坐在床边也不在意，一个劲儿地向外拖景横波，“我答应你了，我们私奔！这就走！我不嫌弃你已经失身，这辈子，你得是我的！”

景横波本想一掌拍他个早点“睡觉”的，听见最后一句，倒怔了。

她一时间心潮翻涌，心头滋味难以言喻，好半晌才怅然一声长叹，喃喃道：“活得都不如这些乡野小民……”

她心中充满怅然的情绪——这辈子，她自己，应该是听不见这么一句又霸道又傻，却最暖女人心的话了吧？

二丫比她有福啊。

她身后，穆先生原本似乎是打算拍倒虎子的，手伸到一半，听见她的叹息，也怔住了。

他的手僵僵地伸在半空，离她的衣裳半寸距离，却始终没有再进一步。

手指蜷缩，不敢抓握的姿态，半晌，颓然垂下。

室内一霎的诡异寂静，虎子不知道刚才那一刻，已经逃过一小劫，犹自急急地拖着景横波。

景横波叹息一声，忽然不想再演戏了。

“我不是二丫。”她道。

虎子一怔，松开手，抬头仔细辨认她的脸。

“你帮我一个忙，我就告诉你二丫在哪里，给你银子，你去和二丫找个不认识你们的地方，好好过一辈子。”

“好。”那少年答得毫不犹豫，“她在哪？”

“你先帮我办件事。”她在他耳边嘀咕几句。

虎子点了点头，转身就走。

这少年领受了失去爱情的苦果之后，便抛开了最初的优柔性子，变得果断。

景横波忽然叫住他，拍了拍他的肩：“答应我，将来一定要和二丫好好过日子，一定要给她信任，给她尊重，给她爱，给她幸福。”

她语气深切，虎子怔怔地看着她，忽觉这个一直微笑的美貌女子，心中似乎也沉着一团沉甸甸的情绪，似乎她这一句话也是一个希望，希望他人幸福，也活出她那一份，从而可堪安慰。

“我会的。”他似对她发誓，也似对自己发誓，大步向外走。

情绪太激动，他忘记可以开门走，还是从窗户笨拙地爬了出去。

满腹愁绪的景横波忍不住哈哈一笑，一转身，却看见穆先生微微晶莹的目光。

他的目光太潮湿，似含千言万语，她有些失神。

然而片刻他就将目光收拢，垂下了眼，以至于她以为那是自己的错觉。

“我让他去引来天门那些剩下的从属。”她道，“刚才救走那首领的，似乎不是他的从属，另有其人。所以那些天门弟子一定还散落在附近，继续搜寻我们，我们不如以逸待劳，把他们骗来，解决干净。”

“好。”他答得简单，似乎忽然失去了说话的兴致。

景横波忽然也觉得心里空空的，不由自主地便想着虎子和二丫，想着这些最普通的少年、少女因为爱而迸发出的勇气。

她有点羡慕。

那些最简单的幸福啊，不知何时已经离她越来越远。

两人在床边默默地坐着，各自揣着难言的心事。

各自感觉到对方心中，那个穿过今夜呼啸冷风的，巨大空洞。

第五十八章　杀王大会

虎子慌乱的脚步响在村外的土路上，黎明里听来极为清晰。

跑了没几步，他眼前白影连闪，一群白衣人拦住了他的去路。

虎子惊慌地抬起头来，虽然早得了景横波的嘱咐，知道会有人拦，但忽然看见这么一群白惨惨的人，还是被吓了一跳。

他的惊恐因此显得如此真实，那群白衣人立即问：“怎么回事？你慌慌张张跑什么？”

“啊……会飞……仙人！”虎子瞪大眼睛，慌乱地道，“村子里头有鬼！有个鬼在新房里……”

白衣人中有人冷哼一声：“新房？你听到什么了？”

他手按剑柄，眼底杀机毕露。

“我去偷偷听壁脚，就听见里头有人说……有意思……让他们也来玩玩……”虎子抖抖索索地道，“我看见一个白影，吓死我了，吓得我连屋里都不敢待，我家就住新房隔壁……”

白衣人的手松开了剑柄，眼神古怪地问了一句：“你真听见他说，让他们也来玩玩？”

“是啊……”虎子连连点头。

白衣人们互相望了望，哈哈一笑。

“纳木尔今儿怎么这么大方？”

“大方什么，还不是玩剩下的。”

“总比在外面吹风找人好，咱们兄弟也该松松筋骨了。”

“话说回来，咱们还没尝过女人呢，要进入外门成为正式弟子，还不知道得等到猴年马月。”

“那去瞧瞧？”

“嘿！”

一群人心情愉悦，也顾不上虎子了，身形连闪，直奔村中而去。

虎子爬起身来，注视着那些人的背影，偏头，憎恶地吐了一口痰：“呸！”

……

景横波在窗口拉了一条细丝，极细，凑近了都看不见。

穆先生坐在床上，把玩着景横波的匕首，匕首雪亮，在黑暗中反着光。

那些光芒，在他手中闪烁。

远处有白影掠了过来，速度很快。

景横波偏头看了看细丝，有点不明白穆先生要她拉这细丝的用意，这群人顾忌着里头是首领，没可能贸然冲进来啊。

没有速度，这细丝就没用。

她没看见那匕首上闪烁的反光带着不一样的节奏。

外头的人却看见了，跑在最前面的那个喜道：“嘿，三亮一暗，安全！纳木尔这回果然大方了，通知我们快过去呢！”他哈哈笑着和身后的人打了个招呼，“不好意思，我先啊！”

他提起速度，弓腰缩背，咻的一声自那窄小的窗口射进。

景横波看见了一幕极其诡异的场景。

她看见一个人进来，刹那间被分成两片，上半身和下半身相距半尺，各自以抛物线运动飞出半丈。

血雾化开，眼前下了一阵艳红的血雨。

带血的被子又派上了用场，迎上那两个半截，一裹，滚落到了角落里。

屋内安安静静的，细线上甚至没来得及留下血液。

杀人杀到这样精妙，令人浑身发冷。

景横波目光灼灼，觉得自己需要学的还很多，首先她就没明白，一言不发的穆先生，是怎么令对方敢死队一样冲过来的？

但她可以确定的是，这种手法只能用一次，冲进来一个，第二个不会再冲。

“第二个怎么杀？”她用口型问穆先生。

他含笑看着她，做了个“你来”的手势。

景横波眼睛一翻——呵，什么意思，比上了？

比就比。

她先去床上休息了一会儿，和穆先生各据一边，他袖间的香气淡淡的，却遮住了血气的浓郁。

外头忽然有敲窗的声音，有人急不可待地问：“好了没？”

景横波起身，去屋角扛了那鲜血浸染的被子，被子里裹着那两截人，正有半截在外头，看起来倒还完整，上半身也没有血迹。

这种事做起来其实需要勇气，想到被子里到底是什么，她就有点手软。可她忽然明白，在玳瑁，在大荒，这样的场景也许以后会有很多，她如果不能克服心障，就永不能真正成为杀伐决断的王者。

黑暗的世道，不容软弱。

身后有他的目光在，温暖坚定，她忽然便不怕了。

将卷起的被子扛起，调整了一下那人手的姿势，她蹲在窗下，将那人慢慢竖起。

那人半个身体探出窗口，手微微招展，是一个“你来”的姿势。

外头有人在笑，道：“哈，一起？也行！”

有人奔了过来，窗口窄小，堵了一个人就再不能进人，他便将堵住窗口的人，不耐烦地一拨：“还堵着干吗？让开。”

那人应声而倒，后来的这人一怔，觉得手感不对。

他一低头，就看见倒下的那人肋下，忽然穿出一抹雪光，刺入了他的肋下。

从肋下入，斜斜一挑，刺入心脏。

哧，极轻微的一声。

近在咫尺，又有人体阻挡，无可逃避。

他身子一僵，靠住窗口，不动了。

景横波顺势将他拖进窗口，姿态自然不大好，落地砰的一声。

外头有人在笑：“瞧这家伙急的，窗子都不会爬了！”

景横波听着外头的声音和呼吸，目光一闪——人已经剩得不多了。

她开始蹲下来扒这些人的衣服，天门的弟子，哪怕是低级弟子，身上应该也有些不错的东西吧？

东西是不少，册子、丹药等各种奇怪玩意，她也来不及一一研究，先收起再说。

第三个人是穆先生杀的，他在屋内模拟出三人争执打架的声音，一个天门弟子急着进来劝架，把自己劝死了。

但后面出现了难度，接连进去三人，却没什么声息，还闹出争执，显得有几分诡异，剩下的几个人犹豫着不肯进来，甚至开始后退。

还没退两步，身后传来东西落地的声音，他们一回头，就看见满地汤水，一个老妇人怔怔地看着他们，嘶声叫喊：“来人啊，有贼！有贼！有贼闯了我儿的新房！”

这时天已经将亮，村里已有人起床下地。村子里的其余人自然对昨夜办喜事的人家投以关注，一眼就看见几个白衣人围在喜房外，顿时都警惕地围拢来。

钉耙、锄头举起，也是寒光闪闪。

景横波趁机抛出一床带血的被子，扯着嗓子大喊：“贼人打劫，救命！救命！”

乡人一听顿时轰然，眼看被子被血浸透，又惊又怒，大群人向那几个白衣人扑去，白衣人哪里将这些不识武功的乡野百姓看在眼里，冷笑一声正要拨开眼前的锄头、钉耙，大开杀戒，忽然发觉不对劲。

那些动作原本很慢的锄头，忽然就到了眼前。

那些算着原本不该到达自己面前的钉耙，忽然就绊住了自己的脚步。

那些乱舞的菜刀、擀面杖，忽然挡在了自己必须要去的路上。

而自己的剑，似乎被奇异的力量拨动，总在将要杀死来人的时候，被拨歪到一边，伤到自己的同伴。

哎哟声不绝，却是发自自己和同伴口中，这让这几人开始感到惊慌，更惊慌的是，这边他们被百姓围攻了，屋子里那几个人，包括纳木尔，一个都没出来。

再看看自己这边，他们这才惊觉，明明己方那么多人，都到哪里去了？

血路没有杀开，他们反而被钉耙扯住了衣服，被锄头敲到了脚趾，被擀面杖捶在了背上，他们惊惶中想要施杀手，却被重重叠叠的人群淹没。

一个人被他们打倒，就有更多的人涌上来，当第一把菜刀砍上他们的后背，更多的伤痕便绽开在他们的雪色衣裳上。

蚂蚁，亦可以咬死大象。

在窗前观战的景横波，看着窗外被人群包围住、仿佛在怒海中挣扎的那几个人头，嘴角轻轻一撇。

不用再看，结局已经注定了。

她转身的那一刻，晨曦正从窗外射来，将她的脸和轮廓镀了一片深金淡红。

屋内，他亦抬头，目光交会，各自被彼此的熠熠光辉，点亮。

……

一夜风波历劫过。

之后的事很好办，找到在村外等候的虎子，给了他银子，告知他二丫在哪里躲藏，顺便把被打晕的傻子放在村口。

至于那些尸体，村人自己知道怎么处理。乡人自有乡人的智慧。

天亮的时候，景横波和穆先生回到了王进的队伍里，那时候王进也不过刚刚赶跑了一批刺客。

王进甚至没有多问他们去了哪里，昨夜刺客纷乱，各自厮杀躲藏，谁也顾不着谁。

景横波累极了，危机一过又睡着了，醒来时安安稳稳地躺在马车里，甚至身上都换了平常的猎户女儿衣服。

身体还是不舒服，觉得寒冷，但比昨夜一开始发作时已经好了很多，后来她和那群白衣人的对战，几乎都没有太费什么功夫，没有再受到寒气侵袭，她体内的各种能量就能自己慢慢调整，不至于来一场重病。

只是想起昨夜喝醉酒惹出来的事，她的头更痛了。

真见鬼，以前在现代那世，她的酒量明明不错，啤酒一打随意，白酒半斤不倒，谁知道到了大荒，一次比一次差。

都说有心事的人容易喝醉，看样子以后她得戒酒。

她摸了摸身上的衣裳，竖起眉毛——她的衣裳，是谁换的？

不用问也知道是谁换的，她想找人算账，但人家在对面睡着，她凑过去一瞧，穆先生居然睡得很香，似乎很疲惫的样子。

她凝视着他的睡颜，目光复杂，半晌，轻轻地将头转了过去。

外头声音嘈杂，她下了车，王进那批人受伤的不少，王进说已经派人向门中求援。奇怪的是厉含羽也在其中，虽然灰头土脸，但居然没受什么伤，景横波过去，听见他和一个帮众吹嘘，吹他如何单人徒手杀掉了三个刺客。

景横波撇了撇嘴，什么单人徒手杀刺客，是轻功太好，逃掉了吧？

厉含羽看她过来，立即躲臭虫般躲到一边，连被她的衣襟擦过的衣角，都掸了又掸。

景横波嘿嘿一笑，等着吧傻子。

之后继续上路，陆陆续续有人不断加入队伍，都是得了消息来支援的罗刹门、烈火盟和炎帮的手下。

而一路上，刺客也一直不断，而且随着罗刹门这边人数的升级，刺客也在升级——刺客是影阁叛徒雷生雨派来追杀穆先生的，但因为其他江湖大佬也曾参与谋刺穆先生，自然也不会袖手旁观，当雷生雨的人屡次刺杀失败后，其余大佬也坐不住了，自然也要派人加入刺客队伍。

而罗刹门这边，认为自己保护的是女王座下的“英白”，指望着英白带路，和女王会合，结成联盟。在他们的认知里，刺客自然是来自其余门派，目的是阻止他们和女王结盟。他们一边心惊门派大佬们消息怎么这么灵通，一边极力自保。对方的刺客在升级，他们的反抗也在不断升级。

到后来，双方都因为对方的投入人力而不断投入，一场简单的、双方认知根本不一样的追杀和保护，竟然演变成了整个玳瑁江湖三门四盟七大帮十三太保的对抗。

整个玳瑁都因此被惊动，无数人流向着丹棱山方向会集。

双方等于两队被景横波蒙住眼睛的驴子，被耍着盲目地对冲。景横波和穆先生这两个真正的目标，反而在这种对冲的空隙里，优哉游哉地坐车、喝酒、谈局、论道。

两人并不提那一夜的惊心动魄，甚至穆先生都没问过，当初在那山洞里景横波为什么要骂他、赶他，有一种心事不可言说，只在沉默中发酵。

车窗外杀杀杀，血肉横飞；车窗内谈谈谈，论尽玳瑁风云。

在这一路上，景横波虽然还是没什么好脸色给穆先生，但内心里对他却越来越佩服。他对玳瑁乃至整个大荒，有一种通盘的了解。那些复杂如乱麻的江湖势力关系，在他明锐的眼底，是泾渭分明的丝缕，眨眼便可以厘清。

她和他的关系，也进入了一种奇异的状态：既防备又信任，既亲近又疏离，既可以相互交托，也各自留存心事。两人的接触也显得有些古怪，她行事无男女之防，靠得近了免不了碰碰擦擦，他并不避让，也不拘束，但也从来不主动接近她。除了那夜“洞房”外，他似乎还是那个有些亲切、有点温和但骨子里高贵的穆先生，在极近的距离里关注着，再在天涯之外遥立着。

在第二天下午，将近十起刺杀之后，罗刹门的门主罗刹，亲自赶到了这个队伍里。

她宽袍大袖，掩住了断掉的右手，脸色苍白，眼下有深深的青黑之色，看人时多了几分凶厉之气，周围众人都不敢接触她的目光。

景横波听说，这位女门主往日在门中独掌大权，御下极严，门中子弟多有不服。如今她出了事，门下便显得不太安定，她依靠一群死忠，强力镇压，但显然已经有了衰败之象，急需立些功劳，稳固地位。

所以，掌握控制女王，便成了当务之急。

罗刹急急赶来这里的另一个原因，是他们在丹棱山寻找了很久，并没有找到女王的踪迹，所以亲自赶来，想要当面问一问“英白”。

她到的时候，景横波正和穆先生用筷子和豆子在做沙盘推演。

门忽然砰的一下被撞开，一身煞气的罗刹，冷若冰霜地站在车门口，看也不看景横波一眼，冷声道：“滚下来。”

景横波直起腰，眨巴着眼瞧着罗刹，目光着重在她断了的右手上落了落。

旁边跟着的王进暗暗叫苦——罗刹断臂之后性情大变，谁多看她一眼都可能倒霉，多看一眼她的断臂，更可能招致杀身之祸。就在这一路上，因为无意中看了一眼她的手臂而被杀的，足有三人。

果然，罗刹眉头一挑，眼底涌出浓浓煞气。

王进打眼色让景横波赶紧下来，景横波就好像没看见，她等着罗刹出手，不介意将她的另一只手也割下来。

她坐着不动，呆萌蠢傻状，罗刹一抬头盯住她，眼底的杀气一闪而过，手慢慢抬起。

忽然一个清淡而优雅的男声道：“如此，牡丹，你先下去吧。”

景横波颤了颤——她每次听见这两个字，都有挠墙的冲动。

一只手伸了过来，将她扶起，向外一让，顺势把车帘子拉起，穆先生对车下的罗刹一笑：“门主请。”

他的唇角弧度优美，举帘的手修长洁白，一双眸子幽深如夜，罗刹一抬头，只觉眼前一亮，不禁一怔。

风过，掠起穆先生鬓侧的长发，现出他线条美好的下颔。

他用的是人皮面具，不是银面具，罗刹并没有认出他是穆先生。玉楼酒宴那晚的经历太惨痛，她潜意识里逃避。

罗刹盯着他如玉如瓷的肌肤，目光泛出异彩，她经历的男子多矣，一眼之下便能确定眼前的男子，正是少见的玉树琼葩，人间仙姿。

她心中一动，眉间煞气尽去，抬头对穆先生款款一笑，连景横波从她身侧走过都没注意。

车门关了起来，景横波看似不在意，倚在一边吃大饼，吃一口看一眼，吃一口看一眼。

旁边厉含羽走过来，明明和她还隔了好远，就皱眉挥手冷斥："走开些！一股萝卜味！"

景横波瞧了瞧他的脸——好几天了，居然还没好，脸上的青肿看似平复了，其实却向更诡异的颜色方向发展，让这人的脸瞧起来更奇怪了。

厉含羽这两天越发烦躁，眉宇间颇有心事，一到晚上就时不时对着远处张望，有时还借口小解跑到荒野里去，很久之后才悻悻地回来，一脸便秘的神情。

与此同时，他对其余人都态度越发矜傲，大有"你们快来巴结本公子，以后自有提携你们处"的意思。那群江湖草莽大多懒得理他，倒也有一些老成有城府的，认为这家伙狂到如此，一定有所凭仗，不妨先客气着，也不损失什么，由此越发将他捧得连走路都恨不得飘着。

景横波觉得，江湖草莽就是江湖草莽，培养个替身都贻笑大方。换成帝歌那些人，如果要做替身，一定不容易露馅。

厉含羽的呵斥，她不过笑笑，换了个地方继续吃。丹棱山近了，耳光即将甩出来，她没必要现在和这些人对喷。

她慢慢啃着大饼，不时瞟一眼马车——这两人在谈什么呢？哟，罗刹在笑！

谈得似乎挺愉快啊，呵呵。

过了一阵子，罗刹走下车，一改先前的阴郁之态，笑得自信又得意。

景横波盯着她，想着这女人怎么了？吃药了？占到老穆便宜了？

"见到女王后，还请英白先生为我引见。"罗刹对车内人笑得柔和。

"那是自然。"车内穆先生答得也柔和。

景横波很不柔和地撕掉了半块大饼。

前方不远，淡红色的山体在细雨之中色泽朦胧，那是丹棱山，颜色发红，山势扁长，远远望去像一棱涂抹在天边的蔻丹，故有此名。

景横波目光在路边的一棵树上掠过，树身上，有一道熟悉的痕迹。

她看着那道痕迹，微微笑了。

……

"天门那支队伍，全军覆没。"庄园密室里，简之卓打开手中的纸条，向屈少宏通报这个消息。

屈少宏神色震惊："怎么可能！那群人人数不少，手段高妙，我们亲眼见过的！"

"那只能说明，对方更高明。"简之卓神情冷静。

"现在怎么办？"屈少宏询问他深深信赖的军师。

"向天门通报这个消息。"简之卓弹了弹手指，"一直愁没什么机会接触世外宗门，如今可有了。我已经命人偷偷收走了天门弟子的尸体，相信天门会很乐意收到这份见面礼。"

"万一天门迁怒我们怎么办……"

“玳瑁已经有人触怒了他们，他们要对玳瑁出手，就需要这里有一个代言人。我想，在需要和利益面前，什么都可以不计较。”

……

丹棱山有处断崖，可以俯瞰整个丹棱山的景色。从断崖上，能看到一片红色的山体中，有一处茵绿的凹陷，那个位置，就是影阁的秘密山门所在。

耶律祁正负手站在断崖之上，看着那里。

鲜于庆站在他身边，神情迷惑，不明白先生为什么早早赶回来了，却过门而不入，也不让他回总坛，任凭雷生雨趁总坛无人把持大权。

耶律祁回头，看见他疑问的神色，勾唇一笑。

“别急。”他道，“是我的就是我的。我会回去的。”

“那为什么现在不……”

“雷生雨背叛穆先生，正趁着你不在的时候，调动人员，要将穆先生刺杀于道路上。”耶律祁笑道，“他现在把持着阁内的机关和人员，我现在跑回去，岂不是送上门去给他打？”

“那我们也不能一直在外面啊……”

“当然不会。”耶律祁掸了掸衣袖，轻描淡写地道，“等该被打的人被打够了，上门帮我把雷生雨打死了，我再回去，岂不省力？”

他笑着点了点山下，手指修长：“用了我的东西，记得快点还回来啊……”

……

景横波发现，当队伍真正接近丹棱山时，刺杀反而停止了。

到了此处，雷生雨也好，当夜对穆先生出手的江湖大佬也好，都知道已经没有办法将穆先生再留在路上。穆先生既然回来了，一定会调动手下进行反扑，反正已经撕破脸皮，不如就在影阁的山门解决好了。

何况据说女王也在丹棱山，所以此刻，杀手们干脆等在丹棱山了。

那夜对穆先生出手的江湖霸主们，已经形成了新的同盟，决定女王归顺最好，不归顺就直接剿杀。她就那点儿人，能挡得过诸多帮派的联合力量？

玳瑁各大势力，原本不会这么齐心，也不会聚在某一个地方对付某一个人，他们更喜欢三两成群，各自为政，这也是当初景横波最头痛的地方——她到了玳瑁，要站稳脚跟，必然要收服所有势力，可是这些人分散在玳瑁各处，按照地域和关系聚集，她力量不够，就算出手，也只能对付其中一个小联盟，而她出手时，很可能会引起其余联盟的注意，联手来对付她，到时候她腹背受敌，很容易被分散人力，陷入被动。

玳瑁黑吃黑太厉害，除非拥有绝对碾压性的军队，否则谁也扛不住那些大小势力，或分或合，手段不断地侵蚀。

最好的办法，是在玳瑁大佬带领手下聚齐的时候，强力威慑，订下有利于自己的盟约。

那晚的玉楼浴池不适合，当时大佬们身边没人，就算一起杀了，也不过令玳瑁各大势力换血而已。

要聚齐这些人给她施展手段可不容易，她正愁没有好办法引大蛇统统出洞，没想到就跑出来一个影阁，一个穆先生，在这个时候吸引了所有人的注意力，引起了一场玳瑁江湖的全员动荡。

她抬起头，天色一片微微的青，似曙光也似暮色。

丹棱山，会有什么等待着她呢？

她很期待。

……

半下午的时候，车队遭到了阻拦，道路尽头一队快马迅速驰来，当先之人青色披风和天色卷在一起，马如怒龙。

最前面罗刹勒马而立，面沉如水，冷哼道：“凌霄门！”

凌霄门，玳瑁诸势力中排行第一。

那几骑首尾衔接，驰到近前并不停留，左右一分，流水般从队伍两侧驰过。当先一人和罗刹擦身而过时，大喝：“凌霄门邀罗刹门、烈火盟、炎帮诸位，参与大会，共襄盛举！”

他手腕一震，一片烫金请柬飞出，正落在罗刹面前。

罗刹接了，喝问：“何会？”

两队人马从队伍后一个交错，再次圆圈状驰回，披风飞舞，绝尘而去，只留下一句嚣张跋扈的回答：“杀王大会！”

烟尘扑在罗刹脸上，罗刹气白了脸：“凌霄门越来越狂妄了！”

“杀王？杀哪个王？”景横波问车内探出头来的穆先生。

穆先生手中一张帕子，顺手给她擦掉手上刚才吃鸡腿沾上的油。她自从练武之后，食量大增，对以前不怎么爱吃的荤食也很有兴趣，眼看着肌肤越发丰润明亮，就是手和嘴经常油乎乎的，有损形象。

“当然是女王。”

景横波哈地一笑，伸手摸了摸脸。

“第七天。”她咕哝道。

……

罗刹那边打听消息的人回来了，说玳瑁所有势力已经聚集在丹棱山，而且已经发现了女王的踪迹，正在联合搜捕。

还说这些人已经议定，谁也不要想掌握女王，以求掌握玳瑁王权。大家都来抢，会毁掉玳瑁现有的平衡。为免女王的存在影响玳瑁的安定，引得人心浮动，不如极早抹杀。

“那天杀的老牛鼻子！”罗刹粉脸含霜，大骂凌霄门的门主。那是个有几个老婆的道人。

打探的人还带回来一个消息，说影阁内部也生变，雷生雨带着一部分人，要投在玳瑁诸位大佬门下，支持他们对女王的制裁；另有一部分影阁的人，说雷生雨是叛徒，坚持要等穆先生回来做决定。双方也在对峙，而支持雷生雨的灵犀门、狂刀盟等势力，也派人助阵。

“丹棱山今天好热闹。”景横波笑，回头看了看穆先生，他很淡定，似乎一点也不担心影阁。

罗刹在大骂，她的如意算盘落空，女王被其余门派联合堵截，下令剿杀，她精心准备的美男计，难以派上用场。之前这一路苦心护送、交好“英白”，此刻都显得白费力气。

果然罗刹的车队还没进入丹棱山，就被凌霄门、试剑盟的人赶上来，一阵假客气和真威胁之后，罗刹的车队驶入一段平路，车子统一停在一片山坳后，下车步行。

走了没几步，景横波嚯了一声。

好多人！

面前是一个大山坳，十分平坦，有一个足球场大，现在四面满满都是人，穿着各色衣裳，泾渭分明。有的地方还搭起了棚子，棚子下一些人端然高坐，远看有些脸熟，景横波仔细认了一下，不少是那晚洗澡的“大白猪”。

她表示还是脱光了她更熟悉些，比如那个腰如水蛇的玉带帮帮主，她就记得他左屁股上有颗痣，如果她先看见他的屁股，一定不用认这么久。

场子中间有一个大木台子，露着新鲜的木头茬子，一看就是刚搭的。

“这是要比武还是要招亲？”景横波自言自语。

没人理她，当女王被裁定要处死，她这个用来诱骗女王的“猎户女儿”自然就失去了利用价值，连同“受伤不能走”的“英白”一样，被遗忘到了角落。

景横波甚至听见有帮众和罗刹建议，等会儿把这个“英白”献上去，也算是罗刹门出的手，在这难得的大聚会上露一露脸。

看得出来罗刹对这个建议很心动，但她看了一眼穆先生之后，却断然拒绝了，还让人把穆先生给背了过来，要求务必照顾好他。

景横波表示，这真是个看脸的世界。

罗刹被请去最中间的棚子议事了，只是她现在势力大减，位次被排得很靠后，这让她咬碎了银牙，却也无可奈何。

半山之上还有人影不断闪动，众人都仰头对着上面望，神情期待。

景横波靠近棚子，听见有人呵呵大笑道：“今日咱们赌个彩头，看谁抓获的女王的手下最多。”

“那还不如赌，看谁先抓到女王。”

“彩头如何？”

“黑水泽肥遗一只，如何？”

话音未落，前方轰地爆出一声欢呼：“抓到了抓到了！”

那是一群穿黑衣的人，声音响亮，一个黑衣少女噌的一下跳上桌子，踮脚张望：“抓到女王了？”

她跳得突然，靴子上灰尘纷落，坐在桌边的大佬们纷纷皱眉，急忙端走自己的茶盏。

狂刀盟盟主孟狂皱眉喝道：“破天下来！成何体统！”

景横波听见这名字，噗的一声险些喷了——破天？这啥狗血名字？穿越到金庸小说了吗？石破天转世？

那少女孟破天，纤细高挑的身子稳稳立在一个细瓷杯上，只顾对着上头张望，理也不理她爹，对手下帮众一指：“抓到女王，先别杀！让她陪我睡觉，给我洗脚！”

景横波又噗的一声——这位狂刀盟受尽宠爱的六小姐，不会是喜欢女人吧？

不对啊，她明明记得七杀中谁说过，谁谁曾被六小姐看中……

上头的喧嚣却渐渐低了，隐约有窃窃私语传来，那少女孟破天竖起眉毛张望，怒道：“人呢！人呢！抓到的人呢！怎么半天不下来！”

啪的一声，一坨花花绿绿的东西炮弹般砸了下来，有人惭愧地大叫：“六公子，我们抓到了女王的……鸟！”

汉子们哄堂大笑。

景横波又噗的一声。

二狗子！

孟破天一抬手，抓住了那坨花花绿绿，和那货大眼对绿豆眼。

二狗子没有挣扎，在孟破天手中凄凉地长叹：“国破山河在，城春草木深，杀了二狗子，还有后来人。”

“这鸟会吟诗！”孟破天惊喜地道，“果然不愧是女王的鸟！”一摆手，用老爷们纳妾般的语气道，“收了！”抬手将二狗子扔进一旁的筐子里。

筐子里有各种奇怪玩意儿，连春宫图都有，玳瑁的江湖人都知道，人家女子拎花篮，孟家女公子拎筐，人家女子的花篮里是鲜花和吃食，孟家女公子的筐子里是她随时看中的各种古怪玩意儿，不求值钱，只求新奇。所以现在二狗子左爪踩着一件绣着古怪花纹的肚兜，右爪踩着一只两头龟，而它自己作为一只“会吟诗的女王的鸟”，有幸进入了孟六小姐的筐。

“还君明珠双泪垂，”二狗子扒在筐边咏叹，“狗爷和你亲个嘴。”

“哈哈哈这鸟好！”孟破天乐不可支，“回头和你亲嘴！大家伙儿继续干！我要女王和她的鸟一起伺候我！”

“能不口口声声我的鸟吗？”景横波咕哝，“害得我总想摸裤裆……”

“抓到了抓到了！”上头又是一阵骚动。

一群人风驰电掣地下来，在众人期待的目光中，抛出一大团被五花大绑的毛茸茸玩意。

景横波：“……”

“女王的神兽！”黄衣服的神决帮帮众大声道，神态颇得意，睨着只逮到一只废物鸟的烈火盟帮众。

兽总比鸟好些。

“啊哈哈哈一只猫！”孟破天大笑，“果然是神兽！瞧，紫色的猫！”

她跳下桌子，伸手一抓，神兽霏就到了她怀中。

景横波摸着下巴，想知道自己的这两只宠，在遇上别的美女时是什么模样，二狗子那种天生叛徒的货色就算了，霏霏好歹该有点气节吧？

霏霏果然甚有气节，它眯了眼，凑过头，爱娇地贴住孟破天的下巴，两只前爪偷偷地在孟破天胸前一揪，爪下的手感让它大失所望，郁愤之下，大尾巴啪地甩了孟破天的脸颊一记。

景横波叹气——平胸的妹子，你们上辈子都是折翼的天使。

“哈哈哈这猫居然会打人！”孟破天竟然不生气，还很是欢喜，眉开眼笑地抱着霏霏亲了亲，把它扔到了一边的筐子里，“这只我也要了！”

景横波发现玳瑁江湖的人，似乎对这位狂刀盟的女公子，很是包容。

美女到哪都是吃香的。江湖人大多也更喜欢孟破天这样纵情的性子。

筐子里，二狗子和霏霏打招呼：“嘿，你也被抓了啊？”

那口气，就好像在问：“你也在吃早饭啊？”

霏霏淡定地踩上它的脑袋，扒着筐边，一双大眼睛骨碌碌转，盯着孟破天的屁股。

山上又有了欢呼声：“抓到了抓到了！”

只是底下这回再没了兴奋的欢呼声，众人都学会了淡定。孟破天撇了撇嘴道：“这回该是狗了吧？”

这回不是狗，因为上头有人在叫：“抓到女王了！”

第五十九章　春色无边

轰然一声，上千人又激动起来，龙虎盟的人大叫道：“是我们的人！我们的人！”

今日所有势力集会，将杀王作为彩头，谁抓到女王，自然从此大大露脸，在玳瑁江湖地位更高一筹。

山头上人影闪动，一大群人意气风发，押着一个捆得像粽子一样的人下来，龙虎盟的盟主呵呵大笑着迎上去，声若洪钟地道：“儿郎们太不懂事，怎好这样对待尊贵的女王呢！”

他左顾右盼，神情得意，四面大佬们或撇头，或木然，或冷哼。

被捆住的那个人，扭扭捏捏地大叫：“哎哟，你们懂不懂怜香惜玉啊？不要这样捆人家啦，人家被捆得好痛啦……”

景横波正转身喝水，噗的一口水险些喷到穆先生脸上。

她霍然回头，然后猛地捏了捏拳头，很担心自己会一个隔空拳，打到那张可恶的小白脸上。

那被五花大绑还眉开眼笑、在一群男人手上挣扎扭动的家伙，不是伊柒是谁？

更要命的是女装的伊柒！

这货穿了件仙气飘飘的裙子，披了件只愁不招眼的金色披风，涂了一脸白白的粉，猴子屁股一样的腮红，鲜血淋漓一般的血盆小口，对着底下上千人，抽筋似的飞媚眼：“大家好啊，我是黑水女王景横波。”

上千汉子怔怔地盯着伊柒，觉得这女人长相还是可以的，周身气质仔细看也有，但妆化得像妓女，怎么看都和“女王”两字不搭调。

“他活着就为恶心世人的……”景横波拳头咔吧响。

“这是女王吗？”穆先生在她身后惊叹，“果然风姿绝俗，与众不同。”

景横波恶狠狠地转过头，瞪着他——装！你也装！姐就不信你真不知道谁才是女王。

穆先生唇角笑意似无辜，悠悠地道：“别生气太早，事情还没完呢。”

景横波恨恨地扭过头去，她想知道，英白呢，天弃呢，裴枢呢？这几个家伙跑哪去了？任七杀这群二货败坏她的形象吗？

她马上就知道了穆先生的“事情还没完”是什么意思。

山上又是一阵喧嚷，伴随着“抓到了抓到了”之声，神决帮的老大认出是自己的属下，不耐烦地站起来骂道：“嚷嚷什么！女王已经抓到了！”

“是我们抓到女王了！”

上千人又是一阵哄然，神决帮的帮众得意扬扬地下山来，果然也推了个被五花大绑的女人。

那女人穿一身粉红裙子，打扮得萌萌的，脸有三斤粉，唇似猪血红，眉心还点着一颗硕大的胭脂痣，垂眉敛目，羞答答地道：“阿弥陀佛，施主们轻些，众生皆苦，何必如此粗鲁……”

景横波又想吐血了。

伪和尚武杉！

上千人陷入诡异的沉默——女王一个又一个，一个都不像……

山上搜寻的人却没有停止，因为分散搜寻，各自为战，也不知道别人那里怎样，不断有人爆发出惊喜的欢呼：“抓到女王了！抓到女王了！”

底下已经没人欢喜了，面面相觑。

“女王”们被一个个地推下来，造型之多变，打扮之拉风，足可媲美景横波现代那世的抽象时装表演。

景横波看见司思的波斯舞娘装扮，露一截雪白的肚皮，肚皮上居然还穿了金环，初冬天气里摇曳生姿，摇动了无数男人惊艳的目光。

看见山舞的青色襦裙，配上他周身文秀的气质，不说话倒也是个文雅的小娘子，一开口所有人眼前一黑：“我才是女王！快来舔我的脚！”

尔陆和陆迩都是男子气息浓郁的类型，扮女人便不如那几个逼真。尔陆打扮成尼姑，戴着灰色僧帽，对上千玳瑁江湖儿郎笑嘻嘻地喊：“大师！因何强抢贫尼？”

陆迩则是女道士造型，被五花大绑的他在一边怒喝：“贼秃忒不要脸，我和道长才是真爱！”

全场人的表情惨不忍睹。

最后一个被捆下来的是戚逸，已经被震惊得淡定的景横波，还是倒抽了一口凉气，为七杀永远推陈出新、没有最惊悚只有更惊悚的恶搞花样，五体投地。

这货扮女人，穿一身鲜艳得不能再鲜艳的花裙子，戴一头累赘得不能再累赘的金银首饰，连绣花鞋上都绣满了各种各样的花，打扮可谓七个二货中最女性化的——却连胡楂都没刮！

景横波决定以后给他赐名“戚如花”！

七个二货又蹦又跳，大喊大叫。

“我是女王！”

“我才是女王！”

“我要求获得女王应有的待遇！”

“我将对你们进行严厉的谴责和抗议！”

全玳瑁江湖的好手们，已经脸色铁青。

傻子也知道，这七个哭喊着自己是女王的，都不是女王，他们被耍了。

更明显的是，七个人分别是被七个势力所抓获，就像他们有意分配一样。

现在只有孟破天笑得出来了，她指着司思哈哈大笑道：“我认出来啦，思思啊！你终于肯出来啦？上次咱们在狂刀盟玩得好不好？哎哟你这小腰可真白真细，下次跳个扭腰舞给我瞧瞧好不好？”

“我是女王的人啦。”司思对她喊话，“你打败女王，我就做你上门女婿！”

“就这么说定了！”孟破天两眼放光，一把拎起身边的筐，“到时候我拿这鸟和这猫给你做聘礼！”

景横波不气了，嘿嘿笑着，哟，拿她的宠去娶她的二货，胆子好肥啊，呵呵。

不过比较靠谱的那三个，在哪呢？

“你说他们玩的什么花招？”她低声问穆先生。

穆先生坐在石头上，手指悠悠地将她掉落的一根长发捡起，道：“女王的人，要做的自然是对女王有利的事。”

景横波专心思索，嗯了一声道：“我觉得他们是要控制全局，每个人分别由一个势力抓获，分明是想把整个场地都控制在手中，等下他们应该有脱困的办法。”

“果然心有灵犀。”他赞。

景横波后知后觉地觉得，这语气似乎有点不对。

她想问又不知道该怎么问，穆先生专心玩头发去了，不理她了。景横波耸了耸肩，觉得唯男人与鸟难养也。

她盯着被捆在人群中的七杀，七个二货笑嘻嘻的，被捆住的手指头翘来翘去。

手指头翘来翘去……

她心中一动，装作无意地走动，绕着他们走了一圈，盯着他们的手指头，目光在他们的手指指向的位置一一扫过，目中渐渐泛上光彩。

大佬们聚在一起，在研究这七个人的身份，七峰山七杀的大名，其实这些人都知道，但多年来井水不犯河水，七杀没兴趣掺和玳瑁的事，玳瑁也不敢轻易动七杀。大家都没见过七杀，心中对七杀都是神山高人的印象，就算有隐约听说七杀不靠谱爱玩之类的传言，也绝对想不到这群货能玩到这个级别——江湖大佬最重身份，身份高贵的男子去扮低贱的女子，于他们是不可想象的。

大佬们还在讨论如何处置，蓦然一个人冲出来，大声道："他们都不是女王！"

众人的目光唰的一下转过去，正看见一个白衣少年满面激动地奔出来。

众人一怔，随即注意到他所说的话，当即有人大笑道："何须你说，傻子也知道他们不是女王！女王还躲在山上呢，呵呵，女人就是没用，只知道将手下抛出来混淆视线，以为这样就能逃掉吗？"

出来的自然是厉含羽，他在众人面前，却不像对景横波、王进等人的骄狂轻浮，他微微昂起下巴，显出几分清傲的气质，冷然从容地道："我何止知道他们不是女王，我还认识女王！我可以帮你们劝解女王，令她认清形势，弃械投降！"

他这话引起了众人的兴趣，凌霄门那有几个老婆的道士门主道："如何有此一说？"

"我如果能做到，你们打算怎么谢我？"厉含羽不答反问。

"我们自己就能擒获女王，何须你劝？"灵犀门门主，一个脸色苍白的中年男子冷然答。

"真那么容易吗？"厉含羽指着七杀，冷笑道，"一千多人，搜遍全山，到现在只抓到这么一些喽啰。你们还以为女王很好对付？"

被他一言击中痛处，众人的脸色都有些难看。

试剑盟盟主，一个青灰脸色的青年，抚着自己的剑，淡淡地道："你又如何认为，你能劝动女王不战而降？"

众大佬都不说话，抓女王抓出这许多笑话，他们心中也知道女王不是那么容易抓的，谁先上都可能折损实力，折损实力后回去时就可能遇上对手的偷袭，玳瑁这地方步步杀机，能保存实力当然最好不过。

天竞帮帮主和龙虎盟盟主悄声道："如果女王真是那晚玉楼的杀手，倒还真有几分棘手……"

"这个你想多了。"龙虎盟盟主不以为然地摇头，"帝歌那边的消息是说景女王有神异，但就描述来看，也没神异成怎样。玉楼那杀手何其厉害？景女王离开帝歌一年不到，据说身上还有毒伤，断无可能成长成那样。要我说，我隐约听说九重天门的人下了凡尘，或者那夜的女杀手，是九重天门的人也未可知，你看那近乎通神的手段，哪里是凡人能为……"

这边在窃窃私语，那边厉含羽面有得色，大声道：“自然是因为我和女王交情匪浅，她对我一见……”

“我一见你就想杀你！”

蓦然一声大喝，响在众人头顶，霹雳一般炸得众人耳膜轰然一震，嗡嗡作响，众人神色骇然地纷纷转头，就看见一道人影霓虹彩光一般掠来。

那影子速度极快，刚刚出现在半山腰，下一瞬已经到了山坳，霓虹般的衣袂掠过，寒光一闪，底下便爆开一片惨叫和血虹，那一道血虹被衣角牵动，在半空中洒了一路，夕阳下天幕凄艳，如晚霞之上再抹一层血霞。

声势惊人。

人群纷纷后退，桌椅翻倒，大佬们急速起身退后，被护卫们裹入自家人群。

唰的一蓬鲜血，连同那人鲜红的衣角，同时落在了中央的台上。

只来一人，已经造成底下上千人的混乱，那身影所经之处，帮众们重则天灵盖爆裂，轻则头皮裂开，满地红红白白，再被纷乱后退的靴子压入泥土。

凶暴无伦，先声夺人。

无数人惊恐地抬起头，看向台上此刻还在大喇喇背对着众人的红衣人。

那人长发披散，一头乌发亮若明缎，大红披风火一般鲜艳，披风角在刚才已经染红，静静垂落在台上，那些鲜血犹自漫延而下，将青白的木茬染成一片斑驳。

风过，吹起乌亮的长发，露一截雪白的脖颈，玉般润泽，毫无瑕疵。

一个背影便无限煞气、风华。

刹那间，所有人心中掠过一个念头：女王！这才该是女王！

没有被震撼到的人，只有寥寥几人，比如景横波就是一个，她正怒气冲天地低骂：“装！什么时候都不忘装！回头背后给你一枪，死了活该！”

不过，似被“女王”的杀气、煞气所惊，一时竟然没有人想到背后偷袭，大佬们倒是想，却被自家的忠心属下拼命护着向后退。

有种人压迫感太甚，随便一站都让人觉得危险。

那人摆足了姿势，才缓缓转身，一回头，众人眼前一亮，又禁不住心中一声喝彩：好个玉娃！

那张脸，似乎能逼退渐渐淡去的夕阳的金光，再逼退即将代替的月亮的柔光——毫无瑕疵，自生光辉。

众人心中又一叹——这才该是女王的脸。

那人裹一袭红锦卷云披风，看不出男女式样，锦绣如火，云纹连绵，越发衬得他眉目灵动如飞云。

那人轻敷粉，淡扫眉，眉色浅黛，唇色嫣红，众人觉得这才该是女王的装扮，浓妆艳俗。

孟破天还是不怕死地站在最高处，呆呆地瞧着，猛地抬袖抹了抹口水。

“女王！”有人忘情地高喊，再被自家大佬一眼瞪得缩进人群。

景横波看着台上卖弄的裴枢，听见这一声抖了抖。

她以为这货一定会纠正的——虽然这家伙的穿着打扮，看上去似乎真的是在让人误会是女王，但一定是巧合，他怎么可能肯扮女人？

结果裴枢居然没有出声反驳，对着上头的山林看了一眼，嘴角一扁，似愤怒似委屈。

景横波目光闪闪地瞧着，心花怒放，心想：哟！这小子真的扮成她啊？啊哈哈哈，一定是被英白、天弃联手逼的，啊哈哈哈，她每次瞧见暴龙吃瘪、委屈真是爽透了啊。

她心情太好，完全忽略了身后的穆先生。

穆先生静静地看着她——那一脸眉飞色舞，怎么形容？春色无边？

他又看了看台上，嗯，裴枢。

灰老鼠色已经没了，那人光艳年轻，鲜明得似乎能将整个大荒照亮。

单论感觉来看，裴枢和景横波才是气质风华最接近的。

他们站在一起，想必也是最相配的。

他低头看了看自己的青丝袍，清淡，没什么存在感，连手指都近乎透明，在阳光下似要消失不见。

景横波乐不可支地盯着裴枢，盘算着这事过后怎么取笑他，忽然听见身后穆先生轻轻地道："你很欢喜？"

"是啊是啊，"她笑眯眯地道，"看见他我就想笑。"

穆先生垂下眼睫。

她这样的神采飞扬，阔别久矣，却不是因为他。

而这么久，他竟然还是第一次听见她这样的心声。

这么久，他给她的，是压力、苦痛、折磨、决裂……人生里所有的沉重黑暗，肝肠寸断。

明亮、欢乐、无忧、自在……他不曾拥有，要如何给予？

那些放纵自由的喜欢，递不出冰冷的指尖。

有人说过，爱恨交织是真爱，一见心喜才令人难以忘怀。

他将手指慢慢交叠而起，掌心冰冷而指尖灼热，似这一刻凉至心底而又灼热疼痛的情绪。

……

台上裴枢睥睨地扫了一圈。

他的气场近乎碾压，众人都觉得似被一只压抑着恼怒、内心狂暴的狮子盯住，浑身战栗。

却有一人大喊道："不，你不是女王！你不是！"

大喊的依旧是厉含羽，他指着裴枢，满面愤怒："你不是女王！"

裴枢原本不在意他，此刻看见他，才像是被提醒了，眯着眼睛打量了一下，眼底涌出憎恶的情绪："你是谁？"

厉含羽一面退入人群，一面微微抬起下巴："我是女王陛下所爱……"

景横波嘿嘿一笑。

“碍眼！”裴枢手一抬，啪的一声，台上一块人高的木板爆裂，挣断钉子飞弹而出，狠狠拍向厉含羽的脸，“滚！”

木板呼啸横拍，如一只巨大的手掌，恶狠狠拍下。

厉含羽早有准备，飞快急退，他前后还有很多人，不愁没人做挡板。

他一边退一边冷笑地盯着暴怒的裴枢，觉得自己这张脸果然很要紧，瞧这刺激了多少人。

然而他退了没两步，忽觉后背一僵，随即整个人忽然迎着裴枢飞了起来！

锵的一声，他的剑也拔了出来，落在他手中。

厉含羽惊愕地看着自己手中的剑，不明白到底发生了什么，他明明是在向后退！怎么觉得好像被人拎了起来……头顶是透明的天！

他感觉诡异，但其余人瞧着，却是他忽然不退了，拔剑迎上，倒还心中暗赞一声：这小子虽然骄狂鲁莽，倒有几分勇气血性。

只有罗刹怒喊：“回来！他要伤你的脸……”

但已经来不及，厉含羽一头撞进裴枢的掌力范围，啪的一声，那木板狂猛地横抡，板面接触脸部发出一声瘆人的闷响，眼看着一大串晶亮的牙齿便飞了出去，半空中滴溜溜如一片掷开的骰子，而厉含羽的脸忽然便扁了，连鼻骨都歪到了一边，整张脸似被反反复复踩过……

厉含羽大声惨呼，断线风筝般倒飞出去。裴枢的狂笑响遍群山：“哈哈哈……把这张脸毁了真痛快啊！”

“阿Q！”景横波听着不大舒服，咕哝一声。

啪的一声，厉含羽正滚落在她脚前，景横波低头一看他的脸，倒抽一口冷气，倒也有些不忍了，伸手扶住，厉含羽痛得神志不清，但依旧嫌恶地拨开她的手：“丑女，滚开！”

景横波手一松，啪嗒一声这家伙倒在地上，后脑勺撞上一块石头……

“不作死就不会死。”景横波道。

裴枢的狂笑和当众下狠手，却激怒了江湖大佬们，众人纷纷站起，怒喝：“狂妄！”

“今日你来得去不得！要笑，到阴曹地府再笑！”凌霄门主一声冷喝，“儿郎们上！”

“不管是不是女王，先擒下再说！”玉带帮帮主冷笑，“什么黑水女王，也不过就是靠属下舍命相救，自己龟缩不出。有种躲在山里的地洞里，一辈子别出来！”

“女王要有你这等好姿色，”祭血帮帮主指着裴枢大笑，“我倒不介意今儿费点力气，好好玩她一玩！”

“出来了就别想逃掉！拿下！”

江湖大佬们纷纷叱喝，上千人狂涌上前，此时月亮已升，刀光倒映冷月，亮成一片惨白的屏障，人数之多，一人一刀就足可将裴枢淹死。

大佬们唇角露出冷笑——这分明是自寻死路，此地的上千人武功都不弱，围得水泄不通，便是神仙下凡，也逃不出这天罗地网！

裴枢却不逃，在台上冷笑着负起双手。

"喂，"他道，"他们说我这样你就肯出来，你再不出来，我就宣布你是我娘子了！"

他对着人群说话，大佬们愕然回头，此地都是自己人，他在对谁说话？

"你才娘子！你全家都是娘子！"忽然一声带笑的慵懒女声，响在人群之后。

景横波一脚踩在厉含羽身上，身形一闪，已经到了罗刹身侧。

一刀横掠，如冷电。

嚓的一声，罗刹的头颅飞上半空。

众人此时才回头，就看见三大门之一的女门主的脑袋，忽然飞了起来。

随即看见人影一闪，仿佛凭空生成，一人出现在那脑袋旁，探手一抓便抓住了脑袋。

她升起时，周身散发出蒙蒙光芒，似一轮皎洁明月忽然升起。

众人睁大眼睛，看见那女子普通装束，似乎是罗刹门刚才带来的一个村女，看见她身后一轮硕大明月，而明月里，她的脸在迅速变化——脸上斑驳的黄一块块脱落，现出原本的玉色肌肤，渐渐蜕变，现出一张真正可称风华绝代的容颜。

似女神自天尽头诞生，呼应这天下所有的风云飞卷，满天的星光都在闪耀，满场的呼吸骤停。

大佬们眸子瞪大，认出眼前这如仙如神的女子，赫然竟是那晚玉楼宴饮所出现的神秘可怕女刺客！

那张脸引起的惊叹还未发出，半空中明月里那女子手一挥，隐约啪啪无数声响自人群中发出，众人还没反应过来，那女子身影一闪，忽然出现在玉带帮帮主身边。

玉带帮的位置就在罗刹门的旁边，那个水蛇腰的玉带帮帮主，正身处重重护卫之中。

景横波出现只是一眨眼，他还没反应过来，但多年锻炼的敏锐本能，已经让他拔剑。

但剑还没拔出，他就觉身子一僵，心中也一凉，眼角的余光看见人群后面远远的大石上，似乎有个青衣人，正悄然收回衣袖。

惊鸿一瞥。

下一瞬景横波已经到了他面前。

她咯咯一笑，雪光一亮。

所有人看见一颗人头冲天飞起！

半空中明月般明、鬼魅般幽的女子，手一抄，将玉带帮帮主的人头也抄在手中。

"动手！"

人群中、每个帮派里、人群后，同时爆出十几声异响！

"啊！"

"偷袭！偷袭！"

"保护帮主！"

"退后！"

上千人忽然就成了沸腾的粥。溢着血色的沸腾的粥。

而景横波已经悄然飞起。

台上的裴枢一声畅快的大笑：“接着！”将红锦披风脱下掷来。

大红披风飞卷，落在景横波身上，红色的披风如翅膀悠悠张开，众人仰头，就看见她张开的双臂如巨大的阴影，笼罩了底下的山坳，阴影在初降的夜色中闪电般穿梭，一路前掠，她双手拎着的两个头颅，犹自一路滴落鲜血，落了人群一头皮的凉，一身的麻。

此刻念头如闪电劈过心头，呼喊暴起：“女王！”

不用再疑惑，不用再询问，这才是真正的女王！

人群脚下，厉含羽啊的一声，眼睛一翻，晕过去了。

多少头目脸色青紫，只觉得遭受极大羞辱——他们得意扬扬地召开杀王盛会，在山上逮了一个又一个“女王”，谁知道真女王竟乔装打扮，一直跟在他们身后！

她讥嘲的眸子早已满怀杀机将他们笼罩，而他们犹自浑然不知，被敌人手拎头颅，冷笑着俯瞰而过。

头顶上大红人影电闪而过。

啪！啪！两颗头颅先后被掷下，砸入人群，溅开一地血水，砸得底下的人群人仰马翻。

人群的东南、西北两角，最靠近山林的地方，也发生了骚动，两道人影电射而进，一路抛飞尸首和血光。

一时众人惊惶，只觉得敌人来自四面八方。

有人大喊：“后撤！后撤！出谷包围，堵死他们！”

反应过来的人急忙向后跑，但还没跑出几步，便缓缓向后倒退。

有人憋着嗓子大叫一声：“谷口有人放毒……”便翻身倒地。

这下众人急忙又向内退，忽然想起背后还有鬼魅般的女王，只觉得后心一凉，此刻才发觉，原想瓮中捉鳖，到头来却是自己腹背受敌。

人群里不断出现骚动，不断有人大叫：“门主！门主！”

“帮主！帮主！”

还夹杂着七杀兴奋的怪笑声：“嘎嘎，退散！退散！”

一只紫色的猫从人们头顶轻盈地翻过，在月色下忽然变成了白色。

它翻离的地方，又有惊慌的叫声炸起：“六公子！六公子！”

“盟主！盟主！”

……

场中乱成一团，只有穆先生始终没有动过。

他隔着人群，遥遥注视着那些变化，看着属于她的力量一遍一遍碾压过这些人，唇角微微弯起。

一路摧心磨折，她终于初步长成。

今日将是她大放光彩的第一日，注定会照亮黑水泽灰霾色的天空，那光辉将不断延伸，终有一日，笼罩大荒。

所有人将会知道她为那一刻付出了多少，大荒将会真正接纳属于他们的天命女王。

道路用足走，最实在。

月光点染他的微笑和欣慰。

笑意由心生，最动人。

……

平台上落下景横波。面对纷扰的人群，她抬手，啪的一个弹指。

说也奇怪，场中那么吵，众人却似都听见了这一声，齐齐抬头。

就见台上男子俊美，女子美艳，月光下红锦飞舞，艳到凛冽。

景横波笑吟吟地环顾一周，正要说话，身边的裴枢一把搭住了她的肩膀，以一种主人翁和夫君的姿态，扬声道："我来介绍一下，这是我……"

啪的一声，景横波一脚把他踢下去了。

"干什么踢我？！"裴枢大叫。

景横波咯咯一笑，不解释，准备等这事完了，好好教教他规矩，在人前要懂得对她保持尊敬，现在不是七峰山上没大没小随意打闹的年月了，马上她要镇服玳瑁，挺进黑水，要做黑水女王，没个上下规矩、体制尊严，以后谁还尊敬她？

这是穆先生和她一路同行，提醒过她的事，她深以为然。之前一路逃亡，得身边人护持相助，她内心感激，更当他们是朋友，所以没有分出规矩来。但之后她要想站稳脚跟，发展势力，立规矩不可避免，最起码在人前，她需要尊重。

好在裴枢也不是完全不懂道理，他没有再跳上来，而是站在台侧，两眼灼灼，眸子探照灯一般闪来闪去，大有看谁不顺眼就揪出来打一顿的意思，导致人群又向后退了退。

景横波很满意地点了点头，伸指一点人群之中，道："罗刹。"

众人一凛，不由自主地集中了注意力——她喊罗刹是什么意思，人不是已经死了吗？

"罗刹门门主，二十六岁。三年前任罗刹门门主。性淫，凶暴。"景横波慢慢却清晰地道，"玉楼设宴，斩无辜女子之手，烹煮成肴。心性残忍，处割手之刑。"

底下嗡的一声。

"私下密谋，欲以美男计诱惑控制女王，罪在犯上。"她顿了顿，"杀。"

底下又嗡的一声。

景横波嘴角扬起一抹鄙薄的笑，又一指先前扔下玉带帮帮主人头的方向。

"玉带帮帮主，杨嘉，三十八岁。五年前任玉带帮帮主。为人诡诈阴狠，以活人之心练九幽阴功。十年间残害无辜百姓一百三十二人。更曾杀师、杀兄、杀嫂。五日前玉楼设宴，主谋收买影阁叛徒雷生雨，在宴中暗杀影阁穆先生，坏玳瑁江湖律令，杀。"

底下哄然一声，动静比刚才宣判罗刹更大——玳瑁江湖有规矩，公开设宴场合绝不暗杀，这是江湖铁令，以此维护彼此坐下来谈的可能，想不到如今有人胆敢破坏。

杀师也是武林中人不能接受的大罪，尊师重道是封建礼教的基石，不容撼动。杀兄、杀嫂什么的，这些满身血腥气的江湖人倒不当回事。

景横波伸手对人群中连指："凌霄门凌霄子、灵犀门水向天、狂刀盟孟狂、试剑盟章源、龙虎盟王虎……”

除了今日没来的十三太保，其余人她一个个地报下去，每报一个，属于那个帮派的人群中便被架出来一人。

凌霄门的凌霄子被伊柒架了出来，伊柒的血盆大嘴勾着骇人的微笑，紧贴着凌霄门门主大人。

灵犀门水向天被司思架了出来，司思扭动着雪白的腰，在水门主耳边“娇笑”。

……

试剑盟、龙虎盟、神决帮、天竞帮、猎影帮，剩下的二货一人找上一个。英白和天弃，从人群的东南、西北两角出来，押着龙骧帮帮主、祭血帮帮主。

连紫蕊和拥雪，都跟在英白、天弃身后，用傀儡术和毒药放倒了炎帮帮主。

霏霏解决了狂刀盟盟主，顺带买一赠一，还有他家女公子。

景横波点一个，便押上来一个，跟公审大会似的。

大佬们脸色很难看——他们没有那么弱，完全吃亏在猝不及防。尤其是排在前面的门主和盟主，完全是被突然脱困暴起偷袭的七杀坑了。

他们至今也想不通，七杀是如何在一霎间脱困，又同时出手拿住他们的。

他们用来绑缚七杀的，都是自家最坚韧的绳子，一流高手想要挣脱也得花上一阵子。为了保证这些人没机会挣脱，门主、盟主们将他们拎到面前亲自看守，想着自己看着，周围都是自己人，总不能令他们逃了，谁知道反倒给了对方机会，对方一霎脱困，反手就拿下了自己。

关键就在于，那脱困不可思议，似乎有七个透明的人，在一瞬间同时挥刀，解开了绑缚这七人的绳索。

他们都记得自己在那一霎隐约看见那被绑着的七个人身后，似乎真有黑光忽然一闪，转瞬不见。

难道是有谁以内力操纵飞刀解绑？可人在不同的地方，足足七个人，还有各种阻碍，谁能分心七用？这样的武功，太惊世骇俗了吧？

这鬼魅般的手段，令人后背发凉。

大佬们被押上来，人群骚动更剧烈。很多人数了数人数，愕然地转过头。

烈火盟盟主蒙烈火，站在人群中，感受着众人的目光，只觉得他才是被人捆住的那个，被捆在烈火上烤。

十四个首领，死了两个立威，放倒了一个，押了十个上台，为什么单单落下他一个？

为什么？所有人都有这疑问，看他的眼神已经不怀好意。

台上景横波笑吟吟地报完了名字，数了一圈，道：“……丰含、阮青一等人，伙同玉带帮帮主杨嘉，收买影阁叛徒雷生雨，在玉楼宴暗杀影阁穆先生，坏玳瑁江湖律令，着令上台自省。”

“上台自省”的帮主们怒瞪着她，眼神里似要射出箭来。

景横波就好像没看见，挥了挥手，向人群中看了一眼。

烈火盟盟主蒙烈火，心一跳。

果然，女王来补刀了："有罪的都在这里，其余友好人士，我们当然秋毫无犯，呵呵。"

人群的目光唰的一声都砸在蒙烈火身上，蒙烈火一怔，还没来得及驳斥，台上的帮主们已经怒声道："蒙烈火，原来是你里外勾结，陷害我等！"

"老夫没有！"蒙烈火怒极，"女王在陷害我！"

"如若不是你，她怎么混进罗刹门下的队伍的？你和罗刹可是同盟，罗刹死了，我等被擒，为何就你无事？"

蒙烈火百口莫辩，额上青筋绽起，他甚至不明白女王为什么挑中了他来陷害。

他只知道，从今日开始，自己已经被玳瑁江湖排除在外。

坏了旧日盟约还不算什么，说到底大家是敌人，设宴暗杀也在情理之中。但是背叛，却是所有江湖人的忌讳，谁都怕背后被人抽冷子一刀。

这罪名，他蒙烈火承担不起。

看着台上女王笑吟吟的眼神，蒙烈火心中一阵发冷，似乎隐约明白了什么。

也有人驳斥景横波："你算什么东西？真以为是女王了？就算你是女王，也没资格评判裁决我玳瑁江湖的是非！"

"对！规矩是我们订的，要处理也只能由我们公议处理！"

"有什么好处理的？影阁暗中发展势力，本就违背了我玳瑁武林的规矩，我们对他出手有何不可？当初协议不在公开宴席上对任何人出手，那是指咱们三门四盟七帮十三太保，可没包括那些暗中图谋的宵小！"

"要我说，那协议根本就不该订。江湖人刀头舔血，生死寻常，怕暗杀还混什么！躲不过暗杀还称什么英雄？有本事就杀了所有想杀自己的人！这协议，我提议，今日推翻！"

"对！今日推翻！"

"规矩是我们订的，我们自然有权推翻！"

景横波笑眯眯地听着，将匕首在手心敲了敲。

"有道理，有道理。"她道，"说到底，你们就是在说，谁拳头大谁说话，是吧？"

第六十章　暴龙的告白

大佬们张嘴要答，忽觉这话不对劲，急忙闭嘴，也有嘴快的，炎帮帮主阮青一大声道："自然！"

台侧的裴枢抬手就对他的脸轰了一拳。

啪的一声，阮青一脸上开了酱油铺子，鼻血唰的一下挂到胸口。

“士可杀不可辱！”他狂怒地大叫，一颗牙齿要掉不掉，挂在唇边，一说话就一颤一颤的，十分滑稽。

众人想笑，又觉心里发寒。

景横波敲着掌心：“裴裴，你打人时最好看了！”

裴枢表情很满意，眼神凶光闪闪四处寻找，看样子很想让景横波多看看他好看的样子。

景横波偏头对愤怒的阮青一一笑。

“多谢你告诉我，谁拳头大谁说话。”她道，“刚才那拳头，大不大？”

阮青一唇角的血流下来，眼珠快要瞪出眼眶，却真的不敢再说话。

这个女王，杀人杀得，骂人骂得，阴人阴得，打人打得，出手诡异莫测也就罢了，行事比他们这些江湖人还没顾忌，硬碰硬只会让自己吃苦又受辱。

她有备而来，存心要折断玳瑁江湖的双翼。

她自己的双翼，暗藏着鹰的利、狐的滑、豹的迅捷、龙的凶霸。

景横波背着手在台上走了几步，火红的披风和黑发一同飞舞，众人觉得似看见一朵盛放的黑色牡丹。

“现在我拳头大，规矩当然是我订。”景横波慢条斯理地道，“愿赌服输这道理懂不懂？一群男人围在山坳里讨论如何包抄一个女人，最后却被一个女人给包抄了。这么丢人的事情，换我一定赶紧闭嘴，谁说话我打谁，你们还好意思吵？”

台上诸位大佬一下沉默了，底下还在叫骂，大佬们都怒声喝道：“闭嘴。”

四面渐渐安静下来，台上沉默了好一会儿，凌霄门门主才沉声道：“女王这话说得对，愿赌服输。女王能纡尊降贵，将计就计，潜伏于罗刹门内，将我等包抄，我等自愧不如。既已落入女王之手，要杀要剐，由得你。就是不知道女王今日便是杀了我等一千余人，他日就一定能掌控整个玳瑁江湖？他日一定能抵抗玳瑁诸势力的追杀？”

“谁说我一定要杀你们？”景横波睁大眼睛，奇怪地道，“我是女人，心慈手软，说这么血淋淋的我会怕的。”

众人看看她犹自沾血的手，看看罗刹和杨嘉无头的尸体，无语。

“女王若想我等臣服，”灵犀门门主水向天暴烈地道，“绝无可能！”

试剑盟盟主章源微微冷笑一声道：“我等臣服也没用。女王今日将我等全部擒获，明日三门四盟七帮便换了主人。今日在场的虽然是我们各自门中精锐，但就算全部折损于此，也不能真正伤我玳瑁江湖的元气。一千余人尸横就地，明日就有十万余人成你的新敌。你还能把玳瑁江湖人杀光？杀光玳瑁武林，玳瑁也就没人了！到时候你去做空头女王？你这生意，不做也罢！”

龙虎盟盟主王虎哈哈大笑：“当所有人都受到了折辱，那折辱也就不成折辱！”

“女王大概不懂我们玳瑁江湖的规矩。”祭血帮帮主丰含近乎快意地道，“玳瑁崇尚弱肉强食，强者为尊，门主、帮主并非唯我独尊，从来都是公推产生，非武功、才智足以服众者难任。一旦帮主做了对帮会利益有损之事，帮会长老和首领们有权另推他人。所以我们今日如果坚守立场，还有可能维持最后一分颜面，如果臣服了你，就算能回去，我们也什么都不是了。而你拿着我们这些什么都不是的人的臣服协议，也毫无作用。”

景横波微微一笑。

这些规矩，她知道。

和穆先生马车论局，这种情况，穆先生早已告诉了她。

她当时觉得，玳瑁江湖这种情况，其实非常先进开明，有点类似于共和制国家的选举和弹劾制度，很难想象，暴力为主、很容易形成一言堂的江湖帮派，居然会形成这样的制度。

这样的帮派，是最公正、最鲜活、最有约束力，也最难对付的帮派。

杀掉或者控制主事者，没有用，除非控制整个帮派。但足足十四个势力，要如何一手控制？

穆先生没有给她提供答案，要她自己想。

此刻她却忽然想到了帝歌，想到了那个人。

现在自己面临的局面，和他当初，何其相像？

也是势力林立，地方包围中央的格局。

也是满朝异心，自己的势力还没来得及全部收拢的情势。

也是面对着几乎所有人的反对，杀一两人于事无补，全部杀掉自己就成了光杆司令的无奈。

而他的选择……

她忽觉一阵痛彻心扉，不知为谁。

四面有屏息的沉静，不明白鲜活张扬的女王为何忽然白了脸庞。

帮主们觉得击中了她的要害，得意扬扬，也有很多人，看着她忽然空洞的双眸，感觉到难言的悲怆。

人群之后，大石之上，默默坐着的青衣人，忽转过头去。

他的侧脸迎着月光，这一霎，眼眸中也似有晶莹闪亮。

……

片刻静默之后，景横波便恢复了正常。

路当然很难，所有上位者的路，都很难。

那就一步步走便是。

“想死是吗？胁迫不了你们是吗？无法令你们臣服是吗？”她嘿嘿一笑，伸手指着谷口，“谷口我安排了手下堵死，等下就放毒气，既然挟持你们没用，好歹我还能杀了解解气，对不？”

“妖女！”帮主们目眦欲裂地骂。

“谢谢，我觉得这称号不错，再骂几次。”景横波笑眯眯打着拍子。

“唉……”凌霄门门主长叹一声，“女王今日所行，原本令老夫惊艳，只是此刻，老夫忽然又觉得，惊艳太早了。”说完他闭目不语，一副等死的姿态。

景横波也不生气，哈哈大笑，偏头问裴枢：“谷口是你的人吧？”

裴枢傲娇地哼了一声，很不情愿地道：“还有全宁豪那群没用的封号校尉。”

景横波满意地点了点头，大声道：“兄弟们，给他们亮亮相！”

外头轰然一声，似乎有什么重物被放下，闭目等死的帮主、帮众们，心中惊疑——莫不是连炮都运来了？

女王真这么绝？

身后却迟迟没有传来炮声，也没有毒气传入。众人耐不住，纷纷回头看，就看见谷口不知何时已经摆了一列东西，大约十来条，大小如一条船，遮着黑布。

大多数人还不明所以，台上的帮主们却都眉心一跳。

“猜得出这是什么吗？”景横波笑吟吟地道。

大佬们眯着眼睛看了半晌，凌霄门门主断然道：“不可能！不可能是天星宝舟！”

“嘴上不承认的，心里多半很诚实哟。”景横波一笑，手一挥。

十来条黑布飞上半空，天空如被黑云遮蔽。

她这一手令众位大佬都一凛，暗暗思考如果这位女王远距离一挥，自己猝不及防，会不会脑袋被挥飞掉？

底下的惊叫声却已如巨浪，要将整座山谷掀翻。

“天星宝舟！”

这在玳瑁无比宝贵、也无比重要的宝舟，此刻于这谷口，千名玳瑁江湖精英面前，首次亮相。

无帆无篷，黑色船体透着幽光，镂刻着很多复杂的金色纹路，熟悉这舟的人都知道，这些纹路，有的是用来增加浮力，有的是用来推进动力，有的是用来采集宝物，有的暗藏机关，用来有针对性地对付各种各样的黑水泽猛兽。

暗夜里，十来艘宝舟排成一列，如凶兽默然蹲伏，等待一场悍然的扑杀。

多少人几乎窒了呼吸——他们一辈子，也不可能一次性见到这么多宝舟！

天星宝舟不仅价值连城，还数量极其稀少。它的制造者，将技术和资源牢牢掌握在手中，为了保证市场，一直控制着制造的数量，有钱也买不到。

稀少，自然导致争抢，宝舟的价格一路炒高的同时，也导致好的资源必然向强者倾斜。在场的诸多势力，排在后头的帮派，有的用尽心思至今还没有一艘。这直接导致强大的越强大，弱小的越弱小，玳瑁江湖的排名，难以出现更替。

多少年来无数人想在斩羽部战辛那里抢到图纸，但是战辛防守严密，至今无人知道他到底把图纸藏在哪里。再说就算拿到图纸，也未必能制造，造宝舟需要的很多材料，本地稀有，根本搜集不全。

台上的大佬们，很多人呼吸急促，浑身颤抖，眼底凶光四射，恨不得立即扑上去抢一艘！

已经拥有了宝舟的门主们，震惊的同时也有着不安，不住打量笑得云淡风轻的景横波——这位女王陛下，到底还有多少神奇之处？

他们认得天星宝舟，只一眼就能确定，这是正品。天星宝舟，也从无人可以仿制！

谷口处的很多人，忘记了自己的处境，扑过去想要触摸宝舟。每艘宝舟前都站着几个大汉，并不阻拦，却各自移动脚步，锁住了向外的通道。

台上的诸人注意力原本在宝舟之上，此刻才注意到那些大汉，都目光一跳，互相看了看，默默叹了口气。

女王手下的人也许不多，但确实个个精锐啊……

“我这船好不好看？”景横波带笑的声音，响在他们耳侧。

她手一挥，黑布又盖了下来，帮众们发出遗憾的叹息声都聚在一起，激动地议论着那些宝舟。

有宝舟，就意味着有了资源，有了宝物，有了可以让他们提升的各种内丹。对于帮主们来说，则等于有了让自己的实力更进一步的倚仗，有了在玳瑁争霸的资本。

他们如何不心热？

大佬们无可奈何地咽了口唾沫，目光恋恋不舍地从宝舟上收回，都盯住了景横波，想知道她葫芦里卖的什么药。

难道想让他们死前看一看宝舟，死个满足？

“老夫收回先前说的话。”凌霄门门主仿佛瞬间老了十岁，“女王你确实有令老夫一再惊艳的本领，甚至也有可能倚仗宝舟在玳瑁争得一席之地。但你如果想凭这舟，就令所有势力臣服，为你所用，还是休想。”

“真的啊？”景横波笑眯眯地道，“假如我送给你们呢？”

“什么？”众人齐齐震惊地抬头。

“假如我送宝舟给你们，之后也不要你们臣服，只要你们答应几个小小的条件呢？”景横波竖起一根指头，以示确实很小。

“女王休开玩笑！”

“玳瑁是个开玩笑的地方吗？”景横波呵呵一笑，“我像个会开玩笑的人吗？”

帮主们齐齐地看了她一眼——像。

“呵呵，你们真讨厌，油盐不进。大概对你们太好，你们反而不敢信了。那就先对你们不好一下。”景横波招呼裴枢，“裴裴，来，先把他们都阉了！”

“阉一下不会影响你们的气节。”她还回头对人家认真解释。

“好好好！”裴枢迫不及待地蹿上来，开始在身上摸刀子，掏出一把带弯钩的刀，“哈！这个好！一刀一剜，干净利落！”

他的狞笑充满兴奋，眼眸里闪着嗜血的光。

“且慢！”帮主们齐齐大喊，“请女王说出要求！”

“天星宝舟，说送就送，不许不要。”景横波勾了勾手指，“有了这舟，你们此行就有了交代，你们的帮主位置也能坐稳。回去随便你们怎么解释，说俘获女王拿到宝舟也行，说女王为求保命献上宝舟也行，宝舟我都给了，不介意再多给你们一点面子。”

帮主们并没有露出喜色：“请女王先提出要求！”

景横波笑了笑，心想玳瑁江湖难搞，是真的难搞，这些都是老狐狸。

“第一，我要相安无事。我今日保住你们帮主的地位和颜面，你们则约束帮众，从此不许主动对我出手。”

这一点众人猜得着，当即都应了。

“第二，我要上元城及其周围三县的地盘。当然，上元城现在在玳瑁族长手中，这个不用你们操心，我自己会拿到。周围三县，我知道都有你们的势力，你们统统退出，从此不许干涉。”

众人露出为难之色——上元周围三县，相对气候较好，物产丰富，也是百姓最为富裕的地方，更关键的是，这三县是通往上元的必经要道，扼守此地，就困住了玳瑁族长，可以说在场的几个大势力，都指望着先在三县掌控势力逐步蚕食，再长驱直入夺取王宫，只是一直互相牵制，难以成功，如今一旦退出，意味着从此后想要掌握玳瑁王权和军队的机会就大大减少。何况这地盘让给女王，将来她如果真的夺取了王宫，王宫和三县一连，就是一块最重要、最富庶的地盘，三县中的仙桥县，还有直往黑水泽的通道，十分重要。

此事干系重大，足可影响日后玳瑁的格局，众位大佬，尤其那几位排在前面的，都沉吟不语。

“我知道你们舍不得，可你们当真不想要命，不想继续做这帮主了？你们今日困在我手，难道还想什么都不掏，就又逃命又得宝舟还地位不坠？天下有这么好的事？”景横波不急不忙地吹了吹手指，“你们占着三县之地这么多年，可有谁成功进入过王宫？再维持下去，也不过是互相牵制的格局，何必死赖着不放？占着茅坑不拉屎，是天底下最无耻的行为，懂不懂？”

“我等在三县势力较小，撤出可以。”几个帮主当即道，“主要势力都在凌霄、灵犀等手里。”

凌霄门门主正要说话，景横波一指，指住了他的嘴。

“别开口，别在那冠冕堂皇，最冠冕堂皇慷慨激昂的就是你。”她冷笑，“可我听说你有几个老婆。一个号称道士的家伙，却还要娶老婆传宗接代，你得有多看不开放不下？”

她这话一针见血，刚想慷慨激昂的凌霄门门主，脸色瞬间如猪肝。

“你真舍得四大皆空？行，你看得开我也看得开。我数三下，不答应，阉掉。”景横波飞快地道，“一、二、三……”

“我应你便是！”凌霄门门主一声大喊，声音惨厉。

裴枢遗憾地收回了爪子，盯着凌霄门门主已经破了的裤子，摇头叹息。

“我就一个要求。”灵犀门门主水向天脸色惨然，道，“直接立即撤出三县，我们无法向长老和帮众们交代，这样我们的首领地位还是难保。我们可以配合你演戏，你派人进驻三县，我们装作不敌，节节后退，把三县让给你。”

“那行。”景横波手一摊，“交上你们用来给在三县的堂口下令的印信令牌，以及你们在三县的堂口布置、人员分布、切口暗号、商铺田庄数。”

帮主们只能乖乖照办，景横波拿了这些东西，命封号校尉手下的士兵下去，到每个帮派的帮众中去核对查问。

每个帮跟来的多半也是亲信，必定知道这些资料，如果对不上，那就是编的。

好在大家也知道她的手段，仓促之间这些东西也不是那么好编的，一一核对无误。

景横波当然不需要这些东西，但拥有了这些资料，就不怕这些家伙赖账。

景横波环顾一圈，帮主们如斗败的公鸡，无人肯对上她的目光。

“第三，”景横波伸手画了个大圆，“所有人，包括你们的属下，都交出身上所有重要的、值钱的物事！”

众人眨巴着眼睛，有点跟不上她的思维，刚才还气吞山河，目光尽在江湖天下，连宝舟都不要钱就送了，怎么一眨眼又变成了拦路打劫的女大王？

“快呀，”景横波笑嘻嘻地催促，“难道还要我的人在谷口放毒气，毒倒你们再搜？我可不保证我的人搜过之后，你们身上会少什么零件哦。”

地盘都让出来了，还能说什么？交吧。

帮主们传令下去，所有人一起掏。没东西装了，景横波就命人把孟破天的筐子倒空，装了满满一筐子。

去倒孟破天筐子的是天弃，他看见筐子里竟然有春宫图，大骂：“景横波你干吗叫人家干这种事，羞死人啦！”

景横波扶额——派天弃出来，确实羞死人了……

东西倒完，众人一起眨着眼看景横波，等着女王的下一个幺蛾子。

女王笑得很美，却看起来让人后背毛毛的。

景横波跟裴枢咬耳朵，裴枢阴笑着过来，一脸“我娘子就是奸诈我非常满意”的表情，将大佬们按顺序排成一列，势力弱的帮主在前面，势力强的帮主在后面。

众人莫名其妙地排好队，看着裴枢不怀好意的笑容，只觉得心中更凉了，尤其是排在最后的凌霄门门主等人，更觉不妙。

“第四，”景横波指向谷外，“不是我提的条件，是给你们的好处哦。”她打了个响指，“十一艘天星宝舟，无偿奉送，但是！”她对着所有人炯炯的丝毫不敢大意的目光，笑得快意，“准点开抢，先到先得！马上我数到三，会同时放了你们，然后，你们就去抢吧，谁抢到就算谁的，抢不到算你倒霉！”

“景横波你这个无耻女人——”排在最后的凌霄门门主、灵犀门门主一起狂吼。

被坑了！

他们被排在最后！而他们的帮众，因为凌霄、灵犀两门地位高，都抢了里面的最好地形。

马上同时开抢，他们自己落后一步，他们的帮众堵在里面也会落后，靠近门口的反而是弱帮的帮众，这要如何抢得到！

一旦给弱帮抢到，玳瑁的势力排位就可能重新洗牌！

而谷口狭窄，这一轮抢，必定会造成精锐实力的损失！

但却不能不抢！

阳谋，无比恶毒的阳谋！

黑水女王，果然黑！

他们已经来不及骂人了，因为景横波已经飞快地道：“一、二、三，放！”

“抢啊——”一声大喊，台上的大佬们宛如后头有鬼在赶，狂奔而出。

凌霄门门主排在最后，一掌就击向排在最前面的炎帮帮主。

炎帮帮主一闪躲开，踩着不知道谁的头颅，闷不吭声地向前狂掠——什么都不必计较，抢到就是成功！

人影狂闪，躯体纵横，掌风与暗器齐舞，偷袭并杀手共存。

半空中不断响起怒骂狂喊。

“谁偷袭我！”

“出暗器死全家！”

更多人默不作声地狂奔！踩着黑压压的人头！

而谷口更是早已疯了，靠最外面的较弱的帮派，哪肯放过这样的好机会。不住有人狂吼：“挡住后面！挡住后面！”

“先抢！先抢！”

后边的人红了眼睛，被堵住动弹不得，也不管前面是谁，拔出刀剑就砍。

“这边有一艘！”

“挡我者死！”

大片的人流滚滚而去，卷起地皮三层，烟尘腾起三丈，越过低矮的山麓，树枝被踩断，树干被推倒，满地碎叶和鞋子乱飞，寒光伴同血液洒过，片刻间就被狂奔的人群卷走，甚至都没机会落到地面上。

不时有人狂喜地大叫：“抢到了抢到了！”

也有人近乎哭号：“没了没了！”

景横波双手叉腰，仰天大笑——像不像现代那世“双十一”，零点开抢，吐血降价，先抢得大牌！半折降价，只此一天，错过再等一年！

人群里还有一个逆流而行的，是被弄醒向外架的孟破天，她挣扎着大哭大叫：“我的筐子！我搜集十年的宝贝！我的心肝我的命！”

景横波笑得更开心——我的手办！我的绝版漫画！我的团长我的团！

“放香槟助威庆祝！”她手一挥。

女王的怪话永远有人懂，裴枢快手快脚地扔出两个巨型烟花弹。

砰！砰！地动山摇，巨响如雷。半座山都似在震动，满山枯叶簌簌落了一地。

周围十里尽皆可以听闻，无数百姓冲出家门，站在高处向这个方向眺望。

帮众们被背后的响声惊得拼命前蹿，烟雾弥漫中不能准确估计形势，还以为是雷弹子之类的杀器，都顶着自己抢到的宝舟一路狂奔。

于是附近赶来的百姓，就看见了谷口蝗虫般逃奔的十四帮帮众，平日趾高气扬今日如丧家之犬；看见了踩着人头向外奔的帮主们，平日高高在上今日裤子有洞；看见了烟尘尽头，一个红衣女子，闪在半空，大红披风如旗招展，正双手叉腰哈哈大笑。

“好滚，不送！”

百姓们倒抽一口凉气。

此后，一道惊人的消息迅速流转于玳瑁及周边各部，乃至渐渐传向帝歌。

某年某月某日，三门四盟七帮齐聚于丹棱山，举办“杀王大会”，欲待处死黑水女王。女王单人闯入会场，大展神威，一人擒获十四帮首领，将其连同数万帮众驱赶出谷。其时女王挥袖间地动山摇，弹指间天雷滚滚，众帮主心胆俱裂，无人敢抗，仓皇逃奔，遗落信物无数……

已经被众人遗忘，甚至以为早已死于艰难道路的黑水女王之名，一夜传遍天下。

无数人拍案而起，无数人闻风而动，无数人掷卷嗤笑荒唐，也有无数人热泪盈眶，大呼：“信我女王，必不湮没，必将归来！”

而在十三太保中二太保简之卓的《江湖记》中，则有这样一段记载：

“庚申年十月廿三，众聚于丹棱谷捕杀女王，为玳瑁江湖数十年来，群雄毕集之首次。然捕杀不成，反落人手……纵观此事，定计者女王也，然背后推动者，影阁穆先生也……此役，群雄让三县，得宝舟，看似得失两平，实则遗祸深远……黑水女王奠基玳瑁江湖乃至天下之大业，自当日始。”

……

在“香槟礼炮”的推动下，十四帮帮众用平日不能有的速度，一股脑儿扛着宝舟跑远了。

至于在路上，抢到宝舟的能不能保住宝舟，没抢到的要怎么下杀手，回去的时候还能剩多少人，最后要怎么交代，都不是景横波关心的事儿了。

她回头看了看那一筐众位好汉身上的钱物，笑得更加开心——大佬们就算想不承认失败都不行，身上的随身物件都没了，你要说你没狼狈逃窜，谁信？

她不稀罕财物，要的就是这个“众位大佬一败涂地”的效果。

先前她说什么帮主们可以假称打败她夺得宝舟，都是忽悠人的。哼，谁说要给他们留面子？只有狠狠踩下他们的面子，才有她的面子！

经此一日，十四帮虽谈不上元气大伤，但也颜面扫地，失却先机。抢宝舟过程中埋下的恩怨，还将成为各帮派之间的长久隐患。

她只靠一次机会，紧紧抓住，一举得手，硬生生在号称“针都插不进”的玳瑁，挤下了属于自己的一块地盘。

这其间自有分寸，不是挟持了首领们就能号令天下。索求太多不过是逼人家鱼死网破，到最后不过杀几个人，一无所得；太少，又显得白费功夫，显得她智慧不足。

选择三县，对十四帮来说这是鸡肋，不伤筋动骨，可以接受；对她自己，却是必争之地，从此后以三县为基，向内可夺上元，向外可扩展势力，黑水女王，终于站在了黑水的土地上。

这是她抵达玳瑁的开场之战，既需要武力，也需要智慧，更需要分寸，她自觉打得漂亮。

她回头，英白对她举了举酒杯，裴枢对她竖起了大拇指，紫蕊、拥雪满面骄傲，七杀嘻嘻哈哈，连二狗子都难得地吟诗赞美她："天生一个仙人洞，无限风光在波峰。"

她心中充满欣慰、满足，目光扫了一圈，却忽然发现少了一个人——穆先生。

那块靠近谷口的大石上，没人。

景横波一惊——难道刚才谷口大乱，大批人蜂拥出去的时候，将他挤倒了？

一想到大批混乱的人群踩过谷口，挤过大石，他被挤下石头，来不及爬起，便被无数双大脚践踏进泥地里……她惊得浑身汗毛一奓，几步抢下台，奔向大石，前后翻找。

"你要做什么？"裴枢莫名其妙，却仍最快地跟过来，点燃火折子陪她找。

景横波提着心，一寸寸看过地面，生怕发现带血带肉的泥土。

泥土没有异常，她又找那些散落的靴子、袜子，想看看穆先生有无被挤下石头。

裴枢看她连臭男人的臭鞋子、臭袜子都一一翻起来看，不禁瞪大眼睛："你到底要找什么？"

"男人！"她心情不好，头也不回地道。

这场争斗，虽然穆先生没出力，但没有他之前在马车上的一路提示和教授，她无法将计划整合得这么完美，甚至可能因为对这些人了解不足，当场被将一军，那就会完全失去主动权，别说能不能得三县，能不能全身而退都是问题。

因为她并没有可以在空旷之地制住上千人的毒药，擒了首领，跑了帮众，她只会招惹更多的仇敌。

她怎么能不管这个隐在幕后的功臣？

"你在找那个石头上的男人是吧？"裴枢忽然道，"他早走了。"

"你知道？"景横波霍然回头，抓住裴枢的胳膊，一脸惊喜，"你看见了？隔这么远你怎么注意到他的？你不是在骗我吧？"

"因为你一直在注意他！"裴枢没好气地在她耳边吼，"水性杨花！眼珠子过一会儿就瞟一下，当我是瞎子啊！"骂完又悻悻地道，"不就是个小白脸吗？小白脸还对你没情分，你这边事情刚刚差不多，他就跑了……"

"跑了好，跑了好。"景横波站起身来，欢天喜地地道，"我知道他去哪啦。"转身要走。

"站住。"这回换裴枢抓住了她的胳膊，"他是谁？你为什么要找他？你怎么几天不见，就又勾搭上一个……"

"拜托你不要总用我夫君的口气说话。"景横波一脚蹬向他的要害部位，"你谁啊？！"

"我是裴枢！我发过誓要娶你！"

"我还发过誓要压倒太史阑，让她跪着喊我女王大人呢。"景横波踹了他就走，"结果人都不知道飞哪个次元去了！少年人，听姐一句话，誓言这种东西，不要随便发，发了也别太当回事，这贼老天很坑，这命运很无耻，你发得越狠，它们越不会成全你。低调，我们要低调，啊？”

“景横波，我知道你受了刺激不再相信誓言！”裴枢爬起身追上去，“但我不是宫……”

“闭嘴！”

“景横波！”一声大吼惊得夜鸟嘎嘎地撞上夜空，满地的落叶飞起。

英白等人都向这边看，然后夹着七杀走得远远的。

“景横波，你站住。”裴枢咬牙切齿地盯住景横波的后背。

景横波站住了，没有回头，她皱起眉，觉得事态有点不对。

暴龙不肯陪她开玩笑了啊。

“别以为我会一直陪你插科打诨下去。”裴枢盯着她的背影，已经从暴怒中平静下来，一字一字地道，“你明明知道我的意思。”

景横波耸了耸肩。

“也别以为我是心血来潮，也许当初一开始我说要你做媳妇是心血来潮，但后来，很快就不是了。”他道，“我裴枢一言九鼎，天性坚执，你知道的。我这样的人，说出的话，没有收回的理由。”

“我劝你还是想清楚的好。”她抬头看天上的月，月色凄冷，不知人间心事，“我记得你一开始，连爱是什么都不懂。”

“所以你认为我一辈子都不懂？”他怒声道，“如果我说，我现在懂了呢？”

“你以为这是扮家家酒啊？说明白就明白了。”她笑。

“这本就是说明白就明白的事！正如喜欢，是说来就来的事！”他字字认真地道，“我承认一开始我没当真。但后来我真的觉得你很好。但也只是觉得好，并且习惯和你在一起，没想那么多。可是当你离开七峰山，这些天我发现我吃也想你，睡也想你，每天早上一睁眼就想你，睡觉前还是想你，为了早日跟上你，我三日三夜不眠不休第一个追上来，我就知道，原来在我心里，你已经这么重要了。”

她不说话，这时候说什么都是错。她想穆先生是不是去影阁总坛了呢？他和雷生雨总得有个对决，也不知道解决了没有。

这人也是倔性子，不想欠她的人情呢。

她的沉默，看在裴枢眼里却以为是心动，他眼底绽出喜色，放缓了语气。

“景横波，我知道你受过伤……”他顿了顿，小心翼翼地看着她，怕她发飙。

她正走神，没动静。

裴枢舒了口气，忽然又觉得心酸，他裴枢纵横沙场，睥睨红尘，什么时候小心揣摩过他人？

他为自己心酸一秒钟，随即振作精神，放柔语气。今晚也许不是好机会，但过了今晚也未必有机会，她总是嬉笑着推搪，像对待弟弟一样对他，他不喜欢。

他喜欢她的自强潇洒，但不喜欢她潇洒过头，对感情嬉笑无视。

“也许我该为你庆幸。”他哼了一声，“你没有在这样的打击中沉沦，而是展现出强大的内心。你甚至摒弃了以往的弱势，看似嬉笑如常，实则变得坚强冷漠，无所畏惧。你已经具备一个政客应该拥有的素质了——从容、强悍，看似热情实则冷漠，看似委婉实则坚决。甚至你已经可以总是轻描淡写地对待我的……”他一字一字道，“告白。”

景横波就好像没听见最后两个字，挥了挥手，笑吟吟地道：“是啊，我也觉得我成长了，真是可喜可贺，希望你真心为我欢喜。我有点事先走了啊。”

“景横波！”

“唉……”她叹气。有完没完了！

“有人告诉我，不破不立。”他目光炯炯，“所有人都不敢问那句话，我要问！你得回答我！”

景横波心一跳，转身就走，裴枢已经一个箭步上前，抓住了她的肩膀。

“景横波！放开你自己！看看别人！你告诉我，你是不是前半辈子，只用来爱宫胤；后半辈子，只用来恨宫胤？”

……

第六十一章　一生一个对的人

一霎的安静。

她觉得一股暴烈的气流，忽然从心间生起，箭一般穿胸而出，将要携着血携着灼热的火，砰的一声射碎这个世界。

那气流，叫苦痛和愤怒，压抑在内心的深处，她一直不愿面对，死死摁住。

她霍然转身。

裴枢被她的目光惊得双手一松，他未曾见过景横波这样的眼神。

他见惯了她的散漫随意，谈笑自如，从不知道景横波也有这样被刺痛的、燃烧般的眼神。

这眼神烧得他心间一窒，脑子一空。

景横波手一挥，失神状态下的裴枢砰的一声撞到了身后的大石上。

“对！我恨！我恨你们所有人！”景横波指着他的鼻子，大喝，“恨你们沙文主义，唯我独裁！恨你们自作聪明，自以为是！”

“景横波，我……”裴枢的喊声还没来得及出口，啪的一声，景横波已经毫不客气地踩着他的胸膛，一闪不见，硬生生将他的话蹬回了咽喉里。

裴枢回头，就看见她的影子一闪，消失在夜色中。

他再转头，就看见那群人转身的转身，抠鼻的抠鼻，看戏的看戏，抱胸的抱胸，个个一脸了然，又事不关己。

他再看看身周，杂物散落，一片狼藉，似他此刻凌乱的、打了败仗一般的心情。

裴枢怔了半晌，恨恨地一捶大石：“她就是忘不了他！我就是迟了一步！”

石屑溅上他的脸，他也不擦，满面灰尘，眼神却亮得怕人，不见颓废，只有满满的斗志。

他不觉得难堪，挫败也只是片刻，裴枢一生，遇绝境也不曾放弃，何惧一时挫折。

天弃掸掸头发上的灰，不以为然地笑了笑——关键在早迟？那耶律祁得吐血。

对面，英白忽然举了举酒壶，一个安慰般的姿势。他悠悠地道：“说什么来得早迟，道什么缘分不够，不过都是借口。每个人一生，从来都只有一个对的人。”

……

景横波身影一闪，已经出现在丹棱山主峰的半山腰。

她想爬上山顶，吹吹风，吹散此刻心间涌起的灼热的愤怒。

她很不喜欢今天的情绪失控，更不喜欢仅仅因为那个名字，便引起失控。

出帝歌以后，所有人都尽量避免在她面前提起这个名字，只有她自己知道，她心中时时闪过那个人，越向前走，想得越多。

所有的压抑、疑惑、怨恨、迷茫，在心中早已汇聚成巨大的风暴，一日日盘旋不休，四处冲撞，却没有出口。

她想要一个出口，却不敢要，怕面对的真相并不是自己猜想的，一切都只是她一厢情愿的臆想，那足以让她再崩溃一回。

到了此刻，看似风光，其实前后都是绝崖，孤注一掷，她必须鼓足全部力量和勇气走下去，不给自己一丝软弱和放弃的机会。

当日碎心之苦，她不要再来一回。

许是压抑太久，当裴枢冲口而出那个名字，冲口而出那句话时，她觉得自己似被砍了一刀。

正中要害，似可看见鲜血狂喷。

她抬手，按住心口，眼神迷茫。

她是被那人印太深的记忆在心间，所以才不肯放。

所以她一直虚幻地想象，想象当日那般的惨烈有苦衷，想象后来的相遇有猫腻，如此软弱地安慰自己。

或许只有前世的死党和她自己才知道，她是个长情的人，看似潇洒，骨子里却优柔。

研究所里，她看似兴趣最广泛，今日喜欢这个明日喜欢那个，然而只有最亲近的人才知道，她连看电影，都只喜欢最初喜欢的那部片子，看遍天下的精彩剧集，但每隔几日必定要把喜欢的老剧翻出来，百看不厌。

那些晒干了香气犹存的花儿，那些记忆中令人泪流满面的感动的最初。

她垂下头，双手插进发内，黑发幽幽地遮住她的脸。

……

长久的闭目之后，她嘘了一口气，似要将心中难以言说的郁气吐出，然后抬起头。

抬头的一瞬间，她忽然看见底下一片火把的光芒，火把的光芒下，两处人马在对峙。

她忽然想起了影阁的事。

叛徒雷生雨要支援三门四盟七帮的杀王大会，影阁的死忠要等穆先生回来主持大局，现在正在对峙。

刚才她驱逐玳瑁的霸主们的动静很大，影阁距离不远，应该已经听见了。雷生雨失了外援，可能会鱼死网破。

她有些奇怪，穆先生不是已经回影阁了吗？以他在影阁的地位，不是应该一到，雷生雨就彻底失败吗？怎么还在对峙？

难道叛徒势大，穆先生镇不住叛徒？

她身影一闪，往那个方向扑去。

她出现的位置，在两群对峙的人身后，面前有一道山壁掩护，山壁后是一处荒草地。

前方在对峙，还有互相叫骂声传来，她听出穆先生还没有回来。

她有些不安——他去了哪里？算算时辰，他该到了啊？难道路上出了事？他一个残疾……

这么想的时候，她想起身去找找穆先生，忽听不远处有脚步声响。

她立即蹲下，这山壁后有很多挺高的草，在这夜色中，足可遮掩身形。

一个高大汉子走了过来，夜色中眼神灼灼，似乎颇有些焦虑地左顾右盼。

景横波认出是雷生雨。

这下更奇怪了，雷生雨不在外头主持，抽身跑到这里来干啥？

雷生雨似在等待什么人，频频在原地转圈子，不时探头四处看看。转到第三圈的时候，一道黑衣斗篷身影，忽然出现在他身后。

景横波吓了一跳——她一直盯着雷生雨，竟然没有发现这人是怎么出现的！

来人披着黑衣连帽斗篷，身形相貌统统掩在一片黑色中。

雷生雨似乎也吓了一跳，做出戒备的姿势，来人手掌一翻，亮出了什么东西，景横波看见雷生雨背部绷紧的肌肉顿时松懈下来。

她看不见对方出示了什么信物，但从雷生雨的反应来看，似乎两人是认识的，而且雷生雨等的正是他。

“你怎么现在才来？”雷生雨有点烦躁地责问对方。

那斗篷人似乎笑了笑，答：“有事忙。”

他说话简短，声音闷在斗篷里，听起来瓮声瓮气的。

“废话少说，”雷生雨急躁地道，“你既然来了，应该是打算来接收了吧？放心，我帮你把人给除掉了，现在只要你再帮我一把，把外面那帮啰唣的人镇服，这影阁就是咱们的天下了。怎么样？”他舔了舔嘴唇，期待地看着斗篷人。

景横波心中一跳，想着难道雷生雨真正的幕后合作人，就是这斗篷人？似乎斗篷人从雷生雨手中拿到了影阁不少重要资料？还有那个“除掉了”是什么意思？雷生雨是指之前在玉楼浴池他对穆先生的出手，还是刚才他又对穆先生出手了？

她心中紧张，屏住呼吸，仔细聆听。

“怎么？”斗篷人道，“你自己搞不定？”

“还不是鲜于庆！”雷生雨怒道，“他临走时竟然关照过诸位堂主，不许接受堂口内一切人员大型调动命令，又带走了令牌。我的人手还不够压服那些人掌握大权，不过，你来帮我一把，情况就不一样了。”

斗篷人不说话，黑色衣袂在风中静静飘动。

“你到底有什么打算？”雷生雨怒道，“你花那么大价钱，买了影阁的机密，要的不就是夺取影阁吗？你为什么迟迟不动手？现在正是最好的时期，穆先生被我杀了，堂口里人心浮动，你带着你的人，和我联合在一起，我们只要杀掉最不听话的那些，其余人自然归顺。到时候你当阁主，给我个大护法就行。”

“只要大护法吗？”斗篷人曼声道。

“当然。”雷生雨眼珠转了转，“不然你独掌大权也可以。反正我也厌倦了打打杀杀的江湖生涯，你再给我一笔钱，我帮你解决影阁里最难缠的几个，然后你当阁主，我拿钱走人，怎么样？”

斗篷人似乎笑了笑，道：“穆先生真的死了吗？”

雷生雨目光闪烁，语气却斩钉截铁：“当然！”

“我想当阁主，但是不放心你做护法。”斗篷人扔过来一样东西，“这是给你的报酬，带着你的人，走吧。”

雷生雨警惕地接住，低头一看，脸色大变，惊道：“这是……”

话音未落，他忽然觉得浑身一冷。

那不是一般的冷，像被无数冰刀刹那间插入骨髓，血液、肌肉刹那间便结了冰。

浑身冰冷，腹间却忽然一热，他一低头，就看见一道雪光，从自己的腹部蹿出，带出一抹凄艳的血泉。

原来热的是自己的鲜血……

“你……”他浑身僵硬，死在顷刻竟然无法倒下，只能牙齿打战，拼命挤出想要问的话。

斗篷人轻轻招了招手，那抹冰雪在他襟袖间翻飞不见。

他不知何时已经离雷生雨很近，声音如梦幻般游离：“多谢你在玉楼浴池，那一掌。”

“你……你是……”雷生雨霍然瞪大眼睛，眼神里震惊、不解、迷惑、痛苦……也如鲜血般狂涌而出。

怎么可能！

他是穆先生？

可是穆先生怎么会自己买自己的秘密？

他竟然将影阁的秘密，卖给了穆先生？然后指望穆先生帮忙，灭了影阁？

他做的一切，都在穆先生眼下？

不，不可能，怎么会这样，没道理这样……

砰。他僵硬地倒在地上，至死都眼眸睁大，眼角睁裂了，两缕鲜血缓缓流下。

他眼眸里的惊愕不解，永不消散。

穆先生为什么要自己买自己的秘密，为什么明知他是内奸，还带他去玉楼，这个答案，他注定至死也不能解开……

斗篷人注视着他的身体，拂了拂衣袖，用更轻的声音道：“嗯，说到做到，内奸帮你解决了。”

他手指一拂，雷生雨的衣衫破裂，贴身收藏的大额银票，以及刚才斗篷人给他的东西，都飞到了他手里。

斗篷人手指一夹银票，微微露出一丝讥嘲的冷笑——银票一张没少。

付出去买秘密的钱，一文不少地拿了回来。

雷生雨如果地下有知，大抵要再吐血而死一次。

斗篷人随意将东西收好，转身要走。

一道人影忽然一闪，鬼魅般撞入他怀中，冷风锐响，一把匕首狠狠地扎向他的胸膛。

行动的气流将影子的黑发吹开，露出景横波黑亮的眸子。

斗篷人猛地向后一闪，但这世上谁也闪不过景横波的速度，景横波已经贴着他的身子欺近，手中的匕首嚓的一声角度刁钻地直取他胁下。

她没下死手，想要重伤这人，交给穆先生。这人勾搭影阁内奸，却又杀了内奸，必有所图。

他的反应也惊人地快，手一扬，竟然像是猜到她的刀势一般，顺着她刀光的轨迹堪堪避过，刀尖刺啦一声将他的衣袖划开，从手腕直上肩头。

襟袖翻飞，有隐约的雪白晶莹碎点逸散而出。

几个晶点落到她鼻尖，冰凉。

她如遭雷击，手中的匕首竟然停在半空不再落下。

碎雪纷落，天地冰凉。

有更凉的风掠过她的眉端，她猛然一醒，才惊觉自己尚在对战中，这一霎的失神，足够对方杀死自己十次！

她慌忙撤步一闪，一抬头，对面早已无人。她急急回身，就看见一抹黑色的影子翩然在夜色中一闪，不见。

他如夜的影子融入夜色，只留下四周微凉的空气。

景横波怔了半晌，忽然觉得手软，匕首当啷一声落地。

她垂头看着地面，荒草如常，她又摸摸鼻尖，鼻尖似乎还有一点湿冷，又似乎只是错觉。

她站在夜风之中，浑身开始微微颤抖，一遍遍告诉自己，不，不是的。

她害怕某个真相。

如果是那样，那她的很多猜想，都会被推翻。

如果这个勾搭内奸、意图对影阁不利的人，是宫胤，那和她一路同行的影阁之主穆先生是谁……

如果这个是真的，那她就真的证明了，是她一直在臆想，一直在贪恋，一直没出息地对他还心存幻想……她怎么会是这么贱，这么软弱的人？

更要命的是，她会觉得，自己真的已经疯了。

在帝歌被逼宫当日，已经疯了！

不……不是……这天下会冰雪系武功，并且能瞬间起冰雪的人，一定很多！

九重天门的人练的大多是冰雪系武功，一定也有人达到了这个程度。

九重天门的人手很长，最近也出现过，想必他们有心介入玳瑁武林之争……

一定是这样……

她忽然起身，往黑影逃走的方向追去——不要怕，不要在这儿胡思乱想，想要知道他是谁，就追上他！

她刚闪过山壁，就看见前方一个坡下的水潭边，一个斗篷人在洗手。

她大喜，一闪冲过去，匕首出鞘，直抵对方背心。

一道人影忽然从侧面闪过来，抬手一掌，怒喝：“何人偷袭！”

来人掌力雄浑，景横波被撞得一个翻身落地，站稳之后看见对方是一个高大男子，脸上戴着铁面具。

此时斗篷人已经转身，道：“是你？”

他脸上的银面具闪闪发光，嘴角弧度优美。

景横波怔了怔，喜道：“穆先生！”又皱了皱眉道，“可找到你了。你去哪了？怎么会躲在这里？那边影阁的事你为什么不出面？还有，你怎么穿成这样，害我险些误伤你？”

“你问题太多，叫我回答哪个？”穆先生一笑。

那铁面具男子过去，扶他上了旁边的轮椅，递了手巾给他擦手。

穆先生随意擦了擦手，将手巾交给那男子，景横波一眼掠过，原本没在意，忽然将目光又转了过来。

惊鸿一瞥，她觉得好像有什么不对，此刻却又怎么都想不起来。

“这位是……”她看着那高大男子，隐隐觉得有点熟悉。

“他是我的随从，先前联系上了。”穆先生介绍。

那高大男子看起来有点木讷，对她微微一躬。景横波又觉得怪异，也只得微笑着点头。

和穆先生这一路，斗嘴和合作都已经习惯，已经算是很熟悉，她很自然地扶住他的手臂，道：“你怎么样？底下的事情，要不要我帮你？”

穆先生一怔，低头看看她的手，她也一怔，随即穆先生恢复自如，反手覆住她的手，笑道：“不用了，内奸已经死了，底下的事情便迎刃而解，我只需要出面就行了，何必再把你扯进来。”

景横波不答，低头看着他的手出神，穆先生微微移开手，笑问她：“怎么？”

“没怎么。”景横波转开眼光，收回手，道，“我也觉得我们这关系，不露于人前比较好。只要你确定你能搞定就行。”

穆先生唇角的笑意弧度优美：“自然能，你放心便是。”

景横波放下心，靠住他的轮椅，长长地伸了个懒腰：“那我办自己的事去了……今儿可累死了……”

她靠得极近，伸懒腰的姿势极自然也极放松，似乎觉得身边是个非常信任的人，粉白的拳头直伸到穆先生脸颊边。他侧头专注地瞧着，瞧着她纤细的身段，和眼前粉白如花苞的拳头。

眼看她一个懒腰伸得歪歪斜斜，看起来似要栽到他怀里，他眼底波光一闪，犹豫了一下，伸手揽住了她的腰，笑道：“小心跌了。”

他揽住她的腰的手蓄着三分力，留着三分巧，可以将她扶正，也可以将她推开，还可以将她拉入怀中。

而她倾身的姿态，似乎有几分收不住，果真要倒入他怀中的样子，他的眼神略略惊愕，却闪烁着更多的欢喜，手上微微一带，她便要倾入他怀中。

却在此时，景横波身子翩然一转，转开了他的手掌，转到了轮椅后，双手扶住轮椅，调皮地一笑，道：“那咱们有空再见。我的新堂口离你在上元的堂口很近呢……你要出去吗？我送你一程。”说完不由他分说，咯咯一笑，将轮椅向前一推。

此时正是一个下坡，轮椅止不住去势，碾着枯草滑出山壁，那高大汉子愣了愣，道：“姑娘你怎么……”急忙追了上去。

她盯着轮椅上之人的背影，等着他起身或者有什么动作。

他却没有起身，对她的恶作剧逆来顺受的模样，轮椅飞快颠簸滑行的过程中，他犹自伸手，对她挥了挥以示告别。

她身子一闪，闪上山壁，居高临下地看着下面——她将穆先生推了出去，声音的响动立即惊动了底下影阁的人，当即有人迎上去查看。

风将底下的声音断续地传来，声音惊喜：“先生！”

“先生回来了！”

底下那批忠于穆先生、和雷生雨的属下对峙的影阁之人，纷纷迎上前去，欢喜地迎接他们的先生回归。

而雷生雨的属下，则开始仓皇奔逃。

景横波站在山壁上，看着底下的一幕，眼神从疑惑转向惊愕再转向疑惑最后转向无奈。

她捶了捶头，觉得那里一定早已成了一团乱麻，难为自己看起来还正常。

影阁的人，是不会认错他们的主子的。

他是穆先生。

可是刚才……

之前她和穆先生一路马车同行，他喜欢并习惯她的接近，却从不主动接近她。

今天他却显得主动……

她忽然啪地赏了自己一记耳光，清脆响亮，但也把满脑子的乱麻拍了回去。

随即她恨恨地一脚踢裂山壁，身形一闪，消失不见。

……

景横波漫无目的地行走在山路上，一时不想回去，只想吹吹山风，清醒清醒头脑。

脑子里绞成一片，她烦躁地捶了捶头。

出帝歌之后的状态太诡异了，很多时候，和敌人对峙的时候，她觉得自己在成长，越变越聪明，但很多时候，她又觉得自己在倒退，各种纠结和理不清。

难道自己是双重性格，或者是精神分裂？

眼前忽然有人影一闪，迅速如鬼魅，景横波警惕地退后一步："谁？"

头顶的树梢上有人大声道："谁？"

语气、声音，一模一样。

景横波挑眉："出来！少装神弄鬼！"

那个声音一模一样地道："出来！少装神弄鬼！"

景横波身影一闪，闪向头顶的树梢，她闪上去的时候，树梢上的影子闪下来了。

现在换她站在树顶，那影子在树下，如镜像。

"哪个混账学老娘！"她正心绪烦躁，破口大骂。

"哪个混账学老娘！"那影子双手叉腰，破口大骂。

那姿态让她霍然醒悟，大怒道："老不死，你又玩我！"

人影分开披面的长发，嘻嘻一笑，月光下一张脸温润高贵，表情却滑稽流氓。

"老不死你在这里干什么？"景横波立即警惕地退后一步。

"给你打分呀。"紫微笑吟吟地道，"你最后一道题目完成了。"

景横波这才想起，似乎自己的最后一道题目，就是要求好好玩玩玳瑁的势力，如今正好完成。

"几分？"

紫微竖起一个巴掌："不多不少，刚刚及格！"

"你识不识数？！"景横波喷他，"你跑来就为了告诉我及格？"

“我还告诉你，”紫微指了指自己，“我刚才学你，你有什么想法？”

“有什么想法？”景横波没好气地道，“想法就是你是一个神经病。”

“你是自己快成神经了吧？”紫微上人哈哈大笑，乐不可支，“我告诉你，无论怎么学，总有一个真，一个假，对不对？”

景横波眯起眼睛，想了想，冷哼一声。

有时候，老不死还是会打机锋的。

“我既然及格了，那你答应的给我解毒呢？”

紫微上人笑眯眯地看着她：“你觉得你现在身上还有毒吗？”

早就知道！景横波翻了翻白眼，转身就走。她可不想和老不死多说话，谁知道下一秒他会冒出什么可怕的念头和话来？再逼她考一张这么坑的试卷都有可能。

果然，她刚刚抬脚，那老不死就在她身后道：“我还有张卷……”

“不做！”

“那你上张试卷高分的奖赏，你也不要了？”

“不要！”

他的奖赏？他这辈子懂什么叫奖赏吗？他的字典里不是满满只有“坑”字吗？

“可是我打算告诉你，你想找的人在哪呢……”

景横波霍然停步，不敢置信地转头，连声音都变了：“什么？”

她死死地瞪住老不死，她知道老不死还擅长紫微术数、星图推算，一直有心想问问老头，知不知道她的身份，知不知道她的三个死党大概在哪里。她的身份，从老头对她的特别态度来看，想必是心里有数的。

但她的三个死党在哪，这个问题她很多次想开口却不敢开口，不是怕紫微说不知道，而是怕紫微告诉她，那三个没和她穿到同一个时空，那样她会崩溃的。

她内心里，一直靠两个信念支撑着走下去：一个是打回帝歌，做真正的女王，将那些曾经驱逐、暗害、侮辱她的人踩在脚下；一个是打回帝歌，做女王，用这天下的资源，找到三个死党，让她们对着她大喊一声：“女王！”

多少次午夜梦回，想到这两个梦想，她就笑得像中了彩票一样。

如果让她知道她这辈子都没希望完成梦想，她不确定自己还有没有坚持下去的力量。

老不死瞅瞅她的神情，十分猥琐地笑了，抬头望天，矫情地道：“我忽然又不想说了。”

“呵呵。”景横波抬脚就走，“我去找询如谈谈心，问问那天到底……”

“哎呀不要这么剑拔弩张嘛……”老不死挥舞着双手追上去。

景横波身子一闪正好后退，砰的一下和他撞在一起，一把拎起他领口的衣裳：“快讲！不然我就教询如闺房整人十八式！她一定很有兴趣在你身上试试的！”

“一点都不尊师重道，怎么说我也算是你师父。”紫微上人拨开她的手，慢条斯理地整理衣裳，笑嘻嘻地道，“喂，小波儿，看样子你这女王有希望做成，怎么样，给你师父一个国师当当？”

“行行。”景横波不耐烦地答应，心想等建了国封一打国师，他排最末，让这老不死见谁都哈腰！

“你要找的人，”老家伙张开双臂，深沉地注视着广袤的星空，这一刻的他看起来终于有了几分仙风道骨的气象，“散布在这大陆之上。”

景横波一下捂住了嘴。

她的眼底瞬间涌出惊喜的泪花——死党们在！在同一个时空！

只要在同一个时空，就能聚上！

这么久了，她没有机会去找她们，总想着安定之后再好好寻找，但内心深处，也害怕万一在黑洞的穿行过程中，四个人被吸入了不同的时空裂缝，那就真的相见无期了。而这种可能性，在那样的时空乱流中，是很可能发生的。

老天有眼，竟然真的让四个人都落在了同一片大陆！

虽然古代交通不便，虽然从一国到另一国难比登天，但只要在这片大陆，她就一定能找到她们！

这一刻她第一次感激老天。

“都在哪里？”她又伸手揪老不死。

老不死身子一飘，躲开了：“我不知道。”

“去死！”她急匆匆地掏口袋，“你不就是敲诈吗？你要什么？我给。国师我觉得对你来说不够档次，想做大王吗？想做大王等我打下江山你来做……”

“老夫真想做大王，几十年前大荒就没你们的份儿了。”紫微嗤之以鼻，“你是天降者，我只能从当日的星图推算出，在那个时期有好几个天降者，而你，本来是不该到这里来的……所以我想瞧瞧，被你替换掉的那个是谁，顺便逛逛外头，大荒的人和景，我瞧腻了。”

景横波想：你出国旅游是假，想躲开询如是真吧？此时也懒得和他斗嘴，急急地问：“哪个？男人婆、小蛋糕、小透视，不管是哪个，你帮我找出来。”

“我只能看出大概的方位，根据大概的方位去寻找。而且只能看出一个，就是那个和你互换过的，只有你俩的星轨在当时有过交错。”紫微上人笑嘻嘻地道，“至于是谁，我怎么知道？等我见了，再告诉你好了。”

“好的好的，你去你去。”景横波抓耳挠腮，恨不得能跟着他就这么跑一趟，但此刻哪里分得开身，只好再三拜托，“找到了及时给我信，代我向她问好……不对，问什么好，代我问问她们怎么样，混得好不好。混得不好的话来跟我混，我现在应该可以罩着她们了。如果你遇见的是小蛋糕，叫她快来帮我害人；如果你遇见的是男人婆，跟她说她一个人混肯定找不到婆家的，过来我负责找个男人给她，我这里啥类型都有，猛男、二货、人妖、酒鬼任她选，她不喜欢男人喜欢打架我也有架给她打，十五个帮随她挑；如果是小透视，这么傻的孩子一定会吃亏的，肯定混得很惨，保不住能混到牢里去，你跟她说姐这里有好多好玩的萌宠，她一定会来的……”

她的话还没说完，紫微已经不堪唠叨，闪出千里之外……

“喂！”景横波第一次恋恋不舍地追出几步，大喊，“一定要带到啊！不然我迟早用我的BRA勒死你……”

山路寂寂无人影，她站定，迎着空旷的天涯，张开双臂。

山风将她的长发撩起，和这夜的雾气一起摆荡。

她眼眸亮起，如天际不灭的星辰，那是因为终于确定死党们还在，而生出的无穷喜悦和希冀。

帝歌逼宫事件之后，她第一次觉得浑身灼灼生热，满是蓬勃的心火和力量。

此刻她们的存在，于她就是莫大的希望，只要有希望，她就有勇气继续脚下的路。

山脚下渐现霓虹万丈，日光自她脚下一寸寸升起，一寸寸绚烂脚下的路。

莽莽苍山，浩浩云海，在这一刻听见她的纵情大喊：“等着我！”

……

英白、裴枢等人原本以为她要黑着脸回来，谁知道她出去了一趟，回来后满面春风，喜上眉梢，连走路都似生风，都以为她是想通了，当即有人欢喜有人忧。忧的人不提，裴枢自然十分欢喜，以为不破不立，自己不顾一切地对她坦白心迹，击破了她心中的魔障，她当时虽然接受不了，好好想想之后，却终于转过弯来了。这岂不是他的好日子就要来了？

裴枢一扫沮丧，自此更加殷勤，并和天弃请教什么叫温柔——他认为景横波还没接受他的原因，恐怕是他不太懂得体贴的性子，看来看去，好像就天弃在这方面可以学一学。

景横波哪有什么心思管他的小九九，她现在满是干劲，要好好打下地盘。万一紫微老不死真的将哪个姐妹带回来了，到时候她这个已经把牛皮吹出去的女王，却连座像样的宫殿都没有，会被三个损友笑一辈子的。

为了面子，拼了！

景女王以彪悍之姿，开拔上元城周围的仙桥、巨甸、宁津三县。

她一边往三县走，一边拔罗刹门的堂口——她从厉含羽那里，弄到了罗刹门下堂口的分布和一些基本情况。厉含羽作为罗刹最看重的面首之一，又承担了诱惑女王的任务，手中掌握的资料较一般面首详尽不少。景横波按照名单，带着高手一路扫荡。罗刹门正因为门主死亡生乱，门中争权，附近帮派欲侵入，哪里经得起景横波强势出手，景横波又有内部资料在手，抢资源比人家快，拔堂口时，先杀掉堂主、副堂主，再在归顺者中挑选高手，编入封号校尉麾下的队伍，再带着这些新编的人去拔玉带帮的堂口，规定在拔玉带帮堂口行动中立功的原罗刹门帮众，抢到的财物都归自己，当下这些人都干得十分积极。

等玉带帮的俘虏也收了一大帮，则编在裴枢麾下。他给自己手下的队伍起名叫“天灰营”，告诫自己永远不忘在天灰谷的生涯，不忘当初黄金部和帝歌之仇。

景横波再令他们去抢掠罗刹门的堂口，也是抢来的东西都归自己，充分激发了这些人的积极性，而这些曾被罗刹门帮众攻击过的玉带帮帮众，出手自然不会留手，扫荡唯恐不彻底，杀人唯恐不除根，所经之处，一路血火。

景横波就用这种交叉攻击的办法，一路快走，拔掉了两家帮会十八处大小堂口，收编帮众两千多人。

可以说，她这一手狠辣决断，如雷霆暴现。她如一道携着熊熊烈火的雷弹，轰然一声爆开，在身后拖曳出长长的黑红血火痕迹。

不出则已，一出则惊天下。

随着她的一路发力，雪片似的文书信笺，在这段时间往来于整个玳瑁和大荒的土地上。

“女王秘密抵达玳瑁，忽于丹棱山出现！”

“女王于丹棱山聚十五帮会，杀罗刹门门主、玉带帮帮主，逐十三帮会首领！”

“女王急奔于上元三县，七日内拔罗刹堂口十一，玉带堂口七！杀两帮堂口主事者七十六人，收编两帮帮众两千三百余人！”

“女王在仙桥、巨甸、宁津三县发布王令，令玳瑁族长出城觐见，并称上元周围三百里内，都将是她王宫选址之所，着令在此范围内的十五家帮会势力，一个月内全部退出！”

……

一路潜伏，悍然出场，满身狂霸，震惊大荒。

第六十二章　美人相赠

很多人对着这些密报发痴、惊叹、无语……却也有更多人，对着最后一个消息不住摇头，嗤之以鼻。

“不过是十五帮会轻敌，给她钻了空子，稍稍胜了几场罢了，就轻狂成这样！”

“真是不知见好就收！趁着那些小胜和此刻煊赫的威势，赶紧就在罗刹门选个堂口，安定下来，还敢得寸进尺，竟想让十五帮让出三县之地！那般富庶之地，又是夺取上元的要害，那些盘踞多年的大佬，怎么肯将到嘴的肥肉吐出！”

“所谓得意忘形，骄兵必败！”

“她从来都是这德行，如今瞧来倒是一丝未改，老夫倒是放心了！”

后面这些议论，多半出自帝歌，这也是最忌惮女王、最不希望她崛起的人群之一。

尤其是当他们听说了绯罗被罢相，被襄国驱逐，和轩辕家忽然换了废物家主，轩辕镜残废之后。

绯罗被罢相、驱逐的真相，知道的人还不太多，但轩辕家出的事，所有人都知道是女王下的手。

想到这个女人在狼狈地被逐出帝歌的路上，竟然还能搞死轩辕家，众官员就觉得背上发凉，无数人天天烧高香，祈求神佛显灵，让这个女人死在路上，或者一进玳瑁就死在十五帮会联手碾压下。

众人尤其对后者寄托希望，因为怎么看，势单力薄的女王，都无法和作为地头蛇的十五帮抗衡。如今听说女王竟然真的在玳瑁抢占了地盘，众人不可思议的同时也充满不安，如果不是实在鞭长莫及，都恨不得立即扑到玳瑁去将她掐死。

那些在玳瑁有生意交联，甚至和帮会有暗中联系的官员，都积极去信玳瑁，供钱供物供人，力求在女王还未完全站稳脚跟之前，将她掐死在萌芽状态……

但没多久，新的爆炸性消息，就再次摧毁了他们的希望，令他们的心头再次蒙上一层深重的阴影。

“……女王进入三县，数日之内与十五帮会的堂口接连交战，连战连胜！”

“七大帮先后退出三县！召回所有邻近的帮众！”

“试剑盟、龙虎盟退出三县！”

听说七大帮退出三县的时候，众人还说“侥幸而已”，听说两盟也开始退出，众人陷入沉默，但犹自抱着希望，道：“凌霄、灵犀，居玳瑁江湖魁首之位多年，势力雄厚，非后进帮派可比，必不会退让于刚刚崛起的女王！”

然而，没多久，消息再次传来。

“灵犀门退出三县！”

“凌霄门退出三县！”

当最后一个消息到时，连帝歌都似被震得晃了晃。

风云雷动，天下震惊，玳瑁连同玳瑁的江湖势力，第一次这么被整个大荒关注。

往日里，帝歌的老爷们并不太在意自成一体的玳瑁江湖。山野凶徒，关起门来打打杀杀，关我何事？关帝歌何事？但现在不同了，玳瑁江湖的每一分势力被收服，就代表他们的敌人女王的势力壮大一分，他们的睡眠就少一分安宁。

一些人开始往玳瑁派杀手，或者联系杀手，如当日玉照宫广场前逼宫的那些人。

一些人拍案大笑，连呼让那些不敢出头的学生速速赴玳瑁投奔襄助，女王崛起，归来可期！这些人自然是那些不掌权柄、厌倦了大荒利益集团争权夺利的贤者老臣，如常方，如瞿缇。

有人欢喜有人忧，也有人完全没有关注。沉铁质子府里，全府上下都沉浸在一种奇异的气氛中。

正堂里，铁星泽抓着一封信，脸色微白，久久不语。送信人立在堂下，一身素白。

这是报丧服孝的标志。

信正是报丧信，沉铁族长数日前重病而薨。

阖府上下，都悄然注视着正堂，神情哀伤，却掩不住几分急切和期待：按照规矩，就算是质子，在父母丧事这样的大事出现时，也有权上书国师，要求回国奔丧。

在外羁縻的游子，谁不期待回到家乡？再说这还涉及将来的族长之位呢，怎么能不争一争！

“世子，您得速速决定……”送信人小心翼翼又不掩焦灼地提醒。

他是铁星泽留在沉铁部的亲信，为了赶时间，他日夜兼程，只求世子早日接信赶回沉铁，主持大局。

“是啊，您是族长钦封的世子，这个时候您必须立即回去。”

铁星泽却沉吟不语，半晌后为难地道：“质子归国，干系太大。我是第一个接旨归顺的质子，如果我再第一个跑回去，怕是会让国师难做……”

“哎呀我的世子，这个时候您还想着国师做什么？”亲信跌足，“国师有什么难做的？他大权在握，独霸天下，大荒朝廷对他俯首帖耳，不过回去一个质子，于他不过是举手之劳，臣子们现在也不会针对这事，他们正操心在玳瑁大干的女王呢！”

提到景横波，铁星泽眼底露出柔和的笑意，轻声道：“她能这样，真好……”

“我的世子，您别操心这个那个了！”世子府管家也疾声道，“当初众位公子无人肯来帝歌做质子，您自动请缨，大王因此特意封您为世子，您是沉铁名正言顺的继承人，您牺牲了这么多，吃了这么多苦，难道最后要让给别人吗？”

“父王封我为世子不过是权宜之计，他可能另外会指定继承人。”铁星泽唇角现出一抹苦笑，“我可不是他喜爱的儿子……”

“目前还没有废您的世子之位，另立继承人的消息出来。大王之死，也显得过于……”亲信咽下了“蹊跷”两字，疾声道，“总之我们还有希望！世子，速速上书吧！”

“您和国师这般交情，又是合情合理的奔丧，他会答应的！”

部下们劝说殷切，铁星泽抬起头，看见面前是一张张充满希冀的脸。

是啊，回到沉铁部，有可能一步登天，就算争位失败，也死个痛快，远胜于在帝歌做个人人敬而远之、自己说话都不敢高声的质子。

更重要的是，一旦新王登位，那他这个质子，必将永远做下去，永无归期。

他不能绝了部下的希望，质子属官的生涯，也难……

良久，他终于叹息一声：“我明日上书国师，请求回沉铁奔丧。”

……

静庭永远都很静。

静庭的书房，光线也越来越暗，大多时候国师都坐在那一片模糊的黑暗里，辨不清面目。

大臣们由此觉得，国师越来越神秘了。

国师在处理公文，蒙虎大头领站在他身边，亲自将各类奏章分门别类。他手中专门整理出的一堆，是来自玳瑁的消息。

国师忽然将一封奏折递给了他，蒙虎一看封面，“沉铁铁星泽求返部为族长奔丧书”，立即将这奏折另外封起，递交给身边的一个侍卫。

这样的事，他们是无权处置的。

事务告一段落，国师轻声道：“我想出去走走……就在静庭。”

蒙虎点了点头，却在那白衣身影出门后，挥手示意人暗暗跟着。

国师和往常一样，就在静庭范围内转了转，有时会走到小胤胤的圈栏内，从照顾的仆役手中拿过草料，给它喂食。

小胤胤渐渐也熟悉了他，有时候会出来拱拱他的腿，他也会牵小胤胤在静庭转几圈。

不过今天小胤胤却似有点烦躁，没有拱他，直接向静庭之外跑了出去。

负责照顾它的仆役便跟着。这只小羊驼，在宫中畅行无阻，也时常出静庭散步。

这回小胤胤乱走了一通，仆役跟得气喘吁吁，忽然小胤胤停步，仆役一抬头，就看见面前的宫门前，倚着一个面色苍白的女子。

那人瘦得可怜，面色苍白如纸，偏还要穿着大红团锦披风，也许是想给自己增添几分鲜亮，却不知道这样越发衬得她单薄瑟缩。

她盯着小胤胤，眼神很奇异。仆役认了好一会儿，才认出这位赫然是明城女王。

女王没出现在众人面前很久了，这仆役瞪大了眼，不明白以前那个韵致楚楚的女王，怎么几个月不见就变成了这般不人不鬼的模样。

但玉照宫中的人，对明城女王多半没什么好感，仆役赶紧将小胤胤招呼好，给明城女王见了个礼，就要走。

女王却开口了："这只羊驼……长这么大了……"语气唏嘘。

仆役讪讪地赔笑，却不敢接近。这羊驼可是前女王的爱宠，也是国师的爱宠。宫中上下都知道明城女王和前女王的纠葛，这仆役生怕她一个想不开，扑上去和这羊驼同归于尽，那样就糟了。

明城女王死了没关系，羊驼死了会有很多人倒霉的。

明城却一步也不上前，只用怜惜怀念的目光将羊驼细细打量，轻声道："……真怀念当初啊……"

仆役低着头，一声也不敢吭。

贵人们的事儿，还是不要掺和的好。

眼看她露出凄惨苍白的笑意，眼神飘飘荡荡地落向远方，仆役忽然也觉得怪难受的，赶紧再次告辞。

明城女王也没留，只道："天冷了，你的衣裳怪单薄的，添件袄子吧。"说着递给他一件衣服。

仆役想不要，女王的手掌摊开在他面前，洁白细腻，十指纤纤，指甲涂着粉红的蔻丹，如十瓣小小的花瓣，他心中一荡，莫名其妙便接了。

女王的袖子褪下去，露出一截腕骨，瘦得可怜。

女王似乎还想摸摸小胤胤，他赶紧后退一步，谢了赏，也不敢再停留，拉着小胤胤逃也似的跑了。

他走出好远回头，还能看见女王倚门而立，身边一个伺候的人都没有。

夕阳下她的身影斜斜长长，寂寥地投射在空无一人的宫道上。

仆役鼻子一酸，忽然觉得女王很可怜，又觉得自己心太硬，女王那样子，也不过是想和人多说几句话而已。

深宫寂寞，多少人能挨得过，何况她的处境更恶劣。

他想着，或者下次再遇上时，她想摸摸小胤胤，就给她摸一摸吧……

……

帝歌潜流暗涌，玳瑁轰轰烈烈。

景横波花了半个月的时间，顺利接收了三县。

看起来是奇迹，其实真相只有交战双方心知肚明。对于十四帮会来说，这三县不退也得退，重要部署和机密都在别人手里，就算真打，也只有输的份儿，不如保存实力。

十四帮的齐齐败退，在玳瑁史上前所未有，以往也有帮会试图撬动玳瑁，但总不能避免被卷入玳瑁这团乱麻，被迫在众帮的围困中打完一个又一个，腹背受敌或者不断接受挑战，直到精疲力竭失败或者自动退出——玳瑁江湖内讧不休，但真当遇见外来者，还是先一致对外的。

所以十四帮的齐败，便造就了景横波此刻无与伦比的声势，最起码在外人眼里，她“挟威而来，所向无敌”，成就了十余年来玳瑁首次出现的势力重整。

玳瑁江湖势力原本是十五家，十三太保从一开始就摆出“我最弱我不玩”的姿态，退出了一切相关的争斗，还有一个烈火盟，原本就没有在三县安排多少堂口，其最大的堂口就在紧靠三县的东新县，是当地最大的势力，正好扼守住了三县南下必经的要道。当景横波占据三县后，烈火盟主力所在的东新县，就成了景横波和其余十三帮会的缓冲地带。

在这种情况下，烈火盟的地位相当重要，完全应该是景横波和其他十四家帮会的拉拢对象。但烈火盟遇上了景横波，那叫一个倒霉。在杀王大会上，景横波针对了所有人，唯独漏掉了一个蒙烈火，就好像没看见他一样，这种做派，让人不得不怀疑蒙烈火和景横波之前就早已勾结。十三家帮派大多对烈火盟产生了敌意，有的甚至喊出势不两立的口号，蒙烈火回总坛后，就疲于应付来自十三家帮会明里暗里的攻击，哪里还有心思和景横波作对。

景横波一手反间计，就解决掉了烈火盟这个拦路虎。当然，这是暂时性的，暂时让蒙烈火无法给她捣乱。只要在她打地盘的最初时期，没人给她下绊子，她就有更多的可能早日站稳，到时候再一个个慢慢收拾。

在整个抢地盘过程中，裴枢展现了新时代暴龙的新风貌，他所经之处，不留活口，血海滔天，以至于打到后来，有的帮会听说带人来的是他，立即丢下空荡荡的堂口，直接退出。

裴枢的凶名，在玳瑁飞速传扬，可止小儿夜哭。

黄金部名帅复出，看似沦落成了江湖打手，但所有人都知道，景横波不会乖乖在玳瑁当黑水女王，而裴枢，必定是她手下的第一大将。

而景横波此时虎躯一震，狂霸之气爆发，一边不停打架，一边还选址造宫殿。

她让轩辕家族给她提供最好的工匠，从天灰谷拿来黄金，钱和人都不是问题，开造。

造宫殿需要工人，就地招，工钱丰厚，很多百姓应召，连一些底层帮会的帮众都跑来了，她的麾下顿时显得更加热火朝天。

女王陛下甩出来的图纸，更让所有人瞠目结舌——她的宫殿的名称，还是叫上元宫！

上元城已经有了一个上元宫，所有人都以为，女王陛下夺取三县后，下一步就是夺取上元宫，十五帮都期待着女王和上元宫死拼一场，两败俱伤，那么十五帮还可以卷土重来。

可现在看女王的意思，她竟然打算在三县造宫殿，宫殿选在离上元城最近的宁津县，划出的范围更是让人瞧出一身冷汗。

她的宫殿，最外围几乎已经靠近了上元城，只要围墙再扩充，就能将上元城包进去！

此刻女王的野心昭然若揭——她根本不打算去抢那个小王宫，她要造个大大的宫殿，将来把上元宫包含进去！

事实也证明了女王陛下就是这样打算的，新宫开工之日，女王亲自登上附近的宁津山，对脚下的上元城上元宫一指："一年之内，必将这只乌龟打垮，必将我上元新宫围墙，连上上元城的城墙！"

上元城四座瓮城，分别居于东西南北，整个城是扁圆形，看起来像只缩头乌龟。

她一句豪言，好大的气魄。

这气魄吸引了玳瑁的目光，也吸引了无数人。玳瑁乃至周边各国各族的很多人，纷纷前来投奔，其中有在原帮会郁郁不得志的，有希望在女王手下干出一番事业的，还有很多士子，拿着帝歌大贤者常方、瞿缇等人的亲笔信，找上门来，个个说自己有经世之才，前来报效女王。

景横波临时包下居住的客栈门口，每日人流如过江之鲫……

啪的一声，拥雪愤愤地甩下一张履历："酸儒！"

"怎么了？"景横波进来。她是男装打扮，满身灰土，看起来很有些狼狈。

紫蕊、拥雪吓了一跳，急忙起来迎接，又问怎么了，景横波哼了一声道："还不是有人不识相！"

抢地盘工作已经进行到尾声，十五帮的势力大多都已经撤出，其中十三太保最干脆，在景横波出手之前就退出了三县，摆出一副"我最弱我不跟你玩"的架势，让景横波的拳头打在了空处，而不出意料，凌霄门的人态度最强硬，一路抢占过程中，景横波花在凌霄门上的精力也最多，眼看就要打下凌霄门在宁津最大也是最后一个堂口，忽然凌霄门那边赶来一个副门主，带着一批手下，将堂口里的高手救走，隐藏在县城中，时不时给景横波这边的人捣乱。而因为他们的势力还在，属于凌霄门管辖的铺子便都处于观望中，对景横波这边的人不大合作，时不时还下点绊子。

景横波下令强力接管，遭到了软抵抗，一些和帮会关系深厚的商人联合起来，也表示要退出三县，商业是民生的重要基础之一，一旦商会全面退出，就会导致三县经济衰退，牵一发而动全身，景横波就很难在三县立足。

帮会多年经营，势力盘根错节，扯出萝卜带出泥，这样强硬地连根拔起，必然会导致一定的反弹，景横波刚才经过某家大商号门口时，竟然险些被人家从上头砸一箩筐热灰。

虽然不可能受伤，但也灰头土脸，更关键的是，如果不能把凌霄门这些人压服，彻底清除帮会在此地的影响力和控制力，让三县的大小势力看清楚自己的实力，这样的麻烦会越来越多，直到让她寸步难行，灰溜溜退出三县。

景横波下令强力搜捕，看见任何可疑的帮会人物，格杀勿论，逼得对方不想再暗中搞鬼。刚才她回来时，接到有人射来的一封战书。

凌霄门副门主池明，向她约战。

景横波唇角一勾，觉得来得正好。她却不想先说这事，便问紫蕊、拥雪为什么事骂人。

拥雪哼了一声。她和紫蕊最近脸色都不好，她俩担任了临时书记官职务，负责接收招纳各地前来自荐的人才，但现在看来，好像不大顺利。

"主子，别的还好，您要的擅长旁门左道的人才，倒也还好，但就是那些读书人太不要脸了。"紫蕊揉了揉手腕抱怨，"履历写得天花乱坠，治国方略头头是道，却连一些基本的民生公务都答不出，大多是些死读书纸上谈兵的酸儒。"

"那就打发走呗。"

"打发不走。"紫蕊道，"很多人拿着常贤者、瞿贤者等人的亲笔信，还带了自己的好友、同年一大堆，口口声声要报效女王。要是不取，您就得担上忽视人才、不识栋梁、不够礼贤下士的名声。这对咱们这种刚刚起步的势力不利，别人听了寒心了，以后真正的人才也不来了。"

"可是他们赖着不走，整天白吃白喝，咱们也养不起！就算养得起，也没道理养这么群废物！"拥雪小脸挂霜，把窗子一支，景横波果然看见外头一窝一窝的都是人。

"都是些势利鬼。"拥雪永远这么犀利，"贤者的亲笔信，是您出帝歌的时候就发给他们的，您出帝歌这么久，有一个人冒头来帮您吗？现在您打下基业，站稳脚跟了，他们一个个就冒出来，要抢着做这开国军师了！我呸！"

景横波失笑，看看客栈外头，故作高深打坐的，吟诗作对的，指点江山的，还有些穷秀才破落户儿，穿着烂棉袄，一边悄悄扪虱子，一边瞟着客栈出入的人，看见个衣裳光鲜、像是女王身边之人的，就开始摇头晃脑，高声说些"治世伟言"，希求博取注意力。

真是五颜六色，光怪陆离。

"最近忙着打架抢地盘，倒把这摊子事忘了。"景横波嘿嘿一笑。她当然不是真忘，却是有心晾一晾这些人，理由和拥雪一样——你们早干什么去了？

她内心里也不认为这些人里有什么了不得的人才，要说幕僚军师，她第一个想起的就是穆先生，此人才是有治世之才，但人家自己拥有势力，将来是友是敌都难说，此事自然不必想。

完全不理也不行，常方他们是一片好心，不能冷人家的心，将来回帝歌，她还指望老头子们帮忙呢。

不过这么堵在门口也不是办法，万一传染了虱子怎么办？

她抬脚就向门外走，紫蕊、拥雪急忙跟着。

门外一群一群的人眼光唰的一下转过来。众人一开始没看见跟在后面的紫蕊、拥雪，眼光齐齐落在景横波脸上。

吟诗的，吹牛的，背书的，高谈阔论的，忽然都停了口，四面一片寂静，无数人的眼光热辣辣地投过来。

景横波原想表明身份的，看见这些眼光，心中倒一动——这似乎是个试验人品的机会呢。

她手伸到后面摆了摆，示意紫蕊、拥雪不要出来。

“陛下有令。”她道，“三日之后曲江之上，将有定鼎之战。特邀天下才子前往曲江，现场吟诗，品评天下英雄。”她眼波流转，嫣然道，“届时，女王亦将在曲江之上指挥三县最后一战，并品评天下才子！”

三日后，是她和凌霄门在三县势力的最后一战。凌霄门在玳瑁当惯了老大，十分桀骜，纠集败退的帮众，要和她好好战一场。而她这些日子打的架，多半是偷袭，打起来也很短暂，她也需要一场轰轰烈烈的战斗，在玳瑁江湖，和上元宫族长家门口，好好扬威！让那些短视的、两头摆的商人，看清楚谁才是他们的新主子！

两件事一起办，文武两手抓，两手都要硬！

场中一霎寂静，随即哄然一声。

“陛下将主持三县驱逐战最后一战！”

“亦亲试天下英雄！亲评天下才子！”

“啊，曲江横流，战火纷飞，我等击楫中流，逆行而上，于硝烟箭雨中作诗，于对阵击鼓中成赋，一曲破阵，半江残红，文传万耳，诗惊千众，壮哉！壮哉！”

“这是足可载入文史之盛事！我等必将因此也青史留名！”

“纵不史册留名，也必有勇智美名流传天下！”

这是一群好名的书呆子，想到身临战事，血火中赋诗，为天下士子千古以来未有之经历，不禁热血沸腾。

也有些是胆子小的，老成持重的，更关心实际的。

“敢问陛下有何赏格？”

“我等手无缚鸡之力，一旦身临战阵，刀枪无眼，被误伤怎么办？”

“是否有军队保护我等？”

还有人大叫：“我等也可冒死到陛下御前，只求胜出之后，得姑娘红袖添香夜读书！”

一群人哈哈大笑，深以为然。

景横波一脚先踢回了想要冲出来骂人的拥雪，含笑点头：“多谢各位才子垂青。陛下评点天下才子，自然会有丰厚奖赏。胜出者按名次各赏黄金、职位，稍后曲江之上，大家等着便是。”

“可有军队保护我等？”

景横波站住，讥嘲一笑：“军队是用来打天下的，不是用来保护废物的！曲江论文武，考才华也考胆量。陛下将建国于黑水，创业之初最艰难，不需要缩于人后的懦夫拖累！文武双全者请来，软弱无能者莫来！”

“你来不来？”

“来！”

“那我们也来！”

一阵狂笑后，有人道：“谁赢了谁娶她！”

景横波笑了笑，反身进门，推回了又想冲出去打人的拥雪：“睡觉！可以清净几天了！”

“这么吵，怎么睡？”

“他们马上就会去买剑、买盾牌、买软甲，还要做小抄，会很忙的。”

果然，下一霎门口清空。

三日后“曲江之战，女王亲自点评天下英雄、才子”的消息，很快传遍三县……

……

影阁总坛，穆先生打开今日递送来的消息，不由得一笑：“曲江论文武评英才？她好气魄！”又道，“东西准备好了吗？得配上她的气魄才行。”

鲜于庆站在他身边，恭谨地道：“准备好了。您打算助拳？”

穆先生将纸张折起，眼神似在思考，半晌顾左右而言他地道：“姐姐快要到了，咱们得准备接她。”

……

一间冰雪之室里，他轻轻展开一张纸条。

他面前有很多案卷，堆积如山，有明黄封套的，也有雪白封套的，还有一些账册，上书“西北诸局堂消息汇总”。

这些东西很多贴着标记，插着羽毛，意思是十万火急，哪张都比他手中的纸条看起来重要。

他的目光在纸条上掠过，唇角弧度平直，看不出喜怒。

他手一挥，纸条碎裂成粉。

“你怎么看？”他问身边的护卫。

“女王在转换行事作风。”护卫恭声道，“她一改路上的低调，存心要在玳瑁轰轰烈烈，每做一件事，都要让所有人听见声音。”

他点点头：“当隐则隐，当显则显。她在向帝歌发出警告。”

“树大招风，恐引暗手。”

“树大招风，也可引凤栖梧桐。”

护卫点头称是：“听说陛下还许出了以美人相赠的彩头。”

他的手微微一顿，转头：“嗯？”

“具体的属下也不知道，是从那些狂生秀才口中打探来的，不知真假。”

他却微微摇头，唇角一勾，笑意微冷。

以美人相赠？

半晌，他又道：“让你准备的东西，准备好了吗？”

“属下运气不错。”护卫道，“原本仓促之间来不及置办，正逢一个巨商因为投靠的玉带帮倾毁，生意也受到了牵连，将家产出售，其中就有艘好的，属下赶紧拿下了，正加紧整修，添一些必要的东西。”

“不必完全随我平日简素的风格。”他嘱咐，“她的情形不同，需以华丽、震撼为上。

要配得上她。”

“是。”

他点点头，道：“出去吧。”

护卫恭谨地退了出去。

他在黑暗中沉思，景横波对女人一向比对男人好，她心中女人的地位重于男人，怎么可能如这大荒贵族仕宦一般，把女子视作货物，随意相赠?

她与身边的紫蕊、拥雪，情同姐妹，也不可能这么草率决定她们的婚配。

他微微有些出神，想起她的姐妹中，唯一死去的翠姐，想起那日她抛下翠姐的尸首时，那一刻该是多么痛彻心扉。

翠姐被厚葬，就葬在玉照宫后皇家园林内，希望将来她回去后，能够有所安慰。

以美人相赠……

那传说中的美人，莫不是指她自己吧?

他静默了一会儿，才开始办自己的公务，先看明黄封套的，最上面是“沉铁铁星泽求返部为族长奔丧书”，他提笔写：“准。”

处理完公务，他打开雪白封套的，这才是最要紧的东西。

忽然，他脸色一变。

他身边的护卫也一惊——主子向来山崩于前而色不变，这是发生什么大事了?

他已经飞快地道：“立即传令蒙虎，给玉照宫和静庭加派人手，秘密严查内外人等，并对外称国师急病，不见外客，启动第二套方案！”

“是！”

他将那封套捡起，递给护卫：“等会儿把所有人集中，拿这封套在火上烤，你们靠近火头，熏上半个时辰后，全员出动，分散行走周边各部。”

“主子，那您身边……”

“这事更要紧。另外，立即搬家，这屋子里的所有东西全部毁去，不能留任何痕迹。”

“是。”护卫不敢怠慢，立即匆匆前去办理。

他的手指按在封套上，眼眸渐渐幽沉，将封套内的东西倒了倒，啪嗒一声，一支玉管毛笔掉落。

毛笔自然是上好的紫毫笔，可是这东西发给他就显得怪异。

还有更怪异的。

他将毛笔折为两段，里头掉落出几截乌黑指骨，这回上面白色的部分更多了些。

他的脸色并不好看，虽然给的是一个喜讯，但给的方式不对。

笔管骨头，是雪山来的信，向他通报血脉之毒研究的最新进展。

来自雪山的东西，他明明关照过蒙虎，不能直接送到玳瑁，只能以抄送的方式转达，因为雪山有自己的一套追踪方式，很有可能东西送到玳瑁，雪山那边一路追索，就知道他其实在玳瑁。

这后果可想而知，玳瑁和帝歌，都会出问题。

蒙虎怎么会犯这么低级的错误？还是他没有看出这是雪山传信？雪山传信确实隐藏在各种方式之中，很难辨认，但以蒙虎的审慎，不能确定不会贸然发来。

所以可以确定的是，帝歌那边有问题。

玳瑁这边消除痕迹斩断联系，不知道还来不来得及……

沉思了一会儿，他又打开了一个封套，那封套也是雪白的，却不是帝歌传递给他的，而是来自另一个渠道。

封套内有一张纸，雪白的竹纹纸，写着些泛泛的问候之语，乍一看就是问候信。他的手指在信的边缘轻轻摩挲了数下，信的边缘便翘起一层透明薄膜状东西。

他将那薄膜轻轻揭下，往旁边的水盆里一扔。

那层透明薄膜遇水之后开始发白，也似一张纸，但是是空白的。他将发白的薄膜捞起，晾干，再咬破指尖，往上滴了一滴血。

纸上开始显现出字迹，寥寥几句，不含任何情绪的语言，他也不含任何情绪地看着，末了将纸递到烛火上，烧了。

看着那纸在烛火上慢慢消失，他双手交叠靠在椅上，眼神幽沉。

这信，不是送给他的，是他安排的人截获的，能截获这样一封信，想必儿郎们死了很多。

能截获这信，他很满意。

那个女人竟然写这样一封求助信，真是令人意外。

在他的印象中，那是个很沉得住气的女人，所以她制订的训练的第一课，从来都是先练忍。

但从最近的传信可以看出，她的耐性似乎也不够了，传信频率比以前频繁，现在甚至写信要人帮忙找人。

雪山上发生了什么事吗？迫在眉睫？对她也存在一定威胁？而她求助的人，是谁？

还有，这信，真的是截获的吗？有没有可能是有人故意想让他看到这封信？

他唇角的弧度森冷，也似那山顶皑皑的雪，目光从窗口掠过，一片浮云无声游弋。

她说，要找的那个人，体内经过经脉淘洗，也服食过丹药，一旦动情，下腹会出现云纹。

她没有说这云纹是干什么用的，这世上本就没几个人知道。他却知道。

这也是锁阳用的。雪山的最高功法需要绝情忍性，在练成之前锁阳是必须的手段。

他还知道这云纹一定是图腾云纹，雪山尊贵的象征。

锁阳手段，其实也分很多种，针是最残酷的一种，而图腾云纹，则是最无害最有益的一种，可以根据需要进行，而且没有痛苦，还能在修炼功法的时候，引导真气运行，事半功倍。

但图腾云纹需要最少七位长老级别人物，耗损真元灌输，而且只能在三岁之前。寻常弟子，哪有这样的待遇？

她说这人身有药骨，可以解决他家族的血脉痼疾，但必须以活体试验。

他却知道这是撒谎，她可没这么好心。

要找的这人的身份，呼之欲出。

看来，她是真的急了，甚至不怕被人发现，或者她另有倚仗。

他不急，手指敲在桌面上，一声又一声。

动情？要知道并且看见一个男人动情，不大容易。

想到这两个字，他的内腑便一痛，他闭上眼，慢慢吸一口气，体内的真气悠悠上浮，触及某物，再慢慢转移，转移……

在很多年前，这样的事情就已经开始，他本想慢慢来，却因为某个原因，不得不加快速度，然而揠苗助长，必有恶果，一针飙射，直逼心间，到如今，想要破体而出，必定刺穿心脏。

任其留在原处，也和潜伏在体内的毒一般，杀机逼近，随时爆发。

时间对他原本就很匆促，在那次相遇之后，再次无情地加快了脚步，他似乎已经看见黄昏尽头，黑夜中那一抹深幽的颜色。

步子要快一点，再快一点。

而天光啊，恨不能双倍停留。

日光浮沉若舞，浮沉的日光里，他端坐如雕像。

只能偶尔看见他鼻尖细碎的汗珠，晶光一闪。

第六十三章　他和他的大礼

“快快！”裴枢啪地扔出一袋银子，给自己那群部下，“快去给我寻最好的枪手，作十首最好的诗来！”

“少帅，”手下傻傻地道，“您还要负责杀人呢，哪里还需要作诗？您是想压过那些士子一头？”

“他们算什么东西？配和我比？”裴枢冷笑，“我听出来了，她喜欢文武双全的男人！就让爷给她展示一下，什么叫真正的文武双全！”

……

“来来弟兄们，我们来搞个比赛。”伊柒招呼着师兄弟们，“大家来作诗！我出五两银子，谁作的诗最好，就给谁！”

迎接他的是师兄弟们的臭鞋底子和烂袜子。

“就你这德行，还想文、武第一？”师兄弟们按住他猛揍，“不仅没诗，还得打你！就是这么嚣张！就是这么任性！”

……

上元王宫。

宫内有座望川台，号称可望天下万川，当然这是古人的夸张手法，不过，望一望上元全境还是够的。

此时望川台上，正立着玳瑁族长明晏安，初冬天气，这位族长依旧一身生丝白罗袍，长身玉立，玉面朱唇，于高台之上衣袂翩然，端的是风流人物。

可惜这份风流自如，不过是假象，谁都知道玳瑁族长是大荒诸部族长中，活得最不自如的一位。就如他的名字，虽然含了两个“安”字，但一直不安，而且眼看就要越来越不安。

明晏安目光远远地投出上元城，看见宁津城内热火朝天的巨大工地，虽然隔得远，但大概轮廓已现，那建筑占地广大也就罢了，还直接对着上元城，其意不言自明。

据说，那个建筑也叫上元宫。

明晏安收回目光，转向自己的地盘。上元是大城，一城人口三十万，其中五万大军。上元的面积也是大荒诸城中最大的，几乎可以抵得上面积最小的琉璃部整个疆域。所以虽然人多，人口密度却并不大。

上元还是所有城池中，沼泽最少、土质最好、最适合耕种的地方。大荒五山四泽一分田，适合耕种的地方很少，上元这样几乎全城都可耕种的地方，更是绝无仅有。

上元是宝地，正因为是宝地，才能在四面楚歌、所有外围县都被江湖势力瓜分之后，仍能闭门自守，自给自足，仅靠自产便维持了三十万军民的生计。

上元的军队忙时农闲时是军，拿起武器都是战士。

若遇荒年，上元城还可以从黑水泽中寻找产出，卖给背靠的蒙国和姬国，以及几个相邻的异国，黑水泽面对着上元城的这一段，是相对危险最小的。

如此天时地利人和，才形成了这样奇特的格局，明晏安才能在这里关起门做了很多年的大王。他渐渐安于现状，觉得就这样，做一辈子的上元大王，也好。

但是眼看着，他连上元大王都要做不安稳了，一个女人千里迢迢跑来，要抢他的王宫。

笑话，我守了这么多年的东西，你说要，便要去了？

原本他和群臣，对这事根本没放在心上，一个落难的女人，在玳瑁这种地方，只怕没找到门就已经尸骨无存。

没想到她竟然真的闯了进来，还拉开了这么轰轰烈烈的架势。

架势拉得足，代表志在必得的决心。

听说她麾下的势力在不断壮大，这女人也不知道哪来的实力，有钱有高手还有稀缺的矿产，据说连天星宝舟都大手笔地一拿就是十几艘，听说马上还要举行曲江之会，什么品评天下才子和英雄……

凭她也配！

他眼神微微森冷，面上却不动声色，缓缓下楼。

楼侧墙壁上有题字，雄浑大气，铁画银钩，是一首首诗词。

这些诗词，以前他是一一细看的，一边看，一边赞。后来他就不看了，再后来，他命人铲掉了。但写诗词的人很有韧性，他上次铲了，她就下次自己抹平了再写。

她要用这个方法，唤回他的注意力，因为只有望川台，他是每天必定会来一次的。

他的眼光从诗词上掠过，唇角一抹讥嘲的笑意——真是蠢女人，不知道越执拗越讨人厌吗？

正想叫人再铲了，干脆画上壁画，不许人再题诗，他忽然停住了脚步。

一年半以来，他终于再次仔细地看了墙上的诗词一眼。

不得不承认，即使他心绪烦乱，这些诗词以及这一手好字，还是令人惊艳。

毕竟，是当年的第一才女呢……

他想了想，走到楼下，前方花圃里，果然有个臃肿的身影，正吃力地对他施礼。

似乎没想到今天他会停下来，那身影显得猝不及防，也显得颇为惊喜。

他没有看她，只淡淡地道：“你想回到月华宫吗？”

花圃里痴肥的身影一颤。

“想回的话，等会儿我派人送你出宫。”明晏安淡淡地道，“三日后曲江之上，有场诗文之会。你去拿个第一，之后按我说的做，做得好，我就给你回到月华宫的机会，也会将悦儿册封为世子。”

最后一句令她又是一颤，急忙躬下身去。她一时惊喜过度，讷讷不能言语。

他却已经扬长而去，雪白的衣袂拂过满地的金黄落英。

她吃力地起身，注视着他迅速远去的背影，眼神犹自痴痴的。

……

三日后。

不仅宁津，连带巨甸、仙桥两县都万人空巷，齐聚曲江之旁。

三日时间，也让很多人从玳瑁的其余地方赶来，赴这一场别开生面的聚会。

曲江是玳瑁境内最大的一条江，几乎贯穿玳瑁全境，流经宁津的这一段，水清如镜，曲折蜿蜒，倒映青石板桥、两岸红灯，早已成了宁津一处风景胜地，有著名景观“曲江流月”“白塔霞烧”等。

曲江最好的观景位置，曲江所有用来载客游玩的游船，此时都成了抢手货。人多易出事，景横波来自现代，当然知道大型集会的利弊之处，将管理事务交给了紫蕊。

宫中的女官，经过多方面的严格调教，办起这事虽是头一遭，却有条有理。紫蕊命人发布消息，封锁曲江流域，进行事先检查，划分观赏区域，按时段凭户籍本放人进入……忙而不乱。

景横波则忙着发财——她在发布消息之后，立刻派人去将曲江当日所有的游船都租了下来，之后谁要上船，可以，价格翻三倍。

没钱的穷学子也可以上船，现场出诗文即可。景横波拿出租船赚来的钱，雇了一批老儒，专门负责这次筛选。看过的诗文老儒签字，一旦自己选中进入的士子有人获得了名次，这位老儒也会获得赏银。如此，老儒们认真对待，事后也可以找出最优秀的士子和最有眼光的老儒。两者都用得着。

景横波办这个会，一是要立威；二是要扬名；三是要形成一种“礼贤下士，渴求贤能，天下文士俱来投”的氛围。一方面，做女王不能只靠武力，必须要搭起自己的幕僚班子；另一方面，文人的嘴，有时候就是天下的心，他们说好说坏，有时候会影响百姓乃至官宦阶层的印象。景横波当初获了民心，却失了士子之心，引发士子学潮抗议，如今她吃一堑长一智，先做出样子来。

游船涨价，曲江流域看景的地方也划了区域收钱，按照位置的好坏依次递减。最后面的提供小板凳租借，当然也要钱，要钱很少，一般人都承受得起，但架不住人多啊！

景横波还命人购买了一批小型烟花，专供大户人家使用。当优秀士子评点出来的时候，可以购买烟花“赏红”。到时候会有人专门唱名：某某大户为某某先生添彩！特选超大嗓门的，射出大红烟花，横贯江面，万人瞩目，足以满足一批土豪的虚荣心。

还允许士子的亲友团给他们做荧光牌、标语，打横幅。荧光牌用当地的一种水晶制作，夜晚的灯光下闪闪发光，分不同等级，按等级收费制作。横幅也用不同的材料制作，最贵的是一种红锦，贴黄字，比景横波的轿子还拉风，一打开足有数丈。当然也是不同的收费，保证不同阶层的需要。

景横波事先就安排了铺子，提供了做法，谈好了“分赃”方式。那些铺子提前几天就设摊展示标语、横幅的效果，自然引起了很多士子的注意。众人纷纷询价，生意颇好。

这也不奇怪，景横波早就摸透了文人的心理。文人好名，而在信息流通不发达的古代，一个文人要想拥有盛名不容易，如果不通过国家抡材大典，其余渠道有限。献上诗文获得大儒名师的赞赏，以及在大型重要场合出风头为人所知，都是文人趋之若鹜的渠道。

小二们是这样鼓动如簧之舌的：“先生您想想，到时候万人空巷，曲江人满为患，足有上万人，可以看见您闪闪发光的名字，一整晚都在他们面前晃啊晃，您想要不被记住也难啊！”

士子们听得两眼放光，二话不说，掏钱。

景横波瞧得笑眯眯：可惜技术和时间不够，不然什么广告啊，滚动电子屏啊，宣传单啊，统统都可以拿出来。

大型活动是捞钱的好机会，她虽然背靠天灰谷产出，一路安排人做生意也有收入，但马上要建宫立军设朝，大笔的银子流水般出去，怎么能不想法子挣钱？

以上这些生意，一件也没便宜本地商户，都是她自己的铺子。她一路往玳瑁来，安排了封号校尉手下的老兵在各地开店，在玳瑁也命人提前进入，经营商铺，经过大半年的经营，这些铺子多半都撑了下来，此时自然用的是自己人，而自己麾下的这些商户，正好也可以渗透、监视本地商户，可以说提前就打下了基础。

跟在她身边的一批人，一边数银子一边面面相觑：这女人到底是女王还是奸商？满脑子稀奇古怪的法子都哪里来的？更关键的是，她还能很好地把握各阶层人群的心理，相应地做不同的对策坑人，这份天赋，可不是一般人能有的。

有人慨叹：当初在帝歌约束太多，不然女王陛下早把帝歌人的银子都赚光了。

景横波倒不以为然，大型活动毕竟有限，小民的钱不仅要会坑还要会替他们挣，真要论起治国，她还早着呢。

这么大搞，还有一个好处，就是不甘失败约战的凌霄门，没法再打群架。凌霄门为了挣回面子，干脆要求一对一比试，景横波也无所谓，今日曲江之上，齐头并进，她要的就是一个嚣张热闹！

傍晚的时候，她听说曲江边挤满了人，急忙梳洗打扮，准备好生亮相。

今儿可是她在玳瑁正式出场的好日子。景横波深知上位者的形象对于百姓的向心作用，决定今天一定要拉风到底。

为此她选了最优秀的裁缝，三天赶工，做了全套新行头。

其实还差一艘华美大船的，画舫什么的根本不能体现女王的气势，可惜她急于将那些堵门的士子赶走，决定仓促，来不及临时做了。

这几日门口依旧有人鬼鬼祟祟，打听那日出门宣布女王旨意的美人，希望来个偶遇。听闻有些轻狂浪子，已经在茶楼打赌，赌谁最终能抱得美人归，其中有个特别轻狂的，一口咬定美人定然是他的，并表示等美人归他之后，一定在最好的酒楼杏楼春开席十桌，到时候让美人给每个人敬酒！

景横波不过一笑而已，她被人觊觎得多了，谁要真有本事让她去敬酒，她倒高兴。

不过那说大话的人刚刚因此火了一把，转眼便销声匿迹，三日后再出现的时候，已经瘸了一条腿，据他自己说是酒醉后跌到阴沟里折了的。

不仅如此，连那日酒席上喝酒的，后来也都统统生了病。

景横波想八成是裴暴龙打的。但很快她就知道不是了，因为裴暴龙知道这事后，表示要把那小子找出来，阉了，让他穿上女装，卖到妓院，以后专门陪酒，还必须陪最底层的贩夫走卒。

景横波也懒得找出是谁干的，她手下那么多人，谁干的都有可能。

外头忽然起了一阵喧闹，随即紫蕊进来，脸上带着诧异之色，道：“有人给主子送贺礼。”

景横波倒不意外，最近她声势惊人，接手三县，送礼者如过江之鲫，她也不过挥挥手命人收起。

紫蕊却道：“您不妨去瞧瞧，是影阁穆先生送来的礼物。”

景横波怔了怔，大半个月没见，她忙着打架也没想到他，如今听见他的名字，不知怎的她的心便动了动。

她抛下梳子，走出门去，只见一大帮人围成一圈，啧啧惊叹声不住传来。

景横波拨开人群一看，不禁一怔，脱口而出：“漂亮！”

空地上是一顶轿子，却不是普通的呢轿或者软轿，看形制分明是女王的銮轿！

但这顶轿又和帝歌那顶不同。帝歌那顶轿子，明黄色，密不透风，连窗户都上了三层纱，气都不透，一进去憋闷得要命，所以她从来不喜欢坐。

这轿子一色珍贵乌木，论木料就比帝歌的女王銮轿要高级，乌木沉于海底，质地坚硬，击之有金玉之声，深黑色的轿身在黄昏的日光下，沉敛又厚重。

轿身也不像帝歌的女王銮轿雕满了五彩飞凤，看得人眼花缭乱，这轿身只有下半边，上半边则是整雕的一只赤色凤凰，光艳如火，凤头、凤身就是轿顶，凤头高高昂起，喙内叼着一颗明珠，明珠穿孔，坠下无数细碎水晶串，正好遮成半身水晶帘。

而凤翅展开，双翅的翅尖也垂下无数水晶串。凤尾垂下，雕成后背，三根尾羽前扬，正好是扶手。整个凤凰的造型展翅垂尾昂头，目视前方，姿态昂扬又潇洒。更不要说雕刻精细，纤毫毕现。连凤目都以巨大的黑曜石为瞳仁，镶嵌一圈细碎黄宝石，日光下眼眸深黑又光芒折射流转，竟然真似一双威严又妩媚的眼睛，将众生凝望。

英白围着轿子转了几圈，忽然蹲下身，在下半截乌木轿身的云纹上敲了几敲，便听咔咔几响，那轿身之下竟然迅速弹出四个轮子，转眼变成了马车。

英白站起身，道："这车轮相对轻便，不能长期奔驰，但短期速度极快，这是给你在危险时刻逃命用的。"

所有人都看呆了——这轿子雕工精绝，价值连城也就罢了，关键是奇思妙想，设计超卓，居然把华美万端和贴心实用熔为一炉，真的很难想象什么人能设计出来。

"谁送的？"景横波也被震呆了，问了句废话。

紫蕊抿嘴一笑，道："影阁穆先生倒是位有心人呢。想必是谢主子当日的救命、护送之恩。"

景横波仰望那轿子，轿子上的凤目沉穆地与她对视，她心中忽然涌起一股强烈的感受——这是知己！

只有深切明白她的人，才会送出这样一份礼物！

轿子是女王銮轿，向天下昭告她的身份，却没了当初令她厌恶的繁复禁锢和压抑气息，整个设计都表达出她所向往的自由、开放和张扬。

这正暗合了她的心思：她要做女王，不是傀儡，是真正掌握自己和天下的女王！

心潮涌动，她抿了抿嘴，转了几圈看轿子，虽然非常喜欢，但却忽然生出了违和感。

这个礼物，有点出乎她的意料——虽然合心意，但似乎和当日一路同行的穆先生留给她的印象，有点对不上。

穆先生温和、沉稳又狡猾，是那种不爱显山露水却一击必杀的类型，这轿子的设计却极其张扬，看那凤凰尾羽和双翼的飞扬姿态，就可以感觉到设计者的潇洒和自在之心。

一个不愿为人知，一个无所谓被不被人知。

是穆先生感觉到了她的性子，迎合她来设计的吗？

看她对这轿子爱不释手，裴枢站在一边，脸色阴沉，嘴角却噙着一抹不屑的冷笑。

哼，不过是顶破轿子，有什么稀奇的。

他打算送的，可是一艘可比皇宫龙舟级别的画舫！

不过……裴枢的嘴又瘪了，画舫还没到手，原主破产卖家产，他看中其中一艘画舫，命人去买，主人却迟迟不肯回话。眼看着他想要她坐那画舫，在万众惊叹、仰慕的目光中徐徐而来的愿望，破灭了。

哼，如果不是因为她不喜欢强买，他此刻已经可以和她献宝了！

他恶狠狠地想，不管那么多了，回头就算砍了那商人的两条腿，也要把画舫买下来，他要和她同乘画舫，泛舟湖上，携手相牵，指点江山，受尽世人艳羡……

等他美梦做醒，又听见惊叹之声，这回声音在他身后。

他一回头，瞳孔似被日光直刺，微微一缩。

景横波已经梳洗完毕，盛装而来。

一袭雪白嵌云锦裹身旗袍，高领，盘扣，微微垫肩、掐腰，裙摆垂到脚踝，雪白的衣料上没有绣花，却镶了一圈淡金色海水纹宽边。嵌云锦是东堂才有的高级锦缎，十分名贵，暗织金丝，在不同角度下闪烁出暗暗金光，因稀少和珍贵，富贵人家只用来裱贴名画，如今被景横波别出心裁地穿在身上。乍一看雪白简单，再一看金光闪烁如秋后艳阳下的湖面，低调而奢靡，华丽而内敛，正合景横波的气质。

外头罩一件淡金色短披风，只到腰部，平添几分贵重。

众人的目光却更多凝聚在她的身体上——旗袍最能展现女性的女人味和身材。景横波乍一出现，众人就觉得好像远远地看见一尊巨大而精致的玉瓶，此刻她走动起来，众人才感觉到那惊人流畅的身体线条，从饱满到纤细的美妙收束，从纤细到挺翘的自如伸展，增一分太肥，减一分太瘦，目光落在哪一点都是惊人的诱惑，胸、腰、臀，似顶级匠人无数遍修改打磨，终于成就最销魂最秾纤合度的女人身姿。

而她走路的姿态，也和平日不同，身形更高，腰更直，脖子微微仰起，步子小而不拘束，行动时整件衣裳暗光流动，而裙摆微摇，露一截雪白的鞋尖，腰部的扭动因此显得更加韵律优美而满满的女人味，充满奇妙的青春又性感的诱惑。

满院子的人呼吸都似乎屏住了，看着她款款而来，看着她款款走向轿子，有人喃喃道："她天生就该是女王……"

等她走到身边，众人刚刚放开的呼吸忽然又一紧——那裙子竟然两侧开衩！衩竟然开到大腿！

她从身侧走过时，能隐约看见一线晶莹雪白，时隐时现……

这才是真正的诱惑！比全脱了高妙万倍的女人风情。

现代的穿衣经验与审美，也许在古代未必适用，但属于女子绝妙身材和资本的展现，永远能令人色授魂与。

景横波一边走猫步一边瞟着四周——都太呆了，这是啥表情，是惊艳吗？她可是为今天下过功夫的呢，找了最好的裁缝，画了三稿图样，选了最昂贵的料子，丝袜被丢在帝歌，她便找来珍贵的蚕丝、天丝混织，好不容易才出来一双，还太薄，韧性不够，等会儿可不要撕破了……

憋气了太久，压抑了太久，今日她存心要张扬一把，此刻却揣摩不出众人的反应——惊世骇俗过度了？不能接受？

满院寂静，忽然有人大声嚷道："哎呀小七七你的鼻子……"

景横波一瞧，只见这家伙眼神直直的，滴着鼻血，已经将下巴染红了……

再一看，连对她向来没啥兴趣的其他六个二货，有一半也似乎要流鼻血的样子，武杉低头双手合十“阿弥陀佛”念得飞快，还似乎在念清心咒，念一句看她一眼，念一句看她一眼……

紫蕊、拥雪眼底光芒闪闪，都是小星星，那是羡慕；天弃眼睛斜着，那是嫉妒恨。

英白靠在墙边，一条腿屈起，在喝酒，喝一口看一眼，低声自言自语：“虽然对她没兴趣，也禁不住被勾了一下魂，哈，你等会儿可不要发疯……”

景横波笑逐颜开，伸手打了个响指：“姐果然雄风不减，依旧美绝人寰！上车！出发！”

……

真是不开口神仙光降，一开口宇宙幻灭。

景横波上了轿，封号校尉亲自抬轿，她坐在轿子上忽然想起，咦，裴枢呢？去哪了？她还以为会看见这个家伙鼻血喷到墙上呢。

……

裴枢从房间内蹿出来，跟上了大队伍。

他的一个属下看见他，行了个礼，忽然觉得哪里不对，再看看，被裴枢大眼一瞪：“看什么看？没看过美男吗？”

属下吓得瞬间消失，裴枢没好气地扯了扯衣裳。

看什么看，不就是去换裤子了吗？

刚才那一霎，他确实喷了，当然喷的不是鼻血或者口水，是……真让人难以启齿。

没法跟别人比啊，别人多少见过她盛装打扮，有个心理准备，他可是第一次见她盛装。

别人也不像他被禁锢多年，血气方刚，又练的至阳内力，没事还内火烧身，更不要提看见喜欢的女人这般销魂姿态。

刚才他连呼吸都停了。

她的美，布衣荆钗亦不能掩，他知道她盛装必定光彩照人，但如今才知，便是展开最离奇的想象，也难以想象出她的丰姿。

美丽又会打扮，会展示自身优点，拥有超越这个时代的打扮技巧的女人，简直足以致命。

所以他致命地湿了裤子，没法见人，赶紧先溜回去换了。

裴枢很奇怪，他觉得大荒的男人是不是都有病。他们怎么舍得那样对她？这么美丽的女子，穿着这样销魂的衣服，在城楼上站着的时候，全天下的男人不是都该不想争江山只想争她吗？

景横波如果知道他此刻的想法，八成得一巴掌拍过去——你以为这是种马文啊？

裴枢一边上马跟上去，一边懊悔着，今天这件袍子是黑色的，和她似乎不怎么配……

一个属下向来善于察言观色，凑过去笑道：“少帅今日这件黑袍，越发显得挺拔深沉，和女王一黑一白，相得益彰。”

“你说得对！”裴枢哈哈大笑，“我一直都是和她最相得益彰的那个！”

……

曲江边人头攒动，曲江上小舟欸乃，河岸两侧的柳树上，无数红灯渐次点亮，倒映半河红影，再被轻桨捣散。

两岸都挤满了人，人群中事先安排好的人，拉着最拉风、最大的一条横幅：“黑水女王，文成武德，千秋万载，一统江湖。”

词儿是景横波写的，不用问，抄袭。她喜欢这词儿，至于合不合适，她喜欢就行。

女王的横幅之下，就是各种牛烘烘的“广告”横幅了。

“天下才子数玳瑁，玳瑁才子数窦山！”

“天下文章共一斗，席文一人占七升！”

“欲知文魁何处在，今夜曲江华风流！”

……

牛烘烘花钱较多的横幅旁，是各种标语牌，写着才子们的名字，一闪一闪亮晶晶。

景横波老远就看见了那些横幅和标语牌，她眯眼注视半晌，吩咐紫蕊：“等会儿把这些打横幅的、做标语牌的人的名字都记下来，做个名单给我。”

“是。主子是要录用吗？”

“错，是永不录用。”景横波哈哈一笑，“文人可以有傲气，但不可无傲骨。这些自己做横幅、打标语自卖自夸的，名利之心太重，文章再好，也失了几分气度和尊严。要这种人，以后会有麻烦。”

紫蕊点头，道：“真正有才的人，是不屑做这些的。”

她满眼又是小星星，觉得女王真是睿智。紧接着她就听见女王慢悠悠地道：“不过这名单嘛，主要是为了记住大户。咱们的横幅卖得很贵的，这些人舍得做，一定很有钱，名单记下来，回头骗他们的钱去。”

紫蕊：“……”

以后称赞女王，还是不要太早！

离河边还有一条街，路已经被堵住，轿子无法前行。

景横波经过一系列吞并和招纳，现在麾下的人已经不少，摆出队伍长长一列，最前面是一批大嗓门的，用来开道，此刻长声呼喊：“女王驾到！”

喧嚷的人群一静，齐齐回头。

就看见乌木轿黑亮内敛，其上一只彩凤展翅而来，凤上坐着雪衣和金光同闪的丽人。

水晶帘两层，碎光粼粼，闪烁不休，本身就耀得人眼花，里头之人的衣裳也金光暗闪，越发看不清，只感觉銮轿上的女子冰雪之肌，风流体态，一瞥之下便摄人呼吸。

百姓下意识地让出道路，也不需人叫，自动跪伏——玳瑁多少年不见王权，早已忘却君臣之礼，然而此刻那銮轿一看便知尊贵非凡，轿中人一看就知凌驾人上，百姓的双腿不由自主地发软，忍不住便要跪拜。

排场自有让人凛然臣服的力量，这也是景横波今日一心要盛大出场的原因。她还没完全打下玳瑁，没占领上元王宫，没正式继位女王，没获得完全承认，但又想足够威严尊贵地早早亮相，给玳瑁百姓留下“正统主子”的印象，获得认知上的主动权，还不能在出场时狼狈开道，强迫百姓跪迎，须得令百姓心悦诚服，自愿参见，这就需要她自己满身王霸之气，给出最尊贵的、令人一见就心生敬仰的排场。

她本担心仓促之间，自己备的马车不够华丽，没想到穆先生就送来这顶真正满身王霸之气的轿子。

穆先生，真是个超级贴心的人啊。

景横波并没有再人来疯地挥手飞吻，经过帝歌一劫，她明白了上位者自当有上位者的尊严，特别是在一开始立威的时候。获取民心的方法有很多种，未必一定需要永远亲切接地气。

帝歌大典上的表现，虽然让她第一时间就获得了百姓的喜欢，可也引起了当权者的警惕和反感，痛定思痛，现在她要改变。

“主子，四周人群中有铁器气息。”紫蕊低声汇报。

她的鼻子特别灵，在七峰山经过锻炼，更加奇妙，能够嗅出十丈范围内不同的味道。

所谓有铁器气息，自然是指有不少人携带了武器。

宁津的江湖人已经被驱逐得差不多，今晚约战的凌霄门门人一直被监视着，人群中如果还有大量携带武器的，自然是刺客。

她的话音刚落，人群中咻咻数声，乌光暴闪，直袭銮轿！

“有刺客！”人群惊呼，四散奔逃。

景横波一声冷笑，正要闪身出轿，忽然头顶及轿身两侧都是一震。

轿身凤凰的两翅，忽然弹出铁板，啪啪啪一阵急响，那些暗器都打在了铁板上。

一道人影一闪，出现在轿子正面，手中的长剑如一泓秋水，展开匹练光幕，直卷景横波面门：“妖女受死！”

景横波又准备闪，忽然头顶的凤首嘴一张，喷出一口黑烟。

刺客由对面冲来，俯身下击，面部正对着凤首，而他此时正在喊那句固定的台词，嘴也张着。

噗的一声，那烟扑了他一脸，他的脸瞬间就青了，扑通一声落在轿下。

街上一静，景横波抬起的屁股僵在半空。

这就完了？

自己和护卫还没出手，这轿子就把刺客给解决了？

牛！

没跑远的百姓又聚拢来，目光闪闪地瞧着轿子，再瞧瞧那出场惊天动地、却转眼倒地的刺客，眼神里满是惊叹。

女王威武！刺客骤临动也不动，连轿子都满身是机关！

景横波醒过神来，大喝：“拿下，仔细审问！”

护卫们上前，将那倒霉刺客拖走。此时轿身一震，两侧钢板收入翅中，头顶凤嘴闭合。

紫蕊惊讶地道：“真是一份大礼！”

景横波点头，确实是大礼。虽然刺客她自己能对付，但轿子展现出的牛烘烘，才更能震慑宵小。

一个高手，连女王的轿子都攻不进去！

“赶明儿研究研究这轿子，到底有多少机关……”她咕哝一声，想着见了穆先生，必得好好谢他，只是不知道他今天来不来。

刺客成了调节气氛的插曲，轿子在众人的迎接中一路到了河边，百姓果然纷纷自动让开道路，很多人望着那轿子，发出唏嘘惊叹之声。

景横波却有些焦躁，问紫蕊：“船呢？”

今日曲江之上，文武之斗都在船上进行，她也准备了一艘好船，是从凌霄门抢来的，按说现在船应该迎着她的轿子缓缓驶来，但此刻河面上并没有大船的身影。

另一侧的拥雪忽然简短地道：“在。”

景横波一抬头，今儿第二次被摄了呼吸。

河水粼粼，映月光一色，一艘楼船缓缓驶来。

楼船极为高大，足有三层，通体竟然是少见的白色，几乎和月色融为一体，以至于一开始她没看见。

那白色并不单调，因为整个船帮边缘都以一种本地出产的、极其少见的黄檀装饰，那种木头呈现出极其油润的金黄色，比黄金还高贵灿烂，却又没有黄金的暴发户气质，显得尊贵内敛。但又因为这种色调，让人感觉这是尊贵的女性的座船。

船上三层，扶梯连环，轩窗精致，灯火通明，丝竹声声。

船上设计精致，船身却厚重，船角包铁，仔细看那铁也不是平常的铁，是深海里才有的乌铁，专门用来打造好剑的名贵金属，用这东西包船头，一旦撞上，对方便是一个大洞。

船上的甲板铺红色长毛毡，设紫檀宽椅，椅上明黄色的褥垫已经备齐。椅旁甚至还有小几，几上小菜果品，名酒点心。两个垂髫小婢，跪在几边，正将金杯斟满。

华贵与强悍齐备，风流并肃穆同在。

景横波指着那船，怒道：“这谁的船？这时候出现在这里，岂不是搅姐的场子？我那船和这艘一比，都成舢板了！快快，快去给姐砸了……”

她的话音刚落，那船上忽然升起一面旗，雪白镶金边，上书金色大字“景”！

景横波勃然大怒：“那货还敢和我一个姓！”

第六十四章　惊艳

她的话音未落，船上那俩小婢站起身，齐齐对她一躬：“恭迎我主！”

景横波的大骂声呛在了喉咙里。

她看看船上，看看那旗帜，再看看自己的衣裳，后知后觉地发现，似乎这船和她的衣裳很配。

她摸了摸鼻子，小心翼翼地问紫蕊、拥雪："你们说……这个不会也是送给我的吧？"

紫蕊、拥雪的表情，也充满不可思议，这船比轿子还要大手笔，谁送的？

景横波想不出她在本地还和谁关系比较好，再好也送不出这么一艘船啊。

忽然咻的一响，一物飞射而来，景横波抬手一接，一封短笺落在掌中。

"月下行船，人间逸事，区区薄礼，不成敬意。"

底下一个画押，龙飞凤舞，她不认得。

"真是给我的哎！"她呆若木鸡。

今天她是中彩票了吗？

"景横波！"身侧气急败坏的声音传来，"这船是你买的？"

景横波回头看裴枢："当然不是，我现在还买不起。啊，难道是你买的？"

"我倒是想！"裴枢漂亮的脸都扭曲了，看上去很是愤怒，"那老家伙答应卖给我的，怎么一转手就卖给了别人！啊，谁敢抢我的东西！谁敢抢我的东西！李保儿！李保儿！"他怒气冲冲地叫自己的属下，"你怎么办事的？啊？给人截和了知不知道？去！给我问问那老家伙，谁吃了熊心豹子胆敢和爷抢东西？爷要剥他的皮，抽他的筋，一截截砍了他的骨头喂狗！"

裴暴龙怒气冲冲地跑了，似乎受了很大的打击，脚步都踉跄了。景横波懒得抚慰他受伤的心灵，盯着那船，既欢喜，又警惕。

这么贵重的礼物，这么大手笔，送礼的人她都搞不清是谁，按说是不该上船的，但这船一看就和她很配，百姓都会认为这是她自己准备的船，众目睽睽之下，自己的船都不上，说不过去。

这送礼的人，是不是也想到了这一层，令她不得不收下？

半晌，她慢慢地道："着人先上船搜查。"

当即全宁豪带人乘小舟接近，上船检查，不多时对景横波打出安全的旗号。

"还真是礼物！"景横波哈哈一笑，出轿。

一直死死盯着轿子的百姓们，都觉眼前一亮，似乎又一轮明月升在天际，尚未看清，就发出哗然惊叹，有人禁不住抬头，似乎想看看天上的明月是不是还在。

依旧是惊鸿一瞥，下一瞬轿子前已经没了女王。众人正愕然寻找，那边大船上有人笑声慵懒、魅惑："嘿，宁津的父老乡亲们好！"

众人再次傻傻地回头，随即万人静默。

此刻才看清女王的真容。

却不敢相信自己的眼睛。

月下船如雪，人如月，或者人如雪，船如月，都是一色乳白闪耀淡金，清艳又尊贵的色调。

可再美的色调，也美不过那人姿容风流，彩绣辉煌。

但再美的姿容，似乎也不及那般销魂的体态，虽说隔河远望只是一个远景，但恰恰是那般夜色中的远景，才能将那女子的身形完美勾勒。

那样的线条之美，女性之美，令所有人呼吸发紧，眼睛一眨不敢眨，怕一眨眼便失了这良辰美景。

她只是立在那里，身后的灯火辉煌便成背景，丝竹之声弱至轻无。

万千星光都似瞬间倒流，只聚于她一身。

有种人，会自己发光。

……

极度的喧嚣，被极度的美镇压。

岸边一棵树下，穆先生席地而坐，含笑看着那万众中央的女子，眼眸似生流光。

……

河面上，行着许多小船，都是载士子参加今晚的比试的。此刻船夫都忘记了操桨，任船在河上漂流。

一艘不起眼的乌篷船上，有人伸手，轻轻掀开帘子。

这船的位置很巧妙，离大船很近，在大船的阴影下，大船上的人很难发现他，他却可以将大船上的人看得一清二楚。

他盯着那个窈窕身影，清凌凌如月下霜雪的眼眸渐渐泛起汹涌的浪潮，浪潮之上，是惊艳的光芒。

她的美丽，如名家下笔，笔笔惊世，笔笔都是新风流。

雪白楼船雪白的人，一色融融如月如玉瓶，让他想起玉楼那一眼，她雪衣紫绡，足可倾天下。

护卫们蹲在一边盯着他，看他神色满意又神往，忍不住幽幽叹息一声。

好不容易让主子满意了，他们容易吗？

送艘船还要配得上她，什么叫配得上她？船要如何配得上人？没办法，他们只好先重金买了最好的船，再打听女王今夜会穿的衣服，再根据衣服重金请名师设计改装船体，再重金请工匠日夜赶工整修。先不说花了多少钱，单耗费的心思就足够让人吐血。

好在护卫们揣摩主子久了，又得大统领调教，深深明白一个道理：所谓配不配，不在乎怎么配，而在于要让主子看起来觉得很配。

所以他们从女王的衣裳上下手，她那雪白闪金的裙子，配这雪白镶黄檀的船，一定很协调，很好看，主子看得养眼、高兴，那就是配。

果然配。

……

曲江两岸，一阵寂静之后，便是哄然欢呼。

“女王万岁！”

“陛下万岁！”

百姓们的声浪几乎能掀翻曲江，无数人将手中买来助兴的绢花抛向江心，一时江上落花如雨，搅乱灯影月色。

对于大荒的百姓来说，景横波其实早已是传奇。毕竟大荒历史上，虽然也有被放逐的女王，但放逐后还这么轰动、这么大张旗鼓的，是第一次。无论如何，一个无根基的女子，竟然劳动整个帝歌的官员、贵族、军队联合出手，大动干戈将她赶出帝歌，那本身就是一种证明。

换句话说——能得罪那么多人，让那么多人如临大敌地对付你，也是本事。

她在帝歌做了什么，百姓们也许不大清楚，却佩服这样有勇气、有韧性的女子，大荒女王如小寡妇，多少人终生郁郁死于深宫，偶尔反抗也是悲惨下场，这位走出来了，反抗了，还能活着走到玳瑁，还能拉风地出现在三县，一出手就压下十五帮，占据三县，这份本事，大荒开国以来绝无仅有。

更何况，她还那么美!

百姓们的欢呼，不知道是为了她的拉风，还是为了她的美。

月光下楼船上，女王陛下符合大荒百姓对于神祇一样的女王的最完美想象。

也有一些晕倒的——好几个当日在客栈门口嚷着要赏美人的士子，认出美人居然是女王，当即栽下了船头……

景横波并没有被冲天的欢呼乐昏头，她的目光落在河岸边的一条通道上。

那是给今日的挑战者走的路，也是唯一的路。景横波当然防着帮派们狗急跳墙，趁她召集聚会之机，对百姓下手，给自己带来麻烦，所以她早就令封号校尉们带领麾下，配备七珠弩等武器，将整个外围紧紧护住，只留下给挑战者前行的通道。

现在，那些人正大步而来，百姓们目光复杂地远远避开。看得出来，凌霄门作为本地第一大帮，积威已久。

为首者一身纯黑，面若重枣，个子矮小，目光阴鸷。

拥雪小声道："凌霄门副门主池明，也是接替现任门主的热门人选。他认为凌霄门在三县的败退，是因为凌霄门出了内奸，非战之罪，不肯退出三县，一力要求夺回三县地盘。据说他和凌霄门门主打赌，如果他能赢了你，这三县地盘就是他一个人的，凌霄门门主不能干涉。"

"如此，他就有了和凌霄门门主竞争的本钱。"紫蕊道。

两人负责搜集所有对手的资料，景横波已经命她们对玳瑁所有的势力建档，把从十三太保地下基地和厉含羽那里知道的所有资料，分门别类地秘密保管。

她只是将十五帮从他们眼中鸡肋般的三县驱逐出去，并没有触动他们的根本，所以十五帮实力犹存，现在只是在观望。但他们不会放任她壮大，也不会放弃对付她，当然她也不会放过他们，所以将来还有的斗，这些东西很有用。

景横波想这池明倒是个人物，一针见血，这凌霄门严格说来还真出了内奸，这内奸就是门主嘛。

既然他要来输，她就让他输得天下驰名好了。

池明带着麾下七人，站在河岸边，看了一眼景横波，冷哼一声。

他当然知道景横波手下有什么人，也没有把握能胜过英白、裴枢，但他却知道，女王不会武功。

今天万众瞩目，只要能让女王狼狈万状，就是胜利！

何况他还有撒手锏……

他的目光向远处投去，前方一棵树下的阴影里，站着两个斗篷人，一人黑斗篷，一人绿斗篷，其中黑斗篷人遥遥抬起手示意。

池明微微放心，将目光收回，手一招，一艘纯黑的船无声地驶近，他带人上船。

树影下，斗篷人默默地站着，黑斗篷人慢条斯理地挽着衣袖，咳嗽了几声。

他身边的人立即关心地道："您怎么了？着凉了？要不要紧？"

练武之人身强体健，很难着凉，所以一旦着凉，不是小事。

那人又咳嗽了几声，才摇头道："无妨，有点劳累而已。"

"您就不该救那个残废，"绿斗篷人埋怨道，"耗费了您多少真气。"

"确实是个废物。"黑斗篷人声音冷淡，"不过不能不救。"

他又咳嗽几声，有一声声音稍大。

船上，紫蕊忽然偏头向那个方向看了看。

"怎么了？"拥雪立即敏锐地问。

"没什么，我好像听见了熟悉的声音……"紫蕊喃喃道。

"谁？"拥雪知道紫蕊听力超常，十分警惕。

紫蕊想了一会儿，摇摇头："想不出，只觉得似乎有点熟悉，可能是听错了。"

此时凌霄门的船渐渐逼近，两人另有任务，都将注意力转回。

树荫下，黑斗篷人忽然望了望船上，吃了颗药，止住了咳嗽。

"怎么了？"绿斗篷人道，"你不是不爱吃药？"

"船上似乎有人听力超常。"黑斗篷人笑了笑。

"我们似乎没说什么吧？"绿斗篷人倒不大担心。

黑斗篷人看了船上一眼，笑了笑。

此时两方的船已经靠近，相隔三丈斜斜相对，正是弓箭可至而轻功难至的距离。

两岸的人也安静下来，很多百姓拿出自家带来的锅盖、面板等，挡在要害处，以防万一出现乱箭纷飞时，也好防身。

景横波被震了一把——不愧是江湖最大的玳瑁，百姓们这也能想到！而且，这样的场合也敢来！

对面的船上，池明厉声道："景横波，你算什么东西，敢说品评天下文武之才！"

"是啊，不敢。"景横波笑，"所以你不算。"

"休逞口舌之利，须知犯我凌霄门者，虽远必诛！"

"是啊，我好怕。"景横波笑，"不过不知道该多远合适？这次和你隔三丈，没诛；上次和你们的帮众隔十丈，没诛；上上次和你们的门主面对面，还是没诛。你们到底打算多远距离诛杀我？贴面吗？"

哄堂大笑声几乎将河水震荡开，百姓们大叫：“女王好样的！”

“人美嘴也利！”

“景横波，你就只会耍嘴皮子吗？”池明此时倒不愤怒了，阴恻恻地道，“你约战我等于曲江之上，又邀集这天下士子和普通百姓，摆出偌大的阵仗，就是为了让人看你卖弄色相，哗众取宠吗？”

没等女王的护卫喝“放肆”，底下的百姓就已经鼓噪起来，大骂：“池明你怎么说话呢？”

“你这么言语攻击一个女子，非大丈夫所为！”

景横波笑吟吟地摆了摆手，道：“多谢父老乡亲们为我鸣不平。”转头瞥池明一眼，“有色相，才能卖弄；有声望，才能哗众；同样，有实力，才敢在这曲江之上，拉开阵仗……池明！”她忽然一喝，响彻曲江，“既然你不服气，那么，地点我定，比武方式你定，看看到底谁才是只会耍嘴皮子的那个！”

池明阴阴地笑起来——他言语相激，要的就是这个！

按照江湖规矩，景横波在三县的争斗已赢，可以不接受挑战，接受的话，地点和方式都该她定，池明很害怕她来个三局两胜——她那边有英白、裴枢这样的高手，如果一对一，凌霄门很难说一定赢。

至于三局两胜打赢景横波，池明认为这是必定的，但光打赢景横波有什么用？三局中输两次就算输了。

“方式嘛，”他道，“你我之间，混战！”

“池明你要不要脸！”立即有人大骂，“你要和女王比试？她不会武功！”

“谁说的？”池明冷笑，“不是说女王一人在丹棱山驱逐一千人吗？如此绝世武功，在下敢于对上，该赞在下勇气可嘉才对。”

众人都暗骂池明无耻，丹棱山那事，事后所有人都保持了沉默，谁也不清楚当日到底发生了什么，但一人驱逐一千人这事，谁也没当真，都认为不过是女王麾下高手如云，以及用计设计罢了。如今池明抓住这事，硬要说女王武功独步天下，众人也无法驳斥。

景横波呵呵一笑：“如何混战？”

“你不是要品评天下英雄、才子吗？”池明道，“这玳瑁才子，如今都在这周围的船上，你让他们各自递上诗文，你负责点评，我负责毁坏，最后统计，是点评得多，还是毁坏得多，如何？”他眯着眼，“如此，不直接对对方动武，也算不得我以男欺女！”

“好！”

“为增加难度，双方的属下可以对对方进行远距离干扰，各凭手段！”

“好！”

“同样为增加难度，你我都只能占据一小块地方，不能挪动超过那块地方，这可以由对方指定。”

“好！”

“我若输了，退出三县，永不进入一步；你若输了，跪下磕头，退出三县！”

“不好！”

“呃……”池明险些呛着。

“我真得问你一句要不要脸。”景横波笑吟吟地摇手指，“三县已经是我的地盘，你们已经输了，本来就该滚出去，是你们死赖着不服气，我才给你们一个机会，你怎么能拿这个作为条件？”

“那你说要什么？”池明一看岸边百姓们鄙弃的神色，只得强按怒火问。

“你跪下磕头，自废武功，并发誓凌霄门永不侵犯王权。”

“我只是副门主，不能代表凌霄门。”

“不能代表，那你跑来啰唆啥？”景横波眼一瞪，“我是女王！你是草莽！你们门主来也不过是我治下之民，你有资格和我讨价还价？少废话，要么拿出令我满意的条件，要么现在就滚。”

“我若输了，我磕头赔罪，所掌握的丰凌县堂口，也归你！”池明咬牙。

“这还差不多。”景横波媚笑，“我若输了，我给你磕头！”

池明眼神狰狞——只要女王磕了头，她今日也算一败涂地，在三县都未必能站稳脚跟！

“那就来吧！”他大喝一声。

“奉陪。”景横波甩掉短披风。

“我说，你真要和他一对一？”裴枢凑近，不满地道，“三局两胜不好吗？我和英白、天弃三个，可以保你连胜三场。”

“我知道。但要是只想赢，我不会做戏一样来这么轰动的一场。”景横波嘴一撇，“我本来就打算自己一个人出手。”

“为什么？”

“部下再牛，别人眼里我都是被扶起的阿斗。”景横波一笑，“真正的牛，是自己牛。”

“可是……”裴枢还是不甘心。

“对方知道你们三个，还敢约战，说明也有准备高手，你们未必能全赢。这种状况下，我们出尽高手，还不能三场全赢，就算失败。”景横波白他一眼，“但只针对我一个人就不同了。一是约束了你们同时也约束了对方的高手；二是都知道我不会武功，又是女人，而池明是凌霄门副门主，成名多年，他挑战我，有以强欺弱、以男欺女之嫌。那么我输了不算难堪，我赢了，却是足可立即扬名的大胜。懂？”

“哼，你这女人越来越狡猾了。”裴枢骂了一声，却不肯走远，道，“他要是敢玩花招，我阉了他！”

景横波不理他，看了看四周，道：“紫蕊等下负责看诗文。”

“是。”

“我让女王先来。”对面的池明冷笑道，“请女王指定我站立的方位。”

景横波随意地看看，他那船式样简单，没什么可以指的，只甲板上有一张椅子，她便道：“你站椅子上去。”

池明站上椅子，景横波仰头瞧瞧，惊叹道：“嚯，这下可终于瞧见你了。”

百姓们又是一阵哄堂大笑——池明个子矮小，一直深以为耻，最忌讳人家说他矮，为此没少滥杀无辜，百姓们对此敢怒不敢言久矣。

女王够损!

池明一张红枣般的脸已经变成了黑枣，牙齿咬得咯咯响，只觉得站在椅子上，所有人都盯着他的短腿，真想就这么跳下去，但条件是他自己提的，哪里还能反悔。

受到羞辱怎么办？那就狠狠地报复羞辱他的人!

“轮到我了。”景横波笑。

池明头一抬，一声狞笑，伸手一指旗杆上头：“女王看不清？此处最高，足可将所有人看清楚，请女王移步！”

万众哗然。

“池明你要不要脸！”当即有人大喊，“这旗杆上都上不去，怎么站？”

“上去了也站不稳，随便一招就可以轰下来。”

“你以为这是玩杂耍？”

景横波船上的旗杆，虽然不是尖顶，但也顶多只有巴掌大的位置，腾挪辗转很受限制，还要面对攻击，这要求就算对高手，都有点过了。

“女王可以认输。不然怕上头风大，直接把你吹下来，那也不用比了。”池明理也不理众人，终于出了一口恶气般，露出一丝生硬而得意的微笑。

比试，智慧也是一种，他不觉得欺心。

……

穆先生身边，鲜于庆焦急地道：“哎，这可怎么办？那旗杆哪能站稳呢？”

穆先生微笑，随手扔了一块点心进口，漫不经心地道：“你该欢喜才是。”

“啊？”鲜于庆没有听懂。

穆先生望着旗杆，唇角的笑意越发期待：“这高处，确实可以看得更清楚啊……”

……

小船上，他淡淡地往外瞥了一眼，脸色有些不好看。

这么高，裙子还开了衩，衩还那么高……四周还有那么多人……全都能看见……她就没想到这种场合吗……这女人……

嗯，她里头有没有穿那个什么……安全裤？

……

景横波嘘了一口长气，还好，自己也配备了安全裤，高开衩旗袍嘛，防走光必备道具。

底下众人还在骂池明，景横波等他被骂得实在有点承受不住，脸色难看后，才身形一闪。

下一瞬所有人都在揉眼睛——人呢？

“旗杆上！”忽然有人尖声大叫。

再下一瞬，众人哦的声调几乎能飞到天上去。

不知何时女王已经站在了旗杆上，凌空而立，衣衫当风，众人仰着脖子，发觉这样看女王的腰肢更细得惊人，让人担心一阵风过便刮折了。

而这样的女王也更令人呼吸发紧——她在旗杆上，如一朵休憩的云，身后是一弯金黄下弦月，似乎她手一伸，便可钩住那月角，在苍穹轻盈飘荡。

“众士子！”景横波在高处轻笑，“你们的诗文呢？呈上来！”

散布在岸两侧船上的士子们，早已跃跃欲试，听见这一声，都急急令船夫摇船，想要荣登大船，和女王近距离接触。

池明眼眸中厉光一闪，道：“射！”

他麾下的武士，各持一排弓弩发射，嗡的一声，乌青的箭划出一条黑色弧线，笼罩了整个船身。

那箭，竟然不是射景横波的，而是射向整艘船。

景横波并不理会，这些箭自有英白他们料理，她在旗杆上朗声道：“所有士子，划船不得近我座船五丈之内，违者取消比试资格！”

她这声一出，池明脸色一变。

他的打算被景横波戳穿了。

他原本要和景横波比试是假，是想趁这“可以互相攻击座船”的机会，将试图上景横波座船的士子射死。

比试是景横波提出来的，也是她让士子靠近的，乱箭中误伤那就是她的责任。

而本地的士子，能在这雇船相候，多半有财有势——读书是很花钱的。

如此，就算景横波赢了，也在三县占不久，会被大户们联手抵制。

他没想到景横波不许士子接近——不许士子接近，那怎么品评诗文？这些士子没有内力，也无法在江上朗诵诗文。

难道派人上船收？

“现在听我出题！”景横波朗声道，“一炷香内答题，过时不候。赢了的，我立即奉为上宾，不愿为我幕僚的，也可以向我提一个要求，只要我能办到。”

士子们精神振奋，目光炯炯，等着女王的题目，称量这天下英才。

“题目就一个！”景横波一指远处上元城方向，“试论如何兵不血刃，夺上元王城！”

欢呼声顿止，整个江边一片诡异的寂静。

众人面面相觑——知道女王嚣张，不知道女王这么嚣张，这附近三县，不知道多少上元城的探子，她就这么当众喊了出来。

还兵不血刃，想气死玳瑁族长吗？玳瑁族长麾下可是有一支著名的暗杀队伍的！

而且这样的题目，让士子们做还是不做？做出来了，就是玳瑁族长的敌人，也要面对暗杀队伍。

景横波面对着底下的寂静，双手交叉，似笑非笑。

她要试的不仅仅是文采武功，更多的是胆量勇气，她的道路注定面对荆棘无数，懦夫不配站在她身边！

片刻的寂静之后，有一些小船，无声地摇离了江岸，有一些亲友团，悄悄撤走了横幅，拿走了标语牌。

想出风头，首先要有命，这是不愿意直接对上玳瑁族长的，选择了弃权。

众人都很理解，毕竟玳瑁族长麾下五万军队，占据上元多年，经历了十五帮轮番试探攻击，仍保住了玳瑁王城，虽然窝囊，实则也不简单。而女王初来乍到，不过刚博了一个头彩，连在三县都没站稳脚跟，大家不敢这时候下注，也正常。

几乎是片刻，江面上挤得快要撞起来的小船，就去了一半。

剩下的多半是穷士子，或者家世非凡不惧玳瑁族长，或者外地想要碰运气的士子。

“多谢诸位对我有信心。”景横波目光流转，嫣然一笑，“那么，开始吧！”

士子们在船上奋笔疾书，那边池明又对她展开了攻击：“射！”

这回所有箭攒射，如一大团乌云，直扑景横波。

箭光密集，几乎将景横波的身形遮没。

百姓们发出惊呼。

池明露出狞笑——这一拨儿弩箭，也是特制七珠弩发射，射程远，后力足，就算不能射伤景横波，也足以将她逼下旗杆。

箭将至。

景横波身影一闪。

众人发出哟的一声，清晰地看见，景横波正闪在箭团的上方。

远远看去，她像是一脚踩下了箭团，又像是被箭团载着飞起。

下一瞬她笑道：“来而不往非礼也！去！”

呼的一声厉响，那足有数百支的箭矢，忽然转向，射向池明！

风驰电掣，眨眼抵达，速度比七珠弩射出更快！

江边的惊呼炸翻江浪。

池明忽然在椅子上一个倒翻，翻入椅后。

哧哧哧……一阵令人牙酸的金属相击声响，无数箭矢擦着一溜儿金色的星花，滑过椅子落在甲板上。

池明身子一翻，从椅子后翻出，安然高坐，向对面冷笑。

一霎的寂静后，有人大叫：“他的椅子是铁椅子！”

众人哄然：“无耻！卑鄙！”

池明只当没听见，他和一般江湖人不同，并不把什么公平竞争、光明磊落当回事，也不把脸面当回事，在他看来，各凭本事，胜者为王，只有失败者才会被笑话，只要赢了，谁敢再说一句？

这是他能在三十多岁当上凌霄门副门主的原因，也是在凌霄门决定撤出三县后他依旧不肯放弃的原因。

只要能赢，他不择手段。

下一瞬，他又手一挥：“射！”

这一次箭矢狂扑，直奔旗杆！

景横波能躲，旗杆不能躲！

景横波的船上，英白、裴枢、天弃、全宁豪等人自然不是吃素的，身形闪动，纵横穿梭，将那些箭全部挡下，刀剑的光影在半空连绵成一片透明的光幕，白气上贯长空，箭矢如雨纷落，在水面上溅起无数长长短短的水柱。

围观的百姓欢呼不绝——若非今日的场合，谁见过这么多高手同时出手？

眼看所有的箭都被压下，众人刚松一口气，却有一支箭忽然炸裂，炸出一支小箭，靠那箭最近的裴枢反应极快，立即扑过去挡，那箭的位置却是贴着拥雪的，眼看就要射到拥雪，裴枢只得先把拥雪拉开，只慢这一霎，咻的一声那箭贴着船身直上，嚓的一下射中了旗杆。啪的一声炸开，听那声响，足可将整根旗杆炸断。

这一下出乎众人的意料，裴枢当即气得要去对面的船上揍人，被英白死死地拉住。

景横波脚下一震，心知不好，正想着赶紧闪开，忽然发觉旗杆没倒，低头一看，旗杆只是出现了一道裂纹，并没有整根炸开。

对面的池明原本在椅子上冷笑等着她认输，此时惊得霍然站起，也不顾姿势难看，趴在椅子上盯着对面猛瞧。

景横波此时才发现，这旗杆竟然是乌木的，质地极其坚硬的乌木，在关键时刻帮了她一把。

这也让她震惊——连旗杆都是乌木的，这船得有多值钱？

……

岸边的小船上，他满意地嗯了一声道：“做得不错，回头让大统领给你记功。”

护卫喜笑颜开应了一声，又暗暗抹了一把汗——幸亏自己严格按照主子“绝对安全，绝对坚实”的要求去做，连旗杆都换了乌木的，不然这下要是炸开，自己面对的就不是记功，而是流放了。

……

旗杆没断，百姓们一阵欢呼，景横波却皱起眉，旗杆这样子迟早要断，真倒下来也很难看。

她想了想，抽出匕首，哧的一声，将自己的大旗整个割了下来。

百姓们止住欢呼，怔怔地看着她，不明白这个总是出人意料的女王，这次又要干什么。

景横波割下旗帜，一抖手，披在了身上。

旗帜两头有方便升起的系带，她顺手系了个蝴蝶结。

她竟将旗帜当作披风用！

湛清苍穹下，雪白旗帜披风在她身后猎猎飞舞，其上一个斗大的“景”字亦有飞腾之状，衬着她雪白的旗袍，更增威风。

“好！”百姓们的叫好声，几乎将曲江掀翻。

真是奇思妙想，化腐朽为神奇的高妙手段！

景横波脚一踢，那截裂了的旗杆被踢落在裴枢手中，她身子一沉落下，脚下依旧是旗杆，比刚才还宽了些。

裴枢接了旗杆，抬手一射，如霹雳风雷，嚓的一声，撞断了池明船上“凌霄”二字的旗杆，大旗落地，正在池明面前。

池明脸色铁青，远处的百姓不断地对他吐口水。

这个回合，他输了，费尽心机，不顾颜面，依旧输得很惨。

但没有关系，他还有机会！

他狞恶的眼神转向那些士子，马上一炷香的时间就到了。

不许士子靠近，看她怎么收卷点评！

如果派人去收，他也可以派人去毁，毁永远比收容易！

“池明，”景横波站在旗杆上，笑吟吟地道，“我们来打个赌好不好？”

“什么？”池明警惕地抬起头。

“我赌你一张试卷都截不下、毁不了。”景横波笑。

“狂妄！”池明嗤之以鼻。

四周的百姓也不信，他们知道池明心黑手辣，这种人要说不能拦截下很多也许可能，但要说一张都毁不了，绝不可能。

“我要是做不到，算我输。”景横波轻描淡写地道。

池明眼睛一亮：“当真？”

“比真金还真，比你的身高还真。”

池明就好像没听见她后一句一样，立即道：“我若一张都毁不了，算我输！立即退出三县！履行赌约！”

“好。”景横波一声呼唤，“才子们，搞定没？”

月光下她抬起的手十指纤纤，如玉如雪，才子们直了眼，纷纷高举手中的试卷：“请陛下阅览！”

树影下穆先生弹了弹手中的纸卷，他也做了一份。

小船上白衣人慢慢叠起手中的纸卷，对着大船看了看。

岸边还有艘不起眼的船，此刻慢慢摇了出来，船上之人默然摩挲着手中的纸卷，月光下她身影痴肥。

她似乎犹豫良久，才慢慢地道：“把我的也交上去吧……”

……

所有人的试卷举起来这一刻。

池明一声大喝：“出手！”

砰，一条火线蹿出，直奔江面而去！

那条火线粗如水桶，扫着彗星般的尾巴，唰的一下蹿出船身，强大的后坐力令那持炮的人一个踉跄，坐倒在地，满头灰屑纷纷落地——他的头发已经被燎焦了一束。

“火炮！”有人大叫，声音惊骇，似乎肝胆俱裂。

百姓们惊呼起来，无数人纷纷后逃，你踩了我的脚我扯了你的袍，河岸上顿时乱成一团。

池明看着那一条火线，唇角露出一抹森然的冷笑。

这是他今天的撒手锏。

他就是要搅乱景横波的评点才子计划。

这火筒是本地的一种土炮，装填了巨大的土火药弹，外头还封了一种易燃的兽油，只能用一次，准头很差，因为有油，一路射出还会一路落火花。

他不需要准头，只需要这火弹围着密集的小船来一圈，将小船都燃起，试卷会化成灰，士子们会惊慌落水，景横波的人必得下水相救，人离开后，船上防卫空虚，岸上百姓混乱护卫过不来，他就可以杀景横波了。

一圈火影，奔着密集的小船而去。

最近的，已经照见那试卷，和持卷士子惊惶的眉眼。

池明狞笑更盛——下一瞬，那试卷就会化成灰，只要燃尽一张试卷，他就赢了。

身心畅快，刚才的憋屈都似要泄出，他忍不住仰天大笑：“快点给女王陛下准备磕头的跪毡……”

话音未落，他忽然瞪大了眼睛。

第六十五章　石榴裙下众生拜倒

岸上有百姓惊呼：“快看！”

众人回头，就看见了此生未曾看过、更无法想象的奇景。

唰的一声，忽然所有的试卷都出了船舱，一闪上了半空。

试卷都停在半空，似黑夜里飞来无数白色千纸鹤，却是静止的。

四面有风，试卷却不被吹散。

试卷下那火弹犹自呼啸，旗杆上景横波手一挥。

又是唰的一声，火弹的方向忽然一转，有人在后面拍了一掌似的，猛然回撞，正撞向池明的船身！

池明船上的人犹自呆呆地看着那奇景，无一人反应得及。

轰的一声，火弹撞上船身，硝烟弥漫，整艘船重重一晃，甲板上的人踉跄倒地。

啊的一声，震惊中的池明被撞下了椅子。

他也算反应快，立即爬起，要回到椅子上，却有一溜火花飞闪而来，瞬间燎过了他的裤子。

池明裤子的屁股部分顿时化为灰烬，他捂着屁股嗷的一声惨叫蹦起。

对面传来景横波的笑声：“磕头吧！”

此时百姓们还呆呆的，凝望着江面，江面池明的船上，烟火弥漫，根本看不清。在船上方一丈之处，还有上百张试卷，静静地悬浮在半空，不落，也不起。

无数人在揉眼睛，有人直接跪了下去，以为有神仙相助。

景横波手一挥，满天悬停的纸卷铺开一道雪白飞桥，渐次落入她手中。

她抬手收取试卷的姿态，似仙子轻采苍穹之云。

一时只闻纸张落手的沙沙声响。

连江水都似乎静了静，为这般神技的展现。

池明在悄悄后退。

他想趁这一刻，女王在看试卷，百姓们的注意力全在女王身上，四面烟尘弥漫，溜走。

失去三县，失去竞争门主的机会已成定局，他不能再失去武功。

他临走前，怨恨地看了远处的角落一眼，那里黑压压的一片，已经看不见那两个斗篷人。

他心底恨恨地哼了一声——被耍了！答应出手帮他的人没出手，想必是看到女王的威势，临阵退缩了，平白涮了他一道。

此时也不是算账的时候，他向后退去。然而他刚刚动步，忽听头顶呼啸，有黑影迅速罩下，他一抬头，就看见一个水桶狠狠砸下。

砰的一声，水桶砸在他背上，他被砸得扑通跪下，脑子里犹自闪过一个不可思议的念头：水桶明明在船尾……

可怕的事情还没结束。

水桶从他背上飞起，他刚要忍痛爬起，砰的一声水桶又落了下来。

他的脑袋被撞在甲板上，咚的重重一声。

“第一下。”那边的船上景横波笑道。

水桶又飞了起来，他知道马上又会砸下，怎能坐以待毙，翻身要起。

眼前人影一闪，寒光一亮，一把刀忽然冷冷地递上他的喉咙。

他抬头，就看见裴枢嘴角的狞笑。

裴枢的眼神如此期待，不是期待他求饶，而是期待他爬起，裴枢的刀就可以刺进去。

池明一口气顿住，砰的一声水桶又砸下。

“第二下！”裴枢数。

裴枢移动着身子，让自己和景横波看起来站在一起，正接受池明的跪拜。

“爱卿不免礼。”他笑出一口闪亮的白牙。

池明额头贴着冰冷的甲板，呕出一口鲜血。

砰，水桶又一次飞起砸下。

咚，撞击的声音响亮。

“第三下！”这回换百姓们齐声数，声音洪亮，在江面回旋不绝。

凌霄门的帮众们，羞愤欲绝，想救不敢救，想骂不敢骂，脸色死灰。

更多人怨怪池明，之前撤出三县就是了，何必硬要挑战。反正十五帮都撤出了三县，凌霄门也不算太丢人，如今这一番，人可丢大了。

帮众们想到今后凌霄门的声势一定一落千丈，再也难以在玳瑁称第一，都不禁万念俱灰。

池明也是个有韧性的，三个头磕完，咬牙抬起头，一字一字道：“磕完了，堂口我会让人撤出，我可以走了吗？”

裴枢依旧对他亮出一口白牙，点了点头，道：“可以。”

池明转身就走。

他甚至不敢说句狠话找回点场子，只想快点离开，只要保有此身，还有机会东山再起。

忽然肩上一凉，他低头，看见琵琶骨穿出的刀尖。

裴枢在他身后，凉凉地道：“哦，还有件事，自废武功，你忘了，我帮你做了。”

池明低头看着那截带血的刀尖，浑身颤抖，这一瞬间，他想怒骂，想大吼，想反身扑过去，和裴枢、和景横波拼命。

然而最终他只是咬牙道：“你……收刀。”

“抱歉，我忽然手软。”裴枢摇头，笑得越发明朗好看。

池明不说话了，然后开始向前走。

岸上欢呼的百姓们渐渐收了声，有点震惊也有点惶惑地看着他。

池明身子向前，慢慢离开刀身，寂静的江面上，肌骨摩擦刀锋的声音听起来瘆人，他竟硬生生将自己从刀上拔了出来。

在这个过程中，他满头大汗，却没有停下向前走的脚步，也没有呻吟，更没有求饶。

很多人激灵灵打了个寒战，震惊、茫然渐渐转为敬佩——无论之前他多么卑鄙无耻，但最起码此刻，他是个硬汉子。

这样的硬汉子，怀恨而去，会有什么样的结果？

很多人不由自主地拢紧了衣襟。

船上，景横波已经下了旗杆，坐在自己的大椅上，满不在乎地笑着。

裴枢也笑嘻嘻的，似乎什么都不在意。

在众人的凛然静默中，池明下船，一个踉跄扑倒在地，众人唰地让开，避出一条长长的道路，无人搀扶。

他趴在地上，看着前方模糊的道路，和身边一双双远离的靴子，鲜血滴落尘埃，那些沾染鲜红的土灰，再粘在他满身的汗水上。

他浑身颤抖，却依旧一寸寸地，爬了起来。

万众静默，看一个人于尘埃中挣扎，忽然都觉得心底发颤。

……

树荫下，耶律祁放下酒盏，看了看池明，忽然一笑，对鲜于庆挥了挥手。

……

小船中，护卫正问他："主子，此人坚忍凶悍，不能留，要不属下去……"

他摆了摆手。

"裴枢是什么好东西？他会放过池明？"他淡淡地道，"他那一刀看似只是穿了琵琶骨，实则用了暗劲，直入心脏。此人一日之内，必死。"

护卫舒了口气。

他却又忽然道："除非……"

护卫不敢问，静静地看着他。

他想了想，道："还是杀了算了，等出了人群，跟上。"

"是。"

……

池明想要走出人群，却发现走不出，眼前的景物一片模糊，人影如浪潮，眼花缭乱地扑来又闪开，而肩膀上的剧痛似乎已经转移，一寸寸逼向心脏。

他心中若有所悟。

他们果然还是不会放过他。

他走不出这曲江边了，马上他就会倒毙于地，像一条死狗，被人扔进曲江……

一只手忽然抓住了他的胳膊。

他下意识地挣扎，但此时哪里还有力气，被那只铁钳般的手拖入了人群中。

……

鲜于庆的影子，从人群上方无声地掠过，眼底带着困惑。

刚刚还在，怎么一眨眼就不见了？

……

护卫带着几个人，守在池明要出来的方向，但迟迟没有等到人。

池明怎么还没出来？

……

船上的景横波并没有关心池明的下落，裴枢一出手，她就知道池明死定了。

英白、天弃可能还会遵守约定，只废武功，裴枢这魔王，呵呵，遵守才怪。

这样也好，免除后患。

对于敌人，她从来没有太多善心。

她专心看手中的试卷。

底下的士子们，则屏息看着她。

女王看得飞快，一边看一边笑，士子们心中涌出希望和期盼——女王看的，是我的试卷吗？

今日女王一战扬名，必将轰动天下，她在曲江之上对众位士子的评点，也必将流传大荒。

士子们呼吸急促，百姓们翘首等待。

“哈哈哈哈……”女王忽然大笑，“玳瑁才子，果然惊才绝艳，闪瞎了我的眼啊！”

士子们一阵激动，在小船上拼命踮起了脚。

“比如这张，河源崔元。”景横波拿起一张，偏着头道。

“晚生在！”那被点到名的士子激动地大叫，声音洪亮，唯恐不被人听见，又催船家速速划船，“快！快！送我前去受赏！”

“……女王乃天命所归，玳瑁族长无权相抗。当派遣饱学士子数百，隔河喊话，晓之以理，动之以情，喻之以国家大义，定能令玳瑁族长幡然悔悟，乞降于陛下座下……”景横波大声笑，“我说崔兄，何必劳师动众派数百人呢？我既然是天命女王，那自然是王霸之气满身，我往城门前一站，那玳瑁族长就该虎躯一震倒头下拜才对嘛。”

百姓们哄然大笑，有人大声道：“也不用女王劳动了，女王就在此地下一道谕旨，那玳瑁族长就该大开中门来迎啦。”

“下旨也好费事，女王哼一声，玳瑁族长就该立即腿软磕头。”

“哼一声也好累。不如请这位崔大才子到上元城门口去哼，他是女王天使，自然所至之处玳瑁族长闻风而降……”

嘲笑的人有百姓也有士子，那崔某人如被冷水当头浇下，呆若木鸡，偏偏此时他已经命小舟行到河中央，此刻正在众目睽睽之下，感受到四面八方的讥嘲目光，一时羞愤交加，只恨不得投身水中。

“不知彼也就罢了，还不知己，只知溜须拍马，要你何用？”景横波手一挥，雪白的纸卷飞入河中，“负分，滚！”

那崔元一声不吭，回身急命开船。船上的士子们眼看他灰溜溜逃走的身影，想到女王行事张狂，竟然丝毫不给人留面子，可不要轮到自己……一时幸灾乐祸之心尽去，都有些惴惴不安起来。

景横波在上头看得分明，鼻子里冷哼一声。

大荒之地，民风着实不大好，所谓穷山恶水出刁民，确实有几分道理，武者暴戾，文人骄狂！

欠教训，那就陛下我亲自教教！

她正要拿起一张纸卷，忽然一支冷箭咻的一声穿空而来，黑光一闪，直奔那灰溜溜驶向下游的崔士子。

那人正垂头丧气，想要上岸，不料一抬头冷箭已到面门。

士子们大声惊叫。

船上的景横波一怔，没想到这时候居然有冷箭射士子，还是自百姓中射来，心中暗叫不好。

她刚才点评骂人，若这被骂的死在这里，人们立即便会同情死者，怪她行事凌厉，未尽保护之责。

但这箭来得刁钻，崔士子急于离开，选择最隐蔽的地方上岸，四周不是树就是人，她的护卫要么还在外围警戒，要么还在船上，都鞭长莫及。

箭若奔雷，将裂人性命，也将破坏景横波今日之胜。

忽然崔元脚下的小舟一荡，他站立不住，向后翻倒。

箭自他头顶射过，只差毫厘。

与此同时一股柔风自人群中拂过，风过处百姓纷纷跌倒，却有一人自人群中蹿起，闪电般向外逃。

船上的景横波手一挥，那射空的箭激射而回，穿过那人的大腿，那人惨叫一声，翻身倒地，立即有赶来的护卫将那人擒住。

一连串变化看得人眼花缭乱，船上的景横波淡淡地笑了一声："把这人，挂到上元城城门上去。"

众人这才明白，这人一定是玳瑁族长派来的杀手，想要箭射敢于给景横波献计的士子，以此警告玳瑁人和景横波。

玳瑁族长狠，景横波便狂，问也不问，直接挂上你的城门，把这个沉重的巴掌立即扇回了玳瑁族长的脸上。

"妖女猖狂！"人群中人影暴闪，蹿起多人，有的箭射大船，有的抢夺被俘者，有的则扑向景横波。

"有刺客！有刺客！"士子们惊惶大叫，急急驱船后退，当初的豪言壮语"曲江横流，战火纷飞，我等击楫中流，逆行而上，于硝烟箭雨中作诗，于对阵击鼓中成赋，一曲破阵，半江残红，文传万耳，诗惊千众"都忘了个干净。

景横波在船上哈哈大笑，手一挥，一个扑向大船的刺客半途落水。

她并不抬头，翻开试卷。

"……在上元城城墙下挖地道，引护城河水倒灌……"她曼声读，"这位倒还看过几天兵书，不过请问，如何挖地道？如何瞒过数万上元军队挖地道？如何在城头千人的目光下挖地道？就算上元军队都是死人，给你们挖，你们知道上元城城墙所用材料吗？厚度如何？该动用多少人、花费多少时间才能挖通地道？你们又有没有算过护城河的体积、水量，以及城内的面积，一个护城河，如何倒灌三十万人的大城？文人不怕不读书，就怕乱读书！负分，滚！"

试卷如雪，在江面上飞舞。

一支冷箭射来，她动也不动，手一挥，便有一人惨呼着落河。

甚至连面上的笑意都没变，她再展试卷。

"……可使美人计，令玳瑁族长自毁长城……你当人家是军营里的大兵，当兵三年，母猪赛貂蝉？人家宫里什么样的女人没见过？就算你们找个绝色美人，玳瑁族长如果真是个被女人枕头风吹吹就能意动的人，上元城早就是三门四盟七帮十三太保的了！奉劝你们，别拿自己的思维猜别人，土豪的世界你们永远不懂。负分，滚！"

她手一挥，试卷和冷风同舞，一个冲来的刺客射出的剑尖忽然转向，反扎入他自己的脖子，他惨呼一声，喷洒的鲜血将那白卷染红。

景横波瞧也不瞧，皱着眉哗啦啦翻试卷，她的耐心已经快被这些不着调的答案给磨完了。

“……冰柱冻城，雪夜奇袭……什么玩意！你当这是野战围城呢？负分，滚！”

“……诱敌出城，据曲山之高以骑兵一举冲杀之……行了！就派你去诱！负分，滚！”

“高筑土围，以火箭灭其粮仓……什么样的箭能一射几十里穿过城墙进入腹地？有没有点空间概念？负分，滚！”

试卷雪片似的飞出来，翻腾于江面之上。

不住有刺客被这些负分卷拍在脸上，刀光剑影被遮没，只剩惨呼。

她在飞箭、刺客之中阅卷，散漫地点评天下士子，随意潇洒，似目送归鸿，手挥五弦。

百姓们不再骚动，面带敬仰地看着女王——嬉笑怒骂，弹指去敌，这种戏文里才能听闻的故事和人物，今日活生生出现，这曲江横流，苍穹月下，成就她一人的舞台。

士子们又是另一种景象，他们哎哟哎哟躲避着飞箭，心惊胆战地提防着刺客，还得担心下一刻被甩出来的是自己的试卷，更怕女王那张无比刻毒可怕的嘴——比大考时房师的笔凶狠多了。

试卷在不住飞出，景横波边评边骂，她虽然不懂兵法，但身边却有两大名帅，一路上没少请教，基本的道理还是知道的，总比这些一窍不通的酸儒要强。今日她故意考兵法，其实主要是为了压下前来投奔的士子们的气焰，不然谁都以为自己是她景横波的救世主，谁有耐心伺候一群大爷。

她骂得顺嘴，随便抽出一张：“可先潜入……”忽然一停，咦了一声，想了想，将那试卷放在一边。

众人精神一振——有人被选中了！是谁？

景横波却不读内容了，这是当然的，可以接纳的计策，难道要当众读出来，给玳瑁族长做准备吗？

有了这张试卷开头，之后她边骂边选，当曲江之上白纸浮沉一片时，她手边也选出了十张试卷。

这十张试卷给英白、裴枢再看过，两人也点了头，景横波让他们再选出更好一点的前三，英白和裴枢各自排出三份。景横波一瞧，其中两份是重合的，算是两人没有异议的最好的试卷，还有一份有区别，她看了看，心中略有些明白。

那张试卷，是她选出的第一份答案，计策比较柔和，花费的时间也长，英白性子散漫，虽是名将，却不嗜杀，所以选中；裴枢却是个嗜血魔王，当然对这种计策看不上眼。

她心中已有计较，将试卷收起。英白却道：“你拿兵法做题目，将他们好生羞辱，就怕他们醒过神来不依。”

景横波咯咯一笑，眼角向船舱瞟了瞟：“不依？好啊，那就等着丢脸丢到死吧。”

她话音刚落，底下已经有人高声道：“女王！您今日之试，对我等不公！”

此时刺客要么死去要么被擒，试卷也已经看完，士子们身周没了威胁，也没了希望，想到今日被当众如此羞辱，不忿之火顿时燃起。

“哦？”景横波笑吟吟的，目光流转。

“就是！不公！”一人开声，众人支援，立即更多的人道，“我等三岁开蒙，苦读十余载，读的是诗礼经义，论的是圣人之言。而兵法之类，是武将才应该学的东西，我等怎么可能读过？今日女王选择我等不擅长之科目，以己之长攻我等之短，肆意评嘲，我等当然不服！”

“哦？”景横波还在笑，“那什么是你们擅长的？”

“自然是锦绣文章，诗词歌赋！”

“哦，诗词歌赋啊，”景横波点了点头，“说得也是，文人嘛，不擅长兵法是正常的，诗词歌赋你们应该都学得不错吧？”

“三步成诗，五步成文，文不加点，援笔立就！”

“这么牛啊，”景横波托着下巴，“那你们是要在此展示你们的诗词歌赋能力吗？”

“请女王给我们一个一雪前耻的机会！”

“可我如果说，其实你们武不就，文也不成，就算给你们机会吟诗作赋，依旧狗屁不通呢？”

“女王休要信口开河，侮辱我等！行不行，试过才知道！”

眼看士子们的怒火已经到达顶点，景横波才点了点头：“那行，我倦了，你们公推几位最出色的出来，和我这边，斗斗诗吧。”

底下一阵窃窃私议，很快推出了几人，景横波冷眼瞧着，发觉他们最后似乎发生了争议，好像有个人毛遂自荐，先是被排斥，那人不知说了些什么，众人露出震惊之色，随即便让那人加入了，远远看去，那个后加入的人身影痴肥。

“请陛下赐教！”那边选出的五个人，高声向大船叫喊。

“我才高八斗，学富五车，和你们斗，没劲儿。”景横波跷着二郎腿，问身边的紫蕊、拥雪：“你们去？”

“回陛下，我等怕被酸气熏着。”紫蕊、拥雪一本正经地拒绝。

“英白？”

“呵呵，不如喝酒。”

“裴枢？”

“爷只喜欢杀人。”

“天弃？”

“都太丑，不要。”

“老全？”

“唯士子与小人难养也，陛下觉得我这句怎样？”

一圈人问下来，人人不屑，玳瑁士子个个脸色铁青。

人群中几个老人，戴着斗笠，遥望船上，捋须叹息：“陛下还是太年轻了，年轻气盛，丝毫不顾他人的感受。老夫也知士子骄狂，所以无心拦阻陛下，不想陛下似乎把持不住火候，这……先前那一场点评也够了，这要折辱太甚，怕会寒天下士子之心啊。”

“是啊，过犹不及。太过火了，今日之后只怕再不会有士子愿为陛下效力了。”

“除非这斗诗一场，陛下再次令众人彻底信服，完全无话可说。”

“谈何容易，文无第一，文人又多恃才傲物，想要让一众士子都彻底拜服，便是文豪也难做到。”

“过了，过了啊……”

……

“哎呀，我的属下们都怕了你们的惊世才华，没人愿意和你们斗怎么办？”景横波假模假式地笑，忽然一拍脑袋，恍然道，“怎么忘记了狗爷？”

噗，庄重的紫蕊都喷了出来。

“请狗爷！”

二狗子大爷从船舱里龙行虎步地出来，跳到景横波胳膊上，似乎很享受这种万众瞩目的目光，威严地扫视一圈，用翅膀拍了拍景横波的脸：“狗爷罩你，狗爷罩你。”

“我就等狗爷罩我了。”景横波满意地点点头，对江面上目瞪口呆的士子们道，“这是我的鸟，会吟几首诗，只要你们今日胜了它，就算我输。”

一阵死寂。

片刻后，士子们的怒吼几乎要冲翻大船。

“欺人太甚！”

“有辱斯文！”

“岂有此理！岂有此理！”

有人开始砸石头，有人愤然拂袖，有人喝令开船离开，拒绝和如此骄狂的女王同在一河，更多人放声大骂，激愤得脸红脖子粗，就连岸上事不关己的百姓们，也大多微微摇头。

“越来越过了啊……”

却有人忽然道：“我来试试。”

那声音夹杂在一众怒声之中，软弱无力，却被景横波捕捉，她笑看着对方，发现是先前那个痴肥的身影。

隔得远，看不清人影，远远的那人向船上一揖，道：“晚生柴俞，见过陛下。”

景横波听到这名字，一怔，转身翻了翻那被选中的十张答卷。

其中那张引起英白和裴枢分歧看法的答卷，正是署名柴俞。

她顿时来了兴趣，一抬手道：“免礼。既然狗爷是鸟，也不必和你们对诗了，你们随意出题。”

此时士子们听到他们的对话，都停了下来，不少人大声埋怨柴俞此举是降格取辱，怎可与鸟对诗，更多人翘嘴撇唇，冷笑着一言不发。

“就请以今日曲江之景为题。”柴俞似乎中气不足，姿态虽文雅，语气却很低。

景横波给二狗子喂了一口香糕，拍了拍它的脑袋，低声道：“《春江花月夜》，后面骂人的别来。”

二狗子清了清嗓子，得意地在栏杆上踱步，吃一口糕看一下月亮，那模样，大抵正在打腹稿。

霏霏从一边悄无声息地蹿上来，颇有些嫉妒恨地盯着二狗子，看样子很是不平，今日居然给这傻鸟大出风头。

士子们虽然愤怒，但也有几分好奇，想知道这鸟是不是真会吟诗，谁知道等了好半晌，这鸟却只顾吃糕，自觉又被戏耍，不禁又愤怒起来，纷纷抬脚要走。

大船上，二狗子忽然开腔："春江潮水连海平，海上明月共潮生。滟滟随波千万里，何处春江无月明！江流宛转绕芳甸，月照花林皆似霰；空里流霜不觉飞，汀上白沙看不见。"

转身的人背影僵住，骂人的人嘴空张着，更多人霍然抬头，盯着二狗子，眼珠突出如见鬼。

大多数人脑袋一片空白，如被雷电劈着。

怎么可能？

怎么可能！

此刻便是没读几本书的人，也能分辨出，这只鸟吟的，绝对是一首好诗。

甚至可以说是绝妙好诗。

"好诗！"人群中几个老者目光闪闪，捋须的手都在颤抖，"由江至海，由海至月，由月至花林，由花林至人物，转情换意，妙到毫巅，更兼澄澈空明，清丽悠扬，一唱三叹，余味无穷，既生清新之美，又具韵律之优……妙绝！妙绝！"

"斜月沉沉藏海雾，碣石潇湘无限路。不知乘月几人归，落月摇情满江树。"二狗子犹自滔滔不绝。

"速速拿纸笔录下！"有人手都在颤抖，急急命家人奔去一边的铺子买笔墨。

"一堆无聊大傻子，快点给爷来让路！"二狗子抑扬顿挫地结束了吟诵，自觉自己最后两句才是最好的。

景横波喷出一口茶——半截诗半截骂的习惯，二狗子是死也改不掉！

不过此时已经没人计较二狗子的骂，小船顺风漂流，士子们在船上僵立如木偶，有人眼睛发直，有人喃喃重复"江畔何人初见月？江月何年初照人？"泪流满面，有人大张着嘴看着二狗子，很想知道这是不是大诗人附身的鬼鸟，江风吹过，各人后心冰凉一片。

景横波笑眯眯地看着底下——没有三分三，岂敢上梁山？没有神鸟二狗子，岂敢折辱天下士子？

"好诗……"还是那柴俞最镇定，轻轻叹道，"只此一篇，足可横绝大荒，想必此诗是陛下所作，其间妙处实在难言，请陛下受我一拜。"说罢躬身到底，比刚才更加姿态谦卑。

他敬横绝诗篇更甚女王的地位，景横波对他很有好感，觉得这人身形臃肿而心思灵巧，是个人物，忙笑道："当然……不是，我说这是二狗子的，就是二狗子的。"

她才不要狗血地跑到异世靠抄袭名震天下，这情节都烂了好吗？

柴俞轻轻一笑，道："晚生不才，还想请教。"

一些士子醒过神来，实在不甘，想着也许这是事先请大儒代笔，让这鹦鹉背好的，连忙大声道："对，还得换题！再换！"

"请。"二狗子翻着金色的眼珠，目光闪闪，连弯弯鸟嘴都似写满嘲笑。

“陛下不是要占领上元吗？请以战争为题！”士子们嘴角噙着冷笑，今晚曲江论文武，题目可能被先猜到，换成战争，总不能吧？

景横波拍了拍二狗子的头：“黑云压城……”

“黑云压城城欲摧，甲光向日金鳞开。角声满天秋色里，塞上燕脂凝夜紫。半卷红旗临易水……”

哄然一声，随即又是可怕的静默，江面之上，只有二狗子的怪嗓回荡，以难听的腔调，吟千古诗篇。

“峭奇浓艳，立意无双，用色之妙可谓独步天下！”激越的老头子一把甩掉了笠帽，满头白发的常方意态癫狂。

“快快！快抄！”底下那群老头子不理他，抢过纸卷，没有桌子就趴在树上，唰唰抄录。

“……报君黄金台上意，提携玉龙为君死。一肚草包装才子，玳瑁士子真无耻！”二狗子结束陈词。

士子们要发疯了，有人大喊：“求闺怨诗词！”

女王意气风发，一路高歌猛进，或者战争诗也早有准备，但闺怨诗词——她有那个心境吗？

景横波忽然有点发怔。

这题目，她有点堵心。

岸边的树下，和某个小船上，有人静静地看着她。

随即景横波便醒过神来，拍了拍二狗子：“红酥手。”

“红酥手，黄縢酒，满城春色宫墙柳。东风恶，欢情薄。一怀愁绪，几年离索。错、错、错！”

二狗子三声“错”，提高声调，那般怪嗓，竟也吟出满腔怨艾和悲愤。

满江一静。

景横波手一颤。

岸边的树影下，一直含笑支膝看着她的耶律祁，轻轻一叹。

河边的小船上，他手中的杯一颤，咔嚓一声裂了一道缝。

错！错！错！

多少欢情薄，无奈多离索，到头来咽泪装欢，落花江面说声“错”！

……

江面上的声音越来越弱了，语气也越来越恭敬了。

“求咏春诗词！”

“春山暖日和风，阑干楼阁帘栊，杨柳秋千院中。啼莺舞燕，小桥流水飞红。”

“求豪壮诗词！”

“塞下秋来风景异，衡阳雁去无留意。四面边声连角起，千嶂里，长烟落日孤城闭。”

“求赐咏雪诗词……”

“日暮苍山远，天寒白屋贫。柴门闻犬吠，风雪夜归人。”

江面上的声音渐渐寂灭，士子们目光发直，一首首绝妙诗句就是一记记响亮耳光，问多少都是自取其辱，多少不甘都随了此刻滔滔的江水——那只鸟就像一个绝世诗人，满肚子没完没了的精妙诗篇，随便一首都足够砸死人，这世上怎么会有这样的才华？怎么可能有这样的才华？

不能信，不敢信，但却不得不信，这些诗，大家都没听过，肯定不是抄袭，这样的诗随便流出一首，都将惊动天下。

多少人颓然地一屁股坐下，忽然都生茫然之感，十年寒窗，一肚学问，竟不如鸟，有何意义？

景横波心里呵呵笑——叨叨个啥啊，不服气个啥啊，你们现在面对的可是泱泱中华五千年，诗海文山之中最亮的那几颗明珠，是真正中华文化的文采浓缩，千万诗篇中流传下来的巅峰精华，这都不能震翻你们，那些诗圣、诗豪、诗鬼岂不要从地底爬出来吐血？

一地文采，输给中华五千年文化精华，不冤！

几个贤者大儒却在窃窃私议。

“诗都是好诗，却绝非一人所作。”

“然也，每个人的诗风，多半相差不远。然而这些诗风格各异，或浓艳，或清新，或空灵，或散淡，如果是一个人写的，那人早疯了！”

“这丫头又骗人了！”

“也好，不如此不足以服众。哎呀呀，这些绝妙诗篇我要抄录下来，给学生们人手一本好好学，不知道女王那里还有没有，咱们和她讨要去。”

“老货，你想拐人去给女王帮忙就直说，用得着这么拐弯抹角？”

“呵呵，诸兄别忙着骂我，你们瞧今日女王陛下的风采，将整个玳瑁文武之才，在掌心揉捏拿弄，岂是寻常人物？当初我说她非池中之物，必将崛起，可说错了？”

“行行行，就你有慧眼！”

……

江面上终于再没有人说话。

众人也都没了说话的力气。

还是那柴俞，目光闪动，满面向往，代表众人一躬到底，诚恳地道：“陛下高才，骂得有理！我等服了！”

此时士子们都如霜打的茄子，也无人计较被代表。

景横波拍了拍二狗子的头，示意它滚蛋。二狗子难得这么风光，犹自恋恋不舍，咕哝道：“狗爷还能背一百首……”被裴枢一脚踢下了船舷。

少帅今儿心情很不好——从头到尾没风光上，杀人都杀不痛快，还不如一只鸟！

景横波嘿嘿一笑，此刻忽然特别想念蛋糕妹，她会背这么多诗词，纯粹是蛋糕妹所赐。那丫头不安好心，明明知道她最讨厌背诗，偏偏每次她想吃小蛋糕拿手的蛋糕时，那货就要求她背诗，十首诗可以给她做个六寸蛋糕，二十首可以做个八寸的，以此类推，有次她足足背了一百首，那家伙做的三层蛋糕把她生生吃胖了三斤。

老实说，如果是别的诱惑，景横波宁愿不要也不肯背诗，可是小蛋糕的蛋糕，是个人都无法抵抗，除了那个石头样的不爱吃的太史阑不受影响，谁没因为小蛋糕的美食拜倒在她的小吊带下？

“你们也不用太过羞愧。”景横波这回倒恢复了和蔼的态度，笑眯眯地道，“其实考你们兵法也好，诗词也好，在我看来，都不是衡量一个人真正底蕴和才学的标准。读书人，要明事理，辨是非，懂法纪，擅思谋。”她按照紫蕊教的说了几句，终究嫌太文绉绉，撇撇嘴道，“总之，文章也好，兵法也好，都不能代表一个人真正的才能，好好修身养性，从生活中寻找智慧，才是正道。”

士子们此刻已经给调教得蔫头耷脑，也不知是真心还是假意，个个凛然受教。

景横波也累了，一整晚跌宕起伏，赶紧结束了好回家睡觉。她拿起身边留下的纸卷，笑道：“这里我留下了十张答卷，被选中的先生，如果愿意，今后便是我奉为上宾的幕僚了，”说完便报名，“……慈县李通、巨甸县徐德然、仙桥县柴俞……”

她报一声，就有一人应声施礼。

“……宁津县风维……宁津县风维……”

她连报两遍，无人应声。

景横波眨眨眼，奇了，参加考试，不等结果就走了？

“宁津县韦隐……宁津县韦隐！”

依旧没人应声，江面上的士子们面面相觑。

第六十六章　情敌抬杠

连喊几声没人答应，景横波觉得有点没面子，搞错没，她选中的第一、第二，竟然都不应招，那还考什么！

不来就不来，等下去只会让自己尴尬，她正要下令结束比试开船回岸上，忽听有人笑道：“在下风维，见过陛下。”

景横波抬头，就看见远远的树影下，有人含笑对她轻轻躬身。

这么远，对方又在暗处，看不清面容，只感觉到意态风流。

才子多半意态风流，她也没什么兴趣，觉得这家伙一开始不应声，此刻冒出来说话，八成又是个哗众取宠的，只懒懒地嗯了一声，道：“你可算出来了。”

“在下是来领赏的，”那自称风维的人笑道，“想知道陛下能许出什么彩头。”

“你要看奖励如何，才决定是否要归于我麾下？”她睨着他。

风维笑而不语，竟然是默认了。

百姓、士子们都瞠目看他，想不到玳瑁士子被整成这样了，还有人敢这般拿乔。

“我答应过，你们可以自己提条件。”景横波道，“符合道理的，我能做到的。”

她想这厮不会要求做国师什么的吧？不会属于敌方，要求她自杀吧？赶紧加上一句“符合道理的”。

风维的笑声听来很随意。

“小事。”他从容地道，“听闻陛下善舞，无论在何时何地都能随时作舞，在下只恨无缘一见，不知可有这个福分？”

百姓们哄然一声，又激动了。

女王善舞，他们虽然没听说过，可女王是个美人，所有人眼睛都不瞎，而且女王那身段，一看就是练舞之人才有的绝妙窈窕。百姓们一想到这般美人，这般身段姿态，这般漂亮衣裳，月下作舞，定然是想也想不出的绝世之舞。

百姓们狼血沸腾，景横波却皱起眉——这什么意思？

她身边的紫蕊已经怒道：“哪来的狂徒，竟敢羞辱陛下。陛下何等身份，怎好当众献舞？这是将陛下当作歌姬了吗？”她一边发怒一边向船尾走去，想要看清楚那个登徒子。

景横波是现代人，性格奔放爱显摆，当众献舞什么的，她本来没觉得有什么，此刻听紫蕊一说，顿时明白现代、古代有认知差异，这么想来是有些不妥。

可对方给她的感觉又没有恶意，她一边招呼紫蕊不必去骂人，一边思考怎么回复，还没开口，忽听江面上又是一声：“在下韦隐，见过陛下。”

声音从某艘小船上传来，但却没看到人影，比刚才那个还矫情。

景横波噗的一声，心想这啥意思？找人时一个不见，现在都冒出来，不会又一个要求她唱歌的吧？

唱歌她倒是乐意，唱疯一个是一个。

“呵呵。”她笑道，“你现在出来做什么？是不是也有个要求，要求满足了才露面？”

她暗含讽刺，对方静了静，随即道：“是。”

景横波都快气笑了。

对方却很平静，好像完全感觉不到她的情绪，道：“在下的要求是，请陛下永远不要献舞于他人。”

景横波：“……”

这是来拆台的吗？

船上的裴枢大声道：“你们两个怎么回事？都胡言乱语！陛下不会献舞于此地，不过陛下可以献舞于……”

一个“我”字还没出口，他就被英白、天弃一左一右，搂着脖子拖下去了，英白举着酒壶，道：“喝酒喝酒！”

景横波瞄一眼那三人，心想英白、天弃在打击裴枢这事上，立场惊人地一致，裴枢这是怎么他们了？

前头那个风维立即笑道：“哦，是在下唐突了，不过陛下为自己或者他人一舞，是陛下的自由，这么说起来，韦兄你也唐突了。”

韦隐声音没什么起伏地道：“也是。那么在下就请女王，独独不要献舞给你就行。”

景横波捏着下巴，不说话了，这两人就是来互相拆台的，她鉴定完毕。

“或者我可以换个要求。”风维的性子却似乎很好说话，并不生气韦隐的针对，只对景横波道，“请陛下和我共餐。”

景横波不说话，笑吟吟地瞟向韦隐。

果然韦隐道：“请陛下珍重玉体。玳瑁风波未静，群敌环伺，日后必有针对陛下之暗杀手段，请陛下不要与任何来历不明者接近。”

景横波露出微笑，八颗牙齿雪亮，如一只狐狸看见了有兴趣的东西。

“那么，”风维似乎也温柔地杠上了，“或者请陛下亲手抄录一首词给我。就红酥手那首便好。这个要求没危险，也不用靠近，陛下不会连这样的小小要求，都不答应吧？”

景横波抬起下巴，对韦隐点了点——这家伙还没完呢。

她很想知道这回韦隐说什么。风维这个要求，一点都不过分。

百姓们原本以为结束了要走，此刻又来了兴趣，都停住脚步，眼底闪着八卦的光芒——瞧起来，似乎是一场争风暗斗呢！

韦隐道：“向来人词赠人，鸟词自然是赠鸟。此词乃鸟所作，断无人抄鸟词赠人的道理，请陛下不要接受来历不明者的任何侮辱，也请风兄不要自寻侮辱。”

景横波正喝水，一口水噗地喷在了拥雪身上。

好毒的嘴！

二狗子挣扎着出头，抬起一爪，指着那船大骂：“鸟作的咋啦？鸟作的咋啦？你敢瞧不起？你作一首来瞧瞧！”

韦隐道：“难道此词是陛下您所作？”

“当然不是。”景横波立即否认。

底下的百姓噗噗笑，这人回得可真绝，虽然谁都知道这是陛下的诗词，可陛下非推给鸟啊。

人的思维惯性就是这样，景横波越死不承认，大家伙儿越算在她头上。

风维在树下犹自微笑，对二狗子道：“狗爷才华横溢，令人钦佩。韦兄也才智高绝，更令在下拜服。所以在下想请狗爷吟诗一首，借花献佛，转赠给韦兄，还请狗爷千万答应。”

“好的好的。”二狗子英雄有用武之地，立即得意扬扬地道，“两只黄鹂鸣……”

景横波一巴掌把它拍了下去。

她倒不是怕韦隐尴尬，而是怕二狗子倒霉。

百姓们的噗噗笑声已经变成了大笑——韦隐绝，风维也不遑多让，这一句回复针对韦隐那句“鸟词自然是赠鸟”，直接骂韦隐是鸟了。

韦隐似乎也不生气，语气淡淡地道：“既然是两只黄鹂，想必风兄也有份，大家共赏。”

“共赏共赏。”风维也笑。他真的是好涵养，似乎并没兴趣和韦隐斗嘴，又换了要求，道，“那么，就请陛下答应我，以后我若做错了事，请陛下原谅我一次。”

这回所有人都看向那艘小船，心想这次该驳斥不了吧？

小船里静了静，传出的声音还是那么不疾不徐：“我的要求也想好了。请陛下答应我，以后只要我不背叛陛下，请陛下永远相信并支持我。”

乍一听，这话似乎不针对风维了，但仔细一想，似乎还是针对——风维如果做错事，按照他的要求，景横波可原谅他一次，可按照韦隐的要求，如果他反对原谅，景横波就不能原谅风维。

人群里常方等几个老头子，窃窃私语。

“好厉害的两个年轻人，辩才无碍，两人都足可为一流的军师。”

“老夫瞧着，这两人根本不像是提要求的，倒像是故意争斗，要在女王面前展示才华，拼个高下。”

“老夫不这么认为，高下已分，按女王念名的顺序，韦隐在风维之前。就算想争斗，也该是风维不服气，故意和韦隐抬杠，如今却反了过来。而且虽然只闻其声，但这两人气度雍容，绝非凡品，也不像是无聊抬杠之人，只怕此间另有深意。”

“老夫同意瞿老的意见。这两人绝非简单角色，不妨瞧着好了。”

……

风维似乎又想说什么，景横波忍无可忍了。

这两人得抬杠到什么时候？

她还想回家睡觉！

“准了准了！统统准了！”她挥手，打了个哈欠，“你们要不要……”

话音未落，她忽然听见扑通一声。

声音很轻，发自船的另一边，也就是面对大江的那一面。

景横波心中一跳，忽然觉得有什么不对劲，一转头，目光极快地扫过身侧的人群，立即道：“紫蕊呢？”

刚才紫蕊走到船尾去看那个风维，却一直没有回来。

景横波身影一闪，已经奔到船尾，紫蕊不在船尾，她问一个在船尾守卫的护卫，那护卫指了指旋梯后头，道：“属下看见紫蕊姑娘去了那里。”

那位置正是个死角，背对着河岸上所有人，而且景横波为了安全，封锁了对着江面的那一侧，所有小船和人都在她的对面，谁也不可能看到或者去到她的船背面。

她的船背面一样有人看守，但没有紫蕊，景横波询问护卫，护卫道：“并没有看见紫蕊姑娘过来。”

“你一直在这里？”景横波问，“中间有没有离开过？”

“没有。但先前有去收拾船上散落的箭矢，曾蹲下去捡。”

景横波心知不好，看了看江面，按说她听见扑通一声便赶了过来，如果对方挟持着紫蕊游走，水面上应该有气泡或者痕迹，但现在江面很平静。

那么很有可能，紫蕊先前就被弄下了船，那声扑通，是别的声音，或者是对她的提醒。

此时其余人也赶了过来，脸色都不大好看。高手云集的船上，居然让自己人被掳走。

只是当时众人的注意力都在岸上，人太多，怕随便哪里蹿出个刺客，而背后靠着江面，极目数十里都没有人，便放松了对背面的警惕，谁知道紫蕊竟然会走到背面去呢。

天弃问：“要不要对百姓进行搜索？”

英白立即道：“岸上那么多人，一旦拦住人大肆搜索，只怕会引发乱子，最起码也会引发怨言。”

景横波心念电闪，顿时明白了对方掳走紫蕊的用意，掳走人威胁她是一方面；另一方面还可以引起骚乱，崩毁百姓刚对她建立起的崇拜和好感——自己人都守不住，还要滋扰百姓。

这批人也相当隐忍，之前和凌霄门对战，箭雨纷飞的好时机不出手，后来景横波评点文章，应对刺客，一片纷乱的好时机也不出手，硬生生等到尘埃落定，一切平静，所有人自然放松警惕的时候，一击得手。

对方是个厉害人物，深知掳走一个女王的身边人，比挟持士子、百姓做人质更让女王威信大失或被动。

景横波甚至怀疑，池明都给对方作了嫁衣，池明和她约战一开始，明明有恃无恐，他的信心从哪里来？后来却败得很快，像准备不足一样。

保不住他也被人涮了。

但这批人会是谁，可真没法掂量，她现在在玳瑁，可谓四面是敌，十五帮会，玳瑁族长，谁都可能出手对付她，保不住还可以加上个九重天门。

所有人都在看她，等她做决定，是否拦下百姓检查。

她虽然还没正式做黑水女王，但身边人都是人精，已经很自然地将她当女王看待，建立她的权威。她曾经还愁过，一路朋友做过来，到时候怎么来进行阶级分层，不分，女王便没了权威，分，又不好意思开口，不想这些人不用她暗示，自然而然便分出了阶级，连裴枢，遇上重要的事也不会乱开口。

仔细想想也不奇怪，大多是宦海官场打滚过来的人，怎么会不懂。

景横波并没有立即说话，她命人请来在岸上巡视的尔陆，凝视着水面，像是在等。

也没人催她赶紧下决定，都在默默等候。

片刻后，景横波看见水面开始冒泡，一大群银鱼忽然出现在水下，先是翻了几个圈，随即又列队成箭头状，直射向江心某个方向。

“怎样？”景横波问尔陆。

“这么明显的兽语你看不懂？”尔陆大翻白眼，“向箭头指的方向咯。”

景横波立即道：“人不从岸上走，疏散百姓人群，封锁消息。”

众人嘘了一口气，能确定刺客和紫蕊没隐藏在百姓中就好，最起码不需要拦截百姓，引发骚乱了。

说起来也是，刺客带着紫蕊从江心走才是最可能的，要想从他们眼皮底下这一截江面带个人泅渡，再混入百姓中离开，那难度也太高了。

“你怎么知道他们从水里走了？”天弃奇怪地问。

“紫蕊学了驭兽术。”景横波简单地道，“她能驭使鱼虫鸟兽，做些简单的动作。这些鱼应该是她驱使来的，说明她还没有完全失去自由，神志也清醒。”

紫蕊的驭兽术是和尔陆学的，她天生听力超常，而驭兽术的精华，就是捕捉并且使用天地间常人不能听见的各种音频，对兽类进行控制。所以她发挥长项，学了驭兽术。这也是身为女王的女官，先要学会的遇险时的自保手段。

岸上的百姓开始离开，他们并不知道船上发生了什么，一边兴奋地议论一边回家，七杀带着护卫目光灼灼，果然没有发现什么可疑的人。

景横波留下了那十个被选中的士子，她觉得这些人也未必没有可疑的，尤其是韦隐和风维。

士子们上了船，却没有风维和韦隐，景横波命人去找，也没找着，风维应该已经混入百姓中离开，而韦隐那艘船，原本应该经过登记的，偏偏记录上找不到。

这两人都没露出真容，此时也无从查找，景横波哼了一声，道：“果然是奸细！”

“倒也未必。”英白道，“最起码紫蕊被掳的时候，他们正和你对话，绝不可能出手。”

“紫蕊就是在我和他们对话的时候，被掳走的，这两人故意抬杠，故意抛出那些古怪的要求，就是要引起我们注意，给敌人创造机会吧。”景横波很坚持自己的看法。

英白不说话了，无所谓地喝了一口酒。

剩下的八位，景横波此刻也无心接见，正准备让人安排了休息，忽然一个人影上前一步，轻声道：“请问陛下，可是出了什么事？”

景横波一看那身材，就认出是柴俞，近距离看这人，果然胖得厉害，腹部的肉堆出一层又一层，脸上还生着许多褐色的斑，好在人虽然难看，却举止风雅，说话轻声细语，此时他对景横波长揖道：“或许在下可以帮忙。”

“你怎么知道出了事？”景横波微微有些警惕。

柴俞笑道：“船上似乎少了一人。”

景横波暗惊此人的心细，船上人数不少，还有不少护卫，谁会闲着没事干数人数？

面对她怀疑的目光，柴俞有点羞涩地道：“在下有过目不忘之能……”

景横波点点头，道：“我的女官失踪了，似乎是从水下被掳走。”

“那或许是往江心小岛方向。”柴俞思索了下，道，“江心不少小岛可以藏人。最大的一个岛上还聚集了一批水盗，或许和这些人有关。”

“你是仙桥人，怎么对宁津的情况这么熟悉？”景横波语气平静，问得似乎很随意。

“在下祖籍仙桥，但在宁津已经居住十年。”柴俞回答得很自然，“在下平日喜欢靠水读书，尤其对这曲江十分熟悉。”

“那劳烦你带路。”景横波一笑。

“自当效劳。”柴俞并不推让。

船往江心行，景横波一边密切注意水下，一边和柴俞交谈，发现此人真可谓貌丑心灵。他学识渊博，熟知地方风土人情不说，关键是性格极好，轻声细语，不急不忙，善解人意又心思细腻，和他交谈，很容易便忘记他容貌上的缺陷，让人如沐春风。

其实景横波仔细看了，觉得他的痴肥似乎也不是没办法解决，得看是生理性的还是病理性的，想了想，便笑着建议对方没事多运动，别总记着读书。

柴俞何等聪明，自然听出她的话外音，抹了一把汗笑道：“晚生这胖，倒也不是运动过少的缘故。原先晚生也是瘦的，可惜生……生了一场病之后，便忽然发胖，之后用尽办法也没法再瘦下来，还长出了许多斑……”说完微微一笑。

景横波看他笑容虽力持豁达，却也难免有几分苦涩，便知道这是他的痛处了，随口笑道：“生病啊，生产啊，都容易导致……”

身边的柴俞忽然一震，景横波立即警觉，住口向他看去，却见柴俞指着前方，道：“到了。”

前方是一片沙洲，大船无法靠近，景横波命人划了小舟下去，全宁豪带人先上去，很快放出了岛上无人的信号。

景横波依旧上了沙洲，全宁豪奉上搜到的一支发钗，正是紫蕊头上戴的，但这东西只能证明紫蕊确实在这待过，却无法指示她被掳往何处，从这处沙洲向前走，可以到达下游好几个县。

景横波上岸后，目光只在地面搜寻，就看见有一窝野鸭蛋，下在了靠近水边的岸上。

野鸭会将蛋下在沙坑里，但下水边的可能性很小，景横波注意到其中一个蛋已经破了，她下令：“在沙滩上搜寻，看有什么特别的东西没。”

全宁豪带人在沙滩上细细搜寻，不一会儿拿来一团东西，道：“这一团沙子有些特别。”

景横波拿在手里，发现是用蛋黄黏起来的一个沙团，果然，紫蕊召唤野鸭在水边下蛋，用蛋黄捏成了这沙团，这样掳人的人难以发现，而她这边知道紫蕊的能力，会注意到下在水边的鸭蛋的异常。

沙团的造型似乎有点奇怪，她掰开沙团，原以为里头应该有什么东西，指示紫蕊被掳走的下一步去向，谁知道沙团就是沙团，里面什么都没有。

“怎么回事？”景横波也愣了。

柴俞忽然道：“刚才这沙团，似乎捏成了什么形状……”

景横波一怔，想了想，恍然道：“乌龟！”

那沙团扁圆，捏出了四个小角，可不就像只乌龟？

“上元城！”

景横波站起身，遥遥看着对面高墙重围的上元城。

知道是上元城那一刻，她终于放下了心。她害怕遇上十五帮的人，那些遭受挫折的莽夫，保不住会对紫蕊不客气，但玳瑁族长明晏安不会。

十五帮会虎视眈眈之下，他选择固守，就说明这人性格谨慎，守了那么多年不被侵入，说明这人也并非完全无能，保不住也是蛰伏等待时机。这样的人掳走紫蕊，更多的可能是为自保，是针对她那“一年之内拿下上元”豪言的警告。

他是在考验她、暗示她——我还是有能力和你斗一斗的，你最好坐下来和我谈一谈。

景横波笑笑，其实她也是准备和玳瑁族长好好谈一谈的，得罪狠了十五帮会，就不能再和玳瑁族长成为死敌，其实她最初的想法和玳瑁族长差不多，她也是打算立威，给对方看看自己的实力，之后才有坐下来平等谈判的可能。

但现在，她不打算心平气和地谈了。

敢掳她的人，威胁她？

那就斗一斗吧。

她随手扯下一截绢布，用鸭蛋黄写下两个屎黄色的大字：“放人！”

“天弃，”她道，“劳烦你立即去上元城前，把这信射给里头。”

轻功最好的天弃乘小舟离去。

景横波一挥手：“回家睡觉！”

“不追了？”拥雪睁大眼睛。

景横波笑笑，伸了个懒腰：“不用追了，后头就是我的事了。”

……

白色大船抵达岸边的时候，岸上的百姓多半已经离开。

却有一丛树影下，遥遥立着两个人影，远远看着景横波等人下船。

“先生，”鲜于庆有点不解地问，“女王的女官被掳，您不打算帮忙找人吗？”

“无妨。”耶律祁笑道，“对方不会对紫蕊姑娘怎样，不过是想试试陛下的能力，以及想占据主动而已。”他顿了顿，目光柔和地掠过景横波，“真正有麻烦的，是陛下吧。”

“那咱们……”

“我们刚犯了一个错误。”耶律祁摸了摸鼻子，无奈地道，“我刚刚化名风维，跳出来闹了那么一场，苏女官就被掳了，陛下一定怀疑风维和韦隐是敌人的奸细。这掳人的人倒是个高手，那么多好时机不出手，却拿捏在那个时候，如果他在之前乱战的时候出手，我和那谁，一定会发现，但斗嘴时，我们俩的注意力也在大船上，没注意到船后……高手。”

鲜于庆很少听他如此评价一个人，竟然接连说了两次“高手”。月影下看他，居然也是难得地神色凝重，鲜于庆不禁有点不安，问：“可是玳瑁族长明晏安？”

“有他的份儿，但应该不是他出手。”耶律祁沉吟道，“这出手的人，似乎能感觉到危险存在，并避开。这点，明晏安做不到。我甚至担心……”他眉间微锁，“此人知道我和……那人的身份。”

鲜于庆眉头一挑，知道这里所说的身份，是主子真正的身份，这实在不是个好消息。

至于主子嘴里的“那人”，他知道是那个假扮穆先生的家伙，但这人到底是谁，他不清楚，只是隐隐从耶律祁的语气里感觉到，其人的真实身份，只怕不在主子之下。

这大荒，还有多少人，真实身份凌驾于主子之上……

他不敢再想下去，也觉得荒唐。

怎么可能……

“玳瑁怎么会有这样的人……”耶律祁神色凝重，想了想，笑道，“鲜于，拿面具来。”

鲜于庆依言取出银面具，和穆先生常穿的青衣，道：“您要去见女王？”

耶律祁换穿衣饰，笑而不语。

鲜于庆有点感叹地道：“女王又要昏头了……那天她先遇见假货杀雷生雨，再看见您出现，属下当时就觉得她眼神迷乱了。”

“迷乱？”耶律祁手一停，笑道，“我看她是敏锐才对，越来越敏锐。穆先生刚刚换人，她就察觉到不对了。现在看来，那个家伙抢了我的角色，果然有先见之明。”

“什么先见之明？”鲜于庆听不懂，迷迷糊糊地问。

“他知道，越来越瞒不住了，再随便扮什么人，都会被她确定，只有抢一个已有的重要角色，她刚刚确定人就换过来，她会对自己产生怀疑。几次三番，她会在换来换去的过程中，在各种熟悉和陌生的感觉中昏了头，彻底不再相信自己的感觉……”他苦笑一声，“他就是要搅昏她……”

鲜于庆虽然不知道来龙去脉，也听得目瞪口呆，道：“何苦！”

“只要他不想她知道，总有办法不让她知道。”耶律祁叹息，“这世上所有的‘何苦’，都是因为先有人生至苦，才有后来的无可奈何。”

……

一艘小船，悠悠离开了沙洲。

他站在船上，望着白色大船渐渐消失的远影，眉宇沉静。

护卫沉默地候在一边，不敢随便开口相问——刚才主子明明提前一步到了沙洲，看见了苏女官被人掳走，不知道为什么，却没有出手。

主子威重，护卫从不敢随便询问或者质疑，一切只要等待交代就好。

“咱们新的落脚处安排好了？”他问。

“是。”护卫恭声道，“按照您的吩咐，在玳瑁各处要紧地带，都留了几个人，安排了一个落脚处。”

“不仅玳瑁，邻近玳瑁的部族都要安排，务必让雪山那边来的人，花费很多时间、精力去查找。”

“是，也安排了很多和您身形相仿的人，必要的时候出现，混淆视线。”护卫答，终究是有点不安，忍不住道，“帝歌那边，您真的不回去一趟吗？”

“不必了。”他淡淡地道，“如果我此时急着赶回去，落在有心人眼里，就真的能确定我在玳瑁，而帝歌那个是假货了。”

护卫想想，是这个理儿，现在帝歌那边出了岔子，可能导致雪山来人追到玳瑁，但到底不能确定，这个时候主子如果急奔回去，反而容易露了行迹，不打自招。

而雪山来人，找一段时日找不到，也就会怀疑自己判断错误，放弃原有的想法。

但帝歌的岔子，主子真的一点都不担心吗？无论如何，将那么重要的位置，交给一个假货……

然而主子圣心独断，他无权质疑。

“那咱们……”护卫想说，备了那么多假象，那咱们在这段时间，到底打算隐藏在哪里呢？

他看出护卫的疑问，浅浅一弯唇，转头。

护卫随着转过目光，看见高墙瓮城、信息不通、闭关自守、铁桶一般的上元宫城。

……

上元宫。

虽然已经入夜，但王宫依旧灯火通明，玳瑁族长明晏安依旧坐在书房里，门开着，不断有护卫传递来宁津县最新的消息。

曲江之战，他冷哼：“狂妄！”也不知是说谁。

池明之败，他淡淡地咦了一声，似乎有什么事想不通。

女王出题“攻占上元”，他冷笑一声，似乎懒得评点，听护卫转报那些“妙计”，他乐不可支。

“神鸟”赋诗，他挑起眉毛，似乎也觉得不可思议，想了想又哼一声：“鹦鹉学舌！”

最后报上获胜的士子名单时，他明显十分关注，得知结果后却脸色不豫，指节在桌上轻敲，似乎不太满意，直到听说前两名都没出现后，脸色才稍稍好点。

外头有护卫回报：“禀大王，人带到了。”

他起身，迎出门外，看见夜色中，几个斗篷人乌云一般飘来，挟持着一个少女。

明晏安眼眸微微一缩，他也不知道对方是谁，但对方主动联系他，表示要帮他一把，反正也不用他出力，他便应了。

他本没抱太大希望，没想到，那些人真的将女王身边的人掳来了。

“多谢各位，辛苦了。”他亲自迎上去。

他正想邀请几人进去说话，领头那黑斗篷人瓮声瓮气地道：“大王，人咱们给你带来了，咱们和你，说到底也不是一条道上的，就不必客气了。就此告别，后会有期。”

“诸位暂请留步！”明晏安急忙道，“小王不问诸位的身份，但承了诸位的情，什么回报都没有，小王也过意不去。还请诸位留句话，日后若有回报处，小王定不吝惜。”

“咱们说要帮你时，就说过不需要任何回报，也不必有所联系。”那黑斗篷人道，“大王如果觉得这样不安心的话，在下便告诉你，咱们虽然不是一路人，却有共同的敌人，帮你也等于帮我们自己，还请大王好好利用这次机会。”他又笑了笑，“或许以后也有机会再会，到时候我们自然会请大王相助。”

他这么一说，还有什么不懂的，明晏安心中一定，抱拳相送：“如此，谢了。”

他眼看那些人一言不发地离开，又看一眼湿淋淋的紫蕊，道：“将紫蕊姑娘好生安置，不可怠慢。”

紫蕊倒也镇定，一言不发，顺从地跟人走了。

明晏安看着她的背影，心中一叹——谁说女王的手下是乌合之众，其本人粗陋不堪的？仅仅女王身边一个女官，就宠辱不惊，气度非凡，随从如此，女王能差到哪去？

这边人刚刚安置好，那边护卫就来报："城门前有女王的使者射箭送信。"

明晏安眉心一跳，惊道："好快的速度！"

他知道女王能猜到女官的下落，却没想到这么快。

明晏安眼底肃然之色更浓，展开那信笺，顿时险些被那销魂的颜色和气味，熏得吐出来："……这……这是什么墨汁……"

再一看纸上，没有称呼没有落款，纸皱巴巴，脏兮兮，两个丑字"放人！"剑拔弩张，狂妄之态跃然在目。

明晏安脸色铁青，猛然将纸揉成一团："狂妄！"

定了定神，他只得回书房，命人笔墨伺候。

景横波不要面子，他还得要面子，鸭蛋黄写信这种事，他还真干不出来。

他一心也想少写几个字，透出点王霸之气，可惜性格天注定，斟酌半天，依旧规规矩矩地写道："陛下英睿，小王不胜仰慕，特备薄酒庶馐相候，陛下可敢孤身入上元，你我月下对饮？"

完了他令人也射箭回信。

他坐在书房里，心里乱麻似的一团，半晌道："来人，给悦公子移宫，移到月华宫。"

随从露出微微震惊的神色，躬身退下。

他又问："东黑水那边那行人，死了没？"

黑水泽面积极其巨大，玳瑁居民根据自己靠近黑水泽的位置，各分东、南、西、北黑水泽，靠近玳瑁王宫后山的，就是东黑水。

东黑水前几日闯入了一行人，这件事报到明晏安案头时，他十分震惊。

因为要想在玳瑁大军重重守卫中进入黑水泽，是件十分困难的事，而这批人被发现的时候，就已经在黑水泽中，他们是怎么进去的？

明晏安以为自己的大军中出现了内奸，或者出现了防卫漏洞，但一番彻查之后，却发现没有任何问题。

军队没问题，有问题的就是进入黑水泽的那行人，据说那不是大荒人，似乎是从南齐过来的，人数不多，却极其厉害，莫名其妙地便进入了黑水泽内，被发现的时候已经在里面待了两天。

明晏安一听说才待了两天，又是外地人，顿时放心。黑水泽这地方，如果不是长期在此，生出抗体，外地人是很难存活的，哪怕就在黑水泽边什么兽都没遇见，三日之内也必死。

此刻他忽然想起了那行人，算着好像已经五日了，便问了这么一句。

他不过随口一问，谁知属下竟道："可能还没死，因为就在今天上午，守军还听见黑水泽深处有猛兽咆哮之声。"

明晏安十分惊讶，正要细问，忽听外头脚步急响，守卫黑水泽的一名副将快步冲到他面前，单膝跪地，大声道：“禀大王！那群人已经出了黑水泽，正穿透守军的包围，向王宫而来！”

明晏安霍然站起，英俊的容貌都似一瞬变形：“怎么回事？你们上千人呢？都做什么去了？”

“大王……”那将领却似有难言之隐，欲言又止，“您还是亲自去瞧瞧吧……”

他话音未落，明晏安已经快步出门：“备辇！”

第六十七章　要，不如抢

天很黑，但玳瑁王宫一路点燃灯火，照亮王宫深处通往黑水泽的通道。

王宫东侧，有一处巨大的空场，围着铁栅栏，平日里总是锁着，除了专门守卫黑水泽边缘的守军和持王令者，任何人不能出入。

明晏安赶到时，就看见那栅栏门已经打开，但不像是好好打开的，有的栅栏已经歪了，像是被巨力击打歪倒。

那些厚铁铸就的栅栏，有的直接翻倒，那歪七扭八的栅栏上，还挂着好些乌黑的东西。

明晏安看清楚那些是什么东西时，顿时倒抽了一口凉气。

而当他再抬头时，他就看见了那人。

天色将明未明，天空和后方的黑水泽连接，是一片混沌的黑。隐约黑暗深处有雄浑兽吼，吼出这夜色的沉厚肃杀。

黑色背景里，缓缓走来一个锦衣男子。

他长发如夜色一般黑，用青玉簪束起，几缕飞散在身后，几缕依贴在颊边。

他宽袍大袖，一尘不染，锦绣衣襟，在夜色中幽光微闪。

他步态很特别，徐徐而行，即使行走于污浊泥淖，也如漫步云端，有着属于宫廷高贵男子独有的尊贵和翩然。

他的容色，让自负玳瑁第一美男子的明晏安，也惊觉自己不过一俗人耳。

然而在他那般悠然漫步的姿态前，容色和衣裳又似乎只是身外之物，不该为他的挂碍。

他便如帝王降临般，衣袖翩飞，雍容行来，一只手还拎着一只乌黑的巨大之物，那东西半个身子拖在地上，他如拖一只小狗般，把那黑水泽凶兽，拖向面前黑压压的军队，漫步而来。

他背后的黑水泽之上，隐约似有晨曦升起，一线红光如火团，在他身后猛然跃开。

他周身便如披上了霓虹大氅，镶嵌四射的金光。

他进一步，严阵以待的军队就退后一步。

他漫步而来，渡黑海，擒凶兽，披云霞，采琼花，含笑啸兵甲。

明晏安只觉得呼吸都似被窒住。

直觉告诉他，麻烦来了。

因为他认出，那锦衣人手中狗一般拖着的一大团，正是黑水泽三大凶兽之一，令很多人闻风丧胆的黑螭。

这玩意以狡猾闻名黑水泽，可杀不可降伏是出了名的。就如他，也能对付，但要像这锦衣人一样，像拎只狗一样把这黑螭拎上岸，他做不到。

这王宫里，只怕三个最高等级的供奉，以及上元军总统领，都做不到。

更要命的是，这黑螭还活得很滋润的样子，咝咝吐舌头，不断袭击周围的军士，这也是军队不断后退的原因。

天知道这黑螭没受伤，是怎么能被收服的。

这么丑恶的东西拎在锦衣人手里，他看起来还是很干净尊贵，只是表情不大好看。

看见明晏安来了，他才停下，士兵们心中一松，刚有人要喊话令他投降，就听见他道："尺子。"

所有人都一怔。

这人带人闯入、闯出黑水泽，大军围困之下，看见此地的主人，第一句是要尺子？

难道是来抢劫的吗？

明晏安也反应不过来，怔怔地看着他。他却不耐烦了，将手中的黑螭一抛，抛到明晏安脚下，道："不白拿你的，尺子。"

黑螭落地，军士们大声惊叫："保护大王！保护大王！"急忙扑上去阻挡，训练有素的百人队立即扑上，用特制的器具捕捉黑螭。

明晏安一抬头，隔着密密的人群，却看见锦衣人负手而立，不言不动，眼神里是淡淡的轻蔑。

他的眼神，好似写满"你们这些愚蠢的人类"。

明晏安心中发堵，只觉得自看见这人起，似乎所有的人和事物，都被他睥睨的气场压下。

这种感觉，只有几年前他前往帝歌参拜国师时，才有过。

但身为一族之长，见惯各种人物，他也立即判断出这人的实力。

不用说，必定是强手，在他最为困难的此刻，这人的出现，是好事还是坏事？

他是随意路过的高人，还是女王请来的帮手？

明晏安心中一动，手一挥："尺子！"

王宫里自然什么都有，不多时，司衣监的太监就气喘吁吁地送来了尺子。

那锦衣人身后转出几个男子，每人都背着巨大的包裹，其中一人过来接了尺子，明晏安此时才发现那几个护卫一样的人的存在——锦衣人气场太盛，众人自然而然将所有目光集中，其余人很容易沦为人肉布景。

那人将尺子接过，在锦衣人面前蹲下身，先从背上的包袱里取出剪刀，将他左侧的袍角小心翼翼地剪下了一块。

所有人都一呆——这是什么意思？千军阵前剪衣服，是要投降吗？投降也不能只剪指甲大的一块啊，再说他那锦衣，又不是白色的。

至于一个大男人身上带着剪刀这种诡异的事情，在此刻，倒显得不那么诡异了。

锦衣人低头看了看那块剪下的袍角，袍角上沾了点泥，他示意扔掉。

那护卫半跪着，用尺子将剪下的袍角量了量，扔掉沾了泥的那块，然后用尺子在干净的右边袍角比对之后，剪下同样大小的一块。

他量得很仔细，精确到最微小的刻度，裁的时候屏住呼吸，生怕稍不注意裁坏了。

一个人负责量和裁，另外还有两个人负责扯住整个袍子的上下两端，将布料扯直，以免布料不平整，裁的时候出现大小不一致。

护卫们以前没经验，裁出来大小不一，然后就再裁，这边大了那边又小了，再裁……等到左右完全对称，主子的袍子也变成了短裙……

整片空地鸦雀无声。

包括明晏安在内，所有人都目瞪口呆地看着，三五个大汉半跪在那锦衣人身前，忙忙碌碌地给他裁出左右对称的袍角……

这造型，太诡异了……

几个大汉小心翼翼地忙完，又退后看了看，确定左右袍角完全对称，才舒了一口长气，小心退到锦衣人身后。

锦衣人只垂目看了看，似乎比较满意，也没说什么，那些大汉脸上的神情便似得到了大赦。

明晏安坐直身体，只觉得背心一瞬间凉飕飕的，竟然出了一身汗。

眼前这人的做派，他一开始认为是虚张声势，然而看到此时，同样出身富贵的他便已经确定，此人的出身绝对不凡。

而且他通身尊贵，毫无草莽气息，也不太可能是出自哪个大型江湖组织。

他心中电闪——此时此人出现，是否是上天给我的助力……

想到这里，他急忙下了步辇，又示意军队不必妄动，亲自上前，笑道："尊客从何而来？何事造访我玳瑁王宫？"

他语气不卑不亢，给了对方面子，又扣住"造访"两字，想以此试探对方的态度，判断是敌是友。

锦衣人抬起眼，神情倦倦的。他的眼睛很亮，如星辰，偏偏眼神淡漠又居高临下，充满虚幻和矛盾的奇异感，令人凛然。

他很明显听懂了明晏安的意思，却不耐烦繁文缛节地应对，随意地道："路过，迷路，求个宿处。这条黑螭，算在下给族长的宿资，如何？"

这种看似客气、实则什么都不放在眼里的态度，让四周军士都露出怒色，明晏安却微微笑了，温和地道："佳客远来，小王本就该好生招待，宿资一说，不必提起。来人，给这位兄台安排凝雪阁。"

锦衣人此时才看了他一眼，点了点头，道：“人说玳瑁之主也如乌龟，爱缩于壳中，我瞧你，倒是个人物。”

“放肆！”明晏安身边的将领忍无可忍地呵斥。

锦衣人就好像没听见，他眼底似乎容纳这天地之大，却根本没有寻常人的存在，就连明晏安，也是几次对话之后才不过正眼看了一眼而已。

这番做派，看在平常人眼里，是装腔作势，只有拥有一定见识的明晏安这种人，才能分辨出，到底什么是真气派，什么是假神气。

居移气，养移体，久居高位者形成的气度风范，不是谁都可以扮得来的。

明晏安因此显得更加谦冲有涵养——他已处于风雨飘摇之中，就算不求个盟友，也不愿招惹任何敌人。

“请。”他不多言，甚至不问对方的身份来历，微笑着相让。

“大王！”他的亲信将领想阻止，“此人来历不明，武力非凡，怎可随意放入宫中重地，万一他是个刺客……”

这也是明晏安的顾虑，然而他看了一眼锦衣人，只见锦衣人正负手看黑水泽，似乎对那片可怕的沼泽很有兴趣，根本不在乎这边的看法。

“世上没有这样气质的刺客。”他一咬牙，低声道，“赌了！”

军士们不甘心地让开了道路，锦衣人闲庭信步入宫，很自然地走在了前边，倒显得明晏安是他的随从一般。明晏安的从属们自然又是一阵不服气，明晏安眼底却闪出亮光——观人观气度，这人如此习惯从军阵中行，本身一定是手掌军权者！

军队列阵的杀气，对人很有震慑力，如果不是见惯了，很难有人第一次就能从容穿过。更不要提此人走过军阵时，神态依旧居高临下，但又生出几分亲切，很明显，他经常检阅军队，下意识地移情了。

明晏安更加确定自己的判断没错，忙吩咐宫人，好好给客人准备食宿，又亲自询问客人想吃些什么。

那家伙走在前头，毫不犹豫地回答：“蛋糕。”

明晏安愣了愣，蛋糕是什么东西？

锦衣人也顿了顿，醒觉这玩意在大荒是不可能有的，只好很将就地道：“甜食也行。”

原来是个喜欢吃甜食的，明晏安忙令御厨准备最好的甜食点心，送去凝雪阁。

他并没有跟到凝雪阁再去和人家示好，那样太掉价了，也会令人家轻视，所谓过犹不及。

他吩咐护卫好好看守凝雪阁，只要对方没异动就不要干涉，自己转去了前宫——他还有个麻烦女王要应付呢。

……

一间陋室，黑暗，狭小，弥漫着淡淡的血腥气，和热水淡白的雾气。

屋中有人在呻吟，压抑的，微微愤恨的。

哧的一声轻响，伴随着一声撕心裂肺的惨呼，屋中血腥气乍浓，热气腾开。

微光自窗缝透入，照见床上浴血挣扎的人，他被人压着，一人坐在床边，给他处理伤口，动作稳定，慢条斯理。

惨呼和血腥气，都不能令他的手颤抖一分。

将那肩上对穿的血洞填塞了药，包扎好，他转身洗手，对那痛得浑身发抖的人道："好了，起来吧。"

床上的人瞪大眼，似乎不信他的话，半晌嘶声道："你什么意思！"

那人穿一件黑斗篷，慢慢洗手，道："池门主，你不想报仇吗？"

"我报仇也是先找你！"床上的伤者正是池明，狰狞着一张血迹斑斑的脸恨声道，"你说到时候会有令女王失败的撒手锏，你说最后会助我一臂之力，你就是这么帮我的？"

"我不是帮你了吗？"那黑斗篷人奇怪地道，"我救了你，还给你治伤。如果不是我把你扯进人群，你知道会有多少人不放过你吗？别的不说，仅仅等在人群外，要斩草除根的，就不少于两批人。"

"如果你之前就出手，我根本不会失败，也不会被废了武功！"池明怒吼。

"我只答应过会出手，会帮你，我可有一个字骗你？"黑斗篷人毫不以为意，犹自带笑。

池明苍白着脸色，渐渐回过味来，嘶声道："……你是故意的，你故意摆了我一道！"

"想那么多干什么呢？"黑斗篷人笑道，"你该想想，是我救了你，不然你现在就在哪处乱葬岗，在野狗肚子里晃荡了。"

池明想着那可怕一幕，激灵灵打了个寒战，再看向黑斗篷人的脸色就变了，不是感激，而是他忽然明白了自己的处境。

自己一败涂地，武功已废，再也不是当初高高在上的凌霄门副门主，现在人为刀俎，我为鱼肉，还能说什么，万一激怒了这些心狠手辣的人，那结局，恐怕比躺在乱葬岗还惨。

"说吧……"他垂下头，气息奄奄地道，"你需要我做什么？"

黑斗篷人不答，偏头看看他，打量着他的身量，对身边另外几个斗篷人道："还有点时间，好好打磨。"

"你要做什么？"池明嗅见恐怖的气味，惊骇地瞪大眼。

"你恨女王吗？"黑斗篷人声音幽淡，站在床边，俯视着他。昏黄的灯光将他的影子投射在墙上，巍巍阴影似要笼罩整个屋子。

不听这个名字还好，一听，池明就不可避免地想起那耻辱的三个响头，想起裴枢冷笑的脸，想起刀尖刺穿琵琶骨的森然痛苦，恨意如毒蛇缠绕心间，蚀骨疼痛，他不可自抑地颤抖，齿关因此发出咯咯的声音："恨……"

"那就行了。"黑斗篷人起身，幽幽地道，"记住这一点，它会帮助你撑下去的。"

他转身向屋外走，轻轻地道："有死有生，崩毁重建，明楼在雪，又见青天……"

屋内忽然传出一声惨号。

声音惨烈，似要穿透黑夜，号出一腔极致的痛苦。

黑斗篷人站住，似乎颇享受地听了听那声音，他身后的人有凛然之色——最为可怕的试验，池明撑得过去吗？

黑斗篷人转入另一间屋子坐下，对小屋内的惨叫听而不闻，手一伸，侍从奉上一个托盘，托盘里一杯洁白的牛乳状液体，旁边还有很多各种颜色的小瓶，在灯光下光芒流转，如水晶。

从刚才地狱般的环境出来，再坐到灯光下，面对这美丽的食物，黑斗篷人的心情似乎很好，他一摆手，拒绝了侍从要为他调饮品的动作，亲自动手。

他先端过那杯雪白牛乳状液体。

“白石灵乳，是制作玉琼仙酿的底液，本身就是极其珍贵之物，好比那池明，本身就是个高手。”他饶有兴致地将杯子端起，侍从立即端过来一只小泥炉。

他将那杯灵乳放在炉子上烧灼，灵乳经过高温，渐渐变成红色。

“池明现在武功全废，体内空无，十年筑基全毁，好比此刻这面目全非的灵乳。”

他取过旁边的小瓶，用极其精致的小勺，将那些瓶子里的或粉末，或液体，细细称量，一一倾入灵乳中，一边倾倒，一边淡声道：“雪蚕粉一钱、黑玉髓两钱、螭丹一钱、螭血一钱、天香叶半瓣……”

那些或清香或恶心的东西，加入灵乳之中，灵乳不断沸腾，有时候甚至开始冒血红的泡，咕嘟咕嘟似要炸开一般，四周的人都有畏惧之色，都知道这个东西一个不小心，分量相差丝毫，都可能引起爆炸，一旦炸开，被溅到一点液体，所有人都得遭殃。

只有黑斗篷人，神色不变，自始至终手指稳定。

“池明的锤炼过程，也一样。”他絮絮地道，“不断加入这些相辅相成却又互相冲突的药物，这些药物，平常人经受不住，有武功的也会排斥，只有他这样被武功锤炼过的体魄，却又已经完全失去武功的人才适合。当然在这个过程中，火候和分量的拿捏，一丝一毫也错不得，好比这粉这血，说一钱就一钱，多上一毫，整杯琼浆也就毁了……”

炉上的灵乳，经过一阵诡异的颜色变幻，和恐怖沸腾，渐渐恢复平静，由红而紫，由紫而淡青，由淡青而白……最后恢复成一杯洁白液体，仿佛那些东西从来没加入过。

“好了。”斗篷人展颜笑道，拿起杯一饮而尽，空杯对着那小屋照了照，“但望池明，亦能如此杯琼浆，重酿成功。”

“主子，万一失败……”他身后，有人悄声询问。

他起身向外走，似乎没听见这句话，只在跨出门槛时，才淡淡地道：“废物留之何用？”

……

“明晏安已经有了回复。”景横波坐在大厅里，和她的一帮牛鬼蛇神道，“他问我有没有胆量，孤身入上元，和他谈判。”

“当然没有！”伊柒一声怪叫，“激将法吗？有这么激将的吗？他自己坐拥一城，手下甲士五万，宫墙内外如铁，却叫你一个女人孤身入虎穴，明晏安要脸吗？”

景横波瞪他一眼，随即一笑：“小七七你难得说话这么靠谱，明晏安确实不要脸。”

“和不要脸的人，也不必客气。”英白道，“和他回信说，我和裴枢陪你入宫，否则免谈。”

“明晏安不许我带人，怕的不就是你和裴枢，他能答应才怪。”

“要酒鬼去做什么？”裴枢也有意见，殷勤地道，“波波，酒鬼靠不住，谁知道他什么时候酒瘾犯了，把你给卖了？我一个人陪你去就够了，你放心，有我在，咱们杀进杀出玳瑁王宫七个来回，绝对没问题。”

“姐是去谈判加救人的，不是去闯关的！”景横波很想一脚把他踢出玳瑁。

“我去我去！”七杀蹦着跳着，纷纷请缨。

景横波根本不考虑，带七个二货？那还不如自杀算了。

“我不需要带多少人。”她道，“最好带一个熟悉上元城格局、道路的人，方便到时候指路和离开，然后再带一个高手，方便去救紫蕊，而我自己，和明晏安谈判，绊住他就行了。人带多了反而麻烦。”

“他如果对你动手怎么办？他城中都是他的人，想要弄死你不要太容易。”天弃不大放心。

“紫蕊不能不管，如果我任她死在上元，那我以后也很难令玳瑁归心。”景横波一笑，“放心吧。我毕竟是朝廷敕封的黑水女王，又是公开应他之约进入上元，众目睽睽，传扬天下，他要在上元弄死我，反而会令自己陷入被动。明晏安如果性格疯狂，也许我还真不敢去，可他行事分明谨慎胆小，顾忌很多，这种人，想的一定是不动声色地压服我或者暗害我，是不敢明着来的。”

众人也都赞同。又说找一个熟悉上元城格局的人不容易，上元城很少对玳瑁这边交流，城内人宁可从密道出入，和周边小国秘密交易，也不和玳瑁境内的本地人有接触，很多人是一辈子老死在城内的。

景横波想到先前请到的那八位幕僚，便请过来一一询问，都说不熟悉上元城，只有一个叫赵子明的士子和柴俞，表示对上元城有所了解。但赵子明的了解，是他多年来坚持爬遍了三县的群山，在山上以各种角度俯瞰上元城，利用十年时间，绘制了上元城的大致格局，这资料诚然宝贵，但因为距离远，肉眼误差，以及有些地方无山就无法侦测，这地图并不完整。比如最重要的上元王宫，就因为附近无山无法观察，在地图上是一片空白。

而柴俞，却说他叔叔原先是上元城守卫王宫的府前卫的老兵，因为得罪了上司，被排挤打压，实在活不下去，无奈之下九死一生逃离上元城，现在在宁津县和他住在一起。他从小听叔叔说起上元城，相当熟悉。

景横波问了几句，他果然对答如流，那边全宁豪训练出的护卫已经根据柴俞所说的地址，将他残废的叔叔接来，一番询问，也是毫无漏洞。景横波当即拍板，决定带柴俞进城。

至于另一个人选，裴枢已经和伊柒打了一架，和英白打了一架，要找天弃打架天弃跑了，表示他对这事一点兴趣都没，眼看裴暴龙以暴力排除了所有竞争者，就要荣膺护花使者，景横波却不大乐意。

她记着穆先生的话：令必得出于一门，上位者永不可被他人摆布。

裴枢虽然不是摆布她，是想要陪她，但她不能令属下形成“他人想怎么样，女王就要怎么样”的感觉。

做决定的，应该是她，而不是他人的强力意愿。

她已经在招兵，在治理三县，必须要先形成自己的权威。

她正想着怎么令暴龙退让，忽然外头传报：穆先生到。

景横波一怔，心中猛地一跳。

一跳之后，她怔了——自己怎么会有这样的反应？怎么竟然会紧张？

这两天忙着曲江之战，她似乎也将穆先生抛到一边，然而此刻听到这名字，心中没来由地便一紧，忍不住想到当日影阁山门之前，遇见穆先生时的奇异感觉。

那种似陌生又似熟悉的，令人心乱如麻要发疯一般的感觉……

她这一失神，堂下哪个不是人精，顿时众人表情各异。

七杀胳膊一阵乱捣，窃窃私语："快看快看！小妮子不对劲！"

英白目光一闪，仰头喝酒。

裴枢盯着她脸上的神情，脸色一变。

人影一闪，裴枢直接蹿出去了。

景横波被惊醒，霍然抬头，就只看见裴枢的背影，这家伙跑得太快，她喊都来不及。

她暗叫一声"坏了"，赶紧一闪追出。

裴枢一阵风般到了前院，门口处，银面具青衣的穆先生，正含笑等待。

看见裴枢出迎，他似乎怔了怔，裴枢却对他笑了笑，客气地大声笑道："先生来了啊。"

暴龙这神态，这自来熟的语气，让穆先生又是一怔，追出来的景横波远远地听见，松了一口气，放缓了脚步，准备好好给两人介绍一下。

众人都还没反应过来，裴枢已经穿过人群，哈哈大笑着走到穆先生轮椅前，弯下身，双手扶住轮椅的把手，逼近了穆先生。

他毫无敌意，众人以为他是领女王令出来迎客人的，便让开到一边。

轮椅上穆先生一抬头，就看进他的眸子里，看见他虽满面笑容，眼神却冷若冰霜。

穆先生一怔。

"我不喜欢你。"裴枢俯身，狼一般盯着他，语气直接干脆，"所以，从哪来，就回哪去吧！"

"吧"字还没出口，他抓住把手的双手稍稍用力，哧的一声轮椅离地，他将轮椅向后一扔，轮椅顿时越过门槛，倒滑了出去。

嘎嘎一阵急响，轮椅退回到门外，裴枢哈哈一笑，双手虚虚一拢，大门啪的一声关上。

"穆先生忽然有急事，走了。"他对旁边目瞪口呆的护卫们道，"咱们也回吧。"

此时景横波正走过来，一眼看见大门关上了，一怔。

"他走了。"裴枢面不改色地道，"有急事。"

景横波过来的角度，看不见裴枢刚才的动作，但她并不相信这借口，穆先生不可能不见她一面就走的。

她忽然听见外头巷道传来惊叫声和人体跌落声。

裴枢也听见了，脸色一变。

景横波身影一闪，已经出门，一眼看见外面巷子里已经鸡飞狗跳。

穆先生的轮椅在飞快倒退，穆先生人已经飞起，但轮椅的去势止不住，惊得街上的人四处逃窜，一个地摊已经被撞翻，眼看那轮椅将要撞上一个躲避不及的老妇，半空中的穆先生倒飞之中，抬掌猛击那轮椅，轮椅凌空翻了个个儿，生生从老妇头顶翻过，砰地落地。

两力相交必有反弹，穆先生的身形因这一掌，无法控制地向后跌飞，而后方，就是一条城中河，河边的水车正在飞快转动。

人要撞上去，不说会被裹进去绞死，至少要受伤。

眼看穆先生的身形无法控制，就要撞上。

水车前忽然多了道人影。

她张臂去接。

砰的一声，穆先生撞入这人怀中，引起啊的一声尖叫。

叫的自然是景横波，她捂住胸口，痛得眼底快要泛出泪花。

她那美好的本钱，虽说过了发育期，但被这么猛力一撞，还是很痛的。

一个人撞过来的冲力这么大，她也始料未及，下意识地退后一步，怀中的穆先生疾声道："不要！"

他的话音未落，她又哎哟一声，觉得头皮一紧，头发已经被扯住。她这才想起身后是水车，并且因为刚才那一撞，已经被带动，她的头发卷进了水车的横杠之间。

怀中的穆先生一抬手，啪的一声劈掉了半边水车，伸手将她的长发慢慢扯出来。

他人还在她怀中，因为不能站立，便得靠她撑着，此时伸手捞发，手臂越过她的肩，身体压着她的胸，脸颊快要擦过她的脸颊。

淡淡的男子气息逼来，她有点不适应，想要推开他，但此时头发还被扯着，又顾忌到穆先生腿脚不方便，只一犹豫，他已经捞回她的发，捧在手中。

幽香馥郁，触手柔滑，似乎也是刚才与她的身体相接那一霎的感受，他目光垂下，心弦一颤。

刚才她奋不顾身，身体相接，为的到底是他，还是……他？

他苦笑一声……这样的替换颠倒，他一开始还乐在其中，渐渐便能尝到苦涩滋味，他忽然懂得了她那种不断怀疑又不断推翻的感受。

不知是喜，还是忧。

景横波心中，那种奇怪的感觉又来了。

在她的想象里，穆先生捞回了她的发，应该会塞回给她，顺便责一句她的不小心。

然而此刻，穆先生捧着她的发神情怔怔的，似乎因为某些事不能确定，有所迷茫。

她印象中的穆先生，清逸坚定，从不迷茫。

所以她迷茫了。

好在他的迷茫和她的迷茫都只是一刻，随即他解下发带，将她的发束上，她的发带在刚才的动作中，已经滑落水中。

他手法很快，随意绾了一个髻，河水倒影里，她的侧影看起来慵懒风情。

他的手从她的发髻上落下，轻声道："你绾发也很美……"

他的语气如此柔和，似夕阳下远山尽头风吹过一枚金黄落羽。

那羽毛落在她心尖上，轻轻搔动。

她眼前却升腾起一片迷茫的雾气。

这样的柔和，依旧是不同的……

当初的柔和里，依旧含着难言的坚定和清冽，像走在春的草原上，一抬头依旧能看见远处的皑皑雪山。

不是此刻春风柔水由内及外的暖。

似是感觉到她的沉默含有别的意味，他的手慢慢缩回，那落下的位置似要抚她的脸。

她及时将脸一偏。

他的指尖却远远滑了下去，似乎并没有接近她的打算。

她又觉得自己是不是反应过度？

此时人群已经奔来，裴枢跑在最前头，眉毛扬得高高的，满脸惊讶，道："怎么会……"

景横波看见他就气不打一处来，这个裴枢，太凶暴了！

这样行事放纵，随心所欲，迟早惹出大祸。

有心整治他，她眉毛一扬，截断他的话，大声道："我决定了，邀请穆先生陪我进上元！"

穆先生似乎有点诧异，随即微微一笑，没有反对的意思。

裴枢脸色大变，看一眼穆先生，似乎想通了什么，抬手指着他，怒道："好啊，原来是你故意……"

"裴枢你有完没完？"景横波这下真生气了，裴枢这性子太不讲理了，有错不认，还要栽赃吗？

"我们走，进去商量一下进上元的方案。"她故作亲热地挽住穆先生，护卫将轮椅送了来，她亲自扶他上轮椅，见轮椅有所损坏，又命护卫找人来修。

从头到尾，她没理裴枢，穆先生自然也不理，两人言笑晏晏地进门，将裴枢晾在一边。

少帅呆立在门口，一阵风吹过，衣襟瑟瑟，满是凄凉……

……

入夜，街边酒馆灯光寥落，酒客们渐渐离去，最后只有一人，对月独饮。

他一边饮，一边自言自语："怎么可能，我那一推用了巧劲，他的轮椅顶多出门就停，怎么会一路在街上滑出去？一定是这小子使坏，故意趁势让轮椅后滑出事故，好栽赃我！"

砰，他恨恨地擂了一下桌子，嘎吱一声，桌子又裂了一条缝隙，他烦躁地道："换一张！"

店家不敢啰嗆，赶紧换桌，反正这酒客豪阔，一进门就扔出一锭银子，便是把这小店的所有桌子都砸坏，也抵得够。

再劣的酒，再好的酒量，都敌不过十分愁肠，裴枢已经快要醉了。

他觉得很郁闷，郁闷的不是景横波的不假辞色，而是这种憋屈的被误会。

满地都是酒坛，堆得人无处下脚，都是他一人喝掉的，可惜喝再多，似乎都不能浇熄心中的烈火。

“女人嘛……都是衣裳，想穿就穿，想换就换，干吗为一件衣裳……”他打了个嗝，“上心呢……”

他的手一倾，半壶酒倒在袍子上，小二赶紧过来收拾，听得那句衣裳不衣裳的，以为他要换衣裳，急忙殷勤地问：“客官可是要换衣裳？小的为您去成衣店买……”

“换……换……换个屁！”裴枢霍然抬头，眼睛血红，暴怒地一把揪住小二的衣领，“爷这辈子好不容易看中一个，你叫我换？你敢叫我换？嗯？你敢叫我换！”

“爷……爷……”小二魂飞魄散，在他手上挣扎，“是是是，您想换就换，不想换就不换……”

“不换！滚！”裴枢一撒手，那小二炮弹般被扔到后堂。老板赶紧接住，一把扯了赶紧躲入后堂，再也不出来了。

裴枢以手撑着头，发髻乱了，黑亮的长发垂下来，看起来不觉散漫温顺，反更多几分凌厉杀气。

有些客人，看到他这造型，都不敢进店来。

却有人在他身边坐下了。

“想要，为什么不去抢呢？”他柔声和那个酒气熏天的人说。

裴枢一动不动，似乎都没兴趣抬头看他，垂下的另一只手却按在腰间，那里有剑。

坐在他身边的人却似乎根本不在意，从容地道：“精诚所至，金石为开。人与人的关系，说到底就是需要和被需要的关系。你需要她，她不需要你，你让她需要你，仰赖你，从此离不开你，自然就好了。到时候，便是你不要她，她也舍不得你了……”

他目光一闪，霍然抬头：“你这话有理，你是谁……”

眼前却无人。

如果不是一边的凳子犹有余温，他几乎要以为刚才不过是自己的一梦。

裴枢站起身，托着头，看一眼景横波的客栈方向。

现在，她不需要他。

他又转头，看一眼远处上元城方向。巍巍雄城，于夜色中蹲伏等待。

她要去的地方，她会需要他的。

夜风卷掠过黑色的衣袂，他直奔上元城。

第六十八章　好戏

“这是甜食？”满堂锦绣的凝雪阁内，锦衣人端然高坐，面对着满桌的甜点心，脸上的表情似乎很惊讶。

黄内侍是明晏安的贴身内侍之一，被派来伺候锦衣人，当然也有监视并观察的意思，现在这个善于观人的老太监，从锦衣人脸上，明明观察到“这是人吃的甜食？”这句话。

他正心里庆幸，想着这家伙虽然骄傲过头，但好歹还晓得给人留三分面子，没说出来心里话。

下一刻他就听见锦衣人道：“这是人吃的甜食？”

黄内侍一口老血险些喷出喉咙，他默默地看向桌案上的点心：翡翠糕、赤血糯、桂花糕、白果松糕、绿豆粉果、赤豆卷、香糯卷、玫瑰酥……青红白黄，小巧精致，桌案上摆开花团锦簇，香气更是浓郁直扑入鼻。这都是御厨中专门负责点心的厨子的拿手之作，也是宫中最好的点心，他深得明晏安宠信，也只吃过其中一两种，至今想起来，还记得那般香滑酥软，唇齿留香……

到这个家伙眼里，就变成了猪食！

更要命的是，他还能看出，这人不是做作，是真的觉得这些东西无法下口。

黄内侍默默咽下一口血，想着今日玳瑁王宫，就被这么轻描淡写地践踏到了尘埃里。

四周宫人的脸色都不好看，有人似乎想发作，黄内侍背在身后的手轻轻摆了摆，示意不可造次。

他对眼前的锦衣人，很是忌惮。

一路送此人过来，他一直注意观察着对方的言行，越看越佩服自己的主子，确实有眼力。

锦衣人行路行云流水，行走于皇家园林姿态自然，如入自家后花园。

凝雪阁是王宫最为华丽的宫室之一，然而锦衣人看见的时候，无丝毫惊艳之色，就像看农家屋舍。

他踏着柔软的长毛地毯走入室内时，很自然地停了停，并不是让人先行，只是留下了右侧一个站位，明摆着习惯了下人入室引导，让黄内侍上前接引的。

他一进屋，直奔上座，那是明晏安平日接见他人的位置，但就连黄内侍，都感觉他就该坐那位置，没什么好阻拦的。

他坐上去之前，护卫抢先一步，掀掉了座椅上的褥垫。他宁可坐在冰凉梆硬的椅子上，也不肯接触别人坐过的垫子。

以黄内侍见识过诸多贵人的眼光，也可以确定，这是十足的贵族做派，甚至比一般贵族还要讲究许多。

对面，锦衣人皱着眉，将桌上的甜食看了一遍又一遍，一副“我期待了很久我很想吃可是这都是些什么玩意儿我真的要吃吗？”的痛苦表情。

黄内侍默默侧身——他觉得自己还是不要看的好，不然各种吐血。

锦衣人身边的护卫，在低声劝他：“主子，这一路都没甜食吃，如今且将就则个……”

护卫的表情很诚恳，很殷切，他知道主子想甜食都想疯了，为此都放弃原则，自己跑人家王宫要吃的了，这里的甜食虽然比不上那位做的，好歹也是王宫御厨做的啊，错过这村就没这店了。

他很担心主子再纠结下去，万一真要他们去帝歌皇宫拿甜食怎么办？万一帝歌皇宫的甜食他依旧看不上眼怎么办？这回东堂还有千里之遥，万一主子相思成灾，拿他们出气怎么办？

唉，这世上为什么要突然出现个文姑娘，灾星，灾星啊……

“中文，”锦衣人纠结地道，“你看哪个好吃一点？我看哪个都不如她做的好看、好吃。”

护卫筷子抖了抖——每次听见这名字，他就各种不适应。唉，都是文魔王干的好事，那个看起来甜蜜蜜的小姑娘，不知道为什么有那么多坏点子。就因为他和兄弟们小小地得罪过她，她硬说兄弟们的名字都很难听，不具有什么“辨识度”，撺掇着主子给他们重新起了名字，现在叫什么“中文”“英文”“德语”“拉丁文”“俄文”“西班牙文”“法语”……得罪她最狠的一个兄弟，叫“日语”。

相比之下，他很庆幸自己当初得罪她不算太狠，最起码“中文”这名字，听起来还正常……

“主子，”他推荐那翡翠糕，“这糕淡绿清新，有点像文姑娘做的抹茶点心，要不试试这个？”

“哪里像？颜色、形状、大小、香味，哪里像？”锦衣人不是责问，他是真的在认真观察。

“呃……”护卫知道这个问题一旦纠结下去，这糕绝对吃不成，只好昧着良心道，“属下觉得，还都挺像的。”

锦衣人盯着那糕，天人交战半天，大概是真的觉得自己再不吃甜食可能会死，勉强点了点头。

护卫欢天喜地地将糕夹起，正要装入小碟奉上，锦衣人忽然道：“停。”

护卫训练有素地停住，碟子上的糕点稳稳不落。

锦衣人目光在桌上扫过，道：“你没发觉有问题？”

黄内侍听着，心中一惊——难道点心有问题？有毒？有人试图暗害？这可糟了……

护卫低头看看桌子，神色渐渐严肃：“是有问题。”

黄内侍更惊——要不要通报主子？这问题可大可小……

“赶紧解决。”锦衣人道。

黄内侍立即给外头的守卫打眼色——小心对方暴起发难！

“是。”护卫肃然道，直起腰。

室外的守卫正要冲进来。

那护卫伸手，将桌上赤豆卷和玫瑰酥的位置换了换，将桂花糕和香糯卷的位置调了调，将绿豆粉果和翡翠糕的位置排了排，看来看去，又将装赤血糯的碟子拿起，顺手递给黄内侍。

黄内侍呆呆地接了，想着这是干什么？换来换去的，碟子的位置有玄机？

那护卫这才问锦衣人："主子这回瞧着可好？"

锦衣人目光扫视，嗯了一声，道："这回齐整了。"

黄内侍盯着桌上，桌上的碟子现在呈现一种两两对称的颜色分布，两端翡翠糕和绿豆粉果，是绿色的；然后桂花糕和香糯卷，是黄色的；再然后赤豆卷和玫瑰酥，是红色的；最里面白果松糕，是白色的，看起来彩虹一样，规律齐整。

黄内侍眨眨眼——这什么意思？难道那严重的问题，就是要重排点心的位置？

看上去是这样。

他只好再做手势，把外头的守卫打发回去。

这回那护卫再夹起翡翠糕，正要送上，锦衣人忽然道："慢。"

那护卫再次训练有素地停下，毫不惊讶。

"这糕……"锦衣人沉吟，"万一真的不好吃，我吃下了这一块，就得再吃一块……"

护卫恍然大悟，脸上露出思考欠周悔恨惭愧的神情。

是啊，点心对称，吃起来也要对称。主子吃了左侧绿色的翡翠糕，整个桌子上的协调完整已经被破坏，按照主子的习惯，必得在右侧再吃一块绿豆粉果，形成对称才成。可这翡翠糕万一难吃，绿豆粉果也难吃，让主子强忍着吃一块难吃的也就罢了，还要再吃一块难吃的，主子会吐的。

护卫立即亮出小刀，吓了黄内侍一跳——这护卫要行刺弑主？

啊，管不管？救不救？

这锦衣人好烦，死了算了！

护卫用小刀小心地将那翡翠糕切下一半，另一个护卫立即帮他用尺子量着，把另一边的绿豆粉果也切下相同大小的一半。这样主子即使要吃个对称，也只吃一半，加起来是一块的分量，不至于太痛苦。

锦衣人瞧着他们的操作，叹息道："你们还得和日语多学学，他切这些，从来不用尺子，切出来保证一样。"

"是。"护卫们肃然答，"属下等火候不到，一定用心练习。"

黄内侍捂着胸口，默默出去了。

忍不住了，他要先出门吐一分钟血……

等他吐完血回来，锦衣人已经吃完了对称的糕，果然一副痛不欲生的神情。

黄内侍也觉得痛不欲生，决定今晚一定和主上要求，换个差事。

他一边肚子里骂，一边殷勤地上前问锦衣人要不要洗浴休息，但这回再也不敢胡乱推荐什么了。天知道这家伙有什么变态要求。

果然那人听了，点点头，挥挥手，立即有一个背着大箱子的护卫，放下了箱子，箱子打开，里面无数个小格，不同的格子放着不同的衣物，按照颜色、式样、用处分门别类，每个格子上都贴着标签。一个护卫道："今天是初三，穿白。"另一个护卫就戴上手套，拿出一整套衣裳，从外袍到深衣到内衣到腰带、袜子，一色白色绫锦，用雪白的桑麻纸包了，又取出全套的洗浴用品，捧在手中，才跟着宫人进去先安排。

锦衣人起身，如同吩咐自家下人般，随口道："我洗浴不喜人伺候，你们都下去吧。"

黄内侍只好应"是"，正想着如何回报自己的主上这锦衣人的奇葩，锦衣人忽然又停步，道："你家主子想我帮忙，可以，看我的心情，等我歇好了再说。在此之前，不要吵我。"

黄内侍心中一喜，喜这人虽然奇葩，但果然一颗心九曲玲珑明如镜，立即恭恭敬敬地应了。他赶紧出殿，命所有人退出，百丈之内不许接近，又命人赶紧将御花园里所有会叫的东西都堵住嘴——那家伙不许吵！万一哪只鸟叫了一声，他发飙怎么办？

……

夜色初降，雄城矗立在黑水泽独有的灰色雾气中。

上元城头点燃了密密麻麻的灯火，按照惯例，面对接壤的宁津县这一面的城墙上，灯火和士兵最为密集，巡城哨和口令往来不绝，而靠近黑水泽的西城门，因为一般人不会接近那里，防备要松懈些。

但所谓松懈，也是相对的，城头一刻钟一班岗哨，每五个垛口站一人，城上有铜铃以丝线相连，任何人想要翻上城，都会牵动铁丝铜铃，城上、城下只要有任何动静，惊动一人就是惊动整个城头，惊动整个城头就会燃起烽火，烽火一燃，城下的驻军和附近城门的驻军就会疾驰来援，整个上元城都会进入戒严状态。更不要说所有城楼、角楼的机关会立即启动。

论起戒备森严，毫无漏洞，上元城称第二，没有别处敢称第一，就连帝歌的防卫，因为涉及错综复杂的利益团体之间的干涉，也不如它铁板一块。

但再严密的制度和防范，都要人来做，而人，才是最不可靠的。

一个士兵站在垛口前，神态有些疲倦。长久的换班站岗，人会产生惰性，何况此处多年无滋扰，就算上元城被攻打，敌人也不会选择这道城门。

他的目光因此散漫地四处乱转，身子也违背规定探出了城头。

他忽然看见城墙根有一样东西，一亮一亮的。

这引起了他的好奇心，忍不住将身子探出更多。

忽然他看见了一张脸！

雪白的脸，就在垛口下，从灰色雾气和幽暗夜色里忽然浮现，和他几乎面对着面，那双眸子正抬起迎着他，眼底满是讥嘲和恶意！

士兵大惊，万万没想到城墙垛口下竟然贴着人，第一反应就是去拉暗藏在城墙内侧的铁丝铜铃。

但已经来不及了，垛口下那人伸出手，一把勒住了他的脖子，嚓的一声响，那士兵的头颅软软垂下，整个人无声无息地被拖下了城墙。

噌的一声轻响，那人一个倒翻，攀住了墙边，靴跟一压，正好将垛口上方微微动荡的铁丝压住。

他咧嘴一笑，一个微微残忍又明艳的笑容，裴枢。

裴枢倒挂在城墙上，双手抓住那士兵的尸体，灵巧的手一翻，已经将那士兵的军衣剥下，然后抽出一根带子，拴住尸体，挂在垛口上。

夜色里，那尸首在城墙下的暗影里贴墙挂着，别说城上的人看不见，就是城下的人也很难发现。

裴枢自己也倒挂在城墙上，和那尸首并排，不急不忙地换了士兵的衣服。

这动作换成别人很难做到，但对于在天灰谷磨炼多年、身体早已柔韧得难以想象的裴枢来说，根本不成问题。

一切完毕之后，裴枢收起挂在腰上的匕首，匕首以柔铁打制，明光耀眼。

他收起匕首时，城墙根那里亮光一闪，正是先前吸引那士兵的光亮。

那里，是一面埋在土里的镜子，裴枢算好角度，在土里埋镜，再爬上城墙，用匕首对准镜子照耀反光，吸引士兵探身出城。

他选择的垛口，正好是边角处，和周围的垛口形成死角，不注意很难发现这里的动静。

果然，他翻上城头时，隔壁的士兵还在百无聊赖地打哈欠。

他将那士兵的尸首从城下吊上来，靠住垛口，他的匕首有毒，刺中人后对方尸体僵硬，正好直直地站着。

他又从袖子里掏出条毒蛇，扭断脖子后扔在那士兵脚下。

然后他躲进城楼的阴影里，半刻钟后，城头巡游岗哨换班，经过城楼的阴影处，他蛇一般游出来，无声无息地跟在最后，下了城。

半个时辰后，垛口岗哨换班，才有人发现有一个士兵死了。

城头陷入一片惊慌之中，不过没多久，守城官下令，不必惊动其余城门的驻军。

因为初步调查结论，这个士兵好像是被毒蛇咬死的。

不过当明晏安的首席大将黄冈听说此事后，当即指出其中有疑点：第一，冬天哪来的毒蛇？还爬上城楼？第二，那士兵的衣服呢？

黄冈下令全城戒严，大肆搜捕——有人混入了上元城！

但此时，离裴枢入城已经过了三个时辰，他早已混入上元城的茫茫人海之中。

……

天亮的时候，景横波并没有再次射箭到上元城，表达要带两名随从的要求，她直接和穆先生以及柴俞来到上元城下。

其余人等秘密潜行在附近，接应和伺机进城。

关于她千金之躯，要不要亲身涉险这个问题，众从属之后很有一番争论。她新收服和新投奔她的一群人，都认为陛下身份贵重，紫蕊不过是个女官，哪有女王为女官孤身涉险的道理？一众新幕僚跃跃欲试，大有代替陛下赴险、去敌营谈判、救回女官、抢个头功的意思。

这群人的代表，是大贤者常方、瞿缇等人，老家伙们静极思动，竟然真的从帝歌千里迢迢赶来，说要帮景横波看着这玳瑁士林力量。老家伙们人品贵重，德辉沐天下，很得百姓和士子仰慕，新任幕僚们也多半是他们的弟子，他们的到来，景横波举双手双脚欢迎。这是明摆着的文官架子，她麾下一直有武将无文官，这下可算起了个好头。

大贤者那些人，虽然品格端方，爱惜子民，但毕竟是封建士大夫出身，免不了有阶级局限性，总觉得王者如天，臣者如石，断无以石击天的道理，女官再重要，派高手去救便是，陛下尊贵，不可为从属轻蹈险地。

而英白等一路跟随她过来的人，却不把紫蕊看成女官，而且也更清楚景横波的实力，她也许武功算不上什么，但要论起自保和伤人的本事，绝对天下数一数二，英白等人赞同景横波亲自出手，也让上元城看看女王的实力。

双方争执不下，最后还是穆先生的理由说服了常方等人。他道上元城军队五万，其余多是百姓，一直在明晏安的统治下，想必明晏安此时一定给百姓们洗脑，丑化景横波，让百姓对景横波存在抵触情绪，好维护他的上元城。

听说明晏安在城中茶馆、酒楼等人流聚集地，安排说书人说什么《女王风流史》，将景横波说成荡妇娇娃，人尽可夫，心思恶毒，以姿色夺取权位……

但其实景横波才是王权正统，是朝廷敕封的真正黑水女王，怎能令人鸠占鹊巢，还要被肆意污蔑？

要想让上元百姓彻底了解女王，女王还真得亲自在上元城亮亮相才行。

而此刻正是一个好机会，女王为区区一个女官，亲自赴险，如此爱惜属下的主上，日后定然也会爱民如子对不对？

这样一来，不仅可以有力地反击明晏安的丑化，还可以令上元百姓生出好感，更令她目前治下的三县百姓归心，可谓一箭三雕。

对于百姓来说，谁做老大无所谓，对他们好就行了。这么多年，上元城闭关自守，虽然衣食无忧，但多少有很多不便，难以发展，百姓们未必没有走出去的想法，只是上元城外一直是不怀好意的十五帮，无人敢于走出来罢了。

如今景横波的到来，横扫十五帮，夺取三县，正是契机。而上元百姓的态度，是关键。

穆先生一番侃侃而谈，连常方也无话可说，当即众人秘密安排人接应，制订了详尽的计划。

他们讨论时，景横波却在恍惚——眼前侃侃而谈的穆先生，明明还是先前马车中和她论尽玳瑁局势的穆先生啊！

忽近忽远，忽相似忽不似，忽怀疑忽肯定……她果然是神经病了。

“上元城如此雄伟！”穆先生的感叹声，将她的思绪拉回。

景横波抬头，觉得脖子有点发酸——真高。

上元城城墙高近四丈，可谓诸城中第一，周长近二十里，城墙磨砖灌浆，严丝合缝，共有城门与瓮城四座，高大城楼八座，城角楼四座，沿城还有数十座小楼、数千堞垛，密密麻麻，连同城上执戈甲士武器的寒光，一同俯瞰底下的人。

景横波一看就眉飞色舞地称赞：“好城。”笑得心满意足，好像那城已经是她的了。

穆先生了解她，不过一笑，柴俞却忍不住看了她一眼。景横波感觉到他的目光，笑道：

“觉得我太狂妄？这叫自信。如果我都没自信，我手下的人不是更没自信？”

“陛下英明。”柴俞躬身。

“不要和我来这些礼节，”景横波挥挥手，“太拘束了。”

“陛下，礼不可废，否则日后如何立威？”柴俞却不肯将就，一本正经地答。

景横波一怔，恍然笑道：“你和穆先生的说法倒是一致，他之前也这么劝告我来着。”说着下意识地朝穆先生看了一眼。

穆先生微微一顿，才笑道：“陛下向来纳谏言，果然记在心上。”

景横波注视着他，慢慢笑道：“你倒似乎忘记了？”

“只要陛下记得便好。”他柔声答。

景横波一笑，转头看城上。

穆先生已经仰头对城上道：“黑水女王陛下，应城主之约前来，请于三个数之内开城门，否则我等便离去了。”

景横波嘿嘿一笑，道：“知我者穆先生也。”

城上一阵旗帜晃动，有人大声道：“我家大王明明约定女王孤身前来，为何另携两人？我等需要入宫禀报，数三声便要我等答复，太霸道了吧？”

“陛下女子，你等男子；陛下寥寥数人，你等数十万军民；陛下是客，你们是主；陛下身边多两个人侍候，你们都不敢放进城，如此懦夫，陛下不屑于同席。你们也不必回禀了，咱们这就回去，想必从此大荒人定能见识到上元军民的胆识与勇气。”穆先生说完便拨转轮椅。

景横波含笑陪同，两人齐齐转身。

“女王请留步！”城上又一声大喝，“陛下身份高贵，携随从入内伺候理所应当，请入城！”

轰隆隆城门大开，速度很快，显然景横波一行到来早有军士看见，在城下等候开门。

换句话说，他们对景横波带两个人来，早有心理准备，也打算接受，却偏要说回禀族长，存的就是要景横波在城下等候，晾晾她的心。

可惜景横波不吃这一套。穆先生反将一军。如果他们当真转身就走，或者数三声上元再开城门，上元这边就陷入被动，只好立即开城门。

上位者的会晤，还没开始，就锱铢必较，钩心斗角。

景横波笑嘻嘻漫步而入，道：“贱人就是矫情。”

她这话正被策马而来的一个金甲将领听见，他原本正有些惊艳地打量景横波，惊讶于景横波的美丽和年轻，听见这句，脸色骤变，冷哼一声，眼底闪过一丝冷意。

他身后两军雁列，军容齐整。那将领金甲灿烂，披风如火，傲然于马上俯瞰景横波，一动不动，似乎根本不打算下马来迎。

看见景横波三人没有骑马而来，他冷笑一声，下巴一抬，道：“给陛下及贵属下备马。”

很快有人牵来三匹马，牵马的人怪声怪气地笑道：“请陛下上马。”

景横波一瞧那三匹马，高大非常，鬃毛纵横，虽然被牵住，但鼻子不住喷气，碗口大的蹄子不断烦躁地刨地，明显是野性未驯的烈马，骑上去怕是讨不了好。更重要的是，这些马没有装鞍，根本没法坐。

己方三人，一个坐轮椅不能骑马，一个太胖只怕爬不上马，这些人看似有礼，实际上又是故意羞辱。

景横波一笑道：“我们三人不骑马。”

“那么，”那将领似乎料到她会这么说，冷笑着微微俯身，肆无忌惮地看着她的脸，“女王步行，我等陪同也行。只是我等乃府卫骑兵，巡城期间无事不可下马，还请女王见谅。”

景横波笑了笑，他和士兵们骑马，自己三个人被围在中间步行？这可好了，押解。

“朕是黑水女王，整个玳瑁军民都是朕的子民。”她笑，“朕步行，你们敢骑马？下来！”

她手一挥，一块黑砖闪电般自城内射来，正击中那将领所骑之马的马腿，那马猝不及防，顿时受惊，扬蹄长嘶，又似被什么刺中，乱蹦乱跳，那将领还算不弱，在被掼下来之前，一个倒翻翻下马，但其余马已经被那马惊着，骚动如瘟疫般迅速传染，城门内群马乱嘶踢腾，众兵士叱喝喊叫，人仰马翻，乱成一团。

景横波和柴俞早已推了穆先生的轮椅避到一边。等那边好不容易停息，满地已经没有站着的人和马了。

当那将领灰头土脸地站到她面前时，景横波微微笑着，好像没看见他杀人般的目光。

“陪朕一起逛逛这上元城吧。”她道。

“休想！”那将领一口唾沫。

“那朕就自己逛咯。”景横波也不生气。

“堂堂女王，暗器伤人，算什么好汉？”那将领怒声堵住她的去路。

“第一，朕是女人，不是好汉。第二，砖头是从你们城内射来的，自己去查谁下的暗手吧。”景横波笑吟吟地道。

那将领一凛，他疑惑、震惊的正是这事，刚才那砖头明明是从城内射出，难道城内已经潜伏了女王的人，或者城内有她的奸细？

这才是大事，他顾不得再刁难景横波，一边命人带景横波进城，一边快步走开，下令全军整顿，开始鸡飞狗跳地查问。

景横波笑眯眯地看着他折腾。查吧，查得天怒人怨才好，本人王只要愿意，砖头从天上砸下来都可能，到时候你们要不要畏惧老天降罪，集体自杀？

这回带领他们进城的一队军士，果然不敢再骑马，老老实实陪着走路。

不过这路，走得也不大畅快。

上元城百姓的敌意，果然无处不在，景横波刚出现在城门，城门附近的百姓，齐齐让开。

买菜、卖菜讨价还价的，拎起篮子就走。

店铺看她走近，立即关上门，啪啪之声不绝。

随着她越来越深入城内，四周的百姓越聚越多，没人说话，没人动作，他们聚集在道旁，目光阴冷地注视着三人。

和七杀在七峰镇那种人一到鸡飞狗跳四散奔逃的反应不同，这里展现的是冷漠、敌视、无声的抗议，十足的冷暴力。

原本热闹的街道上，人人收声，侧身，冷眼，一片寂静中，只听见穆先生轮椅的木轮轧轧碾过青石板路的声音。

大范围人群极度的敌意和寂静，自然而然便形成如山的压力，连那排护送景横波进城的兵士，都觉得不自在，下意识地攥紧了握刀的手。

他们斜眼瞟着景横波，想看这娇滴滴的女王会不会给震慑得脸色青白，会不会哭？会不会要求打道回府？

景横波却在微笑，好像没感觉到四面的敌意和如山的压力。

别人在打量她，她在打量这座大荒独一无二的雄城，这城池深，道宽，道路平坦整洁，百姓虽不着锦绣，却也衣裳齐整，她不禁暗叹明晏安韬光养晦，果然很有治理能力。

道路两侧商铺虽然不算多，但基本的都有，这令她微微惊讶，这种闭门自守的城池，必须要依靠农林支撑经济，很难发展商业，这说明上元所谓的闭门自守是假的，必定有一些对外密道，和周边国家进行贸易往来。

士兵和百姓们的目光渐渐惊讶起来，他们发现，女王并不是在硬撑，她是真的在这样巨大的压力之下，在细心观察了解上元城。

他们营造的敌视氛围，不仅没对女王造成任何影响，对两个随从也毫无影响，坐轮椅的那个，在和女王小声讨论这城池设计的优劣，谈笑风生，旁若无人，那胖子虽然脸色稍稍发白，却也神态镇定，只是目光微微怅然。

挥出去的拳头砸到了空处，众人有些悻悻，觉得自己甚是无聊。

忽然有人走过景横波身侧，似有意似无意，一扭头，一口痰呸地吐向景横波的衣裙。

景横波好像根本没发觉。

众人目光一闪，闪过期待兴奋之色。

那口痰在空中飞，和景横波的裙子只差一根手指的距离了。

众人准备叫好，提着气。

那痰忽然一个转向，众目睽睽之下啪地弹回了那吐痰之人的脸上。

满大街顿时更静，无论往哪个方向看，百姓都是目瞪口呆。

景横波还是好像什么都不知道，微笑着走了过去。

那吐痰者，怔怔地举着衣袖，望着她的背影，忘记了擦脸。

满街之人的叫好声憋在了喉咙口，险些憋出内伤。

蓄着的劲儿不得不收了回来，众人悻悻地对视一眼，继续各忙各的。

街面恢复了正常，卖菜的卖菜，吆喝的吆喝，下铺板的下铺板。

又一轮精心准备的挑战失败了。

景横波还是好像什么都没感觉到的样子，和柴俞闲聊：“柴俞，我刚看见有卖桑叶茶的铺子，回头给你称两斤去。”

柴俞正看着前方人流如织的街道，眼神缅怀，隐约听见这一句，啊了一声，定定神，霍然转头：“陛下何出此言？”

“霜桑叶茶可治肥胖症。”景横波道，“回头你吃吃看。”

“肥胖症？”柴俞一脸不可思议的模样，“我这不是生……生来就有的浮肿病吗？大夫看过，用了很多药，都没效用。但所有大夫都说这是病，是体虚火热导致的浮肿，不是肥胖，而且我吃得很少，不可能肥胖的。”

“谁说吃得少就一定不会胖？”景横波笑着拍拍他的肩膀，“肥胖有病理性的，也有心因性的，甚至还有环境因素导致的。压力过大，内分泌失调，精神状态紊乱，饮食无度不规律，甚至不吃早饭吃夜宵，只吃零食不吃饭，都可能导致肥胖。我看你没病，要说有病，也就是肥胖症。”

“可有法子治？”柴俞痴痴地问。

景横波可得意了——她总算有个卖弄自己真实知识的机会了。要说对减肥的了解，她自称第二肯定没人能称第一，想当初她为了控制体重，可是狠狠研究过所有肥胖禁忌的。

就她看来，这柴俞人虽聪明，但心事重重，气色不佳，他的肥胖症，多半是精神压力导致的内分泌紊乱引起的。

“治疗肥胖症的法子多了。轻度肥胖症，选择低脂肪饮食，辅以运动，慢慢来就行。中度、重度肥胖症，要根据肥胖的成因，对症下药。你好像说过你一开始并不胖，那到底是什么原因导致你肥胖的？”

柴俞张了张嘴，半晌才艰难地道：“……其实也没什么，就那么胖起来了。也胖了好几年了……习惯了……”

景横波眯眼盯着他，这家伙刚才明明眼神急切，非常在乎自己的肥胖，现在却又什么都不肯说了。

她也不追问，点头道：“我这里有一些方子，关于如何减肥的饮食配方和运动要求，回头抄给你，你严格按照要求去做，会有效果的。平日里也多吃些木耳、冬瓜、薏米之类的。”

“这个……”柴俞怔怔地道，“我因为浮肿病在喝药，大夫关照了，凉血食物和我用的药药性冲突，是万万不可食用的，否则会导致病况加重。”

景横波皱起眉，觉得有点不对劲了：“谁告诉你的？什么样的大夫？”

柴俞默然半晌，低声道：“是我很信任的人……”

景横波不说话了。她现在肯定算不上柴俞很信任的人，那就随他信不信吧。

穆先生一直在一边含笑听着，并不插话，此时忽然道：“前方似乎很热闹。”

“那是。”旁边陪同带路的士兵，立即恶意地笑道，“前方是我们上元城的中衢街，是横分上元的大道。大王仁爱，每月朔、望日，允许大道两侧良民设摊卖艺，今日正有一场好戏，诸位要不要先瞧瞧？”

虽然是询问的语气，但他已经命人开道，清出了一条道路。

那些兵士一改先前的冷漠，忽然笑得非常谦恭，谦恭中暗含得意，向景横波示意：“请。”

……

第六十九章　女王和国师的大戏

上元城的城墙，并不是一个完整的闭合圆，城池西侧面对着黑水泽，所以这一处是不需要城墙的，令人闻风丧胆的黑水泽，足够阻挡很多人的脚步。

而此处已经靠近边境，在黑水泽的那一头，就是几个相邻大荒的小国：澜沧、南扶、普甘。

一望无际的黑水泽，如一片黑海，将这大地涂染，似乎不容人类的足迹随意踏上。

正因为很少有人敢于探索黑水泽，所以也很少有人知道，黑水泽深处，存在着一些并不黑的小沼泽，和真正的黑水泽，以浅水相隔，可以供人安全渡过。但这种小沼泽，只存在于黑水泽靠近上元城背面的地域，位于黑水泽纵深之处，寻常人要想到达那里，本身就要经过外头广袤黑水泽的重重危险，只有上元宫城的少数人，在天时地利人和之下，能用上这条安全的道。

当然，这也是上元城最重要的秘密之一。在那段较为安全的路的入口和出口，都有上元的重兵把守。

现在，正有一艘小船，行走在那些颜色较淡的小沼泽上。船走得很小心，因为这里和周围的黑水泽相隔很近，保不住随时就有一只黑水凶兽，忽然跃起扑来。

船上一个一身短打的少女，背着个筐，握着双刀，嘴里还叼着一把柳叶刀，正目光灼灼地扫视四周。

船尾摇橹的老者，看一眼她的背影，无奈地摇了摇头，第十次招呼她："六公子，别看了，这段路最安全，我们也备了驱兽药，不会有凶兽。你这样总憋着劲儿，很累的。"

"不森，"孟六女公子孟破天，叽里咕噜地道，"你几道啥，也丝嫩缝上只大的噜。"

"哪里能碰上大的，碰上大的咱们就完了。"老者叹气，"叼着刀别说话了，小心割破嘴唇，上次你就割破了，差点成了豁嘴。"

"里才湖嘴。饿就算湖嘴，饿也素系向最美丽的银。"

"是是，六公子你就算豁嘴，也是世上最美丽的豁嘴。"老者招手唤她，"六公子，底舱的货你再瞧瞧，咱们上船的时候，船倾了一下，可不要进了水淹了货。"

"盐了最好。"孟破天叽叽咕咕地走到船尾，"叫门晏安木得次……"

"明晏安吃不到，看你到哪里去赚他的钱。"老者专心摇橹。

孟破天这才放下全副武装，叨叨咕咕地去看货："我的筐子给那个黑心女王毁了，杀千刀的，害我只好从普甘我姨母那里搞了一批万寿丸，好去上元城淘货，我容易吗？"

老者取出一根长长的管子，抖开一个小纸包，珍重地用食指和拇指，拈出几撮金黄色的丝状物，塞进管子里，点燃，惬意地吸了一口。

“五叔你为什么不吃万寿丸？”孟破天不解地问，“不是说万寿丸比这黄金丝用着更好吗？”

五叔连连摇手：“不成，不成，万寿丸又贵又难吃，吃不惯。老头子还是觉得，普甘的黄金丝最好。”

“明晏安就最喜欢万寿丸，要不是我姨妈是普甘王的妃子，我也搞不来这东西。”孟破天又道，“不过我听说，黄金丝和万寿丸其实都不是什么好东西。普甘王和贵族，都不吃的。”

“我这把老骨头了，在乎什么哟。”老者眯着眼吞云吐雾，“这黄金丝一吸，我那多年的老风湿，都不痛咯……”

说着话，孟破天已经下到船舱，掀开一层又一层的油布，忽然啊的一声，向后一蹦，险些把船给蹦翻了。

那老者一惊，他让孟破天去查货，不过是想她放下刀，没想到真的有情况，顿时腰板一直，一双刚才还迷蒙浑浊的老眼，霎时精光闪闪。

“你是谁？”孟破天大声惊叹，“娘啊，真碰上只大的！”

老者从腰间一探，手中已经多了一把寒光闪闪的弯钩。

在两人警惕的目光逼视下，船舱底层缓缓坐起一个人。

衣裳如雪，肌肤如雪，一双清凌凌的眸子，也凉如远方山巅的雪。

“你……”孟破天怔了一会儿，一把拦住将要扑过来的老者，“你是不是那个罗刹门的人？”

船舱底层坐起来的人默然一会儿，嗯了一声，道：“我叫厉含羽。”

“不对。”孟破天呆呆地看着他，忽然大声道，“你不是那个小子，我记得你的脸被那个什么裴枢拍坏了。而且……”她凑近，几乎要趴到他脸上，“你的脸好像……好像比他还好看一点……”

白衣人不动声色地将她的脸推开：“受伤了，不能治好吗？也不过就是皮肉之伤。”

孟破天想了想，也不能确定。当日厉含羽在丹棱山，被裴枢一板子拍飞，之后坠落人群中，他这种小人物，谁也不在乎他的情况如何，当时孟破天也没在意他到底伤得怎样。

“你在这里做什么？你怎么混进来的？”孟破天百思不得其解，双刀一挥，凶狠地架在他脖子上，“这里不许你待，下去！”

他动也不动，微微垂着眼睫：“我陪你进去，顺便把那黑心女王揍一顿。”

“真的？”孟破天眼睛一亮，“你怎么知道她在上元城？”

“就许你狂刀盟有暗线，不许我罗刹门设密探？”他淡淡轻蔑地道。

“不过你是个废物啊。”孟破天收回刀，上下打量他，“那天你给裴枢一板子拍得找不着北，我可瞧得清楚。”

“我武力虽不行，却擅长轻功。”他道，“而且我跟随女王身边好几天，知道她的一些习惯和弱点。六公子，你在女王手下吃了生平首次大亏，你就不想报复她？”

“想啊！”孟破天毫不犹豫地道，“其实她弄那只猫迷倒我和我爹也就罢了，咱江湖人被放倒认栽。但她千不该万不该，把我的筐子也搞没了。我的筐子啊！”说着她就把那只空荡荡的筐子抓给他看，痛不欲生，“我的筐子啊！我花费无数心力、人力、物力，十年时间，好不容易搜罗的宝……”

“抓到她，你要多少好玩的都有，她身边那七杀，最喜欢搜罗奇珍异宝。”他教唆道。

“我要她那只猫和那只鸟就行，还有，得好好地欺负她一顿，以泄我心头之恨！”孟破天狠狠地挥着拳头，忽然又睨他，“你呢？你为什么要和女王作对？”

“我被女王耍得还不够吗？”他冷冷地道，“可笑我被她玩弄于股掌之上，这等奇耻大辱，怎能不报？”

孟破天弯着腰，双手撑膝，好奇地盯着他，他有点不习惯这么近的距离，偏头让开，她却上前一步，又凑了过来，鼻息细细地喷在他脸上：“我怎么觉得你并不生气，似乎还挺欢喜来着？”

他不答，不客气地再次将她的脸推开，推的时候还用衣袖垫住了手，道：“不必多说，女公子同意否？”

“不同意能怎样？让你跳下船回去？这里是有玳瑁王军来回巡视的，若发现了你，近日只有我这一艘船获准通过，我也会有麻烦。”孟破天哼了一声走开，“你早算准了，还假惺惺地问我同意不同意！待着吧你！”

她走到船的另一边，一直在那抽烟的老者对她使了个眼色，她摇摇头。

“先瞧着。”她低声道，“此人有杀我们的本事，暂时却无恶意，不可激怒，静观其变。”

她已经收了嬉笑之态，目光灼灼，露出三分狂刀盟掌事女公子的真面目。

老者顺从地收起武器。

那边的白衣人，一直背对着这边，根本没有回头。

黑水泽雾一般的灰蒙蒙空气里，他的身影忽隐忽现，也似一团迷雾。

……

“陛下，请观好戏。”引路的兵士一脸不怀好意的笑容。

景横波看他一眼，再看看道路，后头和侧方的路已经被人群有意无意地堵住，只能向前，看来想不看都不行。

这种架势令她想起当初初进帝歌，也曾有被夹入人群的长长道路，那时候也有人刁难，但有人牵她的手，有人给她引路，有百姓欢呼，有红毯逶迤……

她心中一痛，脸上却绽开明媚的微笑，毫不犹豫地向前行去。

前头有戏台，戏台上在演戏，看戏的人人山人海，叫好声能震聋了耳朵。

看见她来，所有人齐刷刷地转头，一张张满是讥嘲的笑脸。

身侧的柴俞似乎有些不安，她和穆先生却不动声色，直入台前。

台上，一个女子浓妆艳抹，穿一身华丽却艳俗的服饰，满头劣质首饰，戴一顶纸做的凤冠，正挥舞水袖，对着台下咿咿呀呀开唱。

“妾本是流落江湖一名妓，艳帜高张凤来栖，一朝得见云端路，且抛了恩客攀龙门。”她唱完抛着媚眼，水袖掩唇，悄声对台下道，“龙门新恩客来也，且瞧奴家手段，定教他销魂蚀骨，手到擒来。”

众人都笑，有人大叫：“给爷们瞧瞧名妓媚骨，扮得好有赏！”

众人一边笑一边看景横波，景横波也在笑。

她问柴俞：“这咿咿呀呀的，在唱什么啊？”

不是她文盲，这大荒各地唱曲，夹杂方言，曲调怪异，着实听不大懂。

柴俞险些被呛着，咳嗽半天，才吭吭哧哧地道：“唱……唱一段感情。”

“哦，什么感情啊，女主角是谁啊？”景横波笑眯眯地道，“衣裳好难看，还是低胸，你们玳瑁，什么时候民风这么开放了？”

“这个……这个……旦角是个……名妓……”柴俞声音越来越低。景横波虽然在笑，笑得也很正常，可不知为什么，柴俞觉得自己心里就是毛毛的。

“哦，哪里的名妓啊？”景横波曼声问。

柴俞这下不敢答了，低声道：“我也没听清楚。”

景横波呵呵一笑，问穆先生：“唱得不错，继续听？”

“你喜欢就好。”穆先生一笑。

此时台后转出来一个白衣男子，昂着头，做高傲状，迈着官步，一步三摇地出来。

那艳俗女子一见他，便乳燕投林般娇笑着扑过去，腻声道：“淫郎……”

景横波险些噗的一声喷出来。

……

孟破天此时也在人群中，正踮着脚看戏，她和那老者以及白衣男子一起，通过入口处的巡检进了城，在王宫之外的秘司交割了万寿丸，便被人请出了王宫附近。

孟破天也习惯了，她这个身份，人家不让她靠近王宫是正常的，她只想在上元城里赚钱搜宝贝，上元靠近最安全的一段黑水泽，经常有些妙品。

她这种人，哪有热闹往哪钻，一看见有戏，飞一般地奔过来，别人拉都拉不住。

她在人群外围，看不见里头，干脆跳上一个男子的背，那男人正要骂，她双腿一夹，夹住人家的脖子，只顾对里头张望，随口大声道：“借个背看戏！”

那人给她夹得脸色发紫，只好闭嘴，众人对她侧目而视，孟破天就好像没看见，只顾自己伸着脖子。

看了一会儿她道：“喂，厉含羽，你瞧这什么烂戏呀……咦，人呢？”

她一转头，厉含羽竟然不见了。孟破天撇撇嘴，继续看。

她一个人凌驾在人群上，自然显眼，景横波无意中也远远地看见，觉得那个侧影有点眼熟。

她正要仔细看，孟破天却已经跳了下来，大声骂：“什么烂戏！”

台上此时正在演“女王”如何对“国师”暗送秋波，以名妓的媚功，对“国师”死缠烂打，给他送餐，陪他游园，对他暗诉衷情，夜里以受惊为名，钻入了“国师”的寝居……

这戏本子也不知是谁编的，淫猥又露骨，毫无戏本留白范儿，那“女王”钻入“国师”的寝居之后，后台竟然还拟声淫词浪语，娇喘微微，床板嘎吱之声不绝，更有人于幕后挥动红色旗帜，做被翻红浪之状……

台上那旦角扭扭捏捏地细声唱："似昨日浮花浪蕊，受今朝雨横风狂，求不得满园儿落英芬芳，藏一瓶鸡血儿涂满床。喘微微臀如白浪，娇颤颤樱落雪墙，热灼灼一杆金枪，可着我情郎雄风万丈，各般儿花样着紧忙……"

这样的舞台戏本，一般都是三流妓院、戏院悄悄来唱，少有这般在堂皇街衢，光天化日之下，唱此淫词艳曲，百姓们又刺激又兴奋，脸色涨红，鼻翼翕动，不住大声叫好。

"好词！"

"够味！"

"喘得再大声些！"

穆先生唇角笑意全无，勾一抹森冷。

景横波端着下巴，似乎还在笑，笑意有几分杀气。

柴俞低着头，耳根已经红透。

那边孟破天有听没有懂，问身边的老者："五叔，这什么乱七八糟的词儿，一会儿樱花一会儿金枪的，还有，鸡血涂床是什么意思，不脏吗？"

那老者哪里好意思和她一个黄花闺女说这个，只得支支吾吾地道："没什么好听的，咱们走吧。"

"嘿嘿，你这就不懂了吧。"底下被她夹住脖子、看不了戏的汉子，正一肚子气，闻言冷笑道，"蠢货，这都不明白。那是名妓，能有处子之身吗？没处子之身，却又想攀龙附凤入宫廷，只好偷拿一瓶鸡血装童贞。嘿嘿嘿，这本子谁写的？绝！"

"入宫？"孟破天皱眉，"说的是谁？"

"你看了半天还不知道是谁？"那汉子道，"当然是黑水女王啊。她出身青楼，靠姿色攀附国师，硬生生得了女王之位，又靠一身媚骨，笼络得无数名臣、大将拜于她裙下，甘心为她驱策，耶律国师为她丢了国师之位；英大统帅被她姿色所迷，抛下大统领职位跟她走；连龙城少帅那样骄傲的人，都为她神魂颠倒……后头都会演，啧啧，这个女人真是无耻尤物……"

"放屁！"孟破天忽然爆粗口，声音高亢，惊得四周的人都回头看她。

底下那汉子大声惨叫："哎你骂就骂，别夹我啊……"

"放你的狗臭屁。"孟破天怒不可遏，把底下那汉子的脑袋当鼓，砰砰地敲，"她靠姿色？她靠姿色就能令那么多人跟随？照这么说，老娘比她还美，麾下不该百万雄师？你这是侮辱女王还是侮辱国师还是侮辱我？你当那群人和你们一样都是只用屁股思考的臭虫？我呸！一群比不过人家就污蔑抹黑人家的懦夫！废物！无耻之尤！你们怎么也会是玳瑁人？明晏安怎么也会是玳瑁人？啊啊啊！我真是羞于与你们同为玳瑁人！"

"啊啊啊……你羞于就羞于不要砸我的头！"那汉子惨叫。

"六公子！六公子！"那老者连忙扯下她，捂住她的嘴，"这是在上元，收敛些，闹大了不好看……"

"无耻！"孟破天怒气未消，暴跳如雷，"本公子还是她的手下败将呢，侮辱她岂不也是侮辱本公子？”

“那是。”忽然有人在她身后道，“公子何不把这些无耻之徒，都侮辱回去？”

孟破天一回头，就撇起了嘴：“刚才你不在，一转眼怎么又冒出来了？有什么奸计，说来听听？”

“六公子请随我来。”厉含羽不知道为什么，语气忽然客气了许多，一把将她扯了过去。

……

景横波其实一开始就看懂了台上的戏。

不用听懂，她只要一看那装扮就知道，明晏安这一出戏，就是排给她看的。

这一手极其恶毒，也极其厉害。羞辱她，抹黑她，煽动无知百姓的敌对情绪。如果她掉头就走，从此名声扫地，再无人服她；如果她忍耐不住大打出手，打戏子那叫迁怒无辜，打百姓那更会引起整个上元城百姓的彻底敌对，将来她真要提兵来攻上元，只怕百姓就会拼死守城，和她鱼死网破，誓不共存。

这是无法破，也不能破的死局。

正是因为明白此间的为难，她才没有第一时间发作，按捺下愤怒，先思考着如何解决。

唯一的办法，就是将台上的戏子，不动声色地制服，这得做得干净利落，不被任何人发现，只让人以为他们发了急病或者遭了天谴才行。

景横波对装神弄鬼早有心得，如今她异能操纵更加精妙，弄出点上天入地的把戏也不是问题。她正准备出手，穆先生忽然拉了拉她。

景横波偏头看他，穆先生轻轻地道：“戏台四周满是高手，明晏安应该已经有所准备。你想出手控制戏子应该不难，但很难不被拆穿。到时候明晏安再散布些谣言，只怕从此你便是妖魔附身，荼毒天下，更加死也不能让你统治上元了。”

他语气虽然清淡如玩笑，景横波却知道这绝不是玩笑，封建社会不是现代，民智未开，神鬼灵异之说很容易愚弄并控制百姓。而这里是明晏安的主场，他可以完全控制舆论，自己一个做不好，从此上元三十万军民就再也不会归附。

她闭上眼，咬咬牙，半晌笑道：“小不忍则乱什么大谋来着？既然不能轻举妄动，那就忍吧，反正天下人说我妖女淫贱的多了，我总不能一个个打过去。回头找明晏安算账就是。”

穆先生仰头凝视着她，柔声道：“你如今倒越来越能忍了。”

景横波笑道：“这不是你教我的吗？上位者忌怒忌嗔，因为那会影响第一时间的准确判断。”她偏头看他，“记性不好啊，这么快就忘了？”

穆先生唇角一弯：“没忘。更欣慰你也没忘。”

景横波笑笑，嘘出一口气。

却听穆先生道：“不过，你愿意忍，我却不愿。有我在，怎能让你受半分委屈。”

景横波心一颤，低头看他，他面具后的目光似有千言万语，她迎着那潮水般的目光，忽然觉得窒息，只得偏过头去，勉强笑道：“别吹大气了。算了，和一群戏子、百姓斗气，赢了也没意思，还是不要惹麻烦了。”

穆先生却轻轻捏了捏她放在轮椅上的手指，温声道：“稍待片刻就好。我已经发出信号，待我的人赶来，自然会给你一个交代。”

景横波一惊：“你在上元城也有人？”

“十五家帮派，其实在上元城都有暗线。上元城并不是真正的铁板，这么多年，慢慢渗透，多少也能插进几个人。”穆先生道，“可惜我影阁成立时间太短，之前我也……去年我开始安排人渗入上元，如今虽然人不多，起不到大用，但帮点小忙还是可以的。”

景横波点点头，觉得心安，安的不是有人帮忙，也不是穆先生的细心，而是在万众敌意羞辱如潮的此刻，他人给出关怀和温暖，分外令人心情熨帖。

然后她才发现自己的手指还被他捏着，他的指尖温暖，拈住她手指的手势温柔，旁边的柴俞早已一脸不自在地转过脸去。

景横波一笑，抬手，掠鬓，忽然指着台上，道：“快看！”

她本想借此机会引走穆先生的注意力，正好把手指抽走，也好免他尴尬，谁知穆先生根本不看，只注视着她笑道：“好拙劣的调虎离山计。”

她被拆穿了，只得自己有点尴尬地笑笑，干脆大大方方地拿开他的手指，道：“你好像也变了，以前都不动手动脚的哦。”

穆先生目光一闪，笑道：“都说本性难移，其实心意会改。前一刻是陌生人，下一刻或可视为知己。”

她凝视着他，慢慢道：“知己是吗？”

他唇角一抹动人的弧度：“难道不是吗？”

她亦泛起一抹笑意，转开头，道：“看戏吧。”

……

戏台的后台，一堆人正在忙忙碌碌地整理道具。有个满脸粉彩的男子，正换穿一件银黑色的袍子。

一个脑袋忽然探了进来，眼珠子骨碌碌一转，身子一闪，闪入了后面的衣帽间。

她动作轻捷，那些戏班子的人当然没发现。

孟破天钻入后台，放倒了几个在里面化妆的戏子，看着一排排的衣裳、道具，啧然惊叹，愣了好一会儿才问身后的白衣人：“喂，厉含羽，你拉我来这做什么？”

“你说呢？”他悠闲地答。

孟破天也是个聪明的，眼睛一亮道：“你要破坏这出戏！”

他唇角一勾，淡淡地道：“百姓不过是愚民，台上说什么理，那就是什么理。与其跳出去打一顿，不如换一出戏。”

“好主意。”孟破天赞叹，忽然又眯起眼睛笑道，“你这口气，好像你也是那种驾驭百姓的掌权者一样。”

“岂不知书中自有帝王之术？”他答。

孟破天哼了一声，开始挑选戏服：“你想好的戏本子是怎样的？”

他低声说了几句，孟破天大赞：“妙！那你打算演谁？”

“我不上台。”他摇头。

“不行。”孟破天才不肯放过他，“你不演我也不演，要玩大家一起玩才好玩。”二话不说塞了一套宽袍大袖的青衣给他，“英白！你演！”

他怔了怔，眼底浮现出奇异的情绪，慢慢伸手接了，自己坐到一边，给自己刷油彩。

孟破天在一边挑挑选选，不住叨咕：“演谁呢……”

“明晏安。”他道。

“才不。”孟破天头摇得拨浪鼓一般，“我才不要演这窝囊倒霉角色。我演……”她忽然挑出一件大红战袍，眼睛一亮道，“裴枢！”

“爷自己演自己！”忽然一个声音厉声道，“谁配演我！”

孟破天一呆，一抬头，惊道：“裴枢！”她瞪大眼睛，“我今儿这嘴是怎么了？说谁谁到！哎呀我试试别的。英白！耶律祁！宫……”

“你好了没？”白衣人打断她，顺手扔给她一件灰衣，道，“你演天弃。”

裴枢显然已经来了有一会儿，知道里面在干什么，一边大步向里走，一边抓出一个男子，道：“他和几个人，刚才在门外探头探脑的，看样子也是要进来搞鬼的，被我发现，顺手抓进来了。”

那男子倒没有畏惧之色，昂然道：“裴少帅？请放尊重些。我们说到底，和你们算一路人。大家正好合作是不是？”

裴枢套上他的红色战袍，冷笑道：“今儿叫上元百姓见识见识爷爷的戏。”又不耐烦地对那男子道，“一路人？哪一路？不说清楚，正好送你们上路。”

“在下不能明说。”那人不卑不亢地道，“但在下可以以性命发誓，在下想做的事，和你们一样，对女王丝毫无害。”

裴枢还要说什么，白衣人已经点头道：“那先扣下你的几位兄弟，你上台演明晏安。”

“好。”那人答得爽快。

裴枢眼一瞪，对白衣人发号施令很不满：“你是哪根葱？由得你决定？”

“也可以由少帅决定。”白衣人淡淡地道，“立即杀了这几人，扔到外面示众。请。”

裴枢被噎得白脸一红，怒问孟破天：“他谁啊？等爷演完这场戏，非得给他个好看不可。”

此时白衣人脸上已经涂好油彩，红红白白的，他爹来了都未必认得出。

“他呀……好像是……那谁……”孟破天睨着白衣人，笑嘻嘻地拉长声调，结果人家根本不理她。

对面裴枢的表情已经开始不耐烦，她只好脸色一正，飞快地道：“我的一个朋友。你不认识。”

“一看就是下等人。”裴枢讥笑，“连戏子油彩都会画。”

白衣人根本不理他——粉都涂过，还在乎点油彩？

孟破天一脸“你们尽管折腾我只管玩”，一边换衣服，一边好奇地看裴枢。裴枢眼一瞪，没好气地道："看什么？爷知道爷很美，但是不许你看！"

"那我看的不是你，我看的是丑八怪。"孟破天嘻嘻笑，在裴枢发作之前，赶紧问，"我说，少帅，就你那脾气，怎么肯忍下受辱，乖乖演戏？你不是该横刀立马，冲到台上，把演戏的和看戏的，统统杀个干净吗？"

"你懂什么？夺人命容易，得人心难。"裴枢一脸嗤之以鼻，"如果这戏只是羞辱爷，那不用说，爷杀他个三进三出，留一个活口爷跟你姓。但这出戏，明摆着是明晏安给小波儿出的难题，爷逞一时痛快杀人容易，事后善后却要给她带来麻烦的。爷可不能由着性子来，坏了整个夺城的大计。"

"哟。"孟破天瞪大眼，"这还是裴枢吗？这还是杀人魔龙城少帅吗？你啥时候会为女人着想了？我可是听着你的传奇长大的，传奇里你杀人如麻，生吃人心，你的披风是用血染成，生平最讨厌女人，名言是：女人如内裤，污秽不可触！请问现在这个裴枢还是裴枢吗？"

"现在爷看你们还是如内裤，污秽不可触。拜托你离我远点！"裴枢傲然道，"只有一个人不同，那就是小波儿……"他霍然转头，面色警惕，"谁？！"

"什么谁？"孟破天莫名其妙，棚子里就这几个人，都算高手，哪会让别人进来。

裴枢脸色不大好看——他刚才觉得背后似有杀气，霍然回首却什么都没有，倒觉得自己一惊一乍，怪没面子的。

"化妆吧。随意点。"白衣人抛过一管油彩。

"为什么不是你伺候爷画？"暴龙又不满了。

"再啰唣，戏都演完了。"白衣人转过脸来。

裴枢怔了怔，忘记了要说的话。

孟破天惊叹："厉害！我一直觉得油彩画脸猴子屁股似的，没想到你寥寥几笔这么有风姿，我觉得你才是我这次进城捡到的宝哎，你和我一起回狂刀盟好不好？还有，对了，我觉得你这形象唯一美中不足的，是不大像英白，更像宫胤……"

"快化妆。"他扔过来一管油彩，堵住了孟破天喋喋不休的嘴。

……

台上戏进入了第二折，"女王"入了宫，遇见了"左国师"，为了争取"左国师"的支持，"女王"再度使用了美人计，开始勾搭"左国师"，两人眉来眼去，一拍即合……

底下的议论声也越来越放肆。

"接下来是不是又是一场艳情戏？"有人满面期待。

"果然是水性杨花，人尽可夫啊。"有人一脸冷笑。

"所谓生张熟魏，皆可入幕也。"还有士子在怪声怪气地冷笑。往日里他们自持身份，不好意思公开看这种艳情戏，此刻却可以以爱国为名，堂而皇之地看个痛快，忍不住评头论足，文人嘴如刀，看似不如百姓俚俗，却一句句更恶毒下流。

人群中不知何时已经多了很多士兵，挡着景横波，眼神警惕地一直盯着她。

景横波冷笑着瞧着他们——怕她动手吗？

“你要小心他们动手。”穆先生忽然低声道，“不是对你。”

景横波心一跳，眼观全场，注意到这些兵士的位置站得奇怪，多半是背对百姓的，而人群中有很多眼神锐利、便装打扮的人，这些人腰间都鼓鼓囊囊的，似有兵器，零散分布在最密集的人群中。

“难道……”

“只怕你不动手，明晏安也会安排人动手。”穆先生道，“在人群纷乱的时刻，暗杀几个百姓，推到你身上，激起全城百姓对你的愤怒。”

景横波倒吸一口冷气：“好毒。”

“能稳稳掌控上元多年，岂是简单角色？”穆先生道，“这才不过刚开始。”

景横波这回的注意力，便放在了那人群中的黑衣人身上，兵士不过是障眼法，是要挡住她视线的屏障，真正要使坏的，是那些人。

台上锣鼓一阵急响，戏进入了第三折，这出戏当然不会详细说女王的从政路，着重点主要在“女王的男人们”身上，一折出场一个男人，这一折，是天弃。

景横波冷笑，心想人妖你们也能做出文章！

鼓点急响，快步上来一个绿袍人，披风掩面，一阵急走，这便是天弃了。

景横波看那天弃身量娇小，不仅诧异——难道这写本子的人如此了得，连天弃是个人妖都知道？

她听见有人低声道：“这一折是说，山野奇人天弃，原本准备去刺杀女王，结果被女王姿色所迷，自愿为女王护卫，鞍前马后，供其驱策。”

景横波又冷笑一声，被姿色所迷？天弃迷的到底是谁，说出来吓死你！

这么想的时候，她心中忽然一动，一个念头飘过，她立即稳稳地把那念头按了下去。

她有点分神，就没注意到人群骚动，忽听一人诧声道：“怎么会这样？”

她抬头一看，台上“天弃”已经猛摆头，一个标准的亮相，一张粉白团团脸，正围着“女王”打斗，三招两式便败于“女王”剑下，“天弃”当即一个半跪，双手一拱，大声道：“陛下神武，天弃拜服！”

百姓哄然一声，满脸愕然。连景横波都一脸惊讶——这是神转折啊，写本子的人脑子被门挤了？怎么忽然歌颂起她来了？

台上那“女王”神情也怔怔的，本子上根本没有和“天弃”打斗这一出，她也不会摆弄招式，但这“天弃”上台之后，架住了她的身子，来来往往做了几个姿势，看起来便如打斗一般，然后莫名其妙地她便“神威大发，打败天弃，收在麾下”了。

“天弃”似乎打得还不尽兴，在台上居然翻起了筋斗，台上绿影团团，连绵不休，百姓们一开始还在惊讶，渐渐便开始叫好，最后全场开始数数：“……二百九十八，二百九十九，三百！好！”

连翻三百个筋斗，“天弃”一跃而起，脸不红气不喘，得意扬扬地向众人抱拳，底下喝彩声如雷。“天弃”得意忘形，大声道：“各位父老乡亲，走过路过……”一套江湖卖艺的切口还没说完，忽然屁股上挨了一石子，这才惊觉入戏太深，赶紧改口，“呔！在下区区雕虫小技，不及女王弹指一挥，吾王万岁！”

全场百姓啊的一声。

第七十章 大神唱戏

百姓们的喝彩声，统统呛回了肚子里……

景横波心情大好，笑着对穆先生道：“这是你的人？换了戏子？果真妙计！还是妙人！你从哪找来的这妙人？”

穆先生却微有惊讶之色，注视“天弃”半晌，摇头道：“不，这不是我的人。”

景横波一怔，心想怎么会还有人帮她？穆先生却又道：“似乎无恶意，静观其变。”

此时又一阵鼓点，第四折，天灰谷遇裴枢。

“女王”在那咿咿呀呀地先唱，说那裴枢“本是魔王转世身，刑伤天和堕泥尘”，又称自己“我本多愁多病人，但求知己共一春”，又婉转蛾眉，愁倚门扉，道“天灰谷雾沉天惨，竭蹶之道行路难”，最后决定，“少年由来慕少艾，天生名花待君采”，定下了色诱裴枢的美人计。

众人又恢复了兴致，等着看“女王”如何色诱裴枢。

景横波摸着下巴，想裴枢一开始那灰老鼠样儿，色诱他？不影响胃口吗？等会儿上台的角色应该尊重原著吧？披一身灰老鼠皮？

“女王”停在“天灰谷”前，正在唱：“满目阴风凄惨惨，遍地毒沼行路难，忽见少年从天降……”

忽听一声大喝如绽春雷：“不踢死你不算完！”

咻的一声，幕布上方蹿下一人，银色披风如流倒卷，人在半空猛探拳，直对那“女王”头顶轰去。

底下还以为是戏文情节，没想到看到武戏，都大声叫好。

景横波却瞠目道：“不好！这是打死人的节奏！”

那拳虎虎生风，卷得那“女王”发髻都一歪，哪里是做戏？

裴枢是真的动了怒，听那唱词不堪，不等唱完便蹿出来，一怒之下只想一拳打死这贱人算完，这一拳怒极而出，足可轰碎人的天灵。

忽然台侧起了阵柔风，推得那“女王”向后一倒，裴枢一拳便砸在了台板上，轰然一声木板裂出一个大洞。

底下还以为是武戏，没想到如此精彩，喝彩声冲天。

裴枢怒哼一声，一个转头，这一亮相，底下一静，随即又是轰然一声。

这回是倒彩。

裴枢脸上，红红白白的，他不会化戏妆，孟破天自告奋勇帮他化，自然没安好心，给他化了个猴子屁股般的红脸，额头却白得如雪，还在眉心画了个“王”字，哪里是俊朗少帅，活脱一只吊睛白虎，还是母老虎。

景横波差点笑岔气，靠在穆先生的轮椅上直抹眼泪，道：“这造型……裴枢看到得气死……等等……”她忽然直了眼，“这不会就是裴枢吧？”

台上裴枢毫无所觉——他并没有看见自己的妆容，时辰来不及了，他是被孟破天匆匆推出去的，此刻听底下轰动，还颇觉得意，向景横波方向遥遥一招手。

景横波瞠目结舌：“还真是……”

不过裴枢再一眼看见她靠在穆先生的轮椅上，顿时吊睛虎变成了下山虎，怒哼一声，瞪视着对面的“女王”。

按照剧本，他不能打死这贱人，还得演一场。

那“女王”此刻却两股战战，险些湿了裤子——别人看不出真相在喝彩，她却是当事人，面对面感觉到这“裴枢”的杀气和煞气，哪里还支撑得住。

眼看她要倒，裴枢只得上前一步，手中的道具长枪一架，架住她，他不会唱戏，干脆喝道：“尊驾何人？可是我大荒女王景横波？”

那“女王”煞白着脸，瑟瑟发抖答不出话，裴枢低喝：“快唱！不许显出媚态！不许勾引我！”

可怜那“女王”唱词正是媚态、勾引，现编哪来得及，只得颤巍巍答：“奴家……”

“不许说‘奴家’！”

“贱妾……”

“不许说‘贱妾’！”

“……朕。”

“对，不许颤抖不许哭！不许软腰不许抛媚眼！放开声音，语气坚决点！”

“朕……”可怜的女戏子，顶着魔王的目光，咬牙大声道，“朕正是！”

“啊！”裴枢一脸震撼之色，立即双手一拱腰一弯，“原来是陛下驾临！陛下除祭司、救百姓、铲豪门、抗权贵，英明神武，仁爱万方，更兼蕙质兰心，才貌无双，枢僻处天灰谷，亦久已听闻！不胜心向往之！今日一见，名不虚传！请陛下受枢一拜！”

他微微一躬，却是错开那戏子，向着景横波的方向。

景横波托着下巴，心想这货又趁机表白！

百姓们眨巴着眼睛……这剧情似乎有点不对啊，不是女王色诱裴枢吗？怎么一句话没有，少帅就“虎躯一震，倒头下拜”了？还口口声声被女王的光辉事迹镇服，色相呢？勾引呢？香艳肉戏呢？

台上“女王”颤声道：“爱卿平身……”

裴枢早已直起腰，一边觉得“爱卿”两字甚好，一边暗恨说的人不对，如果是小波儿开口该多美妙，除了她还有谁配对他说“爱卿”？

当然，如果“爱卿”升级，成了“夫君”“官人”之类的，更是无上美妙。

“陛下！”裴枢大声道，“枢愿投身陛下麾下，与陛下携手并肩，犁庭扫穴，逐鹿大荒，共享天下！”说完催促“女王”，“快说，朕所愿也，愿与君携手天下！”

那戏子只好挺直腰板大声答：“此亦朕所愿也，愿与君携手天下！”

一出色诱艳情戏，成了豪情报效戏，百姓们张大嘴，不知道该喝彩还是该喝倒彩。

后台锣鼓当当急响，裴枢对着台下大声道：“今日便算你应了我！”一个跟斗倒翻回台后。

观众们面面相觑，只有景横波听懂了，呸了一声。

“女王”在台上抖了半天，第五折斩羽收英白快要开场了。

“女王”好不容易收拾好情绪，咿咿呀呀唱起“大荒亦有酒中才，玉照龙骑夜光白”，说他“枕畔佳人夜夜新，花丛遍摘不染襟”，又道，“厌却金堂多风流，不如且尽一杯酒”，决定“名花自当倾名将，且将新人换旧人”。

这是要酒醉英白、委身相许的节奏，观众顿时又兴奋起来。

依旧是鼓点急响，那女戏子很是诧异，按照剧本，这时候当花园见英白、丝竹悠扬共进酒才对。

这没办法，戏班子的人都被放倒了，无人奏乐，孟破天兼顾道具、服装、场记、灯光、音响、导演、演员、群众演员诸般角色，她只会打鼓……

景横波听着鼓点，想着不会英白也混进来了吧？他也自己来演自己？

鼓点急响，青衫“英白”上前来，一手酒壶一手酒，姿态风流。

他出来，众人一声彩。

别的不说，那妆比裴枢像样多了，也没抹太多油彩，瞧上去却英挺又清爽。

“女王”尤其看得真切，只觉得那人、那双眸子，也如酒液清冽醉人。

她暗暗喝一声彩，心里却明白这也不是戏班的人，寻常人绝没有这样一双眸子。

而这人虽然不似刚才“裴枢”一般气势压人，但周身气场冷冽厚重，她因此兴起的畏惧和不敢靠近的情绪，并不比面对“裴枢”少多少。

按照剧情，她和“英白”在斩羽部王宫花园月下对酒，酒不醉人人自醉，一番情挑，酒后乱性，让“英白”也做了“女王”的入幕之宾。

反正在这个剧本里，所有女王身边的男人，都是被她色诱来的，区别只是色诱的方式不同罢了。

对面的男子似乎看着她，又似乎没看，淡淡地道：“演。”

她立即激灵灵一颤，只得伸手去接“英白”的酒壶，一边接一边往他肩上靠，唱道：“三千茂苑景如画，阊门碧瓦月华楼，劝君且饮杯中酒，青春韶华正风流。”

她脸盈盈抬起，手臂勾向“英白”的臂弯，曼声道：“大统领饮个双杯儿。”

台下景横波眯起眼睛，笑道：“这是一上来就要饮交杯酒的节奏啊，难道这位英白还是戏班子的本尊？”

“英白”接了酒杯，众人兴奋地鼓噪，大叫：“饮个对嘴儿！”“饮个双杯儿！”“摸她呀！摸她！”

眼看那女子只差零点零一公分，就要碰到“英白”的臂弯，“英白”手指一弹，那戏子身子一僵，定住。

她此时正一个微微后仰，侧头，腰弯三十度的曼妙之姿，一被定住，倒像是故意展示绝佳的腰功，底下顿时一阵疯狂喝彩，大赞：“好腰力！”

“女王好腰力！”

“难怪能夜御七男！”

“如此女子，如狼似虎，吸精摄元，我等消受不得啊哈哈……”

穆先生面沉如水，手臂微微抬起，景横波一把按住他的手臂，道：“别。”

穆先生轻轻叹息一声，道：“我错了，我不该劝你忍，这些人该杀，哪怕杀了麻烦，以后再想办法便是。”

“这是愚民。”景横波道，“他们听了明晏安的诽谤挑唆，认定我是淫荡无耻、前来夺取他们家园、破坏他们安宁生活的罪魁祸首，心中满怀对我的仇恨，怎么可能给我什么好听的话？你杀了他们又有什么用？杀得了这里几百人，难道还杀得了全城人？要杀，也是杀明晏安才对。当然，”她眯眼轻轻一笑，“等我看完这到底是怎么一出戏，回头非得把这些蠢货好好折腾不可。”

她身边，柴俞本来满脸不自在，听了这句，脸色微微惊异地看了她一眼。

台上，“英白”轻描淡写地将自己的胳膊从那女戏子手臂中抽出，看了台下一眼。

他目光如冷电，剑般一刺，看见的人心头都一凛，轻薄言语慢慢消失。

“英白”端着酒杯，在台上漫步，他也不唱，只长声吟哦，声音微醉般醇美幽远，又带着微微凉意，似雪中漫步饮烧酒般的意境。

众人不由自主地安静下来，静静聆听。

他道：“道不尽一路金戈铁马，雪埋尸骨血染沙，说不得一心牵扯绊挂，心无定处人天涯。且弃了黄金甲，绘一帧江山画。笔端有情声喑哑。”

“好句。”景横波感叹，“我不懂，却觉得凄凉入心。”

穆先生默默地看了她一眼。

他道：“我见那女子好年华，我见那女子颜如花，最难得一心如暖玉，映长空霓虹万里霞。”

景横波抿了抿嘴，想说那女子便纵如花似玉，现在也不过黑水泽里一野草。

穆先生又默默地看了她一眼。

他道：“自古来人心筹谋，抵不得算计频多，蝇营狗苟遍地走，不须懂未雨绸缪。”

景横波手指一颤，微微闭了闭眼睛。人心筹谋算计多，不见尽头。

穆先生眯起眼。柴俞看看她，看看他，又看看台上的他。

他道："莫怨他郎心似铁，一抔血庭前作别，好天良夜不多时，终负了人间风月。"

景横波浑身发冷，忍不住轻颤，穆先生伸手要握住她的手，她却如被针刺了般飞快一缩。

穆先生的手停在空中，半晌，慢慢收回。

他在台上漫步，满场不是观众，不过是他的子民，满场子民沉默，似陪他一同堕入永无尽头的茫茫风雪。

他道："幽幽寂寂黄金殿，冷冷清清玉照宫，惨惨戚戚众生相，痴痴茫茫两心同。"

她连掌心都冰冷，却茫然抬手，抚住了发烫的脸，脸上烧的不知是火，还是此刻痛至痴痴茫茫的心境。

十六叠字，心事亦相叠。

他停下，手中的酒壶缓缓下倾，是杯酒相酹的姿态。

壶中竟然真的有酒，一线清流，酒香弥散，众人都似有醉意。

他声音悠悠："风卷了华堂高檐，雪漫了玉阙金宫，三万里天地一口钟，万物懵懂，身在梦中。"

景横波忽然向前一冲。

穆先生及时将她拉住。

台上"英白"抬手遥遥一指，正对着这方向，景横波如被隔空点穴，完全动弹不得。

她死死盯着那"英白"，他却转过头去，面对台上的"女王"。

此时观众如在梦中惊醒，这才想起"女王"还大后仰定着呢，这多长时间了？这腰力实在惊世骇俗！

也有人发现那戏子浑身微微颤抖，大汗湿透了衣襟，敷着厚厚的油彩都能看见涨红的脸色。

"英白"手指一拂，她能动了，立即就要向后倒，他顺势衣袖一带，将她的宝座挪成背对着台下，把她推在座位上。

他长声道："陛下神功，英白拜服。此生愿驰骋于陛下之疆土，鞠躬尽瘁，死而后已。"

台下百姓哗然——这戏是怎么了？

先前的得意和辱骂，到此刻显得无稽，"名将"们并非受到色诱，完全因为"女王"英明神武才"倒头就拜"，这和歌颂朝廷大王的戏曲有何区别？

景横波目光闪动，"英白"最后两句虽然是套话，但语气深重，令人心颤，尤其是最后四个字，她听着心便一跳。

她还想上去，"英白"将酒壶一抛，转身就走。鼓点急响，不等那"女王"缓过劲来唱词儿，台侧转过一个人来，赫然是王服金冠，族长打扮。

台下的百姓惊叫："大王！"纷纷下跪。

这是大荒规矩，虽然是扮演者，但代表的是王者，自然要见者拜一拜，以示对王权的尊重。

穆先生忽然道："我们的人！"

台上“明晏安”上了台，也不唱，也不道白，一脸肃穆，大步迎着那有些惶然的“女王”，双膝一曲，推金山倒玉柱般，倒头便拜！

台下啊的一声，百姓全傻了。

那女戏子惊得浑身一颤，要站起来，却似被什么力量死死按在了座位上，不得不接受“明晏安”的朝拜。

但此时她的座位已经换了位置，背对众人，以至于“明晏安”面对观众，拜的方向，正对着景横波。

那“明晏安”的扮演者，也是个不会演戏的，直愣愣地道：“微臣明晏安，见过黑水女王！”

百姓惊惶地面面相觑。

那“明晏安”大声道：“女王乃朝廷敕封，王权正统，如今驾临玳瑁，正该王权归位。微臣有失远迎，请陛下恕罪！”

那戏子呆呆地说不出话来，“明晏安”抬头，怒视底下的百姓，道：“本王都跪了，你们焉敢不跪接女王？你们这是在蔑视女王！来人！”

后台一声大喝：“在！”

“敢蔑视女王、蔑视本王者，斩！”

“得令！”

砰的一声闷响，一股雄浑掌力击出，正击在前排一排浮滑子弟身上，那些人啊的一声大叫，齐齐倒地昏迷。

那些人，也是先前讥嘲景横波最厉害的一批。

百姓们眼看那些人昏迷倒地，生死不知，惊得不敢作声，纷纷跪倒。“明晏安”动作很快，飞快地从怀中拿出一枚裹着黄绸的“玉玺”，双手奉上给“女王”道：“万幸陛下驾临玳瑁，从此统属万方。玳瑁王玺在此，请陛下御览！”

那“女王”呆呆地伸手接了，今日这个戏本，完全不在她的掌握中，她也只能随波逐流。

她一接，“明晏安”立即高声道：“恭贺陛下，恭贺我玳瑁，从此王权归正，玳瑁一统！一拜！”

说完当头一拜，百姓们只好也跟着一拜。

“二拜！”

百姓们又拜，满地人偃伏如草。

四面有人聚集而来，看着这一幕，吃惊得张大了嘴——这什么意思？不是说今日长街演戏要侮辱女王的吗？怎么搞出当街认主的戏码了？这是不是代表了族长的意思？族长是不是打算认主了？

更有远远听见的，面面相觑——族长已经归顺女王了？

景横波双手抱胸，瞧着面前那些刚才还在骂她、现在却在跪她的百姓。

这些人躲闪着她的目光，满面愤恨不甘，不知道这戏怎么忽然就演成了这样。

景横波笑吟吟地想，现在想吐血的，该换人了吧？

“三拜……”

台上“明晏安”的三拜还没完成，忽然有人厉声道：“不许拜！”

一大群官差如狼似虎地冲了过来，拉起人群，大声道：“不许拜！不许拜！哪来的草台戏班子，竟敢侮辱大王！”

“咦，奇了怪了。”景横波笑道，“这戏班子不是之前就在这吗？不是已经演了好久了吗？能在你们这中心大街上演戏的，不都是明晏安批准的吗？怎么忽然就成草台班子了？”她啧啧两声，“不过确实也野，堂堂王都，光天化日，王宫不远处，竟唱些淫词艳曲，演些下作段子，官府不管，王族不理，百姓还大声叫好，这民风，这礼教，这廉耻心，啧啧，真是醉了，醉了啊！”

那群官差涨红了脸，他们原本得令，不许管这里的事，这样，景横波万一恼羞成怒，激怒百姓，被百姓群殴，他们可以当作不知道。死于民众暴力？那只能说明女王不得人心嘛。

所以他们迟迟才知道戏本子出了差错的事。当然，人群里也有明晏安的暗探，但他们负责煽动人群，想不到后台也会出事，当他们发现后台出了问题之后，也有人赶往后台想要查清楚怎么回事，及时叫停，却被后台里的神秘高手给打了出去。

“都起来！都起来！”他们不理景横波的嘲讽，将百姓们纷纷踢起，一边踢，一边对人群使了个眼色。

人群中，十几个便衣打扮的人接到眼色，蓦然拔刀，便对身边人不管不顾地一捅——

随便捅伤谁，然后栽赃女王，愤怒的百姓依旧会将她撕碎！

便在此时，景横波忽然一挥手。

呼的一声，人群中忽然蹿起十几人，在半空停住。

百姓们纷纷仰头，就看见那些人神情僵硬，姿态奇怪，人在半空，手脚挣扎，竟然像是被看不见的人忽然拎起一般。

随即便有人惊叫出声：“刀！”

众人此时纷纷发现，那些悬在半空的人，手中都有刀！

刀已经出鞘，寒光闪闪，那些人还保持着向前捅的姿势。

刚才站在那些人身侧的人，看着那刀的去势，都惊叫一声，赶紧后退。

“他们要杀人！他们要杀人！”

那些官差眼看不好，大声道：“是女王埋伏的杀手！女王要杀人……”说着便要扑过去，想要湮灭罪证。

景横波又是一挥手，砰砰连响，那些便衣暗探猛然栽落。

穆先生手指连弹，几个扑过去的官差哎哟连声，绊倒在人群中。

那些暗探栽落在人群中，有的反应快，当即大叫：“是女王派我们来杀你们的……”

“是我吗？”景横波冷笑，“上元城一直不和外界往来，你们都在城中土生土长，是外来人还是你们本地人，你们自己应该能看出来吧？”

果然人群中有个老者仔细一瞧，惊呼：“你不是老王家的二小子吗？前段日子不是说补进府卫了吗？”

随即人群中各种诧声惊起。

“这不是柳家三老爷吗？”

“这位是前卫的张大哥吧？”

“哎呀这位我眼熟，前门外卖干果的李家铺子的掌柜！”

……

“王家二小子，柳家三老爷，前卫张大哥……”景横波冷笑，“如果都是我的密探，你们上元城早就归我了。”

众人默然，无法辩驳，这些人都是土生土长，好些人是大家看着长大的，到今天才知道他们是王宫密探。

而且这些密探在上元都几十年了，女王却是去年才到大荒，她又不能未卜先知，怎么可能几十年前在上元布下密探？

有人反应过来，低声道：“难道是大王要杀我们？大王为什么要杀我们？”

“为什么？”景横波耳朵尖，立即接道，“栽赃呗。你们死上几个，自然会算在我头上。到时候群情激愤，正好撕咬了我，呵呵。”

“不可能！”有人大声道，“大王无缘无故不会杀我们，你少血口喷人！”

“是啊不可能！”景横波笑吟吟地道，“民为重君为轻嘛。他的王位和上元城算什么，哪有你们百姓的几条小命重要呢，对吧？”

霎时人群像哑了火，除了还有几个脑子不好使的，在那叫嚷着你胡说不可能，其余人都陷入沉思。

百姓也不是蠢人，族长为打击女王，费尽心思，连这种下作戏都搞得出来，还让官差挨家挨户通知大家到时观看，显然对权位十分恋栈，那么为了将女王打击到底，激起民愤，假冒女王暗探，埋伏人手刺杀百姓栽赃，也不是没可能的。

这才是掌权者惯有的手段和心理。

满街白姓，再没了先前的张狂和轻浮，都怒目瞪视那些官差，有些人想骂，看一眼那些人手中明晃晃的钢刀，缩了缩脖子闭嘴。

无论如何，他们现在还是明晏安治下的子民，不敢公然责骂，只是此刻心境终究不同，想着咱们这些老百姓，果然也不过是上位者手中的棋子，想用就用，想弃就弃，可笑还起哄得厉害，不枉人家骂一声愚民。

这么一想，什么心劲也没了，人群默默散去，从景横波面前过的时候，都低着头，不好意思看她。

此时他们才想起，先前自己辱骂女王，最后不过是个笑话，还蒙人家出手相救，连声谢都不敢说，仔细一想，不禁脸上发烧。

有几个老者，避开士兵和官差，远远地对景横波鞠了一躬，道："不管怎样，还是谢过女王今日救命之恩。我等日后，再不敢随波逐流责难女王。"

"一个好的统治者，不是善于利用百姓，而是善于为百姓谋事。"景横波难得正经地道，"可以做顺民，但不可做愚民。望与老先生们共勉。"

老者们默然，又对景横波一躬，默默散去。

景横波叹了口气，这上元太封闭了，她的光辉事迹传不进来，不然这些人的敌意，不该这么深才对。

也不知明晏安怎么妖魔化她了，不然老百姓们只管自己吃饱饭，管他统治者是谁。

人群散去，对面是空了的戏台，一群士兵向台上冲去，那明晏安的扮演者，对穆先生做了个手势，一转身消失在人群中。

景横波想起先前出演的"裴枢、英白、天弃"，心中一动，急忙也奔向戏台，却被护送的将领拦住，那人冷冷地道："女王，我们大王等候你多时了，请速速前往王宫。"

"我那边有几个朋友，我要见见。"景横波拨开他。

那人又一拦，冷笑道："女王说的是刚才假冒戏子，污蔑我王的那几个人？他们已经被我们王宫的供奉擒下，送往王宫地牢审问，女王进了宫，自然见得着。"说完冷笑一声，"保不住女王还可以在地牢里和他们相见欢呢。"

景横波一抬头盯住他。

这意态骄狂的男子，接触到她的目光，禁不住浑身一抖。

"最后一次。"景横波手指点了点他，"别考验我的耐心。"说完她继续往戏台走。

那男子眉毛一竖，眼底戾气浮现，伸手又是一拦："告诉你别……"

呼的一声，他整个人忽然飞了出去。

士兵们只觉头顶风声一烈，抬起头，就看见那人偌大的身子，麻袋般飞过头顶，砰的一声大头朝下，栽进了路边一个摊子里。

众人呆呆地看着那人，两腿朝天，一抖一抖的，再呆呆地回头，看景横波，女王动也没动过，手还笼在袖子里，笑吟吟像在看戏。

每个人眼底都浮现旋涡般的晕——怎么回事？刚才都看得分明，女王根本连指头都没动过……

"不尊天命女王，自有老天惩戒。"穆先生淡淡地道。

众人打了个寒噤，站得离景横波远了点，这回神情客气许多。

上元城闭塞，是非好坏都听明晏安的，明晏安说女王不学无术，淫荡无耻，只靠姿色上位，这些军民信以为真，态度轻慢。

他们到此刻才知，是自己眼瞎。

这回景横波再往戏台走，无人敢阻。不过景横波才走两步，就看见一个人，裹着红袍，涂着油彩，红红白白的，衬得额上的"王"字虎虎生威，正大步从台后走过来，一边走一边顺手把那个倒栽进摊子的将领拔出来，景横波正在惊讶他怎么这么好心，就见他老人家手一抬，呼的一声，那倒霉将领被“送”到了视线之外……

景横波叹了口气——不用问了，这个裴枢，是如假包换的裴枢。

“小波儿，”暴龙已经忘记之前吵架的事儿，兴冲冲地迎着她，道，“我刚才演得怎样？”

“很好很好。”景横波心头有事，敷衍一句，急急地问，“那两个人呢？”

“谁？”裴枢眨巴着眼睛装傻。

“和你一起演戏的票友。英白和天弃，谁演的？”

“戏子啊。”裴枢笑嘻嘻的，一脸无辜，“还能是谁？”

景横波白他一眼，颇有些头痛这家伙看似暴躁实则狡猾的个性，只好跟着问：“好吧，戏子，那那两个戏子呢？”

裴枢却不高兴了，脸一板，道：“你不问我怎么辛辛苦苦进来的，却净记得别人，你也太偏心了吧？”

“你好端端的在这里，我还问什么？”景横波没好气地道，“但我有必要知道帮我的人是谁吧？”

“哦他们是我请来，搭档排戏的。”裴枢无所谓地答，伸手就来挽她的胳膊，“别理那些乌七八糟的了，走，我陪你去王宫。明晏安这老小子，手段忒下作，谁知道会干出什么事来，可不能就让这瘫子陪着你。”

“你说什么呢？”景横波听着刺耳，将他的爪子一拉，“能学着说人话吗？”

“你还不干人事呢！”暴龙的脸像六月天、孩儿脸，说变就变，浓眉一竖，“你整天护着这小白脸，就看不见我为你辛苦为你忙？我为你，这难受得要死的油彩都涂了，还亲自演戏给那群贱民看，当着千百人的面对你臣服，你就看不见？你就看见那些不在你面前的，或者在你面前只知道坐着不动屁用不顶保不住还要你保护他的小白脸？”

“别口口声声‘小白脸’。”景横波给他气乐了，“你自己也是小白脸！”

“那我还是被你偏心的小白脸呢。”裴枢磨牙的声音咯咯响，“景横波，你的心要是有你的脸看起来这么娇媚温柔就好了。或者你只对我心硬，娇媚温柔都给了别人？”

景横波一转眼，哟呵，一边的士兵们都竖着耳朵听呢，口水都快滴下来了。

明儿上元坊间是不是就该有新传闻“争风吃醋全垒打，小白脸当街争女王”了？

她觉得头好痛。

暴龙这种没有经历过情爱的人，没开窍前女人都是狗屎，开窍之后全天下都是狗屎只有那个女人是人，被他看上，两情相悦是福，神女无心是祸。

“好，好，我娇媚温柔地感谢你。”她扯着那家伙就往一边拖，“裴裴你辛苦了啊，么么哒。”

“我听说‘么么哒’是亲嘴的意思。”裴枢盯着她的唇，忽然道。

第七十一章　欲拒还迎？

他盯着景横波的嘴唇，想着这石榴花儿一般娇艳的唇，如果裹在自己唇齿之间，该是如何的香软馥郁……顿时浑身一阵燥热，眼光越发灼灼热切。

“啊？”景横波傻了一下——话题为什么忽然跑到了限制级？

还有，“么么哒”是亲嘴的意思，他怎么知道的？好像她只在二狗子面前说过一次……

“你经常这么对我说，不会是想我亲你吧？”裴枢目光灼灼地盯着她的唇，“你也是那种口不应心的女人，玩欲拒还迎的把戏？”他忽然伸手，一把揽住了她的腰，手上一使力，就要将她往自己腰上带，“那爷就成全你如何？”

……

戏台后，孟破天在问换下“英白”衣裳的“厉含羽”：“咱们接下来怎么做？官差要来抓咱们了，打一场还是跑路？”

他不紧不慢地理着袖子：“要抓就抓。咱们这种犯人，多半送去王宫大牢，正好我想见识下玳瑁王宫。”

“好主意！”孟破天大声赞，却见他眼神忽然向外一掠，一瞬间凌厉如剑，孟破天用眼角瞟了瞟，正看见裴枢伸手要揽景横波那一幕。

这一霎她忽然觉得身前一冷，似有杀气，一惊之下赶紧移动脚步，挡在了“厉含羽”面前：“那个……官差来了咱们要不要先假打……”

她胡言乱语，对方也无心回答，换个方向让开她，似乎想看个清楚，孟破天唰的一下又蹿过来：“哎哎哎，你没去过王宫吧，正好我给你带路……”

他再让，她又挡。最后他停住，两人对视。

他的目光清明透彻，在那似可看穿人心的目光下，孟破天的脸竟微微红了，却倔强地不肯避开。

“你不会是怕我杀了他吧？”他慢慢问。

孟破天无话可答，干脆脖子一梗。

此时一群官差涌入，嚷嚷着要捉拿两人，白衣人看了街上一眼，退后一步，和孟破天一起，没有反抗任官兵带走。

“你刚才的词儿真好，”孟破天觉得自己反应过度，有点尴尬，没话找话，“我在后台听着，都想哭了……”

他不答，唇角淡淡地弯起。

有些话，他想说给她听，也便说了。

有些事，他想为她做，那便去做。

人生里，能相遇，能爱过，能看见她的成长，能有机会诉说，能送她安稳走上前路。

那便足够。

……

“裴枢！”大街上还被拦着的景横波忍无可忍，狠狠一脚踩在他的靴子上，“你有完没完？让开！”

她踩下去的时候，下意识地朝台上看了一眼，眼看那边有官差涌过去，吵吵嚷嚷的，也不知道发生了什么事，越发心急。

裴枢一动不动，好像脚是石头做的毫无感觉，眼底的光芒并没有黯淡，反而因此更加灼灼如剑。

“好，好！”他冷笑一声，忽然撒手。

景横波正在向后用力，不防他忽然松手，身子一仰险些跌倒，被穆先生赶紧扶住。

还没等她发作，裴枢已经冷笑着抬起脸，似乎在对天说话：“我有完没完，我惹你厌烦，我做什么你都要么嬉皮笑脸，要么打马虎眼。你一开始撩了我，然后又撒手不管。景横波，你也演得一手好戏，踩得一地心肝。有没有人告诉你，有种人看似亲切可人，其实最冷心冷肠？”他伸手指住她，“别动，别说话，别自恋地以为我说的是你，我说的是我自己。现在我心情不好了，我不想看见你，你不用再嫌我有完没完，咱们就此分道扬镳，各干各的活儿。你别后悔就行。行了，就这样，再会！”

他噼里啪啦说完，甩手就走，景横波乱糟糟的脑子还没来得及理顺他的话，直觉不好，急忙哎的一声伸手抓他：“裴枢，别闹……”

这话一出口，她险些咬掉自己的舌头——这话怎么说的！越急越坏事！

果然，她原本还有希望够得着裴枢背在身后的手，结果这话一出，裴枢一顿之后，唰的一下便从她面前消失不见了。

留下她立在街边，凄凄惨惨戚戚……

……

上元王宫。

明晏安听完属下的奏报，面沉如水。

景横波连过三关也就罢了，关键是过关的时候，顺带还让百姓对他离心，这点实在让他不可忍受。

“大王，”他的首席幕僚岑霖，捋着山羊胡子，再次建议，“看女王行事，和大王明摆着不死不休。大王万万不可心软，趁女王如今寥寥几人在上元城，一不做二不休……”他伸手，虚虚一砍。

明晏安神色变幻，沉吟不答。岑霖以为他有顾忌，悄声道：“您不必担心天下物议。所谓成王败寇，杀了便杀了，群龙无首，剩下的还不由您收拾？到时候还有谁敢说什么？如果让她在您的城中都来去自如，您才会成为笑话，被天下人耻笑懦弱无能！”

明晏安站起身，负手在堂中踱步。岑霖又道：“大王如果为难，臣愿亲自出手，代大王承担，事后大王只说不知情，一切担待在臣身上就是！如此，于大王的名声无损，又可解决心腹大患，大王觉得如何？”

明晏安走到墙边，仰头看墙上的玳瑁地图，半晌沉声道：“岑卿，你赤胆忠心，本王很是感激。不过你可知道，”他伸手在玳瑁地图上虚虚画了一条线，“七峪关以南，如今正潜伏重兵，只要一个急行军，就能穿破玳瑁南关，过明水区域和三县，直扑上元！”

岑霖惊得眼眸一缩，失声道：“怎么可能！”

“本王也刚刚知道，”明晏安打量着地图，缓缓地道，“这是一支骑兵，速度极快，原本就驻扎在七峰山附近，之后化整为零，在七峪关一线秘密集结。如果不是我的斥候最近加强了外部消息的侦察，就凭那些忙着重新分割地盘的江湖草莽，一年半载都发现不了。”他轻轻叹息，“王国土地，让草莽分割统治，终究不行啊……”

岑霖张了张嘴，有心说，草莽统治不成，何不让女王收拢草莽，让玳瑁王权归于正统？从道理上来说，女王是朝廷敕封，是玳瑁王权正统，玳瑁族长理应交权，抗争女王不占大义。但他也明白，明晏安占据上元和半部黑水多年，已经形成了自己的王国，王国之内，他一言九鼎，并且以上元被困于江湖势力为由，连朝廷旨令都不接，看似憋屈，其实却真正享尽了唯我独尊的地位和自由，哪里还能适应居于人下的生活。现在让他交权并让出王宫，比杀了他还难。

作为幕僚，就该为大王的意志服务，所以他一言不发，盯着地图，脸色渐渐凝重。

“你看出来了？”明晏安道，“对方是有意被我们发现的。如果我没猜错的话，和七峪关成掎角之势的宝田岭，应该也有一支同等数量的轻骑驻守，一旦这边发生异动，两支骑兵就会立即踏破关岭，直逼上元！”

岑霖倒抽一口冷气，喃喃道：“是……而且只要三县之地敞开，上元就毫无遮挡！以前咱们故意让出三县给十五帮，就是希望他们为我们挡住帝歌的王令，但现在，三县已经归于景横波，只要她和朝廷一心，上元就很难自保……不对，景横波不可能和朝廷一心，这支骑兵不可能是她的，如果她有这样的骑兵，打玳瑁哪里还用费这么大事儿！”

“不管是不是，”明晏安幽冷地道，“这支骑兵最起码不是我的！而且不怀好意！”

岑霖默然，这是瞎子都能看出来的事，他想了想，想到一个可能，不禁微微一颤。

“你懂了？”明晏安冷然道，“这支骑兵不是敌军，但是很可能是一种威胁。陈兵边界，不是为了攻打上元，而是在警告我，不要轻举妄动！”

“是要您和女王公平相争，各凭本事，不许使用任何暗杀伎俩？”岑霖觉得有点不可思议，“这到底是什么意思？朝廷不是和女王势不两立吗？谁在帮她？帮又不帮得彻底，骑兵打过来，女王不就省了很多事？那模样，就像看着地盘，却不管胜负，放两边去厮杀一样。”

“我只知道，”明晏安淡淡地道，“如果我在上元城动了景横波，明儿也许就有人踏破山阙来动我。”

“难怪大王您如此谨慎……”岑霖沉吟，“那如果不动用暗杀手段，或者不在上元动手呢……”

“对方要的，就是各凭智慧手段，公平竞争。”明晏安冷笑一声，“可是谁说在上元，我才能杀她？”

他忽然问：“咱们那位客人，怎么样了？”

听见这句，岑霖脸上立即浮现出饱受折磨的苦笑。

“别提了，那位爷……”他叹气，“就没见过那么讲究，那么难缠，那么奇怪，那么不好伺候的人！吃饭他倒也不算讲究，并不要求山珍海味，但是碟子的颜色必须一致，式样必须一致，摆放必须一致，必须双数碗碟，勺子必须是白色的，筷子必须是黑色的，不能放葱、姜、蒜，蒸鱼不许放酱油，鱼必须一斤重，肉必须是正方形……光吃饭的规矩就有一百条。然后起居坐卧，洗浴衣裳，统统规矩一大堆，那边伺候的人已经换了三拨儿，这哪里是客人，分明是祖宗……”说到最后一句他惊觉失言，急忙住口。

明晏安却没在意，反而露出振奋之色，道：“好事。要求越多者往往本事越大，这是底气支撑。不过他也不能白享用了我的招待，走，陪我去会会他！”

……

一刻钟后，凝雪阁，锦衣人以主人姿态，闲适地招待了王宫主人明晏安。

明晏安在已经换了三次垫子的椅子上坐下，发现宫室里的器具物件已经全部换了，原先的明黄颜色，统统换成了嫩黄色，还是少女喜欢的那种粉嫩的黄色。这让明晏安看锦衣人的眼神，都变得古怪起来——这家伙，不会有什么特殊爱好吧？

换成让人受不了的嫩黄色也就罢了，最让明晏安痛不欲生的是，原先挂在墙上的，他钟爱的一幅名家山水画，被取了下来，卷了卷现在正垫着锦衣人的软靴。

锦衣人躺在榻上，靴子搓着脚下的画轴滚来滚去，似乎很喜欢这项运动，还颇有兴致地劝他：“这样可以活动腿脚，又不用起身，大王也试一试？”说完一摆手，他的侍卫送上另一卷画轴。

明晏安一看那黄花梨木裱锦缎的画轴，整张俊脸都歪了——这是他最爱的画坛宗师种天机的《雪涛山水图》！一卷难求，价值万金！

他明明藏在地下内室，还设置了机关，这家伙是怎么找到、拿出来垫脚的？！

“不是我说你，”锦衣人颇有些恨铁不成钢地道，“设置机关的技术粗陋简单也就罢了，怎么不知道时常给机关上油？你那地下机关，到了夜里轧轧乱响，吵得我睡不着觉知不知道？我只好亲自把机关给拆了，帮你重新弄了下，应该会比你原先的好些，你不用谢我。”

“这个……”明晏安觉得咽喉有点发紧，那机关哪里生锈了？每个月都有上油好不好？前几天他还去看过画，别说隔一层地面听到声音，就是他当时进入地下开机关，也没听见任何声音，这家伙的耳朵是天耳通吗，这样也能听见？

不过他想到一个更要紧的问题：“那个……我有专人负责在机关外给轮轴上油，你换机关，可通知了？”

“哦。”锦衣人无所谓地道，“我不知道你有派人上油，他去上油的时候，撞上我改装的机关，死了。”

明晏安又干涩地咽了一口唾液，想发作，最终却无可奈何地道：“……死了就死了吧，这也怪不得先生……”

“当然不怪我。”锦衣人理直气壮地道，“他死在机关附近，流出的血影响了机关轮轴，夜里又吵起来了，害我不得不爬起来再重新装一次，我没把他拖出来鞭尸就不错了。”

明晏安觉得自己没有唾液可以咽了，哑哑地道：“那个……本王想知道那宫人的尸首在哪里。”

死了个人，他竟然没有得到回报，护卫们都是吃干饭的？

“我住的地方附近十里，我都不喜欢有尸首。想到就在自己身边不远处，有人在静静腐烂，我就吃不下。”锦衣人更加无所谓地道，“所以我让人把他扔到十里之外了，你还是别找了，我属下会把人处理得很彻底。”

明晏安眨了眨眼——腐烂你受不了，杀人你怎么受得了？

要不要告诉他，王宫底下地里其实有很多死人？

还是不要说好了，不然怕他立刻将整个王宫的地给翻了。

明晏安平复了一阵心情，不再试图对任何事进行询问，以免再被眼前这个奇葩给刺激到了，眼看对方不过几句话就露出不耐烦的神色，赶紧长话短说，隐晦而谦恭地对锦衣人道：“近日小王宫中不太安宁，如果有惊扰到先生，还请先生见谅，若能伸出援手，那小王定当重金以谢。”

“你来，不就是为这句话吗？”锦衣人搓着脚下的画卷，指了指他，“瞧你一脸心事，麻烦想必不小。”

“正是。”明晏安面上苦笑，心中微喜。

“不过，我不管。”锦衣人下一句话再次成功劈倒了他，“我来你这儿住几天，不是为了给你做打手的。另外，”他睨着明晏安，一笑，“别试图把人引我这儿来。玩心眼不要紧，把我当傻子，小心傻一辈子。”

明晏安被他的笑炫花了眼近乎失神，却又被他的话惊得心中一凉——这男人通透如镜，坚硬如金刚，狡猾如狐狸，凶悍似鹰隼，着实难缠。

他只得道：“先生但有所求……”

“没什么值得我求的。”锦衣人将画卷踢开，懒懒地躺下去，百无聊赖地望着天顶，“唯蛋糕与对手尔！”

蛋糕是什么，明晏安不知道，但“对手”两个字，他还是懂的。

他眼睛一亮，立即道：“先生若想要对手，这便对了！”

“哦？”锦衣人没有看他，手肘支着头，懒洋洋地道，“哪有那么多对手？当今天下还有第二个太史阑吗……”

他声音低，又埋着脸，明晏安并没有听清楚，笑道：“是不是对手，先生很快便可以知道了。”

“百闻不如一见。”锦衣人头也不抬，指了指他道，“有本事能惊动到我，引起我的兴趣，我自然会出手。啊，我累了，昨晚没睡好，换机关换了两次，被子又太重了，我只盖柔锦的三斤重的被子……啊被子来了！”他忽然抬头，门外，一个护卫正抱着裹好的被子进来。

明晏安一看那叠得如刀切一般的被子，就觉得眼前一晕——被子有必要叠成这样吗？是不是也用尺子量过？

锦衣人伸手接过嫩黄色的被子，也不管明晏安在，当即和被子滚在了一起，明晏安看他抱着被子滚来滚去抵死缠绵的造型，顿时眼前又一黑，赶紧起身告辞。

那家伙忙着补觉，也没工夫搭理他，这时候他倒想起明晏安是主人来了，挥挥手：“你是主人你自便啊，我就不送了。”

明晏安哪里需要他送，早逃也似的奔远了……

……

王宫西北角，原本是妃子们的住处，后来陆续死了几个妃子，宫室便空了下来，也无人整修。时日久了，宫室蒙尘，野草横生，铃残檐破，石痕斑驳，一派无人居住的破落景象。

这地方除了鸟虫鼠兽爱待，平常人路过都竖起衣领匆匆离开。从宫室残缺大门里刮出来的粘着蛛网的风，总让人觉得阴惨惨的。

所以也很少有人发觉，那门上的蛛网，上次挂那儿，经过一次大风之后还是完整地挂那儿。

若有谁凑近了仔细看，就会发觉，那蛛网不是真蛛网，是细金丝编织后涂了灰。

如果再推开门，就能发现，朽破门轴没发出任何声音。院子里灰尘满地，脚印处处，仔细看却能发现，那些灰尘是粘在地上的，那些脚印看似杂乱无章，其实自有规律。

歪斜的秋千随时可以弹出飞箭，凋零的树叶是薄薄的灰钢片做的，乌黑的树身上刻着阵图的纹路，残破的台阶里藏着机关，檐下的金铃倒是真残了，因为铃铛里拴着细丝，人一碰上就会发出声音，惊动所有机关，并引动埋藏在地下的火药，来个屋毁人亡，让想逃的、想救的，都希望落空。

很少有人知道，这残破宫室，才是玳瑁真正的天牢，在这里，瘐死了玳瑁无数能人豪杰，最近一个死去的，是明晏安那和十五帮勾结、欲图反叛的亲弟弟。

所以这里不需要多少守卫，否则会很容易惊动机关，守卫都在附近的宫室和要道处。

天色渐渐暗了下来，有人走近宫室，掀开大门上的假蛛网，将一盒饭食塞了进去，过了片刻，那门后的石板自动沉降，再恢复的时候，饭食不见了。

地下昏黄的微光里，紫蕊目光灼灼，抬头对着上头看，啪嗒一声饭盒掉了下来。

她接住，打开饭盒，噘起嘴唇，发出几声怪异而低微的声音。

片刻之后，有簌簌的响动潮水般涌来，紫蕊忍住恶心，对黑暗中展开微笑，将饭食打开放在身前的地面上，柔声道：“来……来……”

一团黑压压蠕动着的东西，从暗影处涌出来，无数双绿豆小眼眨啊眨，幽幽地亮。

紫蕊头皮有点发麻。她没想到这没人的地方，竟然有这么多老鼠，眼前的老鼠铺开足有一丈方圆，黑压压如毯。

女人天生怕鼠怕蛇，一次性看见这么多老鼠，对紫蕊也是噩梦，她有瞬间以为自己会昏过去，然而她却对那些恶心的东西展开微笑，将饭食推了过去。

不管多怕，都要继续，她说过，不要成为陛下的拖累。

陛下难道没有怕和为难的时候，不也一路这么扛了过来？紫蕊想着景横波，给自己打气，听那些老鼠疯狂地抢食她的饭。群兽吃东西的声音想不到也这么瘆人，她咬牙忍住不捂住耳朵。

她等那些老鼠吃完，不去看那些翻滚蠕动打架的一团团，发出了几声低低的指令。

老鼠们得了指令，又潮水般从黑暗中卷了出去。

它们咬断所有的暗线，用石头堵住了轮轴，在木头榫上磨牙，打翻了藏在暗处的毒汁。

这些老鼠在这里生活已久，以无数同伴的死伤，换来了对机关的了解和经验，平常它们尽量避开那些机关，因为它们知道，破坏了之后，会有人来修，会有人来灭鼠，所以这些智商很高的小东西，都选择避开。

现在得了指令，它们就疯狂破坏，不过半刻钟，这精心设计的院子，就趋于瘫痪。

速度很快，紫蕊却焦心如焚，她必须在景横波到达这里之前，先逃出去。

她忽然听见头顶有扑扇翅膀的声音，这地下有直通地面的通风口，她抬起头，辨认出应该有大型鸟经过。

她立即发出另一声驭鸟的尖啸。

驭兽术其实很复杂，光口音就分数百种，连教紫蕊这门技艺的山舞，都还没有学全。倒是紫蕊，这宫中的女官，受过专业训练，有韧性有悟性，青出于蓝而胜于蓝。

屋顶上空，那只夜枭身子一顿，一阵扑腾，向下直坠。

与此地相隔足有数里的凝雪阁内，锦衣人忽然睁开了眼睛。

……

紫蕊终究没能拉住那只鸟。

毕竟隔了地面，有些手段使不上，那鸟挣扎了一瞬，还是振翅飞起，紫蕊无奈地叹了口气，心想还要好好修炼。

外头的老鼠们已经清理掉了大部分的机关暗线，只剩下总控的那檐下的金铃，一只大老鼠正沿着檐角飞快地向上爬，胡子下龇出两颗锋利的大牙。

兽类就是兽类，它不会知道这里的不能碰触，紫蕊如果在地面上，应该会谨慎些，可惜她在地下。

那鼠爬得飞快，丝毫没有触及那根颤颤悠悠的线，它看准位置，口一张，咔嚓一声。

线断。

细金线哧哧后退，下一霎就会触发警铃和火药。

老鼠们眨巴着眼睛，浑然不知马上就是惊天动地的灾难。

后退的线忽然一顿。

老鼠们看见面前忽然多了双软靴，顺着靴子往上看，一道人影矗立在墙头，修长的手指拈住了那根要命的线。

兽类对于危险总有直觉，老鼠们呼啦一下潮水般退出墙头，躲入洞中不见。

锦衣人的锦衣，飘荡在夜风中。

他随意地拈着那根要命的线，嘀咕一声："愚蠢的人类。"

然后他将线接回金铃，顺着金铃的位置向下看了看，在右侧的护墙上找到了机簧痕迹，劈开青砖，找到了里头的一根线。

这才是真正要紧的线。

"机关都毁了，等会儿再来人就什么事也没有，这怎么行。"他环视四周，咕哝一声，将那根线扯了出来，接到了门口的假蛛网上，再算算方位，在蛛网周围又布了几根线。

"蠢货，何必多此一举搞这个蛛网。真想靠近这里的人，看见这蛛网，就什么都明白了。"他摇头，对大荒人的智商更瞧低一层。

线接到蛛网上，前来救人的人一般都会先发现蛛网的异常，只要轻轻一掀动……

呵呵。

不要问锦衣人为什么要干这损人不利己的事——他喜欢。

把线牵好，保留了最要命的机关，他才慢腾腾地走回，看也不看宫室的房子，直接在门后的台阶上跺了跺脚，打开机关下了地窖。

紫蕊惊惶地抬起头来，她听见黑暗中有脚步声。

有人从暗处负手走来，意态翩然，有那么一瞬间，她以为两大国师来了。

除了两大国师，她未见过哪位男子有这般的尊贵风华。然而随后浮现的那张脸，是完全陌生的。

那人并没有继续上前，头顶的月光泻了他一身冷白，他的眉目在半明半暗中，画一般精致，也画一般毫无波动。

他对紫蕊点了点手指，问她："活着做我的饵，死了做老鼠的食，你选哪样？"

……

王宫真正的天牢，虽然是这处宫室，但王宫还有名义上的大牢，用来关押一些触犯王权的，不方便公开审理的、次重要的犯人。

今天这座牢里有了新客人，一男一女，罪名据说是在大街上演戏公然侮辱大王。

这里的守卫不能说不严密，但下午换岗后，没人发现，本该在大牢里的那一男一女，已经不见了。

孟破天和白衣人，疾驰在王宫的连绵屋瓦之上。

孟破天很兴奋，她早就想到上元宫来搜宝贝了，一直没机会，没想到和这个"厉含羽"在一起，这夜游皇宫的事居然变得轻轻松松。

至于怎么出来的，反正她看见那家伙轻描淡写地出了牢，顺便把她也捞了出来。

"你知道哪里有好东西吗？"她迫不及待地搓着手，一边遗憾自己的筐子先前遗失了，万一遇见的好东西太多，不够放怎么办？

白衣人的眼眸却盯着王宫西北角的方向，孟破天顺着他眼光的方向看过去，隐约看见一个黑影一闪而逝。

那黑影有点古怪，但她并没有看清楚，她有点惊讶地看着白衣人，这小子眼力真了得。

“你看见什么了？”她问。

白衣人将目光转回，平静地道：“我知道哪里有好东西。”伸手指了一个方向，“你顺着这个方向去找，哪座宫室看起来最奇怪，八成就有你想要的。”

孟破天看着那个方向，似乎正是刚才那黑影一路过来的方向。

她觉得很有道理，这晚上在王宫屋顶上混的，非奸即盗，这家伙保不住是刚从那里捞了一笔跑路，自己赶得巧的话，说不定还能捡到些好的。

“不过既然是王宫，自然没那么简单，不要心急，注意是否有机关暗器。”他又嘱咐一句。

“好，我去也。”她咻的一下蹿出好远，才发觉白衣人没跟过来，诧异地转头，遥遥打手势，“你不去？”

白衣人对她摆摆手，胡乱做了个手势，鬼才能看懂他什么意思。

孟破天无奈，看见底下一班巡城护卫过来了，今晚王宫的守卫很严密，她不能在一处多停留。

这家伙，摆明了要支走她呢。

走就走，谁要跟着他！孟破天哼了一声，屁股一扭分道扬镳。

她直奔那个方向，那个方向本就没多少建筑，过了一个人工湖，就是一排废弃的宫室，其中有几间远远看去尤其残得厉害，孟破天顿时大失所望——这种地方怎么可能有宝？

不过她随即就想起新同伴所说“既然是王宫，自然没那么简单”这句话，静下心仔细观察了一下，便觉得不对了。

那片宫室的位置不算太偏，怎么会那么破败荒凉？就算为了王宫的脸面，也不能破落成这样啊。

她奔向那片宫室，瞅准了最破败的一个门，趁着守卫正好错身而过，猛地掠入那段宫道。

好巧不巧，在对面一道宫墙的拐角，也有一道人影，炮弹般向这门口射来。

砰的一声，肉体撞击声。

两声忍痛的闷哼。

人影乍触又分，寒光各自亮起，孟破天的刀指住对方的肚腹，对方的枪点向孟破天的胸口。

孟破天眼睛里泪珠在打转——那是痛得，对面那个天杀的，一头撞上了她的胸！

对面那个天杀的，一手捂住鼻子，脸色也凶神恶煞——孟破天一头撞上了他的鼻子，现在鼻血哗哗的。

月光下面对面看得分明，两人的口型，都是一个“你”字。

好歹同台献艺过，算是遇上了熟人，裴枢冷哼一声，收回枪，孟破天也收了刀，一把拉住他，躲入宫门拐角，以免被正好经过的守卫发现。

两人挤在宫门内墙内，孟破天的发有点乱了，柔软的细发撩着裴枢颈项的肌肤，发上逸散着淡淡的少女清香，裴枢有点不习惯地动了动身躯，觉得鼻血流得更凶了。

孟破天也有点不自在，身后是男子健壮饱满的胸膛，属于男性的浓郁气息一阵阵扑入鼻端，挺特别也挺好闻，她有点晕晕的，脸上泛起浅浅的红晕。

十七岁的狂刀盟孟六女公子，母亲死得早，也没人教她什么三从四德女子礼仪，多年来作为帮主继承人培养，将来打算招婿，接触的多是五大三粗的江湖人，叔叔、伯伯辈居多，从未真正和青年男子这般接近，一时竟有些发怔。

裴枢稍稍不自在后，便恢复过来，推开她，向门上那个蜘蛛网探出长枪，他已经发现这蜘蛛网有问题了。

假蜘蛛网后连着的细丝闪闪发光，锦衣人留下的埋伏，将要被触动。

……

第七十二章 大神vs锦衣人

孟破天忽然伸手，一把按下了裴枢的枪尖。

裴枢对她怒目而视，孟破天毫不示弱地瞪他一眼，做了个“可能有危险”的手势。

刚才裴枢的枪尖一递，反射月光，孟破天瞧见好像有一根线，连在蜘蛛网后的破洞上，便想起白衣人“注意是否有机关暗器”的嘱咐。

她这难得的细心举动，无意中救了两人一命。

裴枢先前的位置，看不见这线，孟破天一指之后，他也发现了。那线绷得很紧，说明靠的是扯动力量来触发机关，只要一推门，就会出问题。

孟破天拍拍他，对上头一指，示意不推门，可以爬墙啊，对武林人士来说，爬墙才更正常。

裴枢似在沉思，慢慢摇了摇头。

问题就在这里，对方不可能对武林人士的习惯不了解，所以推门会触发机关，爬墙一定也会。

裴枢闭上眼，算算方位，一伸手拿过孟破天的刀，哧的一声轻响，将半边宫门劈开。

劈的当然是没有假蜘蛛网的半边，正好够一个人出入的位置。

他将劈下的半边门板卸下，果然没有任何动静，他先钻了进去，贴着墙边走了几步，招手示意孟破天进来。

孟破天照做，心中也暗暗佩服，想着这家伙看起来炮筒子一样，遇事竟也这么细心，而且法子轻松又巧妙。无论机关在门背后还是在院子里，都不可能在内围墙上。从没有机关的半边门进去，贴着墙走，果然安全无虞。

进了门，两人才发现，门后和院子里，果然阴险地纵横着几条细金丝，孟破天佩服地看了裴枢一眼，裴枢却有点佩服地看着那丝——不多，就两三根，可那位置刁钻巧妙，无论从哪处墙头落下，都必定会触及。设计这机关的人，几根线信手拈来，却恶毒又精准，真真是了不得的高手。

孟破天进了门，便想往内庭冲，被裴枢一眼瞪住，裴枢的眼睛一直盯着地面，看那几根丝的走向，忽然走到靠近门后的台阶处，跺了跺脚。

地面轧轧微响，台阶陷落，现出地室。

孟破天心中暗惊，这宫室机关的设计果然特别，处处和人的思维反着来。宫室破败，让人不想靠近。正常人进来都会直奔内室，但真正的要害反而在门口处脚底，一般人还真想不到。

只是这院子内的机关好像还是少了些，不过就那一个蜘蛛网，就够人喝一壶了。

两人当然不知道，院子里的机关都已经被毁，剩下的蜘蛛网，还是锦衣人的恶作剧。

地室不大，能一眼看清没人，裴枢眉头一皱，心想此处这么着紧，一定是关苏紫蕊的地方，但现在她去了哪里？

让孟破天失望的是，这里虽然诡异，却没有宝贝。

“你到底要找什么？”她这才想起来问裴枢。

裴枢此时心中正烦躁，他本想救出苏紫蕊，好好在景横波面前表表功，顺带气气她：带着个瘸子有什么用？还不是需要裴少帅出马？谁知道地方找到了，人却不见了。

他没好气地道：“关你什么事？走开！”

孟破天呼吸窒了窒，脸色猛地涨红，她向来在狂刀盟里受尽宠爱，哪里受过这样的态度，想发作，又怕招来守卫，想出手，又自知不是裴枢的对手。

更重要的是，少女对眼前的男子，有隐秘细微的好感，因此这一句呵斥，便显得更加不能接受。

怒极之下，她一指裴枢的鼻尖，狠狠地道：“谁稀罕跟着你！老娘现在去干老娘的事，有种你不要跟来！”

裴枢正专心在地上研究脚印，头也不抬：“跟头母猪也不跟你！”

“死公猪！”孟破天低骂一句，转身就走。

她走了两步悄悄回头，只见裴枢还蹲在原地研究脚印，看也没看这边。

女汉子孟破天难得的少女心，啪地裂了一条缝。

她发了一阵呆，想着算了，还是去喜欢那个“厉含羽”好了，他比裴枢厉害，比裴枢温柔，比裴枢体贴，比裴枢细心……

他去的方向，她知道，摸过去找就是。

她身子一闪，往凝雪阁方向而去。

片刻后，裴枢身形一闪，上了先前锦衣人待过的檐角，低头寻找一阵后，确定了锦衣人大概可能前往的方向，也闪身而去。

……

景横波和穆先生、柴俞三人，在夜色初降的时候，才进了宫。

上元城大是一个原因，景横波选择一路步行，故意走得慢也是一个原因。

她想借这个机会，好好看看上元城。一个城池的格局气象，可以看出执政者的胸襟、智慧。

柴俞在一路上，给她指出了哪些是商业区，哪些是居民区，哪些是官员居住区和办公署。上元的格局，和其余王都没什么太大的区别，唯一有区别的是军营，整个王城的外围都是军营，将百姓和王宫紧紧包裹在内，这种格局的好处是外可御敌，内可护驾，一旦王宫出事，军队可以从四面八方会聚而来，第一时间掌控所有的街衢要害，避免了在某一位置群居，调动时可能被阻的情况；坏处是略略显得分散，而且包围王宫很容易。

这就说明，明晏安一定将军权牢牢抓在手里，而且非常有信心，否则绝不敢设置这样一个可以困死自己的局。

能一直将军政大权抓在手里的统治者，不会是弱者。

明晏安在几次刁难之后，似乎也放弃了再自取其辱，也不阻拦她一路观察上元。

景横波到的时候，连宫门都没开，自然也没人迎接，宫门前的护卫如常守卫，对景横波的到来一脸茫然，似乎根本不知道女王要来这回事儿。

景横波知道明晏安的毛病又犯了，不过笑笑，也不等，转身就走，大声道："今晚正好在城内多住一晚，我也瞧瞧上元的夜景。"

果然，宫门立刻便开了，一个黄门官出来迎接景横波，将三人一直引入了王宫正殿。正殿灯火通明，百官雁列，明晏安金冠礼服，端然高坐，赫然是一副接见臣子的架势。

景横波原以为明晏安会私下约谈，没想到他摆出了全副阵仗。这么做对她的好处是，他将事情摆在明处，算一种坦荡的态度，那么暗杀或明着将她留在上元的可能性减小，毕竟谁想杀人，都会下意识地避开人多的场合；坏处是将她的不利形势放大，只要她上殿，这群人就会立刻如县衙的衙役喊"威武"一样，对明晏安下拜，好衬托出她的参见之势。

所谓两国谈判，其实和商界谈判也差不多，比口才比心机比智慧，争气势争主动争上风，锱铢必较，寸土必争。

她的人被挟持，她过来谈判，实际已经落了被动，一开始必有人给她下马威。

她在殿口一停，殿内众人的目光齐刷刷转过来，惊艳是难免的，更多的是惊讶、疑惑、审视、敌视、不安……而远处明晏安的声音遥遥传来，许是被空旷的大殿传声，听起来沉厚又威严："前来者可是女王？为何逡巡不入？不愿？或是不敢？"

殿中群臣露出会心的微笑，看着她，试图用目光逼得她难堪。

景横波也会心地微笑——明晏安还是心虚啊，话说得太多了。

她看看穆先生的轮椅，忽然一招手。

大殿里，丹墀上，两只铜鹤忽然飞了起来，在众人惊骇的目光中，啪的一声落在了殿门口、景横波面前。

景横波含笑对穆先生道："劳烦先生，帮我也弄个椅子。"

穆先生莞尔："乐意为陛下效劳。"伸手将两只铜鹤的长颈轻轻扳下，和鹤背平齐，绞在一起，使两只铜鹤的背成一个可以坐下的平面。

满殿无声，文官们的眼珠子几乎要凸出来，他们没见过数百斤的铜鹤在天上飞，更没见过沉重坚硬的铜鹤在人手中跟可以揉圆搓扁的烂泥一样。

武官们脸色更加不好看，他们练武，更清楚这两手代表的是什么。

穆先生三两下将铜鹤弄成椅子状，伸手一让："陛下请。"

景横波手一挥，一截幔帐坠落，霓虹般再次飞过众人的头顶，正落在了铜鹤椅子上。

然后她坐下来，笑吟吟地跷起腿，坐在了代表皇家尊严的铜鹤上，垫着皇家大殿的绣龙幔帐，在大殿的高门槛外，遥遥对着那头的明晏安。

铜鹤高，门槛也高，她的背景是阔大的广场和高大的宫门，属于自然的宏大气象。群臣们看过去，恍惚中觉得那才是王者气派。

大殿上的明晏安，似乎忽然矮了。

满殿的人还没从震惊中回神，大殿那头的明晏安正要发作，景横波笑吟吟地伸指，朝他一点。

"以前我听过一句非常恶心的话。"她笑道，"现在，我把这句恶心的话送给同样恶心的人——谁若折了我闺密的翅膀，我定毁他整个天堂。"

殿上本来很静，现在更静了，连呼吸都似被这句恶心的话忽然逼回了咽喉里。

群臣望着坐在铜鹤上、和明晏安遥遥相对、姿态娇媚、眼眸却亮如星辰的女王，不管之前心中对她多么不以为然，也不得不暗暗地承认，最起码在气势上，她没堕了女王的威风。

不是谁都能在这样的故意压迫情境下，保持尊严，并迅速扳回局势的。

好一会儿，明晏安的声音才从大殿那头传来，已经带了怒意："景横波，你休要狂妄太过！"

"明晏安，你休要得寸进尺！"景横波一句不让，"我才是王权正统，是名正言顺的黑水女王。我来了，你就该迎出上元，交上王玺，迎我入这天泰殿，率百官参拜我才对。我还没计较你不遵正统、无人臣法度、掳我女官之罪，你倒先和我摆起谱来了。你狂得还知道自己是谁吗？"

"景横波！"明晏安怒喝，"休逞口舌之利。玳瑁王权，国之重器，岂是你一个外来女子可以随意窃取的？你公然在我大殿之上，毁我铜鹤，坏我规矩，辱及我玳瑁君臣，你问过我同意吗？问过诸臣同意吗？问过我上元三十万军民同意吗？"

"哦？"景横波哈哈一笑，"那你鸠占鹊巢、霸占王权不放、公然挑战新王，你问过我同意吗？问过我麾下诸将同意吗？问过大荒千万子民同意吗？"

"少拿千万子民来压本王！还真以为大荒千万子民算你的子民？"

"少拿三十万军民压朕！你真以为上元三十万军民都算你的人？"

"本王现在就可以留下你，最起码我这殿内外五万军队，是本王的！够不够留下你？"

嚓的一声，殿下的佩刀禁军齐齐刀出半截，刀气和眼神的寒光，直逼景横波。

景横波哈哈一笑，手一抬，明晏安身边掌扇太监手中的扇子忽然脱手，飞到丹陛之下，嚓的一声在一名禁军刀身上抹过，砍出尖锐的断口，再唰地飞到明晏安身前，尖端直逼他的咽喉！

这一手突如其来，明晏安冷不防咽喉之前已经多了尖锐的扇柄，惊得啊的一声大叫，下意识地向后挣，身后却是宝座靠背和屏风，逃脱不得。

群臣惊叫声起，无法置信地看着那孔雀羽扇——扇子怎么能自己动作，悬浮空中？这是何等神功？

惊叫声里，景横波笑声清晰："朕现在就可以杀了你，最起码这把扇子，是朕操纵的，够不够杀了你？"

大笑声里，扇子向前一刺。

明晏安不顾一切地腾身而起，与此同时一个将领狂扑而上，拼命拽住扇子向后一拉。

哧的一声，那扇柄尖利的断口将明晏安的王袍胸口部位扯出一条长长的裂缝，露出里面白色的里衣，差一点就袒胸。

景横波在殿那头媚笑："哟，还有胸大肌！"

明晏安狼狈地站在宝座上，伸手掩住破裂的衣襟，脸上有一霎的尴尬和惊怒，随即慢慢平静下来。

景横波一直观察着他，看他这么快平静下来，不禁皱了皱眉头，和穆先生交换了个眼色。

看来，不是个简单角色呢。

啪的一声，扇子落地，景横波眼底闪过一丝可惜。

刚才那一瞬，她是想一不做二不休，干脆杀了明晏安的。

但她没有把握，她不能确定此处的臣子是否能在明晏安死后，立即效忠于她。跟随明晏安多年的老臣，未必能够接受她这样一个离经叛道的外来主子。

还有军队，军队是明晏安的死忠嫡系，一旦她杀了明晏安，军队十有八九要报复，他们三人，在这步步是敌的上元，很难走出去。就算能走出去，上元的归心也会变得困难，保不住杀了一个明晏安，再来一个黑晏安，照样占据上元，和她对峙。

她还是想要和平过渡，减少杀戮。

所以最后一霎她放弃了，这一放弃就等于完全放弃杀明晏安的机会，因为这样猝不及防的出手只能有一次，以后明晏安再面对她，会从头防备到脚。

宝座上，明晏安整理好衣襟，自己爬下王座坐好，再开口时已经毫无尴尬之色，也没了刚才咄咄逼人的气势，云淡风轻地道："女王好手段。"

"不敢。"景横波立即也态度放松，笑嘻嘻地道，"仅能自保而已。当然，被激怒了才会杀人。"

两人对望一眼，各自在对方眼底看见隐晦的敌意和笑意，各自在对方的眼底读出"此乃狐狸"四个字。

试探能力的武戏已过，接下来就是水磨功夫的文戏。这才是谈判的重头戏。

当然，一开始的气势对抗如果落了下风，就没有后来了。

明晏安笑得从容温和："方才失礼了，请女王恕罪。女王远道而来，小王未曾出城迎接，歉甚，因此特备薄酒、歌舞以赔罪，女王可愿赏光？"

“好说好说。”景横波道，“不过就这种格局看戏、吃饭？太肃穆了吧？你我一见如故，友好邻居，会谈理应在亲切友好的氛围中进行，对吧？”

群臣望着笑得亲切的女王，听着她满嘴胡话，想着刚才她横眉竖目要用扇子杀人的模样，再看看自家主子此刻也笑得一脸春风，顿时了悟自己为什么不能称王称霸——不够厚脸皮！

“自然自然，”明晏安从善如流，立即吩咐，“撤去护卫，重新布置！”自己也不端然高坐了，亲自下殿来。

那边太监、宫人齐动手，重新安放席位，布置场地。明晏安和众臣的席设在左面，景横波三人的席设在右面，这回看似平等了，只是数量上依旧极具压迫性，左面黑压压的几十席，右面只有寥寥三席，对比起来，显得右面颇为可怜。

景横波对这种不动声色的压迫也不动声色，这个没什么好挑理的，谁叫你人少。

“女王请。”明晏安伸手揖客，笑得热情。他的随从给他披上大氅，遮住了漏风的王袍。

他没有要求去换衣服，生怕换衣服的时候景横波来一手掀开屏风，他就真走光了。

景横波也笑：“请，请。”

两人各自入席，丝竹声，歌舞起，新一轮交锋，在诡谲的眼神和柔软的笑意以及绵里藏针的语言中，开始。

……

大殿交锋风雷霹雳与丝竹歌舞并存，凝雪阁栗子和瓜子同飞。

锦衣人左边一篓栗子，右边一袋瓜子。左右各一个护卫，用奇形小器具剥着栗子和瓜子的壳。

没办法，这位主子爱吃零食，但不喜欢自己动手剥，嫌脏；也不喜欢别人剥，嫌脏。最后他只好亲自设计了剥这些干果的器具，器具剥。

其实这天下还是有一个人剥的栗子、瓜子，他肯吃，但那个人不在。

而且那个人剥瓜子、栗子，每剥一次都有要求，这位因此在国内逐渐改了吃瓜子的毛病，没办法，那家伙一颗瓜子一个要求，心黑得要命。

好在出国可以好好过过瘾。锦衣人眯着眼睛，有一颗没一颗地拈着玉盘里的瓜子仁，想着不知道为什么，好像还是小蛋糕剥的瓜子比较香？哎，其实她的要求好像也不算多，不就是一颗瓜子一件事吗？

殿内很安静，只有咔嗒咔嗒剥瓜子、栗子的声音。

他对面坐着苏紫蕊，女官跟随女王日久，见过不少风浪，此刻虽然有些不安，却不卑不亢，坐在那里也不说话，仔细观察着对面的锦衣人。

锦衣人根本没看她，这女官有点气质，所以他没有虐待她，但要想他给再多关注，没门。

拎她过来，只不过是她的驭兽术引起了他的兴趣而已。

苏紫蕊因此更加不敢造次，她见识过很多牛人，此人的风采，依旧可以在她所认识的牛人里排前三。

居移气，养移体，身份贵重自有相配的气质，宫廷女官那双眼，不会看错。

眼看对方漫不经心，紫蕊干脆自己开诚布公："多谢阁下方才相救，阁下能否好人做到底，放了小女子？事后我家主子定有回报。"

"行啊。"锦衣人曼声答。

紫蕊刚心中一喜，就听他道："叫你家主子来给我剥瓜子，剥得满意就行。"

"阁下请勿侮辱我主！"紫蕊怫然不悦。

锦衣人吃着瓜子："一般人想我侮辱我都懒得，比如你。"

紫蕊盯着他面上的神情，这人不是故意无礼羞辱，也不是故意炫耀，他是真的不在意，视天下人如牛马那种。

没有需求，没有在意的人和事，没有弱点，这样的人很难打交道。

紫蕊干脆不说话了，她不能自取其辱，更不能给主子带来侮辱。

她等着锦衣人去睡觉，自己再想办法逃脱。锦衣人却不睡觉，明明哈欠连天，却依旧身子团成一团吃瓜子，似乎在等着什么。

她不说话，锦衣人却和她说话了："你会驭兽？"

紫蕊警惕地答："只会浅显的一点点，比如驭使老鼠。"

"你帮我把这院子里的鸟兽昆虫统统赶出去，"他道，"我就……"

紫蕊刚刚心中一喜，就听他继续道："……允许你吃点瓜子、点心。"

他招招手，侍卫送上一盘点心，他在叹气，对着盘子左看右看，苦着脸。

这么难吃的点心，让这丫头吃好了，她吃得香，他说不定也会有点胃口？

唉，出门在外最痛苦的，就是没一餐人可以吃的东西啊……

他想念小蛋糕……

紫蕊险些一口血喷在他的瓜子上，忍了忍才铁青着脸道："小女子不想吃，谢了。"想了想终究忍不住，道，"如此难吃的东西，也亏你当宝贝一样拿来赏人。"

她是故意寒碜他，不想锦衣人听了眼睛一亮，道："你也觉得难吃？"

紫蕊看他一脸遇上知音的表情，只觉得头痛，这种深深的无力感，她只在一开始遇见景横波的时候感受过。

她只得道："对，这根本不是人吃的东西。"

"对！这根本不是人吃的东西！"锦衣人态度大变，热情地道，"知音啊知音！"

紫蕊又想吐血了。

"想必你厨艺不错。"锦衣人道，"会做蛋糕吗？"

紫蕊怔了怔，"蛋糕"这个词，她是听过的。前不久是她的生日，景横波还念叨过如果不是在抢地盘，该给她做个蛋糕才是。她还描绘了蛋糕的模样，听起来很诱人。

"那种……香香软软的……"她努力回忆着描绘，"底下是黄色的，上面可以有奶油和水果的……"

"然也！"锦衣人霍然坐起，那种卧龙般的懒散尽去，满眼都是灼灼的光，"你果然知道什么是蛋糕！那这样吧，你去做一个，我就……"

紫蕊也目光灼灼地盯着他，等着他说“放了你”，她就先忽悠他，下点迷药什么的。

谁知道他道：“……允许你吃一半。”

紫蕊又想吐血了，只好无奈地道：“我不会做。”

锦衣人眼神斜斜地飞过来，忽然一笑：“你救了你自己一命。”

紫蕊愕然，心想至于吗？就算自己骗了他，至于丢命吗？

不过她瞧瞧这人的做派，八成，至于。

“你让我有点不愉快了。”锦衣人又躺了下去，排着小几上的瓜子壳，“听你的口气，多少是会厨艺的，给你一个赎罪的机会，立即做出我能接受的食物来。否则……”

他没有说下去，他这种人，威胁不需要出口，聪明点的人自己都能感觉得到。

紫蕊直觉他对于吃有种奇异的执着，尤其是他对蛋糕的兴趣，蛋糕这东西，大荒可没有，她似乎只听女王提过，莫非这人和女王来自同一个地方？

她便努力回想女王提过的食物，跟着一个护卫去了院子里的厨房。

她做得好的话，这人也许会良心发现，放她一马呢？

紫蕊刚走，锦衣人便点点手指，护卫们剥瓜子、栗子的手立即一停，他凝神听了听外头的风声，眉头一皱，却又点点手指，示意继续。

过了一会儿，侍卫们送来一盏银耳燕窝羹，汤汁乳白，烟气袅袅。

锦衣人身边的侍卫去接了，银针一试无毒，便要奉上来。

锦衣人却一皱眉，道：“烫。”

这燕窝羹其实不算烫，侍卫肯定计算好了时辰，在不那么烫也不那么冷的时候奉上，但主子说烫那就一定烫，侍卫二话不说，将那瓷盏放在了窗边，窗扇微微掀开一条缝，正好可以吹凉。

放下瓷盏的时候，侍卫忽然发觉，刚才那袅袅的白气都没了，现在别说烫，盏里那燕窝羹表面一看就是冷的。

倒是瓷盏的下部，触手还是热的，给人的感觉，像是上半截被迅速冷冻过，下半截还保持着原有的温度。

侍卫觉得奇怪，下意识地又抽出银针试了试，银针一入瓷盏便黑了。

侍卫大惊失色——刚才明明验了无毒！

同一盏燕窝羹，同一根银针，没离开过他的手，没出现任何人，这毒怎么来的？

身后的锦衣人忽然道：“头痛，德语，来按摩。”

那侍卫德语只好放下疑问，也放下瓷盏，回身伺候锦衣人。

他并不太担心，反正主子什么都能搞定。

锦衣人慢慢吃着栗子，德语用白布遮在他的额头上，给他轻轻按摩头部。

窗台上的瓷盏，冒着袅袅热气。

热气刚才没有，现在又有了。

更奇怪的是，风是向里吹的，热气也应该飘向室内，但此刻那淡白的热气，却一线悠悠往窗外钻去。

过了一会儿，锦衣人随口道："差不多了吧？"

德语过去端来燕窝羹，此时羹已冷，锦衣人似乎没打算喝，看了那羹一眼，又看一眼窗外，唇角一勾。

"第一回合，平。"他道。

侍卫们没听懂，但也不需要懂，主子做的事，不需要凡人懂。当然更别问，主子做的事，不需要给凡人解释。

又过了一会儿，厨房那边传来香气，锦衣人吸了吸鼻子，很有兴趣地问："这香气有点熟悉，那女人在做什么？"

德语去问了，回来说在做火锅。

火锅在大荒还没有，他们那里这两年已经普及，当然自从出来之后，主子就没吃过火锅，侍卫们都很兴奋，希望这久违的火锅能暂时治好主子的躁郁症。

紫蕊确实在做火锅，她原本没想出来可以做什么，却看见了厨房里的小火锅，想起景横波曾提过这东西，还说等事情忙完大家涮边炉，她一边诧异对方连这个都有，一边借着厨房原有的原料，做了个类似火锅的一品锅。她的厨艺原先一般，出来后跟着高手拥雪学过，现在也算不错。

厨子将小火锅端了出来，锅下还燃着红红的炭火，德语用一块雪白的棉布垫着，端着往殿内走。

德语吸取刚才燕窝羹莫名其妙染毒的教训，把火锅的盖子盖得紧紧的。

但火锅却越来越烫，德语低头一看，底下炭室的炭烧得很旺，像有人在吹火一般。

热力透过炉底和垫手的棉布，传到掌心，火辣辣地痛，德语只好把火锅放在一边，把棉布在旁边的湖水里浸湿，再垫在手上，托着火锅。

厨房旁边就有水缸，厨子刚用过缸里的水，没有任何问题，他却不敢用，宁可走到观景湖边，在湖水里浸湿棉布。

偌大一个湖，没法下毒不是？

湿棉布的时候，他感觉到水里的碎冰，激灵灵打了个寒战，心想大荒真是冷，这时候东堂应该还没下霜呢。

取水的整个过程中，他眼睛一直盯着火锅，确定没有任何动静。

浸透了冰水的棉布垫在手中，果然不再烫。

炭火慢慢地燃着，棉布上的水汽也渐渐干了。

德语进门的时候，火锅火候正好，银丝炭的香气幽幽散开。

锦衣人果然很有兴趣的样子，坐起身来，中文摆好小几，德语将火锅捧来放上。

他正要布碗筷，锦衣人的目光忽然落在他手中的棉布上。

棉布已经干了，只有边缘有一点点湿润。

锅盖打开，香气浓烈，将银丝炭的炭气压下。

锦衣人拿着银碗、银筷，注视着沸腾的清汤里玉兰片、鱿鱼片、羊肉片、牛肉片，和各种红、绿、紫、褐色的翻滚的调料，忽然笑道：“辛苦了。”

中文、德语、意大利语等人都一愣，万万没想到这么一句话会从主子嘴里说出来，受宠若惊般热泪盈眶地道：“多谢主子关爱，我们不辛……”

“烧着这锅火锅不容易啊，一会儿旺一会儿冷的。”锦衣人舀起一勺清汤，一本正经地倒在底下的炭块上，对那些炭块道，“你们辛苦了，来，喝口汤。”

中文、德语、意大利语：“……”

啊啊啊……人不如炭！

德语还算有悟性，悲愤完心中便一惊——这火锅还是有毒？炭中有毒？汤中有毒？炭中有毒不可能啊，燃烧会将一切毒性烧掉。那就是汤中有毒？

一勺汤将炭火全部熄灭，侍卫们脸色紧张，锦衣人若无其事，点点那锅，不耐烦地道：“舀啊！”

侍卫们赶紧舀汤，脸色更紧张——这不是有毒吗？主子还要舀它干吗？难道是想毒回那暗中下毒的人？

中文等人不能不紧张，从东堂到大燕到南齐到大荒，这一圈逛遍了，还没见过出手这么无影无踪的刺客。虽然每国自有高手，比如南齐那个牛烘烘的太史阑，但人家胜在强悍，似乎也没这么出奇的手段。

这凝雪阁内外，都是主子身边久经训练的精英侍卫，在国内就应对过无数风浪，等闲高手根本无法靠近十丈以内。现在不仅被人混进来了，还被人下手了，不仅下手了，还下手了两次。两次中，自己这些精通各种暗杀手段的行家，一次也没发现，甚至没明白人家是怎么出手的，德语刚才出去已经给所有暗处的护卫打过暗号，但到现在也没回音，说明所有人都没找到那人在哪里。

这简直不可思议。

是他们从国内到国外，首次遇见的大敌！

汤舀好，锦衣人指指自己，中文将汤送到他面前，锦衣人端起就喝。

“主子！”中文等人大惊，跪下抱住他的腿，“不能啊！”

第七十三章　深情

“主子，别和那人计较！万万不能拿万金之躯开玩笑！”

“主子别喝！属下等这就泼了！”

一众忠仆惊慌失措，失态地抱住锦衣人的大腿，拼命想要主子打消“服毒自杀”的荒唐念头。

虽说常人不会好端端的要吃毒药，但咱家这位可说不准，保不住他兴致一来，想要尝尝毒药的味道呢？“兴致一来”这种事，对于别人，也许就是骑个马、打个猎什么的，对于自家主子，那叫“万事皆有可能”。上次他兴致一来，把皇后娘家的一个恶霸架火烤了，肉分给百姓吃了，每个来领肉的百姓，不仅不要钱，还倒贴一枚铜钱……

锦衣人一怔，先是不习惯地皱皱眉，再低头看看泪眼模糊的侍卫们，脸上渐渐浮现出古怪的神情：“你们真的不让我喝？”

中文等人摆出一张张恳切得不能再恳切的脸，频频点头，生怕不能打动自家号称“东堂第一怪”的主子。

锦衣人沉默了一下，道：“拿六个碗来。”

德语便去拿来了六个碗。

锦衣人道：“舀汤。”

六碗舀满，锦衣人下巴点了点，示意他们一人取一碗。

侍卫们隐约明白了他要做什么，脸色渐渐惨白。

“你们不让我喝，”锦衣人笑容可掬地道，“那就你们自己喝吧。”

“主上！”中文失声道。

“喝呀。”锦衣人双手抚膝，神态亲切，“你们也辛苦了，喝口汤吧。”

中文等人欲哭无泪——刚才为什么要对着那“喝”汤的炭，露出羡慕嫉妒恨的眼神？

“怎么？”锦衣人犹自步步紧逼，“我难得赐你们喝汤，你们都不喝？”

“主上！”中文一咬牙，“君要臣死，臣不能不死。您就是我们的君，您的话就是圣旨。中文谢主子恩典！”仰头壮烈地一饮而尽。

“主上……”德语泪汪汪地道，“虽然不明白为什么，但是我们就是死，也不会违抗您的意思……”也喝了。

“主上！”意大利语大声道，“以后咱们不在了，日语那帮龟蛋伺候不好您，您可得好好照顾自己……”一口喝干。

英文、拉丁文和法语也各自喝了，各种壮烈。

锦衣人似笑非笑地看着，目光流转，似乎心情不错，等他们喝完，也端起面前的碗，一口口喝了。

啪嚓啪嚓……六只碗摔碎在地，中文等人呆若木鸡地看着锦衣人喝汤，好半晌才反应过来，都哭号着扑过去，再次抱住了他的大腿。

“主子您不用陪我们一起死啊……”中文热泪纵横。

“啊啊啊！主子我们死得甘愿，您千万珍重万金之体……”德语眼泪汪汪。

“主子我就知道您舍不得我们，日语那帮龟蛋就是伺候不好您……”意大利语抱腿哽咽。

“滚开，一群蠢货，我的脸都给你们丢尽了。”锦衣人一脚一个踢飞，夹起块玉兰片吃了，瞟一眼屋外，脸上的表情也不知道是叹息还是高兴，复杂得很。

中文等人瞧着那慢慢平静的火锅，若有所悟……那个，汤里没毒？

“小的们吃了亏，但我测到了忠心。”锦衣人也不知道是在对谁说话，举了举碗，“第二回合，还是平。”

他似终于来了兴趣，饱饱地吃完了一碗，才令德语将锅给撤了。

德语莫名其妙地把锅端下去，心想问题如果不在汤里，那在哪里呢？

锦衣人吃饱，擦了擦嘴，将手巾方方正正地叠起，才道：“不行，你暗我明，你上我下，你主动我被动，我那群护卫还死蠢，这样我会输。该我出题了……”他忽然一笑道，“去把那女人杀了。”

“是。”中文立即动身。

四面没有动静，锦衣人眉梢一挑，恍然道：“原来你关心的并不是她，你保不住还希望我杀了她呢。那你来的目的是什么……啊，你不会是来探探我的斤两的吧？”

四面还是没有动静，锦衣人曼声道：“你在乎的不是那个女官，那我来猜猜你在乎的是谁吧。如果我猜中了，你要不要出来和我谈谈心？哦对了，中文，”他和他的大侍卫道，“听说女王陛下正在前殿？”

“是。”

“你说，假如我派人和她说，万物懵懂，非在梦中，只因有人蒙你于鼓中，她会不会来看看我？”

外头忽然一声细响，听起来像是薄冰乍裂。

锦衣人手一抬，桌上的瓜子壳忽然唰的一声聚拢，尖头朝外，黑旋风般扑哧一声穿透窗纸，扑向窗外。

远远看去如一柄宽大的黑剑，剑挑黑暗。

瓜子壳轻软，但瓜子壳之剑瞬间冲破窗纸，连木质窗棂都被打了个七零八落，可以想见，这些瓜子壳如果撞到人脸上，那人从此便得是个麻子。

但那些瓜子壳似乎并没撞到实体，唰的一声，一道风声从刚才撞破的窗纸处卷了回来，风声比刚才更响更重，隐约可见晶光闪烁，似乎还包含着黑黑的东西，再仔细看，回来的还是瓜子壳，只是每个瓜子壳上，都裹了一层坚硬的冰雪。

那些冰雪瓜子壳扑入室内，直袭锦衣人的周身大穴！

中文、德语等人立即扑上，挥舞刀剑去挡，锦衣人原本带笑散漫地看着，此时反倒变色，喝道：“退下！”

他的命令一出，护卫毫不犹豫便退，但已经慢了一步，那些原本冲向锦衣人的冰雪瓜子壳，忽然散开，撞在了护卫们的身上。

“蠢货。”锦衣人手一抬，手中的栗子滴溜溜飞出，却不是飞向窗外，而是直弹上天，一颗栗子碎一块瓦，速度极快，啪啪啪声里碎瓦四溅，整个屋顶的瓦片像被弹钢琴一样，都在飞弹跳动。

飞弹的还有雪白的衣角，每片屋瓦被击碎，都有雪白衣角一闪，闪向下一片屋瓦，栗子噼里啪啦击在屋瓦上，屋瓦噼里啪啦接连碎裂，那衣角每次都能在屋瓦碎裂下陷前闪开，屋顶上白影青瓦闪飞连绵，看得那群护卫眼花缭乱。

这是速度对速度的比拼，屋瓦能在白影闪开之前先碎完，令白影坠落，白影就输了。

但白影每次都在屋瓦碎裂之前堪堪闪开，看上去锦衣人似乎胜不了。护卫们却长出一口气——主子是先击四角的屋瓦，再击中心的屋脊，地方包围中央，逼对方逐渐往中间躲闪，那么当屋瓦被全部击碎，那人再无落足之处时，就必定掉落。

眼看这第三回合，便是自己的主子胜了。

片刻之间屋瓦全碎。

众人眼看最后一片碎瓦从白影脚下坠落，白影往下一沉，正要欢呼，白影身子忽然横空一顿。

随即众人瞪大了眼睛，看见白衣人脚下忽伸出一截冰柱，闪电般向两头延伸，搭在了左右屋顶。

冰柱成了横梁，冰柱之上忽然延伸出冰面，如两片冰瓦向两边延伸，渐渐漫过屋顶。

眼前可谓是奇景，一道冰梁横贯，头顶的屋顶尽成冰瓦，透过透明的屋顶，可以看见湛青的天空，闪烁的星光，和远处浮云里，一弯冷冷的月亮。

透过那一层透明冰屏看到的月，特别凄清润凉，晕出些蒙蒙的光，星光也似变大了些，一团一团的。

在冰瓦完全合拢之前，那人悠悠落下，轻轻坐在冰梁之上。

他头顶冷月天星透明瓦，身下冰柱横梁，雪白的衣角垂落，在空中悠悠拂荡。

这样的背景，这样的姿态，这样仰首看过去，那人似渡星光，步冷月，自广寒宫中来，一身雪衣不染尘，谪落人间。

护卫们不由自主地屏住了呼吸，在为这般仙人姿态震撼的同时，也警惕地发觉了危机——冰柱只有手臂粗，坐着那高颀的人，却毫无断裂迹象。

这武功，足够惊世骇俗。

护卫们试图将锦衣人护在中间，锦衣人却抬头一笑，道："喂，你的伤势还好吗？"

冰上之人不回答，衣角流风。

"你这手很漂亮，不过当着我的面用冰雪疗伤，真的好吗？"锦衣人还是那懒得起身的模样，抱着他三斤重的嫩黄色柔锦被，摇头，"论智慧，我未必输给你；论武力，你却在衰弱期，和我斗，你必输。"

"伤病是我的弱势，不过，你也有你的弱势。"冰柱上的白衣人终于开口，声音清清冷冷，"和我斗，你想做孤家寡人？"

锦衣人脸色一变，回头看自己的护卫，不知何时，他们已经全部倒下。

他似乎有点意外，皱眉看了看，没有冲上前去查看，只用脚翻死狗一般翻了翻脚下的德语，看了一眼，叹了口气：“够狡猾。”

冰上之人唇角一勾，自动把这话算成夸奖。

锦衣人挑着眉，心里也微微惊异——大荒之中，也有这样的能人吗？若大荒随便一个人都这种智慧、能力，早可以吞并东堂了。

他和白衣人斗了三个回合，其间的精妙只有两人知晓。

第一轮德语端着燕窝羹行路的时候，白衣人以带毒的细微冰晶洒落羹中，那些冰晶被热气遮没，无声倾入羹中，德语根本发现不了。所以燕窝羹的表面，很快就失去了温度，而德语手扶着的是瓷盏的下半截，因此没有察觉表面温度降低。

锦衣人看似随意，实则目光如电，一眼看出热气忽然没了，便知道出了问题，所以将计就计，把燕窝羹放在窗口，不是要吹凉，而是他遥遥运转功力，令燕窝羹恢复温度，开始汽化的燕窝羹，会将表层含毒的部分重新蒸腾出去，送入在外之人的口鼻中。

当然，当时白衣人已经离开了窗口。

两人都识破了对方的打算，因此锦衣人说，平局。

第二轮德语送火锅。白衣人也在附近，以至阳内力将炭火鼓热，温度高了自然令德语感到烫，感到烫他自然会想到，将棉巾用冰水浸湿可降温。其实这时他如果就在水缸打水，那什么事都没有，可偏偏他经过了第一轮的事，之后必然会更小心，便用湖水打湿棉巾，这时湖水里无数的细碎浮冰中，自然就有了含毒的那一种。

打湿的棉巾含毒，被炭火一烤，冒出毒气，当然这毒气到不了汤里，但却对着围着火锅整理桌子准备碗筷的护卫们，所以这次针对的不是锦衣人，是他的护卫，而护卫们果然着了道儿。

他用同一种办法，让一个人两次上当，也是一个懒人，但就是这么都懒得变化的下毒，愣是放倒了一群人。

所以锦衣人很生气，他浇灭了炭火之后，借着喝汤的机会，狠狠涮了一把自己那群笨护卫。

其实护卫们也不能算笨，只是在这两位面前，什么智商都显得不大够用。

所以第二轮，也算平。因为白衣人虽然如愿毒倒了锦衣人的护卫，但锦衣人也及时识破，他在喝汤时，自然顺便放了解药。

解药是他自己研制的解毒丹，未必完全对症，但应该能令护卫们不致中毒死亡，这就足够他立于不败之地，至于护卫们受点小罪，他才不放在心上。

然而第三轮，护卫们还是倒了。

因为白衣人第二轮那毒，只下了一半，是个引子。第三轮的冰雪瓜子壳，才是真正的催化剂。

他算到护卫们会保护锦衣人，那出手，本就是等着护卫们的。

瓜子壳裹着冰雪冲回时，击在护卫们身上，使残余的毒性爆发，护卫们还是逃不掉他的出手。

严格意义上说，是白衣人赢了。

但现在，依旧是个平局。

因为他在冰梁之上，轻轻咳嗽，雪白的脸上微微泛起不正常的红晕。

锦衣人仔细听那咳嗽声，微微一笑："我忽然觉得我很无聊。"

白衣人用一种"你什么时候不无聊了"的眼神，看了他一眼。

"我干吗要和一个快死的人斗呢？"锦衣人果然很无聊的样子，"赢了也不算我光彩。"

他就好像没听见，双手扶在冰梁之上，遥遥看着前殿的方向。

这一场智慧的博弈，其实永远都不会有胜负。因为他们可能各有伤损，或者上局你赢下局我赢，只有拼命才能完全解决对方，而真正的聪明人，永远不会随便拼命。

"我现在的状况，你拼着受伤，是能留下我。"他淡淡地道，"但你受了伤，护卫们死光，以后没人伺候你，没人能忍受你的各种古怪毛病，你要孤零零一个人回去也就罢了，更重要的是，你没了利用价值，你以为明晏安还会忍受你吗？你的敌人，能容你安稳回国吗？"

"所以，我若坚持，两败俱亡？"锦衣人将瓜子壳都扫到屋外，省得碎得不齐整，看得人心烦。

白衣人不答，如一轮月在天际高挂，这世事的一切答案，都只在命运的阴晴圆缺。

锦衣人上下打量他，忽道："我忽然对那位景女王产生了兴趣呢。"

白衣人衣袖微微一震，并不意外锦衣人猜到他的身份，只是冷然道："贵国那位厨神，听说有亲口先尝自己做的每一样食物的习惯。"

锦衣人眼睛一眯："你在威胁我？"

他虽然高傲到不似人类，但外表看来一直散漫随意，然而此刻那双乌黑幽邃的眸子光芒一闪，杀意如剑，瞳仁周围隐泛一圈血红，似潜藏翻腾着恶和孽的血渊。

这一刻他丰神之美中无限煞气，似乎一霎便可拔剑，戮尽天下。

白衣人却依旧是那一轮月，亘古万年的冷冷清辉。

"彼此彼此。"他道。

锦衣人却忽然又笑了，抱着他的嫩黄被子向后一躺，干脆闭上了眼睛："得了，你这话太虚弱，和你人一样虚弱，就你这体质，根本走不出大荒。在这好好守着你的女人吧，反正能守的日子也不多了。只怕再怎么跟着、看着、守着，将来你死了之后，你的女人会分分钟跟了别人，到时候别气得从坟里爬出来便好。"

"多谢关心。"白衣人神色不动，"你还是操心自己，能不能葬进皇陵的好。只怕如果迟迟不能葬入皇陵，你就得早早葬身臭水沟了。不过也好，将来你的女人跟了别人，你从沟里爬出来也比较方便。"

"我若葬身臭水沟，我的女人自然陪我睡那里。"锦衣人闭着眼睛吃瓜子，很享受的模样，"总比你的女人，和别人合葬好。"

"无妨。"白衣人淡淡地道，"终归葬在我的土地上。"

锦衣人勾起唇角，哧地一笑，似乎终于不耐烦再斗这种看似文雅实则无比恶毒的嘴，淡声道："你来，好像不是为了救人，那你跑来做什么？"

"我和你做个约定。"白衣人道。

"哦？"

"以你的性子，会在玳瑁搅风搅雨。"他道，"我允许你出手，但不允许你对景横波下死手。"

"你想让我做你家女王的磨刀石？"锦衣人反应极快，"哈，你求我我可以考虑。"

"论心思、能力，她未必需要你让。"他道，"只是你行事疯狂，不择手段，她却骨子里善良，这一点上，她吃了亏。"

"你是她的夫君还是奶妈？"锦衣人噗的一声喷出来，"又要增加难度磨炼她，又不能让她受到伤害。这么变态的事儿你自己去做，我不奉陪。我兴致来了，想杀就杀，管她是天王还是罗刹。"

"伤害无妨，人总在伤害中才能成长。"他坦然道，"只不能以恶毒手段夺人性命。你若遵守约定，我自有回报。"

"如何回报？"

"可送你安然过大荒境，得到想要得到的东西；也可允诺在你将来需要的时候，助你一次。两条只能选其一。"

"我需要的时候，也许你已经死了。"

"以你的野心，会很快需要的。就算我死了，也自有办法帮到你。"

锦衣人不说话了，开始吃瓜子，他思考问题的时候，喜欢自己剥瓜子吃，并用瓜子壳排阵图。

以前他没这习惯，都是小蛋糕培养的，小蛋糕说吃瓜子会让人的头脑处于一种放空状态，思维散漫又集中，分外空明澄澈，机械性的动作会让人的思路更加清晰，有利于心平气和地理清头绪，而瓜子本身也可以补脑，实在是居家旅行做决定之必备法宝。

寂静的室内，只有他吃瓜子的咔嗒咔嗒声音，单调琐碎，让人怀疑这屋子里只有一只大松鼠。

地上护卫们的脸已经开始发黑，是毒发的状况，生死攸关，他就好像没看见，放空状态吃瓜子。

梁上那人也不急，悠悠望着前殿的方向，似乎听见了那里丝竹之声下的剑气凌空。

好一阵之后，锦衣人道："我不喜欢太弱的人存在。她能从我手上救回她的女官，我再考虑。"

"她能。"他肯定地道。

他嗤笑一声，似不信又似不屑。

两人不再说话，上位者言语留白，有些话不必说清楚，彼此都明白。

少顷，锦衣人悠悠地道："夜深了。"

屋顶的冰瓦，映得白衣人容颜也如冰雪。

他道：“天会亮。”

……

凝雪阁三个回合，不动声色中暗藏杀机。

前殿里却丝竹悠扬，歌舞升平，锦绣华堂夜流光，一派热闹喧腾景象。

菜上五味，酒过三巡——当然景横波没吃菜也没喝酒，她不会傻到在别人的地盘吃喝。

虽然一边的柴俞，和她说愿意为她尝酒，他一直在喝闷酒也没什么事，但景横波却依旧不肯动筷。

她不肯吃喝，明晏安却不肯放过她，忽然笑道：“女王如何不饮酒？是怕小王这酒里有毒吗？”

景横波拿筷子敲了敲碗，毫不客气地答：“是啊。”

满殿一静，连舞女都似差点一个踉跄。

见惯了虚伪言语、粉饰遮掩，像景横波这么赤裸裸说话的，他们还是第一次见。

但有时候直接让人更难以招架，连一直沉稳谦和的明晏安，脸色都变了变，不过他调整得很快，随即便笑道：“女王快人快语，最是直爽可亲。只是女王误会小王了，小王再无耻，也不屑于在这堂皇大殿公开宴饮中下毒。或者如果是女王行事，此时正是下毒良机？可惜小王不屑于如此。”

他终究忍不住，淡淡地刺了景横波一句。

景横波嘿嘿一笑，道：“防小人不防君子嘛。”

明晏安实在不想和她斗嘴，女王那张嘴的厉害，他有所听闻，何必自取其辱。他干脆下座，命人取了两个全新的酒杯，各自斟满，用托盘端了上来，行到景横波面前，笑道：“此酒名‘一醉休’。春潮乱雨梨花白，掷卷敲棋一醉休，说的正是我上元三大名酒：春潮乱雨、梨花白、一醉休。此酒入喉醇厚，下腹灼烈，后劲绵延却令人耳聪目明，最是奇特，女王来我上元，如果一口不尝，未免让人笑胆量不足了。”

他示意宫女将托盘奉上，由景横波自己取酒，以示坦荡。

景横波一笑，随手取了一杯。明晏安拿了剩下一杯，笑道：“或者陛下可以再和我手中这杯换一换。”

“那倒不必了。”景横波笑道：“我只希望族长，将这壶中剩下的酒，赐给这场中的舞女一杯。”

明晏安一怔，问：“为何？”

“人家跳得辛苦啊，又如此美妙，不该赏赐吗？”景横波眼波流转，看得明晏安都晕了晕。

“女王说得是。”明晏安转身，吩咐宫女将那酒端去给舞女，趁转身的时候对宫女使了个眼色。

身后的景横波忽然笑道：“何必劳烦这位姑娘端过去，打断舞蹈呢？我给大家变个戏法。”不由明晏安等人反应过来，她手一挥，那酒壶从托盘上飞起，飞到那舞女上方，那舞女正婉转作歌，一个仰身抬脸的姿势，她的嘴刚张开，那酒壶悬空向下一倒，一股酒液倾入她口中。那舞女喝了一口，下一个动作低头甩袖，酒壶已经飞回了托盘上，整个动作行云流水，甚至都没打断舞蹈。

明晏安脸色变了变，勉强笑道：“女王神技！”

“好说好说。”景横波看舞蹈一脸入神状，抓住酒杯似乎也忘记了喝。

她“忘记”，明晏安却忘记不了，又笑吟吟地冲她举杯：“女王请。”

景横波转着酒杯，盯着那舞女，正要说话，忽然一边的柴俞向前一冲，趴伏在她桌上，醉醺醺地道：“……呃，好酒……果真好酒……陛下……这杯……呃……也赐了我吧……”

景横波这才发现他桌上的酒壶已空，御宴饮酒，自然不能任人尽兴，一人一壶而已。柴俞一个人一桌，一直在喝闷酒，左一杯右一杯，竟然将一壶都干光了。

干光了，也醉了，他趴在景横波的桌上，如一座肉山，肥墩墩的身体散发着酒气，醉眼蒙眬地一把抢过了景横波的酒杯，咕咚一口就咽了。明晏安连阻止都没来得及。

景横波被抢了酒杯，才惊道：“柴俞！你怎么这样！太失礼了！”

有宫人上来，将柴俞从她席上拖走，柴俞犹自抓着桌子不放，宫人们死拽硬拖，景横波怕弄翻了桌子，也起身帮忙，柴俞似乎真的把自己灌醉了，手臂挥舞，差点抓破了景横波的手背。

好不容易大家才把沉重的胖子弄回他的座位，柴俞犹自眯着眼，醉态可掬地和她挥手：“陛下……好酒……好酒……”

景横波也不装生气了，笑吟吟地托腮看着他，笑道：“好忠，好忠！”

这么闹了一场，明晏安当然无法再敬酒，已经趁着刚才那场喧闹，一边皱眉一边回了座位，回座之后他似乎心绪还是不好，皱眉看那舞女跳舞，忽然重重一蹾酒杯，道：“这舞怎的如此轻浮！不必跳了，下去吧！”

“何必。”景横波立即笑道，“我觉得跳得很好看啊，继续。”

“如此笨拙的舞姿，不堪入贵人之眼。”明晏安犹自坚持。

“跳舞我才是内行，我说好看就好看。再说舞是跳给客人看的，客人满意就行，对吧？”景横波笑眯眯的，却一步不让。

“但如此粗陋之舞，亦有伤我上元风范……”明晏安还在絮絮叨叨，忽然场中一声尖叫，声音嘶哑奔放，众人一惊抬头，就看见场中的舞女忽然变得有些癫狂，舞姿凌乱，步伐歪斜，又猛力甩头甩乱了发，头上的黄金璎珞花冠落在地下，她踉踉跄跄踩上去，薄薄的花冠边缘割破脚趾，她似乎也毫无所觉，一边甩头旋转，一边发出娇痴呢喃之声，忽抬手哧的一声，撕破了薄罗衫的领口，白花花一片肌肤，刺得人目眩眼花。

景横波倒抽一口凉气，顿时明白了刚才酒里到底是什么玩意，确实不是毒，但是却是乱性的药！

明晏安是存心要她出丑！

那舞女只被她灌了一口，就变成了这德行，这要她自己喝了……

未等她发作，明晏安勃然将杯子一摔，铁青着脸抢先道：“放肆！皇皇大宾之前，怎可作此疯癫之舞？拖下去！”

立即有侍卫上前，快速将那舞女拖了出去，明晏安自知计谋败露，为免景横波发难，动作极快。

景横波此时注意力却不在发难——她身边，柴俞忽然砰的一声推开桌案，站了起来。

他和刚才那舞女一样，眼角眉梢泛着微微赤红，微眯着眼睛，神情似陶醉似痛苦似迷乱，他不会跳舞，肉太多也跳不动，就举起双臂拼命抖动，这一抖，从脖子到胸口到肚腹，浑身的肥肉都在抖，似一大坨起伏的白肉，惨不忍睹。

众人先是震惊，随即反应过来，都忍不住哈哈大笑。

“陛下驾前的重臣，果然风范不同凡响……不同凡响！”

“果然不愧是重臣，忠心耿耿，重量也傲视群雄呢。”

“瞧这一身的肉，悠然起伏，褶皱如山，油脂似水啊，哈哈哈。”

“这分量，我家过年时祭祖的‘三牲’之一，都没这个扎实啊……”

明晏安看着丑态毕露的柴俞，目光微闪，脸色有些沉郁。

“……瞧那胸都能甩起来，和女人似的……”大臣们得意忘形，越说越不像话。

“够了。”明晏安忽然沉声一喝。

众臣愕然住嘴，有些不解地看着明晏安——嘲讽的是敌人，不是应该越恶毒大王越高兴吗？大王转性了？

那边景横波仰头看着柴俞，他疯狂地抖动，眼角却有细细的水流流下来。

景横波心中一震，转头看穆先生，穆先生眼底也有深思之意，一甩袖，一道劈空掌力震晕了柴俞。

柴俞软软地倒下来，景横波赶忙扶住，见他满脸汗水，不禁心中不安，在他耳边低声道：“先生为我受辱，景横波日后定有回报。”

柴俞神志似乎还不清醒，头却微微一动，片刻，两行泪滚滚而下。

景横波手颤了颤，一时竟有些心虚惭愧。

她和穆先生，对柴俞的身份来历，都还存疑。此人形貌痴愚，却可以看出内心灵秀，但似乎受过什么伤害，十分沉默藏拙，这种人多半心思深。他出现在曲江之上，又自动请缨引路，又熟悉上元形势，诸般巧合，让景横波不防备也难。

所以刚才她并没有立即阻止柴俞，实在是有心看他怎么做。然而此刻这胖子一脸的泪水，看得她心中一痛。

不信任，也是一种伤害。

大殿内尴尬地静了静，随即有人细声道：“先前女王说咱们的舞尚可，我等忽然想起，传说中女王才是舞蹈大家，舞女既然已经退下，要不便请陛下让我等瞻仰瞻仰您的绝世舞姿？”

景横波鼻子里嗤的一声，这似乎是“赵王为秦王鼓瑟”的前奏？

果然还没等她答应，已经有人将舞衣等物捧上，也没给她，直接往明晏安面前的地上一摆。一个老臣对一个貌似史官的老者大声道：“速速记下。庚申年十一月十一，天泰殿上，黑水女王自请为玳瑁大王献舞。”

那史官看也不看景横波，唰唰唰提笔便写。

众臣摇头晃脑，大声道：“女王之舞精绝天下，自当为大王舞！”

“女王主动献媚于大王，大王当赏！”

“如此，一段佳话！足可史册流芳！”

明晏安端坐，俯视景横波，微笑自得。

第七十四章　群压

景横波差点气笑了——这算什么？赵王为秦王鼓瑟，好歹还鼓了几下，她连答应都没答应，这边就自说自话地给记上了？

对方知道她不会献舞，也根本不打算看她跳舞，这是自说自话就想载入史册，想要用这一笔，永远羞辱她。

这不要脸的程度，和池明有一比。

要载入史册是吗？她呵呵一笑。

那边侍卫团团涌上，将明晏安护了个里三层外三层，看样子也是怕她故技重施，远距离逼明晏安做件什么事。

景横波嗤笑一声，转头看了穆先生一眼，穆先生正在看大殿的横梁，这殿中的横梁近双人合抱，是支撑整座大殿的龙骨所在，高高在上，承载着天泰殿巍巍屋脊，上万琉璃瓦。

两人目光一碰，各自感叹彼此心有灵犀。

景横波一抬手，笑道：“借刀一用。”锵的一声，最前面一个带刀侍卫的刀飞出鞘，寒光一闪，直直擦着明晏安的头顶而过。

护卫们大惊，大叫“女王行刺！大王小心！”，扑上去将明晏安压倒在地。

那刀却已经飞了个刀花，掠过众人的头顶，雪光如电，一飞冲天。

当的一声，刀碰到了大殿的横梁。

景横波侧头对穆先生一笑：“借内力一用。”

穆先生似乎犹豫了一下，伸手按在她背心，景横波便觉一股柔和真气直入丹田，绵绵然，泊泊然，不算澎湃，却似乎绵延不尽。

她体内的真气立即受到催动，壮大许多，手一挥，那梁上的刀高高飞起，猛地落下，嚓的一声砍入横梁。

底下惊呼一片，众臣纷纷站起，大呼："休得放肆！"

"正殿的横梁，怎可毁伤？住手！住手！"

景横波哈哈一笑，笑声懒散，却携三分杀气："我的刀会乱飞哦，我的刀很怕吵哦。"

殿上顿时收声，只有明晏安的声音从重重叠叠的护卫群中传来："住手！住手！"

景横波冲他飞了个媚眼儿，理也不理，借着穆先生给自己的充沛内力，凌空驾驭那刀，唰唰唰悍然下刀。

每一刀都入木三分，每一刀都木屑飞溅，嚓嚓嚓一阵快砍，金铁交击之声响彻大殿，震得人耳朵嗡嗡作响，朱红、浅白的木屑洒落如雨，落了众臣满头。

满殿侍卫束手无策——横梁太高，飞不上去，能飞上去也不敢飞，站上面是践踏王权、株连九族的大罪，只能眼睁睁看女王砍了个痛快。

片刻之后，景横波手一抬，声消刀收，横梁之上出现一排大字："庚申年十一月十一，玳瑁族长献天泰殿横梁，给黑水女王题字！"

一排字，每一笔都是深达半尺的刀痕，露出惨白的木茬子，因此极为清晰。

群臣的脸色，也和那木茬一般，惨白。

正殿的横梁，毁了。

这样重的刻痕，上漆是抹不掉的，留在这里，将是上元城永远的耻辱。

要想抹去这耻辱，只能毁去横梁，可毁去横梁就是毁去大殿，这可是王宫的正殿！

先不说重造大殿所要耗费的人工、金钱，单只黑水女王来了一趟大殿，玳瑁族长就得重建大殿，传出去一样是笑柄。

群臣面如死灰，都知今日之会，黑水女王之名必将再次传遍天下。

孤身入城，笑对群臣，戏耍族长，刀斩正梁！

好一出满满智慧豪气的精彩大戏，足可流芳千古。

而他们，就是那流芳千古的传说里，面目可憎自取其辱的小丑配角。

情何以堪！

一时间人人嗒然若丧。

忽然人群里爆出一声惊叫："大王！大王您怎么了！大王！快传御医！御医！"

护卫们惊慌失措地闪开一条缝，人群里，明晏安的脸色也如木茬子般惨白，不知何时已经晕了过去。

大殿上顿时乱了套，哭号的、抢救的、喊太医的、叫侍卫的、张着双手装忙的……

"喂喂喂！"景横波不满地大叫，"不带这么玩的！咱们还没谈正事呢！以为装晕就可以拖延吗？你以为你是三流言情戏里的恶毒女配角啊……"

她的叫声被淹没在众人纷乱的叫喊里，最后还是一个老头过来，随口应付了几句，命人请她到偏殿休息，就再没人理她了。

景横波一边往外走一边喊：“这戏码不到位，昏倒之前还应该吐一口血，大喊‘气死我也’才对……”

殿上群臣面面相觑，片刻后，齐齐吐出一口血：“气死我也！”

……

大殿里你来我往很热闹，凝雪阁又是另一种热闹。

锦衣人和白衣人，已经达成了交易。

白衣人是那种，话一谈完，就绝不多说，立即起身便走的人。

他从冰梁上飞起，衣带同冰雪一色，看也不看底下倒了一地的护卫们。锦衣人也不急，并不出声请求他帮忙给护卫们解毒，笑吟吟地吃着瓜子。

白衣人头顶的冰瓦，无声无息消失一片，他在飞出冰瓦前那一刻，脚下冰柱的一半，忽然化为无数碎片，击在那些护卫身上。

嚓嚓轻响里，护卫们依次爬了起来，看样子禁制已解。

白衣人所用的手法，让锦衣人眉头一挑，确认护卫们所中的未必是毒，很可能是一种高妙的锁穴手法，至于为什么锁穴看起来像中毒，而且似乎是以下毒的手段来达成，那就得熟悉那门手法的人才知道了。

锦衣人正想吩咐护卫们把上头那一半冰柱砍掉，省得不对称看着难受，一抬头，忽见中文脸歪嘴斜，不禁一惊。

再看德语，平日的温顺柔细已经不见，脸色狰狞目光灼灼地盯着他。

拉丁文、意大利文、英文……那一群平日里态度恭敬、低眉垂目的护卫，此时个个脸色铁青，眼神恶毒，似忽然化成了一群心怀恶意的厉鬼。

“你们……”锦衣人立即反应过来发生了什么——刚才那家伙给护卫解毒时，又阴了他一把！

护卫们靠得太近，他没来得及出手，中文已经一把打翻那火锅的炭盆。

炭火虽然被浇灭，但炭还是带毒的，炭灰四散，遮蔽视野，锦衣人立即挥袖将炭灰拂开。

就在此刻，中文嗷的一声扑了过来。

砰的一声，中文偌大的身子压在他身上，然后德语一个猛跃，跳到中文身上，再然后英文、意大利文、拉丁文……一群壮汉狂扑而上，将锦衣人压倒在地……

砰的一声锦榻被撞翻，啪啪连声中肉体压着肉体，砰砰声也不知道谁打了谁，隐约还有撕破衣服的刺啦声……

再砰的一声大响，七八条人影四散纷飞，重重撞在四壁，各自噗地吐出一口血。

锦衣人从地上坐起，头发是乱的，衣襟是撕开的，颈项上有血痕，脸颊上还有一块青的……

这姿态，倒真像一个被欺辱的楚楚动人的小倌，犹自撕裂的领口露一抹颈项、半边锁骨，肌肤如玉，印几点指痕、一道血痕，如雪中梅明月痕，别有种凌虐的美感……

他的脸色已经无法用言语形容，说不清是愤怒还是古怪……

护卫们从墙上纷纷坠落，各自喷一口瘀血，顿时神志清醒，妙的是他们醒来之后，竟然毫无心虚之色，各自茫然对视一眼，再看一眼锦衣人的情状，齐齐大惊失色，连滚带爬地扑过去。

看到他们扑过来，锦衣人下意识地缩了缩……

护卫们却丝毫不觉，热泪盈眶地扑过来。

“主子，您这是怎么回事？”

“主子您受伤了！”

“主子，是不是刚才那个白衣人下的毒手！”

“主子，我们给您报仇……”

锦衣人看看面前的护卫们——还是那忠心耿耿、苦大仇深模样，脸上的焦急、关切、不解，都是真的。

他们是真的不知道刚才发生了什么！

他们竟然把刚才那一瞬间的大逆不道忘了！

那家伙竟然走了之后，还阴了他一把又一把……

锦衣人这一刻，真的想吐血了……

眼前是护卫们殷切的眼神，无辜而急切地想知道真相，他要如何说出口——我刚才被发疯的你们群压了？

骄傲的人，死也不肯自认丢脸。他揣测得出白衣人的性子，人家自然也揣测得出他的。

锦衣人磨了半天牙，最终笑了，亲手扶起中文，亲切地道：“没事。刚才那刺客走的时候，和我大战三百回合，为了救你们，我吃了点小亏，放心，这笔账，我一定会向他讨回来的。”

护卫们听得一头雾水，他们明明记得白衣人已经离开，怎么又会回来和主子大战三百回合？

不过凡是主子说的话，都是对的；凡是主子做的事，都是正确的。

主子说要回报，那就一定会回报的。

护卫们感激涕零——啊！主子为了救他们，搞得这么狼狈！这还是主子这么多年第一次！可见这三百回合，多么震天撼地精彩淋漓！可惜他们没有福分目睹这样的绝世高手对决……

德语心里却在嘀咕——主子真的是打架打了三百回合吗？怎么瞧起来，却像床上被一群大汉三百回合过……

锦衣人此刻看这群护卫怎么都不顺眼，如果不是实在需要人伺候，恨不得一起撵进黑水泽。三言两语让他们先滚蛋，他自己去换衣服、梳头，穿上高领的衣服，脸上的青怎么都遮不了，又不能再给自己一拳，只好找点粉来涂上。

这种狼狈于他也是第一次，因此，他稍稍收了几分睥睨之态，承认这天下之大，还是有几个能人的。大燕那个叫君珂的，就很有意思；南齐太史阑，更是让他小小地踢了下铁板；现在这号称蛮荒之地的大荒，也是一点也不荒，尤其是这个白衣人，如果在正常状态，真拼起来，他自己都得承认，鹿死谁手不一定。

因此他对景横波，也有了几分期待——这个传闻里风流冶艳、不尊礼教、轻薄浮浪，因此被放逐的失败者，真的能和他斗一斗吗？

头顶的冰瓦琉璃般闪烁着微光，他仰头瞧着，想起刚才白衣人离去时，冲冰瓦而出，但出去之后，冰瓦立即自动凝结，似乎很是神奇，当时就看呆了他的护卫们。

他撇了撇嘴——神奇吗？这明明是体内的真气快要无法控制，外放体外的表现吧？

一切恢复原状，他才让护卫们进来。

外头风声忽烈，隐约有衣袂带风声。他听了听那声音，挑了挑眉，道："是个鲁莽的。"又听听，道，"女的。"

护卫们对于主子听听动静就能推测出来人的性格，毫不奇怪。别说一道行动的风声，人家就算放个屁，主子也能知道这人练的是哪门武功。

"把那边那个宫灯取下来，放到那边窗下。"锦衣人坐在床上，抱着嫩黄色柔锦被，吃着瓜子吩咐。

护卫们依言将一盏半人高的宫灯，放在窗下，宫灯是八角形，蒙着淡黄色羊皮纸，没有任何花样，因此，透过宫灯能隐约看见屋内的景象。

"中文、德语，"锦衣人又道，"你俩去那个位置，演一出强逼民女、拼死挣扎的戏。"

被点到名的一脸沮丧，没被点到名的，一人发一把瓜子看戏。

中文、德语站到宫灯斜对面的墙前，那个角度，如果从窗外远远看过来，正好可以透过宫灯看见墙前的动静。

中文、德语开始"为贞操争执厮打"。

锦衣人一边看戏一边提要求："向那边来一点……中文你的脸色不够狰狞……德语你的腰再往下弯一点，不然外头看不见……"

……

孟破天在屋脊上奔行。

她已经确定了先前那黑影所在的位置，因为只有凝雪阁有人住，有灯光。

她轻轻落在墙头上，打算好好观察一下再进去。她看似性子粗疏，但好歹也是江湖大帮会的小姐，必要的审慎并不缺少。

可是她刚站定，就看见对面的屋子里亮着一盏宫灯，宫灯之下，隐约有人在挣扎。

孟破天好奇地睁大眼睛，一开始还以为是打架，渐渐地就觉得不对劲了。

挣扎厮打的两人，被压在下面的那个，长发披散，腰肢纤纤，似乎是个女的？

这……难道是强逼淫辱？

孟破天没吃过猪肉也见过猪跑，春宫图搜集了那么多，具体理论谈不上，动作姿势还是很了解的。

她确定这里有人强抢民女，意图逼奸！

江湖女侠孟破天，最看不得的就是这种欺负女子的下作事儿！

十五帮每帮都有不得淫辱无辜民女的规矩，但只有狂刀盟执行得最彻底，就是因为她的存在。

满身的热血都似乎烧了起来，她抽出了小腿上的匕首。

这时她听见哧的一声，似乎是撕破衣裳的声音，与此同时那下方的女子，哀哀地倒了下去，她看不见了。

孟破天噌地冲进了院子里。

……屋子里，锦衣人哧地撕破了一条汗巾……

德语躺在地上，脚蹬着中文的肚子，对他怒目而视……

……

孟破天冲向那屋子。

她是个聪明的，没有傻兮兮地喊“姑娘我来救你”，也没有从点着宫灯的窗子进入，她冲上屋顶，准备以雷霆万钧之势，撞破屋顶而下，趁人不备把人拖了便走。

她刚上屋顶，就感觉到脚底一滑，落足处无比脆，同时听见无数嘎吱之声。

孟破天“不好”两字还没来得及流过心头，啪嚓一声，身下的冰瓦齐碎，她直直坠下。

孟破天反应极快，伸手去兜横梁，落手处却冰凉彻骨，而且毫不着力，咔嚓一声什么东西断了，她又往下掉。

掉落中她脸朝下，看见一个披头散发的男子，张开双臂，迎着她，笑道：“多谢姑娘前来相救。”

孟破天眼睛一翻，气晕了。

……

片刻后，凝雪阁内又恢复了正常，宫灯收起，碎片扫尽，连孟破天都不见了。

锦衣人听着黑暗中的动静，忽然笑道：“又来一个。”

护卫们都有些兴奋，锦衣人却道：“这个有点麻烦。”

护卫们等着他吩咐，他却道：“熄灯，你们都去睡。”

他的护卫向来一个指令一个动作，当即熄灯，各自去住处睡觉。

紫蕊还在厨房里忙碌，忽然就看见护卫们出来，各自去了配殿，过了一会儿院子里灯火渐次熄灭，一副准备集体就寝的模样。她愕然看着自己手中的一碟点心，不明白这些人怎么说睡就睡了。

但无论如何，他们睡觉了总是好事，夜深人静好逃跑。

锦衣人所在的正屋，灯已经灭了。当然，厨房里还有两三个护卫在看守她，也催着她去休息，紫蕊放下点心，顺从地跟他们去了。

她放下点心的时候，袖子垂下，将一块点心无声地笼在袖子里，一路走，一路悄悄掰碎。

紫蕊的宿处被安排在配殿的中心，一间小房内，四周都是护卫，很符合常理的安排。

护卫也没对她进行任何禁制，只是推她进门。紫蕊却似步子不稳，一个踉跄，下意识地抓住东西以支撑，一只手却抓住了护卫的腰带，她急忙讪讪地放手。那护卫倒没说什么，让她快点进去，将门锁上就出去了。紫蕊没什么武功，谁都看得出来。

护卫将钥匙挂在腰上，在门前放了个凳子，裹着厚毛衣服，打起了瞌睡。

一切都安静下来，凝雪阁沉在幽幽的黑暗里。

紫蕊蹲在门后面，眸子闪着幽幽的光。

她发出了点极其细微的声音，黑暗中没什么动静，只有眼力极好的人，才能看见地面上一条线在移动。

再贴近了仔细看，才能看出那是长长的蚂蚁队伍，从墙角一直往门口来，无边无际没个尽头。

蚂蚁们的触角晃动，探测到了某些诱人的气味，比如，猪油。

紫蕊掰碎的点心，是猪油桂花酥饼，这当然不是锦衣人要吃的东西，这本就是她为了逃跑准备的。

蚂蚁循着那气味，源源不断地钻入护卫的袍子。

护卫的袍子上有青缎腰带，两边垂折下长长一条，钥匙就拴在那垂下的布条上。

而那布条，先前已经被紫蕊借着跌倒抹了一把猪油。

黑暗中紫蕊发出的声响，只有蚂蚁能听见，它们在卖力地分泌蚁酸，啃着那片布条，小小蚂蚁自然很难啃断布条，但架不住蚂蚁多。

此时护卫如果低头一看，保准得吓一大跳——他的腰带上，密密麻麻的蚂蚁爬了几层，如加了一条会蠕动的黑腰带……

紫蕊趴在门缝边，努力将手伸出门缝，手背贴在地面上，掌心向上，等。

地面冰冷彻骨，时不时有蚂蚁爬过掌心，一开始还痒痒的，后来便因为冻麻了，没有了感觉。

也不知道过了多久，直到膝盖都发麻了，才隐约有一枚黄铜钥匙连着半截布条掉落。

紫蕊立即手掌一握，抓在掌心里，避免钥匙落地发出声响。

她将手抽回，手臂已经被冻僵，她心中却欢喜——自己终于不再是个累赘，完全可以自救！

钥匙到手，下面是开锁，只是开锁难免发出响动惊动护卫，紫蕊正皱眉苦思，忽然外头扑棱棱一阵振翅声响，似乎有夜鸟被惊动，这声音惊醒了护卫，他下意识地起身去查看。紫蕊大喜，急忙将手穿过门缝，拿钥匙开锁，结果手被冻麻了，抖抖索索连对两次锁孔都没对上。

护卫很快就会回转，紫蕊心急如焚，第三次对锁孔时，忽然一只手接过了钥匙。

紫蕊大惊，下意识地要叫，那人一边拿钥匙开锁一边翘起一根手指一点，紫蕊便再也叫不出声，只得惊恐地睁大眼睛，看着他打开锁，却没有开门，而是翻身进门，在关门之前，将那锁头又挂在了门上。

此时那护卫查看了鸟的情况，见没有问题，已经开始往回走，门锁虚虚挂着，黑灯瞎火的他也不会在意，照常缩回原位打盹。

紫蕊在门后，被那人紧紧捂住口鼻，一股浓郁且好闻的男子气息扑来，会有这么浓烈存在感的只有裴枢，她认出了他，身子慢慢放松。

裴枢知道她认出了自己，便放开她，黑暗中两人对视，裴枢对她笑出一口白牙，眼神闪闪发亮，颇有几分赞赏。

他先前就到了，并没有像孟破天那样鲁莽地进入，而是绕着整个院子转了一圈，看到了紫蕊被关押的地方，之后又跟过来，将紫蕊的自救手段看在眼里。

他以前对除景横波以外的女人，看都不看一眼，此刻这一笑，倒把苏女官搞得受宠若惊，她定了定心神，用手势问他，刚才为什么不干脆带她离开？

裴枢示意她走到门边，仔细看那护卫的情况。

紫蕊看了一会儿，实在没看出什么究竟，困惑地摇了摇头，裴枢又指那护卫坐的条凳，紫蕊仔细看了看，忽然觉得那条凳四周的地面似乎有点不一样，看上去好像更白亮一些，隐约似乎还有点毛糙。

她还是没明白这代表什么，却忽然想起裴枢刚才拿钥匙开锁和进门，都没经过那条凳子，是从屋檐下翻进来的。

“条凳有机关。”裴枢悄声道，“条凳底下连着和地面同色的刺毡，一旦踏上去，就走不脱了。”

紫蕊这才恍然大悟。这门是向内开的，那条凳位置放得极其刁钻，正堵住门口，高度正好到膝盖，一旦想从门中出来，是无法绕开条凳的，肯定要高抬腿先迈过条凳，才能纵跃而起，但只要脚一落地，就中招。

当然，踢倒条凳，踩着条凳纵起也是有可能的，但逃跑的人，生怕弄出动静，怎么会踢条凳？

这机关设置得大巧若拙，完全从人想不到的角度入手，妙得让人心中发寒。

紫蕊打着手势，问裴枢怎么办？是不是从屋顶走？

裴枢咧嘴一笑，拽着她上了屋顶的横梁，却没有立即打开屋顶，而是先轻轻掀开一片屋瓦。

皎洁的月光漏下来，似乎没什么异常。

裴枢让紫蕊朝上头看。

紫蕊透过那片瓦片，看见屋顶上似乎有棵树。

他们要想从屋顶出去，自然不会选择面对院子的那面屋顶，肯定是选院子背面的屋顶，这片屋顶，被一棵树的树荫覆盖。

裴枢将瓦盖上，道：“你这里看不见，但刚才我发现，那棵树上吊着一纸袋子瓜子，一根线拉着吊瓜子的那根枝条，压在这边的瓦下，当我们从屋顶冲出，那线会断，枝条弹起，瓜子袋会破裂，瓜子会飞出。”

紫蕊想屋顶那么大，瓜子小小的一袋，就算有毒，也不能把人怎么样吧？

“不要小瞧此人。”裴枢道，“此人算准我们要么从门走，要么从屋顶走，在两边都设计了陷阱。仓促之间，能将人心拿捏得这么精准、机关设计得这么出奇的人，全天下也没几个。”

紫蕊深以为然，心中却更多的是对裴枢的佩服，这位少帅看似凶暴狂肆，什么都不在乎，其实心细如发，谨慎细致，难怪当初战无不胜，名动天下。

她打手势问那到底从哪走，这屋子没窗户。

裴枢一笑，拉她下梁，走到门边。

还是从门走。

在紫蕊困惑的眼光中，他拔出匕首，穿过门缝，对准背对屋子打盹的护卫，哧的一刀入背。

快，且狠。

护卫一声不吭翻倒在地，正趴伏在刺毡上，大氅裹成一团，如一只盘踞的大刺猬。

裴枢低低一笑，开门，做了个踩背飞起的手势。

紫蕊震惊又好笑，随即觉得，这才是这魔王的行事风格——最霸气、最干脆、最杀气凛然，有阻碍，那就杀人。

阶下月光如水，四面静谧，裴枢凭他多年征战的经验，完全可以确定，四面真没有人埋伏。

那谁，太托大了吧，以为两个精妙机关，就一定能留住他吗？

裴枢无声地大笑，拉着紫蕊的袖子，脚尖一点，踩上那护卫的背。下一个动作就是腾身而起。

然而就在这时，他觉得脚底一痛。

他心知不好，不顾脚底的疼痛，反手将紫蕊扔出，大声道："走！去前殿找景横波！"

紫蕊飞出台阶，跌在地上，脸色因意外而惨白。

裴枢扔出她后，伸手去抓身后的凳子，想要翻回去，他脚底不能用力，因为那护卫身上的大氅，也是有毒的刺毡！

但已经来不及了。

一双手从大氅下伸出来，闪电般抓住他的脚踝，把他抡过头顶，重重往台阶上一砸！

台阶是汉白玉的，冰冷梆硬三层，这要是砸实了，裴枢的腰骨非得断了不可。

裴枢反应奇快，落地前猛地伸手一撑，啪的一声隐约骨裂之声后，他身子悬空横停在台阶上方，一臂撑地，一臂护心，怒视那护卫。

大氅一翻，那护卫漫步而出，一身锦衣，刚才还有些猥琐的身形，慢慢舒展，高颀如玉树。

裴枢眼光一闪，终于知道自己为什么失手了。他看似步步谨慎，实则还是大意轻敌了，竟然是对方首领亲自出手。

先前看守的护卫是护卫，但当他弄出声音，调虎离山之后，再回来的，就是锦衣人。

他还没摸清对方是谁，对方却已经把他了解到了骨子里，每一步都是算好的。门口和屋顶的机关，只是摆设，对方算好他能看出门口和屋顶的机关，算好他最终会选择杀人以人垫脚，不动声色地等在这里。

其算计之狠，几近独步天下。

他焉能不败？

锦衣人微笑着，毫不避让裴枢足可杀人的目光，悠悠地道："你刚才从背后踩了我，现在轮到我攻你了。"

裴枢力气用尽，手臂一软，砰的一声栽落在地，气晕了。

锦衣人拎起他，看一眼那边的紫蕊——紫蕊并没有独自逃走，反而自觉地走了回来。

锦衣人泛起微笑，赞道："作为女王的手下，你们让我很是刮目相看，因此，我对女王，终于有点期待了。"

他拎着裴枢往回走，一边玩着他一头乌黑如缎的长发，一边思考剪下来扫地的可能，一边很感兴趣地看了看前殿方向。

"女王陛下，你说，我要不要和你玩一局死亡轮盘呢？"

……

第七十五章 携香入梦

宫中的太监将景横波送到前殿的一处宫室，安排了人伺候她休息，便忙不迭地逃开了。

景横波当然不会睡觉，好不容易把明晏安气得装昏，不肯再和她斗，她当然要趁这个机会，好好地找一找紫蕊了。

不过奇怪的是，明晏安肯定能猜到她的打算，却并没有派遣大量护卫看守她，一路过来时，宫中除了必要的守卫巡逻外，根本看不出任何加派人手防卫的迹象。

"你说这是怎么回事？"她站在窗口，凝视着寂静的宫廷，问穆先生。

"两种可能。"穆先生笑了笑，"第一，明晏安真的气晕了，没有对守卫多做安排，而别人无权指挥宫廷护卫；第二，此中有诈。"

"什么样的诈呢？"

"还是两种可能。第一，紫蕊根本不在宫中；第二，紫蕊在宫中，但他有恃无恐，根本不怕你去找紫蕊。"

"为什么不怕呢？"

"还是两种可能。第一，关押紫蕊的地方，机关暗器险恶，有把握让你有去无回，正好不动声色地解决你；第二，关押紫蕊的地方，有很厉害的人，还是有把握让你有去无回。"

"归结到最后，其实就是一种可能，"景横波笑，"要我有去无回。"

穆先生不语。

过了一会儿，两人一起开口："都是第二种可能。"

"让我有去无回吗……"景横波唇角一勾，眼波嫣然，"我倒想试试。只是……宫殿这么大，离天亮却时辰不多，要怎么很快找到紫蕊呢？"

"晚生……愿意相助陛下……"微弱的声音传来。

景横波转身，就看见刚才还晕在榻上的柴俞，已经睁开了眼睛。

“你？”景横波有点惊讶。

柴俞挣扎着爬起，低声道：“晚生知道宫中几处适合关押人的地方……”面对景横波虽然含笑但明显带着疑问的眼神，他额头的汗越来越多，声音越来越低，“……晚生之前……晚生之前隐瞒了陛下……晚生原先……是个太监……在宫中伺候御书房笔墨多年，后来因为得了怪病，日渐发胖，污了贵人之眼，才被逐出宫去……”说着便弯下腰，要给景横波鞠躬赔礼。可怜他肚腹一堆肥肉，弯得极为吃力。

景横波上前一步，扶住了他，笑道：“你可算说实话了，之前我说你的声音怎么总有点尖锐似女子，原来你是……”她没有继续说下去，轻轻拍了拍他的背。

柴俞苦涩地道：“晚生不是有意欺瞒陛下，实在是这段经历羞于启齿，也怕陛下因此瞧不起晚生……”

“那现在怎么忽然肯了呢？”景横波笑吟吟地问，神情亲热了许多。

“因为陛下需要帮助，也因为先前殿上那些羞辱……让我想起当年我刚开始发胖时，所面对的那一切……”柴俞身子颤了颤，声音滞涩。

景横波看着他脸上的痛苦之色，想着那段日子想必很难熬吧，那是他一生的隐痛吧。

是个可怜人呢。

她笑了笑，慢慢地道：“没有关系，身体残缺不代表人品残缺，你能向我坦诚，我很高兴，放心，以后再无人羞辱你、驱逐你、慢待你。”

她一字一字说得清晰慎重，柴俞身子一颤，抬头看她。

女子的脸上再无平日嬉笑张狂之态，目光澄澈，眼神诚恳，看那莹润的眼神，便知每个字都发自内心。

柴俞立即低下头，心中一颤，一股浓重的苦涩之意泛起，似要淹没心防。

“那咱们就走吧。”景横波看向穆先生，“拜托先生留在这里，万一明晏安派人来查看试探，也要麻烦先生帮我招架。”

“那陛下自己小心。”穆先生也没拒绝，含笑颔首。

景横波牵着柴俞，身子一闪出了殿。

屋子里，穆先生听着外头的动静，慢慢从轮椅上站起身，伸了个懒腰，叹道：“当初怎么想起来扮残废的？这整天窝在轮椅上可真不舒服。”

他将银面具揣在怀中，脱掉外头的青袍，里头是一身黑衣，他将青袍和面具都打了个包，拴在腰上，身子一闪上了殿顶。

过了一会儿，空荡无人的殿内，身影一闪，多了一个白色人影。

那白衣人看看空荡荡的轮椅，唇角勾起，似乎微带讥嘲。

他从怀中掏出一个一模一样的银面具戴在脸上，脱掉外头的白色长袍，露出里面一模一样的青衣。他又在殿内翻了翻，翻出一件深色斗篷，披在身上，随即身子一闪，也消失不见。

……

换了黑衣的穆先生耶律祁，疾驰在屋脊上。

他为了不让景横波发现，特意等她消失了有一会儿才从轮椅上站起来，这么一停顿，景横波的瞬移能力又天下无双，他顿时失去了她的踪迹。

耶律祁只好立在高处，先观察宫殿的格局，再确定景横波的大概方位。

忽然他目光一闪，看见一道人影，从刚才自己和景横波下榻的宫室里闪出来，向前殿东侧奔去。

那人一身深色斗篷，看不出身形相貌，夜风卷起他的衣袂，他的步法很特别，特别轻盈，如一片雪在飘。

这时候看见这么一个人，很怪异，耶律祁微微犹豫——到底追谁？

想了想，他终究更对这斗篷人感觉不安，身影掠下殿顶，追着斗篷人去了。

前方斗篷人的步子似乎有点虚浮，耶律祁不远不近地吊着，眼看往前就是明晏安的寝宫，耶律祁慢慢皱起了眉。

他此时已经离斗篷人越来越近，而且斗篷人越来越不遮掩行迹，再往前，就要被王宫护卫发现，这会连带着耶律祁一起被发现。

耶律祁正想着要不要先将这人擒下再说，又怕擒下后就不知道他到底想要干什么了，忽然前方人影一闪，那刚才还慢腾腾的家伙，忽然加快了速度，身形转过拐角，一闪不见了。

耶律祁一惊，正要追上去，前方来了一队巡逻的护卫，等他闪身避过那队人，想追的人自然已经找不到了。

耶律祁眉头一挑——这个家伙，似乎是故意引他来这里呢。

要么是调虎离山，要么就是此处有些情况。

他注意了周围的守卫，发现明晏安寝宫的守卫相当严密，而且寝宫的西配殿，至今灯火未熄，不断有人进进出出，似乎明晏安还有客。

这时候出现在明晏安内殿里的客人，可就微妙了。

耶律祁决定先看看明晏安那里有什么猫腻再说。

他躲过三班护卫，飘身上了殿顶，慢慢接近了寝宫的西配殿，手掌按在琉璃瓦上。

瓦在他掌下慢慢酥软、摧毁，直至无声无息化为粉末，他将这些粉末团成一团收入袖中，以免粉末被风吹下，让人发觉。

整个过程，一丝声音都没发出。

瓦消失那一瞬间，他从怀中抽出一块黑布，挡在缺口上，以免光线发生变化，被底下的人发觉。

直觉告诉他，底下如果有客人，必定是重要人物，任何的不小心，都会导致失败的后果。

透过黑布，可以隐约看见底下的状况。

室内灯火荧荧，一人坐，一人站。

坐着的人，是脸色衰败的明晏安。

站着的人……

耶律祁霍然睁大眼睛——竟然是那个斗篷人！

他的神情很不可思议。

底下怎么会是那个斗篷人？他一路跟着斗篷人过来，虽然跟丢了，但可以确定的是，那么短的时间，对方不可能进入明晏安的寝宫，而且斗篷人一路掩藏行迹，明显不愿被发现，怎么会大大方方进入明晏安的寝宫，和他对面而谈？

随即他便发现了不同，这个斗篷人，不是引他来的那个斗篷人，两人连斗篷的颜色都不一样。

他屏住呼吸，听底下的交谈。

隐约是明晏安的声音，十分沉闷郁怒："想不到女王如此难缠，最迟不过明日，她必得逼我交出她的女官，难道真让她在我宫中来去自如？届时我颜面何存？"

"哪里需要到明日，今夜她不就出手了吗？"那斗篷人短促地笑了一声，"你不是藏了个撒手锏吗？"

"就知道这事瞒不过你。"明晏安道，"凝雪阁那位，你觉得能否拿下女王？"

"你还是小心你的安排吧。"斗篷人却道，"我知道你想整垮女王，但是有些事安排太多，反而画蛇添足。要我看，有凝雪阁那位就够了，再做些什么别的，容易露出马脚。"

"已经安排了，也撤不回来。她确实是个变数。"明晏安叹道，"希望在凝雪阁，彻底解决女王吧。"

"今夜你宫中群魔乱舞。"斗篷人笑，"就不知道各路神仙斗法，最后谁胜？"

"我求不败。"明晏安盯着他，"你呢？你一直帮我，求的是什么？"

斗篷人微微一笑，给自己斟了一杯茶，举杯就唇，淡淡地道："我求所有人败。"

……

景横波按照柴俞的指引，带着他连闪几次，闪到了一处僻静的宫室。

"这里……"柴俞低声道，"是……冷宫。大王废黜或遗忘的妃子，会住在这里。这宫室守卫森严，我觉得有可能人会关在这里。"

景横波打量着那宫室，不算破败，只是黑瓦青墙，墙上雪落留痕，透着股凄凉冷落劲儿，一般人都不愿意接近这里，是个关押人的好地方。

"这冷宫，似乎有人住。"她看见有人住的痕迹。

"是的。"柴俞凝视着那宫门，神色忧伤，轻轻地道，"住着几位失宠的妃子……"

景横波笑了笑，虽然她觉得这里适合关人，但直觉告诉她，紫蕊不大可能被关在这里。

"陛下……"柴俞等了一会儿，见她没动静，忍不住催促，"您……不进去看看吗？"

景横波隐约觉得，他语气里似乎隐隐有些渴切，不禁诧异地看了他一眼，柴俞却在此时偏过头，专心地看宫墙。

"那就进去看看吧。"景横波觉得看看也好。

她带着柴俞闪身进院，院子里凄凄冷冷，景横波一看就知道紫蕊不会在这里，便道："走吧。"

"是……"柴俞目光却落在院子西厢的一间屋子，忽然指着那里道："我看见人影一闪！"

景横波赶紧过去看，却没看见人影，一回头，看见柴俞竟然也跟了过来，正有点畏畏缩缩地朝屋里看，景横波笑道："不必这么小心，屋里没人。"

"没人？"没想到，柴俞的脸色唰的一下白了。

"好像之前有人住，不过现在没人。整个院子都没人。"景横波四面张望了一下，很肯定地道。

身后忽然一声响，她回头，便看见柴俞一个踉跄，竟然要栽倒的样子。

"你怎么了？"她急忙伸手扶住，看见柴俞脸色惨白，一头冷汗。

"我……晚生……"柴俞颤声道，"也许是先前那酒……药性未过……"

"唉，你何必逞强呢，早知道让你好好休息了。"景横波欲扶他坐下。

他却不肯坐，努力踮脚向屋子里看，喃喃道："真的没人啊……"

"是啊。"景横波也看了一眼，忽然道，"奇怪，这冷宫里，还住小孩子啊？"

她才看见屋子里的床下，有两双鞋，一双是女鞋，还有一双一看就是童鞋，那种两三岁大孩子的鞋。

柴俞浑身的肥肉又是一颤，忽然站起身道："陛下……这里既然没人，咱们就换一个地方再找，得抓紧了。"

景横波凝视着他："你没事？"

"没事，只是一阵不舒服而已。"柴俞看起来已经恢复了正常。

景横波点了点头，携了他出了冷宫，几闪之后，经过一处宫殿。

这里的宫殿看起来精巧华贵，屋舍连绵，和刚才的冷宫不可同日而语。

这里自然不可能关着紫蕊，景横波看也不看就要闪过，夜风里忽然传来一阵哭闹，隐约似乎是孩子的声音。

柴俞忽然身子一歪，哎哟一声。

"怎么了？"景横波停下，以为柴俞酒里的药性又发了。

柴俞额头冒着冷汗，道："刚才撞了一下屋瓦，好像脚扭了……"

"是我速度太快了。"景横波歉然。她也有点累——柴俞太胖了，她有点吃不消，顾不了姿势。

"没事……"柴俞眼底光芒闪动，低声道，"陛下，您真是好人……"

底下的哭闹声忽然更响了："呜呜呜你们是谁……呜呜呜我不要在这里……我要我娘……我要我娘……娘……娘……"

"这谁家的孩子哭着要娘？"景横波诧异地道，"宫中还有谁敢夺娘娘的孩子不成？"

她的话音刚落，柴俞身子一仰，忽然栽下屋顶。

景横波大惊，身子急闪掠下屋顶，身子在半空抬手急抓。

哧的一声响，她抓住了柴俞的腰带，冲力太大，腰带断裂，柴俞重重地落地，好在地面是土地，而且景横波抓住他的时候，他已经快到达地面，总算没有大碍。

景横波龇牙咧嘴地甩手，柴俞太胖了，扯得她的手臂险些脱臼。

柴俞躺在地上，眼底那种光芒又微微闪动，一些痛苦，一些犹豫，一些感激，一些迷茫……

忽然哭声大响，门被撞开，一个小小的孩童冲出殿门，大叫道："我不要在这里……我要我娘……我要我娘……我娘……娘……"

他忽然看见了躺在地上的柴俞，停住脚步，呆呆地盯着他。

柴俞一瞬间泪流满面，急忙伸袖掩住了脸。

景横波此时正看着那边——殿内冲出孩子，宫女自然也跟了出来。她心道不好，急忙一挥手，廊下的木架子宫灯坠落，正将那宫女砸昏。

那孩子并没有转头看宫女，他指着前方，张开嘴，要尖叫。

景横波一看不好，抬起手——

"别！"柴俞忽然以胖子不能有的敏捷，扑了上去，一把抱住了她的手臂，声音撕心裂肺，"他还是个孩子！"

景横波停也没停，没被抱住的另一只手臂一挥，那孩子未及叫出声，就凌空飞起，飞回殿内，随即砰的一声殿门关上。

然后她转头，看着挂在手臂上的柴俞，目光深深。

柴俞被她盯着，竟然毫不心虚，颤声道："他还是个孩子……您不能……"

景横波目光转了转，忽然笑了："你想到哪里去了，我怎么会对孩子下手，我只是将他送回殿内睡觉而已。"

"真的？"柴俞颤声问。

"当然。"景横波笑，"不信你可以自己进去看看。"

柴俞苦涩地摇了摇头，回过神来，满面歉然地向她鞠躬，"陛下，是晚生孟浪了……"

景横波凝视着他："你似乎对这孩子很关心。"

柴俞顿了顿，疲倦地点了点头。这是没办法掩饰的事，他似乎也不打算掩饰。

"这里似乎是重要宫妃的宫殿。"景横波忽然又转了话题，漫不经心地道，"是明晏安的王妃的住处？怎么没看见人？这孩子是谁？世子？"

柴俞低声道："这里是月华宫。原先确实是……王妃的主殿，但已经很久没人居住。这孩子不是世子，是大王的第三子，叫……明悦。"

"哦。"景横波平平淡淡地道。

"晚生……"柴俞低声道，"当年在宫中，很得王妃照顾，看着悦王子长大……"

"理解理解。"景横波道，"不过这孩子既然住在月华宫，应该很受宠爱，你可以放心了。"

柴俞张了张嘴，欲言又止，环顾一圈月华宫，眼神里掠过一丝怀念和怅然，又看了一眼安静的殿内，最后轻轻地道："是的……放心了。"

他的语气一开始还存几分犹豫，到后来却坚定起来，似乎下了什么决定。

景横波没有看她，点了点头道："那走吧。"

柴俞并没有说什么，由景横波带起，自始至终没有回头。

月华宫内。

那孩子摇晃着被卡住的殿门，泪流满面，不住低唤：“娘……娘！”

……

再几闪之后，景横波这回接近了那处今晚很热闹的废宫。

夜色中她在这种宫殿里穿行，就像一抹忽隐忽现的鬼影。瞬移独特的空间式跳跃，使最严密的防卫对她也不起作用。

景横波倒觉得柴俞是个定力很了得的人，一般人第一次看见景横波这样的能力，都难免惊讶、失措，而他除了一开始有点惊讶外，之后便十分平静。

这个人一身的沉沉心事，压得他自己和他人都有窒息感。

景横波把打量柴俞的目光收回，打量着面前的破败宫室，和冷宫比起来，这里像是鬼宫，破门朽墙，很难想象在王宫内，居然会有这样的建筑。

也正因此，这样的建筑反而显得非常显眼。这里真是关押人的地方吗？

柴俞像从梦中惊醒，沉重地嘘出一口长气，望着那门，道：“这里我也没来过，但以前我在宫中知道的第一条严令，就是绝对不许接近这里……”

“你觉得危险会在哪里？”景横波确定那宫室依旧无人，那么就是机关？

“有没有危险，晚生帮陛下探探就知道了。”柴俞目光渐渐沉静，似乎在思考着什么，又决定了什么，上前一步，伸手就去推门。

他背对着景横波，因此景横波看不见他推门的那一刻，眼底忽然泛上泪光。

别了……

他虽然不知道门推开，等待自己的是什么，但一定是杀机和死路。

这门一推，他自己死，他身后的人也一定会死，这是一个同归于尽的结局。

是他自己选择的结局。

不该害人，不能不害，那就自己陪着一起吧！

他原先有些犹豫的心态，在看见孩子从月华宫中奔出的那一刻，忽然坚定。

那是一个信号，也是一个警告，一念天堂，一念地狱，悦儿的天堂和地狱，掌握在他人一念之间。

他没有选择。

他闭上眼，默默念着经文。

在走上死路的这一刻，他不求超脱，不求上天堂。

他求赎罪、求平息内心的愧疚、求这天下再无绝情人、求孩子一生安好，虽失去母亲的照拂，依旧能因为他的献身就死，平安长大。

门，今晚第三次将推开。

地下的火药，等到第三次机会。

景横波忽然伸手，搭住了柴俞的肩。

满腹心事的柴俞，被这轻轻一搭，险些腿一软，手霍然落下。

景横波已经走到他身侧，道："你看，这旁边的门被卸了一半。"

她指的是先前被裴枢劈下一半的门板。

随即她一转头，看见柴俞的脸色，咦了一声道："你又是满头大汗！酒里的药性又发作了吗？"

柴俞还没从极度的紧绷中解脱，心怦怦乱跳，勉强支吾一声。

景横波想了想道："你身子太虚了。要知道肥胖症会伤害体内的很多器官，等回去，我负责把你弄瘦，保证还你一个潇洒美男子，不就一个肥胖症吗，怎么可能总不好？"

柴俞低下头，此刻听到这暖心的话语，只觉得愧疚无颜，恨不能一头在门板上撞死，他声音已经带了哽咽："不必了……我当不起……"

"想那么多干什么，这世上根本没绝路，就看你敢不敢抗争。"景横波拍了拍他的肩，"我们从这个挖出的侧门进去。这里肯定有人来过，发现了不对，才挖下了半截门，我们试试。"

谁知道柴俞太胖，无法进入那半边门，景横波只好道："那你在一边藏好，不要被人发现。"

柴俞点了点头，无声地退开。

景横波看着他蹒跚避入宫墙的暗影里，微微叹息一声。

她从侧门挤入，贴着墙走了几步，果然发现这院子非同一般，院子里的灰尘是粘在地上的，树叶是不动的，还有几根很难发现的细丝，横贯整个院子，其中一根正好连着门上的蜘蛛网，连蜘蛛网都是假的。

唯一奇怪的是，其余假东西都做得极其逼真，唯独那几根细丝，大喇喇牵在那里，透出几分漫不经心。

她自然不知道，原先的设计是很隐秘的，但锦衣人来过了，这个损人不利己的家伙，一抬手就调整了所有机关，他的目的只是要杀人、耍人，才不管好不好看。

景横波看清那些细丝的方位，身子一闪，避过那些细丝，直奔入后面的宫室。

几闪之后，她又出现在原来的位置，面上有失望之色——没有人。

她回到院中，思考着下一步该怎么做，目光忽然落在院中的秋千上。

她忽然想起玉照宫之中，自己也有个秋千，是翠姐请护卫帮忙做的。

紫藤掺和细金丝编织的绳子，白桦木的蹬板，秋千上时常绑些应季的鲜花，每次高高荡起，那些花便飞荡在衣襟里、脸旁、风中。

那时候每一次高高荡起，都只是为了看一看静庭的书房，看一看书房里那个人影。

我携着花香，荡过你的窗前，想要飞进你的梦。

那时候他总是会抬头看一看，没什么反应，可下一次，她就会发现秋千的绳子被加粗了一层，那个谨慎的家伙，嫌她荡得太高，怕绳子断了，命人加固。

加粗再加粗，最后那秋千的绳子粗如柱，手反而抓不稳，后来，她便不玩了。

他没什么歉意，因为他要的就是这个效果，不玩才最安全。在宫中荡到高处，会让自己成为活靶子，容易引来刺杀。

但他不说，知道说了她也不会听，便用这样不动声色的法子，让她自己放弃。

那时候他就是这样，全心操持她的安危生死，不打算管她到底喜不喜欢。

到头来，花残，梦碎，秋千断。

秋千忽然荡了起来。

她一惊，这才发觉不知何时，自己竟然已经站到秋千边，并将秋千轻轻推了起来。

她这一惊非同小可——这里处处有机关，自己怎么可以这么失态？

但已经来不及了，歪斜的秋千已经飞起，啪啪两声响，一排乌黑的箭矢从秋千下弹出。

景横波出了一身冷汗，又嘘出一口长气——果然有机关，却不是对着她的，而是对着院门口。

她一想也是，外人自然是从院门进来，机关当然是对外，自己可谓逃过了一劫。

她暗暗警醒，决定以后绝不要再想那座宫殿、那个人。

已经分道扬镳，便是天涯海角，便纵有再多情分心思，终不敌命运和天性的决然不同。

站在不同立场的人，要如何一路同行？

箭嗖嗖钉在墙角，咔的一声响，院门后的地面忽然向下一陷。

她大喜，想不到这机关启动，竟然误打误撞地开了地下的暗门，急忙闪身过去。

院门后开了一丈方圆的地道，地道之下，隐隐约约一灯如豆。

她闪身进入，在这种机关处处的地方，瞬移反而比一步步走安全。

下一瞬她站在地道的底端，却看见了一个她怎么也没想到会看到的人。

……

明晏安的寝宫内，斗篷人和明晏安说话的声音越来越低，以至于以耶律祁的耳力，也听不清楚了。

他最后只隐约听清一句：“……等下如果有什么动静……不要奇怪……”

过了一会儿，斗篷人起身告辞，临走时给了明晏安一个小瓶，明晏安道谢收下。

斗篷人出了殿，并不要人护送，没入无边黑暗。耶律祁在殿顶凝视着他离去的背影，忽然发觉他的步态，竟然和先前引他而来的那个斗篷人，有点相似。

相似的是那种风里飘雪般的轻逸。不同的是，这个斗篷人的飘雪之姿相对不那么明显，看久了才能发觉；而引他来的那个斗篷人，步子更轻，简直像是在风中摆荡。

轻功步态，失之毫厘谬以千里，他也不能确定，这步态的近似是否能代表什么。

殿中，明晏安沉思了一会儿，似乎在犹豫什么，随即唤进来一个内侍，将那瓶子交给他，悄悄地嘱咐了几句。

耶律祁心中挂念景横波，想离开，然而却感觉到明晏安不大对劲。

那般鬼祟姿态，和之前的长久沉思、犹豫，似乎是他下了一个有点为难的决定，而且需要做得十分隐秘才行。

在帝歌官场倾轧已久的耶律祁，十分明白这种姿态潜在含义，那就是必有阴谋。

此时明晏安的所有阴谋，都必然和景横波有关。

他回头看了看黑暗中的宫廷，一片寂静，说明景横波还没有被发现，她现在是安全的。

权衡利弊，他选择在殿顶继续等待。少顷，那内侍端着一个托盘走出了明晏安的寝宫，他立即跟了上去。

他一直跟到另一处华丽的宫廷群，殿门上是蓝底金字“月华”。

此时那宫内有点乱象，那内侍进了门，询问怎么回事，有宫人回报说，廊下的宫灯忽然坠落，伤了一个宫女，也惊着了悦王子，王子现在在哭。

先前景横波和柴俞落入那殿中时，明悦先冲出来，伺候他的宫女随后追出，注意力都在孩子身上，没来得及看见景横波两人就被砸昏，而其余人都在睡觉，自然也不知道到底发生了什么。至于明悦，那孩子一直在哭，一句话也不说，谁也问不出什么。

内侍便命众人不得慌乱，抬那宫女去看伤，又自去看望明悦。

那太监在孩子面前蹲下身，笑嘻嘻地道：“殿下，别哭了，奴才这里有好吃的，要不要尝一尝？”

明悦只顾着哭泣，不住地小声嘟囔：“娘……娘……”并不理会他。

内侍有些不耐烦，回身看看，殿门已经关上了，只有他和小王子。

他看见自己的身影，被宫灯斜射出长长的暗影，将那孩子全然笼罩其中，看见面前的孩子，怯弱无依，一脸淋漓的泪痕。

天上的星光阴冷地闪烁，满室宫灯不透暖意，有风，幽幽踱步于深深殿堂。

“这个点心很好吃呢，是你父王特意赐给你的。你不是说见不到父王吗，吃了他就来见你……”他嘻嘻笑着，拿起一块点心，强制地捏着孩子的下巴，往他嘴里塞去。

……

斗篷人从明晏安的寝宫出来，并没有如耶律祁想象的那样，直接出宫。

他竟然往那处今晚很热闹的废宫而去。

很快，他就站在那已经失去半边门的宫门前，只一眼便确定，院子里的机关被破坏得七七八八了，但最要紧的那一个，还被几根随便拉着的细线维持着。

他望着那几根细线，神情很有些悠然神往。

高手总愿和高手过招，他对于那位东堂三殿下，闻名已久，很期待和他来上一场。

可惜，今晚三殿下是景横波的，他得让出来。

等三殿下杀了景横波，他再出手也不迟。

他轻轻地走上前，注视着那蜘蛛网，透过半边门，看见院子里刚刚发射过暗器的秋千，依旧在悠悠地晃。

他目光忽然一凝，发现那秋千的绳索上，隐约有一星闪光。

他忽然纵身而起，跃上秋千，伸手一摸那一点闪亮，触手冰凉，果然是极细微的一点冰雪。

今夜无风雪。

他看了看那点冰雪，眼底微微露出笑意。

“你的情况，不大妙啊……”他轻轻地叹息，“快要不能控制了吗？到时候你是死还是疯呢？可我不想这么快就失去你这个对手啊……”

他莫名其妙地自言自语了几句，又往地下看了一眼，似乎在犹豫什么，片刻后，还是摇了摇头。

行事当以稳妥为上，有机会却放过，非智者所为。

那两人现在应该都在地下，不可错过。

他轻轻笑着，伸手，将那几根细线一拉。

……

第七十六章　销魂的人工呼吸

“穆先生，你怎么会在这里？”景横波惊诧地看着那盘膝坐在地上的男子。

穆先生不是该留在殿内，帮她做障眼法的吗？他怎么过来的？怎么还走在她前头？

戴着银面具、一身青衣的穆先生，抬头对她唇角一弯。

“我无意中找到了些线索，一路追过来，没想到和你碰上。”他道，“不过咱们都来迟了，紫蕊女官不在这里。”

“那她在哪里？”景横波很失望，下意识地问他，问完才觉得自己荒唐，穆先生也才刚来，怎么会知道？

可是奇怪的是，她一对上他如星光大海的眸子，便很自然地将问题脱口而出，就好像……就好像当初一路同行，在马车上她各种问计一样。

她心中一跳，忽然想起，先前在殿内，自己对穆先生并没有这种“张口就问”的感觉。

而此刻，这种熟悉的感觉又来了。

地道里灯火飘摇，映得人影摇晃，有种不真实感。

穆先生果然不负她的直觉，答案再次张口就来：“我打问到了，最近明晏安这里有个客人，似乎很有些本事，保不住明晏安将苏女官交给了这个客人，让他来对付你。”

景横波有种强烈的感觉——他是等在这里，将这个答案告诉她的。因为她虽然最终也能找到紫蕊，但再拖延下去，天就亮了。

她很想问，你怎么就能打问到？这宫中有谁能知道大王的秘密客人，又这么巧给你碰见？

她正犹豫到底要不要问，对方湿润清澈的眸子让她的心一阵紧一阵松地跳，有着她自己都无法解释的紧张。

“你……”

“你……”

两人同时开口。

随即他一笑，示意她先开口，她却忽然不知道要问什么了，脑子里一阵空白，觉得自己自从进了这地下看见了他，顿时什么都不对了。

他只好道：“你……”忽然又一顿，随即脸色一变，猛然飞起，向她扑来。

她一惊，正不知是退让还是阻拦，忽然听到头顶一声巨响。

那响声如巨雷炸在头顶，又或者天神将整个天地以巨力折断，发出无与伦比的恐怖声响，她耳朵一阵嗡嗡作响，顿时什么都听不见了。与此同时，地面一阵猛然颤动，一股气浪从身后扑来，撞得她向前一扑，正扑入他怀中，她隐约只觉得接触的胸膛冰冷，而黑暗中一双温软的唇，紧紧地压下来。

……

凝雪阁。

锦衣人在榻上嗑着瓜子。

忽然外头一声震响，简直可以算是地动山摇，连华丽坚固的凝雪阁都一阵摇晃，簌簌落下些梁上的灰尘。

啪的一声，中文撑开一把伞，及时挡在了锦衣人头顶，天知道他那伞是怎么变戏法般掏出来的。

不过这也是锦衣人的护卫的必备技能之一——背着百宝箱，随时在主人需要的时候发挥作用。

主子太聪明、太强大，大多时候他们这些护卫觉得自己派不上用场，只好在这些小事上下功夫，务必发挥些用处。

锦衣人神色没有任何变化，听了听那动静，点了点头。

他对面正是裴枢、紫蕊、孟破天三人，三人中除了孟破天对他怒目而视外，其余两人都不理他，只顾打量四周的环境。裴枢和紫蕊听见那爆炸声，听方向正是先前那废宫传来的，不禁有些担心地对望一眼，却依旧一言不发。

锦衣人因此觉得女王真的是可以会一会的。

他招了招手，护卫们便抬过来一个圆柱形的东西，那圆柱形的东西分成三部分，每部分正好站下一个人。柱子上有固定的器具，可以将人牢牢绑住。柱子下有圆盘，可以转动，圆盘上有链条，可以调节转动的速度。

“等会儿让你们试试我的新玩具。”锦衣人很满意地看属下熟练组装他的玩具。他招了招手，又有几个护卫解开一个包袱，又是一阵组装。

锦衣人很喜欢一切新奇有趣的东西，但新奇的东西太少，他很多时候都是自己做，有空的时候，一路走一路做，玩腻了再扔，所以护卫们的大包袱里，很多背的是工具，或者是他一路上试验的半成品。

护卫们的包袱，一般都放在自己的房内，此刻都搬了过来，因为有的部件为了方便装包，放在不同的包袱内。

护卫们组装的时候，锦衣人目光随意地掠过那些包袱，忽然眉头一皱，道：“数数包袱，好像数目不对。”

便有护卫数了，随即瞠目道：“果然少了一个！”

立即有人查出问题所在：“拉丁文背的那个包少了。”

拉丁文道：“包袱都堆在中文的屋子里。”

众人齐齐道：“先前有一阵子，屋里一个人都没有。”

不用锦衣人一句句问，护卫们已经按照正常的逻辑，得出了答案：“在那段时间内，有人偷走了一个包袱。那段时间是先前那个白衣人在的时候，他应该还有帮手，潜进来偷走了一个包袱。那包袱里是您最近刚研制的千金伞。”

锦衣人点了点头，对这群笨护卫省了自己的口舌表示满意。

护卫们这是锻炼出来的。因为这位主子不喜欢解释，别人是甲、乙、丙、丁、戊、己、庚、辛一步步推出来，他都是直接从甲到辛的跳跃思维，以至于时间久了，护卫们学会了自己理顺脉络。

“他要千金伞做什么？”中文表示疑问，“那还是试验品，没有完全成功，目前只适合撑挡重物，以及在地下钻洞。”

锦衣人想了想，偏头看看那废宫的方向，想起那个总机关所在，唇角一撇。

怕不是偷他的东西，去钻别人的洞吧？

真会选东西，这千金伞上，可用了他家小蛋糕的宝贝，必须得拿回来……

他挥挥手，示意先不要去理这事，护卫们也便丢开，把零件拿出来，组装了死亡轮盘，和……一副棺材。

棺材是可以拆卸的，很薄的板，组装成人形，可以对半合拢那种。至于为什么是人形，当然是小蛋糕说过。

小蛋糕的木乃伊故事里，木乃伊就是规规矩矩一个人形，到了锦衣人这里，这棺材已经不能叫棺材，竟然是一对手舞足蹈的人形，四只手、四只脚，每个肢体都有动作，能看出来对身体的柔韧性要求非常高，手和脚向后拗，几乎接在了一起。

这些肢体的关节，也是可以拆卸的，也就是说，还可以换动作。

这其实也是一件刑具，做出这些危险的动作后，只要稍稍一换动作，如果违背了人体移转规律，卡在里面的肢体就会咔嚓一声折断。

用这东西，可以将人全身的关节毫不费事地折断。这也符合锦衣人的杀人审美——他不喜欢搞得血淋淋的，他喜欢优雅的暴力，优美的折磨。

他认为这样很省事，轻轻松松就可以搞断人全身的骨骼，却没想过，制作这么一件“优雅的刑具”费的事，足够将一千个人的骨头一根根敲断了。

他满意地看着那件“玩具”，看着面前的三人，笑而不语。

两个女子好奇地看着那东西，还没明白这是干什么的，裴枢的脸色已经变了。

他看一眼对面的锦衣人，实在很好奇，这种变态是怎么生出来的？大荒似乎没有这样的品种，他的口音也有些奇怪，是大荒以外的人吗？

“各位，我们先来玩一个游戏。”锦衣人嗑着瓜子道，“当然你们可以拒绝。不过拒绝之后，你们可能就不会得到现在的尊重了，特此告知。”

紫蕊眨眨眼——现在就算得到尊重了吗？他的尊重，真的很吝啬呢。

“我这里有个小玩具。”锦衣人指了指那棺材，“这棺材呢，叫男欢女爱双人舞，专用来锻炼肢体的柔韧性，以及培养感情之用。我只需要两个人，去帮我填满这棺材，只要这两人能做到这棺材限定的动作，另一人就是安全的。否则……”他笑了笑，有点不好意思地道，“我不大喜欢开口威胁人，你们懂的。”

“懂个屁啊。”孟破天爆粗口，“小白脸娘娘腔，要杀要剐一刀痛快，少和姑奶奶玩这些恶心东西。”

锦衣人就好像没听见她骂人，骂人这种事，他一向认为是下等人才擅长的，上等人不动嘴，只动脑。

他只笑吟吟地看着三人：“怎样，哪两位上？”

不等紫蕊、孟破天说话，裴枢立即抢道：“我算一个。”

两个女子用诡异的目光看着他，不明白他怎么这么积极，紫蕊还算厚道，只是隐隐的疑问，孟破天直接咕哝道：“登徒子！”

傻子都能看出来，这种棺材要进入的两人肯定紧密地肢体接触，一男一女是不合适的，孟破天和紫蕊已经形成默契，两个女人准备自己上，没想到却被裴枢抢先。两人都涨红了脸，看裴枢的目光颇有些不善。

裴枢吸了吸鼻子，也涨红了脸，有些话就要冲口而出，但忍了又忍，终究没说出口。

他看出了这“玩具”的凶险可怕之处，面对的又是这么个变态，可以想见，进入的人才最危险，但这话无法说出口，说出口苏紫蕊一定抢着上。她是景横波最看重的女性朋友之一，就冲这一点，他也不能让她伤了。

不然小波儿得多伤心。

裴枢悲壮地想，自己负气来救苏紫蕊，最后折在了这刑具里，小波儿知道，一定很愧疚伤心，也许会因此记得他一辈子，这样也算值得了。

想到很久很久以后，小波儿白发苍苍，来给他扫墓，和一边的孙儿说……啊呸，什么孙儿，她会为了我终身不嫁的……白发苍苍的小波儿，坐在他芳草萋萋的墓前，忧伤地看着夕阳，和追求了她一辈子也娶不到她的宫胤说：“这是我最在乎的男人，他为我而死……”

少帅被自己的想象感动得热泪盈眶——这一幕多么美好，如此生死不枉！

不过最好还是不要死，自己已经埋入黄土了，宫胤或者耶律祁还能陪着小波儿，这笔账怎么算怎么亏……

锦衣人好奇地盯着他——这家伙明明很聪明，应该能看出这“玩具”的凶险，怎么脸上的表情这么奇怪？一会儿兴奋，一会儿忧伤，一会儿咬牙切齿。这“玩具”真的很奇妙，奇妙到他这么倾倒吗？

他因此对裴枢也产生了兴趣，决定要好好玩玩他。两脚兽遍地走，奇葩难有。唉，要找到志同道合的奇葩，实在太难了啊。

他转头看向两个女子，孟破天涨红脸大叫：“不行！不能让这无耻之徒得逞！不要他去，我和紫蕊一起！”

锦衣人偏头，对一脸隐忍着怒气的裴枢笑道：“不被人理解的滋味如何？”

“我只需要知道你是一个疯子就行了。”裴枢冷哼一声，答。

锦衣人不怒反喜：“你说对了。所谓天才，在蠢夫眼里都是疯子。因为这世上蠢货太多了，才会觉得少数异类是疯子。”

裴枢决定不要和这脑子的构造异于常人的疯子讲话，否则总有一天被气死。

锦衣人却决定要对他多多了解——不仅奇葩，还是知音！

“男人做的决定，女人不能推翻。”他对孟破天道，“你们两个，出来一个。”

“不要她们自己选。”裴枢立即道，“孟破天，你来。”

“为什么是我？”孟破天大怒，“你个登徒子！我不要和你靠在一起！”

“因为我喜欢你。”裴枢狰狞地道，“我想靠着你，行不行？”

孟破天一下噎住，瞪大眼睛看着裴枢，涨红的脸慢慢白了，然后唰的一下又红了。

狂刀盟的女公子，一向只有她掳人抢人调戏人的份儿，哪有谁敢当面对她告白的，乍一听见这句，她先是怒，然而一霎的愤怒之后，心却怦怦急跳，心间隐隐泛起一股奇怪的滋味，似喜似甜似惆怅，她怔怔的，一时竟有些痴了。

看她忽然忸怩起来，裴枢赶紧心虚地转开目光。

锦衣人拊掌大笑：“好玩！你们真好玩！”

孟破天羞怒地啐他一口，眼睛却瞄向裴枢。

裴枢只管看天。

锦衣人笑得更加意味深长：“我想，很快你就会知道，这世上的事，看起来的恶意，也许是好意；看起来的好意，却未必存好心。你因为我学了这么高深的一课，记得要谢我。”

孟破天现在哪里听得进去，头一扭冷哼不理，接着大声道：“裴枢你喜欢我也没用！我才不要和你这种一心要占女人便宜的登徒子在一起！”

“你有完没完？”裴枢怒道，“男人的话，女人不要推翻。行了，就我和她吧！”

“请，请。”锦衣人大笑，解了两人的穴道，只点了软麻穴，让护卫把两人弄进去。

裴枢进去的时候，扭头冷静地对锦衣人道：“终有一日，你自己也会尝到这种滋味的。”

“这世上如果真有人能关我进这样的东西，”锦衣人开心地笑起来，“我会感谢他的。”

“会的。”裴枢肯定地答，自己进了棺材。

恶人作恶，会有天来收的，他坚信。

孟破天虽然满口不愿意，此时倒也不骂了，脸红红的，但是真进入那棺材后，她又叫起来："这个这个……这个怎么弄……"

她的双臂被抬起，塞入一对手臂状的管子，每个关节都被卡住，双腿也被抬着，盘起。而对面是裴枢，双臂被盘成环抱式，后背的棺材板向后仰，因此他的身体也向后微微弯折。

裴枢的姿势比她难多了，他却是在天灰谷沼泽锻炼了多年的，身体的柔韧常人难以想象，但毕竟还要被外头的薄板困住，影响肢体舒展，拗过去并不那么容易，他只是忍着，一声不吭，脸色微微涨红。

那边孟破天再次尖叫起来，因为她被护卫推着，向裴枢推了过去。

从位置看，可以想象得到，她的双臂会被搭在裴枢肩上，而她的双腿会盘上裴枢的腰……

孟六女公子没吃过猪肉也见过猪跑，箧子里搜集的那么多春宫图，不是闹着玩的，这不是升级版的那啥吗？

更要命的是，她忽然又发现，这个东西是可以合拢的，然后她就会以这种要命的姿势，和裴枢合拢在一起……救命啊，不要啊……

对面，裴枢后仰的姿势让身体更加突出，孟破天的眼睛已经不知道该往哪看了，也不知道是该骂这玩具变态，该哭这棺材无耻，还是该庆幸这棺材可以合拢最起码不至于在众目睽睽之下做这样的姿势……

一旁的紫蕊早已看得目瞪口呆，羞红了脸急忙转过头，心中不知该愧疚还是庆幸……

"不要啊啊啊啊啊……"孟破天还没来得及调整好情绪，啪的一声，棺材扣上了。

她和裴枢顿时陷入黑暗，但此时要面对的已经不是黑暗，而是彼此的身体。

这玩意设计得实在精巧到无耻，这样奇怪的设计，居然还能严丝合缝地合在一起，每块板都是可以调整的，甚至还能调整高矮，所以现在孟破天的唇压着裴枢的唇，胸压着他的胸，双手搂着他的脖子，双腿盘在他的腰上……

接触如此紧密，好闻的男子气息灌满鼻腔，能感觉到他肌理的坚韧和弹性，她连呼吸都不敢，黑暗中五识开动，更清晰地捕捉到外面锦衣人的声音。

"玩一样东西，必须要玩得尽兴，对不对？"他悠悠地道，"听说很快就要有人来救你们，但我却懒得等，尤其不愿等蠢货。这样吧，每隔半个时辰，我会调整一下这些肢体关节，比如，将你们其中一人的手臂，反方向转一下……嗯，就这样。你们还是祈祷，人快点来吧。"

紫蕊脸上的血色瞬间褪去："不！"

棺材里，孟破天愣了一会儿，忽然呜呜哭起来。

裴枢立即感觉到流淌在脸上的泪水，但没法开口也没法问，一开口就是强吻了。

孟破天却是个有话不说会憋死的人，叽里咕噜地哭道："呜呜呜饿先前系误会嫩了……原来嫩素好心……"

裴枢吸了口气——姑奶奶你能不能不要说话？我宁愿你误会成不成？你晓得你一讲话你那唇就在爷唇上擦来擦去吗，爷是男人啊啊啊爷是男人！爷虽然心有所属但爷依旧是个一大早就会"一柱擎天"的男人啊啊啊男人！

"但素饿更恨嫩了……"孟破天沉浸在自己的情绪里，叽里咕噜地哭得更凶了，"原来嫩不素丝欢偶……嫩就素拉饿一起来送死……”

裴枢顿时不躁动了——这件事，他也有些愧疚……

他无所谓杀人放火，却不愿欺骗无辜，更不愿欺骗一个正怀春心的少女。他拉孟破天一起钻这死亡棺材，是为了保全紫蕊，这份心不愧对景横波，却愧对此刻怀中的少女。

孟破天呜呜哭了一会儿就不再哭了——这里面哭起来太困难了，哭得她自己都发觉把裴枢的便宜占大了……

便宜占大了……

两人一静下来，就各自感觉到各自的不妥当，裴枢感觉到少女初发育的喷薄，感觉到少女青春娇嫩，似乎可以喷发出花香的肌肤，感觉到练武女子的双腿修长有力，那么销魂地盘在腰上，他感觉到自己要命地发生了要命的事，一辈子最大的丑就要丢下了……

他恨自己怎么会这样，但也明白肯定会这样。他是正当年纪的少年男子，他练的是至阳内功，这是他无法控制的正常反应，和感情无关……

孟破天的感觉更明显，四周满满都是他的男性气息，天生对女子极具吸引力的荷尔蒙散发，这是生理的自然呼唤，对她这个青春期的女子来说，更可说是一种折磨。她能感觉到他胸肌坚实，腹肌紧致，周身都似乎喷发着跃动和弹性，弹得她心都似怦怦乱跳起来，更要命的是，他那个姿势，将身子前顶，她非常清晰地感觉到某种变化，甚至能极其细致地感觉到那一寸寸的脉动……

她觉得自己又要哭了，然后泪水一定会被着火的脸颊烧干。

而她的唇还紧紧地压着他，稍稍一动，就会被裹在他口中，有那么一瞬间，在他最情动的时候，她感觉到他无意识地吸吮卷入了她的唇，一霎间芳香滑软彼此浸透，然而只是一霎，他便将她的唇推了出来，这让她心中不知是庆幸还是失落，忍不住又落下泪来，一滴滴横流在他脸上，再缓缓流入他的唇角……

她有点不明白自己，她不爱哭，当初母亲去世，父亲立即纳妾，她也没哭过，为什么今天这么脆弱敏感，像平日自己最瞧不起的那些娇滴滴的小姐……

他则在心中叹息，脸上一遍遍淘洗过的湿润，让这钢铁烈火般的男子，心中也渐渐起了奇特的情绪。因为对她的愧疚，他难得地没有厌烦女子的泪水，默默地任她的泪水给自己洗脸，心底热热的、潮潮的，忍不住想如果这一刻对面的人是景横波多好，那么真的来一场不亏，这么想的时候他忍不住舔了舔唇角的泪水，是苦的，他有点失神，想着泪果然是苦的啊，对啊，不苦怎么会有泪呢？没想到这一舔，其实也是舔在孟破天的嘴角，她轻轻嘤咛一声，黑暗中听着少女娇软的声音，近乎销魂，他又有了反应，而她无法避开，只得羞羞地挪动一点点，这一动更加要命，他也无法抑制地发出一声呻吟，她立即不动了，却似有意似无意地将唇凑近了一些，舔了舔自己……或者他嘴角的泪水……他顿时又觉得不行了……

如此循环，周而复始，你来我往，试探退避，呻吟声不时难以控制地逸出，黑暗、紧贴、契合、不可避免的避让和碰撞……

这一对不能算两心契合的青春男女，这一刻不知是欢喜还是煎熬……

到最后，彼此在痛苦忍耐和虚幻快感之中浮沉，迷迷茫茫不知身在何处，不知此间年月……

直到锦衣人的声音传来，才将大汗淋漓的两人惊醒。

外面，锦衣人在笑：“一刻钟快到了哟，我该转胳膊还是腿呢？又该转谁的呢？”

孟破天和裴枢不约而同地叫了起来：“我！”

……

时间倒回到半个时辰前，那一声巨响响起时。

爆炸导致预留在机关上方的土方被冲倒，冲力撞得景横波向前一冲，正撞上他的胸膛，如同孟破天压上裴枢一样，她将他压在墙上，她的唇也将他的唇紧紧堵上。

在这电光石火一瞬间，她竟然想到，怎么没有撞疼的感觉？他脸上不是有银面具吗？银面具去哪了？这时候他还能想起来拿开面具？

她的胡思乱想还没有想完，便觉得胸口一梗，一口腥甜直上喉咙，她想吐，身后的冲力却猛地一撞，顿时将那股瘀血堵在了她咽喉里，她眼前一阵金星乱冒，意识也忽然陷入混乱，只觉得胸口如压了一块大石，又或者梗了一段木头，咽不下吐不出，眼看就要窒息。

她忽觉被人抱紧，一只手压在了她的胸口，猛力向下一压，一双温暖柔软的唇瓣同时凑上来，狠狠向外一吸。

她喉间咕嘟一声，一口瘀血冲口而出，冲入了他的口中。

她轻嘘一声，从喉间到胸口，顿觉通畅痛快，仿佛又活了一回，随即神志一复，她大惊失色——穆先生亲口吸出堵住她咽喉的血痰？这这这……

她心中混乱又尴尬，又觉感动，这样的事情，有时候便是亲人也未必做得出……

他微微偏头，吐出那一口血痰，唇齿间都是微微甜腥的味道，他这洁癖到极点的人，却不觉得恶心，只觉得心微微一痛，为她这般挣扎奔波所吃的苦。

当日她是否也曾无声地咽下那一口逆血？咽下时想必痛彻心扉，他想知道那感觉，便如陪她苦一场。

不知算歉疚，还是补偿，或者只是想将她所经历的心情，也一遍遍尝。

景横波很是尴尬，下意识地吸气，他却立即将唇靠了上来，他的唇瓣温软而齿微凉，让人想起被月光洗过的杜若叶，玉一般光润，透着淡淡的清香。

她心中惶惑又紧张，想要推开时，却发现他似乎不是吻她，一股气流正自他体内出，流入她的丹田，她能感觉到那股气流清逸刚劲，如大漠上雪白的一道孤烟，笔直而来。

身后的泥土犹自滚滚而来，她这才明白为什么他要堵住她的呼吸，此刻这空气里全是土，吸进去会被呛着。

她忽然觉得哪里不对，体内穆先生的气流，似乎感觉和以前不一样……

轰隆一声响，似乎又有余土倾入，身下的人忽然将她抱紧，一个翻滚，啪的一下撑起一样东西，隐约头顶吱吱嘎嘎一阵响，似乎有什么东西挡住了身后的土，那些土潮水般从她身后向两侧倾泻而下，唰唰如分坠了两道土瀑布。

她正想着这是什么东西，怎么能抵挡得住那土方倾泻下来的冲力，忽觉那东西一收，噗的一声土又冲到了她背后，虽然这次冲力轻缓了许多，但她依旧被撞得向前一冲，再次紧紧贴靠在他身上。

他并没有停止给她渡气，但这渡气，在她尚未发觉的时候，很快便成了辗转吸吮，唇和唇的纠缠，齿和齿的碰撞，香气和香气的交换，躯体和躯体的拥缠……在这地下、暗室、四面压得紧紧的土方中，他将她揽紧，挡住土流倾泻的同时，也用怀抱，困住了她。

第七十七章　爱的滋味

不知从什么时候开始，这份感情再也无法置于光天化日之下，只有在这样无法动弹的空间，她才不会逃避他；只有在这样无法点亮的黑暗里，他才能放开自己，抱一抱她。

以历劫为名，历心头劫。

景横波被揽在他臂弯里，嗅见他的唇和肌肤的冷香。有种贴近无法抗拒，有种了然心会明白，她忽然便想起上元街道看戏时，最后听见的那句道白：“三万里天地一口钟，万物懵懂，身在梦中。”

她身子微颤，想着这万物懵懂，如身在梦中，这一梦何时到头，又或者永远不见尽头，只是一场梦中梦。

他亦感觉到身前的躯体微微颤抖，不似激动，倒似一些无法压抑的情绪，他心间一痛，险些涌上一口逆血，急忙偏头，忽觉唇上一痛，她咬了他。

这一咬不似抗拒，倒似怀恨，两人都瞬间感觉到微微的甜腥气味，如先前一般，彼此尝尽对方血的滋味、恨的滋味、身体的滋味、无奈的滋味。

然后景横波重重地推开他。

他靠在墙上，无声地捂住唇，袖边沁了一点血。她唇边也有血，她慢慢抹去，忽然想如果这人世间的一切，也能这般痛快地抹去，该多好？

呼吸还是很闷，所在的空间被土层灌满，以至于她和他还是挤在一起，抹个嘴都像在揩彼此的油。他张开双臂接着她，双手轻轻按在她的腰窝，她被身后的力量推动，无法拒绝他的怀抱，感觉到双手贴着的胸膛似冷似热，而心跳得缓慢又悠长。

她自己的心，却跳动如脱缰的野马，她颤抖着手想要去摸他的脸，却被他的手臂挡住。她只得放弃，手伸到背后摸了摸，身后有一层滑冷坚硬的东西，像一双蝙蝠的巨大翅膀，挡住了身后的土层，给两人硬是留下了这一份生存空间，否则就刚才那一下倒灌，两人直接就给埋进去了。

她心中奇怪，身后这东西，她摸得出是用极其珍稀的金属制成，造型更是从来没见过，这家伙难道知道会遇上这么一场人为的土崩，事先准备了逃生工具？

他预见是有可能的，毕竟他在她之前到达，将这地底的机关已经研究过，会很容易看出这最后一手是爆炸，如果炸不死人，也能将埋在院门口的土层炸塌，将救人的人和底下被关的人活埋。

但如果他能看出这机关，为什么还要在地下等她？

还有，在外面开启机关的人是谁？难道是柴俞？

问题很多，但有一个更重要的问题迫在眉睫——这是在地下，两人等于被活埋了，怎么出去？

他给了她答案。他先伸手拉住她的肩，将她的身子一转，变成他压着她，然后她听见咔嗒一响，那个蝙蝠翼一样的东西，发出嗡嗡的振动声，频率极快，一些土块被震碎，顺着那翼沙沙地流下来。

她震惊地看着那东西——这不是以频率振动来粉碎土块，从而扩大生存空间吗？这玩意说起来简单，可这是在生产技术落后的古代啊，多牛的人物能造出这东西来？别的不说，马达怎么制造？

等等，这东西到底是谁制的……

但此时他已经将那东西收起，撑住四面区域的双翼一收，土顿时哗啦啦落了一身，此时她才明白他为什么把她压在身下，这回倒不是为了占便宜，完全是不想她落一头一脸的土。

那东西收起后，她一摸，成了长条形，似乎像把伞，前头微尖，随即又听咔嗒一声响，他拿这东西向着土层稍稍薄弱的地方钻去。这东西一边钻一边振动，成块的土被击碎，空间自然就能拓展，看似堆满的土室，竟然慢慢能向前走了。

绝境之中居然有这样的宝贝，景横波觉得自己该高兴，可是她的内心却焦虑不安，不知道紫蕊到底怎样了，而且再折腾下去天就亮了，事情会更难办。

而且她记得从地下入口进来的时候，有一段不短的距离，要靠现在这样慢慢地走出去，一天一夜也走不到。

随即她发现他走的方向，根本不是对着出口，而是相反的方向。

“这是去哪？”她问，随即恍然道，“机关总控室！”

他赞许地点点头，道：“既然所有机关都在地面，而且是连着的，那么机关定然有一个总控之处，而且一定在地下。”

机关的总控之处，定然是连接地面的地下空间。景横波兴奋起来，这样她可以最快速度地出去。

现在困在地下，只能慢慢移动，身周的空间不够，她瞬移不出去。

他一手持伞前行，一手很自然地牵着她，走了几步，她反应过来，道：“你能走路！”

这么说的时候，她的心猛地一颤，似乎有个想法找到了佐证，她目光灼灼地盯着他。

他却坦然道："穆先生本来就能走路，只是走不远而已。"

"哦？"她的声音听不出信还是不信。

"是自幼的麻痹之疾，后来练武有所改善，但走不长，所以很多时候坐轮椅，能不走就不走。"他解释道，"后来创立影阁，无意中发现，扮弱更有利于观察他人，掌握势力，并在关键时刻翻盘，所以干脆也就不站起来了。"

这番说辞似乎无懈可击，她转头看他的眼睛，他却不和她对视，只牵了牵她的手，提醒："别松开，如果走错了方向怎么办？"

"就这么大地方，"她似乎情绪找到了出口，立即道，"走再多岔道，最后总能走出去的。人生怎么可能不走错路，何必每一步都要替人矫正？你累不累？多事不多事？"

她自己都没发觉，问到最后，她的语气咄咄逼人，隐然带着几分激愤，和平时判若两人。

他还是平静地道："你说得对。但是我们赶时间，错一步，耽误了时辰，最后结局就不一样了。"

"我不赶时间！"她怒道，"我宁可耽误了时间，再狂奔追上，也不要别人替我安排！"

他似乎轻轻笑了一下："就怕有种东西一旦耽误了，你再怎么狂奔，也追不上。"

"什么？"她立即尖锐地接上，鼓足力量准备驳斥他。

他手中的伞尖却忽然当的一声，碰到钢铁之物，伞尖震开那片已经松散许多的土，景横波看见一个圆形的、像是现代那种飞天轮、只是缩小了很多倍的铁制物。

这东西上连着许多皮绳、钢索，现在皮绳基本都被咬断了。

圆轮足有一人高，她大喜，只要能站进去一个人，她就可以瞬移了。

随即她便犹豫了，回身看看他，想知道他打算怎么上去，这轮深埋在地底，上面虽有通道，却是极细的管道，根本过不了人。

他却放开了她的手，轻轻地道："后面就看你的了。小心。"

"你……"她想问什么，却忽然不知道该问什么。

"我能出去，但需要些时间，你赶紧去救人。"他道，"其实没有人会替你安排所有的路，大部分的路，是你自己走；以后更长的路，是你自己走。"

她霍然回身，要抓他的手，他却将那奇特的伞塞进她手中，冰凉的伞尖冻得她一颤，想好的话顿时忘记了。

"这东西不要随便还给人。"他道，"谁想要回去，就敲他个狠的。"

她还没明白这句话，他将她一推："去。"

他出手突然，她被推得一个踉跄，冲入铁轮内，体内一股气流推动，逼得她下意识地一个闪身。

再抬头已经是地面，月朗风清，长空如洗，再无土室的憋闷污浊。

脚下微微晃荡，她低头，才发现自己竟然站在那秋千上。

爆炸发生在地下，上头的损毁反而不怎么严重，秋千上的机关已经发射，她便没有立即下来，轻轻荡起了秋千。

她仰起头，风将长发吹开，离青天越来越近，离星光越来越近，她在高处悠悠摆荡，伸手摘月；他在地底沉默仰望，轻轻捂唇。

金黄的月扑入胸口，镂一道弯弯的疑问，没有人愿意给她答案，或者，连她自己，都不愿意寻找。

衣裙飞扬，荡至最高处。

恍惚里还是当初在玉照宫，她的秋千荡过他的窗前，惊飞落花一片。

她忽然撒开手，身影一闪，不见。

……

远处的一棵树上，斗篷人默默凝望，看见那女子荡起秋千的身影如飞仙，一闪消失。

他眼底闪过奇异的光。

“果然弄不死你们……这样也好。”他一笑，转身。

没有对手的人生，才是最寂寞的。

……

直到该离开的人都离开，才有两条人影蹿入院内，挖开秋千下的地面，将他接出来。

他一身衣衫满是泥土，人也灰头土脸，护卫忙不迭地给他掸灰，心中想着这世道是怎么了，如雪如月不染尘的主子，日子越混越糟糕，淹过水滚过泥潭，现在连土坑都钻了。

他默默任护卫掸灰，自己坐在秋千前，将秋千慢悠悠推啊推。

秋千轻轻荡起，越荡越高。他仰起头，好像看见她，立在秋千上，荡向他的窗前，笑声如珠洒落，庭前落花姿态冉冉，不及她笑意嫣然。

有时她会调皮地伸脚，似要踢上他的鼻尖。

那时她总是怨怪他任她空飞，不曾抬头。

那时她不知道，自从她开始荡秋千后，他的桌案上，便放了一块打磨得极其光滑的镜子。平日里遮着不给她瞧见。

她荡起秋千时，影子会在镜中蹁跹而来，由远及近，春花红叶里，是一帧最美的画。

而那画在他身下、怀中，那一低头的倩影，走不出他目光的天地。

……秋千越荡越高，下一次返回的时候，他忽然身子一闪，坐上了秋千。

这秋千她刚刚坐过。

如今他坐上，也算陪她荡一回秋千。

将当日未能和她一起做的事，慢慢补偿。

风将长发吹开，离青天越来越近，离星光越来越近，离她越来越近。

再回到原点。

且将心事乘风去，夜半独数几颗星。

……

月华宫内，那内侍，强制地将点心塞入明悦口中。

孩子似乎感觉到了危险，挣扎着，小脸涨红，却抵不住那内侍的力气。

忽然远处一声闷响，震得那内侍手一抖，点心落地，那内侍骇然看了发出震动的地方一眼，急忙蹲下身去捡点心。明悦趁机跑开。

那内侍的手忽然被踩住，他一个哆嗦，抬起头，对上一张陌生的脸。

耶律祁踩着他的手，含笑问他："你在做什么呢？"

"你你你……"内侍惊恐地看看外面，却发现门被自己关上了。他想喊，耶律祁踢出那块点心，正堵住了他的嘴。

内侍急忙去掏嘴里的点心，但眼看着他的脸就发青发紫，身躯僵直，砰然倒地。

耶律祁脚尖踢了踢他，喃喃道："好厉害的毒……"他似乎有点疑惑不解，蹲下身又看看那内侍，才发现他没死，只是浑身僵硬，脸色狰狞，眼珠子还在骨碌碌转。

这就对了。明晏安虎毒食子，但无论如何，明悦还有用，现在毒杀了毫无必要，他只是想下点不死人的毒，好控制住明悦而已。

耶律祁脸色不大好看，明晏安看似儒雅亲切，但这恶毒心性，实在少有。

他想了想，问明悦："跟我走好吗？"

那孩子却拼命摇头，抱住柱子不撒手，小声地道："娘……娘……"

忽然门砰的一声被撞开，柴俞出现在门口，那么冷的天气，他一身衣衫已经汗湿。

明悦看见他，浑身一颤，松开柱子就要扑过去，耶律祁忽然一拂袖，那孩子软软倒地。

柴俞一惊，便要冲过来，耶律祁已经淡淡地道："他没事。"

柴俞不敢再前进一步，疑惑而紧张地看着耶律祁，耶律祁已经换下了穆先生的装扮，一身黑衣，取下了银面具，他不认识。

"女王在哪里？"耶律祁问。

柴俞心思都在明悦身上，下意识地答："我看见她往凝雪阁方向去了……"忽然惊觉，"你是谁？为什么问女王？"

耶律祁不答，又道："你能照顾这孩子吗？"

柴俞立即道："能！"怕他不信，赶紧证明道，"我以前在宫里待过，照顾过他，我……我不会害他！"

耶律祁似乎根本不在意他怎么回答，只道："那你带着他，在这宫里找个地方躲藏起来，不要乱走，等女王回来带你们一起出宫。"

"出宫……"柴俞眼底绽出亮光，但看了看孩子，又有些犹豫，"我跟着女王出宫就够了……"

"刚才，那内侍给这孩子喂毒。"耶律祁冷冷地道，"你还要他留在宫里吗？"

柴俞浑身一震，如遭雷击，一张脸顿时雪一般白。

耶律祁已经转身离开，走出几步，淡淡地道："做人不可太贪心，做人当有是非心。你，想清楚。"

柴俞怔怔地看着他的背影消失，蓦然身子一软，瘫坐于地。

明悦从柱子后跑来，扑入他怀中："娘……娘！"

柴俞泪如泉涌，抚摸着他的头发：“悦儿……悦儿……”

泪水断了线般滚落，她全身都在颤抖：“你好狠心……好狠心……”

“娘，你为什么不要我了？”孩子仰起头，笨拙地想要替她擦去泪水。

柴俞立即忍住泪，用衣袖擦了擦眼，露出一个笑容，抱住他道：“娘不是和你说了，娘要去做一件事，做好那件事，娘和你、和你父王，以后就能长长久久在一起……”她忽然顿住，看着那地上的半块点心，眼底露出痛苦之色。

真的能长长久久在一起吗？

虎毒不食子，明晏安连这样的事情都能做出来，她还该有任何期盼和信任吗？

其实从内心深处，她并不期盼回到月华宫，当初因为生子发胖失宠，被迁出月华宫，就算之后回来，如果明晏安不来，这里依旧是最华丽的牢笼。

她只是为了明悦。

为了这孩子能够看见父亲，和其他王子一样得到父亲的关爱，成长过程中不致留下永远的遗憾。

为了这孩子能够在宫中立足，得到他父亲的看重也就等于得到未来的依靠，如果将来她不堪宫廷倾轧早早死去，最起码明悦可以好好地活下去。

所以当明晏安说，杀了女王，便册封明悦为世子时，她是真动心了。

老天原谅她，一生不愿亏负他人，最黑暗的宫廷里，都因为不屑宫斗而宁可沦落冷宫，到头来却不得不试图让双手沾染血腥——只因为她是母亲。

出宫冒充才子，参加曲江诗会，她以为会遇上很多困难，才能到得女王身边，谁知道女王很容易便信了她，甚至带她进入上元。然而这一路，于她的内心，何尝没有撼动？

她看见一个最恣肆聪慧的女王，也看见一个最亲切善良的女王。

景横波的关切、体贴和理解，毫无架子，也最自然，她分辨得出。

她因此很痛苦。

要怎样，对这样的人出手？

先前她故意绕路去冷宫，其实是想看看明悦，第一次离开儿子这么多天，她放心不下。

没有看见儿子，她如遭雷击，近乎失态，女王犹自安慰她。她当时万念俱灰，已经想着放弃算了。

没了儿子，她何必再害人。

然而她忽然在月华宫看见明悦。

明悦竟然从冷宫被迁到了月华宫，她立即明白这是明晏安发给她的信号——他已经初步履行了诺言，接下来就看她的表现了。

所以在废宫，才有了她泪流满面地试图推门，想和景横波同归于尽那一幕。

后来废宫地底的爆炸声起的时候，她以为女王被炸死，正彷徨不知所措，忽然看见女王荡着秋千，身影一闪不见。

她放下心，想着儿子，一路奔回月华宫，奇怪的是今晚的王宫分外安静，废宫那么大动静，也没侍卫前去查看。

回到月华宫，就看见那惊心动魄的一幕，她连心跳都几乎停了。

好在现在，孩子还在她怀里。

这一霎她忽觉疲倦。

何必要介入这王家争权的风云呢？

做人当有是非心，女王没有对不起她，她要如何下手？

做人不可太贪心，和明悦一起相依为命，平安到老，已经是福，何必奢求那世子之位，何必奢求那父爱巍巍。明晏安的爱和父爱，凉薄如风中雪，永远没个着落。而玳瑁王权，终有一日会归于女王，明晏安顽抗到底，也就是个死亡的结局，到时候哪来的世子。

她轻轻嘘出一口气。

放下吧。

只要有孩子在怀，就有天地自在。

孩子紧紧地贴着她，喉间发出咕噜咕噜的声响，她忽然想起什么，问他："刚才那点心，你一点都没吃下去吧？"

"当然没有。"明悦笑嘻嘻地答，炫耀地一张嘴，吐出小半块点心，"公公硬塞，我就不咽，我一直含着呢！"

柴俞看见那半块点心，眼前一黑。

明悦忽然身子一抽，直挺挺地向后倒了下去，柴俞一把抱住，感觉到儿子浑身的肌肉都在抽搐。

她蓦然一声号啕："为何戏我如此，苍天！"

……

孟破天和裴枢的同时叫喊声，传入锦衣人耳中，他唇角一勾，那种厌倦的、漠视众生的眼神又幽幽泛起："最讨厌同生共死、慷慨激昂什么的了……那就一起转吧。"说完示意护卫，"女人的手，男人的腿。"

中文、德语上前，掰住了孟破天的胳膊和裴枢的腿，两人都咬牙不吭声，孟破天这时反倒不哭了，幽幽地问裴枢："……我们都残废了，怎么办呢？"

裴枢心道难道你的意思是我们都残废了正好配一对？

"我残废了，"他咬牙，"自然更配不上你了！"

孟破天的声音近乎磨牙："裴枢，你是在暗示我配不上你吗？"

"多想！"裴枢断然答。

"你挑起姑奶奶的斗志了！"孟破天怒道，"骑驴看唱本，走着瞧，姑奶奶不放倒你，不姓孟！"

"姓梦，'做梦'的'梦'。把'天'字再去掉，梦破，正合适！"裴枢答得飞快。

两人干脆在这危急时刻斗起嘴来，希望以此分散注意力，也是不想让锦衣人得意。

"你这倔驴……哎哟。"孟破天终于忍不住哼了一声，护卫在反掰关节枢纽。

“住手！”紫蕊冲过来，伸手就去拔中文腰间的刀，“何必这样折磨人？我先死了干脆！”

中文一闪身让过，反手制住紫蕊。锦衣人悠悠地道：“那就死呗，威胁谁呢。”轻描淡写地挥挥手，“让她去死，她死了我该怎么办照样办。”

中文松开手，紫蕊倒不敢动了，她不怕死，但不能毫无意义地牺牲。

“还没来啊……”锦衣人眉间露出不耐和失望之色，挥了挥手。

护卫们正要动手，忽然人影一闪，锵的一声脆响，金铁交击之声回荡，随即里头的裴枢、孟破天齐齐大叫：“哎哟！”

上头有人气急败坏地道：“居然上头还有机关！”

锦衣人终于坐了起来，眼底光芒闪亮，那是终于等到人的淡淡兴奋：“女王陛下，好久不见。”

“谁跟你好久不见了？你谁啊？我认识你吗？”站在棺材上面的正是景横波，她闷不吭声地到了，闷不吭声地直接奔上棺材，拿了那伞尖便要撬棺材，谁知道那棺材上头也有机关，她这一撬没撬开不说，还带动了机关，险些害得底下的两人折了。

紫蕊看见景横波，便大叫道：“陛下，棺材里是裴少帅和狂刀盟的六小姐。”

她第一时间通报情况，好让女王厘清形势，随即她的嘴就被堵上了。

景横波越发懊恼，一闪身下地，恶狠狠地瞧着对面的锦衣人，一看之下忍不住眼眯了眯——哟，还是一张好脸！一双好漂亮的眼睛！这么恶心的人为什么有这样一张脸？老天真的不长眼！

锦衣人也在打量她，从头看到脚，不以为然地摇摇头——比小蛋糕难看多了。他最讨厌这种一看就是情妇相的女人！

要不是她刚才的表现让他觉得还不错——她没有傻兮兮地来句“刀下留人”，提醒别人她的存在，而是上来就直接动手。这种腹黑狡猾，让他有点好感，否则他连理都懒得理。

“我的意思是，”他漫不经心地道，“我等了好久，你总是不见，太慢了。”

景横波一口气呛在喉咙里——这家伙不仅恶心，还毒舌！

他的毒舌和宫胤不同，宫胤的毒舌里带着淡淡的讥诮，就算听不懂，也能感觉到他在散毒，这位却是完全无所谓的模样，轻描淡写，似乎他真的就那么认为，于他自己，只是在说最普通的话而已。

这后一种，才更气人。

景横波沉下心，摸了摸脸，整了整头发，她有预感，这家伙一定很难缠，是她穿越至今遇见的最难缠的货，不能冲动，不能愤怒，一定要以最好的状态去面对。

己方不利，三个人质在他手中，自己要做的，首先就是冷静。

静下心之后，她才正眼看了眼棺材，一看之下目瞪口呆——这是棺材吗？这难道不是双人道具吗？这真的是古人设计的东西，不是什么现代性学大师搞的？

这这这，这里面的两个人，柔韧度不错啊，哟哟哟小裴裴今儿艳福不浅啊。

有机会把这玩意要来试试啊。

她并没有靠近棺材，反而远离棺材几步，对锦衣人飞了个媚眼儿，笑道："得了，别斗嘴皮子了，说正事，你扣留我的人，想做什么？"

锦衣人赞许地看她一眼，道："我想一想。"

景横波差点又噎住——什么意思？现在才开始想？那之前他搞这么多是干什么的？

这人的思维和正常人在一个次元吗？

"之前我觉得未必有必要想，"锦衣人难得有兴趣解释下，"现在我觉得有一点点必要了。"说着还举了举手中的一颗瓜子仁，以示这"一点点"就这么大。

景横波被气乐了，敢情这位还是看菜下饭，如果她一开始的表现就让他觉得不堪为对手，估计干脆直接把人质咔嚓了。

这点让她判断出，这人不是利害关系人，人质的下场，以及她的抉择、反应，对他没有什么意义，他就是因为好玩，或者想寻找一个对手斗斗，才出了手。

这种是最麻烦的，有利害关系才好寻找缺口，对症下药，什么都不在乎，怎么搞？

"谈话之前，我们先办正事。"锦衣人道，"把我的东西还给我。"

景横波顺着他的目光，低头看了看自己手中的东西，伞状，闪着灰黑色的光泽。果然是这个家伙的产品。

她再看一眼对方的衣裳举止，他那双雪白的便鞋连鞋底都没有一点污垢，显然是有洁癖的。

"不要吧。"她笑道，"这东西我刚才用来淘大粪了，很臭很脏，我想你一定不想要了对吧？"

她举了举那伞，众人都看见那伞尖上果然有乱七八糟的泥巴和不明物体——钻洞嘛，能干净到哪去。

景横波觉得，这家伙眼神很空虚，很无谓，一看就不是把外物放在心上的人，东西弄脏了，保不住就不要了。

她可记得在地下时穆先生的话呢，不能轻易还他。

锦衣人果然露出不快的神情，但他随即便道："脏了也是我的。还回来再说话。"

景横波很有些意外，举起伞看了看，再看看护卫的神情，确定这伞对他一定有些特殊的意义，这下更不能轻易还给他了。

"那好，你放人，我还伞。"

"那我就放出死人好了，你介不介意？"他无所谓地道。

景横波瞪着他，还真不敢和他比狠，人命关天。

"你做到几件事，我就放人，你把伞还我，我保你们安全出上元宫，怎么样？"他道。

景横波给气笑了，这算什么条件，没有这伞，他也是打算这么办的吧？世上怎么有这么无耻的人呢？

"世上怎么有你这么无耻的人呢？"她道，"一码归一码。我做到你的要求，带走我的人，这是一码。之后我还你的伞，你给我补偿，这是另一码。"

"头脑清晰，值得动点脑筋。"锦衣人轻轻拍手以示赞许，"那行，等你赢了，你可以选择这里任何一件东西交换。”

“那你要出什么题？”

“我们先玩个开棺材吧。”锦衣人道，“这是我的第一道题，你做出来……”

景横波才不问“就放了他们”，她眯着眼睛，盯着那家伙。

锦衣人看她没上当，只好无趣地道：“就做下一道题。”

景横波呵呵一笑，心中暗骂。

第七十八章　走火

“我只想知道，到底完成几道题能放人？”她有种面对老不死的错觉，而且感觉这人的变态程度比老不死更高。

锦衣人很随便地道：“最起码一道题一个人吧，谁叫你弄这么多人来呢。”说得好像是景横波硬塞给他的一样。

景横波知道和他斗嘴一定会被气死，因为他的字典里就没“讲理”两个字，只好翻翻白眼，道：“三道题？”

这得先确定好，不然他很可能没完没了地坑人，景横波给老不死坑惯了，已经培养出警惕性。

想到老不死她忽然走神，又想到老不死到了大燕没有？在大燕的到底是谁？也不知道姐妹们谈恋爱没有，呵呵随便什么男人最好，普通人更好，千万别是位高权重的那种，折腾，分分钟累死人，尤其不能是位高权重的变态，比如面前这个……

当然，姐妹们不会有谁这么倒霉，遇上这只的。

“姑且先定三道题吧。”锦衣人却甚狡猾，根本不肯给她一个准话。

他倒未必是想赖账，只是想着，如果难得玩得尽兴起来，把人放跑了怎么舍得。

景横波也无可奈何，能有什么办法？自己这方几个人质在人家手中呢。

“第一道题，”锦衣人像生怕她不肯陪玩，立即指着那棺材道，“我这棺材又叫双人俑，整个双人俑共有十六个关节调节卡扣，我告诉你开启卡扣的办法，你如果能打开，就算你赢。”

这么简单？景横波狐疑地盯着他。

“当然，有时间要求。”锦衣人不急不忙地补充。

景横波心中大喜——这傻货不知道自己的多方控制移物能力，这题赢定了！

她心中狂喜，脸上却摆出为难的神色，警惕地问：“多久？”

锦衣人看她一眼，原本想定个不长不短的时间，一开始的题目不要那么大难度，把人吓跑了就没的玩了，然而对面那女人虽然表情为难，眼眸却太亮，看不出一点压力，这让他心中一动，便道："我会让人从棺材顶撒下助兴药和毒药，药从顶上进入他们的口鼻，大抵需要点时间，你在那段时间之内完成便行。如果你不能完成，卡扣就会一个个反向掰开，到时候你便可以欣赏他们的骨关节一截截断开的清脆声音了。"

景横波心中大骂——这家伙一定生儿子没屁眼！有这么坑的题目吗？毒药什么的从缝隙进入那不是分分钟就能吸入吗？如果不是她有这种异能，这题目天下谁能完成？

不过既然她有异能这就不是问题，想到得意于自己题目的家伙，马上眼珠子滚一地的模样她就想哈哈大笑啊。

她忽然心中一动，想这人真的完全不知道她的异能？他虽然像个外来户，可是对她说话的语气并不太陌生啊。

她这回倒是想多了，锦衣人还真不知道她的异能，他毕竟也是刚刚进入大荒，只是简单询问了下她进入上元之后的情况，而她在上元城的街道上，并没有展示太多异能。

对于锦衣人来说，能稍微打听一下，已经算是他对她的无比重视了——人类嘛，就那么回事。

不过既然来自异能者众多的东堂，东堂三殿下怎么能没有防备？

"对了，还有最后一点，"他悠闲地道，"你得蒙上眼睛。"

景横波僵了僵，忍了很久没忍住终于爆了一句粗口。

……

"陛下看一下这些卡扣。"中文给景横波介绍棺材的卡扣所在，分别对应着人体的每个关节，打开卡扣倒不难，手指按下一边微微翘起的部分，就会自动弹开，但是问题来了——谁长着十六只手呢？

更要命的是，景横波环顾四周，就没有一样东西可以代替手指敲开这些卡扣的，难道用锦衣人面前的瓜子？

瓜子轻飘飘的，根本敲不开，多少得有点重量。

太黑了这货！

怎么办？

护卫将蒙眼睛的黑布送了上来，景横波伸手准备自己蒙，护卫却笑道："该我们伺候女王。"

景横波只好撇撇嘴，站着不动，让他给自己蒙上眼睛。

她所站的位置，正对着棺材，只要等下她不移动，凭先前记忆下的十六处卡扣的位置，还是能搞定的。

此时她无比感激紫微，是老不死锻炼了她心分多用，转瞬控物之能，这要换成一年前的她，碰到这题目直接抓瞎。

中文用黑布给她绑了个三层，一丝光也不透，她冷哼一声。

不透光也没关系，只要位置不换就行。

"牵陛下散散步，先松松筋骨，免得紧张。"那坑货忽然说。

景横波立即正色曰："男女授受不亲，不要。"

"那就算了。"锦衣人这次似乎很好说话。

景横波刚刚窃喜，就听见他淡淡地吩咐："把棺材挪个位置。"

景横波险些一口血喷在他脸上。

我和你什么仇什么怨？

你至于这么坑吗？

她努力想听出棺材搬动的位置，要死，这群护卫武功不错，搬起那么沉重的棺材，一点动静都没有。

搬到哪里去了？

完全没有把握，她必须动一动，才能摸清人所在的大概位置。

"我忽然又想散步了。"景横波厚着脸皮要求，"我紧张，我筋骨痛，快来个人牵我散散步。"

锦衣人眼底浮现出笑意，他不介意她耍心眼，他喜欢的就是这种调调，对他也好，对她也好，这世上的事，轻轻松松就做成了还有什么意思？

"男女授受不亲。"他道。

"我是人妖。"她答，"没关系。"

护卫们噗的一声，心想这位无耻的程度，和咱们未来那位女主子有一拼。

"德语，你去。"

德语上前扶着"景太后"，在屋内转圈，"景太后"慈祥地拍着他的手背："小德子啊，你年纪不大吧？你还没成亲吧？你身体不错吧？你一定很喜欢你的国家是吧？你走了很远的路是吧？……你的主子是个人渣是吧？"

德语一边注意着不能给她碰到棺材，一边随意地点着头："是的，是的，是的，是的，是的……是的……啊！"

景横波哈哈一笑。

锦衣人扶额——愚蠢的人类……

景横波转着圈，走了室内一圈，还是没有触及任何东西，忽然想起怎么裴枢一直没声音？他不是应该尽量提示自己的吗？紫蕊给人制住，说不出什么来，裴枢在棺材里可没有被堵住嘴啊。

这么想的时候，她就听见锦衣人可恶的声音，他不紧不慢地道："哦，忘记告诉你了，时间是从刚才你开始转圈就算起的，现在毒药和那什么药已经开始往下放了。"

景横波这回真的险些吐出一口血！

……

棺材里。

裴枢和孟破天当然将一切都听得清楚，却完全没有办法，哪怕是棺材被搬动，他们也无法确定到底被搬到哪儿。

在景横波开始转圈的时候，头顶忽然传来簌簌声响，有什么东西抖搂了下来，裴枢心道不好，药粉已经撒下来了，他立即探头压住了孟破天的鼻子和嘴。

孟破天猝不及防，呜呜两声，裴枢哪里管她怎么想，此时必须闭气，以免被毒气钻入。放毒也好放药也好，都是一瞬间的事，一开始分量最足，避过一开始那一刻，后面就算受侵袭，相对也要好些。

一些粉红色的淡雾落了下来，甜丝丝的味道，裴枢为了避免中毒，连眼睛都闭上了。

他睫毛很长，毛茸茸地扫在孟破天脸上，孟破天觉得痒，却又无处可避。忽然察觉此刻裴枢是闭着眼的，她心中一动……他……他莫不是想趁机吻我？

这么一想，脸上便腾腾烧起，她忍不住舌尖微微试探，在裴枢唇边一扫。

裴枢没想到这妮子忽然主动，立即把唇向里一抿，这个动作惹恼了胆大包天的孟六女公子——不要我？我非要你！干脆压上去，舌尖在裴枢唇上、牙齿上一阵乱扫，裴枢毕竟血气方刚的年纪，又是在这种情况下，心理上再抗拒，生理上也经不起撩拨，少女香气如此迫人，他喉间微微一动，竟让孟破天攻城略地，探入他唇齿之间。

那妮子闯入了他的天地，却又不知道怎么深吻，想着这家伙不解风情、心有所属，心中气苦，不客气地咬了一下他的舌。

裴枢哎哟一声破功，下意识地张开口，最后一点撒进的粉红药末，正从他鼻尖过，他反应极快闭口，但已经沾上了一点。

他心知不好，但此刻全无办法，只得道："你退后你退后……"

"往哪退往哪退……"孟破天又懊恼又生气，恨不得一脚踹断身前这家伙。

裴枢此时却已经没法说话了，这药药效很快，刹那间他便觉得一条火线从上而下，自喉咙直逼下腹，全身所有的感觉似乎都集中在了那里，紧凑、热力、沸腾、奔涌……周身的血液和经脉都似被灼烧，突突跃动，他的肌肤泛上一层晶莹的桃花色，随即又被一层密密的汗水覆盖……

孟破天忽然惊道："什么戳我！戳得我肚子好痛……啊……好烫……"她叫了几声，忽然明白过来，脸色蓦地红如血，拼命把身子向后缩。

先前裴枢虽也有些异动，但却没这般可怕，她这回可真慌了，拼命缩，但此时她任何的动作，对裴枢来说都很要命。他猛然低喝："不许动！"

孟破天一惊停住。

裴枢烈火焚身，咬牙苦苦支撑，外面就是景横波，他实在不愿意当她的面出丑。谁知道这板壁有没有隔音。

然而体内阳气膨胀，砰然欲炸，他心知不好，自己是至阳体质，修炼了阳刚内气，对这种东西最没有抵抗能力，而且一个不好，就会走火入魔。

自己不能死，不能莫名其妙地折于此地，还有大仇未报，还有壮志未酬，还有想娶的那个女人没娶到，如果窝窝囊囊死在这里，他下辈子都没脸投胎！

大丈夫不拘小节，没什么大不了的！

“过来！”他命令孟破天。

孟六女公子岂是乖乖听话的，立即警惕地道：“不过来，死也不过来，你想干什么？”

“想和我死在一起吗？”裴枢喘息着，狞恶地道，“我马上就要死了，我死之前会走火入魔，我不保证死之前我会做什么，也许会经脉爆断而亡，你只需要和一个血淋淋的死人紧紧挤在一个棺材里；也许我会狂性大发，在死之前，先一口一口咬掉你的肉……”他咂咂嘴，有点神往地道，“听说人肉最为鲜嫩……”

孟破天激灵灵打了个冷战，裴枢阴森又暴虐的语气，没有丝毫作伪，她听得出他语气里的渴望和嗜血，她信他干得出！

事实上，龙城少帅在当年，就以暴虐闻名。

“你要做什么？大家一条道儿上的，好说好说。”孟六女公子一紧张，江湖切口都出来了。

“你说对了……”裴枢舔舔嘴唇，“大家一条道儿上的……所以你也在我那条道儿上走一走……嗯，来回走一走……就行了……”

孟破天呆了呆，随即反应过来“那条道儿”是什么意思。

本来她没那么快反应过来，可裴枢动了动身子，让她清晰地感觉到，到底是什么“道儿”。

孟破天这下子觉得自己的脸可以直接煮鸡蛋了。

“你……无耻……”酷爱看春宫图，但只是好奇那些姿势，并且坚持认为从中可以学会武功的孟六女公子，简直无法相信，这世上还有这么不要脸的人！

这算什么？

还不如直接要她睡了他！

“这样，你也不失贞操……”裴枢犹自大言不惭地道。

语气虽然无所谓，心中却是虚的，他偷偷瞧她，黑暗中隐约那少女似也中了药般，满脸通红，晶亮的眼睛里满是怒气，看样子如果不是实在不方便，早就想一个大耳刮子打过来了。

裴枢心底唏嘘一声——谁想这样啊？外头还有人呢！还有爷最爱的人呢！换个时辰、换个地方，你跪下来求爷蹭你爷都不肯！

只是他心里也知道，这样的要求，对于黄花闺女来说，实在有些侮辱。

他偷偷觑她，心想实在不行，走火入魔就走火入魔吧，爷一生杀人无数，最后死于走火入魔，说起来也挺轰轰烈烈的……

孟破天胸口起伏，正思量着如何给他一个大耳刮子，忽然隐约看见了他的神态，竟然是不安的、心虚的、偷偷瞧她的，瞧着怪可怜的……

孟破天怔了怔，没想到，凶名遍天下的裴少帅，竟然也会有这样的神情，竟似做错事后，嘴硬不肯承认，却偷偷窥视他人希望得到原谅的邻家少年……

她的心，忽然便似泡进了春水里，慢慢舒展，褶皱被抚平，摊出最温柔的起伏……

她抿着唇，悄悄往前移了移，那般的灼热烫得她浑身一颤，裴枢再也忍不住，发出一声痛并快乐着的呻吟……

前进与后退……肌肤与肌肤的摩擦与游移……灼热和温暖的相遇生电……黑暗里似有了光，

照亮彼此汗津津的脸……或长或短的喘息听起来似乎像在唱歌，这人世间所有男人和女人用身体交织谱写过的那首歌……黑暗是最好的遮羞布，近乎密封隔音的棺材也让人敢于放开，一开始也许还有些犹豫，到后来彼此都忘情投入。他忽然爆发出一声短促的呼喊，猛地一颤，她立即惶然后退，只恨无法伸出双手，遮住这一刻湿润粉红的脸，和自己同时暴露的情动痕迹……

棺材里静了静。

片刻后，裴枢疲倦又微带自嘲的声音响起："谁说中春药必须那个来着？这不也解决得不留痕迹？喂你别瞪我，我瞧你挺喜欢的……"

"裴枢你去死！"

……

景横波此时正在慢慢绕圈子，绕德语骂他的主子呢，她哪知道就这么一会儿工夫，那两个就隔着衣裳"擦枪走火"了。

一旁被制住、也被蒙住眼睛的紫蕊忽然抬头，狐疑地向着一个方向嗅了嗅。

她闻见了一股古怪的气味。

紫蕊五识敏锐，听觉、嗅觉都是一流的。

此时锦衣人道："陛下还没找到吗？现在开始放毒药了。"

紫蕊顿时闻见了更加古怪的味道。

她忽然大喊："西北……"

与此同时，锦衣人衣袖一拂，一股气流卷来，顿时逼住了紫蕊的话。

但景横波已经听见了。

她一脚踢倒德语，对着西北方向，双手猛然一挥。

唰的一声，一道栗色的影子从锦衣人脚下专门放垃圾的簸箕里冲出，一闪便到了那棺材前，随即分开十六道光影，噼噼啪啪，狠狠砸在十六个卡扣之上！

啪啪啪……十六响，卡扣同时弹开，棺材终于分开，裴枢和孟破天，狼狈万状地跌出来。

裴枢跌出来的时候，还捂着孟破天的口鼻，并忙不迭地掸去刚刚落在他们头顶的毒粉。

锦衣人也露出惊异之色，他猜到景横波有异能，但也没想到这么牛，这种分心控物的能力，就算在异能者济济的东堂，也可以说是登峰造极。

簸箕里的栗子壳滚了一地，锦衣人眼神赞许——这屋子里他算准没有可以打开卡扣的器物，瓜子太轻，谁知道景横波看似不动声色，却早已注意到了簸箕里的栗子。

簸箕里有很多完整的栗子，因为他吃栗子，必得浑圆一体、通体深棕色、光泽发亮的才行，所以长相不够圆润、色泽不够饱满的栗子，连剥都不会剥，就扔在了簸箕里。

这是小事，但不是谁都能发现并做到的，现在他有点信那句"她能"了。

景横波身形一闪，在栗子飞出的同时已经扑向裴枢，但锦衣人的护卫们一直守在棺材边，几把刀剑明晃晃地向下一架，景横波闪过去，也不过是把刀剑踩入裴枢的脖子，只好停住。

"第一题，我答出来了。"她睨着锦衣人。

"你作弊。"锦衣人答。

景横波觉得他这口气，活脱一个年轻版的紫微上人。

“你有说不能作弊？”她对付紫微早练出来经验，“就许你各种刁难，不许我稍稍被提示？”

“当然。”他答得理直气壮，“解释权归我所有。”

“第二题！”景横波只想速战速决，并在之后的题目里找机会打扁他的脸。

“喂，外面偷听的，”锦衣人却对窗外道，“你可以不出来，但我每数一下，都会因为你的拖延，多出一道题……一……”

唰的一下，窗前出现了穆先生，一弹指就弹出一股劲风，愣是将锦衣人想要跟着快速出口的“二、三、四、五、六、七、八、九”给逼了回去。

看样子他也很了解这家伙的坑人之处。

景横波喜道：“你从地下出来了？挺快的啊。没事吧？”

穆先生目光一闪，停了停，才道：“是啊。我没事，你放心。”

景横波的目光却落在他的衣裳上，眨眨眼，声音忽然放缓：“你这衣裳是防尘的？居然一点泥都没沾上呢。”

“这布料柔滑，掸掸就能去灰。”穆先生给她看衣袖，料子暗藏银光，想必掺了蚕丝，确实柔滑不沾水和灰尘。

景横波哦了一声，看他一眼，注意力又放回面前的大敌身上。

“你的帮手来了。”锦衣人笑，“我要不要增加难度呢？”

“解释权在你那里。”景横波也懒得和他争这个，争也没用，“先放一个人质。”

“不行，等会儿还有节目。”锦衣人不同意，“放心，给你记着呢，一个都不会少。”

景横波觉得相信他还不如相信鬼——三具尸体也叫一个都不少。

她再次诚挚地祝他生儿子没屁眼，并考虑如果紫微回来了，要不要去讨个绝育药，这种基因就别再传下去害人了。

“下一道题目，”锦衣人眯起眼睛，很陶醉地道，“叫心有灵犀。”

景横波有种在参加综艺节目的感觉……

“马上，在这里除了我之外的所有男人，包括你这位帮手，都排成一排，戴上面具，站在你面前。”锦衣人道，“每个人说一到两句话，你凭这话，在其中寻找出一个帮手。”

景横波听着，这开头似乎不坏，穆先生也有机会帮自己，便点了点头。

“这个帮手建议你好好找。”锦衣人笑得一点也不坏，很诚恳地道，“因为你找出的这个人，得准确报出你的一切资料，你也得准确报出他的资料，包括你们的各种身体长度，包括你的三围。”

“你个猥琐无耻的流氓……等等。”景横波忽然瞪大眼睛，“你刚才说什么？三围？你怎么知道女人的三围？你是不是从哪听来的？你认不认识君珂、太史阑、文臻？”

她越说越快，脸色因激动泛起潮红，步子也下意识地向前一步。

锦衣人看她一眼，慢条斯理地道：“你说谁？不明白。三围是指女人的身材，我们东堂都这么说。有什么不对吗？”

景横波紧紧盯着他，眼神开始不确定——东堂真的是这样说吗？真的有古代人也说女人的身材是三围吗？

异世的事难以确定，她又没机会去了解东堂，看这家伙一副抵死不认的样子，不禁恨得牙痒痒。

锦衣人悠悠嗑着瓜子，眼底泛着笑意。

又一个小蛋糕的熟人！

呵呵，为什么要给她知道？那丫头没事还一天到晚想跑，这要给她们联系上了，他以后还有蛋糕吃吗？

景横波吸口气，收敛一下散乱的心神，不管怎样，救人要紧，至于这些疑问，回头勒着他的脖子也要叫他吐出来。

“然后呢？”她才不信就这么简单。虽然现在已经很坑，但她的直觉告诉她，他一定能坑出新高度。

“当你们报出互相的资料后，我会根据你们报出的数字，设计一个安全距离。而三名人质中的一人，会被安排在这个安全距离之内。”锦衣人指尖已经多了一把铮亮的飞刀，一边把玩一边道，“然后我会根据实际的数字，将飞刀射出准确的距离。我的飞刀控制能力和准头，你们不必担心。你们只需要担心你们的数字是否准确，因为我每刀都会对着要害，比如眼睛，比如喉咙，比如心脏，只要你们的数字错一分，人质就得残废或者死亡。”他微笑，“所以一定要好好量哦。”

景横波眼前一黑——这一道题目等于三道，还都要命，先别说大部分敌人中能否挑出正确的帮手，挑不出正确的帮手就等于白给他的护卫占便宜，就算挑出正确的帮手穆先生，这量三围什么的还是给人占便宜。

她虽然知道自己的三围，但那是厘米数，而且肯定是有所变化的，这量出来的数字关系到人家的性命，敢不认真细心重新好好量？但这一量……

世上有这么坑的人吗？这么坑为什么不去坑他们东堂的皇帝？这么坑当玉皇大帝都够格了！

她终于忍不住破口大骂：“你生儿子一定没屁眼！”

“挺好。”他答，“有个人也这么骂过我，我因此决定让她给我生个儿子，看看她到时候乐意不。”

“陪猪睡觉都不会有人乐意给你生儿子……等等！”景横波又跳了起来，“谁这么骂你的？谁这么骂你的？”

“关你什么事？”锦衣人睨她。

“知音啊！”景横波目光闪闪，“我要引为知音！”

她心中紧张，却不愿给锦衣人瞧出关切，只做出一副感兴趣的模样，紧紧盯着他。

“死了。”锦衣人立即轻描淡写地道。这话可不能说不对——嫁给他，小蛋糕的过去就得死了！

刚才听景横波嘴里冒出来太史阑、君珂的名字，他就知道不好了。他知道小蛋糕在找人，但那死丫头和他恩恩怨怨的，不肯说名字，也不肯说特征，现在他知道是谁了，可是好像他在南齐追杀的那个就叫太史阑，在大燕绑架的那个就是君珂……

现在在大荒刁难的这个，一张嘴就叫出了小蛋糕的名字“文臻”……

这世事好像也太巧合了点，难道他一不小心，就将小蛋糕的姐妹们都得罪了？不过小蛋糕的姐妹们还都挺能混的……所有他更加下定决心，小蛋糕的过去必须得死了，不然这群姐妹一聚头，又个个都不是东西，小蛋糕以后只怕再也不会做蛋糕给他吃了……

对面，景横波果然露出宛若被雷劈的神情，有一霎的失魂落魄。

死了……

她几乎可以确定，锦衣人必定认识那三个中的一个，但现在他说，死了？

这实在是个噩耗，她刚刚冲上希望的高峰，转瞬便被打下来，一时脑子里空白一片，连一边穆先生关切的询问都没听见。

……

第七十九章　请为彼此量体

脑子里一霎的空白后，她看见了对面锦衣人的目光。

他的目光总是很奇怪，看似温和，实则空茫，三分春光，三分雾气，整个人有种空灵飘渺的气质，有种“不存在”的感觉，似乎对这无聊人生，总有些居高临下的厌倦。

但他每次谈到刚才那些怪话，神情、目光就会发生变化，变得温润而实在，有着淡淡的兴趣和喜悦。

这不是谈到不相干的死人会有的表情。

对了，这个坑货，他的话一个字都不能信。

景横波又深呼吸，调整好心情，她发现和锦衣人做对手，那真是一丝一毫都疏忽不得，他很容易就可以牵动你的情绪，牵着你的鼻子走。他甚至能随时发现你的缺陷，调整打击你的方案，让你陷入被动，比如他发觉了她对这种怪话特别敏感，就接连说，好让她失去方寸，否则以他的性子，不可能失言说这么多。

遇见大敌首先要冷静，这是那个人教她的，不可忘。

看她神情很快平静下来，锦衣人目光闪动，拍拍手，道：“各自准备去吧。”

护卫们走了几个人下去，锦衣人又对穆先生道：“你也换个装如何？当然，不换装也可以，不参与就是。”

他用一种过来人的眼神看着穆先生，眼神里写着：“你舍得放弃这样一个机会吗？”

穆先生笑道：“自然要陪着玩一玩。”

景横波哼了一声，看穆先生一拍窗棂，想要纵身飞起，便道：“反正你能短暂走路，不要再浪费真气施展轻功了。”

穆先生身子一顿，停了停，恍然笑道：“是啊。习惯了，差点忘记。”老老实实翻窗进来。

“隔壁有两个小间。”锦衣人道，“你单独一间，我的护卫们一间，每间都备了一样的衣服、面具，自己取用便是。”

穆先生走入了左边的小间。

屋内的椅子上放着简单的黑衣和面具。

屋子里有点冷，也不知道是不是没放火盆的缘故。

穆先生伸手去拿搁在椅背上的黑衣，忽然手一顿，手掌向上一翻一托。

砰的一声，一股凛冽的劲气撞上他的掌心，啪的一声，半边椅子背折断。

如果不是他及时翻掌挡住，这一道劲气正好打在他面门上，最起码断个鼻骨。

穆先生手掌没有放下，对着半空，冷淡地道：“你何必总要取我而代之？还是你认为真的能一招放倒我？或者你生怕景横波不知道，想要闹出点动静？”

梁上没有声音，冷气幽幽地过了，穆先生冷哼一声，放下手掌，换上衣裳、面具。

隔壁一群护卫在换衣裳，其中一人换好衣裳，戴好面具，忽然觉得腹部一凉，一股冷气搅得他腹痛如绞，忍不住便抱住肚子白了脸色。

“这时候可不能出去。”中文看他一副要拉肚子的样儿，不同意道，“会露馅。”

那位是拉丁文，拉丁文幽幽地道：“等会儿如果控制不住，那才真的会露馅，而且主子会疯的……”

中文只好让他快去快回，拉丁文刚刚闪出门外，就发出了一声闷哼。

屋内的人听见，笑骂：“这死小子，就是屎尿多！”

拉丁文很快回来了，本来众人换得很快，但是隔壁穆先生换得慢，众人要一起出去才能有混淆效果，所以都在等着。

拉丁文回来，众人还在那笑谈，都说这要是女王认错人，把自己抽到怎么办？那什么三围，怎么量？哎呀呀这个可太不好意思了。

德语阴恻恻地道：“谁要你真量？主子明明是要咱们乱报一个数。你们不知道他不喜欢咱们碰女人？”

护卫们立即心有戚戚地叹气——主子的洁癖太严重，严重到没人性，他说睡过女人的男人身上有怪味，从来不许他们接触女人。

护卫们现在都在祈祷，主子快点把文姑娘搞定睡了吧，他睡过女人自己有了那味道，就不会嫌弃别人的味道了。

不过照现在那两人的德行来看，他们打一辈子光棍的可能性，越来越大了……

“过来排排高矮。”中文召唤大家排成一行。护卫们基本个子都挺高，只有德语和西班牙语矮，中文拍拍手，两个侏儒从角落里钻了出来。

这群侏儒也是锦衣人的手下，是他另行培养的死士，用作一些特殊任务时，在大燕的时候用过，也是在一路出大燕时折损了不少，现在只剩下寥寥几人。

因为个子矮，也因为引人注目，这些侏儒，有时候直接待在护卫们背着的包袱里。

侏儒爬上德语和西班牙语的脖子，戴上面具，衣裳是连身的，现在，所有人一样高。

护卫们走了出去，和穆先生同时出门，外头还挡了一道屏风，护卫们错开身，将穆先生夹在中间，才走出屏风。

景横波一眼看见对面走来七个人，一模一样的装扮，面具连眼睛、嘴巴都蒙住了，甚至一模一样的身高，她很有点诧异，她明明记得锦衣人的护卫有高有矮的。

高的可以缩骨，矮的是怎么把自己扯高的？

按高矮分辨不同的梦想破灭了，现在她寄希望于每人开口说的那句话。

但锦衣人那个举世无双大坑货，活着就是专门为了掐灭人家的希望的。

他抛出一个圆筒，道："对着这个讲话，出来的声音差不多。"

景横波喃喃道："你上辈子一定是月球表面……"

声音也无法分辨，现在只能从那句话判断，无论如何，必须先找出穆先生，后头量三围才好商量。

左首第一个人，接了那圆圆的、扩音器一样的东西，道："女王陛下，还记得玉照宫的红枫吗？"

景横波脸色一变，心头一跳，随即猛力一挥手："负分，滚！"

红枫是玉照宫的，但从某种意义上来说，是静庭的。静庭虽然在玉照宫之内，但在所有人的感觉里，它是独立存在的，是大荒政治的最中心，熟知情况的人，不会把静庭的东西算在玉照宫头上。

锦衣人咳嗽一声，以作提醒。

作为对大荒不熟悉的外来人，说和大荒有关的事并不聪明，很容易被看出破绽。

第一个是德语，他为自己的失误惭愧地垂下头，知道又得负责替主子吃掉所有难吃的甜食了。

左首第一个悻悻地下去，第二个接了自制话筒，瓮声瓮气地道："我就是那个对的人。"

第三个简单地道："选我，你不会错。"

第四个道："选他必然是错的，我才是。"

第五个道："第六个，勿选。"

第六个道："真真假假如何辨？终有露馅的一天。"

第七个道："以上都错。"

景横波傻眼。

锦衣人也摸着下巴，这回护卫们体会到他的意思了，但这难度也太大了，完全没有任何端倪，连他自己都摸不准。

他可以确定大概在哪两个中，但到底是谁，这关系到一段公案，不知道真相的人得不出结论。

景横波闭上眼睛，想了一会儿。

其实这七个人中，有两个人的说话方式，都和别人不一样。

第五个和第六个。

其余人虽然在排斥他人，推荐自己，但要么是跟着他人言语的轨迹，要么是排斥所有。只有第五个，明确点出了不能选第六个。

为什么他就排斥第六个一个？因为他是锦衣人的护卫，知道第六个是穆先生？但这种说法却可能为她指向谁是穆先生，按说锦衣人的护卫不该这么说才对。

但照这种推论，第五个应该不是穆先生，因为穆先生理应排斥所有人，才可能令他自己被选中，单只指出某个护卫不是，是不够的。

因此穆先生该是第六个（说话比较特别，故意区分出自己），或者是第七个（排斥所有人）。

第六个的可能性更大，那句“真真假假如何辨”，似乎正影射她心头某个缠绕不去的疑惑。

但话又说回来了，如果她那个疑惑是真的，穆先生真的有两个，那么两个人都瞒着她，应该都不愿意被她看出来，那就不该提示她这句“终有露馅的一天”。

景横波觉得自己本来就乱麻一样的脑子，这下更乱了。

锦衣人忽然道：“超过时间，加题。”

景横波无奈，只得慢慢抬起手，指向第六个。

分析和直觉告诉她，第六个是穆先生的可能性最大。

她的手指已经抬了起来，忽然感觉到一丝频率有些异常的呼吸，这呼吸声听得她心头一跳，她的目光咻地跳到了第五个身上，第五个正低头看着地面，景横波的目光跟过去，看见他长袍下摆隐隐露出一点点的靴尖，靴尖之上，一点点的泥巴。

她的手指立即从第六个面前滑了过去，指住了第五个：“选他！”

锦衣人眯了眯眼睛，笑道：“不后悔？”

“不后悔。”景横波盯着那泥巴，咬牙道。

“真的不后悔？”魔鬼的声音总是很诱惑。

景横波非常讨厌这种询问，意志稍稍薄弱的，九成九会被勾引得推翻自己。

“不后悔！”

“真的……”

“你有完没完？”景横波一口截断那神经病，“该干吗干吗去！”

“那你们该干吗干吗去。”锦衣人意兴阑珊地向后一靠，“后头有间屋子，给你们研究资料用。一刻钟应该够了吧？”他仰头望天，也不知道在对谁说话，“你看，你三番五次害我，我还给你这么个机会，我够意思吧？”

“给个皮尺。”景横波对他摊开手。

“没有。”锦衣人可恶地答，“自己手量。”

“我错了。”景横波痛心疾首地道，“我不该骂你生儿子没屁眼。”

锦衣人睨着她——啧啧，她又要出幺蛾子了，和小蛋糕差不多德行。这群女人哪来的？没一个正常的！

“……你生儿子一定长两个屁眼！”她笑道。

锦衣人点点头，诚恳地道：“我会帮你把这句美好的祝福，带给我娘子的。”

景横波呵呵一声，忽然觉得哪里不对。

“请，请。”锦衣人赶她进屋。

景横波进屋后，锦衣人看了看那第六个黑衣蒙面人，忽然诡秘地笑了笑：“怎么样，很失望？”

第六个人取下面具，露出穆先生的脸，神情依旧平静。

“你需要好好被调教。”他说得亲切。

“只要你能，欢迎之至。”他答得狂妄。

……

隔壁又是一间黑屋子。

锦衣人似乎很喜欢极端的东西，他自己的屋子亮堂堂，其余屋子一点灯火都没。

景横波走进屋子，就盯住了那被自己选中的人，有点紧张。

万一不是穆先生，她就得打昏人家，自己动手量了。

黑衣人取下面具，转身，黑暗里隐约能看见那张微带苍白，却依旧清逸秀美的脸。

景横波松了一口气。

“差点选错了。”她庆幸地道，“我还以为第六个是穆先生。”

穆先生笑了笑，轻声道：“你知道自己的……尺寸吧？”

景横波咳嗽，讪讪地道：“其实是不大知道的……尤其是精确的那种，你……”她满怀希冀地问，“你看一看，应该就能知道吧？”

她的内衣都是挺紧身的，如果穆先生看一眼就能确定的话，就当为人质稍稍牺牲下了，好在她的内衣虽然紧身但是严实，不至于走光。

穆先生不置可否，半晌道：“或者可以试试？”

她也无奈，没有尺子，拿不出精确数据，就会影响到人命。在人命面前，什么都可以让步，她就当穿比基尼走沙滩好了。

“你背过身去。”她又咳嗽，喉咙里痒痒的，感觉怪怪的。

他很听话地背过身，这让她稍稍心定了些。

屋子里很黑，她在背后窸窸窣窣脱外衣，他在看墙。

墙上有微光，是外间折射来的光线，打在墙上蒙蒙的，不够看清人的身影，却能看见大致的动作，比如那女子抬起的双臂修长，比如那女子舒展的身体线条优美，比如那侧身的曲线是一道起伏精致的弧，她的一切都是世间最美的剪影，映在墙上、他的心上。

他微微合着眼睛，想着她此刻的动作，正在解开腰带，修长的手指盘弄着腰带，用力地扯……扯……她脑子很灵活，手工却不大灵巧，然而这样的笨拙在他眼里，那叫可爱。

他忽然就想起宫变前一霎，她将他拖倒在榻上，轻轻软软地问：“你要不要我……”

那一声于他，期盼又不期盼，难以言说的滋味，他只记得那一刻她眼眸如酒红唇如花，看一眼便让人醉到心里去，又想扑进花心里。

那一霎他的手指已经触及了她的腰带，他相信只要一勾一挑，他就可以解决和她之间的任何阻隔，可是有时候，命运的阻碍，才是天之涯海之角的距离……

忽然，她的声音打断了他的思绪，听起来有点淡淡的尴尬：“好了。”

他回身，她叉着腰站在他面前，一身的紧身黑色衣裤，叉腰的姿势显得腰细得惊人，而裤子是七分的，更显得露出的一截小腿肚雪白。

她是那种穿着衣服已经风情万种、稍微暴露更显本钱的类型，男人不管喜不喜欢，最起码在这样的体型面前，就很少有把持得住的。

他呼吸微微有些急促，心中却在庆幸，幸亏自己不放心，还没走远，否则现在看着她的，就是哪只阿猫阿狗了……

景横波看起来神态自若，昂着下巴，做出一个T型台上的经典模特造型，可滴溜溜乱滚的眼珠，暴露了她的心虚。

她本是奔放外向的性子，没觉得展示身体之美有什么不对，刚穿越来那会儿，这种观念还很强烈，所以钢管舞跳得十分投入。但在异世越久，多少受到古人的影响，渐渐醒觉自己可以无所谓，但别人未必内心纯正，古人不比现代人接受度高，莫要给人意淫了去，由此渐渐收敛了些。

然而此刻站在穆先生面前，那种感觉似乎又不一样，她内心深处，几分不自在，几分小欢喜，几分小期待，还有几分羞……那种复杂的心情，让她诧异……是因为心里，他不一样吗？

这么想的时候她不禁一惊，顿时忘了尴尬，忍不住催他：“怎么样，差不多有数吧？”

“哦。”他似忽然醒觉，淡淡地道，“可我还是觉得，仅凭看，难以得出准确数字。”

景横波呃了一声，忍不住瞪他——既然看不出，为什么不早说？她不是白给他看了！

“我来之前量过的。”她悻悻地道，“不过现在有没有变化，我不知道。”

“要不我再量一下？”他沉吟道。

“流氓！”她恼羞成怒地骂。

没有尺子，他自告奋勇要量，用什么量？手吗？

他很无辜地看了看她，伸手从一边的桌子上拿了一把软尺，道：“用尺子量，哪里不对？”

景横波又呃了一声，有尺子为什么不说！

有了软尺，问题又来了，自己是无法给自己量体的。

她只好无可奈何地道：“你来。”又警告道，“别乱看。”

他很听话的模样，认真地点头，拿了尺子走过来，景横波闭上眼睛等待，好半天没有动静，她睁开眼，就看见他在默默看着她。

“干什么？”她莫名其妙地道。

“这个……”他比画了一下尺子，“怎么量？”

景横波这才醒觉，人家养尊处优大少爷，不是裁缝出身，哪里晓得怎么量体？

她只好亲自教导他：“手伸过来……穿过我腋下……绕一圈……在……在……”她顿住了。

“在最高处量”这话她好像不大说得出口。

她抬起双臂，他的软尺从她腋下穿过，这正是一个拥抱的姿势，他淡淡的清逸香气传来，乌黑滑润的发轻轻滑过她的下巴，她觉得脖颈间微痒，感觉到他的呼吸扑在她胸口的肌肤上，湿润而温暖，频率似乎有点快，有那么一瞬间，她似乎有种错觉，觉得下一瞬间，他会将她狠狠抱紧。

然而没有，他的身子慢慢后退，尺子向她胸前拉拢，她还没反应过来，他的手指已经到了她胸前，不知是有意还是无意，那般轻轻一触，一漾，她如过电般一颤，脸顿时红了。

他似也知道她尴尬，快手快脚地看了刻度，便抽走软尺，她生怕他紧张之下没看清楚，急忙哎了一声，可是喊出口之后又觉得更加难以启齿——说什么？难道说你好像没看清楚再量一遍？人家得当她是荡妇。

不等她想清楚，他已经无师自通地软尺绕过了她的腰。

软尺在腰间一荡，极短的长度，他微微弯着腰，正面对她平坦的小腹，紧身内衣到此处微微有点向上束，露一道细细的腰间肌肤，黑色绸缎映衬下，白到耀眼，滑润也如绸缎，靠得极近便能感觉到女子体内传来的馥郁香气，这里的香气和平时的感觉又有不同，似乎更温暖更神秘，让人想起这里靠近女子孕育后代的至关重要之地。

他想着这女子的身体是上天赐予，至清洁至优美，将来在很久之后，她会为谁孕育生命？

软尺轻轻移了下去，在女子另一处饱满微微停留，他这回面对的是她的长腿，笔直，双腿并拢之后毫无缝隙，隔着裤子也能感觉到肌肤的紧致和弹性。来大荒两年，不断锻炼，她身体的柔韧性和肌肉弹性，都比以前强了许多。

那样紧紧并拢的姿态，反而让人想到更多的接纳和打开……

他没有多停留，快手快脚地记下刻度，说声“好了”，额头不知何时已经有了微汗。

景横波也嘘出一口长气，她感觉到他的屏息，她自己同样屏住呼吸，没来由地紧张，其实他和平日一样，很是正人君子，没有故意拖延或者故意接触，可是每当他靠近，他灼热而微微加快的呼吸喷在她肌肤上，她便得忍住颤抖。她很庆幸还有一层衣服挡着，他看不见衣服之下她的肌肤战栗、微红的反应……

“数据精确吗？”她咳嗽，问一句。

“应该没问题。”他道。

景横波立即要穿衣服，外头锦衣人的声音却遥遥传来：“还有一组数字，麻烦给我。”

一张纸片飞了进来，景横波想抓，他却抢先一步抓了过去，只看了一眼，那眼神就变深了。

景横波顿时有不好的预感，勉强笑问：“要你的什么数据？也是三围？”

她心想这也很坑，不过也正常，外头那家伙就是个变态嘛，而且明显欲求不满，所以故意在这方面折腾别人，完全没有下限，不过量男人的三围……咳咳，还好啦。

外头锦衣人敲着榻边，心想临时添加的那个要求不错啊，可以比较一下咱们的雄风，当然自己肯定是最强的。

“什么数据啊？”景横波已经把软尺拿在手中，跃跃欲试，她对可以扯平的事情，都很积极。

他咳嗽一声，有点不自然地道：“先和你一样。”

她自动忽略那个“先”字，拿了软尺，道：“脱了外衣，举起手来。”

他乖乖脱了外袍，里头是件白衣，他动作很快地将白衣也脱了，景横波道：“喂，你不是要脱光吧……”还好他剩下内衣便停下手来，举起了双手。

景横波哈地一笑道：“缴枪不杀。”凑过去，软尺顺着他的胸膛绕了一圈。

因为怕失误，她量得很认真，光线不好，只得凑过去仔细看，没注意到他的手已经放了下来，虚虚地抱住了她的背。

他望着墙，墙上是两人相拥的剪影。

她收紧了软尺，微微皱眉，道：“你比我想象的瘦呢……”

只隔着一层衣裳，能感觉到指下的胸膛微微凸出的肋骨，她忽然觉得有点堵心。

量腰的时候，她又惊叹：“你的腰都快有我的细了……”

有时候，她有些不自在，他倒还坦然，这令她也自然了些，快手快脚地量了，手指生怕触及某处，干脆在前面一个交叉，记住了交叉点的刻度。

她避免了触及某处，却忘记这得更凑近，那姿态很有些暧昧，她热热的呼吸喷过来，他手指虚虚地抚在她头顶，微微有些颤抖。

景横波将数据记下，正想说“好了”，却听他道：“还要求量手臂、腿和肩的长度。”

三围都量过了，还怕什么手臂、腿和肩，她很愉快地工作，道：“你手长腿长，做衣服很费布料哈哈。”

“嗯。”他竟然也打趣地接话，“我娘子以后养我，怕是得吃亏，缝衣服得多久啊。”

她扑哧一笑，觉得这话很萌，忽然想起似乎很久以前，某一日红枫之下，自己也曾答应过，给某人缝一条内裤。

不过一年多，便似前生，连记忆中的枫叶，都红出了几分沧桑，那条内裤的承诺还在风中飘荡，这辈子却很难再捡起那根沉重的针。

她敛了笑容，忽然没了开玩笑的兴致。

他微微侧头看她，她正踮脚量着他的肩宽，头发有些散了，乱乱地披在他肩上，他一转头，就能吻到她的脸。

然而他不敢。

别人的一吻或许是表白，他的一吻却可能是惊散。

她肌肤的香气透体，他不敢奢求太多，只求沐在那般淡淡的幽香下，看她为他细细忙碌。

或可以以此幻想她是他温柔能干的小妻子，正为他量体裁衣。

因为太美、太难得，他宁愿只是默默沉浸，不愿有任何的孟浪动作，惊破这一刻。

这一瞬间，他忽然开始感谢锦衣人，不管锦衣人出于什么恶作剧的目的来上这一遭，于他，都是不可多得。

景横波默默地收工，心想这些数据正好可以给人做好一件长袍。可是量了又有什么用呢？这是一道题目，而她曾想要为他做长袍的那个人，未必需要。

她正想和外面说“好了”，他忽然又拉住了她：“还有一个尺寸……”

“什么？”她愕然，该量的都量了啊。

“这个……”

他难得地吞吞吐吐，让她有点好奇，又心急着要解决问题，忍不住再三催问，问急了他才道：“你附耳过来。”

“就咱们两人，还悄悄的做什么……”她笑了笑，但还是凑了过去，才听了几个字，脸唰的一下红透了。

红到她这个厚脸皮，从未达到的鲜艳度……

她愣了半天，大骂：“猥琐！无耻！不要脸！下流！卑鄙……”滔滔不绝的问候语把锦衣人的祖宗八代都问候到了，完了把软尺一抛，赌气道，“我不量了！你自己来！”

“我自己来……”他苦笑道，“可也得……成了才行啊……”

其实锦衣人才没规定到底是什么状态下的尺寸，可只要是男人，都不愿在这个尺寸问题上丢人的。

景横波快要爆炸了：“这关我什么事！”

“喂，你们好了没？”锦衣人还在那头喊，“耽误时辰我就砍人质的手脚了啊。我数三百声，你们把尺寸给我报上来，迟一下，我砍一人的手指，一、二……”

景横波忽然一咬牙，向他猛扑了过去。

第八十章　火不火爆？

她用力过猛，又太突然，以至于他被撞倒在地，碰倒椅子，发出一声巨响。

外头锦衣人笑道：“真是果敢。”

他托着下巴，眼波流动，心想你骂我将来儿子没屁眼，我让你现在就没贞操。

屋子内景横波气喘吁吁地压在他身上，问他：“我香不香？”

“香……”他一动不动地躺着，气息也微微急促。

“我美不美？”

“美……”

“你量过我的三围，我三围火不火爆？”

“火爆……”

“很好，既然我是又香又美又三围火爆的女人，想来你们男人遇上这种，就算没感情也会起兴，对吧？我允许你起兴，但不允许你东想西想，”她昂着下巴，女王般傲然地道，“现在你有感觉了没有？救人要紧，快点有感觉，完了该干吗干吗。”

“没有……”

景横波呃了一声，不可思议地怒道：“没？感？觉？”

有没有搞错？虽然她很不乐意这样，也不稀罕男人对她垂涎，但真出现这种情况，她还是很没面子的！

姐的魅力倒退了吗？正常情况不是她一扑就搞定了吗？

“第一，你的语气太抗拒了，我有点受伤，男人心里受伤，不容易有情绪……”他躺在她身下，诚恳地和她解释，“第二，你……你压到我了……我更没法……那啥了……”

“啊？”景横波火烧屁股一样跳起来……怪不得刚才触感有点不对呢……

“那个……”她想，不会被压坏了吧？那尺寸怎么办？功亏一篑啊这是？

“没事……”他答得似乎有些艰难，慢慢坐起来。

景横波斜瞄着他，心想他不会是装的吧？这家伙到底想要干什么？这种情况下，不会还要她帮忙诱惑啊献身啊什么的吧？

不行，她宁可在大庭广众下跳钢管舞，也不愿单独在暗室诱惑某个男人。性质不同，前者可以说是传扬艺术，后者就是色情了。

“怎么办？”她问。

“我也没有办法……”他似乎很无奈。

景横波觉得这时候从这个人口中听见这样的话，才叫真的无奈。

“有些事想都别想。”她神态坚决。

“你这么一扑，我似乎暂时也想不起来。”他似乎存心要勾起她的愧疚心。

“这样吧，”景横波叹了口气，“我们来跳支舞。”

“什么？”他的语气这回是真惊讶了，“我不会。”不止惊讶还有抗拒。

景横波心想，不想跳舞想睡觉是吧？

“不需要你会。”她伸手拉住了他，不让他跑，“舞坛高手可以将一个完全不会跳舞的人，带得翩翩起舞，你只要顺着我便行。”

“男人岂可完全由女人支配？”他抗议。

她耐心耗尽，险些怒气勃发——明明是她牺牲，怎么最后变成了她强逼他？

怒气到了眉间，化为媚笑，她唇角一勾，指尖托住了他的下巴：“帅哥，不要这么生硬，你忍心拒绝一个美女的邀请吗？”

他低头，定定地看着她，似乎想要从她流光溢彩的大而媚的眸子里，看出些别的意味来，最终他唇角也轻轻一勾，伸手虚虚揽上了她的腰。

景横波一边满意自己的魅力不减，不用费什么口舌就让这家伙投降，一边惊讶怎么自己还没教，这家伙就晓得把手放上腰?

她的眼神写满疑惑，他一笑："直觉。"

或许不叫直觉，叫听从心的愿望，她的腰线如此流畅，美人独有的腰窝，让人总有种想抚上去揽住的冲动。

"嗯，这就对了，双手揽住，别用力……"景横波双手抬起，搭在他肩上，她不打算来什么复杂的舞步，此时也没什么心情，随便搂着慢摇便好。

她会这么做，还是以往的经验。在研究所的时候，闲极无聊之下，年轻研究员们也会召开舞会，她自然是舞会的皇后，邀舞的人络绎不绝，那时候，贴面舞也跳过，舞池里灯光一打，本就是最有气氛的时候。

后来她便不跳了，顶多跳跳迪斯科。因为那些男人，在搂着她跳舞时，十个有九个会有反应，当她步入青春期之后，这种现象更加明显，哪怕是跳最简单的三步、四步，也免不了遭遇尴尬。后来她便知道了，青春的热力，少女的躯体，处子的幽香，以及傲人的身材带来的视觉和触感冲击力，是对同处于青春阶段的男子的不可抵御的诱惑。

"就这样，我进你退，你进我退……慢慢晃……"她发现他是个很好的学生，悟性极高，甚至不需要教导，手扶的姿势很绅士，腰很直很有风度，和她的距离刚刚好，不过于暧昧也不疏远，透着有分寸的亲近，脸俯下的角度更是完美，她仰起脸，正好对着他的侧脸，侧脸的线条精美如雕刻，远处一点光打在他的鼻尖上，四周的肌肤便闪金般透着细腻的质感。

面对这样的人，这样的动作，这样的气氛，那些干扰、危机、不安、紧张都似渐渐退去，她的心像落潮后的沙滩，归于平静，眼神渐渐生出些淡淡的迷茫……这一刻的感觉，似陌生似熟悉……

她的手和躯体，因此自然更软，放松的身体便真如一匹软绸，柔柔地绕住了他。

两人其实不能算跳舞，并没有严格走着舞步，只是这一霎彼此难得的平静，成就了相拥的契合，他的手很自然地落在了她的腰窝，感受着一直想感受的美妙凹陷，心也似落在了那处凹陷里，妥帖安放，不需增减一分。

她的双臂松松地挂在他的脖子上，指尖自然下垂如兰花，他的高度也是适合她的，微微仰起，更显女子的纤细和轻弱，却又不至于相差太多令她吃力。

慢慢摇，慢慢转，她的裙裾旋起小小的圆，如一朵未绽开的花朵，他的步子如云端漫步，做一场随意又投入的飘移，没有刻意的磨蹭和贴近，这一霎旧事不再，而时光美好。

半室黑暗，半室微光，勾勒出默然相拥的男女，她的长发垂落在他的手背上，而他唇角的微笑似要照亮她的眉梢。这是彼此的浑然忘我，在暗处、舞中、眉间、心上。

黑暗中隐约有了低低的细语。

"……你……怎样……"

"……嗯……"

"那个……怎样？"

“……嗯……”语气似叹息似留恋，说不出的不舍。

“到底怎样？！”

“……嗯……”语气更加不舍，近乎无可奈何，“……差不多了……”

“那你自己来吧……”

……

景横波松开手，背过身去，甚至连耳朵都捂上了，怕听见什么不该有的动静，更怕他不要脸地道：“我手软，你来量。”

其实她刚才已经有数了，靠那么近，磨磨蹭蹭的，感觉的小雷达早把答案告诉了她。

还好，他没无耻到那个程度，甚至退离她更远一些。她想，也许他比她更尴尬。

离开那个怀抱，离开他淡淡的香气笼罩的范围，她忽然觉得有点冷。

过了一会儿他碰碰她，将一张纸递过来，她看也不敢看，也不敢回身，忙不迭地把纸片甩了出去。

外头锦衣人正数到“二百九十六”，一伸手接住纸片，先笑道：“三百声不到就完事了啊？这位兄台果然不行。”

护卫们面色端正，坚决不让自己露出任何不妥当的神情——主上会对这种事特别在意，其实是有历史原因的。都怪文姑娘太恶毒，那么娇娇小小粉团团一个人，愣是打击得主上在很长一段时间内觉得自己“不行”，以至于留下了心理阴影……

锦衣人展开纸片看了看，其实只看了最后一个尺寸，呵呵笑了笑，道：“还不错嘛。”弹弹纸片道，“把这个定作对着眼睛的距离。”

护卫们忍住笑点头。

锦衣人问：“你们三个，谁来试试我的飞刀？”

紫蕊不等裴枢、孟破天回答，便道：“我！”

锦衣人点点头，便命护卫将紫蕊绑好，在紫蕊的眼睛、咽喉、心口、左右腕脉、下腹、左右腿大动脉位置处，各自贴上一块水晶片，再用丝线，按照纸上的尺寸拉出距离，从横梁上垂下作为标记。

比如设定以身高作为到达紫蕊心口的距离，身高为八尺，就在紫蕊心口贴上水晶片，向前比出八尺的距离，从横梁上垂下一枚铜钱。

众人忙碌的时候，景横波和穆先生出来，穆先生抢快一步，出去后忽然一声低喝，抬手射出一抹冷电，直奔厅堂中某一人而去。

那人一个倒翻，翻出窗外，避开了那道杀手，穆先生随即扑了过去，也扑到了窗外。

景横波慢了一步，反应过来再抢出来的时候，就看见穆先生扑了出去，没看见被逼出去的那个是谁。她愕然道：“怎么了，发生什么事了？”

锦衣人一直没动，看着她笑而不语。

……

两道人影，一前一后，出了凝雪阁。

一直奔到无人处，前方的人才停下来，冷然道："你玩够了没有？"

后方的人也停下来，淡淡地道："这不是玩笑。"

前方的人转过身，两人对面而立，一模一样的银面具，一模一样的青衣，乍看上去，像是一对孪生子。

前方的人似乎很有些不愉快，冷声道："想不到你也这般狡猾，知道马上就要露馅，干脆对我出手逼我出来。"

"你似乎很生气。"后出来的那个，似乎根本不被他的话影响。

"我不该生气？"先出来的耶律祁忽然又笑了，"那我去帝歌做一做国师，你试试什么感受？"

"你能做你便做。"后出来那个清清冷冷地道，"觊觎不属于自己的物事，小心玩火自焚。"

"你何尝不是觊觎不属于自己的物事？"耶律祁笑道，"甚至你自己放掉的，却还不肯放手，世上有你这么霸道的人？"

后出来的那个默然，似乎是无言以对，又似乎是根本不屑于解释。

"虽然你不告而取，但我一直在给你打掩护。"耶律祁一笑，"你不应该先谢我？"

"我无须谢你。"后出来的目光清冷，"你打掩护并不是为了我。"他目光投向远方，"你想说，尽管说便是。"

耶律祁笑了笑。他一开始就选择了不说，自然没有现在说的道理，先不论现在才说，景横波会怎么想，单只这一说，后果便无法预料，也许景横波依旧选择不原谅，也许她会回心转意，而后者，等于将她推回对方的怀抱，绝了自己的机会。

他还没有成全情敌的度量。

彼此都了解对方，知道对方这么做的理由，他也就不再调侃，只道："只望你莫要做得太过分。"

"这事对你没害处，否则你怎么会容忍？"他轻声道，"至于先前她会选择我，还是因为在她心里，我痕迹更深。"

"伤痕也是痕迹啊。"耶律祁笑得意味深长。

"能留下伤痕，也是因为在乎。"他不以为意，"在意，才会有伤害。"

"如此自信满满，"耶律祁指着他，"真当她没心没肺？"

"她什么都有。"他答，"因为我会为她拼尽所有。"

耶律祁似乎震了震，半晌道："何必当初？"

"不得不为。"他语气听来没有任何后悔。

耶律祁不说话了，半晌苦笑道："真是个怪人……"

他却岔开话题："东堂那位三殿下，需要一个教训。"

耶律祁立即来了兴趣："不妨参详参详？"

交谈声渐低，再被夜风吹走。

……

凝雪阁内，锦衣人站在铜钱前，飞刀要从铜钱的方孔穿过，射出八尺距离，击碎紫蕊心口的水晶片而不伤人。

锦衣人对拉丁文道："把你估算的尺寸报出来。"

拉丁文仔细看了看，唰唰写了几个数字，对锦衣人道："那个……最后一个尺寸……没法定……"

"那个就算了。"锦衣人笑得诡秘，"我本就是要着好玩的。"

景横波不依了："不行不行，你糊弄人啊，你的一个护卫随便看看，定的尺寸怎么能准确？错了可是人命关天！"

"我这护卫，天生一眼看尺寸的本领。"锦衣人道，"你可以试试。"

景横波不信，连量了自己的食指、中指和脚丫子的尺寸，那拉丁文还真报得一口不差。

景横波无奈，一抬头看见穆先生从窗口跃了回来，便道："你去哪了？怎么忽然跑了出去？看见了什么不对吗？"

"刚才有人混进了护卫队伍，"穆先生道，"似乎是我影阁的某个敌人，我瞧着身形眼熟，就想抢先出手，不过还是给人跑了。"

景横波挑挑眉，看他一眼，道："现在的人，都越来越狡猾了。"

穆先生笑了笑。

那边锦衣人不耐烦地拍着细细的柳叶刀，道："开始。"

"你控制不住力度，或者故意做手脚怎么办？"景横波有点紧张。

她信自己的尺寸没问题，却信不过锦衣人的人品。

"如果这是在我国内，"锦衣人淡淡地道，"你现在已经是个死人。"

"耍嘴皮子谁不会？"景横波立即道，"如果不是你有人质在手，你现在已经是个阉人。"

锦衣人叹了口气——这几个女人到底是从什么地方来的？个个牙尖嘴利，毫无女子的温良贤淑教养，那地方的男人，一定很倒霉。

"祈祷你的尺寸准确吧。"他道，"如果你报了八尺，实际上是八尺一，我那多进去一分的刀，正好要一条命。"

他掂起细如柳叶的刀，走到那些铜钱前，正要出手，忽然道："哎呀，忘了一件事。"

随即他转身从桌上拿了一条黑布，歉然地对景横波道："先前蒙了你的眼睛，现在当然也应该蒙上我的眼睛，这才叫公平。"

景横波默默地咽下一口血，决定在解救了人质之后再和他斗嘴或者暴打，不然这家伙分分钟报复的节奏。

锦衣人手一抬，面前的中文奉上盒子里的柳叶刀，柳叶刀齐刷刷飞起，赫然也是多角度控物的节奏。

紫蕊在微微发抖，命悬于一线，不能不紧张，却咬牙不敢乱动，生怕乱动影响了水晶片的位置，给自己带来灭顶之灾。

锦衣人出手，手指连弹如拨弦。

咻的一声，电光一闪，嚓的一下水晶片破裂，柳叶刀钉在水晶片上，下面就是紫蕊受激颤动不休的眼球。

紫蕊啊了一声，一头冷汗。

景横波捏紧了手指。

锦衣人手指轻弹如逐羽，咻咻连声，飞光白电，纵横交错，悬吊着的铜板被劲风带动叮当连响，伴随着接连不断的水晶片碎裂的嚓嚓之声，和紫蕊无法控制的低低惊呼。

室内光芒飞掠，气流浮沉，锦衣人乌发微微散开，眉飞入鬓。而铜板、水晶交击的声响清脆如碎冰，音色俱美。

如果不是紧张担忧着紫蕊的情形，景横波都会觉得，这一幕如画。

不过她没心思欣赏，因为现在正是良机。

锦衣人蒙着眼睛，正全神贯注施展他的手段，他这种人无比骄傲，不会故意作弊导致失败，甚至会尽力做得完美，不出问题还要追求最美的声光电效果。

所以只有这时候，他是不可能再掌控全局的。

景横波和穆先生对视一眼。

两人紧紧盯着锦衣人的飞刀，最后一把刀，正咻地穿过最后一枚铜板，击碎紫蕊大腿动脉处的水晶片。

碎片纷落的那一霎。

锦衣人正要微笑着取下黑布。

景横波忽然一挥手，八把柳叶飞刀寒光一闪各自飞起，分头扑向室内的护卫们。

中文、德语等人十分警惕，立即挥刀。

但那些轻飘飘的飞刀，并没有迎向他们的身体，只是绕着他们的衣角嗖嗖飞行几圈，嚓嚓几响，地面飘下一些零落的衣裳碎片。

护卫们脸色一变，低头看看自己，有的袖子少了半截，有的袍子断了半边，头发都少了一半，所有人原本十分整齐的衣裳，都被破坏了一半。

护卫们这下面如死灰，比身体被砍掉一半还难看。

此时锦衣人也听见风声，一把拉下蒙眼的黑布，一眼看见护卫们，顿时第一次脸色大变，怒声道："滚！"

不用他多说，护卫们飞快地滚了。

景横波双手连挥，想要趁这个时机抢下三个人质，没想到只听见唰啦啦一阵响，那三人还是被护卫们一同拖进了内室——不知何时，护卫们已经在人质和自己身上，连上了锁链。

景横波怒哼一声，掉转头逼视锦衣人，锦衣人脸色发白，似乎还没从巨大的难受劲儿中恢复过来。

他不能接受任何不对称，看见极度的不对称，比砍他一刀还难受。

此时他自己赶走了护卫，就成了单身面对景横波和穆先生。

景横波咯咯一笑，抬手一挥，一刀裁掉了自己半截裙子。

“见鬼！”锦衣人发出一声低低的怒喝。

景横波哈哈大笑：“强迫症！”

穆先生一掌劈飞了地上的簸箕，栗子壳腾空飞散，啪啪击打在墙上——当然是半面墙。

墙上原本有字画，自从锦衣人来了之后，字画全部被取下来垫脚，他不能容忍墙上有任何东西。

现在墙上半面雪白，半面是密密麻麻的栗色栗子壳。

锦衣人只觉得浑身的汗毛都似要竖起，不先对付景横波、穆先生，抬手一掌，轰然一声，有栗子的半面墙倒塌。

景横波眼睛一亮，大叫：“还有密集恐惧症！求蜂窝！”

这时候哪有蜂窝，穆先生朗声一笑，道：“这里有个大的！”一抬手，整张桌子翻起，景横波指挥飞刀，嚓嚓在上面乱戳了无数个洞。

又密集又不对称，锦衣人只得闭上眼，一掌劈出去。他闭眼劈掌的时候，穆先生一掌拍向他的肩头。

锦衣人却似闭眼也能视物，险险翻身而起，刺啦一声，穆先生的铁掌撕下他肩头的衣裳，在他肩上留下一道血红的抓痕。

啪的一声，桌子粉碎，两道人影一触即分，各自翻身落地。穆先生坐在窗台上微笑，锦衣人伸手，抚了抚自己的肩头，舔了舔沾血的手指，神往地道：“原来我的血是这个味道……”

景横波正想骂，就听他道：“就是比别人甜，下次让她也尝尝……”

景横波听得汗毛倒竖，觉得骂“变态”都不够分量。看他死活不肯看自己，她咯咯一笑道：“我去救人质了！”反身扑向内室。

锦衣人的目光自然要跟过来，景横波指着毁坏的墙大叫：“喂，这墙断得不对称哦！”

锦衣人立即将目光转开，景横波一脚将那个被砸坏的桌子踢过去：“喂，这桌子也不对称哦！”

她跳来跳去，把屋内所有的家具都砸坏，断一条腿，剖半个面，去一个顶，统统砸到锦衣人面前：“喂，不对称不对称不对称哦！”

锦衣人只得不断后退，一边尽量不去看那些让他很难受的东西，一边不断出掌，毁去那些东西。

但他不是只对着景横波，窗边还有一个穆先生。

砰的一声，他的背撞到了墙壁，他已经退无可退了。

此时穆先生身影一闪，又出现了，这回一掌拍向他的胯骨。

锦衣人前方是一堆家具，家具后是景横波，他又不能看家具和景横波，也不能看穆先生，因为穆先生也裁掉了半截袖子。

他只能看天。

奇妙的是这人看天居然还能感觉到杀机，咻的一声，在穆先生的手掌堪堪抵达他的胯骨前，他竟咻的一下贴着墙滑了上去，穆先生只来得及抓下他一截衣裳，在他胯骨上也留下一道伤痕。

因为这一下倒滑，他的外袍连带裤子，也被穆先生撕下长长一截。

锦衣人脸色不大好看，但犹自笑道："你抓我的裤子做什么？莫非你是个'兔子'？"

穆先生微笑："我只是怀疑你是个太监。"

锦衣人无所谓地道："你们算聪明，竟然这样攻击我。不过我似乎没在你们面前显现出我这习惯，谁告诉你们的？"

景横波看了穆先生一眼，穆先生自然不会承认这是刚刚听来的，只笑道："知己知彼，方可百战百胜。"

"你们胜了吗？还早呢。"锦衣人懒懒地道，"屋子毁了，所有家具都毁了，你俩告诉我，还有什么不对称的？"

景横波正在想是不是自己干脆把头发剃掉一半，逼疯他，忽听穆先生大声道："还有你自己！"

随着他的话音，轰然一声响，屋顶上落下一面大镜。

镜子足有屏风大，是大荒王宫里专门用来给大王上朝前，整理衣冠的最大号立身铜镜。

铜镜准确地落在锦衣人面前，他一抬头，就看见左肩一个洞、右胯一块布的自己。

不对称！

"哈哈哈哈哈，老穆你牛了，居然准备了个镜子在这！"景横波大笑，"快，毁灭一切不对称的物体吧！"

锦衣人表情似乎有点想吐血了，抬起手，景横波以为他要砸镜子，正想嘚瑟黄铜镜砸不碎，变形之后看了更难受，就见他哧的一声撕下一截袍子，绑住了眼睛。

"看你这回还弄什么不对称给我！"他道。

"绑住眼睛你还想打得过我们？"景横波喊话，觉得这货真是太可恶了。

"那就同归于尽。"锦衣人不在乎地道，"我一死，他们一定会杀人质，然后自杀。大家一起玩完，挺好。"

真是连自己的性命都无所谓，也一定要玩到底的变态！

"那就只好打你了！"景横波捋袖子扑上去。

穆先生并没有出手，他不屑于围攻，再说也要让景横波出出气。

人影连闪，爆响不绝，伴随着轰隆隆物体不断倒塌的声响，凝雪阁半边渐渐成了废墟，倒塌基本上都是锦衣人造成的，他不能视物，倒获得了解脱，可以操纵那些不对称的物体，不断对景横波出手，只是准确度受了点影响，而且毕竟受了伤，动作要慢些。

景横波无法再以不对称和密集对他进行攻击，但自身却有天下无双的瞬移和控物，最起码可以自保。锦衣人身影如龙，纵横起烟尘滚滚，她却弹来弹去，时不时抽冷子出现在锦衣人背后，在冲突和躲避的过程中，她共计以厨房的火炭烧掉了锦衣人半截头发，以一坨猪腿砸乱了锦衣人的发髻，以茅坑里的大粪湿了他的鞋底，以湖边网鱼的兜子兜掉了锦衣人屁股上的一块布……

两人打过了废墟，打到了厨房，最后来到了湖面上，景横波操纵一团火追逐着锦衣人，她不想杀死锦衣人，怕因此锦衣人的护卫真的灭杀人质，只想逼他逃走，再专心对付那些护卫。

锦衣人大袖飘飘，飞渡湖面，凝雪阁的湖面很宽，已经结了冰，平亮如镜，却还不能站人，景横波不敢瞬移上去。穆先生身影一闪，已经追了上来。

锦衣人人在半空，一伸手对岸边一招，但他这个动作并没有来得及做完，忽觉头顶一凉，似被冰刀掠过，随即蒙眼的布便掉了下来，他此时正低头对着湖面，正看见冰上影影绰绰自己的倒影。

发髻歪斜，头发长长短短，衣衫凌乱，左拖一片右挂一片，屁股上还有一片在招摇，险些露肉……

他眼前一黑，气息一泄，砰的一声掉了下来。

以他的武功，掉下冰湖也不算什么，他正要冲天而起，忽听嗞嗞一阵极其细微的低响，四面的冰以肉眼无法追及的速度迅速凝结加厚，一眨眼便将他打破的洞封起，牢牢将他腰以下的部位冻在了冰里，他甚至感觉到冰层还在迅速向下凝结，感觉到冰冻的位置正从他的重要部位开始……

他立刻明白，某人是报仇来了！

这人一出手，就是群虐和碾压，他生平未吃过这样大的亏，只觉得某个重要部位都快冻掉了……

这时候，穆先生到了，手中已经多了一把剑，准备架向他的脖子，人质换人质。

不用问，护卫们会乖乖换的。

锦衣人看似已经无法脱困。

第八十一章　救她！

锦衣人忽然笑了。

他往日虽美，却显得有些空有些倦的笑意，此刻满满的兴奋，还有一丝淡淡的讥嘲。

在岸上的景横波，隐约看见这笑意，心中一跳。

这家伙的神情，可不像将要沦为人质的神情。

倒像是那种终于遇见对手，打得痛快，但是还藏着小秘密可以反手一击，又为这秘密终于有人能逼他使出来，因此满足而兴奋的感觉。

说起来复杂，但女人的直觉往往很准，她不再管冰上是否能承载人身体的重量，闪身而出。

但迟了一步。

岸边忽然闪电般探过来一道细长的影子，卷住了锦衣人的腰，他拽着那影子，嘿的一声，拔冰而出。

湖面上碎冰漫天，穆先生的剑穿入碎冰雪雾空处，发出噼里啪啦一阵脆响。

景横波的身子，从锦衣人脚下滑了过去，只差一点就抓到他的脚踝，还被他脚底的粪臭险些熏沉到湖底。

锦衣人的身子飞弹在半空，碎冰落如雨，贴在冰面上的景横波只得先闭眼，滑出湖面。

等她到了岸边，就看见锦衣人如弹丸飞掷，越过她的头顶，落到了凝雪阁没毁坏的那半边。

功亏一篑，景横波大骂："我要杀了救人的混账！"

她明明感觉到锦衣人在湖上已经被困住，是什么东西救走他的？

岸边有一道东西，软软地趴伏在地面上，似乎是刚才关键时刻拉起锦衣人的那东西。

景横波和穆先生都认为，想必是黑螭之类的黑水泽异兽，被锦衣人驯化，出手相助，因此都小心地逼近。

然而那东西软软的，毫无动静，似乎还在缩小，两人对望一眼，心想这东西又没出手，就拉了一把，把锦衣人弹了出去，怎么就这样了？

景横波耐不住，上前一脚踢过去，触感不对，仔细一看，不禁咦了一声。

那东西半绿半灰褐，长长软软，竟然是一截树枝的枝条！

但那枝条极其粗壮，近乎小儿手臂，枝条前端还是青绿色，生着几片绿叶，但后端是灰褐色，而且那灰褐色正以肉眼可见的速度向前端蔓延。

景横波眼看着那粗壮枝条一截截地枯萎衰败，最后完全成了一截枯枝，连那几片绿叶，也瞬间枯萎，掉下枝头。

给人的感觉，像是这枝条曾被人瞬间灌注或者催发生命力，然后又被抽走了一样。

景横波转头看看岸边，岸边有柳树，这种天气自然都已经枯干，和地上的枝条一模一样。

"意念催生。"她喃喃道。

"什么？"穆先生没听懂。

景横波摇摇头，无法解释。这是异能的一种，非常少见且高端，可以以意念瞬间催生生命体，她们研究所没这种异能，但她听说过有人能以意念指挥小麦种子发芽。但那也是几分钟甚至是几小时的事，没听过一瞬间就能让枯枝逢春的。

不过话又说回来，意念异能属于精神力范畴，而古人的修炼，很多时候也是走的精神修炼的路子，很多心法非常澄明，对于异能者的能力开发，有着现代科技无法达到的效果。

景横波自己，也是到了大荒，学习了明月心心法，并进行针对性训练之后，异能才有了突飞猛进的效果。她的控物异能，也属于精神力的一种，但是像锦衣人这种催生生命体，她做不到。

这是他的压箱底撒手锏吧？保不住以前都没使过。

景横波只好跟着回到那半边凝雪阁，锦衣人已经换好了衣服，这么要紧的时刻，他不先去挟持人质扳回败局，倒赶紧把自己打理整齐。

景横波对他呵呵一笑，指了指他的头发，道：“你的头发半边长半边短，是不是很难受？”

“是。”锦衣人居然承认了，然后从护卫手中接过一把匕首，三两下就把长长短短的焦发断去，断的时候依旧拿尺子比着，这边断一点，那边断一点，好不容易比齐了，头发也短得只能齐肩了。

景横波哈哈大笑：“好一个童花头！”

锦衣人自己摸摸，也觉得无法适应，扎又扎不起来，干脆刀光一闪，把自己的满头乌发都剃了。

“阿弥陀佛。”景横波笑得抱住肚子，“秃驴你好，秃驴你凉快吗？”

秃驴锦衣人不理她，摸了摸自己的光头，手一伸，护卫变戏法般掏出一顶假发给他戴上，瞬间又是尊贵清华贵公子一个。

景横波目瞪口呆……这样也行？

看他转眼间就把自己打扮得清清爽爽的速度，估计这种突发状况很多，而每次都要换，护卫们也习惯了，随时备好全套装备。

景横波看看那些护卫，叹了口气，人真的贱啊，锦衣人多能折腾人啊，这些护卫还忠心耿耿，刚才那凝雪阁被锦衣人毁了个一塌糊涂，这些人一边躲闪着砖头瓦块，一边拖走自己那些宝贵的包袱，一边还要紧紧看守着人质，手中的刀剑无论如何都不离人质咽喉三寸。有次景横波看见一片瓦即将要砸破一个护卫的头，算准这货只要一躲，她就有机会救裴枢，结果那家伙愣是生生挨了个头破血流，也一步不移，让两大高手硬是没能找到救人的机会。

当然，如果她知道锦衣人虽然折腾人，但对属下待遇之厚也是天下少有，大概就能明白为什么会这样了。锦衣人并不要求护卫如何聪明，他自己就是天下少有的聪明人，不稀罕智慧，他只选耐心、脾气、韧性、细致度都极好的人，一旦做了他的护卫，立即在东堂寸土寸金的帝都有了自己的房子，可以将家里老少一起接来，每年年薪超过一品大员，自己及家人享受帝都生活的无数便利，连科举考试三殿下都可以帮你光宗耀祖，最出名的一件事儿，就是他一个护卫的弟弟得了痈疮，他愣是把只给皇帝看病的太医院院判从床上拉起来，去给他的护卫的弟弟瞧病，为此被皇帝罚了一年俸。

主子出手大气，行事通透，如此护卫怎能不卖命？

当然，另外也会有些制约手段，锦衣人这种人，并不会轻易相信谁。他身边的护卫，分为好几种，眼前这一批，还未必算最重要的。

现在，还是先前那格局，只是多了一地废墟，还有锦衣人看起来终究没了先前的清爽，脸上一大块乌青。

他脸色也不大好看——下半身现在还没恢复过来，僵冷，他有点怀疑刚才那冰不是普通的冰，可不要破坏了某些重要机能。他得速战速决，然后赶紧疗伤。

因此他直接道：“还有一道题，你解决了，我就放人，三个人都放。不过前提是，你一个人解决。”

对上两个人或者三个人，他非得把小命交待在这里不可，玩也要有个限度不是？

“行。”景横波看他终于痛快了，也答得很痛快。

无论如何先把人质弄到手，再揍他不迟。

锦衣人挥挥手，护卫们就搬过来一个柜子样的东西，圆形，三面板隔住，可以站下三个人，上下都有轮盘，可以转动，也就是锦衣人自己设计的死亡轮盘了。

院子里有一口井，是干井，估计以前死过人，井口已经堵上，有护卫将井盖挪开，背着一大袋钢钉下去。那钢钉每根足有一尺长，尖端泛着蓝幽幽的光，一看就是有毒。那惨惨的颜色和光亮，看得景横波心底发冷。

这锦衣人活着，就是整天琢磨怎么害人吗？

景横波很担心有人在井底下做手脚，不过现在锦衣人的八个侍卫都在地面上。

一个护卫背着钢钉下去，在井底的地面上将钢钉插上，尖端朝上，只要有人落下来，必定被戳烂。

然后其余人将那轮盘架在井口上，再将三个人质架进轮盘里，手脚都锁上，四面都有刀剑逼着。

景横波看着这设计，脸色便苍白起来。

“简单。”锦衣人笑吟吟地道，“底下的木板是活板，马上轮盘会转，每转一圈掉下一个人，而且越转越快。你要做的，就是不让他们掉下去。”

“你个变态！”景横波大骂，“一圈就掉一人，我怎么来得及三个都救起！”

景横波可以平面状态多方攻击，但转盘不一样，必然会有一个人处于背面，又是在运动中，她不能掌握背面的情况，就没有把握一瞬间把背面、正面都解决。

“这道题目告诉你，”锦衣人不为所动，“人生中，总是有很多艰难的取舍。三个人你确实只能救两个，取谁，舍谁，都要面对。”

“这道题我不做！”景横波怒声道，“咱们拼个你死我活就是。”

“可以。”锦衣人立即挥手，“杀了他们。”

护卫们毫不犹豫地剑尖前挺，景横波挥手想要打飞他们的剑，可是他们学乖了，剑竟然也是绑在自己手臂上的，眼看剑尖要擦到紫蕊的咽喉，景横波只得叫：“停！”

锦衣人连看都没看，早已预料到会是这样。

孟破天被绑在轮盘上，她的位置是背对景横波的那个，如果不出意料的话，应该是紫蕊和裴枢先转到景横波面前。

孟破天萧瑟地看了看天，长叹道：“别了，苍天。”又看看地，深情地道，“别了，大地。”再望望远处，无奈地道，“别了，我的空筐子。”最后忧伤地道，“别了，我的傻老爹。以后你的狂刀盟没人给你算账了，小心被那群人精赚了你的钱去。还有狂刀盟就算传给外人也千万别传给老七，他一定会把你的基业都折腾光的……”

“你叨叨个什么，烦死了。”裴枢怒声道，“能不能清净些？”

“我都要死了。”孟破天毫不相让，“你就不许我来个告别遗言？”

“谁说你要死了？”裴枢闷声道。

“呵呵。”孟破天冷笑一声，“我又不是傻子。三个人质，你和女官都是女王的人，我却是她的敌人，她又不是猪脑子，不知道该救谁？”

“她有时候就是猪脑子。”裴枢哼了一声。

“得了。”孟破天道，“我也不会祈求她救我，我丢不起那人。这种情况下她救你们不救我，也怪不得她。我认命，就剩一个要求，你帮我把筐子带回去给我老爹，说我听说普甘出了宝贝，去寻宝了，也许要寻个一年半载才回来。”

“死就死了，骗你爹干吗？”

“你不懂，我爹看似粗豪汉子，其实特脆弱，杀个猪有时都要念念经。不要和他说我死了，说不定一年半载后，他再给我搞个弟弟出来，到时候也就不那么伤心了。”

“你管太多了！”裴枢嗤道，“你不会死的。”

“我知道我会……”

“闭嘴。”

“哼！”孟破天对着隔壁啐了一口，“我都要死了你都不让我说说话？你的心什么做的？铁？钢？亏我先前在棺材里，还帮你……”

“闭嘴！”

……

“有把握吗？”穆先生问景横波。

“没有。他们被四根锁链锁住，手脚还被绑住。正面对着我的，我能同时操控砍开锁链，背面的……”景横波苦笑，“保不住要误伤，万一砍锁链的刀误抹了脖子，怎么办？”

“这时候不能这么想。”穆先生柔声道，“自信也是支撑能力的一个重要方面。你得想着，我能行，我一定能行。”

“好吧，”景横波深吸一口气，“我能行，我一定能行……”越说声音越低，终于忍不住恨恨地道，“回头一定把他给阉了！”

“必须。”穆先生答，素来温和的语气里，也压抑不住憎恶。

不管怎样不安，都得面对挑战，景横波怨念一秒后，又开始恨自己为什么要穿越。

她走上前去，锦衣人已经给她准备好了飞刀。

“开始！”

一个护卫抓住一条支出的长柄一转，轮盘唰的一下就转了起来，比景横波想象的还快——她以为，要承载三个人的重量，轮盘肯定要慢慢启动，那还来得及。

可如今，立马就飞一样！

三个人走马灯一样飞旋，在她面前转出根本无法辨别的光影！

这种情况，能正面不出错地砍断锁链就不错了，更不要提还得管背面那一个！

她差点慌乱，但立刻定住心神，手一抬，九把飞刀闪出。

八把向着正面、侧面那两个，还有一把，向着底下的轮盘。

她想要卡住轮盘，这是唯一的办法。

然而几乎是立刻，嚓的一声，一把飞刀激射返回，被飞速旋转的轮盘给打了回来。

轮盘丝毫不慢，叮叮一阵急响，紫蕊首先掉了出来，穆先生飞过去接住。

随即裴枢的身子向外一倾，但是却没完全掉出，轮盘转得太快，有一把飞刀失手，他的右脚还被锁在轮盘上。

此时已经快要转到一圈，景横波来得及补一刀，救他出来，但救孟破天就绝对来不及了。

孟破天早已闭上眼睛，在心里唱小曲儿了。

她决定要痛快无怨地死，下辈子才能继续做个快乐的人。

裴枢身子一斜，没能掉下，他一睁眼，一咬牙，忽然一拳打破头顶的木板，抓着破木板手臂向上一塞。

景横波霍然瞪大眼睛。

他竟用手臂去挡上头的轮盘！

那轮盘虽是圆轮，但也打磨得光滑，比刀还锋利，而且因为旋转飞快，离心力非常大，刚才她的飞刀射上去都被一下甩飞！

他肉体之躯，硬撼轮盘，会残废的！

屋顶上锦衣人也微微露出震撼之色——世上还有这么悍勇的男子！

嘎吱一声瘆人的响，如同刨子刨上了木板，裴枢的手臂就是那木板，几乎是刹那，他的手臂就露出了白骨，一大蓬血肉唰的一下被刨了出来，溅了孟破天一脸。

孟破天唰地睁眼，眼睛却被血肉糊住，她神情惊骇欲绝，惊呼："裴枢！"

轮盘忽然一慢。

这慢肉眼几乎难以察觉，与此同时裴枢一声大吼："救她！"

他生生以血肉卡了轮盘一下，把正面的机会让给了孟破天。

此时他将转到背面，而孟破天已经到了景横波面前。

孟破天一瞬间泪流满面。

景横波努力睁大眼睛，此时她心中震撼、焦灼却不敢哭，她怕眼泪落下来模糊视线，影响判断，留下的遗憾就是终生的。

此刻，她还能看见裴枢的一角衣角，看见锁住他的那根锁链，但转眼就要不见。

照这速度，她顶多能追上裴枢，把那最后一条链子打开。就这样把握都不大，因为位置问题，可能出现角度偏差。

而正面转过来的是孟破天，其实她此刻救孟破天，比救裴枢方便，因为裴枢已经到了背面。

马上轮盘就要掉下一个人。

她只来得及救一个。

都是生命。

她甚至没有思考的余地。

"救她！"裴枢那声大吼似乎刺入了她的脑海，她头痛欲裂。

没有时间，没有时间！

她闭上眼，手一撒。

五把飞刀激射而出，如电光劈裂天地。

四把迎向孟破天，还有一把冲向背面，但因为角度问题，救裴枢那把飞刀，和另外四把飞刀中的一把发生了碰撞，微微一斜。

此刻裴枢已经完全转了过去，飞刀擦锁链而过。

飞刀不能转向。

叮叮急响，孟破天栽出，她在半空犹自扭头，却满脸是血无法睁眼，穆先生将她接住，向旁边一扔，就急急扑向轮盘。

景横波身影一闪也到了，护卫们已经收剑退开。

然而已经迟了。

咔嚓一声，裴枢脚底轮盘板打开，他带着最后一截长长的锁链，掉下了井。

“裴枢！”

隐约一声闷响，似乎还有重物坠下和钢钉入肉的扑哧之声，并没有人的惨呼。但就这些声音，已经足够让人魂飞魄散。

景横波眼前一黑，一时间背上全是冷汗，想要扑过去，却完全挪不动脚步。

身影一闪，穆先生扑上轮盘，一阵猛轰，将这死亡轮盘的底部轰碎，拍飞那犹自转动的底盘，赶紧探头向下看。

他一眼看见了井底支离破碎的尸体，钢钉的蓝光在尸体背上幽幽闪亮。

他立即把扑过来要看的景横波推开。

“怎样了？怎样了……”景横波颤声问。

如果裴枢真的……她不知道要怎样原谅自己。

穆先生深吸一口气，平静地道：“看不清楚……我下去看看……”

景横波希冀地看着他，疾声道：“是的，下去看看吧，他不会那么容易死的。”

这么说的时候，她心底却满是绝望——裴枢那脾气，如果真的没事，一定会在底下骂的……

穆先生下了井，景横波不敢去看，软软地靠着井壁，对面，紫蕊泪流满面，扶着瘫坐在地上的孟破天，那活力四射的女子，此刻一脸的血肉，连睫毛上都挂着碎肉屑，她也不擦，半睁着视线血红的眼，痴痴地盯着井看。

景横波只觉得心如刀绞，一骨碌爬起来，就想找锦衣人。

她已经很久没如此刻这般恨过一个人了——这是个真正看透人心、人性，懂得如何一出手，就伤人心肺的恶魔！

他这一手，比当着她的面杀了裴枢还让她难受！

然而她四面张望，屋顶上哪还有锦衣人的影子！连他那群护卫，都一起不见了。

他似乎已经满足于今日的战果——三道题目玩得尽兴，被景横波折腾过，再狠狠地回报了她，现在，功成身退。

……

穆先生下了井。

狭窄的空间里是浓重的血腥味，让他心中不祥的感觉越来越强烈。

井底的钢钉上，趴着一具尸首，血流了一地。

穆先生一眼就看见那尸首被刮得将要露出白骨的左臂，心中一凉。

犹自不死心，他小心地落到钢钉的缝隙里，翻动那具尸首，井挺深，落下时冲力很大，所以尸首被深深穿入尺许长的钢钉，他只得费劲地将尸首拔出来，鲜血淅淅沥沥流了一身。

尸首的面目也被钢钉穿过，模糊难辨，井下光线黑暗，穆先生没有带火折子，隐约瞧着似是裴枢，心更凉。

至于衣裳、身高，都是裴枢的模样。穆先生怔了半晌，开始在井壁上摸。

他摸到一手的青苔，湿滑冰冷的井壁，完整的、一块块微微凸出的石块，没有异常。

他又试着推动石壁，王宫里有的井是暗道出口，用于王族在危险时刻逃生，但因为是王族使用，所以机关不会太复杂，一般推一推就知道。

每块石头他都推过了，推不动，他又试了试一般的技巧，还是没有动静，这就是石壁。

其实以他的经验，这井底的格局很难有暗道，就算有暗道，因为位置局限，顶多只能做个小半人高的暗道，这种暗道谁能走？缩骨也办不到。

何况裴枢受了伤，又被捆住，他从轮盘一落井，他们就冲了过来，这么短的时间内，挣脱锁链都不可能，更不要提逃生。

穆先生用尽所有办法，最后不得不无奈地承认，这尸首就是裴枢。

他在黑暗中托住了额头，不胜烦恼地叹息。

裴枢是和景横波争吵，才一气之下潜入上元，想要独力救走紫蕊的。谁知道遇上锦衣人这个变态。

而景横波，曾有机会救他，却最终没救。虽说是被裴枢震撼，不得不尊重他的意志，也心存侥幸，觉得不至于死，但那一霎的行为，真的导致了谁也没想到的惨烈后果。

这让景横波情何以堪？

她将一辈子活在内疚之中！

……

好半晌穆先生才上去，下来得很快，上去得很慢。

他还没到井口，景横波的脸已经探过来，急不可待地问："怎样？没事吧没事吧？"又看他身后，"他受了伤，你怎么不带上来？是不是不大好带，要不要人帮忙？"

穆先生一抬手，拦住了她的手。

"横波。"他道。只是短短一句。

她望着他，从他的眼神里看出答案，他心疼地看见，她的眸子唰的一下黯淡如灯灭，眼看着有晶莹的液体就要泼了满脸，他正想上前一步，将她搂进怀中好好安慰，她却唰的一下转过身去，压住井口，对那边抬眼看过来的两个女子笑道：“呵呵没事没事，受伤了，不轻，一时拖不出来，我和穆先生另想办法。孟破天，此地不可久留，麻烦你带着紫蕊出宫吧。我想现在我救出你们的消息还没传出去，这时候明晏安还在故意放水，不让侍卫出动，你们趁这机会出去最安全。去吧去吧，去吧。”

她一口气说了一大串，速度极快，不给自己失态的机会，也不给紫蕊、孟破天反应的机会，过去赶鸭子一样将她们赶起来，不由分说把紫蕊往孟破天手里一塞：“你的命是我救的，你得报答我，不然你就是没江湖义气对不对？你给我把紫蕊送出上元，我知道你有办法。”

孟破天呆呆的，眼珠子没什么活气，但对“江湖义气”四个字还是有反应，也没了先前的明亮张扬，牵了紫蕊的手就向外走。紫蕊也不说话，生怕打扰了她和景横波，只回头看了景横波一眼，就和她走了。

景横波看她俩走了，果然宫内没传出什么动静，她猜得没错，明晏安还不知道这边锦衣人失败了，还在约束着护卫，要等尘埃落定再来。

安静下来之后，她才靠着井壁滑了下来，支起膝盖，手撑住头，手指顶乱了一头黑发。

穆先生站在井边，看着她披泻的黑发，和微微颤动的肩，心头一阵尖锐的刺痛。

刺痛的不是她此刻终于暴露的脆弱，而是她到此刻才暴露脆弱。

在知道噩耗之后，她这么放纵无羁的性子，竟然能立刻约束住情绪，先将两个女子送走。

她甚至想到孟破天留下来可能会惹事，干脆以恩义相挟，让这个最重江湖义气的女子，不得不保护紫蕊先走。

她还考虑到此刻明晏安在故意放水，走最安全。

情绪剧烈波动之下，仓促之间，能如此思路清晰、谋划周详，她确实已经成长。就算是他自己，也不能保证在这样的心情下，做到这么多。

可唯因如此，他更觉得心痛。

她这样的人，成长到今天，到底付出了怎样的摧心代价？

她到底是长成了翅膀，还是在长久的艰苦磨折中，被折去了最初的鲜亮翅膀，另行练就了一双铁翅？

而更令他情何以堪的是，这折断她鲜亮初翅的人中，似乎他也算一个……

他深深吸了一口气，上前一步，想要揽住她的肩。

她却又霍然起身，咬牙道：“不，我不信这个邪！裴枢那么邪门，老天都不敢收，怎么可能就这么……”她转身就要下井。

穆先生哪里敢给她看那惨状，那她可能就真支撑不住了，急忙要拦，却心情波动之下忘记了景横波的瞬移能力。

身影一闪，她从他臂间不见，只留一抹淡淡的幽香。

他注视着空空的怀抱，怅然如失，似乎由这一刻的擦身而过，预见到更多无奈的未来。

……

第八十二章　真爱柔软

景横波的身影出现在井中。

黑暗的井下，血肉模糊的尸首很是瘆人，她此刻却完全忘记了害怕。

她并没有去看那尸首，不用看也知道死得不能再死，她不要面对那个。

“裴枢……”她扶着井壁，轻声唤，“裴枢，裴裴，枢枢，你出来，你出来……”

……黑暗中有人霍然睁开眼睛。

“裴枢……”景横波把井壁一寸寸摸过去，声音从未如此柔和，“我知道你没死，我知道你在骗我，你一定是想看我急对不对？嗯嗯我承认，我真的急了……你舍得我急吗？回答我一声好不好？”

……黑暗中他呼吸急促，张口要答，一只冰冷的手忽然捂住了他的嘴。

他要挣扎，四周却十分紧窄，他完全动弹不得。

“小枢枢……”粗糙的井壁磨伤了景横波的手指，她似浑然不觉，语气多了几分诱惑，“出来啊，别闹了，你出来，咱们什么都好说，你不开心要抱抱也可以，怎么样，想不想？”

他挣扎得更激烈，可那该死的手也捂得更紧，甚至有另一双手按住了他的身子，避免他发出动静。

他有些奇怪，这四周这么逼仄，是怎么容得下三个人的？

景横波将井底都摸了一遍，沾了一手的青苔和血，越摸越绝望，最后精疲力竭地坐倒在地，靠着井壁，呆呆地望着天。井口穆先生的脸探下来，眼神中满是担忧，她看得清晰。

天快要亮了，这真是奔忙的一夜，惊心动魄的一夜，令人绝望的一夜。

她看出穆先生眼神里的牵挂，心中一堵，大力拍井壁：“裴枢！你什么意思？你搞我啊？诈死吓我啊？好吧你是吓到姐一点点了，但是你就没想过，玩过火了怎么收场吗？我数一、二、三，你敢再不出来，我就和你绝交，真的永远绝交，你就算回去我也绝不理你，我说到做到，我数了啊，一……”

……他开始试图用腿去踢那压住他的人，又怒瞪那只手，可惜手生根一样不肯动弹，腿倒是踢出去了，很快碰到石壁，踢得他自己脚趾剧痛，转瞬又有人压上来。

“二……”景横波数得很慢，眼睛东看西看。

她期待着马上有人推开身边的某处石壁，探出头，对她笑出一口白牙：“嘿，我和你开玩笑的，吓着了没有小波儿？”

身周没有动静，井壁坚实，回声幽幽，血腥气浓郁，尸首一动不动，青苔泛着潮味，满地血水横积……这里如人间地狱，她的心也似遇上地狱。

“……二点一、二点二、二点三……”她越数越慢。

井上的穆先生实在不忍听，对她伸出双手，示意她赶紧上来，如果不是她太懒，钢钉没收，跳下去没地方站的话，他早想下去把她拎上来了。

这样子也许她还好，对别人着实是折磨。

……黑暗里他听着那缓慢数数的一声声，只觉得每一声都敲在他心上，他少年意气金戈铁马，当初不懂喜欢只爱血染黄沙，到如今明白喜欢一个人的感觉，却不懂如何去喜欢，直来直去，依旧如使剑一般大开大合，他以为爱也就是那般，狂风暴雨地付出，霸气十足地给予，不容拒绝地恩赐，只要我给，你便要接受。

然而此刻隔着井壁，听着她这般绵长地数数，他金刚般的心，忽然就软成了这井壁上的青苔，携着清新和生命的气息，微微潮润，按上去便能盈出一汪水来。

他忽然懂得了恋慕的真正滋味，原来亦如这青荇，飘摇、柔软而酸苦。

他忽然懂得了爱情里，那种没有缘由的放松与柔软。

一壁之隔，她不理穆先生的双手，偏过头去。

“二点九一……二点九二……二点九三……”她越数越慢，直到，“……二点九九……二点九九一……”

她忽然住了口。

自欺欺人，终究是因为不愿面对，然而不愿面对也得面对，她曾经有做懦夫的权利，那时候不知人间风雨，然而现在她避无可避。

她忽然狠狠一掌拍在井壁上。

粗糙的石壁立即划破了她的手，她浑然不觉，猛地双手抱头开始呜呜哭泣：“好你个裴枢……你还真不出来了……你至于这样吗……你至于用这种方式让我后悔吗……”

……黑暗里他震了震，一时有些茫然，好一会儿才想起来，好像之前有和她吵架来着，好像是自己赌气来上元要救人来着，好像在上元遇上之后，又吵了一场来着，当时自己说“你别后悔就行”……

现在她后不后悔他还想不到，他自己已经后悔上了。

他是随口说的好吗！

他已经忘了好吗？

隔壁传来呜呜的哭泣声，他挣扎的身躯一震，整个人都僵住了。

是她在哭吗？

是她……在为他哭吗？

第一反应是心疼，用句他以前觉得肉麻的话来说，他是真的觉得她哭得他心都疼了，然而那疼痛里，却又隐隐泛着不敢置信和狂喜——她是为我哭吗？她真的是为我哭？原来她没有他想象的那么讨厌他，在她心里他一直很有地位是吗？！

他一时间不知是悲是喜，是心疼还是澎湃，他知道景横波并不爱哭，她宁可笑着骂人，也不肯流泪哭诉。

他有点苦恼地想，好像被那锦衣人传染到变态了……

“……呜呜呜我真的后悔了……我不该和你吵架……我不该用那样粗暴的方式对你……我好歹该先哄着你和你说明白……我后悔了……我承认我后悔了你赢了……只要你别用这样的方式惩罚我……”

裴枢暴怒起来，伸手就去掰那捂住自己嘴的手，虽然他变态地想多听听景横波的哭声，这是景横波第一次为他哭，保不住也是最后一次，但他更明白，这个时候他再不出去，那以后他就得哭一辈子了。

那手不肯放，他一拳就打了出去，对方似乎也没想到他手上受了重伤还能打出这么暴烈的一拳，砰的一声这一拳正中肚腹，风声急响，那人似乎被打飞出去了，另一个负责按住他的手的人，急忙出手援救同伴。裴枢没了牵制，大喜之下急忙翻身，便要去推自己身后的石壁。

他根据声音判断，自己和景横波只有一壁之隔，一定有办法推开。

手指刚刚触及石壁，脚踝忽然被人抓住，那双手如金刚一般，一抓就掐住了他的软筋，一股麻痹感贯穿全身，他连声音都发不出了，然后他如麻袋般被人一路拖了出去……

少帅眼看自己离那石壁越来越远，愤恨的拳头狠狠地捶打在地面上……

……

哭泣声回荡在狭窄的井里，听来显得越发沉闷，穆先生再也忍耐不住，不顾钢钉危险，跳了下来。

景横波哭得稀里哗啦，抬头看了看，伸手一挥，将钢钉卷开。

她这动作让穆先生由衷地感到安慰和感激，感激她这时候还能想到他，她越来越体贴细腻，也因此越来越让人心疼。

他快步过去，一把将她揽在怀里。

景横波此时心中并无风花雪月，只有无穷的悲苦和悔恨，这个时候谁的肩膀对她来说都是渴望的依靠，她立即往他身上一趴，拿了他的衣裳当抹布，眼泪哗啦啦浸了他满肩，一边哭一边砰砰捶着拳头：“这个混账！这个脾气没救的怪胎！一把年纪了不长情商！赌什么气闹什么情绪！充什么英雄逞什么能！不知道天大地大性命最大吗？他这是存心让我不能好好过日子啊啊啊啊……”

“别哭……别哭……”穆先生抚着她的肩头，往日里的滔滔口才，到如今都凝噎在咽喉里，化为反反复复这两句。

他心底不知是怜惜还是苦涩，怜惜她的背负，苦涩这结局如此令人难以接受，忍不住又想，如果自己死了，她是不是也会这般为自己哭？

这么想的时候，他忍不住要笑自己小家子气，如女人般计较。然而在情感里，谁又能真正大方？

他抬起手，摸了摸脸上的面具，很多时候，他很想就这么撕下面具，告诉景横波，自己是耶律祁。

穆先生这个身份，于她，实在没有隐瞒的必要。

他真的很想以自己本来的身份拥她入怀，而不是那个变得越来越莫名其妙的穆先生。

然而当那个人横插一脚，这面具似乎就变得难撕起来。他怕撕下面具后，她从此就完全当他是耶律祁，永远无法真正走近。

她对穆先生有一份似有若无的莫名情感，而不是对耶律祁。

只有当他还是穆先生，她才会有时因为疑惑和混淆，下意识地对他亲近。

他只想戴着这个面具有机会靠她近一点，更近一点，直至用耶律祁的穆先生，渐渐覆盖了那个人的穆先生。这是他唯一的机会。

然而这份亲近，说到底不过是借人家的光，含着对她的欺瞒，才得以拥有，他又情何以堪？

他的手指已经触及面具的边缘，却慢慢顿住。

他终究，舍不得。

哪怕她此刻的依偎，是心里认为他是那个人，他也认了。

要如何放开这个怀抱，如何再做回近在咫尺却远在天涯的朋友？

含着香气的泪水在自己肩头干透，撕开面具后要如何拥有？

他轻轻叹息，抱紧她，抚着她微微耸动的肩背，井底血腥气浓郁冲鼻，他却只嗅见她泪水的苦涩气味。

她在他怀中微微颤动，像是一朵雨后瑟瑟的花，他珍惜她此刻的无助、柔软，只恨自己不是矗立在她心头的树，为她遮尽这人间风雨。

她哭声渐低，开始喃喃咒骂，那是她情绪调整过来的标志，他心中微微感叹，感叹她出奇地坚忍，正因了这坚忍和明艳，他们都爱她。

他仰头望着井口，从底下看过去，井口拢着最狭窄的天。

情感的出路，似乎也是这样，越走，越狭窄。

一生情感，似乎只剩一个心愿。

但望你能爱上，真正那个我。

……

裴枢被一路拖出了通道。

井壁连着的通道里，留下了他一路捶下的拳印。

眼前忽然一亮，已经出了通道，裴枢转头，果然看见锦衣人那张举世无双第一可恶的脸。

裴枢盯着那张脸，心中盘算着找一百个男人睡了他的具体操作过程。

锦衣人却似乎看他很顺眼的样子，态度很好地吩咐人扶他起来，给他包扎。两个超级小矮子跑了过来，其中一个看他的神情畏畏缩缩的，裴枢这才明白，原来先前在井壁地道里按住他的，是两个侏儒。其中一个挨了他一拳，才会这么顾忌他。

他再回头看看那通道，窄得和蛇洞似的，可能根本不是给人走的地道，而是另有他用。

他刚才落下的时候，井里已经布了一层网，落网的刹那他看见一个人被从井壁上一个洞里扔下来，落在了钢钉上，随即那网一收，他被拖进了井壁的洞里，被俩侏儒按住。

因为洞太小，出口必然也小，掩在一片青苔里，耶律祁和景横波的思路没错，认为井内可能有通道，但都犯了思维定式的错误，总认为要有地道必须能让人进入，太小的洞根本不合理，所以摸索时只估算可容人最起码躬身进入的范围，一时没有想到去按一按那些凸出的、只比腰粗一点的单块石块。

裴枢所在的地道只能躺着过一个人，或者孩子也可过。可锦衣人有侏儒，偏偏那些侏儒一直藏着，景横波和耶律祁都没看见。

裴枢再看看身边，还是间灯火通明的殿室，锦衣人和护卫们都在，一个个神情自如，根本不把刚才的事当回事。

裴枢火气直向上冲，一把推开给他包扎的侏儒："滚开。"

这么说的时候他一怔，忽然发现自己原本痛得钻心的手臂，现在已经没那么痛了，臂上清凉微痒，他立即察觉出这是极为难得的疗伤圣药。

"我对你好不好？"锦衣人微笑着对他道，"用的是我府中秘制的圣药，去腐生肌，你这样的刮骨伤，用了之后基本能恢复原状呢。"

裴枢盯着他，浑身汗毛一根根竖起来——这家伙怎么忽然对他这么好？不会有那方面的爱好吧？

不行！爷全身上下每个部位，都是留给小波儿的！

该如何以死抗争呢……

"曾经有人抱着我的大腿向我求这药，我都没给呢。"锦衣人犹自表功。

裴枢二话不说，抬手就撕包裹的布条，他才不要接受这变态的示好。

"哎哎，不要这样任性。"锦衣人亲自上前按住他，不过随即又笑道，"我就欣赏你这任性，你不要我也给你。"

裴枢听成"你不要我也要你"，顿觉眼前一黑——啊，是个断袖！

要如何才能在强大断袖的威胁下，保住清白？

唯死而已。

裴枢很不甘心，他还有很多事没做，他还要报仇还要杀人还要打天下还要娶景横波，他刚刚死里逃生非常贪恋生命，可对于有些人来说，有些事比生命更重要，比如绝不能绝不能接受这样的侮辱！

锦衣人在翻他的衣裳……

裴枢眼一闭，张嘴，牙关狠狠一咬！

"我这药含有十八种……"锦衣人犹自吹嘘着他这药，一抬头正看见裴枢的动作，一惊之下什么都来不及，只得把自己的拳头往裴枢大张的嘴里一塞。

裴枢的嘴被拳头堵住，眼珠子瞪得大大的，呜呜抗议。

锦衣人哎哟一声，骂道："狗似的还咬人！"

他把拳头向外抽，生怕裴枢还要莫名其妙地自杀，顺手拿过桌上的抹布往他嘴里一塞，又赶紧命人拿布巾擦手："口水！恶心死了恶心死了！"

"呜呜呜……"裴枢眼睛瞪得更大了，似乎有话急着要说。

锦衣人哪里理他，急急地擦手、洗手。

裴枢挣扎了好半晌，终于呸地一口吐掉抹布，一边呸呸呸吐着脏东西，一边盯着满脸嫌弃的锦衣人，半晌道：“你不喜欢……”

“我不喜欢口水！”

“不是，我是说……”裴枢艰难地道，“……男人？”

他问得莫名其妙，锦衣人居然听懂了，手也不擦了，唰地向后一退：“你是个断袖？”

“放屁。”裴枢怒瞪，“你才是断袖！”

“想多了吧？”锦衣人终于明白这家伙脑子里的弦搭到了什么地方，连连摇头。

护卫们哧哧笑——真的想多了！主上只是性子怪异，他的东西，你不能求他，你求了他肯定不给，你不求他非得给你。就好比他和文姑娘……算了算了，别想那个魔王了，想起来头就痛。

裴枢这才放心，一边想着好险，差点枉死，一边起身道：“看你的样子，不打算再为难我了，那么，再会，不，最好永远别会。”

他拍拍屁股就走。

打过这一场，他也算了解了锦衣人的性子。景横波既然已经完成了三道题，还让锦衣人吃了亏，这个骄傲的家伙，不会就此事再刁难。

锦衣人也不拦，慢条斯理地嗑着瓜子，直到他快出门，才不急不忙地道：“你去哪？”

“废话。”

“你现在去找景横波，”锦衣人道，“你这辈子就真的没任何机会了。”

裴枢停住脚步。

他自然明白锦衣人的意思，他一出去，景横波就能明白他刚才一定在井壁隔壁，认为他是故意不说话折腾她，非得勃然大怒不可。

不过他还是道：“我宁可她生气，也不要她伤心。再说我和她解释清楚，小波儿不会怪我的。”

锦衣人神情微微赞赏，觉得裴枢这人看似暴躁，实则细心，关键时刻冷静决断，勇悍十足，不愧为名将。

“可是你不想让她真正喜欢上你吗？”他笑，声音悠缓。

裴枢觉得他的语气诱惑如魔鬼，他不想听，但步子莫名其妙地跨不出去，他微微偏头，眉梢斜飞：“嗯？”

“你此刻就出去，她会先狂喜，再生气，再平静，最后，她没了愧疚心，保不住还怀疑你是故意让她急，毕竟你之前说过要让她后悔的话，以你的性子，做出这种事也有可能，所以在最初的喜悦过后，她并不一定相信你的解释，她对你的情分不会因此而增加，甚至可能渐少，最好的结果，也不过是你们回到从前。”

裴枢默然。锦衣人就是个魔鬼，住在人心里的那种，他用看穿人心的目光去分析每个人，使所有人都不能抗拒地站在镜子前。

“但是你现在不出去，就不同了。”锦衣人悠悠地道，“面对噩耗，每个人的情绪，都会有从高峰到低谷的过程，再之后就是一段时期的沉湎。景横波在经受你死亡的打击之后，因为那份愧疚和不安，会思念你。人对于逝去的东西，都会自然而然地抹平遗憾，自动美化。所以在她的思念里，你会越来越完美，越来越忠诚，越来越令人怀念。她对你的感情会更进一步，怨念会越来越少，她一定会宁愿放弃现有所得，只为换你还能活着。那个时候你再出现在她面前，她心中会只剩感激。我会让你出去时看起来很狼狈，以示你这段时间吃了不少苦，她会更加愧疚，加倍温柔，不仅不会算你隐瞒的旧账，甚至会因为这种感激和怜惜的情绪，久而久之，对你产生移情作用……”

护卫们目瞪口呆——这这这……这还是咱们那个不爱和愚蠢人类多说话的主子？还有，他什么时候变成情感大师了？说得头头是道，听起来也确实很厉害，可这么厉害，为什么到现在还没搞定文姑娘？

还是主子只善于指导别人，不善于自己发挥？

不过话又说回来，文姑娘也不能算正常人啊……

裴枢一脚在门槛外，一脚在门槛内，久久没动，看得出来，锦衣人的话已经打入了他的心里。

他不得不承认，论起看透人心，此人的功力已经炉火纯青。

他甚至能够把握每个人对于每件事的细微反应，从一开始，到最后。

他知道这话是对的。

他现在就出去，景横波大悲大喜之后，难免生气，愧疚之心没了，顶多两人回到原点。

“历经千辛万苦”之后再出去，景横波因为思念和愧疚，只有感激和欢喜，从此待他分外不同，是极有可能的。

他要的就是不同。

他不能不心动。

锦衣人默默数着数，等着他转身，笑得从容。

“你说得很对。”裴枢终于道。

锦衣人笑容完美。他喜欢完美，喜欢事情按照自己的想法进行的完美。

“但是，我还是要走。”

锦衣人的笑容，不完美地僵住：“原来你脑子有问题……”

“世上每件事都有利弊，但如果每件事都按利弊来做，那么每个人都会很冷酷，这世道也就不成世道。”裴枢转头教训他，“我知道你说得对，但那是我喜欢的女人，就算我不能娶她、睡她、一辈子宠她，但只要我在，就有责任爱她、护她，不让任何人，包括我自己，伤她。

“还是那句话，我宁可她恨我一生，也不要她难过一瞬。”裴枢轻蔑地瞥他一眼，“我脑子没问题，是你的心有问题。”

锦衣人扬起眉毛，像不认识一般看了他许久，眼神微微闪动，半晌笑了。

“我承认我看走眼了。”他笑道。

裴枢正得意地扬眉，就听见锦衣人接道：“原来你还是个情圣。”

裴枢哼了一声，抬腿就走，他才不要和这个没心没肺的怪物多说话。

他还是没能跨过那门槛。

因为锦衣人掠过来，从后面给了他的后脑勺一记。

裴枢不可思议地半转过身，瞪着他，哑声道："你偷袭……"话音未落，软软倒下。

锦衣人才不扶，任他砰然倒在自己脚下。

大高手一点也不以背后偷袭为耻，随意踢了踢裴枢道："虽然你也有点道理，差点让我感动，但是，我要做的事，不喜欢被破坏。"他随意地笑了笑，"我想看看女王陛下到底爱谁，你敢不成全我？"

裴枢给这一踢，微微睁开眼睛，正看见他把手递到眼前，仔仔细细看先前那个牙印，当时裴枢下口很用力，现在他手背上一个血印子暂时消不掉。他看看右手的牙印，再看看光洁的左手手背，表情很不好看地道："不对称……要不你再咬一口？"

裴枢眼一翻，这回真气晕过去了。

……

上元城外，原本和三县有一道互不干扰的隔离带，从昨晚开始，那里开始慢慢聚集了很多人，在寒风中瑟瑟颤抖，翘首望着前方的雄城。

很多人眼中闪着期待和兴奋，更多的人却是犹疑和不确定。

人群最前头，几个老头子也在窃窃私语。

"老常，你这样做真的合适吗？你的想法是好的，可以让百姓亲眼见证女王的勇毅和爱民，可这么劳师动众，万一女王没能救出人来，甚至搞得自己很狼狈，那便再也下不了台啊！"大贤者瞿缇，此刻依旧在担忧。

常方捋着胡须，睨他一眼："老夫关于女王的判断，什么时候错过？老夫要是错了一次，你瞿缇现在会在这玳瑁？"

"真不知道你对女王哪来这么大的信心！"瞿缇跌足，"罢，罢，现在说什么都迟了，你老人家招呼都不打一个，便让人去通知百姓，现在人越来越多，这要是万一女王救不出人来，看你怎么收场！"

"出得来的，"常方只捋须微笑，"要不咱们再赌一场？"

"赌就赌，不信这次还输了。"瞿缇看看对面的雄城，实在不敢相信女王这种身份，能公然孤身进出。明晏安若让她就这么大摇大摆地进出一趟，岂不是不战而败？

"上次你赌输了，就随我来了玳瑁，这次再输了，不仅要赔钱，以后也别离开女王了。"

"哼。"瞿缇给了他一个老大的白眼。

身后，百姓越聚越多，人人都有一份好奇。上元号称铁城，多少年来统治三县的人物换了一批又一批，也没谁能顺利公然进入上元，甚至还把人质完完整整救出来的。百姓们一开始得了通知的时候，都不大相信，一不信女王真的为一个女官，孤身亲自入敌营救人；二不信女王孤身入上元，真能在三十万军民之中，在明晏安的滔天敌意和阻碍里，把人救出来。

所以百姓们忍着寒冷，下了雪也在城外等，与其说等着女王，还不如说等着见证奇迹，等待一个希望。

人群也在窃窃私语。

“你们说，女王能把人救出来吗？”

“得了吧，能自己安安全全出来，我就要五体投地了，救人？当三十万军民是死人吗？当明晏安是死人吗？”

“也是，那咱们就赌她能不能完整出来！”

“别赌了，一赔十，没人买她赢！”

……

上元王宫。

锦衣人让人把裴枢送去休息，自己在前厅喝茶休息，这里是靠近凝雪阁的另一座空着的宫殿，他既然住在凝雪阁，那肯定第一时间将凝雪阁的每块土地都翻过，一条暗道什么的，转眼就掌握了。

不出片刻，明晏安匆匆赶来，神情颇有些气急败坏，未及寒暄开口就问：“先生何以负我？”

锦衣人瞥他一眼：“别说得好像你是我的情人一样。”

明晏安脸色红了又白，怒道：“小王为先生提供了无数便利，又信了先生，昨夜令所有卫士都不许靠近凝雪阁附近，连凝雪阁被毁都无人前来干扰，结果先生却没能拿下他们！”

“我有答应你要拿下他们吗？”锦衣人道，“我只说，我感兴趣会出手而已。”他指了指门外，毫无客人自觉地道，“我要补觉，你快点走。另外我提醒你一下，你现在还有点机会，再不去，就一点机会都没了。”

明晏安怒极，转身就走，正想着如何将这个厚脸皮赶走，便听他淡淡地道：“要我说，她来让她来，清风过山岗。来不来是一回事，来了之后能不能站稳脚跟，又是一回事。”

明晏安心中一动，忍不住转回身：“先生的意思是，将来您还会……”

“看她有没有本事再进来再说吧，不然你现在也不甘心啊。”锦衣人舒舒服服地抱着他的嫩黄枕头躺了下去，“她倒是真的引起我的兴趣了呢……”

他唇角一勾，露出有几分感兴趣的笑容，心想那几个人确实有意思，玩够了也可以送份礼补偿补偿。

唉，谁叫他这么善良，看不得有缘无分你猜我猜的苦情戏呢……

明晏安悻悻地跨出门槛，想了想，终究摇了摇头。

怎能令她鸠占鹊巢？怎能把希望全部寄托在一个毫无利害关系的外人身上？

一旦让她占据上元宫，锦衣人又没能驱逐她，他岂不是彻底失败？

无论如何，哪怕全城上阵，也要把景横波，阻挡在上元城墙之外！

……

女帝本色

3 本无心 下

天下归元 著

青岛出版社
QINGDAO PUBLISHING HOUSE

第八十三章　愿你永葆青春安乐

景横波由穆先生搀扶着上了井，又将那尸首吊了上来，虽然带着不方便，那尸体又一片狼藉，但两人都没说就此将其抛下。

景横波还要自己背，穆先生拦住了，从废墟里扯出些帐幔，将尸首裹了，自己背着。

他走出几步，正看见晨曦初露。今日多云，阴沉欲雪，云朵一块一块的，呈现出青灰的瓦色，日光暗沉沉地从云朵背后透出，仿佛给那些纵横经纬之间勾勒出一层淡淡的金线。

穆先生忽然一怔，想了想，将尸首往下一放，猛然又跳下了井。

景横波不明所以，但仍满怀希冀地扑过去，她相信穆先生肯定不会做无聊的事，必定有什么线索。

穆先生跳下井，不再以手掌摸索，而是一块一块拍那些看起来很小、根本不可能容人通过的石块。

终于在一人半高处，他拍开了那个通道。

穆先生一喜，随即发现通道中无人，通道确实极小，像是必要的时候用来平衡水位的水道，人绝对钻不进去，只能躺着进去。

但问题来了，谁能待在这样的洞内拉人进去？

他怔了半晌，升起的希望又破灭，只觉得浑身说不出地难受，这难受不是为裴枢，他们没交情，是为景横波。

绝望后兴起希望再破灭，那滋味比绝望还难受。

他慢慢上去，不敢面对景横波充满希冀的目光，景横波却立即从他的脸色上知道了答案，深吸一口气，道："走吧。"

穆先生从背后看着她垮下的双肩，只想狠狠扳过她，拉她入怀，告诉她没有关系，最起码有我在。

手伸出一半，身前的她不回头，他的手最终只虚虚握了一掌淡淡的阳光。

而身前的她，迎着日光，步子已经恢复平静，似要走进那永恒的光亮里去。

……

两人离开后，又一道人影飘了过来，和穆先生一模一样的装束。

他坐在树上，看着那两人一前一后掠去的背影，眼神里有种无奈的苍茫。

随即他低头看了看底下的井，纵身跳入。

他也在污秽的井底找了一圈，思考了一阵后，也开始一块一块拍那些看起来不可能藏人的凸石，打开了那个通道。

之后他将手伸进通道，再拿出来的时候，他看见了手上带血的泥土。

他目光一闪，不死心地继续摸，然后又取出一截链子，抖直了一点点地探，不顾洞内泥土污秽，脏了他一尘不染的衣袖。

片刻后他又摸出一样东西，那是一个黄铜卡扣，是裴枢手腕上用来扣住护腕的，先前他一阵大怒猛捶，再被锦衣人一路倒拖出洞时，卡扣掉落。

他眼底光芒一亮。

……

天将亮的时候，孟破天和紫蕊已经站在玳瑁王宫外的一条隐蔽巷子内。

孟破天果然很有办法，她熟悉玳瑁王宫的道路，甚至认识几个太监，借助他们的掩护，换穿了太监衣裳，偷偷潜出了王宫。

当然，这也是景横波判断正确的结果，她们离开的时候，宫内的护卫都还没出动，正是最安全的时候。

"你就在这里等着。"孟破天嘱咐紫蕊一句，紧了紧腰带，拔出双刀，转身向回走。

"你去哪里？"紫蕊愕然叫住她。

孟破天回头，一笑。晨曦里她笑容坚决，眼眸里似有什么在晶亮地闪。

"我要回去，找那个人。"她慢吞吞地道。

紫蕊立即明白她说的是谁，冲过去拉住她："你疯了，你这是去送死！"

她心急如焚，死死扯住孟破天的衣袖——女王让孟破天送她出来是假，想要孟破天别冲动是真，谁知道这丫头性子如此刚烈，遵守诺言把人送出来后，还要再回去！

"你知道吗？"孟破天不理她，看天，"在那棺材里，我和裴枢……我们……"

紫蕊更加惊诧地瞪大眼睛——不是吧？真的？那样也可以？

"我们……"孟破天终究说不出来，末了咬了咬牙道，"反正，在我看来，我这辈子非他不嫁了！"

紫蕊却以为真有了那事，愕然半晌，心里也不禁为她疼痛起来，却依旧不肯放手："那你更不能去了。少帅……少帅已经……你不是那个人的对手！你会死的！"

孟破天哈哈一笑，双刀一挥，道："江湖人，怕的不是死，怕的是想死却不敢死。"

她落刀，斩断了自己的衣袖，笑道："这可不是割袍断义。"

紫蕊看着她红着眼睛的微笑，只觉这一刀割的是心。

"既然认为是他的人了，那么，生一起，死一起，死在同一人手上，也算全了彼此的恩义。"孟破天双刀一挥，"走咯。"

紫蕊哽咽得不能说话，紧紧跟着，决定陪她一起。

孟破天被她跟了几步，转身，刀敲了敲墙壁，不耐烦地道："你们女人就是婆婆妈妈，我为我夫求死，你跟去算哪门子事？你站住，我有话要你转告女王。"

她示意紫蕊附耳过来，紫蕊过去后，她低声道："明晏安每天必须服食万寿丸，三天不吃，就得满地乱滚。"

紫蕊正想问万寿丸是什么，就见她撇了撇嘴道："你们女王不是智慧无双吗？不是天下第一吗？万寿丸是什么，她那么厉害，一定知道的咯。”

紫蕊无语，没想到刚才还慨然赴死的女汉子，一转眼就成了小肚鸡肠的小女人。

“这个消息送给她，算是我报过她的救命之恩了。孟破天这辈子恩怨俱尽，正是痛快恩仇的好时候。”孟破天似乎心情好了很多，吹了个口哨，将双刀往肩上一架，转身就走。

紫蕊扶着墙，忍着哽咽，模糊的视线里，转身离去的少女乌发和衣袖同飞，飞扬的长发、襟袖间，渐渐起了一片碎雪。

她抬起头，鼻尖一凉。

下雪了。

又一年的雪。

……

景横波和穆先生一路前行，此时王宫护卫已经开始向内包抄，要把他们留在宫内。

景横波自然不会回正殿，和明晏安的谈判本就是幌子，一进上元城，她就知道明晏安绝不会接纳她，正如她也绝不会再容忍明晏安。

现在她要做的，是将所有人安全带出上元，然后积蓄力量，和明晏安开战。

想到“所有人”三个字，她立即心中一痛，随即摇摇头，不让自己在这时候多想，问穆先生：“柴俞在哪儿？”

“月华宫。”

两人直奔月华宫，这里倒冷清无人，人都去凝雪阁方向了。柴俞迎出来，脸色有点木木的。

“你没事就好。”景横波道，“我们快走。”

穆先生却问：“那个孩子呢？”

“他被人带走了……”柴俞低声道。

穆先生凝视着他，此时不远处已经有呼喝声传来，宫中侍卫即将赶来。

“那就走吧。”景横波当机立断地道。

柴俞顺从地跟着他们，景横波照常抓住他，带着他瞬移。

飞掠中，她听见柴俞呼吸粗重，那呼吸里似乎还带着淡淡的奇怪气味，她正处于下风向，所以闻得清晰。

按说柴俞又没有一夜奔波，不至于这样疲惫，景横波却没有问。

忽然鼻尖一凉，她抬头看天，飘雪了。

逢上下雪的天，她总有点神不守舍。

柴俞侧头看了她一眼，眼神里有种难掩的悲哀。

有雪就有风，风很快将那种奇怪的气味吹散了。

不管侍卫包抄有多快，都快不过她瞬移的速度，很快她就出了宫。

穆先生随后也出来了，按照记号，找到了那条巷子，紫蕊在那儿等着他们，一开口就是：“孟破天又回去了！”

景横波听得一怔，忍不住叹了一声：“难得！”

穆先生却道："稍后我让人去救她，现在你们先赶紧离开。"

几人又趁着外城的护卫没有接到内城命令的时候，悄悄出城。穆先生让景横波几人先行一步，说他得在上元城弄个轮椅再出去，一出上元城，就会有各种势力的探子出没，他还想装残废，得把必备道具带着。

景横波带着紫蕊、柴俞先出了城。她带人瞬移，两个人已经是极限，差点在城头上落下来，好不容易落了地，还在城门的射程之内，她只好带着紫蕊、柴俞一阵狂奔，身后箭落如雨，啪啪啪不断在她脚后钉成一排又一排，土灰腾起溅上她的屁股，瞧起来甚是狼狈。

好不容易逃到城头的射程之外，景横波双手拄膝不住大喘气，心想进城门的时候还算威风，出城门这么狼狈，还好天刚亮，没什么人看见……

她庆幸完了一抬头，眼前黑压压好一大片人群……

景横波眼前一黑，正想着从此女王威严扫地，得花多少力气才能重建……忽听欢呼声震耳欲聋："陛下神武！"

"女王万岁！"

景横波怔住，这一大早的，哪来这么多人？

随即她便看见了常方那群老头子，站在人群最前方，满脸褶皱笑成了波斯菊。

常方此刻得意扬扬，因为瞿缇在他身边嘀咕："好吧老常你又赢了，算你狠。"他肉痛地掏出银子。

周围的人笑而不语。

"真不知道你对她哪来那么大的信心，偏偏每次你都赢……"瞿缇肉痛地将银子数给他。

老常笑得见牙不见眼，也不知道是因为景横波成功了，还是因为银子到手了，他抢先迎出，长声恭贺："贺陛下神威！孤身入上元，义救女官凯旋！"

景横波看到老者一脸的欢喜，顿时明白这是常方组织的，大贤者都做过官，懂得民意的重要，这是故意在为她造势，帮她收服百姓之心。

大贤者让百姓在外一夜等待，将百姓的疑问和胃口吊至最高点，在她安然带着紫蕊出来的那一刻，百姓的兴奋和崇拜，也在同时冲到了顶点。

她心中微微欢喜，常方等人的主动安排，代表着这群贤者的真心投靠，已经开始全心全意地为她这个女王出谋划策，这也是天下归心的开始。

然而这欢喜随即被一股苍凉的情绪所取代——她得贤者、百姓归心，却失去了最重要的大将，一得一失，这是天意吗？得到什么，便必须失去同等分量的东西？

"陛下，"老常方做戏做足，神色庄重地送上一杯酒，"臣等代我三县百姓，谢陛下爱民如子，义薄云天。我主恩慈，臣等同沐德辉。三县之地，必将因陛下，而成熙和之地！"

百姓同声欢呼："谢陛下爱民如子，义薄云天！"

百姓的兴奋是真的。一个强有力的、近乎神奇的统治者，代表着未来的安定生活，三县百姓被不同的江湖势力折腾怕了。

景横波有些不自在——这就要开始政治人物的场面功夫了吗？

然而对面老常方的眼神告诉她，是的就是这样，你必须习惯，就从现在开始。

想要得到，不仅要失去，还要放弃……

她接过酒杯。

欢呼的人群骤然一静。

女王端着酒杯，并无欢喜得意之色，沉默良久，反而渐渐泛上了萧索的神情。

众人面面相觑。

欢呼声渐渐轻微，一片窒息般的安静里，女王终于开了口。

“我只是做了我应该做的事，不应受到这样的隆重待遇。”她将酒杯轻轻往下一倾，“而今天，我虽然救回了女官，也失去了另一个同样重要的人。对我来说，每个朋友、每个生命、每个人，都平等且同样重要。这杯酒，祝愿离开我的人都能走好；愿此去天堂遍开花朵；愿所有我爱且爱我的人，在我的身边，或者在我所不知道的天涯海角美好生活，永不必面对黑暗、背叛、人生里所有的撕心裂肺和无可奈何。”

她酹酒，轻轻地道：“愿黄泉路上，再没有痛苦和杀戮。”

风雪将酒香散遍天地，一色飞舞的莹白里，她乌发散开，是一面乌黑的新旗。

所有人都不禁动容，连爱玩爱闹的七杀都在沉默。

他们没有看见一个得胜归来的轻狂女子。

他们等到了一个真心凭吊挚友的，痛苦中的女王。

片刻后，有人轻轻地道：“愿天下再无痛苦杀戮；愿陛下永葆青春安乐。”

一开始只是一个人起头，渐渐地更多的人齐声喊，声音汇聚成浪潮，在风雪城前，一遍遍回响。

景横波眼底渐渐含了泪花，想起也是风雪之夜，自己戏耍并激出天灰谷的那个男人。

她微微躬身向百姓感谢，脱去轻狂，此刻肃穆庄重。

城头上，上元守军也在动容地看着城下。

上元第一人将黄冈，原本一直冷笑地看着城下，觉得女王搞这一出，聪明是聪明，也不过是政治人物的把戏，心中更增几分厌烦之色——换来换去，都是一样的。

然而渐渐他便敛了冷笑，到后来，听着那低沉的一遍遍祝福，竟也觉心旌摇动。

良久，他注视着头顶飞扬的“明”字大旗，轻声长叹：“民心向背，势不可当。这玳瑁，也许真要换天了啊……”

……

城头一处隐蔽的角落，有人默默伫立，似影子般不被人发现。

“愿所有我爱且爱我的人，在我的身边，或者在我所不知道的天涯海角美好生活，永不必面对黑暗、背叛、人生里所有的撕心裂肺和无可奈何。”

这段话在他心头，一遍遍流过。

似此刻风雪不住吹打他的衣衫。

这么久，她将心伤咽下，以大笑遮掩，他直到今日，才听见她公然袒露心声。

而当日伤有多深，似此刻殷殷渗血，心间伤痕。

这话里承载她昔日的伤痛，亦似有淡淡的理解，他不敢确定，只得默默地拢起衣襟。

说了太多话的人，大多是因为心事还不够深。

而到此刻，他只想一遍遍说："愿我承担痛苦杀戮；愿你永葆青春安乐。"

……

百姓渐渐散去，携着等待一夜的疲惫和见证了奇迹的兴奋。

城门前的空地上，只剩下景横波和她的臣下们。

"你们先回去，好好休息。"景横波吩咐紫蕊和柴俞。

紫蕊知道景横波还要和属下们谈裴枢的事，顺从地走向来接的马车，见柴俞愣着不动，拉了他一把。

柴俞怔怔地跟着紫蕊走，经过景横波身边时，似乎一个踉跄，景横波顺手将他扶住。

柴俞忽然伸臂，一把勒住了景横波的脖子，手中寒光一闪，一把刀已经顶在了她的咽喉前。

众人大哗。

紫蕊惊叫："柴俞你干什么？！"

那边七杀、英白、拥雪等都奔了过来，连连呼叫。

柴俞抬起头，肥胖得满是横肉的脸上，已经热泪横流。

"别过来……都别过来……"他嘶声道，"谁过来……我杀了她……"

"柴俞！"紫蕊不敢动，厉声道，"你怎么能这么做？！女王信你、厚你，带你进上元，四面是敌依旧将你安然带出上元，你怎么能这么回报她？！"

英白酒壶遥遥一指，盯住了柴俞："放了女王，你有什么要求，我们自会考虑。你若不识抬举，小心尸骨无存。"

"我就知道这小子是奸细！"伊柒远远地跳脚，"我就知道！"

"你知道个屁。"六个二货大骂，"怎么没听你说过？！"

"我说梦话说过！"

……

柴俞额头的汗珠滚滚而下，咬牙不说话。

景横波倒没什么惊讶之色，只轻轻叹了口气，道："柴俞，你真让我失望。"

柴俞脸上湿漉漉一片，不知道是汗水还是泪水。

他猛地一勒景横波，令她转身，遥遥面对上元城墙，放声大喊道："黄冈！你看见没！我挟持了景女王，她马上就要死了！你去告诉明晏安，答应我的事，一定要做到！"

城墙上，上元大将黄冈手扶城墙，沉声道："王妃，末将接到的命令是，只要确认女王死亡，自然迎您回上元，重回月华宫，您放心便是。”

城下哗然。

众人用不可思议的目光打量柴俞——王妃？这腰围八尺、粗壮如桶的胖子，是玳瑁王妃？

这实在太颠覆所有人对于王室女子的印象。

“回不回月华宫，我不稀罕。”柴俞哽声道，“让他立誓，立悦儿为世子，一生一世永远爱他护他，再不伤害他！”

“王妃的要求，末将会转告大王。”城上黄冈不急不忙地回答，挥手示意士兵回城传报。

他凝视着城下的柴俞，眼底有种怜悯的情绪。他身为玳瑁首席大将，自然熟悉这位王妃。他曾见她及笄年华诗才惊上元，曾见她碧玉年纪美名动京华，曾见她凤冠霞帔嫁入帝王家，到最后却见她一株碧树凋零月华苑，见她拼尽全力生子因此色衰爱弛，见她由盛宠跌落凄凉境地，堂堂玳瑁王妃，最后被逼混入敌营做细作，在上元城下走入绝境。

这场城下反水，不管结果如何，她已注定没有活路。

明晏安当初的条件，就是让她在上元城外杀了景横波，这样既可震慑玳瑁，又于他声名无损。

至于她的结局，明晏安想都没想过。

纵然有自己的立场，知道全部经过的他，也不禁在心中叹息：大王，太凉薄了。

“明悦……让我见见明悦。”柴俞却不肯放弃，“我要看到他安好！”

她曾决心不再下手，带着儿子真心追随景横波，什么王妃、世子，都不过空梦一场，平安度日便好。谁知命运弄人，明悦还是中了毒，为了儿子，她不得不拼死一搏。

黄冈似乎犹豫了一下，又命士兵去回报，众人便在城下等待。

柴俞被景横波的属下们牢牢盯住。这种天气她仍汗透衣衫，但手腕依旧稳定，她手中的刀极薄，闪着幽蓝色，一看就是划破一丝油皮就能致人死亡的那种，众人因此不敢刺激她，生怕她激动过度，伤了女王。

景横波却在轻轻叹息：“何苦，何苦呢？”

“女王……”柴俞盯着城上，颤声道，“不求您原谅我，下辈子，下辈子我给您做牛做马……”

“你信下辈子吗？”景横波笑道，“这辈子的承诺都做不到，能指望下辈子吗？”

柴俞脸上肥肉抽搐，痛苦地咬牙不语。

“女人的痴，有时候真的无可救药。”景横波叹气，“明晏安对你怎样，你自己应该清楚。有一分情分，他都不会逼你做奸细，不会让你受辱，不会让你落到现在这境地。你说你为这样的男人，值得吗？”

“我不是为他！”柴俞断然道，“我只为我儿！”

“明悦是你儿子是吧？”景横波皱眉道，“柴俞，你是才女，你告诉我，我和明晏安的争斗，谁赢面大？”

柴俞不答。

景横波一笑："你不回答，说明你也知道，我一定赢的。"

"他有军民三十万，上元百姓都很彪悍。"柴俞道，"你也不可太过自信，否则骄兵必败。"

"你好像在提醒我呢，"景横波笑道，"谢了。"

柴俞抿抿嘴，垂下眼睫，景横波的态度，让她比被骂被打还难受。

"我不是骄傲，我是有信心迟早拿下上元。"景横波道，"而明晏安不能与我共存，将来所谓的玳瑁族长就不存在，明悦的世子之位也不存在，你真的要为一个不存在的东西，牺牲这么多吗？"

"明悦……"柴俞颤声道，"被他下了毒……"

景横波"咝"了一声。

虎毒不食子，明晏安这种事都做得出来，她决定以后绝对不给他一个好死法。

"我卑鄙，我无耻，我背弃了自己的道德和原则，我枉读了这么多年的圣贤书。"柴俞声泪俱下，"但我不悔……我只求所有罪孽都让我来背，孩子无辜！"

"他能这样对你，这样对明悦，你真以为你死后，他能善待明悦吗？"景横波只想说，再聪明的女人，都有糊涂一时的时候。

忽然城上有细弱的哭声，似乎是孩子的声音，柴俞霍然抬头，远远地看见城头上的小人影，颤声道："悦儿！"

上元城城头极高，其实看不清脸，但装扮、年纪，似乎便是明悦，他在城头大哭，伸手向着城下，似乎还在叫"娘"。

柴俞浑身发颤，手中的匕首不断抖动，众人心惊胆战地盯着，生怕她一个不小心，就把景横波给解决了。

"王妃！"黄冈站在城头上，面沉如水，对下面高喊："您瞧，世子一切安好！大王让末将转告您，只要您杀了女王，您就是上元的功臣，您就是大王永远的王妃，享军民永久感念，享宗庙永久供奉，上元三十万军民，世世代代感谢您的恩德！"

"好慷慨壮烈啊。"景横波冷笑，"连脸面都不要了，这么赤裸裸地要自己的女人去死。"

柴俞只听见了"世子一切安好"六个字，她踮着脚，看着城头上的小小人儿，模糊的泪眼看不清脸，但孩子能动能挥手，她就觉得，走到这一步也不枉了。

"对不住了……陛下……"她痛苦地闭上眼睛，"您放心，动手之后我会立即自杀，只求不在悦儿面前自杀，我会到城墙的阴影里，以死谢罪……"

"动手之后你自不自杀已经不重要，不会有人再让你活着。"景横波哼了一声。

柴俞哗啦啦流着眼泪，无言以对，手中的刀便要往前一顶。

忽然有人大喝："先看清楚这到底是谁！"

随即上头一声惊叫，接着又是一声孩子的大叫，随即呼的一声，一个小小人影已经从城头坠下。

"悦儿！"柴俞心胆俱裂，再也顾不得景横波，猛地扑上前。

她身躯沉重如小山，但此刻狂扑出去时，竟然迅捷如鹿。

忽然一层风沙起，眯了她的眼睛，她隐约听得城头上下一阵呼喝、惊诧，似乎还有刀枪交击的声响，她不能视物，只能摸索着凭记忆向前扑，就在这时，她听见砰的一声。

这一声便如巨锤落在她心上，她身子一顿，噗地喷出一口血。

“悦儿……”她颤颤地唤，不顾一切地揉眼睛，好不容易揉出了眼底的沙子，睁着血红的眼，一眼看见前方的沙地上趴着的小小身影。

“悦儿！”她撕心裂肺地大喊，发疯一般扑上去，一把抱住那小小的躯体，“悦儿，悦儿啊啊啊啊……”

她仰起头，呼喊如泣血，冲破这城前的飞雪黄沙，如凌厉带血的刀，撞击在那些寒铁兵甲之上。城楼上的人听着这瘆人的声音，齐齐无声地颤了颤。

她哭号一阵后，霍然转身，盯住了身后景横波那一群人。

“我挟持女王，罪大恶极，杀我便是，我儿无辜！”她大喊，“为什么要把他从城头打下来？为什么？！”

那群人注视着她，神情古怪。英白正要说话，七杀却抢了先。

“你为你儿子挟持女王，杀了你儿子不就结了？”

“你有罪，你儿子当然也有罪，当然要一起死咯。”

“你死了，你儿子估计也活不久，咱们帮你一起解决，黄泉路上好做伴啊哈哈。”

“不为什么，好玩，任性！”

……

柴俞身子一软，靠着城墙跪了下来，抱着那小小的躯体。

头顶是自己的家园，却再也回不去；身前是本可以投奔的朋友，却已经成为死敌。

她周围，只剩了这小小的尸体，以及满地黄沙和头顶的风雪。

人生到了此处，已经无甚意义。

她忽然大笑，笑声里满是决绝。

第八十四章　谁守着谁的幸福

“可笑我最后一刻还保留着希望，可笑我最后一刻还想着报恩。”她笑得浑身肥肉颤抖，指着景横波，用尽全身力气喊，“陛下，你得意了吗？你欢喜了吗？你解救了自己，又惩治了罪人，你以为你再次大展神威了吗？你知不知道，你这是在自己找死？”

她伸手，手中一颗墨绿色的药丸，她将那墨绿色的药丸展示一圈，然后，塞进了嘴里。

众人默默地盯着她，看着这女子，绝境之中最后的疯狂和决绝。

柴俞已经平静下来。她盯着景横波，幽幽地道："陛下，让你失望了，这不是我自尽的毒药，是你的解药。"

"你说什么？"紫蕊失声惊问。

柴俞唇角扯出一个比哭还难看的笑："我早在进城时，就已经对陛下下手。一次是殿上，我为陛下挡酒时，我带毒的指甲划过了她的手背。那次只是下了药引。然后第二次，是在她带我出王宫时，我在上风向，她在下风向，我口中的药粉飘到了她附近。两次药力叠加，就成了毒。但我也一直在观察陛下的心性，想要有机会走另一条路，所以我想办法拿到了唯一的解药，我想着，只要陛下能护我母子平安，这解药我会献给陛下……"她咯咯一笑，道，"当然，现在这唯一的解药，已经没有了。"

"柴俞，你看清楚……"紫蕊忍不住道，却被柴俞疯狂的笑声打断。

她一步蹿了出来，也不管对面就是众多高手，对着城头大声道："看见了吗？女王已经被我杀了，告诉明晏安，做人做鬼我都会找他算账的！"

与此同时，景横波"啊"的一声大叫，道声"孤王死矣！"向后便倒。

一群人赶紧将她扶住。"陛下！""波波！""小波儿！"各种乱七八糟的叫喊声冲天。

城头上的黄冈急忙向下看，想要知道女王是否真的着了道儿，但底下的人群乱糟糟的，完全遮住了景横波的身影。

也不知道是谁一声怒吼："柴俞你这个恶毒的女人！"一掌拍出，柴俞噗地喷出一口血，轰然倒地。

风雪里鲜血殷殷，染红黄沙地，城头上的黄冈看得真切，不禁有些茫然。

就这样解决了？

上元最大的威胁——女王，就这样死了？

王妃杀了女王，也被对方的高手杀了？

事情发展成这样，好像是最应该的结局，但黄冈却觉得心里空落落的，丝毫提不起高兴的情绪。

他看看四周，士兵们默默地注视着底下柴俞趴伏在雪地里的胖大尸体，眼底的那种情绪，叫难过。

他转开眼睛。

不是不忍见他们难过，而是他怕自己眼底的难过，被他们发现。

他知道这些年轻人为什么难过，王妃出身书香世家，教养极好，为人和善，是真真正正爱民如子，这里的很多人，受过她的恩惠。

而他自己，更受过她的大恩。

当年户部主官和他结下私仇，暗中扣下士兵的棉衣，替代以陈年旧棉絮。玳瑁的冬天极其寒冷，旧絮棉衣无法御寒，眼看千万士兵将要冻死在城头，他怒寻对方索要棉衣，却中奸计误杀他人，被下大狱。当时对方势大，满朝文武无人敢为他剖白。眼看他就要被问斩，他的亲信属下无处求救，病急乱投医，当街拦下了出门上香的王妃的大轿。

最后，是王妃不顾他人的阻拦、威胁，亲上金殿，撕开那些外面崭新、里头全是灰黑旧棉絮的军衣，给大王来了个当堂诉冤。

她当时在殿上，一篇《为上元军陈冤书》张口就来，震惊朝堂，事后传遍玳瑁，传为美谈。

她救了他，也救了上元五万军队。

后来他听说她被争宠的妃子陷害，生产之后莫名发胖失宠，那胖越来越厉害，再也瘦不下来的时候，他就想，她落到如此境地，是否和那次金殿诉冤有关？

大王本就是争权成功，才获得了王位，因此对于一切威胁他王位的风吹草动，都分外顾忌敏感。

而她出身诗礼之家，性情耿直，明明宫规不允许女子干政，但很多时候她觉得身为王妃，有劝谏夫君之责，说了很多逆耳之言。在军衣事件之前，夫妻关系因此已经逐渐冷淡，明晏安已经很久没见她，所以才有她捧军衣直上金殿的无奈之举。

然而她这一举动更犯了他的大忌讳，朝堂何等庄严之地，她竟然说闯就闯！

更要命的是，那天在金殿之上，大王看见了王妃的才情和民望，看见了他手下很多大臣竟然对王妃很有好感，竟然呈现出一言出而万众呼应的态势。

当然这有着正直的大臣不甘良将被冤的原因，但在大王看来，这就是对他的威胁，哪怕是他的王妃，也不行！

而在那次事件之后，她在百姓中的声望也达到最高，大王更加不能容忍了。

后来她怀孕时，他还为她欣喜，然后最后才知，那才是报复的开始……

可以说，为了那次救他，她付出了难以估量的代价。

但此刻，他不得不眼睁睁地看着她被逼入绝境，看着她绝望发疯，看着她喋血城下。

他不能有任何举动，因为他身后不远处，也有监军在监视。

当年她为了根本不认识的他，不顾自身安危，上殿救人；如今他却不能为了她，发不平之声，仗剑救人。

因为此刻，他身后依旧有无数无辜的士兵，需要他强有力的羽翼保护……

他因为自己的自私，难过地闭上眼睛，风雪扑脸，冰凉的却是心。

“黄将军，”监军在他身后以不赞同的语气责难道，“方才有人硬闯城头，您为何不下令阻拦？”

“本将在辨别是友是敌，以免误伤自己人。”他淡淡地解释。

“那人好像带着……”监军犹自不肯放过。

他转过身，冷冷地盯着那内侍，硬是将那人的喋喋不休盯回了肚子里。

“去回报大王，”他一字一字地道，“上元城下，女王暴毙，王妃被杀。”

“……是。”

……

柴俞慢慢睁开眼睛，眼前一片黑暗。

她眼神有点迷惑。

奈何桥呢？孟婆汤呢？拔舌刮骨十八层地狱呢？无穷无尽的黑色业火呢？……

她觉得她急需一碗孟婆汤，好将前生忘掉，以免此刻一想起，胸中就燃起无法扑灭的火焰。

怀中有个小小软软的躯体，她忽然惊觉，猛地一阵摸索，确定是她的悦儿，一时心中又悲又喜又痛苦。悲的是悦儿果然和她一起死了，喜的是一起死了还能一路同行，也算福分，痛苦的是因为她的罪孽，牵连到孩子，也让孩子和她一起下地狱……

她抱住孩子，又哭又笑。孩子软软的小手，摸着她的脸，替她擦去泪水："娘……不哭……不哭……"

眼泪流在唇角，苦苦的，小手温热，眼泪也温热，她将热泪横流的脸贴在孩子的手上，一遍遍喃喃道："对不起，悦儿对不起……对不起……"

她忽然一顿。

小手温热……

"悦儿！"她惊得声音都变了，用力摸索明悦全身，眼前明明是温暖的躯体，心脏在跳动，呼吸温暖地扑在她脸上。

她垂下手，浑身无力地瘫坐在地上，到了此刻，她什么都明白了，又似什么都不明白。

她本聪慧，却在多年的药物侵袭下，多少受了损伤，又逢长久的压抑和最后的刺激，心性疯狂，一时难以辨明事态，到此刻才醒转过来。

"点灯吧……"她哽咽地道。有些事总归要面对。

随即她又捂住脸，疾声道："不不，别点灯，我……我没脸见你们……"

黑暗中有人轻轻一笑，随即灯光亮起，对面，一团柔和的光晕里，坐着穆先生。

柴俞没有看见景横波，心立刻提起，急忙问："陛下呢？"

"你第一句话知道问这个，总算可堪安慰。"穆先生似有欣慰之色，"她没事，在前头议事。"

柴俞低头看怀中，完完整整果然还是她的明悦，她一边搂紧孩子，生怕他消失一般上上下下摸索着他，一边低声问："你迟走一步，说要备个轮椅，其实是救明悦去了吧……我该想到的，怕被人发现戴个面具就是了，何必要在上元城冒险备轮椅……"

"你那脸上藏不住事，谁都知道你儿子一定出了事，但为了麻痹明晏安，早点离开上元，所以还是让你先走了。"穆先生道，"关心则乱，聪明如你，也因为儿子成了明晏安的提线木偶。"

柴俞垂下头，满脸羞愧，半晌问："那城上掉下来的……"

"我先一步带走了明悦，明晏安没有了可以挟制你的人，便随便找了个孩子代替，隔那么远你也看不清。"穆先生道，"后来我们将那孩子打下城头，有潜伏在暗处的人接住了那孩子，其实我们提醒过你让你看清楚，谁知道你立即就疯了，后来我们想，将计就计也好，你不知真相，表现就逼真，明晏安就越放心。"

“女王……女王没有中毒吗？”

穆先生笑了笑：“你以为你一直骗住了我们吗？你以为你这样一个来历不明的人，我们所有人，真的会毫无异议地相信你、带着你吗？”

柴俞脸色通红，顿时觉得自己像个小丑。

“你不笨，其实一开始我们也没太怀疑你。”穆先生柔和地道，“但你无法控制对孩子的爱，表现得太明显。”他笑了笑，“或者世上的每个母亲，可以做天下一切谜局，也无法在自己的孩子面前伪装吧。”

柴俞抚摸着明悦柔软的发，心中不知道是苦涩还是感激。

“女王曾经吃过指甲伤人的亏，又曾在斩羽部战辛那里得到灵感，之后经常手上戴着一副和真皮一样的手套，你的指甲划破的只是手套，她没有受伤。第一层的药引没下成，后面的药粉自然效用不足。”他笑了笑，“不过你还是低估了明晏安的恶毒，他给你要你含服喷出的药粉，并不是完全没毒的，他怕第一层药引没下好，在第二层的药粉里又添了毒，女王闻见味道不对就闭了气，而你自己，中毒了，所以后来你才会吐血，我们见势不对，才打昏你带回来施救。”

“我……”柴俞讷讷不能言，无颜说感激，也无言去骂明晏安的恶毒。

“接下来你打算怎么办？”穆先生问她。

“怎么办……”柴俞茫然地重复。

“女王的意思是，一切随你。她承诺过保你们母子平安，说到做到。”穆先生一笑，“不过说到信任你……我想，即使她会，我也不同意。”

柴俞默然。她确实无颜再要求景横波的信任，先不说景横波一路待她如何，最后挟持时景横波也给过她机会，但她还是因为误以为儿子死亡，对景横波出手，在场的所有人都看着，她也没脸再留在众人的目光中。

她想定后，站起身，将儿子轻轻一推，对穆先生拜了三拜。

穆先生并没有诧异之色，摸了摸明悦的头：“你想好了吗？”

“是。”柴俞声音低却坚定，“我犯过的错，我犯下的罪，我会用我的方式洗清。”

“女王依旧愿意庇护你。”

“我无颜接受庇护。想要他人庇护，先自己还了债。”她道，“我把儿子留下，只求你们庇护他。”

穆先生笑着点了点头，与其说庇护，不如说这是人质。

聪明人，不说得那么赤裸裸。

“你有办法？”

“五年夫妻，我了解他胜过了解我自己。”

“很好。”他递出一沓纸，“上头是药方，是解去你体内的毒性的。你产后被人下了毒，导致了肥胖，之后你吃的药一直在助长这种毒性。所以你需要先花一段时间把体内那层毒清除。否则时日长久，也能要了你的命。”

“好。”她接了。

她不在乎再欠多少情，只要自己努力回报。

“下面那一沓，是女王写给你的。”穆先生指了指那厚厚一沓纸，“她写了一个时辰，说等你的毒性清除之后，就严格按照她的要求，饮食、运动，调理身体，很快就可以瘦下来，瘦成……”他想到景横波的形容，忍不住笑，“瘦成闪电，劈死所有曾经的胖子。”

“好。”她还是短短的一个字，含着眼泪。

“最后的是钱，你一人在外，保重。”

“谢了。”她什么都不推辞，也没有再看儿子一眼，转身就走。

再留恋，她怕自己又犯了“儿子病”。

明悦也没有喊她，孩子小小年纪，似乎也忽然懂得了母亲的艰难，眼里含了泪，问穆先生：“娘会回来吗？”

穆先生一笑，将他搂在怀中：“会的。”

……

没多久，景横波议完事，回到后堂，一看只有明悦在，不禁诧异：“柴俞呢？”

“哦，走了。”穆先生若无其事地答。

“我不是说让她不要有负担，留下来好好休养吗？”景横波更惊讶，“她不肯？她怎么舍得丢下明悦？”

“也许是她自己良心不安吧。”穆先生神情轻描淡写，“反正她知道，儿子托付给我们，可以放心。”

“你是不是有什么事瞒着我？”景横波怀疑地盯着他。

“不管瞒没瞒，”穆先生笑容似有深意，“总之不会害你便是。”

景横波靠在他的轮椅上，轻轻地道：“刚才和他们说了裴枢的事……英白他们并不相信，我被他们说得心中又热起来了……我要拿下上元，我也不信，他那么热烈的一个人，会就那样死了……我还不信，那个变态当真要在大荒得罪我到底……”

穆先生沉默，忽然道：“你心中，对于裴枢，到底……是什么想法？”

景横波一怔，转头看穆先生，两人目光交会，都没有躲闪。

片刻后，景横波缓缓地道：“我，喜欢他。”

穆先生眼神一闪，似惊讶，又似不安，一霎黯淡又一霎亮起：“喜欢他？”

“我的喜欢，和你们的喜欢不一样，不是那种男欢女爱的喜欢，不是那种想要成亲的喜欢。”她摇了摇头，“我只是朋友般的喜欢，姐姐对弟弟的喜欢，看见他就会心情愉悦的喜欢。”

他默然，片刻后问：“那你喜欢他什么？”

这回景横波回答得很快，她凝视着他的眼睛，清晰地道：“我喜欢他的明朗、坦白、清澈、自然，喜欢他把所有的心思摊开在我面前，让我不必在迷雾中摸索。”

他更加沉默。昏暗的灯光下他的侧脸清俊，长长的眼睫垂下，挑一抹迷幻的光。

景横波稍微等了一会儿，终于一声轻轻的叹息，转身就走。

他却忽然拉住了她。

景横波顿了顿，缓缓转头，他正仰头看着她，眼神里有淡淡的祈求和不确定。

景横波不说话，话到这里已经够了，抉择在别人，怎么想在她自己。

她的心越来越迷茫，却也越来越清晰，总有一天，她会逼出答案。

“横波。”穆先生终于缓缓地开口，“我想……”

景横波正想着自己的事，忽然一震回头，道：“你的声音……”

没等她说完，“咻”的一声破空急响，一颗石子啪地打在她背后，她身子一软，倒了下去。

穆先生接住她，回头，窗前不知何时，已经立了一道白衣的人影。

穆先生不理他，将景横波先放在床上，给她脱了鞋，盖好被子，掖实被角，才转身面对窗前的人。

他做这些的过程中，白衣人就在窗前静静地看着。

穆先生坐在景横波床边，凝视着她的睡颜，忽然道：“为什么不让我告诉她？”

“还不是时候。”窗外的人答。

“那什么时候是时候？”穆先生声音里带了怒气，“就不说你借用我的身份该归还了，你这样糊弄她，不怕她永远不原谅你？”

“她本来就未必肯原谅我。”他声音淡淡的，顿了顿，又道，“或者不原谅我，对她才是最好的。”

穆先生沉默，他从这清淡的语气里听见深深的悲怆，一时说不出话来。

以他的立场，自然愿意景横波永远不原谅，但他也明白，只要她一日不原谅，她就永不能愈合心伤，甚至，也永不会真正接纳任何人。

所有的恨，都是因为还在乎。

“你是要让她发疯吗？”穆先生疲倦地道，“她如果真的很笨也就罢了，由得你耍。但她其实很聪明，她一直在怀疑，一时怀疑一时否定，一时确认一时又糊涂，你是要把她折磨疯吗？”

他静了静，轻轻地道：“不会很久。将来，你就是你，她会慢慢消去那些怀疑，真正确定。”

“你呢？”穆先生问。

他不答。窗外溶溶冷月寂寂风，他在瑟瑟帘栊中。

“你会害了我。”穆先生冷笑一声，“等她知道真相，会连我一起恨上。”

“那又如何？”他的回答气死人，“我岂有成全你之理？”

穆先生气结，却也无话可说。他选择隐瞒也不是为了对方，说到底也是有自己的私心，对方看穿了这一点，所以毫不客气。

只是，有些事终究不能瞒到永远，之前她一直不肯面对，才会任自己被迷惑，当她真正愿意走出那一步，没有什么可以被阻挡。

要想真正永久隐瞒一个秘密，只有对他人实施永久伤害，他们能做到，但他们都舍不得。

“你避开她，瞒着她，各种迷惑她，却又不肯放手，你要她如何去追寻自己的幸福？”穆先生最终冷冷地道，“你知不知道，你就似一只守着自己松果的松鼠，自己舍不得吃又舍不得拿出去晒晒太阳，最后，松果霉了。”

“她的心在她那里，我如果试图成全她和谁，那也是对她的不尊重。”他淡淡地答，“耶律祁，我放逐你出帝歌，我扮成穆先生，虽然有我的私心，但也算给你一个机会。然而，横波不愿意。”

穆先生深深吸了一口气，冷笑：“那是因为你阴魂不散，你若消失，又怎知她将来不会彻底放下？”

“那你就等着那一天吧。若我再也无能为力，若她当真移爱于你，我又何必阻碍她的幸福？”他轻轻地道，“她不是松果，她是那只松鼠，守着自己的松果。”

或许，松果才是她的幸福。

两个人都不再说话，一坐一站，看那女子在月光下沉睡。

风到此处也温柔，为这一刻两个人的安静守候。

她睡眠不安，眉间微皱，不知是为知己的生死担忧，还是为眼前这两个男人的纷争纠结，又或者是为自己那些不能确定的心事犹疑。

穆先生有些恍惚，忍不住轻轻伸手，为她抚平眉端的皱痕，姿态爱怜。

他依旧立在窗前没动。这一霎，他下意识地想阻止，他不爱看见任何男人对她的窥视和接近。

然而刚才的对话，最终还是提醒了他，他终究要离开，她身边终究会有他人，他必须要适应这样的情景，哪怕这样的适应令他痛彻心扉。

……

阳光将室内的黑暗点亮，交织出灿烂的金色经纬。

景横波慢慢睁开眼睛。

这一夜她睡得不是太好，隐约中似乎屋子里有人，不止一个，那些人来来去去，似真实存在，又似梦境。

她感觉到轻轻抚平自己眉端的手指，感觉到温柔如落花的呼吸，感觉到温存怜惜的目光，感觉到在那些呼吸、目光和触摸背后，更远一点的清冷气息，似远处矗立了一座皑皑雪山。

她怔怔地抚了抚自己的眉端，似乎还残留着昨夜落花的气息。

昨夜是谁出手催眠？

她记得那位置在背后，可能是穆先生出手，也可能是别人。

她怔了半晌，慢慢坐起，手心却压到什么东西，硌得一痛。

她低头，就看见枕边一个黄铜卡扣。

她凝视那卡扣良久，一开始有点疑惑，渐渐地脸色就变了。

她忽然一声欢呼，一蹦而起，抓起那卡扣，一阵风般卷了出去。

院子里打扫清洁、练武健身的人们，目瞪口呆地看着女王陛下，只穿着内衣长裤，疯子一般蹦了出来。

“穆先生！穆先生！”景横波欢喜过度，什么都忘记了，在院子里一通乱找，看见扫地的阿三，一把抱住，笑道，“哈哈哈，他的卡扣啊！”

阿三被她抱了个满怀，感觉到软玉温香肌肤销魂，蓦地红了脸……

啊啊啊女王原来暗恋我……

阿三正在考虑如何深情回复女王的告白，唰的一下景横波已经放开他，蹦到洗脸的天弃背后，熊抱住他的腰：“哈哈哈哈，闺密我爱你！”

“死开！”天弃脸差点被她撞进脸盆里，一脚踢开她大骂。

景横波挨了一脚，乐呵呵地又扑向端了酒壶出来的英白：“哈哈哈哈，祸害遗千年，就知道你的好友没事啊，哈哈哈……”

英白赶紧先放好酒壶，再伸出长腿，正色道：“三尺安全距离，请勿靠近，多谢。”

景横波撞在他的大脚丫子上，肚子上一个大脚印，她一转身，正看见穆先生进来。

她砰的一下扑到他轮椅上。

“穆先生，是不是你，是不是你？”她噼里啪啦地道，“是不是你把裴枢护腕的卡扣放在我枕边的？哈哈哈哈，难怪昨晚放倒我呢，原来是要给我一个惊喜。哈哈哈，你太坏了，不过看在你带来这么个好消息的分儿上，我原谅你，哈哈哈……”

穆先生微微低头，看见她亮闪闪的兴奋目光，看见她手中的黄铜卡扣。

他心中泛起微微的苦涩。

这卡扣他也不知道是怎么回事，但想必是昨晚他离开景横波的房间后，那个人放进去的。

他还是找到了裴枢生还的消息，第一时间安抚了她。

他们同样不忍她伤心，但似乎上天眷顾，他总能做得比自己更进一步。

他凝视着景横波亮如星辰的眼眸，有那么一瞬间，他不想承认。

这是对他的骄傲的摧折。

然而此刻她在他怀中，近乎投怀送抱，她如此欢喜，以至于忘记只穿着内衣，她乌发如丝缎而肌肤如牛奶，丝质雪白内衣也不如她晶莹洁白，睡了一夜微乱的发曳在粉红的脸颊上，像黎明的天色刚刚染上第一抹霞光。而她的身躯如此柔软，香气魅惑得让人愿意就此醉死其中。

爱着她的男人，无法抗拒她这一刻的主动接近。

他最终只是轻轻地“嗯”了一声，抬手抚了抚她的发，笑道：“快穿上衣裳，小心着凉。”

景横波这才发现自己衣衫不整的造型，再一看，院子里扫地的拄着扫帚，擦牙的叼着柳枝，洗脸的盖着脸巾，喝酒的端着酒壶，所有眼珠子都盯着她。

“……梦游，梦游哈……”景横波光速消失。

院子里又恢复了正常秩序，人们懒懒地叹息一声，为这幕好戏太短而遗憾。英白等人却在微笑——比起昨天那肃穆庄重、死气沉沉的样儿，还是今天不着调的女王，看着更熟悉、亲切啊……

英白一边笑着喝酒，一边瞥了一眼穆先生，他坐在那里，凝视着景横波消失的方向，眼底，是淡淡的无奈。

……

第八十五章　选谁？

黄金部疆域之外，有一座定风山，山势雄奇险峻，山内却有地域广阔的山谷平地，气候温暖，四季常绿。

成孤漠征讨黄金部的大军，就在这里扎营休整。

去年冬，成孤漠便向国师讨印，征伐黄金部，黄金部却也不是吃素的，这些年休养生息，自有战略储备，更重要的是，黄金部金召龙吸取当年的教训，将黄金部外围的几大沼泽进行了连通，形成了天堑，成孤漠的十万亢龙军，不得不在那样的天险面前止步。之后前半年，双方有过小股接触，虽然成孤漠都胜了，却没能给黄金部造成巨大损失，之后随着天气逐渐寒冷，沼泽气候更加恶劣，大军难行，双方在阵前僵持，更有几次，黄金部趁着夜色和地利，潜入成孤漠的军营，造成了不大不小的破坏。

在这种情况下，成孤漠有心撤回帝歌，但劳师远征，一无所得，回朝必受弹劾，他也知道自己深深得罪了国师，这样灰溜溜地回去，国师正好有借口解除他的兵权，他因此深深后悔，当初自己为什么要一怒之下，主动请求发兵黄金部？如今骑虎难下，打不了，也退不成。朝廷的粮草已经越供越少，国师还频频发令，说已近年底，粮草紧张，命他就地筹措粮草，并速速惩治了黄金部，班师回朝。

班师回朝是他期盼的，但前提是得惩治了黄金部，还得自己搞粮草。成孤漠因此不得不将大军后撤，选定了定风山这座外有群山阻隔、内有平坦土地的地方，想在年底前，打一场漂亮点的仗，摆脱现在的困境。

成孤漠此时正在山头上，看底下士兵在谷中沼泽里寻找收成，他也按照景横波的桑基循环种植法，在沼泽进行试种，只是时日尚短，一时难有收获，而朝廷拨付的粮草越来越少，士兵们越来越吃不饱肚子，只能整日在山上或者沼泽里找吃的。随着天气渐冷，食物只会更少，这样下去别说打平黄金部，不饿死一批就不错了。

远远地，成孤漠看见一群士兵，似乎是两个营的，为争夺一只兔子，打起来了，推推搡搡似乎动了手……

这已经是他今天看见的第三起，他阴沉着脸，挥了挥手，自有执法队前去处理。执法队到了之后，一番呼喝叱骂，又各自抽了几鞭子，事态平静下来，底下劳作的士兵们抬头看看，眼神都阴沉沉的。

成孤漠抬头看着同样阴沉沉的天，烦躁地嘘了一口气，这不是什么好兆头，这样的事情多了，靠硬性弹压是不成的，迟早会酿成兵变。

兵变……

当日自己以兵变逼宫女王和宫胤，现在风水轮流转，似乎马上就要落到自己头上了。

这是国师的报复吗？

忽然身后有人幽幽地道："大帅不求破局吗？"

成孤漠一惊转身，发现身后不知何时多了个蒙面灰衣人。

对方那装束有些熟悉，又对他翻了翻手掌，掌心里一道上平下尖的烙印，有点像剑。

他认得这标志。

之前帝歌逼宫事件之前，此人曾经给他传过几次消息，促成他和绯罗、轩辕镜等人的联盟。

时隔很久，这人又出现了。

他一边暗惊自己想事情太入神，连这人靠近都没发现：一边冷冷地道："你来做什么？"

"大帅被困在此处，进不得，退不得。"那灰衣人道，"何不挥兵北上，博一场新功业？"

成孤漠眼睛一眯，寒芒顿现，"你说什么？北上？"

"然也。"

"北上哪里？你不会说玳瑁部吧？"成孤漠大笑，"荒唐！先别说北上路途遥远，士兵一路折损，就算我带兵过去，难道和女王抢地盘做江湖霸主？我堂堂大荒将军不做，去做黑水泽一地的江湖霸主？"

"如果那里只有一个女王，还真不值得您冒险。"灰衣人不急不忙地道，"可如果再加上一个人，大帅此去，夺的就不是玳瑁，而是整个大荒了。"说完摊开手掌，掌心里一个"宫"字。

成孤漠惊讶失声："什么？怎么可能？他明明在帝歌！"

"狡兔尚有三窟。"灰衣人道，"岂不闻替身一说？"

成孤漠表情半信半疑，他离开帝歌已经有一阵子了，接到的朝廷文书都有玉照宫主人印，自然看不出什么变化。

"既然知道他有替身，"成孤漠做了个砍杀的手势，"你等为何不趁机下手？"

"杀或者挟持一个替身何用？何况他既然敢这么做，自然有充足的准备。"灰衣人一哂，"军权在他手中，这一年多，当初敢反对他的人，已经被他不动声色地各自贬谪，朝臣现在别说怀疑真假，连敢抬头看他的都没了。否则他焉敢如此大胆？"

成孤漠知道这是真的，当初玉照宫墙下，风雪之夜气势汹汹来逼宫的人，这一年多，已经或被景横波，或被宫胤，用各自不同的方式，打入尘埃。很快，就要轮到他成孤漠了。若不是他掌握着亢龙军，也坚持不到现在。

但这种坚持，眼看着也是日薄西山的气象。宫胤有铁腕、有心计，并且绝不会放过他，他不趁现在手掌大军，挣扎一把，那结局不会比失踪的绯罗和残废的轩辕镜强。

如果杀了景横波和宫胤，令玉照龙骑群龙无首，再带兵反攻他最熟悉的帝歌，这天下，可就真没人能和他斗了……

成孤漠心中烈火灼灼烧起，却仍有顾忌：“可你也说他自有准备，若我大军一动，他怎么会不知道？”

灰衣人听出他语气松动了，笑道：“我家主人说了，只要您肯出兵，他自然也会帮您一个大忙。”

“哦？”

灰衣人展开一幅地图，指着图中一处道：“玳瑁现在有两处骑兵，分扼七峪关和宝田岭。这样两支骑兵，同样需要粮草运送。您可以出兵拿下这粮草队，以运粮为名，将士兵转移往玳瑁。”

成孤漠顾不得问为什么会有骑兵出现在玳瑁，先疾声道：“那边竟然有朝廷军队？那就是玉照龙骑了！可抢夺并伪装粮草队，只能派步兵，步兵遇上骑兵，尤其还是玉照龙骑，那不是送死？”

“您出的当然是骑兵。”灰衣人笑道，“骑兵、步兵，区别不就是马吗？您放心，到时候，马会有的。”

成孤漠不说话了，他对这位的主子很有些信心，当初帝歌逼宫事件，可不就是在他的步步策划之下，硬是将女王逼出了帝歌？只是宫胤太厉害，毒蛇噬臂，壮士断腕，没有能彻底成功罢了。

“那么，”他将地图缓缓卷起，“我再信他一次。”

“愿大帅马到功成。”灰衣人笑道。

“愿所有该死的人，都死在黑水的土地上。”他答。

……

庚申年十一月，黑水女王孤身顺利进出上元城，救出麾下女官。是日，百姓迎在城外，夹道欢呼。

女王仁勇之名，遍传玳瑁。

而在那几天，女王在上元的经历，也是上元百姓茶余饭后热议的话题。上元百姓提起女王的态度，开始发生微妙的变化，从一开始的全是敌意，渐渐转为赞叹、警惕、担忧、观望等复杂情绪。

上元城看似还是铁板一块，在黑水泽的前端静默，但内部，已经因为女王的出现，分化出一股股暗流。

也因此，玳瑁乃至周边各部族的其余势力，也不禁抬起目光，射向那片灰雾沉沉的土地。

庚申年十二月初一，玳瑁江湖势力在映岚山会盟，推举各门的首领形成联盟长老会，共决事务。在会上，大佬们回顾了过往的风雨，表达了彼此兄弟深情，展望了武林的美好未来，对将来的玳瑁江湖进行了最诚挚的期许。

在会上，大佬们热泪盈眶地说，这是玳瑁江湖自产生以来，第一次真正意义的大联盟，也是大荒武林史上最重要的一次联盟，充分体现了江湖人江湖情、江湖儿女一家亲的精神。

对此，女王陛下说：“啊呸，说那么好听干吗，不就是单打独斗打不过我，合起来准备打群架嘛，来啊，来啊，来打我啊！”

女王的属下们表示女王说话一向很贱，请大家不要太在意，我们是热爱和平的，我们只会和平地收服玳瑁，谁若不乐意，我们会和平地送他进墓地。

大佬们表示：女王太粗暴，好男不和女斗也。

而在玳瑁之外，比如附近的沉铁、翡翠、商国、蒙国，则对此各有不同态度。

沉铁部是最不关心的，因为他们有自己的事要忙碌。最近沉铁部连刮过的风，都带着血腥气，王城之内，每天都有战斗，每天都在死人，金属的森冷与血火的炽烈交织在一起，遮蔽了来自远方的任何视线。

金殿之上，鲜血顺着汉白玉台阶静静淋漓，一身金甲的三王子铁风雷将长枪从地上的尸首背上抽出，听闻这一消息，道：“呵呵，玳瑁和我有什么关系？女王和我有什么关系？要关注玳瑁，也等我抢到王位再说！”

他拖着带血的长枪，大步而去：“你们还是赶紧打听一下，我那个七弟，到底到哪里了？我等那个废物，等得好急啊！”

他的血脚印一路远去，一群士兵快步过来，有人大声嘱咐：“快，把二王子的尸首赶紧送走埋了……”

……

翡翠部爱财如命的女国主，玩着她最爱的翡翠，用一面翡翠镜照着脸，喃喃道：“听说那个女王很擅长装扮，她有没有办法把我这脸上的斑治好呢？”

……

蒙国国王在金殿上读完了关于女王事迹的奏章，唰的一下站起来，头顶触及殿顶的高帽子，砰的一下撞在殿顶上。

“暂停对玳瑁那几家帮派的暗中支援，咱们要观望一下再说。”蒙国国王一边端平自己的绿色高帽子，一边嘱咐城下，“可以适当对女王表示些好意，但不必给其余人知道。”

“臣等遵旨！”大臣们齐齐叩首，头顶高高矮矮的绿色帽子，齐齐砰的一声砸在地上，如同刚晒了一地莴苣。

……

商国金殿上，群臣们也在议事，在如何对待女王的外交态度上争执不休，最后还是商国大王一言定鼎。

他说：“biu……我们和别人不同……biu……我们一直以来对玳瑁江湖势力支援颇多……因为我国的不法商人逃过去太多……”说到这里他有些生气，接连biubiu两声，才继续道，“多年来仰赖玳瑁江湖势力……biu……帮我们控制押解回那些商人……biu……牵连太深……啊，想到那些侵占国财、民财的不法商人，我就biubiubiu……”

“大王息怒，请保重玉体……biu！”群臣齐呼。

大王激动时就会接连放屁，现在连放三个，说明情绪已经有点控制不住了。

“biubiubiu……”大王的怒气却没消，“我不信那女王，能真正控制整合十五家帮会……biu……一个外来新势力而已……biu……当然，如果她能帮我一劳永逸地解决那群混账……biu……我自然可以考虑和她结盟……biu……不过那是……biu……不可能的！”

“大王英明……biu！”群臣齐齐用一个无比洪亮的屁，表达了对大王英明看法的衷心拥戴……

……

易国国主正在自己的寝宫内，对着镜子拔胡子，听到底下人的汇报，一开口却是娇滴滴的女声：“哟，挺厉害的嘛。”

想了想，他又冷笑一声，道：“只怕是昙花一现。”这回声音雄壮，赫然是男子声音。

再仔细看他的动作，却又不似拔胡子了，倒似在粘胡子。

他细心地把胡子修剪整齐，咯咯笑了，这回却是太监的公鸭嗓，不辨男女。

“我管她厉害还是简单，我们易国，离他们玳瑁还有段距离，不用操心太多。”他眯着眼道，“不过所谓远交近攻，她如果够聪明，应该迟早会和我们联络。到时候，你们告诉她，部族建交，也是交易，不过交易的东西不同罢了，如果她能帮我找到我的皇叔，我就考虑好好和她谈谈心。否则她来，也不过是自取其辱罢了！”

说到最后一句他双眉一扬，杀气凛然，忽然却又咯咯一笑，扔了镜子跳上床，一转头道：“我美不美？”

那张脸桃花面、柳叶眉，眼波流动，媚态十足。

“美！”臣下们齐齐答。

他哈哈一笑，又是一转头：“俺俊不俊？”

这张脸面白无须，长眉飞扬，一双勾魂细长眼。

“俊！”

他冷笑一声，再一转头：“本王威不威风？”

这张脸浓眉入鬓，一把虬髯，枣红脸膛，一双眸子如电。

“威风！”

“呵呵。”他往床上一倒，刚才的精气神忽然没了，颓然道，“再美再俊再威风，遇上我那皇叔，都有点不够看。唉，我那敬爱的皇叔，多年前你造反失败流亡玳瑁，都说你死了，可我觉得，你这样的人，怎么会那么容易死呢……唉，你在一天，我就一天不能快活……只要有人能找到你，我这心事也就放下了……”

……

整个北部大荒泽，因为女王的渐渐崛起，风云暗涌。

只有玳瑁的中心上元宫，却有两个人，以最平静、最安稳的步伐，接近这座宫殿。

其中一个是孟破天，她走进了上元宫的宫门，以新入选宫女的身份。

她那晚没能进入王宫，却并不死心，转身就花掉了身上的所有钱财，买通了所有能买通的宫人，在第三天，替换了一个要进宫的宫女，再次进入了王宫。

王宫的朱红大门缓缓合拢，拢住了她坚定的背影。

而在宫门广场前，有人默默地注视那巍巍宫门，仰首看洁白的鸽子飞过朱红的高檐。

然后她转身，背对宫门的方向离开，步伐坚定。

她背影肥壮，移动时如同小山。

她是柴俞。

身为玳瑁王妃，她也有自己的办法进入上元宫，当然，她现在不打算进宫。

两个背影背道而行，看似毫无交集，只有命运知道，所有的行为，自有其汇合之点。

柴俞走在一条小巷中。

她租了一间民房，租期三个月。

她上街抓了药方，开始每天吃药。

……

进了宫的孟破天，还是用金钱攻势，买通宫人，让自己根本进不了管事公公的选拔，直接被发落到洗衣房洗衣。

她只洗了一天衣裳，便打听到了锦衣人还没走，他换了地方住，在王宫西侧殿的熙园。

熙园占地比凝雪阁还大，她很诧异，锦衣人掳人失败，导致明晏安颜面扫地，竟然还能待在宫里，待遇还比原来更好？

想来，是又达成什么协议了吧？

又隔了一天，因为熙园需要人打扫，她被派往熙园。

……

柴俞在院子里健身，她现在每天按照景横波的方子，吃那些固定的食物，练习不同的动作，进行针对性的训练。

她事先称好和自己体重一样的一堆石头，放入小船，记下刻度。

她住的小院子，连着一个小湖，每天天不亮，她就起来游泳，因为景横波说游泳是最能减肥、同时也最能打造全身体形的运动。

她本来并不会游泳，却硬是摸索着自己学会了，第一次下水游的时候，虽然做了热身运动，但她还是对这冬天湖水的冰冷刺骨预料不足，险些抽筋。多亏她按照景横波的嘱咐，用猪尿泡吹气，做了一串“游泳圈”，好歹没沉下去。

冬泳很耸人听闻，为免惊动别人，她都是凌晨时分便下水，那一刻热身子进入冰湖的感觉，彻骨难忘。

但相比于她所经受的折磨、痛苦和绝望，这算什么？

咬牙跳入冰湖的时候，手臂碰撞上那些碎冰的时候，在寒冷中瑟瑟发抖的时候，她便看一看远处王宫朱红、明黄的檐角。

明晏安，我要以全新的面目，走到你面前。

再把当日你给我的，都狠狠地还给你。

吃药和运动的第三天，她在小船上称了称，便抛掉了一块石头。

石头扑通一声入水，听声音便知沉重。

……

孟破天在熙园扫地。

她扫得很专心，绝不东张西望。

事实上，她也不敢东张西望，因为这院子里，来来去去都是锦衣人的人，根本没有一个宫中的宫人。

原本她以为，她是和一群宫人一起被调来，伺候这祖宗的，谁知道来了之后，她才发现，这院子里外人就她一个。难怪她去领打扫用具，说自己是熙园的粗使宫人时，那管事太监神情惊讶，好像看见了鬼。

她回头想想，锦衣人这种人，怎么可能用得惯外人？哪怕一个外院扫地的，他也一定嫌碍眼。

那同意她来做什么？孟破天有种不好的感觉。

她有种被猛兽盯住，被猛兽勾起爪子抓过来，关在笼子里戏耍的感觉。

但到了这时候，她也只有硬着头皮继续。

屋子的门开着，所有人坦然地走来走去，说话也没小声，仿佛当她是隐形人。

她却因此更加不敢妄动。

锦衣人在屋子里，抱着他的三斤嫩黄柔锦被吃瓜子。

他一边吃瓜子一边向外看。

他在猜，等她扫完，那层地皮是不是得陷下一个坑？

“蠢，蠢啊。为什么现在的人都这么蠢？”他摇头叹息，“就她那样子，扫个地都扫不像，还想做刺客？真是看得我着急。”

“你聪明？请问你大腿上的伤好了吗？头发长出来了吗？”有人在他身后，讥诮地答。

锦衣人取下假发，摸了摸光头，惬意地道：“我现在觉得光头也不错。”

“我觉得你没有头，更不错。”身后之人冷哼。

锦衣人只是一笑，忽然道：“裴枢，景横波应该知道你没死了，有人又坏了我的事。”

裴枢声音顿时高兴很多：“好极，我就说恶人老天怎么会成全？”说完急不可待地道，“放我走，不然景横波肯定又来骚扰你，你不会希望身上的毛也掉光吧？”

“你去写封信给景横波，”锦衣人就像没听见他的话，自顾自道，“就说你和我一见如故，自愿留在这里，和我吟诗弄月，切磋武功……”

“我干脆说我爱上了你自愿追求好了！”裴枢恶狠狠地道。

“那也随便你。”锦衣人道，“我的魅力无远弗届，男女皆拜倒在我靴下，也是正常的。”

“这信我不写。”裴枢怒道，“你就等着毛也掉光吧！”

“那我就杀了这丫头。”锦衣人呵呵一笑。

身后顿时哑了声。

“这样吧，你先看她一天。”锦衣人弹了弹手指，“我想，也许今晚过后，让你走你也不会走了。”

……

孟破天觉得自己快要疯了。

她觉得如果她是个刺客，也是最无措、最不知如何是好的刺客。

要刺杀的人，门开着，护卫们进进出出，当她不存在，没人看她一眼。

院子内外没人看守。

锦衣人就坐在正对着门的榻上，空门大开。

护卫们边走边坦然地说着主子今天的活动计划和各种生活习惯。

“主子马上要喝蜜茶。”

“主子半个时辰后要洗浴。”

“主子一刻钟之后要解手。”

“主子喜欢独睡。”

“主子用的碗盏是那套白底金边胭脂纹的，用的茶盏是雨过天青水洗瓷的。”

“主子的筷子是乌木镶金的。”

“主子喜欢睡在窗下靠东的一头，枕头一定要在床正中，头一定要在枕头正中。”

……

孟破天很想对天狂号一声：什么意思！

啊啊啊什么意思！

这家伙到底还是不是人？

她这个挟恨而来的刺客，现在感觉自己像个被一群人围观拨弄看笑话的小鼠好吗！

什么样的杀气和勇气，在他的漫不经心似真似假前，似乎都变得可笑无稽，明明近在咫尺一剑便可了结的事，她硬是再迈不出这一步。

这种事以前对她根本不可能，一怒拔剑，天也敢弑，所以她原名孟瑶，自己改名破天。

现在她一把扫帚，扫不出身周三尺。

他是个总能让人觉得自己很愚蠢的恶魔。

“啊啊啊啊啊。”在护卫们第三次提醒她，他们的主子会单独去解手的时候，孟破天终于忍耐不住，一把丢掉扫帚，冲上了台阶。

榻上，锦衣人双手交握，悠闲地等她冲进来。他摇了摇头道：“六十分。”

定力略差。

砰，孟破天一掌拍在他案上：“给个痛快！”

“是你要来杀我。”锦衣人悠闲地喝茶，“你给我个痛快吧。等得我很急好吗？”

孟破天瞪着他，心想你这种人不死，全天下人都很急好吗！

“那么，”她恢复了平静，缓缓抽剑，“请你，给我一个公平对剑的机会。”

“为什么？”他问。

“你杀了裴枢，我为他报仇，没有什么为什么。”

“他是你的谁？”锦衣人嗤笑，“不会在棺材里一起关一场，你就爱上他了吧？”

“爱不爱是我的事。”孟破天一旦冷静下来，根本不会受激，“接不接受挑战，是你的事。”

“你不是我的对手，找死吗？”

“裴枢让机会给我时，也知道井下就是死路。”她道。

锦衣人沉默了下，眯起眼，目光掠过孟破天的肩头，看前方悠悠的浮云，雪白团团，似一张笑脸。

他忽然有点想念小蛋糕了……

如果他有朝一日落入绝境，小蛋糕也会这样来报仇吗？

好像不会……她才不会这么傻兮兮地做刺客呢……

“我接受你的挑战，”他道，“不过，你先去看一样东西，看完再决定要不要来找死。”

……

片刻后，孟破天在一间潮湿的小黑屋里，看见一个“人”。

空气中弥漫着血腥味和药味混合的古怪气味，护卫们一进去就露出了恶心的表情。那人乍一看像一具尸首，直挺挺地躺在木板床上，浑身缠满了白布，白布上犹自透出殷殷血迹，脸上没有包扎，因此便成了这屋子里最恐怖的东西——稀烂的，五官不清的，布满血洞的，连双眼都被戳成了两个深洞，在小屋朦胧晦暗的光线下，看起来似刚从地狱里爬出来的恶鬼。

孟破天呆呆地看着那令人不忍目睹的“东西”，脸上的血色唰的一下褪去。

“人还没死。”锦衣人的声音远远传来，“你报什么仇呢？”

孟破天快步走上前，想要看出这人到底是不是裴枢，可她毕竟不够熟悉裴枢，只知道他的大致身形，但此刻这人面目全非，裴枢的亲娘来了都未必辨认得出。

“他……他……”孟破天颤声道，“他怎么会……”

“吓着了吧？”锦衣人笑道，“这个人呢，当然就是你心心念念要报恩的裴枢。”

孟破天想骂骂不出来，凝视着床上之人，眼底渐渐盈出一汪泪水。

“我给你两个选择。”锦衣人道，“第一，我不追究你试图刺杀我之罪，放你离开。”

“那他呢？”孟破天立即问。

“你都走了，他关你什么事？当然，我也会因为你的执着，顺便救救他，你也看见了他的伤这么重，能不能救活我可不保证。”锦衣人轻松地道，“不过这也和你无关。裴枢并没有为了救你而死，你也为了他，冒险闯入了这里，让我出手救他，他的恩你算是还了，心里已经可以过得去，不是吗？”

孟破天不答，又问：“第二个选择呢？”

“你留下，好好照顾他，他正在危险期，如果他能熬过三天，我就答应会为他好好救治，不说恢复容貌，好歹小命没问题。如果他不能熬过这三天，他死了你也得陪他死。但是，提醒你一句，就算他被我救活了，你这一留，也得永远留下。”

“什么意思？”

“看我的心情，心情不好，也许我会让你以命换命，他活，你就死；心情好，我会安排你嫁给他。怎么样？自己选。”锦衣人笑得玩味。

孟破天目光落在床上那“人”身上。

那么惨重的伤，脸已经全毁，可以想见，就算救活了，日后也是不人不鬼的怪物。

而她的青春，她的命，就得全部赔上。

自由和死亡。

选谁？

第八十六章　有种你面具戴三层！

锦衣人是玩弄人心的高手，他深谙人性，知道怎样击中要害。

两个选择，看起来无须思考，锦衣人连借口和退路都给她选好了，她对催眠自己已经尽力，可以离开得毫无负担。她不再欠裴枢的恩情，毕竟她也为他的生命做过努力。

一条路坦然、自由、光明，一条路永生负累和黑暗。

真的不必思考。

她缓缓站起身，她身后，锦衣人唇角露出讥诮的笑意。

世人莫不如此，所有的牺牲，都是建立在先考虑自身利益的前提上。

孟破天走到门口。锦衣人笑意更浓。

孟破天忽然狠狠地关上门。

砰的一声，门板险些撞破了锦衣人和护卫们的鼻子……

锦衣人退后一步，摸了摸鼻子，盯着门板，有点诧异。

中文忍不住道：“喂，你什么意思？”

门板再次被狠狠拉开，探出孟破天表情恶狠狠的脸：“温水！干净的白布！最好的金疮药！快！”

啪的一声，门甩破了中文的鼻子，中文抹一把鼻血，恨恨地道：“你谁啊？凭什么要听你的……”

锦衣人摆了摆手，他立即住口。

“她要什么都给她。”锦衣人带着一抹莫名的笑意，飘回了自己屋里，坐在榻上也不吃瓜子，抚着双膝，想一阵笑一会儿，笑一会儿叹一声。

他觉得很有意思。

半晌，他对身后道：“觉得怎么样？感动吗？”

身后裴枢的哼声闷闷的。

“看不出你还挺有女人缘的，心疼了吗？”

屏风后走出裴枢，高挺的身材，一身黑衣简洁利落，眉头却皱着，道：“我要去见她。”

“你去见她我就杀了她。”

裴枢对他怒目而视。

“别啊，这么煞风景干吗？”锦衣人轻轻地道，“亲眼见到一个人为你勇于牺牲，为你甘于吃苦，为你奉献一切，这种机会很难得，别破坏，先抓紧时间感动。以后人生再怎么黑暗，想起这段你都会觉得温暖。真的，你会感谢我的。”

“我倒觉得天下的女人都和你有仇。”裴枢指着他的鼻子，“要景横波伤心，要孟破天难受。她们怎么你了？你上辈子还是这辈子，被女人奸杀过？”

一直随意地笑着、拈着瓜子吃的锦衣人，忽然嘴里嘎嘣一声，似乎是把瓜子咬碎了。

声音很低，出现在他这里却不大对劲，裴枢动作一停，室内的气氛瞬间凝固。

不过只是刹那，随即锦衣人又笑了。

“我觉得你伤没好，话太多，该睡了。”他不由分说地衣袖一挥，轰隆一声一道铁栅栏降下，将裴枢生生阻隔在内。

裴枢没有试图去撼动栅栏，他已经失败很多次了。

他只是将目光投向那间阴暗湿冷的小屋，半晌，低下头，狠狠揉乱了头发。

……

长长的黄土道上，长长的车队逶迤，每辆牛车轧印都很深，显然里头堆满了东西。

这些车队不经过任何城池集镇，走的是便捷小路，但并不显得鬼祟，遇上官府巡丁盘查，他们能拿出最高等级的通关令。

车队经过了一个沼泽，那沼泽外蔓延开浩浩荡荡的芦苇丛。

最前面的人忽然觉得眼前一亮，下意识地抬头遮眼看天，却看见伸出的手掌心中，一道白亮的光。

刀光反射！

经验丰富的头领立即大叫：“有敌！备战！”

然而已经慢了一步，几块碎石骨碌骨碌滚出，堵住了车轮，几十道黑影从芦苇丛中掠出，刀光剑影，一阵砍杀。

片刻后，遍地尸首，黑衣人们聚集在一起，剥下了死者的衣裳和各种令牌、文书，占据了死者的赶车位置，迫不及待地打开车厢，满车都是一袋袋的粮食。

这些人撕开袋子，掏出干粮狼吞虎咽，抹抹嘴笑道：“好差事，可以杀人，又可以吃饱！”

有人却苦笑道：“啥时候咱们亢龙军，沦落到这般地步了？堂堂帝歌皇家军队，饿狗一样遍地找食，最后出来一路抢山匪的干粮！”

“犯了错误活该挨整呗。”有人拉长声答。

“行了，少说几句。”一个领头人模样的汉子沉声阻止。

众人恢复安静，赶着这车队，一路往北去。

领头人凝着眉，心中有淡淡的不安。

这自然是亢龙军出来抢粮的队伍。成孤漠当然不会告诉士兵，他们抢的是自己同僚的粮车。他只说咱们没粮了，这一路都有山匪，去把粮食抢来，顺道北上，去执行一个军事任务。

士兵们虽然疑惑，却也不会说什么，饿过的人，只要有粮食，什么都好说。

这个首领多少知道一些内幕，知道是去玳瑁，一想到大帅竟然公报私仇，对亢龙军公然乱命，脱离战场，专程北上去打女王，就觉得心中发寒且不可思议。

这是造反啊！

抬头见日光刺眼，他只觉心中发冷，然而上命不可违，他只能呼喝一声，命属下加快速度。

而这样的事，在襄国、在黄金部、在玳瑁周边的各条小道上，不断上演着……

……

景横波最近已经从客栈搬了出来，搬进了一座庄园，那里原先是凌霄门在此处的堂主的私产。庄园不小，可以算作一个小型王宫。

至于在建的上元宫，那不是一朝一夕可以完工的，而且仅凭三县之力，要想搞定那么大一座王宫，也根本不可能，景横波当初划下那么大的地儿，完全是一种心理攻势，她的主要目标，自然是现成的上元宫。

得知裴枢没事的消息后，她自然要想办法把裴枢接出来，却在此时接到裴枢的信，说他在锦衣人那儿没事，但暂时不能回来，让她不必担心云云。

景横波理解为裴枢吃了这么大一个亏，一定要想法子报复回去，也便由得他了。

裴枢是用飞鸽传书给她的，飞鸽上还有一封信，锦衣人和她索要那顶怪伞。

当日两人曾有约定，三道题结束之后，会对千金伞做个交换，但后来锦衣人狼狈而走，就没顾得上。

景横波回信表示：“你想要，带着你所有的宝贝，出城来拿。”

……

“想给我来个瓮中捉鳖？”锦衣人看完信，撇了撇嘴，眼神一瞟，道，“把我的男欢女爱双人棺拿来。”

那个曾经折腾得裴枢和孟破天死去活来的包袱，被抬了来。

锦衣人并没有重新组装，他只是在那些部件上敲敲打打了一阵，便唤来中文，道：“把这个送给景横波，跟她说，爱要不要，不要拉倒。”又嘱咐了中文几句，随手写了几个字给中文，“她若胡搅蛮缠，拿这个给她看。”

中文觉得这是一个很艰巨的任务，因为女王陛下似乎和自家主子一样难缠，只拿一个双人棺就能打发得了她？不过他们向来没有质疑主子的习惯，他背着东西便奔往城外。

景横波和锦衣人约在仙桥山的仙桥谷，玳瑁多山，县多以标志性山峦为名。仙桥山山如其名，云岚缭绕如仙气，山势扁翘如桥，凹下去的一部分，正好是一座地势平坦的山谷。

约定的时辰是天气晴好的上午，景横波一个人在谷中等候，当然，就在周围的山上，早已站满了想要瞻仰锦衣人德行的人。

英白很好奇锦衣人是怎么擒下裴枢的；七杀表示此人能搞得景横波等人狼狈万分，完全是景横波他们太弱的缘故，等爷爷们出马，自然打得他落花流水；天弃则对锦衣人的相貌很好奇，听紫蕊说此人相貌、风采甚好，不逊于两大国师，他很想亲眼瞧一瞧。

结果从上午等到中午，再从中午等到下午，等得景横波心浮气躁，英白已经喝醉，天弃已经睡着，七杀互相打起来又不知道打到哪座山头去了，山谷那头才出现一个背着巨大包袱的人影。

景横波一看，来的居然是中文，顿时泄气，做了个手势让众人速速退散。人家不过来个护卫，自己这边再劳师动众地包围，会被锦衣人笑死的。

不等中文和她说什么，她已经虎着脸道："你家主子什么意思？自己不来？这是谈判的态度吗？"想了想又看看天，恍然道，"哦今天风大，他是怕被风掀掉假发吗？没有关系啦，咱们谁跟谁啊，他光着大腿咱都看过，还在乎一个光头？"

中文只能苦笑，不敢接话，他觉得这位女王陛下，和自家主子，以及文魔王，段位不相上下，都是一样磨人且不要脸的主儿，想多活些日子，千万别和他们斗嘴。

不过他也觉得，主子不亲自来，肯定不是因为怕了谁，弄不好还真是女王说的那么回事……

"我家主子让我把这个带给女王。"他规规矩矩地道，"主子说，这东西女王一定满意。"

"什么？"景横波目光灼灼。

"就是上次困住裴少帅的人形棺材。"

"哈，我要那个做什么？"景横波嗤之以鼻，"我可没你家主子变态。"

中文想，不必客气，其实你们差不多，嘴上老老实实地道："我家主子说，这棺材诸般妙用，足足可以变换一百零八式。可以练武，可以练习舞蹈，也可以锻炼身体的柔韧性，使身体做出各种高难度姿势，关键时刻用以保命。棺材内部还有三层设计，可做船，可睡卧，最里面一层的天心莲软胶，更有养颜塑体的功效……"

景横波有种在现代那世看电视购物广告的错觉……

"不行不行，这些作用没意思。"她还是摇头如拨浪鼓。

讨价还价就这样，哪怕已经心动，也要做出绝不接受的样子来。

"我家主子还说……"中文不急不忙地上前一步，庄重老实的脸上忽然露出一抹不知算羞涩还是猥琐的表情，"这东西其实最开始做出来，是助兴闺房之乐的，只有在这上头，才能真正发挥出其绝世妙用。将来女王大婚，就知道这东西的好处了……"

"啊？"景横波眨眨眼，"情趣用品？"

中文想女王陛下真是大胆啊，用词真是精准啊，和咱们那个文魔王一样精准，难道她们来自一个地方？奇葩得也太像了。

“然也。”他羞涩地道。

景横波呸了一声，怒道：“啥意思啊？啥意思？姐看起来像是需要情趣用品才能助兴的人吗？还是你在诅咒姐未来的夫君，需要情趣用品才能玩出花样？”

“那当然不是，女王龙精虎猛，未来的王夫花样繁多……”中文额头的汗一层层冒出来，形容词各种凌乱。

景横波才不肯一样换一样，关键是她不肯换走千金伞，她约锦衣人来，是想问清那伞的马达动力哪里来的，这明明是超越这个时代的东西。

中文看她不见兔子不撒鹰，没办法只好掏出撒手锏，递出那封信。

景横波一瞧，信上寥寥几个字：“想知道千金伞的秘密，就换。否则你杀了这蠢货吧，我不养废物。”

背面还有一行字，景横波翻过来看了看，眼神一闪，骂一声：“字漂亮，心丑恶。”把纸揉成一团扔了，手一伸，“拿来。”

中文大喜——果然主子出马，一个顶万个，三言两语就搞定了难缠的女王。

他不知道刚才主子已经把他的小命卖了……

深谙人性的那个家伙，看准景横波骨子里善良，不愿因她的缘故导致人死亡，无耻地拿自己的护卫的性命，要挟了一把。

景横波将千金伞扔过去，迫不及待地问：“说，千金伞真正的主人是谁？在哪儿？”

“我家主子说了。”中文规规矩矩地道，“伞呢，是用一个女人提供的原材料造的。”

“好极好极，继续。”景横波眼睛发亮。

“那个女子，在东堂。”

和景横波猜想得差不多，她更加兴奋，催促：“是的是的，继续。”

“他认识。”

“废话，继续。”

“但是又离开了。”

“继续……啊？”

“现在也不大清楚到了哪里，”中文耸肩，“不过我家主子可以提供一个线索。”

“快说。”

“好像是被南齐的一个女将军掳走了。”中文道，“此女性情残暴，凶悍恶毒，使计掳走了那人，现在不知下落。”

中文想着主子关照这几句话的时候，脸上那看似和善实则阴狠的表情……不动声色地给太史阑竖了个敌人，主子看来还是对当初那事耿耿于怀啊……

“南齐女将军？”景横波整天忙着活命和抢地盘，大荒又特别闭塞，自家的事还闹不过来，对外界各国的动向，当真是一无所知。

不过既然能做到女将军，必定是凶狠厉害的人物。

“这女将军是谁？”

提到女将军，景横波莫名其妙便想到了太史阑，感觉这是一个很适合她的职业。记得她以前问过假如穿越了你想做什么，君珂说想做大夫，蛋糕说要做厨神，太史阑懒得理她，问急了就说了两个字：打仗。

不过中文的回答立即打破了她的幻想：“主子说可以给您提供一个线索，这女将军有一儿一女。”

景横波呵呵一笑，心想原来是个老女人。这条线索倒也算清晰，稍微一打听就知道了。

至于这一儿一女的女将军和太史阑有没有关系，景横波觉得这还用想吗？当然……没有！

这才多久？两年，她还在苦苦地为女王之路挣扎，给人甩得晕头转向，一个固定“凯子”都还没钓到，太史阑那个姥姥不亲舅舅不爱的臭石头，怎么可能找到男人又结婚生子？想活活气死风流美貌第一的景女王吗？

再说太史阑肯定是要娶老公的，这男权社会，有哪个男人肯嫁给她？呵呵呵呵，太史阑要不是靠她来解决老公，她以后就用脑袋走路！

景横波鼻子里哼了一声，一边想身边谁比较适合太史，一边又问：“在东堂那个，给你们提供马达的，又是谁？”

“回女王，我不知道马达是什么。”中文憨厚地道，“而且主子说，按说一样东西一个答案，他已经厚道地回答了您很多个答案，别的再想知道，记得拿东西来换。”

“让他去死！”景横波把棺材砸了出去，“有种他躲在上元一辈子不出来！我要让他完完整整地回了东堂，我跟他姓！”

……

中文背着千金伞落荒而逃，女王煞气发作，闲人莫扰。

景横波赶走闲人，自己蹲在山谷里研究换回来的新玩意。

其实她对这东西挺好奇的，也觉得论起功用，这东西对她的诱惑绝对比那伞大。

可惜锦衣人太精，打定主意不给她占便宜。

她对着图纸拼接，这棺材有点像埃及木乃伊棺，连上面的彩漆花纹都类似那种风格，这让她更加坚定地认为，锦衣人必定认识君珂、文臻、太史阑中的一个，这片大陆上可没有古埃及风格。

但她无法推断会是谁的手笔，因为《神鬼传奇》三部，四个人都看过。

这东西上面有很多可卡入的接口，可以将同样质地的可活动的管子卡上，看上去像棺材伸出了很多肢体，肢体可以调整转移到任何位置，棺材板背也可以调整，看起来诡异万分。棺材可以分成两半，一边一个人，有三层，最里层果然是软胶的，可以剥下来套在身上，第二层和最外层坚硬，看不出是什么材质。

每个关节都有小小的卡扣，上次被景横波破坏后又修好了，看上去更精致了些，景横波试着开合了几次，都没有问题。

她对这种可以调节各种角度的设计很感兴趣，觉得可以用来练习瑜伽，又想这外面有几层壳，是不是也可以算作一种盔甲？

她看看四周无人，人都被撵到别的山头去了，便兴致勃勃地脱了外衣，亲自试一试。

不敢试太特别的姿势，她就随便弄了个四肢张开形状，先套上双臂，再套上双腿，对着河水一照，感觉自己像个巨大的母螳螂。

毕竟是在荒郊野外，她没有扣上卡扣，试了试就打算脱下来，右手刚一碰左臂，咔嚓一声，卡扣锁上了。

她一惊，急忙去捋右手的套子，咔嗒一声，右手的卡扣也自动锁上。

她急忙去脱腿上的东西，咔嗒连声，两条腿也给锁上。

景横波看起来还不是很慌忙，因为卡住的是手臂和腿，但她的腿挨着地面，还是能动的，就是吃力点。

但后头背着的棺材忽然轧轧一响，随即后背一震，射出两截链条，唰唰两声，缠住了她身后一棵树，一个交叉，她顿时被拖到树上，后背的棺材不知道探出了什么东西，“夺”的一声钉入了树身，顿时将她困住了。

景横波刚想呼喊，召唤可能在附近的属下给她解围，啪的一声，棺材上头落下一个水晶罩子，将她的脸给罩住了。

这下喊声也传不远了，景横波的武功还不够传音，只好干瞪眼着急。

暮色四合，天将黑了。

她老人家还困在树上动弹不得，身后那棵树挺粗，她可没没本事拔起。

那群见鬼的、不靠谱的属下，不知道溜哪去了。

山道上传来悠悠的山歌声，声音粗犷嘹亮，一个汉子扛着柴，走下山来。

他并没有发现景横波，径直走了过去，景横波犹豫了一下，也没喊。

但那汉子忽然被地上的链子绊了一下，爬起身时诧异地道：“哪来的锁链……”一抬头看见景横波诡异的造型，顿时直了眼，“鬼啊！”

景横波：“呵呵。”

汉子连滚带爬地跑开几步，发现没人追来，便停下，躲在山石后仔细瞧，觉得景横波似乎没什么威慑力，再看看她背上背的、手上捆的，整一个SM造型，顿时兴奋了。

他慢慢走近，一步三停，一直到确认景横波毫无办法，才上前围着景横波转了转，看清了她的处境，呵呵笑了起来。

胆子大了起来，他一把掀开景横波的水晶面罩，顿时眼睛一直，咝地抽了口凉气。

景横波皱眉转开头，避开他的黄板牙和喷到脸上的大蒜味儿。

“我的老天爷……”这家伙愣了半晌，忽然转身对着老天砰砰磕头，“多谢老天爷，多谢老天爷，您一定是听见了我日夜祷告，给我送媳妇来了……还送了个这么如花似玉的……回头我一定给您日日烧香！”

景横波吸了吸鼻子，这叫什么戏码？嗯？

那老光棍去搬景横波身上那板儿，搬不动，想了想，奔到树后，瞧了一会儿瞧出端倪，用柴刀将连着那板儿的部分树木都砍了下来，直砍得满头大汗。

等他把困住景横波的板儿从树上弄下来，景横波一个踉跄险些栽倒在地，好重。

那老光棍却不知道哪来的力气，硬是拖着景横波向村子里走。山谷离大路不远，路旁就有一座十来户人家的小村。

路上有人看见，黑暗中也看不清楚，打招呼问："大牙，这是拖着啥呢？棺材板吗？"

"是咧。"光棍大牙乐呵呵地答，"捡回家烧了！"呵呵一声低笑，"正好烧了俺的老干柴，呵呵呵……"

打招呼的人没听见后一句，等他走过，冷笑着嘀咕："穷疯了，棺材板也敢捡来烧，也不怕招惹晦气……"

那人嘀咕着，一抬头，忽觉远处似有白影一闪，他揉了揉眼睛再看，白影已经没有了。他激灵灵打了个寒战，心想棺材果然晦气，这不就见鬼了……

大牙得意扬扬地回到家，那是两间草房，院墙低矮。他顾不上点灯，甚至顾不上把景横波拖上床——那造型其实也拖不上去。人还没站稳，他就张开双臂淫笑着扑向景横波："小娘子……你我今儿这叫天作之合……我来也……"

景横波吃力地让过，抬手往下一拍，她的手、腿被那壳子包住，关节都是可以活动的，倒也不碍行动，就是背后的板儿连着半棵树，那分量着实沉重，影响了她的行动。

那大牙山间行走惯了，十分灵活，一闪闪过，转到景横波背后，嘻嘻笑出一嘴大牙，抬手一推，道："小娘子不乖，别怪夫君不怜香惜玉哦。"

景横波还没完全掌握好平衡，给这一推顿时倒下，一时四肢挣动起不了身，乱划如落水鳖。

那大牙嘻嘻笑着，费了好大力气将她翻过来，景横波想要起身，那大牙一脚踩住那背板，背板一翘，顿时她便动不了了。

大牙一看这招果然有用，十分兴奋，踩着那边儿，站在景横波两腿之间，先做了个不堪的动作，才慢慢弯下身，一边搓手，一边眯眼笑道："小娘子这姿势好销魂，也不知道哪位老财好这一口野趣，自个儿没享用上，倒便宜了大牙我……哟哟这肌肤，这胸……哥哥给你焐热了怎么样……"说着双手便向景横波胸前抓来。

他的脸向下俯着，正欢喜地陶醉着，忽然遇上了景横波的目光。

微冷，厌恶，似笑非笑，透过他的脸，似乎落向了别处。

他一怔，有些心惊，但看看景横波毫无动静，胆子又大了起来，眼看黑暗里那女子姿态奇怪又诱惑，破损的衣物间露出一抹肌肤如明月光，而容色灿烂，有着难以比拟的艳与美，一时只觉得人间的好运道都归了自己……

他的手指离景横波的身体只差半寸。

忽然咻的一声微响，声音轻得像针落了地。

他觉得体内似乎也忽然插进了一根针，凉，痛，一直痛到了心底。

浑身的血液仿佛都在一瞬间凝结成冰，他闷声不吭地倒下去，明明正面对着景横波，不知怎的就没倒在她身上，重重摔在一边，整个人体内似乎都成了冰，咔嚓一响。

屋内安静而黑暗，窗外有风掠过，景横波忽然哎哟大叫起来，声音痛楚。

窗外那股风立即飘了进来，一道白影直掠入内，扑向景横波，弯腰查看她的情况。

景横波身上忽然发出啪啪的声音，密集如爆豆。

那白影一顿，似乎惊觉了什么，闪身就要退。

景横波忽然弹身而起，以猛虎扑羊之势，猛地将他扑倒。

她还带着半副板儿，身体沉重，压上去砰然一声。

白影将她一推，她滚到墙角，一抬手掷出半副棺材板儿，板儿上还连着两条管子，管子上的卡扣不知怎的便掉了下来，咔嚓一声卡住了他的脚踝。

他纵身要起，哗啦啦一阵锁链响。

他顿住。

屋角，景横波扬了扬手，手中一截锁链，尽头正连着拴住他脚踝的卡扣。

她笑得像一只终于抓住飞龙的狐狸。

他眼神似惊异似无奈，也不管她手中的锁链，依旧纵身扑向窗口，她却将手中的锁链往屋中一根立柱上一拴，一个饿虎扑食扑了过去，一把抱住他的双腿，将他死死按在地上，抬手就在他脸上摸索，刺啦一声，果然撕下一张面具。

月色下他回头，一张陌生的脸，她并不为所动，冷笑一声将面具扔掉，伸手又是在他耳后一撕。

他抬手阻止，脚踝被锁住，但他的手还是自由的，手一扬便似有风雷之声，她让也不让，还把脑袋凑过去，冷笑道："来呀，来拍呀，有种拍烂我的脑袋呀。"

那手一停，风雷之声立止，景横波毫不犹豫地一撕。

又是刺啦一声轻响，手中是一层更轻薄柔软的面具，她呵呵一笑，笑声中有得意有愤怒，他却已经急速转头，将后脑勺留给她。

景横波啪地拍了他的后脑勺一记，恨声道："回头呀，回头呀！怎么不回头了？！"

他干脆趴在地上不作声了。

"有种你钻进泥地里！"景横波把第二层面具揉了揉也扔了，"有种你戴第三层！"

第八十七章　咬痕

他似乎轻轻叹息了一声，这声调听得她越发恼恨，骑在他身上，伸手去摸他的脸。

只要他没了面具，她不信摸不出。有面具也没关系，一层层地撕，有种他戴一万层！

他手一抬，挡住了她的手，她想抽手，他却不让了，趁势将她的手握在掌心，她不肯放弃，挥起另一只手，他精准地捉住，将她两只手都裹住，拉住往自己胸下一压，不动了。

景横波被他拉得往下一压，砰地撞在他背上，手被压在他胸下，这下她也起不了身了。

她压着他，他却又压着她的双手，看上去，似她将他紧紧环抱。

两人就以这样诡异的姿势躺在地上，月光斜斜地铺一片白，似覆了一层温柔又带着凉意的毯。

刚才的尔虞我诈、你来我往之后，两人似乎都感到疲倦，一时都静静的不说话。

他到了这情形，也不想再多说什么。

一直以来和她靠近，似乎机会很多，但实际上每次都很奢侈。他在极力避免，又无法控制自己的渴望，有时候他觉得自己也是矛盾的，知道这样接近不妥，不希望她发现，真正她有所怀疑了，他内心里却又有小小的欢喜。

正如此刻，真正这样被她抓住，一霎的惊讶之后，他心中却是微微喜乐的，虽然这喜乐里难免带了几分苍凉和无奈，但此刻她在，肌肤生香，呼吸湿润，柔软的发落在他两肩，背上就是她的躯体，饱满而美好，悠悠颤颤，是一团最温软的云被。

景横波压在他背上，身下身躯的感觉，似陌生似熟悉，轮廓近似，却多了温度，而且那温度很有些奇怪，忽冷忽热，气息也发生了变化。

人有种思维惯性，对以往熟悉到惊心的人，留存下的记忆，轻易很难更改，所以她总记得他没有热度的身体，淡淡清凉的气息，总觉得那才是他。尤其是热度，她记得他的武功是不能太热的，也就因为这一条，她无数次怀疑，也无数次推翻。

然而此刻，静下心来，拨开迷雾，透过那不正常的体温，他肩膀的宽度如此熟悉，手臂触及的锁骨的感觉如此熟悉，呼吸拂过的颈项的肌肤如此熟悉，连身体的起伏都如此熟悉。唯一有点不对劲的似乎是头发，她偏头想嗅嗅，他却让了过去，满头乌发扫过她的脸，流水般泻在地面上，她恨恨地用下巴重重撞在他背上，他一声不吭。她越发恼恨，一张口，咬在他肩上。

一开始只是心中郁愤，看见什么都想咬一口，然而那口一下，心中长久的疑惑和压抑便似潮水奔涌而出，有种情绪呼啸着在胸膛里碰撞咆哮，而他又一声不吭，让她没有发泄的出口，她沉溺在自己的澎湃里，毫无意识地越来越用力，忽然感觉口中有了一股腥咸的味道，她并没有停，脑海里有血与雪闪过，有雪堆上翠姐空洞仰首的尸首，有殿前冷漠相逼的人群，有宫道尽头白衣如雪的他，有从胸膛里拔出的匕首，染着他的鲜血和她吐出的黑色毒血。

她的眼泪忽然汹涌而出，顺着唇角沥沥而下，一声哽咽即将冲喉而出，她拼命忍住，以至于发出奇怪的抽噎声。她因此不得不松口，一低头，看见他肩头已经浸染了一团鲜红，边缘有些濡湿，正在缓缓晕开，她知道那是她的眼泪。

而此刻她不想流泪。

旧恨新账，纷繁复杂，有很多要和他算，有很多问题要弄明白，否则她便是死，都不能瞑目。

她稍稍一动，锁链哗啦啦响，锁链很结实，锦衣人提供的东西总是好的。

锦衣人虽然实在不是个好人，但最起码这件事帮了她，这也是他交换千金伞的真正条件。他写在那封信背面的几句话，就是告诉了景横波，那棺材的机关已经做过变动，看似卡死，实则可以随时打开。

话说到这个地步，她要再不知道怎么做，那脑袋就白长了。

但他永远这么难搞，到了这一步依旧有办法不面对她。此刻她也被压住，完全动不了，连想摆脱他，都要看他放不放。

这是不是也预示着，在这段关系里，她永远是被动的？被控制，被压迫，被代表，被戏耍？

半晌她冷声道："放开我。"自己都觉得这句话很荒唐。

他不说话，动了动脚踝，用哗啦啦的锁链声，对她做了回答：想我放你，你先放我。

"呵呵。"景横波阴狠地道，"我发个信号，我的人就会来，你能压住我到几时？"

他叹了口气，道："以后想要害人、骗人，不要脱衣服，你的手很冷。"

景横波一怔，这才发觉，他压住自己的手拢在心口，是一个取暖的姿势。

他在用自己的胸膛，焐热她的手。

这让她心绪复杂——她真的不懂，真的不懂他是为什么。

为什么那般决裂，却又这般相随；为什么一刀决绝劈下，却又时时予她款款深情。

这样很好玩吗？

掌心就是他的心口，热，暖，此刻能感觉到他的心脏跳动，似乎比一般人稍急，练武之人的心跳异常是正常的，她并没有多想，忽然起了怒气，指尖向他心口一戳，杀气凛然地道："你再不放开我，我就戳穿你的心脏……"

他忽然一声闷哼，浑身一颤。

这声音竟然颇痛苦，她一惊，没想到他的反应是这样的，一时有些惊慌，随即想起自己这指尖一戳，什么真气都没用上，就算小孩都不会被戳伤，顿时明白这人又装样子骗自己，怒声道："你有必要这样吗？……"

她话声顿住，因为她忽然发现，身下的躯体在迅速变冷，体温就像潮水一般逝去，她亲眼看见他脖颈的肌肤上慢慢蔓延开一层冰晶，而乌黑的头发之下，隐约白光一闪。

她有些震惊，因为如果她没猜错的话，这么久他一直控制着自己，从不在她面前露出冰系内力，现在怎么回事？

手忽然一松，他压住她的力道没了，她抽出手，手指在他唇角擦过，隐约一丝黏腻，她抬手要看，他却忽然重重拉下她的手，她的手指被按在泥土中，沾了一手的泥，刚才的黏腻液体看不出了。

他身躯微微颤抖，似乎在极力忍耐着什么，景横波疑惑地盯着他，现在她对他的一切表现，都充满了不确定，不知道哪些是真，哪些是假。她被蒙蔽了太久，她疑惑了太久，久到她快对世间事物的认知发生错乱，对一切都充满怀疑态度。

寒气越来越重，他似乎在外放真气，又似乎是无法控制，他伸手推她，低声道："下去……下去……”

她也待不住了，再靠近他，她会冻死，她只得翻身下来，蹲在他身边，一时也不敢翻动他，就紧紧地盯着他。

冰雪已经从他的身上向外蔓延，沿着脚踝上的锁链一路延伸，她眼睁睁地看着锁链一路挂冰凝雪，甚至结出如剑的冰锥，那冰雪嚓嚓越过卡扣，蔓延上屋内的柱子，柱子一瞬间成了冰柱，冰片从冰柱顶端咔咔又开始向屋顶延伸……

她目瞪口呆地看着这一幕，看着这恍如《冰雪奇缘》里女王一招手，便缔造冰雪宫殿的场景，这一幕美而神奇，然而她又开始迷惑了，这真是宫胤吗？她记得他以前虽然刹那凝冰，般若雪非常神奇，但似乎也没到这境界。

屋子里的温度最起码下降了几十摄氏度，她单衣薄衫冻得瑟瑟发抖，却执拗地不肯让开，她有话要问他！

他却似乎在全力抵御着什么，脸埋在冰雪里，她直觉这样不对劲，非常想不通怎么就那随意一戳就变成了这样，忍不住伸手去扳他的肩。

“让开——”他忽然低喝，声音急迫。

她下意识地猛地扭头。

一道冰剑自他肩下电射而出，嚓的一声擦她颊边而过，只差毫厘就戳到她的眼睛，她的眼皮差点就被立即冻起来。

她急忙后退，他却又喝：“后面！”

她下意识地向前一趴，身后锁链上一根冰锥忽然断裂溅开，擦着她的背心掠过，在寒冷的空气中瞬间再次凝结，当啷一声落在冰面上。

她趴在地上，惊魂未定，他已经疾声道：“快起来！”

景横波这才惊觉，热皮肤遇上冰雪是可能被粘住血肉的，她想抬手，果然已经抬不起来，只得猛力一拔，指尖一层薄皮被留在冰雪上，留下斑斑血痕，痛得钻心。

“走！”他道。

景横波一抬头，看见连屋檐的茅草都凝结成冰，范围还在不断扩大，这里已经成了雪屋，不能再留。

但他……真的没事吗？

她身子闪出一半，又停住，回头看看他，他还趴在冰雪之中，身下的冰面越来越高，他还在微微轻颤，以至于那些凝了碎冰的锁链，发出叮当脆响。

这声音提醒了她，他还被锁在柱子上！

她立即过去想解开卡扣，卡扣却被冻成厚厚一团，她先发出求援信号，然后拔出腿间的刀开始砍柱子，不能让他留在这里！

直觉告诉她，这样留下他，他会死！

再多恩怨，再多愤恨不解，她都不能这样撒手一走了之。

刀高高举起，狠狠挥下，每一下都用尽力气，铿然声响，竟如金铁之声。

冰雪碎片溅到她脸上，火辣辣地痛，她没擦脸，瞪大眼睛，发现刀上刹那已经挂了一层厚厚的冰，成了冰刀。

而刚才砍掉的，只是柱子上的冰，柱子连个缺口都没有，更要命的是，就在这停刀的一霎，那被砍开的缺口迅速又结成了一层很厚的冰。

太冷了，她牙齿咯咯打战，手背毫无血色，手指冻得僵直，只觉得连血液都似要凝结。

她这时才知道什么叫真正的冷，相比之下当初在雪谷，简直可以算温暖如春。

冰刀击在冰柱上，除了碎冰四溅外毫无效果，被砍开的冰立即又凝结，一次比一次厚。完全是无用功，更不要说严寒天气下的任何动作，本就极其耗费体力。

她却不肯放弃，一下一下猛砍，屋子里当当之声不绝。

敲不开，那就一起死吧！

此刻她心中并无后悔，只有对老天的无穷愤怒——我不过想要一个真相，何至于置我于绝境！如果穿越是逆天而行，那就让我死在这里！

力气将耗尽，脑子里一片空白，此刻她被愤怒燃烧，被严寒冻住大脑，竟然已经不愿思考。

身后他忽然道："走！"

这一声极其坚决，随即一股大力卷来，她被卷起，撞破屋顶，飞了出去。

她落了一头一脸的雪和冰，却依旧勉力睁开眼，倒飞那一霎，看见满屋凝结的冰雪一停，然后迅速消失，似乎他正在努力让冰雪重回他体内，这努力一定很艰难，有如高手已经出掌却又回力打在了自己内腑上。她隐约听见了一声闷哼，随即那闷哼声被轰隆一声淹没，屋子倒塌了，她看见半边屋顶倾毁，冰雪四溅，整个天地都似成了水晶天地，透过模糊的雪雾，隐约见一道人影从窗中飞出，身后拖拖连连，还拴着半根柱子……

他竟在最后一霎挣断了柱子。

柱子一断，屋子也就塌了，景横波看见半边屋顶砸在他身上，好在是茅草顶，不至于重伤。

他身形有些歪斜，柱子远远地拖拽在身后，在天幕上掠过一片雪影。

她手中的匕首飞出，咔嚓一声断了柱子，他身子一轻，如断线的风筝斜斜飞过山谷。

身后脚步声杂沓，属下们赶来了，看她一身狼狈，都十分惊诧。

属下们自然是得了她的嘱咐，远远避开的，等赶过来，事情已经尘埃落定。众人都以为不会有什么问题，谁知道她自己设的局，也会把自己整这么狼狈？

天弃一直转头对山谷那边张望，众人纷纷询问，景横波垂下眼，只觉得心中无比沮丧。

她知道自己不必去找，他既然挣出，就不会再给她机会找到自己。

有过这一次，以后再想他上当露面，几乎毫无可能。

除非是生死之境……

她吸了口气，伸出手，五指的皮肤被冰雪冻掉，血迹殷殷。

十指连心，痛得钻心。

痛得钻心。

……

此痛，钻心。

他按住心口，砰的一声跪倒在地，身边的草丛立即唰啦啦结出一层冰，凝固了洁白的叶尖。

身后，他所带来的一大片冰雪，如飞毯般逼近，再无声无息地没入他体内，内力强迫回流，自然要反噬在自己身上，他身子微微一倾，一口紫血喷在冰面上，色泽鲜明，美到肃杀。

他轻轻喘息，心口犹自尖锐地痛，那是一处不能碰触的区域，以前倒还无妨，近期在逐渐前移，渐渐到了体外碰触也会引发剧痛的地步。景横波明明是轻轻一戳，却就那么巧地碰到了关键位置，那一霎穿心之痛，他以为自己会在她面前死去。

那一刻他很恐惧。

恐惧的不是死亡，而是如果自己这样死在她面前，如果自己是因她而死，她后半辈子是否会沉浸在无边内疚里，是否还能幸福生活？

他知道以她的善良，哪怕恨着他，也绝不能接受他这样因她的失误而死去，那他所做的、所努力的一切，便都失去了意义。

他要她在他所不能及的天地，自由而强大地存在，身周永远光明，再无阴影笼罩。

他怎么能让自己，成为她的阴影？

心间剧痛的那一霎，他心中一片冰冷。

其实景横波锁住他并扑过来的时候，他心中也闪过一个念头。

就这样吧，不必再瞒再骗再躲了，是非恩怨，给她，也给自己一个清楚明白吧。

八方来敌，四面楚歌，虽然还没完全做好准备，但是既然来了，就面对吧。

这么久的追逐和保护，是赎罪，是歉疚，也是放不下。他想早日看见她的成长，确定自己能放手多少。

至于他自己，是否被原谅，还真不那么重要。

而当般若雪无法控制，冰雪蔓延，险些连她都伤害的时候，他一霎前的冲动，忽然就打消了。

不，不能。

他并非不能和她并肩作战，但最可怕的，从来不是明处和暗处的敌人。

他们真正敌不过的，只有时间。

那一根要命的针，谁也不知道会在什么时候，从什么地方破体而出。

到那时，要她如何承受？

不原谅更好。

恨他更好。

身周有脚步声，护卫们默默地围拢来，并不敢靠近，因为此刻的他真气外放，很容易伤到人。

“主上，”一个护卫轻声道，“亢龙军似有异动。”

他目光一闪，抬起头来。

来了吗？

这些消息并不能让他愤怒，只能感觉到时日紧迫，暗处的敌人一拨儿又一拨儿，哪些该直接处理，哪些先搁置一边，哪些需要暂时隐瞒，哪些可以给她练手，都得分析分明，各自处理。

他面前亦有珍珑棋局一盘，每处落子，精心设计。

他微微沉默，似在思量。

今天的突发状态，很是危险，不能出现第二次。

其实还有一个办法，可以将危机稍稍推后，但付出的代价，也许是永生的衰弱。

但话说回来，命都未必能长久，还怕什么永生衰弱？

无论如何，不能让此事重演，再伤她一次。

他坐定，合上双目，脸上渐渐一片霜雪之色，冰晶般透明。

一缕般若雪真气，直上心间，慢慢将那根针周围的血管凝结。

冻住那根要命的针，可避免短期内它的再度移动。

当然，这样的要害，以一缕寒冰真气长久冻住重要血脉，付出的代价，就是心脏的健康。

护卫们眼底隐隐有忧色。

而他岿然端坐，身周隐约有白色雾气，如长久巍巍于大地上的，皑皑雪山。

……

孟破天觉得，小屋里的日子，真真可算是地狱。

床上的人伤势太重，一直昏迷不醒，之前也不知道是药用得不好，还是疏于照顾，他很多伤口都已经化脓，包扎的布条一打开，那满身腐肉的臭味，几乎能把她熏晕过去。

而打开布带后那伤口，更是触目惊心，黑的黄的红的绿的，难以想象的颜色在那些绽开的红色洞里涌出，气味可怕，视觉更可怕，有那么一瞬间，她这样大的胆子都想扔下布巾，尖叫逃跑。

然而她死死咬住了唇，跪在床边，用温水给他一道道清洗伤口，盆里的水的颜色很快同样恶心，布巾一条条地换，温水一盆盆地换，清洗完全部伤口，用了十八盆水，她浑身也湿漉漉的，连头发都粘在额上，似被一盆水从头浇过。

之后再上药……包扎……

洗伤口的时候，注意力全在那些血肉上，她还不觉得，此刻洗干净了，她才惊觉面对的是年轻男性一丝不挂的躯体。这让她又想扔下布巾逃脱，然而她最终还是咬牙站住，一个洞一个洞地塞药。伤口很多是贯通伤，她得抱住那身体翻来翻去，血脓沾了一身，那躯体软绵绵如一堆死肉，丝毫使不上力，她不得不抛下少女的矜持和羞涩，拉开他的身体，抬起他的大腿，抱着他轻轻翻转，少女光滑的脸颊贴在那几近丧失生命力的腐烂身体上……

太疲累太紧张，以致她没有注意到，窗外悄悄站着的人影。

锦衣人似笑非笑，裴枢眼神晦暗如夜。

当日救孟破天，是他身为男子的责任感驱使，他没有想过要回报，也没有想过和感情有关的事，他遇见过那么多女人，也因此明白，自己现在喜欢的，是自己真正想要的。

然而此刻，那臭气熏天、寻常人一进去就要吐出来的小屋里，那少女默默所做的一切，让他如铁石坚硬的心，都隐隐震动。

是什么让她这样坚持，这样勇敢？

……

夜色渐渐深了，疲惫欲死的孟破天，拒绝了锦衣人的护卫安排的睡觉地方，只要求了一条长凳，睡在床上之人的身边。她累得沾凳子就睡着了，但一翻身就掉下凳子醒来，一醒，她就立即扑过去看看那人的伤情，查他的体温和脉搏，拭去他身上的冷汗，轻轻帮他翻身，以免背后的伤口压迫化脓。大半夜的又换了一次药，厨房里整夜开火烧着热水，满地扔下的带血布条。黎明前天最黑的时候，她刚刚擦完那人的额头，头一顿就睡着了，脸靠着那狰狞的脸，屁股滑稽地远远拖在板凳上。

窗外，裴枢一直站在那儿，乌黑的眸子如夜色，闪着明灭的星光。

……

这样的日子近乎煎熬，才第一天，孟破天的脸就瘦下去一圈，整个下巴都尖了，眼神幽幽的，也像个鬼。锦衣人倒不虐待她，好吃好喝都给她一份，可是那潮湿难闻的小屋里，面对那样的伤口和脓臭，谁吃得下？孟破天不过随便喝些水，精神倒是十足，可是那精神看起来又有点不大正常，目光灼灼，两颊泛着不健康的红晕。谁都看得出来，这姑娘是把巨大的压力都担了过去，可要是不成功，她就会像绷紧的弦一样断了。

裴枢已经无数次和锦衣人抗议，要么停止骗人，要么放他出去，锦衣人置若罔闻，也根本不靠近他，倒霉的护卫便成了火气很大的裴枢的发泄玩具，最倒霉的是拉丁文，他在一次给裴枢送饭时，被他勒住了脖子，险些直接给勒死。

这日子到了第三天晚上，除了锦衣人乐在其中外，所有人都觉得受不了了。

然后那间小屋里的灯，忽然灭了。

片刻后，屏住呼吸的所有人，听见了孟破天的哭声。

那个人，那个她辛辛苦苦伺候三天、一心想要保住他性命的人，终究还是死了。

孟破天抱着那扭曲可怕的尸首，压抑三天的泪水终于落下。她哭，哭的是苦心白费，哭的是生命无常，哭的是以为遇见希望结果最后还是绝望，哭的是十七年首次少女心思如春水，到今日付诸东流……

她哭得撕心裂肺，夜鸟惊飞，院子里护卫们默默地听着，那些见惯生死、自诩也算铁石心肠的护卫，默默排队走到了锦衣人的屋子里。

锦衣人一看见他们那架势便道："滚出去。"

他可以自己心软，却不喜欢护卫们心软，属下心太软，敌人就有空子可钻。

护卫们默默退了出去，中文临走的时候却道："主子一定也不愿意文姑娘这么哭。"

锦衣人手一顿，片刻后叹息一声，忧伤且寂寞地道："我明明是为她好，在帮她，为什么所有人还是看我是个恶人呢……"

所有人都撇撇嘴——有你这么帮的吗？你帮人哪次人家不是生不如死？难怪文姑娘给你的生日蛋糕上都写“死有余辜，恶贯满盈”。

锦衣人怔了半晌，叹了口气，按动了一个按钮。

一道旋风从他身边卷了过去，差点把他从榻上带下来。

小屋里，孟破天已经不哭了。

痛痛快快地发泄完，然后清清爽爽地上路，不要等到人家来催，太不好看。

她拔刀，雪亮的刀背映出少女的脸，三日已憔悴，眼眸深幽无光。

这人世间最美的时光似乎已经过去，就在那日的棺材里、轮盘上。

她觉得此生无憾，她遇见过最明烈的少年，和他吵过、闹过、亲密接触过，在生死顷刻间，被他拿命换命过。

哪怕她明知他给的不是爱，但依旧是美的。

刀举起，映出自己的眉眼，还有一双……乌黑的眸。

裴枢的眸！

刀当啷一声跌落在地上。

门砰的一声被撞开，他从外头踢进来，她从里头踹出去，门板粉碎，两条腿撞在一起，裴枢眉头一扬，孟破天哎哟一声，含着泪笑了，含着泪扑入他怀中。

裴枢又想把她向外推，孟破天一脚踩在他靴子上。

“我就知道你没死！可你怎么忍心装死？！”

裴枢手臂有些僵硬。怀里的少女身躯微微颤动，她在哭，嘴里却在恶狠狠地骂，这感觉让他有些恍惚，想着景横波遇上这场景是不是也会这样？

“孟破天，我要告诉你，”他轻轻推着她的肩，推不动，干脆在她耳边道，“我喜欢的，是景横波。”

怀中的身躯一僵，哭泣停止，片刻后孟破天直起身子抬起头，直视着他的眼睛。

“我知道。”她清晰地道。

裴枢偏头看看她抱住自己的手臂。

孟破天松开了他。

裴枢刚要松口气，孟破天忽然踮起脚，一把捏住了他的下巴。

裴枢的俊脸顿时被扯扁了……

还没来得及甩开或者咆哮，他迎上了她的眼睛。

因为瘦显得更大，此刻光芒闪耀，竟似逼人，他没想到她似乎毫不受挫折，一时怔住，忘记动作。

她踮着脚，昂着头，捏着他的下巴，迫使他正视她，一字一字地道：“我也要告诉你，我喜欢的，是裴枢。”

……

第八十八章　人间有情最美

女王的属下们最近都觉得，女王自从从仙桥谷回来之后，很有些失魂落魄。

她经常在议事的时候走神，回答问题驴唇不对马嘴。比如现在英白问她，三县以往的很多治理条例显得过乱，是否应该让幕僚们重拟，女王发了半天呆，痴痴地道："乱，确实乱，他把我的脑子搅成糨糊对他有什么好处？"

有一天下了雪，老夫子们正在咏雪，她忽然变了脸，道："我最讨厌冰雪！"拂袖而去。

众人面面相觑，不晓得这算怎么回事，她在仙桥谷受什么打击了？

因为女王常半疯癫状，所以一些不大重要的事，护卫们也就不来打扰她，比如今天有个风尘仆仆的访客，在庄园外要求见女王，被护卫们客气且坚决地拦驾了。

"陛下事务繁忙，不见外客。"护卫们虚虚拦住门口的黄衣男子。

"在下只是路过，其实无意过多打扰陛下。"男子俊朗温和，语气虽微微焦灼，却仍不失教养，"实在是有要事，要告知陛下……"

"说了不行就是不行……"

护卫忽然殷勤地打招呼："紫蕊女官，出来给女王采买吗？"

苏紫蕊站定，含笑点头，目光瞟过来，忽然一定，不敢置信地问："铁世子？"

铁星泽对她微笑着颔首，苦笑道："可有人认识我了。"

紫蕊有点忘形地上前两步，醒觉身份，脸上一红，急忙站定，问："怎么，不让你进去？"看护卫的神色已经有点不好看。

"没有。"铁星泽却最是宽容好性子，笑道，"护卫小哥多问我几个问题，也是尽忠职守。"

紫蕊看了看铁星泽难掩的焦急之色，也没多问，便将他带进去了。

留下护卫好大没趣，却又生不起气来，摇头笑道："难得看见苏女官脸红呢。"

"你说这个铁世子和她是什么关系？"

"少在那乱猜，不过这位铁世子性子倒着实宽容温和，和苏女官很配啊。"

"那是。"

……

铁星泽和苏紫蕊一前一后走着，两人都很沉默，因为这沉默，便显出几分不自在来。

两人都几次欲言又止，最后竟然还是苏紫蕊先开口，声音很低，"世子最近可好？怎么会忽然到玳瑁来？"

"家父薨后，我获准回国奔丧，经过玳瑁时，发现了一点问题，干脆绕点路过来通知女王，也好探望旧友。"铁星泽温和地解释。

他说"旧友"时，望着紫蕊，眼神温柔又闪亮，如星光璀璨。

紫蕊给这样的眼神看得心慌意乱，不禁又红了脸，好一会儿才“啊”了一声，道：“请节哀。”

“谢姑娘关心。”铁星泽颔首，又看她一眼。

苏紫蕊想对他从容地笑笑，和对其他人一样，可不知是久别重逢生出了陌生感，还是他的笑容太醉人，她无法控制心头的微跳，只得微微偏转了脸。

路上经过的人，都诧异地看她一眼，觉得平日里雍容端庄的苏女官，今儿看起来有点不大一样。

到正堂的路平日里觉得很长，今日却似乎有点短，苏紫蕊看着前方铁星泽的背影，忽然想起他在家乡的未婚妻，听说他一旦回国，就要成亲的……

她有点心乱，停住了脚步，铁星泽诧异地回头看她，很君子地停在一边等她。

“女王就在正堂……你自己进去吧，”她轻声道，“她看见你一定很欢喜……”

他对她笑笑，点头转身，她怅然若失。

他却又忽然停住脚步，转身凝视着她，柔声道：“我这次回国，可能会遇上些困难。所以也想向女王讨个主意……”他一笑道，“比如如何保命，以及如何尽量不影响他人地……解除婚约。”

苏紫蕊霍然抬头，但头抬到一半便知不妥，赶紧又唰地低下去。

他却是个体贴的，就当没看见，从容地道：“女王聪慧，紫蕊姑娘心思细腻，都应该有好计教我，还请姑娘不要介意，帮帮星泽。”说完他一本正经地一揖。

苏紫蕊简直不知道该说什么好了，这男子水晶剔透心肝，照出她一颗心内的桃花，她又有得遇知己的欢喜，又有心事被看穿的羞涩，还有对自己忽然情动的诧异，一时脸颊滚烫，讷讷不成言，等到她从一团乱麻般的思绪中抽身，抬起头来，他却已经衣袂飘飘地走远了。

她立在道边，遥望着他的背影，冬日一地霜雪，心却像开出了漫山的花。

……

景横波见到铁星泽的时候，十分欢喜。当日两人在帝歌城门之前，未及告别便分隔城里城外，事后她各种忙碌，也很少想起他，或者说不愿意想起——想到铁星泽，便会想起那日静庭红枫下三人共酒、真心话大冒险和桥头落水。那一日的枫叶如火，那一次的湖水彻骨，那些记忆太深刻太鲜明太多牵扯，总会激得她心中一痛，ト意识地便要避开。

然而故友相见，终究是关心的，不过她对他的回话反应截然不同。

“回国奔丧？”她皱起眉，“你父王没啥征兆就去世了？那你的兄弟们岂不是要抢王位抢疯了？他们能让你活着进入沉铁部吗？”

“陛下历练久了，越发敏锐。”铁星泽温和地笑道，“多谢陛下关心。不过想来无妨，终究是亲兄弟。”

景横波鼻子里哼了一声，以示对“亲兄弟”三字的不屑。

夫妻、父子都使恶毒手段呢，比如明晏安那一家，兄弟算什么。

“我来只是想告诉陛下，”铁星泽道，“我觉得我好像在玳瑁看见了亢龙军。”

景横波目光一闪，有点不敢相信——亢龙军全军在黄金部打仗，擅离战场那是死罪，怎么可能在玳瑁出现？

然而铁星泽有种让人信服的力量，他温和的目光和诚挚的语气，能让所有人觉得，他的每句话，都有分量。

景横波下意识地便要召集幕僚，好好讨论这件事，成孤漠视她为大仇，他的亢龙军出现在玳瑁，哪怕只是一个人，都不是好兆头，必须慎重对待。

然而她举起的手，在半空忽然停住，迎着铁星泽疑惑的目光，她耸耸肩，满不在乎地道："也许是你看错了？"

"我在帝歌待了那么多年，不需要标记，也认得亢龙军。"铁星泽语气肯定。

"出现的人多不多？"

"那倒不多，是一个运粮队伍，十来个人，而且完全是普通装扮，如果不是我熟悉亢龙军，还真看不出来。但正因为这样，才更可疑。亢龙军怎么会出现在玳瑁，还打扮成普通人运粮？明显有阴谋。"

"我听说亢龙军在打黄金部，战事胶着，军粮短缺。"景横波笑道，"保不住成孤漠急了，偷偷派人抢粮，这种事他干得出来。"

"那也不能抢到玳瑁来……"铁星泽有些发急。

他的话却被景横波一口截住："走了这么远的路，累了吧？瞧你这一身的灰，赶紧先去歇歇，让紫蕊给你做几道好菜。回头咱们再商量。"说着不由分说，便推着铁星泽出去。

铁星泽给她一路推着，哭笑不得地道："哎哎，陛下，您不能……不能……"想要赖着不走，又觉得不妥，犹豫间早已给景横波咯咯笑着一把推到门外，正撞在匆匆过来的紫蕊身上。铁星泽急忙伸手去扶，紫蕊慢慢站定，抬起脸，双颊如笼霞光，一片艳艳的红。

"我……我来瞧瞧陛下有什么吩咐……"她似乎对自己偷听很不好意思，全然没了平时的从容。

铁星泽含笑收回手，站在一边，体贴地转开眼光，以免她更尴尬。

景横波瞧瞧紫蕊，再瞧瞧铁星泽，心中好笑又诧异。当初在帝歌的时候，她就看出紫蕊对铁星泽有几分意思，但那意思并不明显，没想到相隔一阵子再见，那春心不仅没消减，反而又盛了几分，难道这就是缘分吗？

不过她此刻没心思拉皮条。铁星泽虽然好，但他的身世太复杂，麻烦太多，未婚妻啥的还纠缠不清，从私心来说，她不希望紫蕊坠入沉铁那个烂摊子里去。她可是听说沉铁部目前诸子争位，手段凶残，紫蕊可不要沉铁王妃做不上，先把命赔上了。

不过……她眯着眼，看着铁星泽和苏紫蕊相携而去的背影，心里不得不承认，这一对，当真算得上郎才女貌啊……

身边忽有人道："陛下脸上似有春意，可是有什么好消息要和我等分享？"

她嗅见一股淡淡的酒气，转身，果然看见英白英睿的眉眼，一只酒壶永远遮住他半张脸，露出的半张脸一半酒意一半飞扬的飒爽之气。

她凝视着他，忽然想这也是个谜一样的人物呢，谜一样出现在她身边，谜一样帮着她。

这么久，她没问过他为什么愿意跟随她，肯定不是因为她王霸之气散发，他虎躯一震拜倒什么的。但她心里也明白，不必问，问了也没靠谱的答案。

或者，她自己也不想问吧。

如今亢龙军的异动，这位玉照龙骑原大统领，知道吗？

她心事盘旋，脸上却带着盈盈的笑："有朋自远方来，当然高兴。"

英白向铁星泽离开的方向望了一眼："铁世子风尘仆仆，脸上似有焦灼之色，而且似乎他来这里也不是顺路，有什么要紧事吗？"

景横波嬉笑着指向铁星泽和紫蕊的背影："来见见心上人，算不算要紧事？"

英白瞥她一眼，笑容如酒光流荡："哦？我怎么记得铁世子是有未婚妻的？"

"结了婚还可以离婚呢，未婚妻算什么。"景横波嘿嘿一笑，"想要，就勇敢地撬墙脚，各种叽叽歪歪的，算什么呢。"

英白似乎想说什么，又似乎叹了口气，最终他不过仰头灌了口酒，对景横波扬扬酒壶："没事就好，我去打酒。"

"别醉死了，咱们还要干活呢。"景横波挥挥手，漫不经心地道，"我总觉得，铁世子的沉铁部会有麻烦。沉铁离咱们又近，保不住近期我要去沉铁部一趟呢。"

英白手一顿，随即一笑转身。

景横波凝视着他衣袂飘拂的背影，慢慢眯起了眼睛。

……

这一晚，景横波并没有去打扰铁星泽，也没有如惯例一般，吃完晚饭后找紫蕊、拥雪一起散步。晚饭后她独上高楼，看见前方花园小径弯曲，一池碎冰如乱琼，紫蕊和铁星泽在池边散步，常青的香樟和杉树间，月白的锦袍和淡紫的裙裾逶迤，月光下铁星泽眉眼柔和，凝视紫蕊的笑容优雅，而紫蕊微微仰起的脖颈雪白，乌发流水般泻下来，遮住一泊水光盈盈的眼神。从景横波的角度，看见她唇角的笑意三分羞涩，三分春意，如一抹春光，点缀了这冬日微微肃杀的庭院。

景横波双手扶着栏杆，心中隐约想起一首关于明月、关于小桥、关于谁装饰了谁的帘栊和梦的诗，不记得词句，却记得那意境，便仿佛此刻。

或者人间有情最美，陋室里也可以开出莲花。

她心底却微微肃杀，想着那山谷里的小屋，小屋里蔓延的冰雪，往昔也如一把冰刀，在心上一圈圈划出痕迹，缠缠绕绕，没个尽头。

她自认为是个心量宽大的人，然而此刻她觉得嫉妒，不想看见这样的花前月下卿卿我我。

这一刻的月光，是他人的团圆镜，却是她心头的三尺冰。

她转身下楼，长长的裙裾在木质楼梯上滑过，曳走一片冷月光。

底下的铁星泽忽然抬头。

沉浸在甜蜜之中的紫蕊，下意识地跟着抬头，便看见高楼之上的女王背影，深红的披风被月光染一片雪色，白日里热热闹闹的那个人，这一霎身影孤凉。

……

次日铁星泽向景横波告辞，他要继续赶路回沉铁。

景横波不由他分说，便命紫蕊和天弃送他一路回国。

铁星泽自然坚决拒绝，景横波的意思很明显，目前沉铁部已经被三王子铁风雷掌握大权，铁星泽回国，必然要面对危险，景横波派出这两个人的作用不是护送，只是表明女王的态度，希望铁风雷会因此有所顾忌。

铁星泽拒绝的理由也很坦然，不希望尚未站稳脚跟的女王，因此树敌。

“我只是想回去拜祭父王，给他守灵三年。”他道，“三哥应该不会为难我，何须苏女官和天弃大人跑这一趟？”

“就当请紫蕊和天弃，代我前去祭拜令尊，替我在灵前上三炷香吧。”景横波笑得很诚恳，“听说你那三哥，很是个暴烈性子，连坐骑都嫌马不够凶煞，硬是空手驯服了一匹黑豹来骑着。据说他已经杀光了你的兄弟，难保下一个不想对付你。和这样的人物打交道，你总不能连个伴儿都没有。”

四周众人都有愤然之色——铁星泽的身份，回国不说迎接，也是该带护卫的，但目前窃夺了大权的三王子铁风雷，千里送诏令，命令铁星泽在进入沉铁部之外一千里内，就必须取下兵刃，驱散护卫，单身入境祭拜。

身边一个人都不许留，这分明是欺辱，铁星泽竟然也接受了，当真在离沉铁部还有一千里的时候，便取下兵刃，交给护卫，带回帝歌。

众人为他不平的时候，心中也不免非议他缺少血性，但人各有志，不可强求，作为朋友，能做的也就是尽量帮他一把了。

在众人看来，景横波只派两个人，也是尊重铁星泽的意思，又不放心他的安全，只希望天弃和紫蕊到时候能保护他安然离开。

景横波也摆出一副绝不多事的态度，在送行时殷殷叮嘱天弃、紫蕊，绝对不要多事，只要沉铁部没有问题，就早早回来。紫蕊当然是她说什么听什么，一心以为她要搞事的天弃却大失所望，连声道：“我以为你想帮铁世子争位呢，难道你真的没这打算？”

“他自己都没这打算，我干吗要多事？”景横波睁大眼睛，一指点在他额头，“我又不是坐拥千军的大王，当真要四面树敌？我告诉你，去沉铁，记得夹着尾巴做人，在人家的地盘上，谦虚点，容让点，少给我惹事。我可经不起你们折腾。”

天弃挥掉她的手，诧然看着她，总觉得最近的景横波不大对劲，这分明不是她的风格，以她的性子，看到朋友受欺负，肯定立刻操起家伙来一场，哪有这么忍气吞声？

“我们要做安静的美女子，啊？”景横波拍他的脸，笑得那叫一个温柔慈爱。

天弃带着满腹的不解和怨气，悻悻地走了，景横波看着地平线上消失的三道背影，慢慢负起了手。

“都准备好了没有？”她问身边的拥雪。

“是。”

景横波转身，她身后那一大群幕僚，立即谦恭地退后让到一边，不敢面对女王。

女王虽然年轻，嬉笑无拘，但不知道为什么，众人都觉得她的笑意，渐渐少了当初的散漫，眼神转侧间，多了一分不经意的凛冽。

当初那个明媚烂漫的女子，如今已经成长为隐藏威重气质的女王。

景横波注视着正在建造的巍巍宫殿，工地上匠人们正干得热火朝天，四面百姓挎着篮子穿梭来去，时时指指点点。

气氛祥和，这是她治下的土地。

她的笑意慢慢有些古怪。

“我的地盘，我的子民，”她悠悠地道，“怎么能任人在这里，厮杀抢掠，搞破坏呢？”

……

灯下，他轻轻展开一幅地图，牛皮纸上绘着玳瑁及周边诸部，很多地方已经打上了红点。

雪白的衣袖在牛皮纸上拂动，他的手指慢慢将那些红点连成一线，正对着七峪关和宝田岭。

他慢慢闭上眼睛，烛火在他额间明灭，他身后的护卫屏息不敢出声。

半晌他问：“女王还没有动静？”

“没有。”

“亢龙异动的消息，你没传递过去？”

“属下原本想传递，”护卫恭谨地道，“正好铁世子经过玳瑁，也发现了亢龙军的异动，已经向女王做了提醒，属下怕再传递消息引起女王的怀疑，所以没再有所动作。”

他嗯了一声，道：“铁星泽已经离开帝歌了？”

“是。他上书求回国奔丧，您已经批准，算着时日，正该此时到达。”

他眉头微微皱起。

既然她已经得了亢龙军有异动的消息，为什么一直没有动静？

当真没把这事放在心上？

还是……

“或者您出面……”护卫试图建议，他微微一摆手，护卫噤声。

烛火在他清冽的目光中浮沉，他眼前浮沉的是这天下大局。

景横波绝不会不把成孤漠的行动当回事，她一定另有打算。

可不管她怎么打算的，都可能给他的计划造成变数。

他在和时间赛跑，她却似乎只想留在原地。

他轻轻叹息一声。

“雪山那边，打听到消息没有？”他忽然转了话题。

“回主上，”护卫道，“雪山上关押人的地方有多处，就在前天，最后一处咱们的人也进去查过了，没有。所以现在可以确定的是，人不在雪山。”

他慢慢闭了闭眼睛。

没有，没有。

五年时光，用尽心力，一点点渗透，查遍了雪山每一寸秘地，最后的结果，是没有。

那个女人，到底把他的家人，都关在了什么地方？

他忽然想到一个可能……这世上能让他怎么也找不到的，或许只有已经死亡的人……

这么一想，他心中一痛，一冷，抬手按住心口。

不，不可能。

偌大的家族，数百口人，就算遭受血脉反噬，但仅凭多年第一世家的底蕴传承，就不是许平然一个人能全部解决的。

家族于他，其实并无太多情分，但只有寻回了家族，才有可能探索血脉反噬的秘密，找到血脉延续的希望。

以前他不怕死，宁可死也不想被挟持，但如今，他想活。

多活一日，多看她一日，多看她强壮一分，直到能抵御这世间的寒冷。

“范围扩大，查许平然的一切对外来往，包括她嫁入九重天门之前的来往。”半晌，他冷声道。

“是。”护卫又奉上一封雪白的书简，火漆密封。

他层层拆开，是蒙虎转述的雪山来信，那内容让他眉峰一蹙。

雪山要求他速速登基称帝！

雪白的信笺在掌间粉碎，他凝望帝歌的眼神肃杀。

登基称帝……

一旦正式登基，景横波会怎么想？

一旦登基称帝，雪山还会提什么要求？许平然志在天下，要他登基只是第一步，她的目光之下，不会允许任何分裂王权的存在。

到时候，黑水女王，能否在黑水安静地壮大？

想要解决雪山，必须先解决许平然，可那女人躲在雪山秘境，从不下山一步。

他原想慢慢来，将雪山的力量一步步拔除，可逼近的脚步越发急迫。

人若逼我，我亦反逼之。

剑在鞘中，寒光已可伤人。

他脸色如霜雪，深红烛火染不热眉间的温度。

双手一撒，掌间的纸笺碎片飞到火上，刺啦一声，烧为灰。

……

肃杀的气氛，同样蔓延在沉铁部的大地上。

入境关城前，两对铁钺嚓地一架，将铁星泽等三人，挡在了城门外。

“大王有令，”士兵长声呼喝，“所有对外关卡一律戒严，许出不许进！来者何人，速速退回！”

天弃怒声道：“早就给通传过，这是回国奔丧的七王子……”

铁星泽拦住他，递上通关文书，温声道：“我得三王兄允许，回国祭拜先王，想来你方应该得到照会了，还请核对。”

天弃翻了翻白眼，想要发作，想着景横波要求低调的嘱咐，只得忍下。

但随即他的怒气又起来了，因为那小兵，看也不看文书，冷哼一声道：“原来是七王子，失敬。不过请七王子注意称呼，大王已经继位，不要再称‘三王兄’，该称呼‘大王’才是。”说着将人向外一拦，“还请七王子在此地等候通报。”

这一等便是一个时辰，一个时辰后，连耐性不错的紫蕊，都忍不住问：“请问何时可以入关？等了这么久，是不是因为大王仪仗过来得比较慢？”

“哪来的大王仪仗？”那士兵眼睛一翻，“是通报我们的守门长官！不过长官好像今天不当值，晚上他当值，你们再等等。”

“欺人太甚！”天弃抬手就要推开那士兵。

铁星泽一拦，轻声道：“再等等就出来了，反正也不急。”

“你还有没有……”天弃的怒骂，被紫蕊一个眼神逼回，堵在咽喉里，哽得自己直翻白眼。

铁星泽拉他们坐到一边，诚恳地道：“我等等无妨，你们不能和沉铁部的人发生冲突。女王根基未稳，不宜再树敌。”

他这么一说天弃只好不说话，紫蕊的眼神原本有些失望，此刻换了淡淡的心疼和感激，叹息道：“你何必总替别人想这么多……”

铁星泽只温和地笑道：“也不是替陛下着想。咱们只有三人，一旦动起手来，终究是吃亏。忍一忍，我给父王上了香，以后就再也不来沉铁了。三哥知道我没那个心，就不会再有敌意，你放心便是。”

紫蕊仰首看着他，他笑着，眉宇平和，眼底却微微有晶莹流动。紫蕊想着这个男人少年为质，他乡艰难一人多年，如今父亲暴毙，千里奔丧，却还要被兄长步步提防，堂堂王子，在关城被无名小卒羞辱，他心中，又该积压了多少苦楚？

她很想伸手抚平他微蹙的眉头，或者暖暖他的手，告诉他他不是孤寂一人，还有很多人关心他，然而矜持让她只是轻轻转头，更紧地笼住了自己的手。

笼住双手，却笼不住那一腔的怜惜和温柔，她的目光忍不住更多地笼罩在那颀长身影上。她自幼父母双丧，也是在寂寥中成长，她懂天涯零落的苦。

或许同病相怜的怜惜，会让女性更多母性的温柔，她唇角笑意轻轻，不再觉得这冬夜等待多么难熬。

然而这一等，竟然又等到半夜，在最冷的黎明，那士兵睡饱了，呵着白霜和寒气出来，告诉他们：“上头说了，你携带了不明身份人士，不得入城。”

眉毛上挂着白霜的天弃，阴着脸一声不吭地听完，抬手一巴掌就把他拍了出去：“狗仗人势，什么玩意！”

天弃始终记着景横波的嘱咐，这一巴掌看起来凶恶，其实只是巧劲，根本不会伤人。那士兵却似乎在等着这一招，一个筋斗翻了出去，跌在地上，干脆不起来了，大叫："有人硬闯关卡！打伤官兵！快来人！"

"反了你！拿下！"关城之上一声大喝，刚才迟迟不来的守城官，忽然便出现了，身后呼啦啦跟着一大群士兵，二话不说奔下关城，将三人包围。

第八十九章　相爱最实在

天弃忽然懊恼地叹了一口气，道："白忍耐了。"

紫蕊不说话。

傻子也看得出，这不是忍耐就可以解决的问题。这根本就是存心要欺辱，这里忍下了，别处还是会挑起来。所以天弃是懊恼不如早点打个痛快。

真心想欺负人的人，不会因为忍让就罢手。

天弃和紫蕊只是有些奇怪，铁风雷这么嚣张？当真一点也不在乎景横波的面子？

黑水女王麾下每日无数人来投，势力极速膨胀，本身一身神术，麾下更有高手如云，换谁家势力都要掂量几分，轻易不肯树敌。这王座还没坐热、还要对付兄弟们夺位的三王子，当真一点也不当回事？

他们却不知道，关城的守城官，根本不知道他们的身份，只以为他们是铁星泽的护卫。

他急于讨好新王，有意羞辱挑衅铁星泽，如果能将铁星泽擒下送交御前，大王一定很高兴。

关城前早已备好数千兵士，铁甲的寒光将人的视野染成一片苍青色，不容分说便出手。铁星泽和天弃避无可避，也只有一战。

两个男人看一眼汹涌的人群，再互看一眼，毫不犹豫地将紫蕊向外一推。

"走！"

"回去向女王报信！"

紫蕊踉跄跌出，看见两个男人已经被黑压压的大军淹没，一个关城一般只有百人队，此刻却有数千人立即涌出，显然是早有准备。

"天弃兄，你轻功无双，你也走！"铁星泽向外推天弃。

天弃却如双足生根于地，稳稳地站着笑道："人家想知道，沉铁的大牢，待遇会不会比玳瑁好。"

"你又何必……"

"人家还想知道，女王陛下到底把不把人家当闺密啦。"天弃又羞涩又不满又傲娇地哼了一声，“她为紫蕊可以闯上元，就不能为我闯一次沉铁？”

铁星泽被他一口一个“人家”，麻得浑身过电似的一颤一颤的……

天弃笑声娇媚，身姿却矫健如鹰，张开的双臂如巨翅，一掠便掠过了黑压压的人群，直奔军中主将而去：“擒贼先擒王！”

“保护将军！保护将军！”士兵们惊慌大喊。

一声惨叫，半空里抛出一只血淋淋的耳朵，似要将曙色染红，天弃快意的大笑声响彻云霄：“叫你欺负人家，人家打你了啦！”

“拿下！拿下！”叫嚷声惊动全城。

铁星泽叹了口气，转头看了看紫蕊离去的方向，扑入战团。

这场战斗按说没什么悬念，向来万人敌并不存在，再高的高手，面对千军万马，个人能发挥的作用也有限。两人对千军，一人一枪就足够累死人。

但铁星泽和天弃这一战，愣是将千军杀了个对穿又对穿，一条血路从人群中犁过去又犁出来，满天里溅开红红白白，遍地泥土染血黏腻，靴子踏进去一时都拔不出。

这一战，从黎明战到中午，铁星泽和天弃固然被擒，但沉铁军也付出了沉重的代价。带兵的副将被天弃撕去一耳，众队长多半有伤，士兵死一百余，伤三百余，遍地尸首和在血泊中呻吟的伤者。

死伤惨重，守关副将牙关咬得咯咯直响，如果不是大王下令不得杀铁星泽，他早就下了死手。

被擒后的两人，被五花大绑，却神情淡定，站在尸首堆中聊家常。

一个说：“人家今天杀得好痛快，早该如此！”

一个说：“都是因为我，天弃兄才受了委屈。回头定还天弃兄一个痛快。”

一个说：“我想杀了铁风雷，那才叫真痛快。”

一个说：“我念亲情，奈何亲情不念我。真要狭路相逢，请天弃兄不必顾忌。”

一个说：“当真？”

一个说：“我愿兄弟和睦。这兄弟，亲兄弟算，义兄弟也算。他人若不以亲情相念，我便只能以恩义权衡。天弃兄弟为我赴汤蹈火，我万万没有让你再为我受委屈的道理。”

一个哈哈大笑说：“先前我还怨你毫无男子血性，此刻才知你原来心中清晰分明。好，你这朋友，我交了！”

一个从容微笑说：“共酒肉只能是朋友，共患难才能成知己。”

两人脚踩尸首，相视而笑，瑟瑟冬风下，万军不过等闲。

千军静默，一时凛然。士兵们并不太懂他们在说什么，只觉得这般从容的风采，令人肃然。

士兵们也不是没见过在战场上故作豪气的人，但那些人狂言乱语时，说不定偷偷尿湿了裤子。倒是面前这两人，不色厉内荏，从容谈笑，更令人不敢小觑。

何况还有脚下这许多尸首，告诉他们谁才是强者。

军中崇拜强者，因此此刻反而没有人再呵斥他们。

倒是被撕掉一只耳朵的那名副将，阴阴地笑了。

“七王子说大王没有亲情？”他呵呵笑道，“话怎么能这么说呢？大王可是很记挂七王子的，一听说七王子抵达沉铁，立即就派了亲人来迎接您呢。”

铁星泽目光一凝。

那副将装模作样地一拍额头，“我这健忘脑袋，怎么忘记这事儿了呢？哎呀呀这要早点把人请出来，也许就没这场误会了……”转头呵斥，“还不赶紧请夫人？”

天弃眉头一皱，心想不会是铁风雷挟持了铁星泽的娘吧？此刻他才想起铁星泽忍让的原因，他的母亲还在王城呢。

看铁星泽的神情，似乎也有这样的担忧，天弃不禁暗暗后悔。

唉，都怪跟着女王太顺风顺水，已经受不得任何委屈了。

一乘小轿悠悠抬来，轿子华丽精致，一看就是女用轿子。

铁星泽和天弃都有些紧张，眼看那停在三丈之外的轿子被人轻轻掀起轿帘。

掀帘的手雪白纤细，天弃正想着铁星泽的娘保养得真好，就看见那手指上一枚鸽血宝石戒指，艳红到惊心。

他感觉到身边的铁星泽身子一震。

他抬头，一霎间竟似见铁星泽眼底水光一闪。

天弃一震，几疑自己眼花。

身边的铁星泽似乎在平缓呼吸，敏锐的天弃听见他的气息有些杂乱。

刚才一番拼杀，都没能让铁星泽乱了呼吸，现在这是怎么回事？

关城之下，一地斑斑血迹之中，轿子无声，凝望着轿子的铁星泽也无声。

片刻，轿子里有人轻轻咳一声，又咳一声。

声音娇弱，果然是女子。

铁星泽身子又是一晃。

天弃看一眼那阴笑的副将，心中若有所悟。

他记得当初听说，铁星泽有个指腹为婚的未婚妻，却还有个一直在等他的爱人。

如今来的，只怕便是其中之一了。

果然，轻咳之后，那轿子里的人轻轻地道：“贱妾奉大王令，前来迎接七王子。七王子远道而归，路上辛苦。”

那雪白的手指，慢慢挂起帘上的金钩，隐约可以看见轿中人乌发云鬓，是已婚女子装扮。

铁星泽便如再被打了一拳。

天弃心中暗叫不妙，和铁星泽有瓜葛的两个女子，无论哪个以已婚女子形象出现，都不大对劲。

而且那女子孤身前来，号称夫人，却连个伺候的人都没有，还要自己挂金钩，这又是什么意思？

那女子的手指一直搁在窗边，指上宝石熠熠，似提醒，又似刺激。

天弃却以他的女性心理，注意到那手腕上还有金镶玉翡翠手镯，非常沉重华丽，和指上宝石的颜色相冲。

这女子给人感觉清雅荏弱，实在不像是会做这样浓艳打扮的人。

铁星泽凝视着那手指，半晌缓缓地道："你为何换了镯子？"

那女子静了静，答："大王赐了贱妾金镶玉镯，更配贱妾的身份。所以当初那个白玉镯，取下来了。"

铁星泽闭了闭眼睛，又问："为何鸽血宝石戒指不取？"

"本来也取下来了，不过大王说，"女子声音柔婉，"今日既然前来迎接七弟，不妨也将当初七弟所赠之物戴上一件，你我如今也是一家人，原不必分什么彼此。"

"那，"铁星泽缓缓地道，"还未恭喜琇珑姑娘，受封王妃。"

"七王子误会了。"女子柔柔地道，"贱妾只是大王第十二房妾，不敢当王妃之称。"

铁星泽袖子微微颤抖。

天弃转开眼睛，麻木地看路边的一具尸首，他觉得尸首比此刻铁星泽的脸色好看多了。

那尸首上十几道刀痕，他想着铁星泽此刻的感受，也和那尸首死前差不多吧……

半晌铁星泽才开口，声音第一次出现微微的颤抖："琇珑，关琇珑……你纵不能再继续等我，也不该这么……自甘下贱……"

"七王子又误会了。"轿中人又轻咳一声，"贱妾完全是自愿。贱妾嫁给大王，心中十分欢喜。大王待贱妾温柔体贴，日日相伴。"她忽然笑了笑，道，"贱妾是女人，心志脆弱。贱妾早年太过幼稚，年华渐渐老去时，却有所醒悟，终于明白，和千里之外渺茫无期的虚无温柔比起来，相伴身边的良人，才是最实在的。"

铁星泽踉跄一步，足跟靠住了一具尸首，才勉强控制住没倒下。

那女子犹自不放过，还是那么轻轻柔柔地道："七王子年纪也不小了，早些把亲也成了吧。只是听说大王想让七王子回帝歌，促成帝歌与沉铁永世和平。也不知道萱亭小姐，愿不愿意背井离乡，随七王子永居帝歌？不过她今日既然没来接你，想必也……"

"她不接，有我跟。"忽然一个声音打断了她的话。

轿中关琇珑愕然抬头，便看见一个女子从一棵树后转出，缓缓走来。

苏紫蕊在千军注视下，在铁星泽旧爱的注视下，一步步走得挺直。

腰背笔直，裙角不动，每一步步距相同，精准得似乎用尺子量过。

这样走出来的步子，翩然又庄重，最是宫廷上佳气度。

她相信自己，虽然走在尸首之中，但此刻的步态，为一生最美、最高贵。

她就是要走出最美、最高贵的步伐，好撑起那男子踉跄的自信。她要让关琇珑看清楚，被她弃如敝屣的那个人，依旧有人愿意跟随。

哪怕此刻她并没有完全想好，但那几句对话，让她决定必须这么做。

心底有火在烧，她面容却平静，昂起的脖子是最优美和骄傲的弧度。

晨曦里，士兵们赞叹地看着走来的女子，他们不明白什么是久经锤炼的宫廷礼节，只觉得这女子很美。

关琇珑那种荏弱里的凛冽，遇上这样的高贵，也不禁有些慌乱，咳嗽一声，问：“你是谁？”

苏紫蕊却根本不理她，只上前挽住了铁星泽的胳膊。

“夫人在问你话！”有人呵斥她。

苏紫蕊看也没看对方一眼。

“良家子，何须理会贱妾。”她答。

关琇珑挽帘的手一颤，咳嗽转烈。

有时候，言语的刀，才最狠。

铁星泽此刻完全失了先前的从容，木木的，苏紫蕊挽住他，他也没有反应。

苏紫蕊此刻倒比他自然，伸手向一边的士兵一招手：“把我也捆上吧。”

士兵拿着绳索，一时愣住了。

“他下狱，我也下狱；他不走，我也不走；他离开，我也离开。”苏紫蕊仰脸看着铁星泽，一脸存心要气死关琇珑的款款深情，“背井离乡没关系，零落天涯没关系，哪怕沦落地狱也没关系。我是女人，心志脆弱，无论是年轻幼稚还是老来通透，都只知道，女子该从一而终。和出卖尊严换来的富贵荣华比起来，和踏实牢靠的那个人在一起，才是最实在的。”

铁星泽臂膀微微一颤，霍然转头看她。

轿子里关琇珑脸色惨白，似戴着一张鬼面具，浮凸在一片黑暗里。

苏紫蕊原本是故意要气人，说的时候只当说台词，然而说到后来，感觉到挽住的那个男人的颤抖，心中忽然也似有轻颤。

那些词句太过灼热，灼着了他，也灼着了她。

风将挂帘的金钩吹落，掩住了关琇珑失色的脸。四面一片静寂，半晌，副将气急败坏的声音响起：“拿下！一起拿下！”

喧嚣声里苏紫蕊微笑，身边的天弃担心地问：“你也来自投罗网，没人报信给景横波怎么办？”

“无妨。”苏紫蕊眼眸里光芒闪耀，“我已经让鸽子报信，我想……”她笑了笑，看着上元方向，“沉铁要有麻烦了……”

……

半天之后，沉铁新任大王，已经听说了这里发生的事。他搂着新娶的第十三房小妾的腰，满不在乎地挥挥手：“那就关着好了！”又不耐烦地道，“要不是当初老头子可能告诉他大王印在哪儿，我早杀了他！”摸了几把小妾的腰，忽然又道，“那个忽然出来，给他撑面子的女人是谁？带来我瞧瞧美不美。”最后才问，“对了，那一男一女是谁？”

属下们面面相觑，一场乱战，竟然都忘记了问天弃和紫蕊的身份。

但这样的失误，不能在残暴的大王面前展露，回报的人便道：“是七王子的护卫。我等定会严加审问。”

“那便好好审问。”铁风雷一挥手，推开身边的女子。那女子犹自想要贴上去，他抬手便是一巴掌，重重扇开，看也不看那婉转倒地娇啼的女人，大步走出了宫殿。

院子里，有个全身灰斗篷的人，在阴影里等着他，一见他便道：“恭贺大王！”

“哦？”铁风雷眯起眼睛，“何喜之有？”

“在下为大王带来了一封信。”那人从怀中取出信，交给铁风雷，“大王看了，便知道喜从何来。”

铁风雷一眼扫过，浓眉一挑：“成孤漠请求和我结盟？”

……

砰的一声，景横波的巴掌重重地拍在桌案上，惊得所有人都吓了一跳。

“呔！”女王横眉竖目地道，“大胆铁风雷，竟然敢打伤天弃，扣押紫蕊，将我的人打下大牢！这是在打我脸的节奏啊！来人！随我兵发沉铁去也！”

无人应声，一堂的人眼珠子直勾勾地瞧着她。

“陛下三思。”老成持重的常方、瞿缇等人急忙劝解，“您根基未稳，外有玳瑁武林虎视眈眈，内有明晏安拼死挣扎，不宜多方树敌，或者由我等先出面向铁风雷交涉……”

“不行！等你们交涉，黄花菜都凉了！”景横波一阵风般卷了出去。

众人面面相觑——女王最近很不正常啊……

……

不正常的事儿还在后头。

明明天弃、紫蕊被擒的事件是突发事件，而且消息刚刚才传过来，可不知道为什么，女王刚刚发飙冲出去，转眼麾下的精英已经集齐。

这段时间，景横波一路抢地盘，降伏收纳于麾下者已有两万余。她麾下本就有最精英的中级军官——封号校尉和裴枢的手下，打散了分到这两万人中，都是带兵的好手，转眼就成了建制周全的军队。景横波搭配管理，一个封号校尉搭配一个裴枢的手下，再搭配一支军队。谁正谁副？自己争。每支军队谁高谁低，配给如何？自己争。队比试、营比试、军比试，不断的竞争促使所有人不断锻炼，不然就地位低下，吃不饱穿不暖，惹人耻笑。最出众的就编入精兵营，一流配给、待遇。务必让每个人都如踩笼子的松鼠一般，动个不停。

两万人要养活，是一项大开支，那就以军养军，开田辟地，自耕自产。另外这里还有黑水泽，富饶而危险的黑水泽，成了士兵们的探险地。有了天星宝舟，人人闻之色变的黑水泽，也变得不再那么不可接近，景横波控制着天星宝舟的生产数量，以免冲击市场，就算自己麾下的军队，也是根据表现来配给。从黑水泽里得来的产出，无论是卖往内陆还是周边各国，都是价格高昂，足够维持两万军队的开支。

景横波自己则以三县之地的税额，开始在大荒各地筹备自己的女子商场。她认为无论什么时候，女子的钱都最好骗。她要让自己的美容理念，风靡于大荒土地。女子商场和她在帝歌时设想的差不多，服饰、首饰、美容齐上，连面膜都准备好了，有营养液面膜，蔬菜瓜果面膜，以及招牌经典产品：黑水沼泽泥面膜。后者是景横波亲自去了一趟黑水泽，在黑水泽盛产名草名药的一处区域挖回来的泥，一般这种矿物泥都含有很多微量元素，现代那世也是高端面膜产品的来源之一，景横波亲自试验，又加入了一些营养液，效果极好。这东西除非动用军队，一般人根本拿不到，景横波定位为高端产品，专门推销于六国八部的王族，价比黄金，务必要赚他们个屁滚尿流。

因为暂时没有战事，很多人被景横波派出去，筹备商场，开荒辟地，黑水泽寻宝，平常在营中只有五千人左右。然而此刻众人一跟着出去，赫然发现足足一万人已经在校场等候，而且全部是排名靠前的精英队伍。

不等众人表达疑惑，景横波快步上了阅兵台，她今天一身红色骑装，黑色马靴，黑色长发扎个大马尾在身后一甩一甩的，手中的黑色马鞭也一甩一甩的，俏丽英爽，帅得令所有人眼前一亮。

景横波很懂得利用年轻士兵对出众女性的爱慕心理，每次军前出场，都精心打扮，务必保证回回有惊艳效果。这也是为了她的女子商场做准备，她是大荒的明星，她要用自己的明星效应，最大效果推动自己的商业王国，她的每一种装扮，每一件出场的衣裳，乃至发饰、发型，将来都会是她的商场的主打产品，利用女人的虚荣从众心理，狠狠赚上一票。

她站在台上，本身就是最美的旗帜，所有士兵都仰脸望着她，眼神发亮，都觉得她在看自己，都觉得她这么对自己笑一笑，为她去死也可以。

美的力量无远弗届，据说很多人投军，就是为了看一眼传说中艳名远扬、人生跌宕的女王。

她的军队，叫“横戟军”。

“亲们！”女王向来对自己的军队这么称呼，大家也习惯并喜欢——这么一个美人，红唇白齿，笑吟吟地对自己说“亲”，这感觉真好！

“陛下！”万人轰然响应。

“人说主辱臣死，如果有人辱我，你们打算怎么办？”景横波开门见山。

“让他死，他不死我们死！”

“很好。”景横波一指沉铁部方向，“沉铁大王，骄狂暴虐，竟然敢公然向我挑衅，将天弃将军和苏女官下狱，你们说，怎么办？”

“打！”

“很好。”景横波跳下高台，“开拔！”

万人队嚓的一声一个转身，似一片齐整的稻田，哗啦一下被风翻过方向。

看着军队源源不断地开出辕门，景横波才回身看看自己的属下们。

连七杀在内，所有人都还维持着目瞪口呆的造型。

女王这是怎么了？

她以前从来不独断专行，今天怎么这么大的事商量也不商量，说出兵就出兵了？

沉铁部大王虽然过分，但因此就二话不说出兵，这是要闹哪样？

还大军倾巢而出，这背后的上元，要是乘虚而入怎么办？

伊柒扑过来，抱住景横波的脑袋左瞧右瞧，喃喃自语："脑袋被门挤了？看不出来呀。"

"你才被门挤了，你全家都被门挤了！"景横波一巴掌拍开他，转头对正在喝酒的英白笑道，"这是我横戟军第一次出战，务必得个头彩，震慑十五帮和周边诸部，我不懂军事，还请大统领偏劳了。"

"不妥。"伊柒又道，"现在军中中级军官多半是裴枢的手下，你让英白去管，算个什么事儿？好歹你等裴枢回来啊……"

"就你话多！"景横波又一巴掌把他拍回去，笑看着英白。

英白目光一闪，扬了扬酒壶："行啊，不过出门之前，可得让我打满酒。"

"这点小事哪用大统领亲自干。"景横波手指一弹，来了几个中级军官，当即簇拥着英白去了，景横波嘱咐："你们几个，在出门这段时间，务必好好跟随照顾大统领，好好和大统领学学，随时准备聆听他的指示，明白了吗？"

"明白！"

一众幕僚面面相觑，隐约觉得不对劲。

七杀开始奸笑，互相捣胳膊。

"你说波波在玩什么把戏？"

"这还不简单……"

"啥？啥？"

"……不知道谢谢。"

"蠢货，用脚丫子都能看得出来，她这不是软禁英白吗？弄那么一大堆人跟着英白，撒个尿都有人看大统领尿得远不远，你说英白还有什么自由？"

"英白咋了？偷看她洗澡了？"

"哎呀呀，也许？我要去找他，问问他小波儿身材到底怎么样。"

……

"女王的大军忽然出三县？"幽暗的室内，白衣如雪盘坐的人，忽然抬起了头。

这消息令他也震惊，以至于他瞬间手背绷紧。

"是。"护卫回答得简单，"我们发现时，军队已经出了三县，因为精英尽出，也因为女王出兵太快，周边三门四盟七帮等，都来不及反应，眼看着女王的军队就要抵达沉铁部关城了。"

"有无联系大统领？"他立即问。

"大统领联系不上。"护卫答，"据说此次领军的就是大统领，但我们的人根本无法接近。"

"天弃呢？"

"天弃被派去护送铁世子，没有回来，我等怀疑就是天弃在沉铁出了事，才导致女王出兵。"

他默然。

黄昏的夕光打在他眉尖，浓眉坠着沉沉的心事。

直觉和分析告诉他不对劲，关切和心情让他不能安坐。

半晌，他掷卷而起："去沉铁。"

……

从玳瑁到沉铁，抄近路的话，其实比玳瑁东部到南部还近。

景横波的大军出辕门时气势汹汹，却在一出三县之地就分散而行，直到到了沉铁部关城附近，才集聚军队，直扑关城。

所以当关城的守门官，忽然看见城下出现一片黑压压的人头时，直接傻了。

之前派来擒下铁星泽的军队已经撤走，现在关城上数百人，哪里是大军的对手。一刻钟，大军便碾压过了关城，将那个守城官脱光了吊在城头。

景横波连关城都没登，甚至也没去大牢寻找铁星泽三人，她知道三人一定已经被押解去了王城。她好像就是来骚扰的，把关城打了个稀巴烂，甚至没派人驻扎，抽身就走。

她维持着这种速度，连下沉铁部边境三城，每次都是打垮了城门，就转身离开。她在沉铁大地上一路疾走，拖一把闪亮的刀，一路哧哧剖开沉铁毫无准备的城防，所经之处，人仰马翻。

军中一些老成持重的将领，原本不赞成她这么贸然专断地出兵，如今看她兵锋所指，侵掠如火，算着照这速度，完全可以打沉铁一个猝不及防，还可以在上元有所动作之前，迅速打一个来回，也便稍稍放了心。

谁知道景横波连下三城，在接近沉铁中心的东宁城城头，她破例上城，在欣赏了一番沉铁士兵的狼狈之后，对那簌簌发抖的城主道："点燃求援烽火。"

这下别说那被俘的城主不敢相信，连将领们都不敢相信自己的耳朵。

女王疯了？

孤军深入敌国，身后还有虎视眈眈的敌人，唯一的胜算就是以闪电战快速打一个来回，让别人来不及钻空子，眼看女王也是这个打算，怎么在这关键地方，竟然要对方点燃烽火？

狼烟一起，四面告警，战略意图立即被发现，闪电战从容进出就成了梦想。这支孤军，会被沉铁军和其余想要趁火打劫的军队，堵死在沉铁内部！

众将觉得不可思议，纷纷劝阻，劝阻无效之后便寄希望于大统领英白大人劝阻，但让众人更加掉下巴的是，不懂军事的陛下犯傻，百战统帅英白也犯傻，他竟然一言不发，捧着酒壶，眯着眼睛看那烽火无可阻拦地被燃起。

滚滚黑烟上冲云霄，在深蓝天幕上写一道如剑如惊叹的警告。

英白眼底的神情也很奇怪，有人隐约听见他喃喃道："这回可算是下了决心了……"

第九十章　女王之霸

女王和统帅的脑子同时被门挤了，众人也无可奈何，只得悲壮地看一眼烽火，想着老子这回要完，也罢，和女王陛下一起玩完在沉铁的土地上，也算不亏。如此有去无回，更得打个痛快。

之后的行动果然更快，一路快走，又连拔三城，三日之后便逼近沉铁都城。

而此时，周边果然闻风而动，翡翠部快速出兵，以骑兵闪电出城，占据了沉铁与翡翠部相邻的关城，堵住了景横波的退路。

其余周边各国各部，有的在观望，有的在调动军队，陈兵边界，随时等着黑吃黑。

三门四盟七帮十三太保和上元城，几乎在烽火燃起的同时，迅速进入战备状态，双方越过三县之地，秘密联系频繁，在景横波的横戟军进入沉铁王城周边的次日，三门四盟七帮十三太保从外向内，上元城明晏安从内向外，以一场偷袭，向夹在当中的三县之地，展开了进攻。

景横波将文官留在三县，正在群龙无首之际，裴枢携孟破天回归，也不等人任命，裴枢当即接管军务，紧急下令全员集聚，以计诱上元军队出城，利用黑暗与复杂地形，以及江湖帮派联盟的松散性，让上元军队和江湖联盟军队碰在了一起，打了一场乱仗，自己再率骑兵突进，趁火打劫，接战之下，大败上元军和江湖联盟军，擒双方俘虏数千，一战成名。

到此时人们才知，当年的龙城少帅，并没有被数年天灰谷岁月消磨掉志气，他由出鞘剑转为在鞘剑，沥一杯烈酒依旧光生，流转剑华上烟尘。

裴枢那里声名大振，稳定了后方，景横波这里，却在沉铁腹地停住了。

她的兵锋抵达王城县郭时，铁风雷还在王宫之内，刚刚杀掉了一名反对他的大臣，踏着血泊，欣赏着阶下女子无惧的神情，用沾血的手指抬起她的下巴，狞笑道："你就是那个什么……苏紫蕊？女王身边的女官？"

阶下重重锁链锁着天弃和铁星泽，两人怒瞪着铁风雷，可惜连喊都喊不出。

苏紫蕊倔强地扭过头，铁风雷手指用力，又将她的下巴扳了过来，笑道："好个烈性的小娘子，瞧你这性子，我对咱们的女王更加期待了，把她压在身下，听她婉转呻吟，一定很有意思。或者你们两个一起上哈哈……"

他的笑声未落，有将领闯宫急报："大王！黑水女王一路急攻，已经逼近城下！"

铁风雷手指一颤，苏紫蕊趁势挣脱。铁风雷冷笑一声，一挥手道："牵黑风来！"

侍从牵上一匹黑豹，那凶兽一身纯黑皮毛，油光水滑，体型彪悍，金黄色的眼睛里，有种睥睨众生的残酷森冷，和铁风雷的眼神很像。

那是铁风雷的坐骑，名叫黑风。

铁风雷又是一挥手：“带着人质！本王上城，去和黑水女王会一会！”

他气吞山河地骑坐在黑风背上，拍了拍它笆斗大的脑袋，笑道：“好好杀人！听说那女王细皮嫩肉，十分可口，等本王享用了，便送你尝尝。”

那豹嗷的一声，啸声兴奋，竟似听得懂人言。

“来人，”铁风雷又一挥手，“将我那七弟，拴在黑风后面，我要他做我的豹夫！”

当即有人将束住铁星泽双手的锁链，套在黑豹背上的鞍鞯上，他脚上还有锁链，只能跟着黑豹踉跄而行。

苏紫蕊脸上血色全无，尖声道：“士可杀不可辱！”

“士？士？”铁风雷大笑，“在我眼里，你们都是屎而已！”

他衣袖一挥，有风雷之声，黑豹纵跃而起，铁星泽无法控制身形，一个踉跄栽倒在地，当即被一路拖了出去。

苏紫蕊控制不住地尖叫，再被铁风雷的属下驱赶着前行。眼看那一地烟尘翻滚，泪水瞬间模糊了她的视线。

一片模糊里，她看见那男子勉力挣扎，先支撑起身子，半跪于地，黑豹前冲之势未止，他的膝盖当即被石地拖得血肉模糊，在汉白玉地面上曳一道艳红的血痕。

他却并未倒下，一个翻身，终于站起，之后的奔跑虽然踉跄，但终究完成了自救，不会被活活拖死。

一地烟尘，烟尘里他犹自不忘回首，给苏紫蕊一个安慰的笑容。

笑意似暖阳，在这冬日有些萧瑟的黄昏，绽放光辉。

泪水终于走珠般从颊边滚下，苏紫蕊此刻只想扑入他怀中，问他一声：“疼不疼？”

黑豹风一般前行，先经过御花园，铁风雷喜欢在自己的宫殿中驰骋，不喜欢花花草草，觉得那些东西碍事，所以他的御花园里没有花树，却养着许多珍禽异兽，甚至还有仙鹤，迈着细细的长腿，在浅浅的湖水中徜徉。

那些优美的动物，在他心情好的时候，是他的观赏物，在他心情不好的时候，不过是黑风的零食。

现在就是他心情不好的时候。

一只仙鹤忽然飞起，遮住了他的视线。

“打下来！”他指着那鹤，暴戾地下令。

御林军搭箭欲射，那鹤却忽然半空里翻了个筋斗，御林军面面相觑，还没动手那鹤不知怎的便坠了下来。

下一瞬那斜飞而下的鹤，长喙狠狠地啄在黑豹的眼睛上！

所有人连同黑豹，都猝不及防，黑豹一声惨嘶，下意识地一个翻滚，将铁风雷掀下了背。

铁风雷跌在地上，顿时怒吼一声：“孽畜！”抬手就是一鞭挥了过去。

啪的一声，鞭子抽上黑豹的脊梁，那畜生痛极发狂，又被自己的鲜血激发了野性，抬爪一抓，竟生生抓住了铁风雷的鞭，按在爪下。

它怒极之下，便要抬爪将爪下的人一爪拍死，然而听见铁风雷的声音，它硬生生忍住不动。

铁风雷夺鞭，夺不动，一抬头看见黑豹一只眼睛金光闪闪，另一只眼睛血红涔涔，望去狰狞如妖兽，顿时大惊，连声下令："这孽畜发狂了！杀了它！杀了它！"

御林军张弓搭箭，万箭齐发，黑豹仰头怒吼一声，啸声里无限悲愤，踩着铁风雷的手臂，纵身跃起。

夕阳里它跃起的身姿如一道黑色的闪电，无数箭矢从它光滑的背上擦过，竟然无法钉入它的肌骨。

最后一声啸悲愤、留恋又决绝，黑豹半空一个翻身，将背上象征主人的鞍鞯甩落，一闪不见。

空地上只留铁风雷一声惨哼，他的手臂被黑豹临去那一踩，断成四截。

有人要上前救治，被他一把推开，他怒指紫蕊，厉喝："是她搞的鬼！本王看见她先前对仙鹤打了个呼哨！给本王先杀了她！"

箭手的箭立即转了个方向，齐齐指住了苏紫蕊。

铁星泽忽然扑了过去。

他原本被拴在黑豹后面，黑豹甩落鞍鞯后，他跌落一边，此时他如风雷般扑起，拖拽着鞍鞯和锁链，一下扑倒了紫蕊。

与此同时，天弃也一脚踢翻了看守自己的人，从另一个方向扑了过来。

三人滚倒在一起，两个男人护住了下面的紫蕊，箭矢从低空咻咻飞过，漫天都是铁器的森寒气味。

苏紫蕊被压在最底下，听得那铁箭飞掠、碰撞的声响，感觉到身上男子微微震动的身体，澎湃的心血和热泪一同横流，她忽然一只手抱住铁星泽，一只手拉住天弃，大声发出一串怪异的声音。

蹄声杂沓，扑翅连绵，御花园里无数的飞鸟走兽，如同得到命令般齐齐奔来，兽扑向箭手，鸟覆上人身，箭矢扑簌簌穿过那些鸟兽的身体，漫天里闪着无数扑扇的翅膀，飞了一地苍青、雪白的鸟羽。

御林军何时见过这样的景象，一时惊愕，手上一慢。

天弃一把扯住紫蕊和铁星泽，咬牙说了声："下水！"三人骨碌骨碌滚入一边的湖水中。

扑通一声，湖面上洇开一片淡红。

苏紫蕊入水时，只觉得寒冷彻骨，头砰的一声不知撞上了什么东西，眼前一黑，晕了过去。

晕倒之前，她只隐约看见一线黑影，自眼前飘过。

……

铁风雷受了重伤，去不了城门，只得命亲信大将先上城作战，自己回后宫疗伤。

他是个多疑的人，因为太过暴虐杀人太多，所以也害怕有朝一日被人杀，谁都不相信。当他的随身坐骑兼护卫黑豹离开之后，他竟然觉得，让谁护送自己回宫，似乎都不大妥当。

他害怕被人趁机下手，因此携带武器的护卫一个不带，命一群太监护卫着自己进入内宫。

他夺取王位之后，就将自己的寝宫做了改造，在那里，有无数机关，可以保他安全。

进入寝宫，要先经过先王的灵殿，先王的丧期未过，按说那里该祭祀香火不绝，但此刻那里冷冷清清，连看门的人都没有。

铁风雷从那殿门前过的时候，下意识地看了一眼，发现殿门竟然半掩着。

他有点生气地想，这是哪个偷懒的看门人，连门都不关好。

换成平日他也许就要杀人了，但此刻臂膀剧痛，他做什么事都没心思，冷哼一声便要走过。

便在此时，门忽然缓缓开了。

没有风，没有人，门向外缓缓推开，吱嘎一声响，响在凄清的宫道上，听来瘆人。

铁风雷不可自控地停住脚步，一眼看进门内，夕阳光影里暗殿深深，正面对着他的，是黑暗背景下的明黄巨棺，那棺上四爪龙怒睛如火，似在眼前。

他浑身一冷，再看看身周那群太监，个个如冬日鹌鹑般抖索。

他暗悔自己失策，受伤之后疑神疑鬼，还是应该带几个高手才对。

此刻他不想多留，紧了紧衣裳想要快步走过，却在此时又听见一种声音。

嘎嘎声响，木头和木头在摩擦，什么沉重的东西被缓缓推开，一阵窸窸窣窣的声响，这回是厚重衣服摩擦木头的声响，再然后是咕咚一声，似乎是什么东西蹦到了地面上，沉重而笨拙，然后就是一阵一阵的咚咚声音，伴随着厚衣裳摩擦地面的沙沙声响，一步步逼近，一步步踩在了人心上。

这声音实在太让人产生某些不好的联想，太监们的脸色已经由惨白变成铁青，人人张着嘴，想要惊呼，却又不敢惊破此时诡异的气氛，又怕声音一出，就会引起那门后的“人”凶猛地扑近。

铁风雷却站定了。

作为出了名的凶人，能杀掉几乎所有兄弟，占据王位的最暴虐王子，他的骄傲和血性，不允许他在此刻退让。

诈尸了？诈尸了又怎样？如果让自己老子的尸首在宫里到处窜，他还不如不要做这个王！

当初敢杀他一次，现在就敢杀他第二次！

他甩开太监的搀扶，走上台阶，一脚踢飞了大门。

大门敞开，能看清楚里头内殿的灵堂，一眼就能看见，那巨大的棺木，果然已经开了盖。

所有人汗毛都竖了起来——此刻那开启的盖子之下，老王的尸首，还在不在？

不敢想。

铁风雷也怔住了，随即他发现门后似乎有不对劲。

门缝之下，露出一角明黄色的衣袍，风正将袍角瑟瑟吹动。

这颜色，除了他，只有他死去的爹能穿。

真诈尸了？

铁风雷冷笑一声，忽然出剑。

剑光一亮，穿入门板。

不管门后是人是鬼是僵尸，这一剑，神仙来了，也要对心穿！

剑哧的一声穿过木板，他却觉得手感不对，门后似乎没有东西！

那一角衣袍是怎么回事？

念头一闪，他来不及拔剑，疾退。

门后却忽然伸出一只枯瘦的手，抓住他断掉的臂，把他狠狠向内一拉。

他猝不及防，剧痛之下无力抵抗，一个踉跄栽入门后。

砰的一声，似风推动，似人关合，双扇大门立即轰然关上。

随即一阵怪异的声音响起，挣扎、扑闪、撕咬、啃吃、断裂、喘息……蒙昧而沉闷，空气里隐隐有血腥气息。

台阶下太监们怔怔地立着，浑身里外透凉，不知道里面发生了什么，不敢猜里面发生了什么，但每个人都明白，里头一定发生着世上最为可怖惨烈的一幕……

一个眼尖的太监，忽然发出一声低呼，指了指台阶，身子一晃晕了过去。

众人看见深红的血液缓缓渗出，漫过汉白玉台阶，血蛇一般慢慢流向脚下……

一霎的死寂之后，惨叫惊呼声，在寂静肃杀的宫廷爆开。

“大王被老王诈尸杀啦！”

……

纷沓的脚步声，将寂静的宫道踏响，声声慌乱。

只有灵堂里的脚步声，从容，自在，宛如行走于春光之下的御花园里。

伴随着那从容的步子，悠悠的声音响起。

那人道：“唉，你这样好像有点惨。”

顿了顿，他又道：“不过你不死，我要如何留一座空城，请女王入瓮呢？”

那脚步声渐渐远去。

砰的一声响，双扇门被撞开，一个人，或者说一坨肉从门后跌跌撞撞地挪了出来。

仔细看那坨肉，似乎是铁风雷。

其实他已经可以算是个死人，却一口气息未绝，挂着满身淋漓的碎肉，有些地方已经露着白骨，喘息着，一步一个血脚印，不死心地向外挪。

濒死的人神志已经昏聩，唯心中执念未绝，他记得自己是大王，掌管这沉铁的疆土，现在有外敌来犯，有内敌将他重伤，他要挣扎出去，他要求援。

青石宫道上，一道血痕，歪歪扭扭地曳出去，比先前铁星泽被拖拽出的那道血痕，更宽，更艳。

……

哗啦一声，天弃从湖水里冒出头来。

四面的御林军已经没有了，都因为大王的被害而赶去救援。天弃在水下闭了一阵气，等到完全没有声音才出来，他喘息一阵，在湖里一阵摸索，将险些被水草绊住的紫蕊拖了出来，正要寻找铁星泽，忽见前方跌跌撞撞冲过来一个人。

那人实在也不能算是人，满身血肉零落，狰狞之状，惊得天弃眼珠子都大了一圈。眼看那人踉跄着扑来，正正撞向岸边的紫蕊，一双半白骨的手在空中飞舞，血色发黑似有毒，天弃毫不犹豫一剑飞出，电光一闪，穿心。

那人喉间咯咯响，架在他剑上不倒，天弃隐约觉得这人熟悉，还要仔细看时，忽听身后铁星泽悲声道："三哥……"

天弃一惊，这才看出这一团烂肉是铁风雷。可不过这短短一段时间，刚才还凶残狂傲的铁风雷，怎么就变成了这样？

他心中不知是喜是忧，回身看铁星泽，他脸色苍白，黑发湿漉漉地贴在额头。

"你要为你三哥报仇吗？"天弃轻声问。

铁星泽凝视着铁风雷，铁风雷卡在天弃剑上，至死都没闭上眼睛，那双凸出的眸子，似乎依旧残留着震惊、不解、愤恨、后悔……种种复杂情绪。

铁星泽伸手，将铁风雷的眼皮慢慢抹下。

他轻声道："不，我说过，亲兄弟是兄弟，义兄弟也是兄弟。若狭路相逢，请你快意恩仇。若他伤害你，我也会亲自出手。"

天弃默然，半晌狠狠捏了捏他的肩膀："交了你这兄弟！"想了想又忸怩地道，"人家不太适应兄弟这称呼，要不叫大哥？"

铁星泽一笑："随你。"将铁风雷的尸首背起，道："无论如何，他是我兄长，我想先安排他的后事。"

"快去。"天弃挥手一笑，"你的兄弟们都死啦，现在这个王，不是你也得是你了。哈哈哈得失天定，不到最后看不到结果啊。"

铁星泽摇摇头，苦涩地道："若是非得这般生死厮杀：亲人凋零才有这王位，我倒宁愿做个普通人……"

天弃看着他背着尸首的背影渐渐走远，感叹地和刚刚醒来的紫蕊道："老铁真是个好人啊。这沉铁王位，该他坐！这么重情重义的人……你也是有福呢。"

紫蕊望着铁星泽的背影，微微苍白的脸上泛起一层浅浅的幸福红晕。

……

王城城门前，仗还没开打。

景横波巡视城下，等着铁风雷出场。轻骑突进，趁人不备，连下边城是可能的，但要连王城都一举拿下，那就是做梦了。

但景横波有自己的想法，她的瞬移天下无双，最适合擒贼先擒王。以她对铁风雷的了解，这种凶顽之徒，一定会亲自上城，而这种凶顽之徒未必得民心，只要她拿下了铁风雷，有现成的铁星泽在，她自己不染指沉铁王权，沉铁的抵抗就不会太剧烈，就可以实现王权的顺利过渡。

说到底，她不是来抢地盘的，完全是来替朋友撑腰的。

铁星泽多年做质子，于国有功，当年老王送他为质的时候，亲口说过待他熬过这些年，会将王位传给铁星泽。沉铁的官员、民众现在慑服于铁风雷的淫威，不代表不知道王权正统应该是谁。

但现在已经过了一个时辰，铁风雷没有出现。守城大将不敢接战，城上、城下大眼瞪小眼，谁也不想先开战。

众将都有些焦躁，已经打到了这里，宁可真刀真枪立即拼杀一场，最怕的就是被人耗住，回头被人包了饺子。

然而无论怎么叫骂激战，城头上都没有回应，守城大将看来就是个守城的，没有大王的指令，不敢接战。

可见铁风雷霸道专权，这种控制欲极强的人统治下的王权，一旦出现裂痕，很容易立即崩塌。

景横波身边，英白忽然挑眉道："城内有异动。"

而七杀已经飞跃而起，在半空里叠罗汉，抢着爬到第一个看里头的场景，大笑道："哟，里头在干吗？唱戏吗？"

景横波过了一会儿才听见城里人喊马嘶，蹄声急促，直奔城门，听起来像是出了大事。

她看见城头上的士兵惊惶地下望，看见那大将匆匆下城又上城，下令加固城防，听见城内号令哨声不绝，城头上也有骚动。

直觉告诉她，时机到了！

"帮我一把！"她一拍英白。

英白手中不知何时多了一张弓，是极其少见的三石重弓，全部包铁，寻常人拎都拎不动的那种，那弓在他手中轻松成满月，啪的一声，一个圆溜溜的东西射上半空。

城头所有人的目光，下意识地追过去。更多人涌向那守城大将，拥着他向后让。

现在女王神异之名已经传遍大荒，众人都知女王轻功无双，神出鬼没，都防着她忽然出手掳人，死死挡住了主将，宁退也不接战。

那圆溜溜的东西在空中一个翻滚，造型熟悉，赫然是一只酒壶。

酒壶足有五斤重，生生被重弓射起，这一箭却不是向着城头的，酒壶已经越过堞垛，直飙城墙上方，城头的众人齐仰首，就见黑银色一团悠悠放大，遮蔽阳光。

然后炸开。

一霎溅射烈酒如喷泉。

四散炸开的清冽酒液，在黄昏阳光的映照下，幻化五色迷离霓虹，跨射天际，炫得人眼花。

眼花之后便是头晕，众人被那绚丽慑了眼目，忘记了酒可以是烈酒。

终年泡在酒缸里的人，所喝的烈酒，不是一般人能抵受的。

几乎是刹那，城头众人眼神都有些发晕，步子略飘，围护住主帅的圈子也不由自主地慢慢松散。

也不知道是云上酒光一闪，还是人影一闪，城头上下了一阵酒雨，雨过，人群里多了一个人。

她轻捷地行走在人群中，一脚踢开面前还在发晕的人，一根绳索半空中飞出一个优美的旋儿，套住了人群中主将的脖子，另一只手飞刀一闪，咔嚓一声旗杆断，城头降半旗。

底下哄然一声，齐声大叫："铁风雷被杀！主将献城投降，还不快快开城门！"

城内疾奔而来的骑兵，听见这声，不禁勒马，大惊道："他们怎么知道大王被杀的？难道有人和他们里应外合？"

城头上的士兵眼看主将被擒，也算反应快捷，齐刷刷弓箭对准景横波。

"你杀了王将军，也离不开这城头！"副将大喝。

"那可以试试。"景横波一笑，身影一闪。

下一瞬众人眼中失去她的踪影，只听头顶咯咯一笑，再一看她在塔楼上，衣袂飘飘。

黄昏的阳光正聚于塔楼顶端，楼内弩弓流转出深黑的光，而她在阳光中对比鲜亮。

众人凛然，乱了呼吸。

景横波扬了扬手，她手中还牵着绳子，因为她的移动，守城大将王安被拽着吊在半空，脸色发紫，已经快要被勒死。

"射绳！"有人大吼，无数刀、剑、匕首、弓箭，直奔那绷得紧紧的绳子。

但那窈窕人影又一闪，消失于塔楼上，下一瞬她站在堞垛上，将手中绷直的绳子弹得嘣嘣响。

绳子不住颤动，显然被吊着的人在死命挣扎，但他被吊在了正对敌方的城墙上，城头上的人无法援救，城下景横波的军队却随时可以将他射成刺猬。

城头众人心急如焚，却不敢接近，甚至不敢再对景横波射箭，她一落下城头，主将必死无疑。

众人仰头，看苍茫晚霞中的女王，她在战阵之上依旧穿裙，一袭红裙如火，在风中猎猎，底下的人看见她极细的腰身，被风吹起的鼓荡的丝质长裙，有时风将裙子贴在腿上，便能看见那双修长笔直的腿和周身宝瓶般的轮廓。似从夕阳中走出的女神，艳过霞光。

然而那美，却让人觉得艳烈又肃杀，似乎她此刻绳拎敌将，背对敌军，徜徉城头，并不是胆气包天，也不是故作王霸，而是内心里自有激越杀气澎湃，故意要赴一场轰轰烈烈的死亡。

景横波在城头略略停留，笑声慵懒而响亮："他现在吊在城门上，我会荡三下，三下之内你们开启城门，还有机会抢下他救治，否则……"

她一笑抬手。

几乎没有人来得及思考，有人大吼："快去开门！"

好几道人影射起，直奔城下——这时候没法思考，景横波也没给他们犹豫的机会。王安在城门前被荡起，确实只有打开城门，才能抢下他割断绳子。女王给出了一个别无选择的选择题——要么开门，要么主将死，一样是大败的结局。

她的霸气，藏在慵懒的笑声之中，谈笑之间，逼人入死胡同。

绳子悠悠荡起，底下七杀大笑："人风筝，真好看！"

景横波却有些出神。

似乎不久前，她还是毫无心事、在那人窗前荡秋千的少女，将笑声洒落他一窗，用尽力气，只为他抬头一顾盼。

转眼沧海桑田，什么时候她成了凶狠残暴的女魔头，立在敌国城墙之上，将活生生的人命，系在手上荡秋千？

是什么让她改变？命运？敌人？无情？还是这世间难以解释的深情？

心中忽起怆然厌弃之感，她手一松。

轰然一声，城门恰在此时开启，几道人影电射而出，将奄奄一息的王安接住，准备刀割绳索时，却发现绳索已经脱落了。

景横波身影一闪，下城，面对敞开的城门，轻轻一笑："进城。"

……

第九十一章　得知真相的她

这一场战役，号称大荒历史上最快的下王城之战。

在传奇里，这一幕被编成戏曲，"黑水女王秋千荡主将，龙骑统帅酒箭醉全城"，永久传唱。

故事里的人奇招妙计，风华无双。但那些多年后缅怀故事中的人的风采的人们，并不会知道，故事里的人满腹心事，从不求成为传说，只求活在当下。

这场战役很快传遍了沉铁周围，几乎所有冷眼观望的势力，都心中一惊；所有蠢蠢欲动的部族，都凛然按捺。新兴的女王势力和她的军队，第一次经受战争的洗礼，给出一份亮眼的成绩，这令许多原本不屑轻视的部族、属国，开始重新审视黑水女王，并慎重考虑，是否要在这时候趁火打劫。

漂亮的战役能震慑一部分心思浮动者，但却并不能阻止真正敌人的决心。

玳瑁大地上，怒马如龙，黑甲蔽日，正向沉铁逼近。

明晏安加紧了对三县的骚扰，想要在景横波回来前，先吞掉她的后援。

而在上元城的隐蔽小院里，柴俞加紧了对体型的改造，一天一个变化。某一天的清晨，她又将小船上一块大石掀进水里，扑通一声声音沉重。

河水倒映她的脸，粼粼清光里，已现清丽轮廓。

……

玳瑁大地暗流汹涌，一地烽火，群雄凝神，聆听那女子叩响城关。

景横波叩关入城，却眼见对方兵败如山倒。

城内乱成一片，没有人组织进行有力的抵抗，没有传说中的街垒和掩体，没有士兵组织百姓一条街道一条街道地节节抵抗。军队在抢掠，百姓在呼号，越靠近城中心的宫城，乱象越明显，在宫门广场前的街道上，她甚至看见很多明显是太监、宫女的人，抱着各种包袱，神色仓皇地藏入各处大街小巷，而更多的宫人，正从宫城中纷纷逃出，宫城前本该在戍守的御林军，也丝毫不见踪影。

一派乱世景象。

她才刚刚进城，没有进行攻打，也没有下令烧杀全城，这乱象，完全是沉铁自己造成的。

景横波马鞭敲打着手心——看样子，难道故意乱喊的喊中了？铁风雷果然出事了？

乱象是从宫中开始的，那就先直接占据王宫吧。

她当即下令军队找到王城官府，询问铁星泽等人的下落，对方果然说三人已经被押解进宫。

景横波要进宫，又遭到了老成将领的劝阻，都说铁星泽还没找到，沉铁方的军队只是一时大乱，建制未散，这时候进宫，很容易引起抵触和误会，一旦沉铁军队集结，将己方堵在宫内，就麻烦了。

这实在是老成持重之言，所有人都在点头，只有景横波和七杀摇头。一个说朕又不是来做女王的，说什么一锅端？一堆说来了王宫不在黄金马桶里拉泡屎，怎么能算胜利？

女王带着七个二货呼啸而去，将领们遥望着女王的背影，齐齐摇头，都觉得这一次女王频频出昏招，往日她虽看起来性子放纵，实则行事很懂得尊重属下的意见，这次却作风大改。当真是胜利太多，年少气盛，以为凭自己的特殊能力，便可以走遍天下，予取予求？

宫门大开，景横波果然还是没遇见有组织的抵抗，询问了几个宫人，说是大王被鬼杀了，御林军的几位头领原本就不合，当即争执打了起来。后来又说大王也死了，沉铁部已经没有了直系继承人，大家忽然发觉，谁掌军权谁拿到玉玺谁就可以称王，现在没人去管大王的尸体，都在搜宫抢玉玺呢。

事情发展到这地步，众将也瞠目结舌。一路赶进宫中，果然满地尸首，满庭血迹，衣衫绣鞋零落，宫妃娇娥仓皇，隐约的喊杀声从内宫传来，一波波纷扰不休，可怜锦绣皇殿，化为血腥修罗场。

景横波只管在人群中寻找天弃、紫蕊、铁星泽，反正有英白替她指挥，也不知道为什么，英白并没有下令士兵散开趁火打劫，反而严令所有队伍收束在一起，紧紧护卫在女王身后，并看守住了皇宫各处门户，拿下四处散布惊怖消息、制造恐怖气氛的宫人，将混在宫人中的士兵甄别、统一安置管理。

此时如果从上方俯瞰沉铁王宫，就会看见一幕奇特的景象，人群如蚂蚁到处乱窜，内宫里几支同样服饰的军队在短兵相接，前殿则有一道兵锋，如巨大的红色箭头，直插沉铁主殿。

景横波是在靠近后宫的宫巷里，发现了天弃和紫蕊，那两人也是一脸惊讶仓皇，浑身湿漉漉的十分狼狈。

问起他们到底是怎么回事，铁星泽哪里去了，两人却也不大清楚，事情都发生在他们入湖之后，之后铁星泽抱尸而去，不见踪影，有听说他因为抱了铁风雷的尸首，被认为身上藏了大王玉玺，被御林军统领裹挟而去，现在副统领正和几位将领在一起，准备夺回铁星泽，或者抢了玉玺自己当大王，或者挟天子以令诸侯。

景横波只得再往内宫深入，参加到抢铁星泽的混战中去，因为那批人是在后宫引发争斗，主要战场在内宫，为了她的安全，众将不得不将所有人带齐，好帮女王抢人。

黑压压的人群直奔后宫，前方喊杀声越来越近，景横波一边疾走一边摇头，和身边的人笑道："这真是一场乱仗。这时候要是有人忽然进城，将咱们堵住，咱们就玩完啦。"

众将对女王怒目而视——战场凶危，能说点吉利的吗？

英白还在点头："是啊，别说有人忽然进城堵咱们，就是这沉铁内部的军队，如果出个强有力的领导者，将所有散乱的队伍整合起来，回头一个对冲，咱们也就困死在这里了。"

众将转而怒视英白——你都知道？你都明白？你知道你明白你为什么不劝阻脑袋被门挤了的女王？

然而意见再多，还是老大说了算，众人只得跟着。

抵达内宫战场，必须要经过一段狭窄的宫道，景横波的队伍被挤成长长的一条，在内宫里游弋。

前方忽然轰然一声炸响，响声直冲云霄，刹那间地动山摇，众人的耳朵一阵嗡嗡大响，一抬眼看见烟尘大起，前面一座雕梁画栋的堂皇大殿，正以一种诡异的姿态，慢慢崩塌，连带着整条巷子的琉璃瓦墙发生一阵抖动，似酥软的面包，在案板上颤动，眼瞧着便一段段地向下倒……

"后撤！后撤！"各队队长立即发令，声音高亢，响过此刻的崩塌之声。

这种大型建筑物倒塌，会导致周边的围墙都一段段崩塌，而此时军队正被拉成长蛇状，行走在巷道中，很容易受伤不说，整支队伍马上就面临被一段段截开的情况。

景横波的军队，虽然成立时日短，但带兵的却都是牛人，这种情形下，依旧慌而不乱，无人反身，无人乱嚷，后队迅速后撤，给前队留下转圜的空间。

但这样一撤，景横波和自己队伍的距离，也便拉开了。

而此时，她的注意力，已经被前方的某物吸引。

就在刚才那一霎，天崩地裂那一刻，腾起的烟尘里，她隐约似见一道白影掠过。

那白影身姿飘举，步伐有种奇特的、雪花飘飞般的韵律，这姿态，惊得她浑身一颤。

她一时忘却身后的军队，忘却身前的危险，忘却这宫中争权夺利战斗未休，身影一闪，已经穿过烟尘，追了进去。

看她竟然进入崩塌的大殿，众人大惊，但一边要收束队伍，一边要照管士兵，又赶不上她的速度，一声惊呼未出，女王的身影已经没入烟尘不见。

七道人影飞闪，七杀已经追了出去，扑入滚滚烟尘中。

大殿还在慢慢崩塌，这种塌很奇怪，没有轰然倒塌，倒像是被人长期挖空地下一般，一点点酥软，以至于这殿中所有的物事，都在渐渐扭曲变形，看上去，有种时空错乱般的诡异感。

烟气一簇簇腾起，似浮游的雾气。

雾气中人影一闪，景横波出现，一脚踩上了一件衣裳。

她心中混乱，下意识地要踩过，脚下忽然一停，弯身捡起那衣裳，眯起了眼睛。

那是件青黑色太监衣裳。

这里看见太监衣裳，一点也不稀奇，但问题是，沉铁的太监衣裳，是红色的。

青色镶黑边，是帝歌皇宫的太监服饰。

这里怎么会出现这样的衣裳?

她的手指微微颤抖，忽然将那衣裳捧起，捧到鼻子下嗅了嗅。

入鼻是一股淡淡清凉的气味，有点药味，还有极其隐约的一点血腥味道，那味道，在前胸位置。

她的手指颤抖得更厉害了。

好半晌之后，她把衣裳举起，虚虚地比了比身高，又比了比那隐约血迹的位置。

前胸，靠近心脏。

手一抖，衣裳落下，她急忙伸手捞住，手臂一时竟然有些僵麻，血流在这一瞬间竟似忽然不畅。

轰然一声，身后半面墙倒塌，险些砸到她的脚后跟，她却似毫无所觉。

满地沙砾碎石乱滚，硌着的不知是她的靴子，还是她的心。

她忽然将太监衣裳一裹，拴在自己腰上，继续向前走。

白影已经不见，可她还有更多谜团，等待解答。

或者，今天，这血火的宫廷，这崩塌的大殿，可以给她一个完整的答案。

脚步声沙沙，和倾覆的砂石声混杂，隐约有七杀的呼喊传来，她不想回答。

此时此刻，她不要被拽出这大殿，失去也许是唯一一次探查真相的机会。

前方轰然一声，半截横梁倒塌，砂石滚滚而下，同时落下的，似乎还有一样东西。

她身影一闪，将东西抓在手中。

是个面具。

泥制的土地公公面具，已经被劈裂成两半，斑驳的印痕裂在唇部上方，看上去似正在大笑。

笑什么?

笑世间痴迷愚昧，真假难辨。

这张面具，被天弃戴在脸上过，被她抓下来过，她抓裂了面具，却没有抓开真相。

面具粗糙，磨砺着她的手掌，微痛的却是心。

她痴了半晌，才将面具包在衣服里，继续向前走。

倒塌的震动引起回旋的风，有什么东西被刮了过来，她伸手一抄。

还是一件衣服。

还是一件太监服。

青莲色，镶白边，和刚才那件差不多大小，她深吸一口气。

本来应该记不得，但此刻她忽然就想起，这是襄国王宫里看见过的太监衣裳。

曾有一个人，穿着这件衣裳，跪坐在她对面，轻轻替她系上腰带。

彼时他青莲色的衣襟便垂落在她膝边，白边和月光浸染成一色。

再次抓起衣裳嗅了嗅，这回衣裳上有霉味，有灰尘味道，有苦涩气味，还有点极淡的朱砂气息。

她在衣裳下摆找到很多红色的泥点，很细小，她用指甲抠了一点，闻了闻，然后在记忆中找到了熟悉的气味。

那一日摸爬滚打，一地丹泥遍身沾染。

衣裳在掌中无意识地搓揉，一颗心也似落入炉鼎，配以水银、朱砂，灼以熊熊烈火，炼一颗九转回肠真相丹。

这件衣裳她也收起，又拴在腰上。

她继续向前。

一座屏风轰地倒塌，屏风上一件衣裳，落入她的眼帘。

是一件连帽黑色紧身衣，江湖大盗的常用装扮。

衣裳上的味道，有泥巴味，有稻草味，衣裳一角有轻微的烧灼痕迹。

曾有一个人，说他是个盗墓者，挖地道到王宫避难，和她共度一日夜。

那时候他一身黑色紧身衣，连帽头罩将五官遮得严严实实。

脱下那层伪装，看清楚真相。

头顶上有一样东西在飘扬，那是一件灰色的、毫无特色的衣裳。

但那衣裳上有个面具，是普通的半边面具，边缘上沾着点血迹，这面具，当初裴枢在擂台招亲的时候戴过。

嚣张的裴枢，复出后踢到铁板，一个灰衣人撕下他的面具，给了他一个难忘的教训。

那面具当时被裴枢丢弃，是什么样的有心人，将它捡起?

……

当的一声响，一只酒壶滚落在她脚下，扁扁的，不大，壶口凹了一块，造型熟悉。

她蹲下身，认真看那酒壶，如果没记错的话，这酒壶，是斩羽部初遇“英白”，“英白”和裴枢一场大战，从阴无心屋中打到屋外，砸坏了的。

后来那“英白”就不怎么捧酒壶了，再后来离开温泉后的英白，又捧酒壶了，而且换了只酒壶，比这只大很多。

与其说换了酒壶，还不如说，换了人。

……

头顶忽然有风声，声响尖锐，她偏身一让，嚓的一声，一样东西钉入她面前的地面。

前端是一截管子，后面是铲子形状。

七峰镇坟地，十三太保秘密基地，那白发的僵尸，递给她一把这样的铲子。

挖个洞，过地道，在那里她得了三门四盟的秘密，也在心中种下了一个难解的秘密。

……

嘎吱一声响，似乎有什么在殿后碎了。

她转到殿后，看见一个横倒的柜子，砸碎了不知什么，柜子下露出一只木轮子。

这间屋子幽幽暗暗，里面有个人偶，穿着青衣，梳着顺滑的长发，脸上却戴着面具。

半截的银面具。

她凝视那人偶半晌，慢慢走过去。

坠落声轰轰，却遮不住脚步声沙沙，那不是向前的脚步，那是向后的回溯，是将过往一点点重新以脚步丈量，告诉自己离真相曾有多近。

她一步步踏在泥尘之上，听见心脏也似被磨砺的声音。

精美的银面具，在暗处幽幽闪光，嘴角似噙一抹神秘的笑意。

她轻轻掀开银面具，下面还是一张面具，人皮面具。

她再掀开那面具，下面还是一张面具。

因为木偶是黑色，而面具是白色，所以这面具的接痕，便特别清晰。

在胸膛处。

她盯着那胸膛处黑白一线，身子忽然轻轻颤抖，如风中叶。

当初她的手指也曾在那面具上盘桓，只差一线便能掀开第三层。

是没有发现，还是心中隐约不敢、不愿、不肯承认？

不肯承认那许许多多的过客，那些莫名对她好的人，都是他。

那逃亡密道里，挨她一刀后不去疗伤，等在那里，吃力背着她，给她指引出穆先生和新世界的老太监，是他。

那襄国夜风里，和天弃互换身份，伴她于屋顶上，偷听耶律祁和绯罗夜谈的人，是他。

那和婉的寝宫前，在雍希正的杀机下，将她带走，带她到那地下密室丹炉，以一场假打，骗她吃下那颗王室传说中的金丹的太监，是他。

那在襄国监牢里，以一个挖错洞的盗墓者形象，从地底钻泥而出，解了她体内毒性发作，替她抚平金丹燥性的黑衣人，是他。

那招亲擂台上，给了裴枢一个难忘教训的灰衣人，是他。

那在斩羽部追蹑而来，在热泽药池中，相伴她和战辛斗智斗勇的“英白”，是他。

那在七峰镇坟场地道下，拖她进棺材，陪她闯密室，助她得了许多江湖秘辛的白发僵尸，是他。

那忽温柔忽清淡，忽熟悉忽陌生，忽近忽远的穆先生，有一个，是他。

不，不止这么多个他。

襄国大户宅院中，放倒她给她疗伤的，是他。

把她的戒指，生生变成领花的，是他。

斩羽部夜入她屋中，静静凝视她睡眠的，是他。

伴她一路马车同行论玳瑁江湖大势的，是他。

丹棱山一袭斗篷夺命雷生雨，第一次让她对穆先生产生混乱的，是他。

在九重天门追杀下以命相护的，是他。

乡村里娶了她这个假新娘的假新郎，是他。

曲江之上横槊赋诗，一路掠阵的韦隐，是他。

上元城戏台之上，道情“三万里天地一口钟，万物懵懂，犹在梦中”的，是他。

上元王宫地底帮她吸出血痰的，是他。

凝雪阁隔间和她量体、拥舞的，是他。

……

是他，是他，是他。

她抱着那些衣裳、面具，立在簌簌泻落泥灰烟尘的大殿之中，仰天四望，身周来来去去，身影变幻，是无数个他。

换了无数皮囊，掩了一身清凉，改了声音、气息，甚至身高、体温……一人千面，隐匿行踪，不做本来那个他，用无数个他迷惑了她。

那些片段的怀疑，是零落在路上的珍珠，到今日倾毁的殿前，才被完全串起。

她想过或有一部分是他，却依旧不敢相信，所有，都是他。

天旋地转，光影颠倒，崩塌的洪流里是一路时光的倒影，到处都是他的影子，一层层叠加在那年玉照宫前的雪和血上。

那一夜他和她的鲜血落在雪上如桃花。

这一程她和他的记忆足迹纷繁伴天涯。

要如何面对自己，如何将这一切解答？

她仰起的脸，接了一殿簌簌的尘，却无法洗去心上霾、眼前雾，找回自己的魂。

“为！什！么！”一声大喊惊落碎石，在另一半横梁轰然砸下之前，她身影一闪，上了殿顶。

她刚刚立定，便有另一声轰鸣声响起，离王宫还远，声势却丝毫不逊于她脚底的动静。

她抬头，远远地看出去。

前方，越过广场，街道如血管纵横，人群流动似血液，从先前的向外流转向向内拥，城池的另一端，隐约有千军万马，将大地踏响。

似乎是城门方向。

她低头看看，自己的军队还在宫中，被纵横狭窄的宫道和崩塌的宫墙，分割成一片一片。

而在更远处，隐约有数骑狂飙而来，马头插着翠羽，那是留在后队、负责掌控全城情况的斥候队。

斥候队这样狂猛地在街上狂奔，说明一定来了十万火急的军情。

不过不用猜测了，因为就在斥候队后方不远，她已经看见了几股洪流，滚滚而来。

有黄黑色的沉铁军队，还有一大片纯黑色的骑兵，虽然毫无标志，但那骑兵齐整彪悍的策马动作，狂奔时身子微微俯低的姿态，和经过街道时怒马如龙的熟悉气势，都告诉了她，这是亢龙军。

在她孤军深入，将自己关入沉铁王宫之后，一直隐藏在一侧的亢龙军，果然和沉铁军联手，将她堵在了城内。

从四面八方包抄而来的军队规模来看，这批人的人数加起来，应该有近五万之众。

五万对一万，包抄对孤军，有利地形对不利地形。外有强敌，内有抵抗。

天时、地利、人和，此刻全都不利于她。

绝地。

她终于把自己，陷入了绝地。

她忽然哈哈笑了起来。

底下的士兵刚刚感觉到不对劲，就听见了大笑声，笑声狂放又凄怆，一抬头正看见女王红衣如火，抱着一大堆衣物，立在半倾的殿顶，残破的大殿遮没夕阳，她似血的身影和晚霞相接，半片衣角被风卷起，掠过她的脸颊，伴黑发共舞。

美得肃杀。

众人却没来由地忽觉怆然。

平日里见她美玉琉璃光华，这一刻却似见古玉沁血，温润背后是沧桑。

景横波没有看底下惊呼的人群。

她遥望滔滔来敌，对着大地，对着晚霞和落日，对着这苍莽天下难解的虚空，慢慢伸出双手。

那一大堆衣物从她手中坠落。

她立在高处伸手的姿态，像是要揽住这黄昏落日，唤停永夜，求一个明朗璀璨的艳阳天。

……

宫胤。

我有很多问题想要回答。

我有很多爱恨想听回声。

我等待、迷惑了太久，在曲折的道路上蹒跚，时时遇见搀扶的手，却总触不及真实的指尖。

我不想再在混沌中走下去，不想这一生的爱或恨，在虚无迷惑中幻化烟云。

我千里转移战场奔来异国。

我一步步封死自己的退路。

我愚蠢地奔入沉铁宫廷。

只为此刻，千军将我包围。

我将自己陷于绝地。

我将自己困在这四面高墙的宫廷。

宫胤。

如果相见必须要等生死那一霎。

就让我自入死地，将手中刀架上自己的咽喉。

宫胤。

生死就在这一刻。

再回避就是我的死亡。

你来不来？

来不来？

第九十二章　天下虽重，她最重

沉铁的风，挟了那般凛冽的气息，穿越玳瑁大地，掠过万千人的视野，同样拂动了上元宫廷的深帘。

深帘后有人在喁喁低语。

“女王已经在沉铁被包围……她一路过来时，亢龙军就尾随在后，等她入城后，亢龙军直接堵住了城门……”

“女王平素看来也不是笨人，为何这次大失水准，自寻死路？”

“她当然另有打算，可惜胆子太大。要知道打算得再好，也难免会有变数是不是？”

“变数何在？”

“大王您，不就是变数吗？”

“我？我还在和裴枢打仗，那家伙看似暴烈，其实用兵狡诈如狐，我哪有多余的精力，再远赴沉铁去攻打女王？”

“何须您远赴沉铁，您只需要坐镇此地，绊住女王的后援便好。”

“后援？她的后援便是裴枢，他已经被本王绊住了。”

“可在下说的后援，不是这个，女王真正依仗的，也不是裴枢。”

“哦？难道还有人在帮她？”

“影阁穆先生，最近发急令，点齐了属下所有分舵，大抵是要开拔沉铁。”

“呵呵，山野乌合之众也。”

“那宝田岭、七峪关两处的骑兵如何？”

“……你的意思？”

“大王糊涂了。您既然觉得那两处骑兵，停在宝田、七峪两处按兵不动，是为了监视您和女王公平竞争，又怎么会猜不出，一旦女王真正有难，那两处骑兵便会出动呢？”

“如果那两处真的要出兵，女王所谓的死局就立刻可解，甚至可以一劳永逸地解决沉铁。但我身在上元城，四处有敌虎视眈眈，无法跨越玳瑁大半疆域，去拦阻那两支速度极快的骑兵啊！”

“可不需要您去拦骑兵，岂不闻擒贼先擒王？”

“哦？先生可有教我？”

“您且附耳过来……”

声音渐低，隐晦和暗昧，暗示和明指，无数关联天下大势的阴谋、阳谋，没入深帘后，连风都听不见。

片刻后，帘子一掀，明晏安亲自送客，客人一身灰衣，戴着面具，一双眸子精光四射，赫然便是之前去成孤漠那里、给他献计的那个。

他身影没入黑暗中，如一只狡黠的灰狐。

明晏安看着他消失于幽幽宫道，心中盘算着接下来的计划，正要回身，忽然眼眸一凝。

前方宫殿的檐角上，似乎有个人影。

虽然离得还远，明晏安还是心中一紧，快步过去一看，赫然是锦衣人抱膝在殿顶看月亮。

看见锦衣人，明晏安脑袋就嗡的一声，他觉得刚才的密谈，可以给世上任何一个人听见，可千万不要是锦衣人。

明明这家伙托庇在他宫中，最近似乎很安分，可他就是觉得，这人才是最大的变数，是一只随时会亮出獠牙的黑水泽黑螭。

“殿顶风寒，先生在此做什么？”他仰头高声问。

锦衣人转头瞥他一眼，道：“晒月亮。”

明晏安觉得和这人实在很难对话，只得继续问：“小王不解，月亮有什么好晒的？”

锦衣人取下假发，摸了摸头顶，慢条斯理地道：“晒月亮可以长头发，当然你是不懂的。”

明晏安决定不和这个人纠缠晒月亮长头发的问题，每次看到他那种“你们愚蠢的人类”的眼神，他就觉得堵心。

他看着锦衣人，实在不能确定他到底听见那密谈没有，这么远，换别人一定听不见，换他，可不一定。

想了想，他还是试探地道：“殿顶太冷了，先生要不下来，和小王把酒论道御寒？真不巧，刚才小王有客，不然早就拉先生一起喝个痛快了。”

锦衣人对着月亮，抱着膝，淡淡地道：“你有我帮忙还不够，又去找东找西？贪心不足，反受其害，你就自己折腾吧。”

明晏安表情一僵，心中如烈马奔腾——他果然还是听见了！

怎么办？

锦衣人却已经不理他，摸了摸已经长出发楂的头皮，似乎很满意这一轮晒月亮的成果，自顾自戴上假发，走了。

明晏安凝视他的背影，脸上神情变幻不休，一忽儿犹豫一忽儿阴狠，半晌，终于狠狠咬了咬牙。

事情重大，不能有所闪失，他既然已经听见，就不能再留！

他既然还在自己的地盘上，那么，先下手为强！

……

锦衣人悠悠地在道上走着，中文拿着他的披风，迎了上来。

锦衣人心情似乎不错，中文知道，每次有乐子了，主子心情都不错。

他怕烦又怕不烦，寂寞太久他会生锈。

锦衣人走了一阵，忽然道："今晚可能会有杀手，好好招待。"

中文应了，想了想问："您真的听见明晏安和客人的密谈了吗？"

他正想着主子的武功似乎又进步了，就听见他家主子悠悠地道："那么远，哪里听得见？"

中文沉默了下，想着果然！

这就是个爱故意找事的！

"听不见也知道他们想干什么。"锦衣人无所谓地道，"听说女王攻打沉铁，被堵在了王城，有人一定会去帮她，明晏安想做的，就是堵住帮她的人呗。"

明晏安此时若听见，一定会出一身冷汗，但现在出汗的是中文："主子，您可别再和女王作对了……"

头发还没长出来呢！

"我什么时候和她作对了？"锦衣人奇怪地道，"我帮她救了人质，最后全部还给了她，还送了她一副我精心制作的男欢女爱双人棺，哪里对她不好？"

中文想了想，似乎还真是这么回事？可是为什么觉得哪里不对？

"将来如果小蛋糕知道了，你务必得把这事和她说清楚，就照这样说。"锦衣人忽然想起这件要紧的事，关照他的老实属下。

老实属下老实地点头，觉得这样说也是没错的。

"那您再帮帮女王？"中文总觉得主子的逻辑不大对劲，有心想要帮他弥补，"文姑娘知道，会更欢喜的。"

锦衣人托着下巴，半晌道："我又不喜欢景横波，为什么要帮她？要我帮她，看情况。"

中文眼睛里写满了"什么情况？"，锦衣人瞥了一眼愚蠢的人类，难得肯耐着性子解释："要我出手，得有理由。明晏安如果今晚老老实实，看在他对我供奉殷勤的分儿上，我不想坏他的事；如果他真的派人来灭口……"

他笑了笑，笑得充满期待。

中文又出了一身冷汗，禁不住在心中祈祷：老明，赶紧派人来杀主子吧！他就是欠砍！

……

夜半的时候，锦衣人暂住的宝月宫殿顶，忽然有飕飕的风掠过。

深夜里似乎有猫在叫，随即断绝，空气里弥漫着淡淡的血腥气，将夜色浸染得越发迷离。

衣袂将风割裂，风将夜割裂，夜又将生死割裂。

隐约有扑通之声，也不知道谁堕入了谁的陷阱。

这样的声音循环了好几次，几乎贯穿了整夜，宝月宫的灯光始终没有亮起，一切都在黑暗中进行。

不过夜里搞出再多动静，似乎都没妨碍某人的睡眠，天亮的时候锦衣人打开门，迎着阳光，仰头呼吸了一口清晨的清气。

院子里有杂沓的脚印，有血迹，有一道道拖拽的痕迹，护卫们有老大的黑眼圈，他就好像什么都不知道，踩着那些血迹去洗漱、吃早饭，吃完之后道："出门。"

他带着护卫出宫，特意绕道从明晏安门前经过，特意去和明晏安道了早安，对着明晏安惨白心虚的脸，说了一大堆关心的废话，还和周围如临大敌的侍卫们微笑着点了点头，最后摸了一把门框，走了。

他一走，一直憋着气的明晏安就嘘出一口长气——他生怕刚才那家伙恶性发作，一巴掌拍过来，或者一把毒粉先撒了。

好在没有，甚至看起来很正常。

真是谢天谢地。

因为憋气太久，胸肺欲炸，明晏安这一口气便嘘得狂放，吸得深长。

然后他看见门框上忽然腾起一股淡淡的烟气。

门框上似乎原本就有粉末，一遇上风就会散开，而明晏安嘘气、吸气，本身就会引动气流。

他一惊，下意识地要屏住呼吸，但已经来不及。

一点点淡黄的灰，随着他的嘘气、吸气，没入他鼻中。

刹那间明晏安脸色一僵，砰地向后一倒。

侍卫们大惊，急忙来扶，眼看明晏安脸色发僵，啊啊张着嘴，却根本发不出声音。

惊恐的呼叫，瞬间传遍了上元宫。

"大王中风，速传太医！"

……

一队轻骑，疾驰在山间窄道上。

他的雪衣已经染上风尘，胯下骏马的速度却丝毫不减。

集结七峪和宝田两支骑兵的命令已下，他要立即赶去会合，带领两支骑兵进入沉铁境。

一路疾行，报信的跟不上他的速度，他并不太清楚沉铁境内现在怎样了，但他却了解景横波看似好脾气表象下的疯狂，她如果真的要来一场宫城相逼，那也一定会做得淋漓尽致，绝不会给她自己留退路。

她为了保证三县的安宁，只带走了一万人，不能不孤军深入，直入沉铁王城。而沉铁的军力和亢龙军的军力，最起码也有五万左右，何况她还是客场作战，这一场，他如果不能及时赶到，她必死无疑。

她竟以死相逼。

她竟以天下国土为棋局，执军队为子，操兵锋为盘，拉他入死地！

他怎敢不疯狂疾驰？这时候连停一停等信报都不敢，发间满是灰尘，他都来不及擦一擦。

身后马蹄声杂沓，可怜的传信骑士身下训练有素的骏马，都已经赶得口吐白沫。

骑士呼叫的声音高亢："报——女王横戟军已入沉铁王城！与此同时，沉铁边军调动，让开关城，放亢龙军入境！"

他听着，面无表情，和他猜测的一样，唯一意外的是，景横波入王城的速度比他想象中快很多。

她果然越来越厉害了，都会用这一手逼他了。

她破城极快，这让他心中生出一丝希望——破城快，她进入是要找人的，如果亢龙军、沉铁军赶不上她的速度，她还来得及找到人再安全撤出王城……

他现在唯一祈祷的就是，她不要脑袋被门挤了又挤，找到人了，还硬生生要故意留在王城，等人来围剿她，好逼他出来。

如果她真敢那么做……

如果她真敢那么做，他一定要好好惩罚她！

他忽然便想，景横波如果知道此刻他心中所想，会是什么反应？

八成是红唇一撇，眼眸一掠，说声："呵呵，我好怕呀……"然后我行我素。

他苦笑一声。

他和她，其实都是倔强、自我的人，谁也拿谁没办法。

那么，就只好祈祷，她能忽然想通放开，不再拘泥于知道真相，不再选择用这样决绝的方式，逼自己，逼所有人。

只望没有人故意刺激她……

身后忽然有翅膀扑扇声，伴随着一种特殊的韵律，那声音熟悉，他霍然回头。

一角雪白羽翼从视野中掠过，一样东西啪地落在他掌心。

他接住，是一个小小的锦囊，已经十分陈旧，边缘发暗，锦囊上，白龙浮沉于云霞之上，五爪金光闪闪。

这是家族的徽记！

当年开国女皇打击家族，在她的遗命下，大荒皇族世世代代封杀毁灭和家族有关的一切传说和物件。家族徽记，他也就机缘巧合看见过一次，据他这么多年查访所知，现在只有家族剩下的最后一批人，还可能携带带有家族徽记的东西。

这么多年，他在寻找家族，其实也就是在寻找家族徽记。家族的人，必然和含家族徽记的东西在一起。

遍寻多年不获，却在此刻忽然得见！

一生追逐，谜团终结，生死攸关，家族承续，乃至整个大荒，甚至可能影响他和她的未来和结局的最重要线索，忽然在此刻出现！

他手指捏紧锦囊，抬头看天际，刚才的一角雪白翅膀早已不见。

他并没有看清楚那送信白鹰，到底是不是雪山训练出来的。雪山向来神秘，首尾无踪。

冬日风冷，他是冰雪之躯，从不知寒冷为何物，然而此刻他捏紧锦囊，只觉得从发丝到足尖，都瞬间冰凉彻骨。

一生里最大的为难，忽然这么寒光森冷，逼至面前。

往前的局，事关她生死。

往后的局，同样事关她生死，甚至关系到更多人的生死。

往前或者往后，都可能影响她的生死！

他甚至不能派遣他人前去，属于他家族的秘密，是他最大的秘密，除了他本人，也无人有能力真正鉴别。

穷尽多年才得这一丝线索，如果错过，也许这一生就再也没有机会。

纵知这是阳谋，他也不得不停住。

捏紧锦囊，他迟迟没有打开，他有预感，打开会更为难。

打开，会有更有力的证据，告诉他线索在哪儿，只要他亲身前去，就可以解决多年的疑问，可以结束多年的寻找，可以获得自己和家族的生机。

无比的诱惑，以至于冰雪般的人，掌心也渐渐汗湿。

护卫们凝神看着他，不知道发生了什么，却被他此刻眉间的神情所惊，屏息等着他下一个影响重大的决定。

他维持着捏紧锦囊的动作，足足半刻钟。

半刻钟里，翻江倒海，惊涛骇浪，无数回忆和旧事纷至沓来，那些艰难的岁月，苦熬的人生，穷尽心力的寻找，为了寻找所付出的常人难以想象的代价……

他岿然不动，心却被巨浪一波波冲击，在前进与后退中饱受折磨。

半刻钟后。

他捏紧的手指，微微一动，然后，五指松开。

锦囊慢慢从他的五指滑落。

自始至终，他没有打开锦囊。

一直凝视着他的首席护卫，唯一一个知道一点内情的人，忽然泪流满面。

只有他知道，这个动作意味着什么；只有他知道，主子为这个线索所付出的代价，而那代价还将继续下去，直到生命终结。

这铁打的汉子，并不是为主子放弃线索，自己接下来还得苦苦寻找而流泪，他只为这人生里多少的无奈和放弃而震撼——那些沉默做出的牺牲，甚至不能为人知。

他已经转过头去。

决定了就不后悔。

这天下之大，万事之重，不及她的安危一半。

“走！”

未及策马，锦囊却忽然一震，自动裂开，一张轻薄的东西，飘了出来。

他下意识地转目，但眼角的余光已经看见那东西，那一霎他心中巨浪又起。

那半截绸缎……

是当年他襁褓的布料，独一无二的家族铭文，上面会有一些关系真相的家族密记！

这东西，足以证明这个锦囊不会仅仅是个骗局，必然有一些极其重要的线索。

设这个局的人，根本不愿意给他放弃的机会。

他的目光从那半截绸缎上掠过。

然后衣袖一拂。

一股劲风卷起，卷向那半截软绸。

护卫露出遗憾和痛苦之色——主上心志坚毅，决定放弃了就不肯再动摇，得知真相的机会摆在面前，为了避免自己受不住诱惑，干脆打算毁了。

这一毁，就毁了多年心血，只剩越发渺茫的希望。

他闭上眼，不忍看。

那股风忽然一停。

护卫睁开眼，就看见一道人影卷过，唰的一下掠走了那半截绸缎，那人影并不停步，直卷向主上所乘马匹的上方，半空中挥出一掌，掌力雄浑，四周的草木如被狂风吹起，哗啦啦飞了半天，众人都忍不住闭上眼睛。

一片灰暗混沌之中，只听见砰啪两声，有劲风从头顶卷过，护卫们急忙向中间靠近，再睁开眼时，就见两道人影如弹丸掷过长空，没入了远处的芦苇丛中。

……

砰的一声，宫胤和锦衣人齐齐落入芦苇丛中。

宫胤落地便要起身，锦衣人却扑过来，压住他的肩，手中的半截绸缎在他面前一晃。

宫胤转头不看，冷冷地道："你喜欢，拿去玩。"

"真的？那我拿去玩了。"锦衣人当真将那绸缎收起。

宫胤看着他的动作，神色复杂。

锦衣人回头手一摊："拿来。"

"嗯？"宫胤挑眉。

"人皮面具。"锦衣人道，"你不是很会伪装吗？你身上会没有近似你自己的面具？"

宫胤默然，半晌道："为何要给你？"

"因为我要代你去。"锦衣人指了指怀中的绸缎。

"不需要。"宫胤立即拒绝，"我可以另派护卫前去查看。"

"你当我是景横波，好哄？"锦衣人笑意讥诮，"第一，你的护卫对这种事肯定没有什么办法；第二，你怎么知道对方猜不到你会这么做？对方也许就是故意要调走你的护卫，等你孤身一人了，自然还有后招绊住你。"

宫胤默然，他当然看得出，但交托给锦衣人，一样不靠谱。

这人智慧、武力足够，却未必有忠诚和道德，又无制约，谁知道他玩心一发，又搞出什么来？

“对方既然是有备而来，那么，去查探那件事，一样危险。”

“正好，我就喜欢危险。”

宫胤又沉默了下，转头看了看沉铁方向。

他一生行事谨慎，步步为营，然而自从认识了她之后，他开始学着和人生赌。

此刻他也打算赌。

赌锦衣人是真心帮他，赌锦衣人有帮他的理由。

他忽然起身，开始脱衣服。

这下轮到锦衣人惊愕了：“你要做什么？”

宫胤不理他，把自己的外袍脱了，然后顺手一扯，把锦衣人的外袍也扯开了。

锦衣人赶紧向后一让，目光顿时由散漫转为警惕——嗯？有特殊爱好？

难道宫胤其实不爱景横波，真正目标是他？

这下有点麻烦，那自己插这一脚，是不是被他误会为示爱？

小蛋糕会怎么想？

他复杂的大脑瞬间转过无数念头，宫胤已经把自己的外袍扔在了他头上：“换上。”

“嗯？”锦衣人抓了下头上的衣服，眼神颇有些不善，似一只被随意挑衅了的大猫。

“扮成我，怎么能不穿我的衣服？”宫胤语气清淡又嫌弃，“我什么时候会穿你这样颜色恶心的衣裳？”

锦衣人低头看看自己特殊织料制成，闪着暗蓝、淡紫等斑斓色彩的长袍——哪里恶心了？

但宫胤的话很有道理，他竟无言以对，只得脱下锦袍和宫胤换了，顺手也扔了一张和自己近似的面具给宫胤。

他们这种人，出来混，这些东西都是有备无患的。

宫胤换了他的衣裳，二话不说掠出芦苇丛，半空中冷笑一声道：“你已经是强弩之末，还敢和我对招！”一伸手掌风一卷，芦苇哗啦啦倒了一片，赫然和刚才锦衣人施展的那一掌，看起来差不多。

锦衣人冷哼一声，听起来也是宫胤那清冷的语气，一抬手芦苇断裂，唰地凝上一层冰雪，漫天雪影直刺宫胤。

他这一招，看起来竟然也有宫胤的几分神韵。

都是高手，模仿一两招经典招式，还是能做到的。

他们也不知道附近有没有人监视，既然做戏，就做个全套。

两人“交手”一招，各自折身，锦衣人做踉跄状，宫胤则直扑自己的护卫队伍，一伸手夺了首席护卫所乘马匹鞍鞯上的包袱，向前掠去。

护卫带着的物事，自然也有些重要物件，当然不能这么被抢走，当即护卫们便追了上去。

片刻，一道白影冲天而起，在半空中似乎犹豫了一下，随即向反方向离开。

全套剧本不需演练，智慧人物的选择，本就差不多。

锦衣人疾行在风中，不知道为什么总觉得不对劲，他低头看看身上。

此刻他才发觉，素来白衣如雪的宫胤，这次的衣裳竟然像是三天没换，看似还是白的，但衣裳的边缝里，满满是土。

锦衣人顿了顿，险些从半空掉下来。

半晌，风中传来一声怒哼：“亏了！”

……

“报！亢龙军忽然出现在城外！即将攻打城门！”

“报！一支沉铁骑兵忽然出现，打开城门，联合亢龙军，已经进城！”

“陛下！我们必须现在出战，趁他们立足未稳，还有一线机会冲出城外，绝不能在城中等死！”

“传我号令，全军收缩，退入内宫，凭借宫墙死守！”

“陛下，这是下策！现在出去还来得及！”

“你是女王，还是我是女王？”

“陛下！”

“守！”

……

她在崩塌的高殿之上，遥望玳瑁方向，过往与现实交织，兵甲伴血火同行，前方，城门处，亢龙军和沉铁军果然早有默契，一个及时攻城，一个打开城门，两队精兵，如两柄尖刀，同时插向她的两肋。

她还有机会——在两军还没合围的时候突围。

她却只在殿顶沉默，红衣飘飞，将自己站成不动不言的雕像。

宫胤。

我在一步步进入死胡同。

一生只犯这一次傻，这次输了，我就什么都没有了，说不定连命都没了。

你在哪里？

……

他在疾驰。

在下一个路口，宫胤打发走了一半的护卫，下下个路口，又有一半护卫离开，到快要接近玳瑁边境时，他身边已经没有一个人。

他要做出已经回去寻找家族秘密的姿态，以免暗中之敌一着不成，再来一着阻拦。

放在平日，他不在乎和谁慢慢斗智，但此刻时间就是生命。

那价值千金的锦衣，又落了一层灰尘，穿着衣裳的人，甚至来不及掸一掸。

玳瑁靠近沉铁的边境，最近的一条路很少有人走，因为那里有一条白蒲河，附近有白蒲林，这是玳瑁独有的一种树，终年不凋零，树上会生一种白色的茸毛，秋冬季节尤盛，这种茸毛看起来和白花一样，开得繁茂的时候拥拥簇簇，很美，但一旦被那茸毛沾上，会出现眼睛红肿刺痒，难以视物，严重的会导致失明。这种树很少，只在玳瑁边境有，以前很多人赶近路会从这里走，吃亏多了后便很少有人从这里经过，这段地域成了废弃的路，只能容小部队通过，所以当初景横波带兵穿越玳瑁、沉铁边境，也没从这里走。

宫胤选择了这条路，他没有时间。

此时，另一个方向，也有一群人，正往这条道路上疾驰。

夜色被归鸦唤醒，天幕渐渐换了沉凝的色彩，一骑快马冲破黑暗，眼看就要接近白蒲林。

夜空中无数白色的茸毛缓缓飞舞，越靠近林子越多，宫胤自然要避开林子，正打算远远绕过，忽然目光一凝。

林中有异响。

他再一抬头，就看见林中最高的一棵树上，吊着自己的首席护卫。

护卫眼睛红肿，双泪长流，却努力坚持不发出声音，以免惊动主上。此刻看到还是被发现，他不禁连连挣扎，示意主子快走。挣扎中茸毛不断落下，眼看着他的眼睛肿如桃子，连睁都睁不开了。

宫胤一伸手，勒住了马。

他看了看那护卫的位置，眼神一闪，有一霎的犹豫，但终究停住。

他一停，那些被他行动间的气流拂开的茸毛，立即纷纷拥过来。宫胤撕下一截衣襟，绑住了眼睛。

随即他腾身而起，并没有扑入林中，半空中身子一旋，一道冰雪之光自腰间掠出，夜空里绚烂如新升的冷月。

咔嚓一声，吊住护卫的树被击断，隐约似有轰隆一响。

他衣袖一振，冰雪锁链一飞三丈，拴住护卫的腰向外拖出，护卫被拔出，身下却连起一道黑色的线，那线似乎还拖拽着什么东西，哗啦啦一阵响，隐约轧轧之声和衣袂带风之声不绝。

他听着声音暗道不好，振臂将护卫远远送出，自己向后便撤，这一撤忽觉身后似有物体，而他明明还驻马在道路上，四周根本没有任何东西。

阵法！

护卫身下连着阵法，他先前就看出来了，但，不得不为。

有阵法没关系，没有阵法能够真正拦住他，但此刻他不能睁开眼睛，无法判断方位，会很容易被阵法困住。

多困一刻，景横波就多一分危险。

对方果然还有后招，根本没指望以阵法杀了他，只求绊住他的脚步。

宫胤身形闪动，如翩飞的雪花，那些也如雪花的茸毛，也沾不着他。但四面鬼影幢幢，星转物移，他一时却也出不去。

时间一分一秒过去，月色走了一半苍穹。

他心急如焚。

横波！横波！

……

“报！亢龙军和沉铁军已经形成合围，现正向宫城逼近！”

“陛下，此刻占据后宫，从后宫破开道路突围，正好借后宫后山的地利，还有机会从山道出城！”

“所有人不得出城接战，不得擅离队伍，守好宫墙便行，必要的时候，我允许你们砸了沉铁王宫，拿所有可以用来对敌的东西杀人！”

“陛下！砸烂了沉铁王宫，也不可能阻挡两军合围。请您不要再逞意气，请为我上万儿郎的性命着想！”

“我会保住他们！我还会夺下这沉铁，信我！”

“大统领，您劝劝陛下！”

“陛下，可知世事多有变数，纵想操纵棋局，也难免潜藏大龙暗中生事，还是不要太过逼迫自己的好。”

“我敢信，你不敢信？守！”

争执、求情、劝说、焦灼……每时每刻都在发生。

在所有人的不安和惊疑之中，只有她待在殿顶，天风之下永不后退。

宫胤。

我抗住如山压力，我肩负儿郎生死，我拼死任性这一回。

只因我内心深处，依旧选择信你。

这是最后一次机会，于我，于你。

你在哪里？

……

白蒲林茸毛与雪花同飘浮。漫天星光下，是雾气一般浮沉的茸毛，和光芒璀璨的冰雪飞星，旋转浮游成一个巨大的旋涡，又似一座星团，在黑暗的背景中熠熠生辉。

夜色中看来是一幕奇景。

远处一队同样匆匆赶路的人，都仰起脸，有点惊讶地望了过去。

“还有人和我们选择一样的路……”有人喃喃道，“不过他看起来遇见麻烦了。”

领头的两人骑在马上，都披着青色的大氅，男子风流繁艳的眉目中，有种慵慵的懒，看一眼那些冰雪，轻轻一笑：“就知道他一定会去……”声音肯定，又似有憾。

他身边，蒙着眼睛的女子，灵敏地四处转头，抽了抽鼻子，道：“好冷。”

男子侧首对她一笑，立即脱下披风要给她披上，被她一伸手挡住，不耐烦地道：“小祁，心思不要只用在你姐身上，有机会多缠缠小波儿就行。”

耶律祁笑了笑，道：“这不就去缠她了吗？”

耶律询如耸耸肩，忽然道：“被困住的是谁？”

她耳目灵敏，已经听出前方的动静。

耶律祁看了一眼，随意地道：“你弟弟的情敌。”

耶律询如快意地一笑，大声道：“好极，咱们走！”

耶律祁二话不说，策马跟上他姐。

耶律询如策马却不快，走出几步，又停住。

第九十三章　扒人者人恒扒之

耶律询如辨了辨那边的风声，一笑道：“他很急呢。”掰着手指算了算，又道，“如此他可以在一刻钟之内破阵而出……啧啧这速度，真了不起，老不死阵法精绝天下，来了也不过如此吧。不过这样他会受伤呢……”

“怎么，姐姐心疼？”耶律祁的马也走不快，立即停下，他在马上侧首笑看着姐姐，眼眸里光芒流动。

“我只心疼他死不掉。”耶律询如嗤了一声，却又叹了口气。

耶律祁同时叹了口气。

姐弟俩对望一眼，都无可奈何地笑了。

“真不想管啊，这世上哪有管情敌的道理？”耶律询如喃喃道，“可是宫胤既然这么急，说明景横波那里真的非常危急。那两支骑兵只有他去才能指挥，景横波等的也一定是他，所以有人想把他绊在这里……耽误了他，也就是耽误了景横波啊！”

耶律祁默然，这真是让人非常不甘心的事儿。

耶律询如怔了一会儿，忽然一拍弟弟的肩膀，道：“事情不能这样想。现在的关键是宫胤去不了，景横波就会出事。景横波出事，你就没媳妇儿了。两害相权取其轻，不能因小失大，所以，我去也。”

耶律祁听着前面还在点头，听到后面一惊，他知道自己这个姐姐说干就干的德行，来不及劝阻，赶紧先伸手抓她，耶律询如却已经从马上蹿了出去。

她最近身体好了些，看上去好像暂时死不了，还莫名其妙地有了一身好轻功。耶律祁问过她原因，她神神秘秘笑而不语，耶律祁也就笑而不语。管它哪来的，反正姐姐不吃亏就行。

耶律询如背对他挥了挥手：“这阵法我在七峰山遇见过，只有瞎子适合去闯，我去替换他出来，放心，肯定要他付出点代价才行。”

她咕哝着蹿了出去，觉得自己吃了大亏，等下要好好敲诈宫胤，还得不让他看出是替耶律祁敲诈的才行。

……

宫胤运剑十八周天，真气浑然一体，已经点过了十八道阵眼，如果不出意外，大抵可以在半个时辰内出阵。

这当然极其耗费真气，但他已经顾不上。

他心里依旧是焦躁的，半个时辰，依旧太长。

为了节省时间，两支骑兵已经接到他的命令，直接开赴沉铁边境。为防万一，他下令如果他没能及时赶到，骑兵可以不用等他，直接入境。但因为军事保密，也为防止人心浮动，骑兵并不知道要面对的是亢龙军。战场凶危，对敌人估计不足，猝不及防之下，很容易吃大亏。

一旦军力折损，就很难以最快的时间敲开沉铁王城，那么景横波……

牵一发而动全身。

而离他和骑兵队伍约定的时间，只有一个时辰了，还有近百里的路程，如果再在阵中耗费半个时辰，那就绝对来不及。

而骑兵队伍时间一到就开拔，进入沉铁境，如果在那里遇见亢龙军……后果不堪设想。

他知道这阵的最快破法，此时如果有个懂阵法的人，从阵外叩阵眼，待阵法略停的那一霎，进阵以身相代，他就可以最快脱身。

但世上哪有那么巧的事？即便有人，未必懂阵法，懂阵法未必愿意以身相代，以身相代还得不怕白蒲的茸毛，进阵的刹那茸毛涌动，会遮蔽视线，一霎没有摸准方位找到他，那么进阵也不过多陷一个人。而且这种阵法武功越高越受制，没武功的人才有可能安然无恙……简直是各种悖论，懂阵法怎么可能不会武功？不会武功又怎么能迅速进阵换人？到哪儿去找懂阵法又不会武功又不怕茸毛刺眼五感敏锐的人？就算有，又怎会此刻出现？

心一层层地凉，胸口隐隐作痛，他并指于胸，一线真气导引，指尖隐约光芒闪烁，如将点燃引线。

点燃的是真气的引线，一旦将潜藏的护身真气触发，后果他自己也难以预料。

指尖即将触及心口，忽然他感觉到周身浮游的隐约一停。

他立即停住动作，抬头，然后听见了外头呼啸的风声，听见某处咔嚓一响。

有人从外触动阵眼，正在进阵！

一霎狂喜，为此生最为欢欣的时刻。但他仍旧警惕地退后一步，手中的冰雪锁链微微一扬，对着来人的方向。

虽然知道可能性不大，但他还是无比期盼，这人能最快找到他所在的方位。

下一瞬，一个躯体真的扑了过来！

他手中的冰雪锁链下意识地飞起，却在瞬间垂下，他已经感觉到对方没有武功。

真的没有武功！

真的找到了阵眼！

真的算准了他的方位！

甚至不受白蒲的茸毛影响。

他一生漠视老天，自恨命运薄凉，此刻却忍不住要感谢上苍，谢命运将他厚待。

他忽觉不对——那身体直扑向他怀中！

这姿态……

不愿和人接触的人又想后退，忽然想起此刻自己一动，阵法改变，对方就可能找不到自己所在，只好又站定。

下一刻，一个躯体撞入他怀中，顺势抱住了他的腰。

宫胤浑身都僵了。

他第一个动作就是要把人踢出去，想想不能，再想把人撕下来，想想还是不能，最后伸出手指，准备尽量客气地把人拎起来，顺便道个歉什么的。

结果他的手还没伸出来，那人就呜呜哭道："可让我想死了，找得我累死了！"

是女子声音，还捏着细嗓子，听起来不大清楚。

但她这话一说，宫胤顿时又不敢动，听起来对方是熟人，可声音很陌生："你是……"

"你不认识我……"那女子嘤嘤哭泣，"可我认识你，自从当初曲江一见，我便对你……对你……"羞涩地抽噎两声，"我找了你好久，没想到在这里看见你……"

宫胤有一霎茫然。

他如今坐拥大荒，权倾天下，少年时境遇跌宕，步步挣扎，无论是早期底层沦落，还是后来尊贵太过，都会让女人不敢接近，尤其他还是个清冷性子。

所以多少年来，除了景横波，他真的没有再遇见谁当面告白过。

和景横波当初是一路相随共患难，水到渠成，也没这般突如其来的热辣。

他的注意力此刻都在"曲江"之上，曲江他是以韦隐的身份去给景横波掠阵，因为一直藏在小船之上，没有露面，所以他是本来面目，但当时他几乎没有出船，怎么会给这女子看见？难道是上船、下船的时候？这是渔家女儿？

如果不是，这女子怎么能一口报出曲江？他就那一次没有戴任何面具。

但他随即在心中否定，不可能，没那么多巧合，渔家女儿也不可能在这里破阵，此人必是了解他的熟人。

不想拉下挡眼的面巾，他还需要带兵赶路，不能令眼睛受伤。

也罢，看看对方到底想要什么，无论什么，脱身最重要。

"原来是你。"他没有甩开女子，低头温和地道，"想说什么，起来说好吗？"

耶律询如一愣，没想到宫胤是这反应。她几乎没有和宫胤直接接触过，但也知道这人清冷尊贵，最是不愿人接近，扑过来抱的时候，是有心整整他的，如果这家伙忍耐不住把她扔出去，那就是自己作死，可怪不得她。

此刻宫胤不按常理出牌，她却也是个反应快的，嘴一撇，飞快地站起，却仍旧搂着宫胤的腰，顺便还掐了他的腰一把，一边想这腰怎么比小祁还细？哼，腰太细的男人最丑；一边也不管耶律祁看不看得见，偷偷对阵外比了个胜利手势，这手势还是和景横波学的。

“你好像有麻烦……”她抽噎着道。

“是的，你能帮我吗？”他开门见山。

“嗯……嗯……”她吭吭哧哧，盘算着怎样才能令小祁不亏本。

“但有要求，尽管提。”宫胤有点不耐烦。他认定此人趁火打劫，也做好决定，无论要什么，先答应再说。

“我要……我要……”耶律询如眼珠一转，一把抱住了他，“我要你！”

宫胤一怔，忍住把她狠狠撕下来的冲动，轻轻一笑：“别玩笑了。说吧，要什么？”

耶律询如却已经想好了。

“我要你，只要你。”她仰起脸，盯着宫胤线条清俊的侧脸，一边心里不甘地承认宫胤确实也算配得上景横波，一边情意绵绵地道，“我一路跟随你，冒死来救你，你感不感动？戏本里，这时候，都要以身相许，互订终身的……”

宫胤想这是哪里来的奇葩？这世上有一个景横波已经很神奇了，怎么又来了一个？

“所以，你就拿终身报答我吧……”耶律询如动作很快，一边求婚，一边顺手在宫胤腰上摸索。宫胤却是个不喜欢戴饰物的，她并没有摸到玉佩之类的东西，好不容易在腰带的夹层里摸到一个锦囊，伸手就取。

“放手！”宫胤忽然变脸。

耶律询如哪里理会，一边继续摸，一边娇滴滴地道：“你舍不得吗？别这样啊，人家可是拿命来救你的呀……”

宫胤伸出的手在半空生生顿住，一瞬间姿势很僵硬。

耶律询如低头，掩一抹得意的笑意，将锦囊大大方方地取下，塞在自己怀中。

“这算你答应我了吧。”她仰头看着宫胤，感觉靠着的身体微微颤抖，心中也笑得发抖。

宫胤不答，她也不说话，反正急的不是她。

半晌，宫胤含糊地嗯了一声。

耶律询如表示能把俯瞰天下的宫胤逼到这地步，她可算给弟弟报仇了。

她“含情脉脉”地伏在宫胤胸膛上，把玩着他的衣襟，轻轻地道：“人家现在就算你未婚妻了，也许会死在阵中，为你死也没什么遗憾，如果人家没死，将来拿着这定情信物找你，你可不要不认……”

又隔了一会儿，才听见宫胤更加含糊地嗯了一声。

耶律询如摸着宫胤的衣服，感觉到这不是传说中大荒之主的白衣，想到他假扮弟弟，占了很多便宜，顿时怒从中来。

她从身后的包袱里拿出一件衣服。她一向随身带着弟弟的衣物，时不时缝缝补补，不是贤惠，纯粹就是锻炼自己而已。

“你这衣服不大好，有一股乱七八糟的脂粉味儿，”她已经自动代入“未婚妻”的角色，一边去扒他衣服，一边道，“换这件。”

宫胤只好拂开她的手，自己去解衣服，想着现世报来得快，扒人者人恒扒之。

没什么好说的，先哄着她，能离开就行。

他脱下外袍，换上耶律询如给的衣服。“未婚妻”殷殷嘱咐：“这是我一针一线亲手做的，你可别换了。”

宫胤一边想有空立即换，一边点头。

耶律询如呵呵一笑：“你发誓不换。”

“我发誓。”他十分合作。

耶律询如却不上当——什么内容都不说，发的啥誓？

这么奸的人，波波就不该跟他！

“你发誓，”她慢条斯理地道，“如果你在三天之内换下这件衣服，或者用别的衣物掩盖住这件衣服，你要做的事情不能成功，你要挽回的所有不能挽回，你一生的愿望就此付诸东流，天上地下，再寻不回任何希望。”

宫胤眼眸一厉。

他已经做好发那种死全家、下地狱之类的誓言，没想到这女子开口的誓言，比他想的更要紧、更恶毒。

他怎么能令事态不能挽回，横波丧身此役？

这女子是谁？

步步紧逼，刀刀要害。

此刻耽误不得，他只得顺着发了誓，将衣服穿好。

纵知必有陷阱、猫腻，他也只得继续向前。

看他动作很快却又僵硬地穿好衣服，耶律询如想某人已经到临界点，再玩下去就适得其反了，见好就收，见好就收呵呵。

“那好，你出去吧。”她踮起脚，拍了拍宫胤的脸颊，感叹地道，“皮肤真好，真光滑，真美，如果不是不大方便……我真想现在就和你提前把事儿办了……”

宫胤浑身一颤，本来还有把锦囊抢回来的心思，顿时断绝，转身就走。

此时阵法正停，耶律询如时机把握得很好，一线清光在前方幽幽亮起，在宫胤看来，那就是景横波生的希望，为了追逐这道光，什么都可以不计较。

他推开耶律询如，身子一闪，出阵。

连谢都没说。

没法谢，这就是个趁火打劫的。

暗处，耶律祁看着宫胤飞身而去的背影，目光复杂。

啪的一声响，一个锦囊从阵中飞出，落入他掌心。

“姐你怎么不出来？”耶律祁喊。

“哎呀我被困住了。”某人躺在地上，拂开那些茸毛，一点也不紧张地喊，“紫微那老不死好像快回来了吧？你走你的，派一个人往七峰山方向走，叫他来救我！就说我被开天辟地举世无双斗转星移移山搬海绝世大阵给困住了，他不来救我我就死啦，我死没关系，这万一一尸两命……”

耶律祁险些从马上栽下来：“姐姐你怀孕了？！”

耶律询如摸了摸肚子，撇撇嘴，心想真有就好了，曼声道：“这可说不准，也许呢？有些事很神奇的是不是？反正你就这么说。”

耶律祁在冬夜里抹一把额头的汗——能不这么善于利用时机吗？能不这么吓人吗？

彪悍姐姐赖在阵里不出来，他也便算了，反正能害她的人估计还没生出来。

他回头看看沉铁方向，捏紧了手中的锦囊。

宫胤唯一贴身珍藏的锦囊，里面会是什么呢？

……

风声猎猎，骏马疾驰如光如电，他俯低身形，长发被风扯直在背上。

横波，你怎样了？

……

“报！亢龙军和沉铁军已经逼近宫城！沉铁军扼守住各要道，亢龙军开始攻打宫门！”

“传令下去，一旦亢龙军势大，不必在宫门抵抗，以内宫靖元殿前宫墙为护墙，所有武器集中在那里！”

“不！陛下！我们不能步步退缩，迟早会被敌人压缩在内宫的死角，等到退无可退，就是死期！”

“陛下！我们的探子侦察出后宫有地道，我们可以在前宫拼死抵抗，您和精锐们从地道出去，出沉铁后召唤裴帅，从后头给沉铁军和亢龙军一击，这是唯一解救大家的办法了。”

“那会死很多人，我不要！”

“现在死守，一个都出不去，最后会死所有人！”

“我不会让你们死，我带你们出来，就一定会让你们完整地回去！传我命令，不必拼死抵抗，以免过多死伤，咱们会有转机。如果老天害我，真到了最后时刻，你们全部投降，一个都不许反抗！成孤漠野心勃勃，这一手之后他没有退路，必定造反，他最需要兵力，绝对不会杀了你们，只会将你们收编，所有人都可以活着！”

“陛下，那您怎么办？”

“凉拌！”

“陛下，此事不可儿戏！先别说儿郎们愿不愿意投降，就算我们弃械，您呢？您一定活不了！成孤漠绝不会放过您！”

“能决定我生死的，不是成孤漠！”

“陛下，明明还有生机，为何您一意孤行，要自蹈死路？”

“因为我信，我不会输！”

……

她在宫中最高处，遥望街道如血脉，而黑色的亢龙军便是毒血，正源源逼向这沉铁的心脏，很快就会浸入瓣膜，然后是心室、心房……

而她，在心脏的正中。

如所有人所说，万一那毒血入心，即便她另有准备，即便其余人不会有生死之险，她却绝无生路。

天日高高，烽火高高，风云高高，她站立的角度，高高。

在我成为所有人的靶子之前，我要你先将我看见。

你会不会视而不见？

王城的大门已经打开，宫城的警钟已经敲响，城下无数人忙忙碌碌搬运，我嗅见火器和铁器交织的气味，燥热又森凉。

宫胤。

你在哪里？

……

他在马上。

烈马狂驰，甚至来不及带着受伤的手下，在沉铁边境，最后一刻，和两支骑兵会合。

一路上注意到并没有骑兵开拔的信号，他心中不由一喜，随即听见风中隐隐飘来的兵器交击之声。

他身影如流星泻过天际，在半空之上，便看见自己的骑兵正和一支军队厮杀在一起。

看那军士的衣裳、建制，竟然是属于上元的军队，所幸虽然是精锐，但是人数不多，毕竟要想绕过裴枢的军阵，穿过大半别人的地域，在这玳瑁和沉铁的边境设伏，不可能劳师动众。

他一到，军队便有了主心骨，很快将上元军杀退。上元军并没有恋战，因为他们从前几天接了明晏安的命令，日夜赶路前来设伏拦截，之后就再没有接到大王的任何命令，也不敢擅自行动。

明晏安已经给锦衣人毒得“中风”，暂时无法有任何后续指令。

宫胤也不恋战，带着骑兵抽身便走。他还是令原本的骑兵队长带兵，自己隐身于士兵之中，一路疾行。

沉铁境已经陷入了混乱，接连几拨儿军队的叩关，导致边境数城至今没有恢复正常秩序，宫胤的骑兵从小路行进，一日夜便到了沉铁腹地。

向山是沉铁的内地与边境分隔之山，是去王城的必经之地，山势不险，却山分两半，其间夹窄道。

骑兵队首尾相接，先派斥侯去侦察，人马未出，却有人衣甲破烂，踉跄自山道冲出，一边冲一边大叫：“前方有险，速速改道！”

骑兵们警惕地勒马，那人直冲到近前，一身衣甲十分熟悉，龙骑骑兵中有人骇然道：“莫不是亢龙军？亢龙军的兄弟，怎么会在这里？”

那亢龙军小头目也骇然抬头，道：“莫不是玉照龙骑的兄弟？龙骑怎么会在这里？莫非和我们一样，是接到了国师的密令，前来沉铁驰援的？”

龙骑骑兵立即接道：“正是。原来亢龙军也接到了密令。那么请问兄弟，前方何故？”

那亢龙军小头目道：“前方有人埋伏，我等已经吃了亏，特来报信。”

这边一问一答，人群里，宫胤慢慢抬起头，目光一闪。

果然。

他抬头看了看天色，亢龙军设在这里的伏兵不会很多，但要解决还是需要时间。

时间，时间。

又阻一步。

天边层云飞动，沉沉地压一片暗影。

横波，你怎样了？

……

“报！亢龙军已经攻破宫门！”

“退到内宫！”

“陛下！”

“退！给我先守住内殿的宫门！木头不够砍大殿，砖头不够拆墙，燃料不够下帐幔，先守死靖元殿的宫墙！”

她站在高高的殿顶，脚下是那一堆衣物，她还在等，等着一个答案。

她知道将领的眼神已经不对劲，知道士兵的眼中充满迷茫，知道关心她的人各种讨论要打昏昏了头的女王送走她，知道底下所有人都在仰望着她，猜测着她，包括后来得她的士兵解救出来的铁星泽，都在担忧地注视着她。

在她没得到一个解释之前，她不想解释。

这个答案关系到她之前所有迷茫和之后行走的方向，她不愿再在黑暗中摸索，对每个影子怀疑自己早已发疯。

如果这就是疯。

如果你想我疯。

那我就让你好好瞧瞧，到底什么是真正的疯狂。

宫胤。

我坚持不了多久了。

你在哪里？

……

他在向山。

手中的冰雪锁链，唰的一下从地上一具尸首的胸膛抽出，带出一抹血红的光影。

鲜血飞溅，染满身。

不记得污脏，也不记得亢龙军还算是同袍。

当他拿下那批伏击的人的首领，表明身份，却并没有获得这些人的忠诚之后，他毫不犹豫地下令，杀。

阻我救她者，死。

为了节省时间，他亲自上阵，沉铁的枯草和他的袍角，在硝烟中飞扬。

从尸首堆中走过，这些原本都是他的属下、他的军队。

到死，也许有些人都不明白，自己为何会死在异国，死在同袍手中。

上位者有无可奈何的悲哀，小人物有不能自主的悲哀。

士兵捧上衣裳，要帮他换了染血的衣袍，虽然黑衣看不出鲜血，但那气味污脏，不是他能受得了的。

他摆手拒绝，低头看看自己的衣裳，黑色，宽袍大袖，领口敞开得很低，腰却束得紧，实在不是他的风格，倒很像另一个人的穿衣风格。

想到另一个人，就看见了那个人。头顶一道黑影掠过，带着他自己的属下，在他这边忙着从战场上抽身的时刻，越过他远远地去了。

宫胤看着耶律祁的背影，他也不坐轮椅了，也不扮作一袭青衣穆先生了，如果远远单看一个影子，他觉得说不定现在自己看起来和耶律祁很像。

这叫什么？报复？

越过耶律祁的肩头，他看见远方彤云一层层涌动，天快黑了。

横波，你怎样了？

……

死守已经进入了第三天。

从王城城门到宫门广场，从宫门广场到宫门，从前殿宫门到内宫宫门，他人一步步紧逼，而她一改一开始的狂霸之风，一步步退让，直到在靖元殿的前宫墙停住，陷入胶着。

宫中砖瓦、木料、火油和食物都丰富，能够支撑短时间的使用，但毕竟有上万人，到第三天上午，大家就几乎没什么粮食了。

景横波这三天几乎没吃什么东西，也没合过眼，一直在殿顶，累极了就坐在那些衣物上，遥望远方，甚至不看眼皮底下那一步步的逼近。

高处的风，能将一切异样气味带入鼻端。

她嗅见了大批量火油和火石的气味。

而脚下的群殿，大多是木石建筑。

天色幽冥，压下危城。

宫胤，你还不来！

……

天色幽冥，他在狂奔。

只差百里路程，便到王城。

斥候打探的消息却让他心凉。王城城门紧闭，铁甲森严，沉铁军并没有因为全力在城内逼迫景横波，就放弃对城门的把守。

相反，他现在面对的城门，比当初景横波面对时还难开，因为这回还多了一部分对龙骑十分了解的亢龙军。

骑兵野战是好手，攻城战却因为轻骑突进，无法携带重型武器，本身就不大有利。如果敌人闭城不出，拖延时间，短时间内谁也没办法。

他最怕的就是时间。

风卷旗帜猎猎，他在旗下仰望城头，铁甲和守城士兵的眼眸同光寒。

无法将骑兵全部带入城了。

他能做的，就是将骑兵留在城门前，全力牵制住城门的军队，令城内的沉铁和亢龙联合军队，不得不放弃对景横波的压迫，回头救城门。

黄昏的时候，来不及休整，他已经指挥军队，对城头展开了第一轮进攻。

没有重型武器，玉照龙骑却有世上最为有力急速的随身劲弩，身上的轻甲以雪铁制成，可谓世上最轻、最韧，一点也不妨碍爬城墙。

王城前有宽三丈的护城河，内有毒水和利刃，飞鸟难渡。仅凭这一点便阻碍了多少来敌。

之前英白、景横波并没有渡过护城河，一个箭射酒壶醉满城，一个鬼魅瞬移控主将。而此刻，吸取了之前的教训，所有人连鼻子都捂住了，而天下也没有第二个，可以一步十丈、瞬移得毫无痕迹的景横波。

宫胤在护城河前驻马。

不过淡淡一眼，随即他下马，踏上护城河。

城上、城下还没来得及惊呼，就看见他脚下泛着泡沫的黑水忽然凝固，化为黑冰，无声无息向前蔓延。

他在护城河上行走，步伐无声，脚下却有嚓嚓声响不断，那些翻涌的水随着他的步伐，寸寸凝结，在黑色的冰面下，能看见被冻住的利刃惨青的光。而前面，一条嶙峋的冰路，在不断向前，向前。

且跨沟壑三千尺，凝冰大道城关前。

第九十四章　相见

城上的士兵连射箭都忘记了。

数日之内，他们接二连三地被震慑。自黑水女王瞬闪惊城头后，他们再次看见有人一步冻长河。

玉照龙骑用最崇敬的目光，注视着他们的主上，他们知道，继女王之后，他们也将以最快的速度夺下城头，成就龙骑战争史上，名垂青史的一战。

宫胤一个来回，护城河被冻出一条冰道。

再一个来回，冰道更加坚实。

第三个来回，冰道成了一道黑色的桥，四面黑色河水簇浪起伏，那些河底的利刃，成了冰桥之骨。

第二个来回的时候，城上的人醒悟过来，纷纷射箭，宫胤周身罡气激发，箭在半空都被冻断，坠落时凝结冰雪，叮当有声。

从城上看，黑色冰桥在下，中间从容走着大袖飘飘的男子，其上罡气如星团，浮沉闪耀，无数箭矢如雨下，遇上星团镀一身银白闪亮，如断翅的蝶纷落天际。

这一幕如诗如画，如神祇展示风华。

从未见战场凶杀如画。

目眩神迷之间，冰桥已成。

宫胤停下，微微垂眼，无人发现他脸色微微苍白。

纵使般若雪独步天下，将这三丈护城河化一道冰桥，所耗费的真气，也难以估算。

他已经不剩多少真气，再不进城，就没机会了。

接下来的战役，还需要人指挥。

他分身乏术，而天色已黑。

身后的龙骑，踏着冰桥越过护城河，开始上城墙。

冬夜寒气彻骨，身后将领要为他披上大氅，他想起自己发过的誓，一摆手拒绝。

对横波但有一丝危险，哪怕是个虚无的誓言，他也不敢尝试。

他仰望高高的城头，似乎嗅见从城内传来的硝烟和烈火气息。

横波，你怎样了？

……

“陛下！亢龙军似乎要点火！”

“我知道。”

“陛下……”

“你们，投降吧。”

“陛下！”

她摆摆手，疲倦地吐出一口长气，看向已经全黑的天色。

今夜无月无星，天黑得没有任何色彩。

是为了令等会儿的火光，闪耀得更加鲜明吗？

可是再闪耀的色彩，再鲜明的标杆，如果有人执意不要看见，都没有用。

三日三夜的等待，心由灼热翻涌，至平静，至此刻凉如冰。

至绝望。

算算时间，轻骑快进，早该到了。

她已经没有了任何期待。

是她想多了，那些伪装，那些相伴，那些护持，或许只是假象，或者只是他另外的计谋安排，和爱情无关，和心意无关，和她无关。

虽然她不信，不愿信，但三日的空等告诉她，似乎就是这样。

没有关系，她要的只是一个答案，这也是答案。

有了这个答案，她便可以将过往斩绝。

如果说之前她还雄心万丈，想要称王称帝，打回帝歌，可当她确认她一直在宫胤的掌握中，一直被他监视、戏耍着时，她所有的信念，便已崩塌。

何必呢，做个小丑，在别人安排的局中生活，为自己的每一分成就欢呼时，也许掌控一切的人，正在一边冷冷嘲笑。

在别人的安排下走出的路，最后会抵达什么方向？反正肯定不是她想要的。

她宁可放弃一切，也不要莫名其妙地为人摆布。

得到这个答案，她便可以让所有人解散，士兵归于成孤漠，算是对间接害死他儿子的补偿，而基业、宏图、女王、帝业……统统都见鬼去吧。

她等到最后一刻，等到所有人都以为她已经死亡，然后，永远地离开这里。

很想念三个死党呢……

头顶的天如此沉重，她觉得疲倦。

她抬起眼眸，前方城门隐隐星火亮起。

宫胤。

你竟不来！

……

城门前，第一轮攻击被打退，正在进行第二轮。

火光里宫胤脸色如雪，在阵前一步不退。恍惚里还是当年在玉照宫，曾经也有一场战役，他也曾重伤在城头一步不退。

那时候他是为自己的权位挣扎，此刻他是为她的生命坚持。

横波，你怎样了？

……

哧，一道火红的痕迹掠过天空，将黑色的天幕刺出一道鲜血淋漓的伤。

火箭落在倾塌半边的大殿上，顿时点燃了那些木制建筑。

随即，更多的火箭如流星越天，扑向大殿，火势由小到大，渐渐蔓延过那些断壁残垣。

火光映亮士兵们茫然又惊惶的脸。

外头有人在喊话，让士兵投降，弃械不杀。虽然已经得了女王的命令，士兵们还是犹豫不决，至于将领，都在大殿之下，一个都没走。

七杀难得地很安静，坐在地上猜拳，似乎根本不担心战役胜负，他们猜拳的内容好像是景横波到底会在上面坐多久，以及等会儿到底谁最先抢她下来，输的人三天拉屎不许擦屁股。

英白除了一箭惊艳醉城头，其余时候都不像个主帅，似乎根本没对指挥这支军队有什么兴趣，他只支着腿，喝着酒，和景横波一样看着远方。

他心中也盘桓着同样一句话：你怎么还不来？

……

第二轮攻城。

不断有士兵增派上城，宫胤几乎可以确定，内城的兵力，有相当一部分已经被引到了城门前。

但他不能确定对景横波的压迫是否已经完全消失。

正要下令再进攻一轮，忽然感觉天光一亮，他抬头，就看见远处的天际，火光映红半边天。

最后一丝血色从他颊上褪去，他身子一晃。身边的将领急忙扶住。

他只紧紧地盯着那方向，连唇色都已经发白。

火攻！

那位置不用猜，一定是沉铁王宫！

最怕的事情发生了，他们果然用火逼她！

她的瞬移，原可以不怕任何攻击，但她绝望愤怒之下，是否会自毁？

身边的火把热力熊熊，他却觉得如堕冰窖。

再顾不得城前的军队，他忽然拔身而起。

此刻他真气所剩无几，硬闯城关把握不大，更不要提丢下军队之后是否还会有变数，但所有不利，都已经顾不得。

她在城中，她在火中！

一声长啸，人影如逆行的流星，拔地而起，脚底带起腾腾雪气，直扑城头。

城上的人早有准备，大弓劲弩轧轧连响，箭如幕布般凶狠地罩下来。

三丈城头，一气上冲，还要抵御一波箭雨，需要一口极其雄浑绵长、流转不休的真气。

而他远奔未休，不断应敌，更在城门前凝冰成桥。

眼看离城头不过三尺，他心口忽然一痛。

真气流转，遇见了心口那根针，稍稍一顿。

刹那真气一泄，身形一阻，身前的罡气顿现缺口，一道乌黑的箭尖已经旋转着逼向他的眉心！

他可自救，但必落城下。

落下后想再起，绝无可能。

他咬牙不落，半空中生生扭转身形，想要避开要害，以一箭之伤，换上城离开。

忽然脚底风声一响，一双手轻轻托住他的靴底，将他向上一送。

那双手出现的刹那，一个熟悉的声音传音低笑：“去吧，救她，军队我来！”

一股真气直飙，送他上云霄。

他一声清啸。

城头的士兵停了弓箭，看见一道人影火箭般自城下飙上，越过城墙，越过堞垛，越过他们的头顶，他们仰起脸，视线跟随那一道烟云般的轨迹，脖子齐齐转过三百六十度，眼见那道如仙如烟云的影子冲上云霄，越过城头，落进城内的黑暗和火光中。

太过震惊，以至于城上无声。

好半晌才有人醒悟，大叫：“有人飞过了城头！”

城墙前，另一道宽袍大袖的人影，飘飘落下，落在龙骑前宫胤先前骑过的马上。

面对龙骑惊讶疑问的目光，他手一摊，掌心是宫胤的锦囊。

“国师有令，”他道，“从现在开始，你们由我指挥。”

宫胤的锦囊上，有他的独门标记，群将俯首听令。

耶律祁收了锦囊，微微一笑，随即敛了眉头，注视着天际的红光。

他先一步到了城门前，一时却也无法进城，本想等宫胤打开城门，捡个便宜，谁知道却看见了城内的大火。

这个时候，不是争风吃醋的时候。

当然他更希望是宫胤送他进城，可惜他清楚地明白，景横波等的不是他。

虽说他也觉得景横波有瞬移不怕火攻，可他也怕景横波犯傻。

他也有私心，不愿成全情敌，可和景横波的安全比起来，什么都不重要。

有万分之一的危险，都不能忽视。

耶律祁摸了摸鼻子，心想以后这笔账必得加倍地讨回来。

当然如果他做出这么大牺牲，宫胤都救不回景横波，宫胤也别回来要他的军队了。

他想着燕杀军不知道到哪里去了，这次来本来想联系上他们，一起来救景横波，谁知道传信的人找到燕杀军的暂时驻地，却发现已经营地一空。

燕杀军桀骜，还保留游牧民族般的风俗习惯，时不时游荡在大荒的土地上，这次看来很不巧。

他只得带着属下奔来，在这王城城墙下驻马。

天尽头大火冲天。

他目光微冷，一扭头，道：“攻城！”

……

离沉铁王城不远的郊野之上，也有一队队伍，在匆匆前行。

最前方有彪悍的将领，有沉默的小姑娘，还有尾巴毛茸茸的小动物在马头上跳跃，越靠近王城，跳跃越急，似乎有所感应，感觉到主人巨大的危险。

……

大火冲天。

一团团火舌盘旋而上，舔舐着砖石、梁柱、帐幔、器物……最近的火焰，离景横波不过数丈。

士兵们已经在景横波勒令之下，放弃了反抗，满怀郁闷和不甘地频频回头。

景横波在赶那些不肯走的同伴。

“走吧。”她面对众人忧心忡忡的目光，故作轻松地一笑，“我只是在想事情，现在我想通了。你们陪在这里干吗？马上大家都会被烧死。”

“不行。”铁星泽道，“你为我而来，如果折损在沉铁，我还不如陪你一起死了。”

“谁说我是为你来的？我另有想法，只是现在也不必说了。”景横波耸耸肩，“不要用这种眼光看我，我不会自杀，更不愿意因为我导致别人伤损。所以你们必须走，你们一走我就走，你们不走，那就一起烧死吧。”

众人都凝视着她的眼睛，半晌七杀叽叽咕咕地道：“我看波波不会自杀。”

“她有瞬移呢。”

“啊呀呀我可不想被火烧掉一头好头发。”

“那就走吧。”

伊柒还不肯走，被二货兄弟们拖走了，一边走还一边大喊：“波波你可不要犯傻啊啊啊……”

景横波挥挥手，一反手打昏紫蕊，塞给铁星泽：“你一定熟知道路，带我的女官走！”不等他拒绝，又道，“我把她交给你了，你要磨磨蹭蹭害她的性命吗？”

铁星泽只得咬牙背起紫蕊，一边找路往下走，一边犹自殷殷嘱咐：“无论如何命最要紧，一定要及时离开……”

“知道啦，啰唆！”

景横波看了看天弃和英白。

天弃不等她说话，转身就走，道：“我觉得有些事不大对，我得先出去静一静。”身形一闪便不见。

“不是这样的。”英白拿起酒壶，站起身，“别上了别人的当。”他指指那堆衣物，“你不觉得这些，很蹊跷吗？”

她微微翘了翘唇角。

当然蹊跷。

这些东西，明显不是宫胤拿给她的，宫胤一心要掩藏，怎么会暴露在她面前？

那么如果说是有心人一路收集，也太可怕了，难道宫胤和她一路的踪迹都在他人眼中？那人如果真那么厉害，早下手了。

再说有些东西，宫胤根本不会留下来。

殿顶的三日夜，从激越的情绪中平复之后，她开始冷静思考，翻捡那些衣物，然后发现，很多东西其实对不上。

衣服是可以仿制的，气味是可以混淆的，比如襄国太监衣裳下摆的红泥，仔细查看并不是那密室的丹泥，而那土地公公面具，细看也不一样，连那洛阳铲，仔细看也不一样，不如宫胤当初给她的那把精致。

她想，这里的这一堆，其实都不是原版吧？

事情都过去了很久，衣物上怎么可能还留有那些气味？这是最近的手笔。

但对方对她很了解是必然的，知道她心中的怀疑早已到了顶峰，无须原版，只要近似的东西稍稍一提示，她就会自动对号入座。

对方绝不可能一直掌控着宫胤改装的各种身份，她觉得更多应该是事后推断。对方应该也是个牛人，综合各种线索，真的将宫胤大多数改装的情况都推断了出来，以近似物唤起她的确认，直至疯狂。

推断能准确到这个地步，还是有很大问题的，其中一定有些她暂时想不通的不妥之处，但现在她不想思考。

对方低估她了。

对方生怕她不疯，所以来了这么一招，却不知道，她本就是个疯子好吗？

来自异世的灵魂，不管这时代的种种拘束，她有自己的思想和原则，不惜燃起大火，驱散这眼前的浓雾。

“别赌气。”英白难得这么认真，凝视着她的眼眸，“和我先下去，他会来的。”

“我会走，谁也不值得我自杀。”景横波心中忽冷忽热，不知是痛是悲，只想狂歌痛哭，又似乎无法发泄，一伸手抢过英白的酒壶，抬头就灌了大半壶。

英白抢救不及，哎哎连声，也不知是在可惜酒，还是怕她喝醉。

英白这种酒鬼，壶里都是最烈的酒，连七杀等人都不敢轻易尝试。他盯着景横波，心想醉了也好，一捞就走，省得麻烦。

景横波半壶酒下肚，没觉得烈，脑子却一晕，她闭了闭眼睛，努力稳定身形，不想被英白看出自己已醉。

她这三天几乎没有吃饭，经不起烈酒挞伐。

“走吧！”她挥手，“你要我信他，那么，你去接应他，把他带到我面前，我就信。”

英白第一次出现犹豫。

他也知道事态紧急，奇怪宫胤怎么还没到，但他确定，一定是宫胤遇到了麻烦。

他确实很想去接应宫胤。

“去吧。”景横波大笑，身影一闪，跃上前方一座竖向天的立柱。

大殿连烧带塌，已经毁去大半，屋顶几乎全无，几根横梁、几根立柱孤零零地歪斜在一地断壁残垣之中，高处火势较小，但火舌依旧缠绕着那些柱子，缠缠绵绵地爬上来。

“英白，”景横波立在那柱子上，居高临下地对着凝视她的英白，“两年前，我来到大荒，那时候我还没遇见宫胤，那时候我还是凤来栖的头牌。现在回想起来，那真是我人生至今，最痛快的一段日子。”

她仰起下巴，看向前方，废殿之下，亢龙军已经停了手，正用茫然的眼光看着他们的女王。

到现在，普通士兵终于知道，他们化整为零赶了远路，抢了粮车，在这沉铁内部要剿杀的“叛匪”，竟然是女王。

亢龙士兵知道自家主帅和女王的恩怨，大多数人也见过她，都知道去年帝歌逼宫之变，正是亢龙一手推动。用全营营啸，用七条人命的广场自尽，将放逐女王一事，推上高峰。

那次逼宫事件，大多数士兵虽然算参与了，但并没有眼见那年大雪纷飞下广场上女子苍白的容颜，心中的感触便也不强烈。然而此刻，面对大殿废墟，烈火升腾，废墟和烈火之上的红衣女子，看她衣袂飘拂于殿顶，身姿笔直而神情凄怆，他们忽然也觉得心底苍凉。

他们是铁军，是皇家军队，是满载荣光、从来只为保家卫国而生的忠诚军队，如今却为统帅的私人恩怨，对这样一个并无过错的女子，一再相逼。

那些劈出的刀剑，那些拼杀的呐喊，其实都早已失却正义的支撑。

景横波却没有看他们，甚至也没看英白，只看着前方。

“我曾有雄心壮志万千，但此刻我觉得很无聊。我忽然想起当初我来的时候，以一舞，博得了在凤来栖生存的机会，那是我平生跳得最痛快的舞，再之后我做了女王，就再没有那样跳过。现在我想离开了，离开之前，我想再痛痛快快地跳一回。”

当初我曾痛痛快快地来，以一舞开启异世生活。

最后我想痛痛快快地再一舞，以此告别这人生浮华和虚妄。

她一抬手，甩掉红色披风，里头是红色改良版长裙，贴身，勾勒一身起伏的线条。

长裙里还有紧身长裤，算适合作舞的衣裳。

一股酒气上涌，冲得她心情激越脑中发晕，眼睛却越发亮，亮过天星。

英白被燃烧的火苗不断逼下，倒退中抬头看她，不得不越行越远。

只剩下她，立在柱子顶端，俯瞰这巍巍王城、这静默天下。

当初在凤来栖以棍子做钢管，一舞动青楼；如今她以大殿废墟为舞台，以正殿梁柱为钢管，以万千兵甲为观众，这一舞，能动谁？

如果想让他看见的那人没看见，那什么都无意义。

扬手，踮足，起舞。

刹那回旋。

刹那深红裙摆旋开也如火焰，腾腾燃亮这夜空，她伸展开的双臂，拥有人世间最美好的姿态弧度，似一只涅槃的凤，在天尽头昂起头。

底下的喧嚣纷扰渐止，众人昂头，屏息，目光灼灼。

……

他在王城街道上狂奔。

嫌马不够快，只将自己的身形扯成风。

一生沉静雍容，如山不动，他从未有过如此奔跑，似夸父，在用生命逐日。

……

她在殿柱顶端起伏纵跃，携了微醉的狂放，舞出这一生最烈的姿态。

一字马大回旋，卷腰而转转这人间烈焰人间风，身下的火是盛开的红莲，她是莲心里滚动的晶莹露珠，染了霞光的艳，在苍生的视野里灼灼。

女子身姿的柔软，女子身姿的绝艳，女子久经锤炼的最美好曲线和柔韧，成就一场舞的灿烂光华。

飞跃的火苗，不及她灵动里的疯狂，诱惑中的颓废，发在激舞中散开，红色发带飞入火中化灰，那一霎黑发染黑了夜，星月在云层后为艳色而退避。

……

前方宫门在望，他将力竭，速度却丝毫不减。守门的士兵只隐约看见白光一闪，未及喝问，便已经被踩着头颅而过，一瞬间头顶落下簌簌雪花。

……

她忽一个回旋，于几乎不可能的角度，折腰而下如倒挂的莲花，垂下的长发遇到火焰，哧的一声消失半截，万众惊呼，她却若无其事，在火焰之巅腾腾翻舞，似要将这一舞燃烧成灰，似要将自己在这样狂烈的舞中也燃烧成灰。

深情总虚掷，心字已成灰。

……

他闯入宫门，进宫之后反而速度更快，因为士兵都已经涌到后殿，忘却拼杀，去看那火场中的绝世之舞，就算被勒令留在原地的，也无心看守，都踮着脚看着那个方向的火。

每个人都眼神惋惜，为这世间美好的事物，眼看就要从眼前永久逝去。

惊天一舞，终成绝响。

……

飞转黏缠，起伏提沉，在翩翩的风中，她已经感觉到了火的热度，刚才还有距离的火焰，现在已经顺着梁柱爬了上来，四面的梁柱也已经起火，脚下的柱子也不如先前结实，感觉随时会断裂。

长发在无声无息中化灰，很热，她一直调节着自己的明月心，保护着自己不被烟气熏死或者被烤死。

但已经到了最后的时刻，再不走，她会葬身火海。

一个探身，绕柱一周，她的红裙飞了起来，如一道华丽的尾羽，绕火海红云而过。

这火中的舞。

这火中的告别之舞。

脚下咔咔微响。

她抬头，眼眸忽然一缩，看见一道人影，以一种言语难以形容的速度，电射而来。

……

宫胤已经到了正殿之前。

还没靠近，就能感觉到热浪扑面，一抬头看见长空之下，烈焰之上，危急之中，她独自在殿顶起舞。

整个天空都是她的舞台，那高处一舞怪异又美艳，每个动作都极尽女子的身体柔韧灵动之美，极尽女性天生的诱惑，似一抹艳色红唇，将这天地所有懵懂和潜藏的欲望唤醒，轻轻一勾，便销魂了人间。

再在这大火的映衬下，别生凄艳悲怆，惊心。

他却根本无心欣赏，飞跃向黑压压的人头。有人已经看见他的到来，大喝："何方来人！放箭！"

他听而不闻，脚踩最外圈的人头，高高飞起。

箭矢如飞雨，扑出火场奔向他。

几道人影扑出，是英白、天弃等人，接下这无边箭雨。

他看也不看，只向那火场方向。

横波，我来了。

你且住，看一看我——

……

她睁大眸子，一只手臂犹自高抬，却忘记了下一个动作。

然而下一瞬她的眼光就黯淡了。

滚滚浓烟令她辨不清来人的面目，但却可以大致看清那人的衣着。深色衣裳，宽袍大袖，领口开得很低，露一抹平直的锁骨，甚至还有半边胸膛……

耶律祁。

宫胤无论如何不会这样穿。

绝望之后迸发希望，希望之后再绝望，这般滋味，最难熬。

这一霎她心若死灰，脚步一乱。

咔嚓一声，头顶不远处斜斜的一截横梁忽然断了，当头而下，堵住了她的去路。她要纵身闪开，又是咔的一声，已经烧得酥软的梁柱裂开两半，她脚下落空。

烈焰逼人，酒气上涌，脚下没有凭借，浑身无力。

她在万众惊呼中坠落。

身下就是火场。

狂呼声如海啸。

忽然一道人影，射入熊熊火场，撞上倾毁的横梁，踢开爆裂的立柱，一把抱住了她。

然后，一同坠入火中。

卷三

本无心

第一章 相认

她在坠落。

身周热浪灼人，长发几乎是瞬间就化灰，她知道下一瞬她自己也要化灰，在世上消失无踪。

明明没想这么窝囊地死的，不过跳一场舞，怎么跳成了这结果？她自己也想不通。

一霎心中滚滚流过的，不是遗憾、后悔，而是从前生到此世相遇的种种，奇怪的是，那些痛苦的记忆大多消失，似被这场火燃尽，似被这场舞舞尽，此刻眼前画面在火海中飞速而过，却都是那些温暖、温馨、爱恋、扶持，记忆中美好的那些人的轻颦浅笑……

砰的一声裂响，听在耳中如洪钟。

接着又是砰砰两声，下一刻她身子一停，被一个身体紧紧抱住。

熟悉的清凉冰雪气息，令她的身体顿时僵住。

难道……

泪水忽然涌出眼眶，没有理由。

三日夜的等待，最后一舞的疯狂，最后一眼的绝望，坠落的一刻她已经和过往告别，然后发现自己在他的怀抱中。

可是……终究是迟了……

她记得身下的熊熊火海，已经没有任何可以立足的地方。

他的身体如此清凉，这么久，他终于恢复了她熟悉的温度，不，比记忆中还凉上无数倍。

在那样极致的冰冷下，她皮肤上的高温被迅速降低，身周发出无数细细的碎裂音，似乎有什么在迅速凝结又迅速融化，循环往复，她感觉到身边的温度明显降了下来。

火场前万军僵硬。

人人抬头，目瞪口呆地看着火场中那一幕奇景。

烈焰之中，那人扑入火海，一开始火焰狂扑而上，但是瞬间，火焰一停，随即那人身上不断凝结出雪色，刚凝便化，刚化便凝，在不断的循环中，火焰渐渐弱去，相拥的两人身周，现出一片火灭之后的焦黑，然后凝出一片霜色，那冰雪之色扩展出一片圆，以两人为圆心，在火场中不断向下，直至延伸出一个透明的旋转的通道……

砰的一声，那两人坠入烧毁的殿底，从众人的视野中消失不见。

……

砰，景横波和宫胤相拥着直撞而下，顺着立柱烧毁后留下的通道，最后重重落在滚烫的地面上。

但他们并没能停下来，又是砰的一声，身下什么东西塌陷，他们继续落。

天旋地转中他没有再以真气抵挡，只是用双臂紧紧揽住了她，始终将她护在怀中。

景横波本就半醉，哪里经得起这样翻滚折腾，嘴一张就开始呕吐，她三天没吃什么东西，没什么食物可吐，吐的就是酸水。她试图避开，不想吐到别人身上，他却紧紧按住她的头，任她一口口将秽物喷在自己衣上。

她脑海中掠过一幕，也是醉酒，也曾将呕吐物溅他一身，那时他如今日一般，毫不避让，将她揽在怀中。

她忽然眼中便盈了泪。

从一开始到现在，变的到底是谁，到底什么可信，什么该质疑？

若说爱，为什么风雪深宫里送来那一颗毒药？

若说不爱，为什么一路改装随时扶持？

若说爱，为什么非得她用这种方式逼自己入死地他才肯现身？

若说不爱，为什么又一路奔来满身风霜？

若说爱，为什么让她一直等到绝望噬心？

若说不爱，为什么甘心陪她身入火场？

……

无数个爱或不爱的字眼从心头浮沉而过，泪水刹那被热气烤干，她忽然觉得他身上的凉气渐渐淡了，随即又觉得他抱住自己的双臂渐渐松了。

她心中一惊，想着现在也算脱离危险了，这家伙不会又想跑了吧？那自己这一番苦心就白费了。

正巧这时身后一个斜坡，眼看她就要滚下去，而他的手臂松开，却像是要留在上一层。她急忙探臂扯住他，两人骨碌骨碌一阵斜斜下滚。

又是一阵天旋地转，身体被阶梯硌得到处疼痛，好半晌之后她才停下，撞在土层之上，随即他又撞了上来，压得她哎哟一声，肚子里的酸水险些再被挤出一发。

她哼了一声，一把抓住他，二话不说先翻身骑了上去，双腿紧紧盘在他腰上，不管什么道理、礼教、男女之防，她好不容易抓住他，怎么能容他再逃？

她很利索地从腰间抽出绳子，这绳子是她三天前就准备好的，三两下捆住他的腰，绳头拴着钩子，钩子钩在自己手腕的绳头上。

她吸取了上次的教训，不敢再用锁链，怕再次冻到出问题，也不敢拴在柱子等别的物体上，怕他不顾一切连柱子都扯走，干脆拴住自己——有种你走啊，拽我一起走。

就这样她还是不放心，伸指一点，指节抵在他的下腹，锁住了他丹田内的真气。这是明月心心法中的一招，她练习了好久，才学了个半生不熟。

他一动不动，任她摆布，似乎是晕了，景横波感觉到他的身子软绵绵的，身上一层虚汗，似乎脱力了。

景横波才不信他，他已经很多次扮虚弱了，但一旦发作起来各种彪悍好吗？

事情办完，她才嘘了一口长气，转头看看上方，隐约可见火光，可以看出这里是个地室，开关在上头的某处地面，有个阶梯一直向下，因为比较深，也因为还有通风处，所以底下不热。

上头有一处塌陷，能看见一点光线，地室内光线朦胧。她对这里有地室一点也不奇怪，因为大荒几乎所有的大户人家和宫殿都有地道、地室，连她自己建造的上元宫，都在属下们的劝说下，在几座殿宇里留了夹层和地道。

底下最先开始起火，大概将原有的门户烧软了，再被他们从高处落下的冲力一撞，直接塌了。

火势一直未休，现在出去很危险，别人也进不来，就先在底下待着吧。

她转回头，一低眼看见他的衣裳，顿时气不打一处来。

就是这见鬼的衣裳，险些要了她的命！没事打扮成耶律祁干吗？

衣裳上也沾了很多秽物，气味不好闻，她决定干脆扒了算了。

扒了他，看他这么要面子的人，有没有胆量出去裸奔！

想到这点她大悔，觉得上次在仙桥谷的茅屋逮他，一开始自己的方向就错了，什么锁链什么闭穴，完全是多此一举，如果当初抓住他就把他扒光了，自己就不用这么辛苦来逼这一场，险些赔上小命了。

她一抬手，刺啦一声，外袍甩出。

他似乎抬了抬手要挡，低低说了句什么，却声音模糊，她凑近去听，隐约是“不能”？什么不能？别说得好像姐要强奸你好吗？

我觉得能，就能！

她恶狠狠地手一拨，把他横着的臂拨开，他的阻拦也根本没用力气，一拨便软软地落在一边。

景横波鄙视地撇撇嘴——装呗，心里不知道多想被扒呢！

她再一抬手，他的深衣也飞了。

剩下亵衣亵裤，她考虑了一下，这样的造型他会出现在人群前吗？

想了想似乎还是不放心，她被他给搞怕了。

她的手指抓住他的亵衣领口，刺啦又是一声，衣裳撕裂。

却没能完全扯下，因为她看见了他的胸膛。

看见他胸前那一线微红的痕迹，手指长，微微凸起，在一色玉般的底色上，鲜明。

她顿住，盯着那线痕迹，只觉得刺眼。

从产生怀疑开始，多少次她试图寻找这痕迹，谁知道他竟然把面具戴到胸口。

她记得他的般若雪原可以修补肌肤，令身体不留下任何痕迹，但这道伤口，不知道为何，却在他的肌肤上铭记。

她怔怔地盯着那痕迹，想起那夜的雪和这夜的火。这一路跌宕，多少言语在沉默中虚化，到今日，非得靠着伤痕才能应答吗？

忍不住手指轻轻抚摸，指尖触及他的胸膛，她不禁咦了一声——不凉了，甚至有点热。

她想起他自伪装开始，就忽冷忽热的情况，正是这事儿，骗了她很久。她一直以为是他故意控制导致，现在看来，好像不是这样？

手指禁不住在他的胸膛上摸索，果然，身体开始偏热，但在靠近心口的地方，却有一处冰凉，极凉，她能感觉到那冰凉似乎深藏在体内，经久不化。

她不能确定这到底是什么情况，照武学常理推断，那里可能是他储存冰雪真气的地方。就好比她储存真气的丹田。

不是所有学武者，真气运转中心都在丹田。

她记得上次戳了那里，导致差点出人命，心想这一定是他的命门，赶紧把手拿开。

她这么在他胸膛上忙来忙去，忽略了自己不安分的柔软手指对于男性的刺激，隐约听得他喉间细碎一声，似咕哝似呻吟，随即她的手指便触及硬硬的一点。

她呆了呆，心想刚才怎么没发觉？他又哪里不对了？一低头就着隐约的光线，却见眼底半边肌肤如雪，一线锁骨似玉，雪玉般的肌肤上渗着微汗，黑暗中更加莹然，生着诱惑之光，而又有樱花之红，滟滟而生。

她愕然，眼光下意识地向下避，却又发现他的腰线流畅紧束，乱七八糟的亵衣一直被褪到腰下，那等待蹂躏般的造型，让她的鼻血险些喷了出来。

她害怕自己真的喷鼻血到他胸膛，那就真的糗大了，急忙一手掩鼻一手抓起他分成两半的亵衣往他身上盖。

蒙眬中他却忽然发声，一声叹息悠长，随即他手一伸，拨开她乱摸的手，一手按住了她的后脑，把她往自己胸膛上一按。

砰的一声她的鼻子撞上他的胸膛，差点真的把鼻血撞了出来。

她却顾不上擦鼻子，喜道："你可算有反应了，快点回答我……嗯！"

她的唇被一双唇堵住。

他按着她的后脑，把她紧紧压在自己身上，唇自动找上了她的唇，不必疑惑，不必犹豫，他千里远奔而来，只为这一刻奔入她的海洋。

她的芳香之海，果然是世上最甜蜜最温暖的所在，是他记忆中永远无可替代的香气。多少变幻中行走的日子里，那些冷夜长风孤灯寒窗里，时光漫漫之长，就是靠这些美丽的回忆，他才能将难熬的寂寞打发。到了最后，人生的苦不是苦，而甜也不是甜，只有心房中牡丹一朵，在蓬莱尽头摇曳，告诉他，为了她，要努力地活。

这朵以他的心血浇灌的牡丹，在今日已将长成，她亮出的刺闪着兵甲的寒光，她在血火尽头散发着凛冽的香气，引他扑入火中。

火中，她的唇齿也是一蓬灼热的火，总能第一时间将他燃着，不知是他在颤抖，还是她在战栗，又或者是都在无法自抑地激动哆嗦——别离太久，恨太久，爱太久，等待太久，似在无穷的追索中，已经将一生都度过。

相逢似简单又似太难，以至于这一霎两人都将一切纠结先抛至一边，只放纵自己将久违的对方狠狠品尝。因为太激动，以至于两人的齿关在轻微碰撞，发出一连串细细的咔咔之声，最后他终于找准地方，撬开她的齿关，冲撞入她的天地。

她喉间发出咕哝之声，似乎犹有愤恨，嘴微微张开，似乎想狠狠咬下去，咬断这个内敛又霸道的男子的狂妄，然而张开唇的后果，是换来他更加凶猛的挤入与品尝。她被撞得舌头都在发麻，只得由着他攻城略地，心中却不甘，手便在他身上乱摸，忽然触及他的小腹，柔软柔韧一团，光滑细腻又似有微微的弹性，恰恰契合她掌心的宽度，她的手心覆上，忽然就不想离开，忽然就明白，哪怕这一路遇见无数英杰雄才，如群花竞妍，但她永远觉得他的温度最合适，他的身形最契合，他的香气最好闻，他的一切最令她贪恋。

她爱的，从来都是他，从来都是本本真真的那个他。她的潜意识如此执着，以至于在恨着的时候，都不愿有所改变、替代。

哪怕这一路遇见无数的他，每个都有他的影子，但因为不是完整本真的他，她纵然有所疑惑心动，也不曾狗血地爱上“别人”。

她景横波，永远是从现代穿越至异世的那个灵魂，她选择的那个人，永远是清清冷冷在她床上坐起、对她说“陛下，你可以逃三次”的那个宫胤。

她逃得过山海遥迢，逃得过人间磨折，逃不过她给自己设下的心的藩篱。

她的心情汹涌又杂乱，手便很贱地在他腹上揉来搓去，仿若此刻她同样被揉来搓去的心，却忘记那位置离某处要害很近，隐约听到他一声闷哼，随即那近乎凶狠的吻，忽然便转向温柔细密，辗转吸吮，翻覆进退，舌尖不断细细地扫过她的唇齿，一波波似最甜美的浪潮，她在那般的凶猛中用尽力气蹂躏他，却在这样的温柔中浑身发软，隐约听见他喉间的声音也细碎温柔，近乎销魂，她只是这样听着，便觉得好听得浑身发软、发热、发湿……

她忽然也起了喘息，双臂不由自主更紧地箍住了他，他只觉得她的双臂似世上最柔软的锦罗藤，他愿被这样束缚一生，却又更想将她束缚在自己怀中，正如他想看她在天际高飞，却又不舍她飞出自己的视线。纷繁矛盾的心情，让他心底也难得地起了燥意，只觉得压住她吻自己固然是好的，但还不够，忽然一个翻身，将她压在身下。

他腰上有绳索和她绑在一起，这一翻绳子变短，她和他都觉得紧勒，然而随之而来的，便是血液的沸腾，细胞的欢呼，青春肉体的躁动……景横波感受着身上躯体清逸又浓郁的男子气息，感觉到他的欲望和自己的欲望在刹那重叠，这一刻谁也不想讲话，无须解释和回答，只想将积淀了太久的情绪释放，在彼此的身体之上。

这一霎她心中恍惚想起现代那世看过的一些“岛国大片”，其中似乎便有束缚助兴的法子……老天原谅她不是故意的。

他在喘息，呼吸热热地喷在她的脖颈间，她能感觉到那喘息频率过快，不知道为什么，心中涌起不安。想着他一路疾奔，精疲力竭，这时候如果来上一场，真的妥当吗……

这么一想时，她忽然又惊觉——为什么想着他妥不妥当，不想着自己愿不愿意？自己心中不是还有恨、还有疑问吗？怎么就愿意这么轻率地给了？是不是有点贱？

或许是正常生理反应，或许是这段日子他的影子从未从她心头淡去，日日疑惑中日日加深，此刻身体告诉她她想要，心理却告诉她似乎还不是时候。

他的肌肤更加烫了，似一匹被火烘过的光滑的绸缎，游弋在她身上，那些温润软腻的磨蹭，颤抖的呼吸和抚摸，足以点燃所有相爱的青年的理智，此刻空气是热的，土地是热的，连拂面的呼吸都是灼热温柔的，血管里血液在沸腾，每寸肌肤都在呼唤，呼唤着亲昵的靠近、彻底的袒露和凶猛的深入。

她忽然觉得危险，只觉得绳子似乎勒得太紧，而他又太激动，就着昏暗的光线，能看见他脖颈绷起，感觉到他呼吸过急。他的上身微微仰起，她无法得知他的心跳，但她自己的心，已经奔马般跳起来。

这么久，她已经养成了对危险的直觉，霍然一个翻身，再次将他压在身下，绳子又放开了，两人都一颤，她身子发软，无法控制地趴在他胸膛上，又感觉到那一丝渗骨的冰凉，比刚才更凉，感觉到他的身子忽然一软，比先前更无力地软在地上。

那种紧绷的紧张稍稍放松，她的心也稍稍安了，体内的燥火却没能消解，她昏乱中下意识地伸手向下……他却忽然抓住她的手。

“横波……”他似乎很疲倦，声音很低，带着鼻音，因此听来却更加低沉诱惑，“别动了……我不想现在……”

她顿时气往上冲——说得好像姐想强奸你一样！明明是你先动手！先挑逗！

愤怒之后是沮丧——怎么回事？别的先不论，就从生理上来说，姐真的这么没有魅力吗？每次关键时刻都是他叫停，不都是该女人矫情吗？……

沮丧之后又是愤怒——对，旧账还没算，有现在给他的道理吗？把事情说清楚再说！

她唰的一下抽出手，自己都鄙视自己，很想扇自己一巴掌，却又不愿在他面前示弱，咬牙扼住他的脖子：“告诉我，为什么！”心想他千万不要一开口就是“没有为什么”，不然她一定会发疯的。

他一动不动，微微闭着眼睛，咽喉被扼住，声音听起来更加低沉，也因此更加诱惑：“没有为什么。”

景横波如同被针扎了的猫，唰的一下坐起身。

“再见。”她没了刚才的激动，冷淡地道，“这话我只说一次，下次再见，你我就是生死之敌。”

“景横波！”他一伸手拽住她，声音急迫，近乎严厉。

她狠狠甩掉他的手：“滚！”爬起身来，却忘记两人是用绳索连着的，她一起身，他也跟着被半拽起。

眼看他腰上一道绳索深深勒入肉中，他却一声不吭。

她看着，心中微痛，痛过之后却是更蓬勃的怒火。

他到底要干什么？！

自虐？

爱自虐尽管到无人的地方自虐去，不要来牵连她、折腾她、玩弄她！

她就一颗心，经不起这样一天天一月月地磨。

"宫胤！"忍无可忍，她爆发了，坐在宫胤身上，指着他的鼻子，"世上有你这种神经病吗？骗我，负我，逐我，再跟我，护我，耍我！要分手又跟着，要决裂又护着，要天涯不见又不肯离开，你犯的是哪门子失心疯？还是把我当成了好玩的玩具，试我的承受力、忍耐度和弹性？有什么不能明说？有什么不可以解释？有天大的苦衷要你这样精神分裂？你要精神分裂自己对着镜子分，不要来撕裂我！"

手在腿上一抹，一把匕首寒光一闪，她去割绳索。

既然这样他还不肯说，那也没什么好说的了。若他坚持撕裂她，她就先撕裂他。今日割断这绳索，出得这地室，她和他，就真的分道扬镳了。

从今以后他不能再出现在她身边，因为她再也不会被他蒙蔽。

他手指伸过来，又要阻止，她被气笑了，冷笑一声理也不理，他却也不让，嚓的一声锋利的匕首切上他的手指，顿时鲜血横流。

那血却似火点燃了她的眼眸——苦肉计，又来苦肉计！

以为苦肉计就能让她放弃吗？

想来苦肉计？那就来点更狠的啊！

她匕首向下一指，已经越过他的手指，抵在他的小腹上。

冰冷的刃尖压着要害，他睁开眼睛看着她，目光澄明。

"苦肉计是吗？来啊，来啊。"她狞狠地道，"不答我，不解释，那么我就只能记仇不记恩。你还是我的仇人，你背叛了我，险些毒杀了我，那么现在，我要废了你，是不是也是天经地义？"

他躺着，眼神冰晶般清清亮亮，一眨不眨地凝注着她，似乎只想这么抓紧时间一瞬不错过地看着她，多看几眼也好，至于她说什么，先不管。

这种内含钢铁的软棉花态度，让她无可奈何，心中气苦，手忍不住用力，刃尖微微入肉，沁出一丝血迹。

她正有点手软，他却忽然道："如果这样能让你解气，那也没什么不可以。"说完便突然起身。

匕首抵在他小腹上，这一起身匕首就会入腹，她惊得赶紧撒手。匕首顺着他的腰线滑落，当啷一声坠地。

"你疯了。"她怒道，"你不知道这一匕首入腹，你就一辈子做不了男人了？！"

"我知道。"他清清淡淡一笑，居然又躺了下去，"反正不能睡想睡的那个人，废了也无所谓。"

景横波呃了一声，不能置信地看着他，不敢相信这样粗鲁的话，居然是从清淡高贵的宫胤口中出来的。

想睡的那个人，谁？

她当然知道是自己，想骂，却根本没有理由骂——人家又没明说是你，你用得着这么自作多情上赶着认吗？

心似被油煎般难受，被他这种软性不合作态度揉搓得五内俱焚又无可奈何，杀不得伤不了威胁没用，她只得跪坐在一边，抓着匕首对地上狠戳，戳得地面乱七八糟都是洞，像此刻她千疮百孔的心。

宫胤微微睁开眼，看了她一眼，眼神中微有歉意。

不是矫情，也不是故意要折腾她，被逼问是他下来之前便有的认识，但关键是怎么回答。

如果她一逼一问，他就答，回答得太容易，她还是会怀疑。

必须要她千辛万苦折腾出的答案，她才会认为真的逼出了真相。

景横波忽然哎哟一声，伸手握住了手指。

一通乱戳中，她无意间误伤了自己的手指。

她握住手指，下意识地一抬头，正看见宫胤投过来的眼光，明显带着紧张。

她撞上那目光，心中豁然开朗。

她真是傻了，怎么就忘了对付他的最好办法？之前不就是用这个法子才能逼他正面现身的嘛！

他不怕死、不怕伤，威胁无用，但她的苦肉计呢？

冷笑一声，她一翻手，匕首对准了自己的心口。

宫胤目光一紧。

“宫胤，”景横波冷冷地道，“我受够了，真的受够了。我是人，有血有肉有心。我受了你宫门相逼喂毒，我在帝歌失了最好的朋友，我在城头被所有人逼迫，我到最后被你们逐到玳瑁。我便犯有天大的错，这些罪也该够抵了。我没有道理再承受你们来回折腾，是是非非真真假假快要发疯。我不该再为你的占有欲和自私埋单，走每一步都被人在暗中窥视。宫胤，你如果是因为不放心我，我承诺永远离开，不涉大荒皇权；你如果是因为……”她冷笑一声，“因为你变态的所谓爱情，我在此拒绝。”

他似乎一震，半晌轻轻地道：“横波，我想，你是爱我的。”

“曾经爱过，”她并不掩饰，“也许现在还在爱。我不会因为赌气抹杀感情。但我不要不纯粹的感情，不要充满疑惑的感情，不要步步犹豫不定的感情。这样的感情太纠缠太伤人，人生能有多少心力和光阴，去抵抗这样漫长磨心的伤害？和这样无法确定的感情相比，我更爱自由，爱做我自己，爱身为景横波、可以自己下决定的每一个日子。”

“我想要你抵达的，正是这样的日子。”他微微闭上眼睛。

“是吗？”景横波紧跟不放，“那你告诉我，为什么？给我们，一个机会。”

他沉默。

“我以死相逼，都换不来你一句真话吗？你真要这样耍我到底，让我到死都揣着谜团进黄土吗？”她愤恨而悲凉地道，“宫胤，我上辈子造了什么孽，要遇见你？”

他身子轻颤，她似见他发间雪光一闪，转瞬不见。

“上辈子无法回头，这辈子无法掌控，但我还可以选择下辈子，”她咬牙笑道，“只求下辈子，不遇见你。”匕首往胸口插落。

第二章　先给我抱抱

他猛地扑过来，一把抱住了她，匕首被他撞开，在他肩头划开长长一道血痕，落地。

砰的一声，两人又抱着倒地，他的肩撞在墙上，他闷哼一声。

景横波倒怔住了，她原以为宫胤会高大上地一弹指打掉她的匕首，以他的武功来说这真是小事，哪怕被锁掉真气，也该有基本的能力。谁知道他和一个没有武功的人一样，用身子来撞飞她的匕首，此刻抱住他她才发觉，他的身子还是那么虚软，整个人还在发颤，抬起的手毫无力气，他是真的，一点真气都不剩了。

她心中一片混乱，手掌下意识地按住他流血的肩头，掌心黏腻濡湿，心则一半在烈火中一半在深水中，不知该从何处打捞。

他千里远奔，为救她，一身高深武功，竟至脱力。该说这是深情，可为何连一个简单的答案都不给她？他难道不知道他越这样，她的心就越在火上烤，无从解脱吗？

手指无意中抚着伤痕边的另一处小小痕迹，似乎便是那日的咬痕，也留了下来，她摸着那咬痕，眼泪忽然哗啦啦落下来。

“你是要我疑问到死吗？……”她哽咽着，不能去动他肩上的伤口，只能掐那道已经愈合的咬痕，“你是存心要折磨我一辈子吗？……”

热泪落在咬痕上，微微凹陷的肌肤上盈了水光的亮，他侧过脸，凝视着她水汽朦胧的脸，怜惜地拂开她被泪水濡湿的额前乱发。

他不怕她骂，不怕她杀，不怕她一脸决绝地说狠话，只要她还活力四射打打杀杀，她就还是景横波，心气不灭。

他却真真最怕她哭。

怕她这样在他怀中，心若死灰地哭。

怕她因此再做不了她自己。

怕她当真心灰意冷，连努力走下去的勇气都丧失。

也怕自己，在这样的摧心感受中，一针激射，在她面前死去。

那就这样吧。

“好，我说。”他伸手来揽她。

她傲娇地扭身一让，不想给他占便宜，却又怕傲娇太过，好不容易他肯开口又要变卦，只得别别扭扭地任他揽着，用下巴对着他。

宫胤忽然觉得折腾折腾她挺有意思的，还有福利，可惜总是舍不得。

看她那哭哭啼啼的样子，他无奈地叹息一声，在她耳边轻轻地道：“你也该猜得出来，当初，我有苦衷。”

景横波顿时不哭了，把眼泪在他肩上擦擦，立即问：“什么苦衷？可别说是帝歌那些人。他们算老几，都不够我一口吃的。”

他就喜欢看她这咄咄逼人骄狂嘚瑟的样子，唇角勾起一抹笑意，道：“当然不是。当初逐你出宫，算是顺势而为。”

“因为我在帝歌，树敌太多，步步是陷阱，还得罪了亢龙军，根本无法培植自身的势力？”这么久，她也想了很多。

他赞许地点点头：“历代转世女王，不是没有想掌握政权的，但最终无一人成功，就是因为大荒的政治格局设置，根本就是为了困死掌权者的。你如果在那样四面楚歌的环境下继续留着，迟早会被他们磨死。”

“你不能帮我吗？”她冷笑，“我们携手对敌，不能吗？”

这是个关键问题。不是不能，是不能永远能。他背负太重，时间太少，如果强硬地扶她上位，他在位时她自然安全，但他一旦逝去，谁来护她周全？

在帝歌，穷尽一辈子，她都很难获得势力，没有势力的她，再没有了他，要怎么安安稳稳地活下去？

不破不立，忍痛放她自由，在更广阔的天地，长出羽翼，直至可以翱翔于大荒大地。

“你要我和全朝廷对抗，做光杆国师？”但他不能说，只能这样反问她。

她立即停了嘴，哼哼两声，心里却不满意——不都说真爱是爱美人不爱江山吗？果然都是骗人的，哼，还是江山为重啊。

她有点不舒服，但还是觉得可以理解。她知道宫胤由白衣之身，一步步踏上至高位的艰难。她没为他做什么，有什么理由要求他抛却一切？

“你生气了？”他却很敏锐，“怪我没为你勇敢站出来？”

“我没那么‘公主病’。凭什么要你为我那样牺牲？再说你对抗全朝，没了属下没了权柄，那些人岂不是更猖狂，到时候我又有什么好下场？我还不至于那么脑残。”她挥挥手，自己便把那一点点不舒服给挥掉了。

宫胤不说话，乌黑的眸微微湿润，凝视着她灿然有光。

就知道她骨子里，温暖而博大。

其实他愿意为她抛下江山，愿意为她和全朝廷对抗，但是他还有隐藏的理由不能说，他已经做好承受怨怼的心理准备，然而她永远让他觉得，这半生孤独，蓦然回首的那一刻，没有爱错人。

心中万千感激没有出口，他只是更紧地抱住她。

“但我还有问题，”她却在挣扎，“毒药。”

这是她心头的刺，一想起便笼罩大片阴影，必须早早拔去。

他垂下眼睫，半晌道：“我给你的药，是回转丹，固本培元之用。”

那就不是毒药。她心中这事已经琢磨了很久，脸色慢慢苍白了：“所以，其实翠姐给我的，才是毒药。”

他点点头：“你先偷偷吃了翠姐的药，然后才服了我的药，我的药不是解药，所以你毒发了。”

翠姐不可能给她毒药的，她此刻终于明白，当时自己忽略了至关重要的一件事——翠姐的药，哪来的？

翠姐在那时候，已经挨了一刀，根本没可能去抢解药，这药，一定是有人送到她手上，骗她说是解药。用的办法还一定很巧妙，所以翠姐当真了，用命把这毒药宝贝似的送到她手上。

好深的心机。

“明城。”她咬牙，一字一字地道。

宫胤没有说话。当初他虽然掌控了全局，大多反应都在计算中，但终究最后出现了变数。细微小错酿成大恨，他不是不愤怒，但想着这样能让景横波更决绝，和他的最终目的殊途同归。他不忍心，做不到，最后有人促成，也便不必再解释了。

只是不解释，不代表不报复，那些一笔笔积攒下的账，终究是要还的。

她的心思却还在整个事件上，三日三夜早已想得透彻，只待求证：“帝歌逼宫事件，你是有心理准备的，所以你早就准备好了，在出事后扮成老太监送我出城。包括后来的城门搜查，逐出耶律祁，其实都是你的意思。”

“我后来因为某些变故，没能完全照顾到你，派出去保护你的护卫，又失去了你的踪迹，以至于你后来在帝歌城内，受了些磨难。”他慢慢地道，“你有理由怪我的。”

景横波凝视着他，目光慢慢落向他胸口，那“某些变故”是什么，他不说她也猜得到。

当时他受她当胸一刀，然后她闪身入广场下的地道，他改装扮作太监下地道相护，时间那么短，伤口根本没来得及好好处理，然后又是背着她，又是入水，铁打的身子也经不起这么折腾，送走她后，肯定是昏迷了，所以才导致无法继续追踪她的下落，出现了一段保护空白。

因为没有及时以般若雪疗伤，他才留下了伤痕。

“我要怪你，也不是怪你这件事。”景横波怅然地道，“后面的事我都知道了，你放逐我，却又不放心，一直追出。襄国，斩羽部，七峰镇，玳瑁，你都在。这些都是你早早计划好的，所以你甚至早早铺垫好了穆先生这个身份。宫胤，你这是对我用情至深吗？可是你若真爱我，为什么记不得我的话？为什么记不得那天静庭的红枫之下，我们和铁星泽玩真心话大冒险的时候，我们说过的话？”

宫胤轻轻抚摸着她额头的乱发——如何不记得？如何敢不记得？她的每句话、每个字，都在他心上，拿硝烟熏过，拿鲜血洗过。

双目相对，那日红枫下似玩笑似誓言的对话，在彼此的心头流过。

“我只愿她在这世道安好，平静或者轰轰烈烈地生存。如果这世上只剩下一条路可以供她一人行走，我会选择送她走上。如果那条路需要以所有人的尸首来垫，可以从我开始。”

“别那样，她未必就是你以为的弱者……有时候你放手，她或许比你想象的更坚强有力。所以千万别轻易说拿尸首来垫，或许她自己就能开辟一条路，或许她只愿和相爱的人普普通通地过一生，或许在她看来，失去你才是最不想看见的。为所爱的人珍惜自己，才是每个相爱的人应该做的。”

地室温暖，他的掌心却在此刻生凉。

要如何告诉她，有些事不能放手，有些敌人还未浮出水面，眼睛看见的，并不是最可怕的，出刀捅着的，并不是最凶煞的。

相伴一路，他早知她的思想和常人不同，无视礼教束缚，一心向往尊重和自由。他的做法，最令她不能接受的，就是不够尊重吧。

不问她的意见，不问她到底要不要、想不想，一意孤行代她做了决定，掌控她的人生。

不，不是这样的。

他比谁都更渴望看见她展开双翅，在天空高飞。

他比谁都更渴望和她一起，自由普通地过一生。

可是当她已经展露才华，想要再普普通通地过一生，已经再无可能。

他知她不会丢弃他，她和他的命运由天相系，那么就必须彼此都更加强大，随时与天命搏杀。

留在帝歌没有出路，而不给她凌厉一刀，以她那懒惰黏缠的性子，绝不肯主动离开他。

她又那么爱自由。

四面危机，群敌环伺，不强大，哪来的自由？

当那日他求婚，问她是否愿意隐瞒身份，默默地做他的妻的时候，她的回答，让他终于下定决心。

哪怕痛，先给你自由和更广阔的出路。

他肩负重任，家族血脉反噬，似一道巨大铁索，锁住他一生的幸福。大夫断言，他难活过三十岁，所以他多少年清心寡欲，从未有家室之念。

他不想害了任何好女子。

然而忍不住啊，他忍不住要爱她。

无论是留她在帝歌，并肩对敌；还是和她抛下一切，逍遥山林，最后她要面对的，都是早逝的爱人，孤凉的一生。

只有她靠自己拼得基业、拓开眼界、拥有疆域，身边拥卫的人越来越多，身负更多责任，她才会有更多的牵挂，更多的人生乐趣，更多存在的意义，才不会因为失去他，便失去人生的全部色彩，从此在灰色天地里静数白发。

如果她拥有很多后，不再爱他，因此遇见更好的人，她的一生也能活得更饱满幸福。

他愿她的世界里只有他，但他不能让她的世界里只有他。

这万千矛盾心事，他怎么回答？

“你若爱我，为什么要选择那样的方式决绝？你就不怕我伤心欲绝，一死了之吗？你就不怕我从此丧失爱的能力，一辈子如行尸走肉吗？”她问。

“是我不好。”最终他只是道歉，“是我不够信任你，我觉得那情境下，你留在帝歌太危险，又怕自己不能好好保护你，也知道你不肯自己走，只好逼你走。”

她盯着他，总觉得这理由虽然说得通，但似乎还有什么要紧的没说出来。

她不认为以他的能力，当时的情境真的没有办法解决，非得送走她。哪怕亢龙军不安分，他还有玉照龙骑，还有蛛网、蜂刺，他根本不会把所有要紧的势力交托给别人，成孤漠不会是他的对手，谁都不会是他的对手。

他完全可以先控制那群怕死的，暂时安抚亢龙军，然后和她慢慢收拾掉那群人。

收拾掉那群人后，慢慢换血，有他一直扶持，她还怕没有势力吗？所谓帝歌的格局被动难破，那也要看是谁掌握大权，她不信他不能。

而且那句“又怕自己不能好好保护你”，实在不像是他说的话。

她可以理解他的难处，但她不喜欢到了现在，他还隐瞒她。

“我觉得，”她缓缓地道，“你好像没全部说实话。”

他心中苦笑，培养她成长的后果之一，就是越来越难搪塞她。

“这个时候，我有何必要再骗你？”

“韦小宝说，撒谎，七分真三分假最难分辨。你那三分假，在哪里？”

他却问：“韦小宝是谁？”

景横波气结。

“你如果用这个理由回答我。”她冷冷地推开他，“那我就有理由不原谅你——我最讨厌不尊重我本人的意志，一意孤行代我做人生决定，以为我好的理由，对我肆意伤害的人！”

他却扯着她的衣袖，问她：“你是什么时候将我扮过的那许多角色，都想清楚的？”

“早就开始怀疑，但在你演穆先生的时候，因为出现了两个穆先生，我一时混乱，又曾推翻了怀疑。”她哼了一声，“当然，看见大殿里那些衣物、面具，再不全部理出来，我的智商也就和猪一样了。”

“大殿里的东西？”他的声音却有疑问。

她顿时停住，心中想到这才是关键，也暂时忘记生气，急忙道：“就是这殿里，放着你用过的很多改装衣物。我先是看见一道像你的人影进大殿，就追了进去，然后看见那些东西，顿时将那些事都串了起来。也正是因为那些东西，我才下定决心，一定要在沉铁王宫等到你，问个明白。”

宫胤脸色慢慢冰冷，半晌慢慢地道：“我用过的所有改装物品，事后都已经毁去。”

景横波顿住，扭头看他，两人的目光都似在瞬间冻结。

细思恐极。

如果这一路，都在他人的目光之下……

“不可能！”宫胤猜到她的想法，断然道，“没人有这能力。”

“那就是事后拼凑猜测。”她想了想，“或者你身边有内奸，或者我身边有人有问题，或者是我们两边都有人有问题。将各种线索综合，得出了这一路的脉络。”

宫胤默然，眼神闪动，似乎在想着什么。

景横波看他神情并不是很紧张，心中没来由地也稍稍一安，忽然想到一事，唏嘘道：“我一直觉得，有个人在和我作对，从我进帝歌就开始了，赵士值府里，和最后那件官员遇害事件，明显都是有人背后作祟……”

她又想起当初帝歌逼宫事件中，出宫时遇见一人埋伏在暗中用箭射她，又有人出矛挡箭的事，和宫胤说了。

“出箭者，自然是背后暗害者。”宫胤淡淡地道，“至于出矛救你的，你该猜得到是谁派来的。”

景横波顿时明白，果然是耶律祁。

她顿时心生恼意——这些男人个个都是神经病！一边害着你一边护着你，口口声声说爱着你还不妨碍他们快、准、狠地虐你，姐是正常人，玩不来这个调调！

“一群神经病！”她一眼看见旁边扔着宫胤的衣裳，仔细看果然是耶律祁的，更加生气，“衣服换来换去的干什么？差点害死我！”

宫胤的注意力再次出现偏差：“你怎么对耶律祁的衣裳这么熟悉？”

“要你管？”景横波气不打一处来——这个时候他在吃醋？这个时候他还有脸吃醋？

她此时才发现两人居然还是相拥造型，居然以这个造型说了这许多话，还煞有介事地讨论阴谋、阳谋，自己是不是也有病？习惯了他的身体和气息，下意识地贪恋？

越想越生气，她伸手抓过那衣裳，团成一团，往他脸上一扔：“滚开。”

他偏头让过，神情嫌弃，景横波这才注意到那衣裳满是灰尘，还隐有血迹。这么久她就没见宫胤把衣裳穿这么脏过，心中又是一叹，正想问他怎么会穿耶律祁的衣裳，忽听他喃喃道：“这是她自己脱下来的，不是我脱的，应该不会应誓吧……”

景横波一听那个“她自己脱”，怎么听怎么刺耳，一翻身将他压过，怒道：“少给我自恋，我说过我对你已经没有……”

“我对你有……”他就好像没听见她的话，躺在地上伸臂将她搂住，“横波……要恼我、恨我，都随你，先给我抱抱……”

她想骂，想挣扎，想立即爬起走开顺便给他一个大脚印子，然而听见那句“先给我抱抱”，她忽然就湿了眼眶，手臂忽然也软了，软成两根绸，也不知是要缠住他，还是被他缠绕。

黑暗的地下有低低的喘息声，她与他满身汗水地拥抱，或者这拥抱近于纠缠，彼此肌肤都泛着莹莹的光。

心中犹有疑惑未解，犹有怨恨未平，然而思念和爱那么汹涌那么深浓，似决堤的河水，将冷硬的心防冲了个七零八落，一时间那些烦扰、怨恨顺水而去，不想追及，不想理会，只想着这一刻似乎等了太久，他的真实气息离别了太久，他清冷的呼吸拂动耳边鬓发的感觉陌生了太久，他分外契合自己的胸膛空旷了太久……

她不得不承认，她就是贪恋，她就是流连，她就是走过万千风景，一回头也总只看见那一株雪中高岭之花。哪怕跋涉过天涯，天涯的每个脚印都写着他。

也罢，就将旧事先搁一边，让这刻的黑暗，遮掩了彼此的心事烦扰。也许出了这地室，又要面对那许多难解的恩怨，一到人前，就会有更多的阴谋、阳谋。人生烦恼无穷，且尽此刻。

她丢下心事，顿时感觉到他的肌肤和气息，他本就被她扒了个七七八八，此刻暗室肌肤生光，玉骨透香，他似一尊玉像，在暗处愈亮，只是一个安静的轮廓便忽然让人明白，沉静也是一种风情，美本身就是诱惑。

她忽然就想起去年夜入他的寝殿，看见的风情万种透明睡衣版宫胤，顿时感叹自己现在果真历练出来了，想当初一见宫胤那造型，顿时色授魂与，什么都忘记了，现在压着半裸的宫胤在地上，居然认认真真地谈了半天人生理想和血淋淋的阴谋，真是了不起。

两人还用绳索绑着，各种不自在，她想着现在捆着也无意义，伸手去解绳索，黑暗中也不知道碰到他哪里，只听得他一声抽气，喃喃道："我就只剩条裤子了……"

景横波立即缩手，顿了顿，反击："就算脱光你，你敢动我一下？"

"是不能。"他道，"因为你锁住了我的真气，要不解开试试？"

他这么一说，她反而更加不好解开他的真气了，不然倒显得她急着被试试一样。

她心里不知道是庆幸还是懊恼，在那发呆。

宫胤在心底轻轻叹息。

还得感谢她闭住了他的真气，让他有了个不起身被欺负的借口。其实他已经脱力，就算她不锁，他也根本起不来，这样锁了也好，省得她怀疑他的身体状况。

景横波发了半天呆，慢慢解开绳索，又想着要不要给他把衣服穿好，这样看着、摸着的，惩罚的好像不是他，而是她自己，她快流鼻血了……

他忽然伸手，给她拉了拉有点低的领口，顺手把一缕落在她胸襟内的长发给捋了出去。

他的动作很快，她只觉得胸上一痒，又觉得他的手指似乎碰到了自己的某处要紧的地方，而且觉得这手指运动的轨迹似乎有点不大对，好像完全可以避免？

"你做什么？"她横眉竖目。

"动你一下。"他无辜地举了举手指，指间一根长发，"你该保养头发了，好像有点分叉。"

景横波听着觉得各种震惊，这个清冷高傲的家伙，平常也很正常，为什么和她在一起，关心的角度各种诡异？

说到头发，她忽然就想起那年的春光里，他为她洗头发的事情，那是她和他最为情浓的一段时期，那时她不知危机逼近，不晓敌人窥伺，全心全意地爱着他，因此觉得春光最浓，春花最美，他的动作世间最轻柔，自己的人生最完美。

她一低头，看见他粼粼的眼神，似乎也倒映出春光，他一定也是想起了那一日，那一日春花紫罗藤架下，他曾为她将手洗麻。

她唇角微翘，然而眼神却微凉。

往昔真的可以重回吗？

那些最美好的回忆，是因为当时心境如琉璃不知人间苦，到如今风霜都历遍，便将同样的场景重来，真的还能有当初那份最纯粹的心情吗？

她笑了笑，伸手取过那发，一弹指，黑发没入黑暗不见。

他的手慢慢垂下，却没有说什么。

她心中犹有症结，并没有完全原谅他。

没有关系，她越发坚持原则，不再天真烂漫，不再轻易为感情所动，他该为她高兴才是。

景横波默然半晌，忽然觉得有点奇怪，他为什么一直不穿上衣服，一直不起身？

他可不是个暴露狂。

“喂，你……”她伸手要拉他，手指无意中拂过他胸前，忽然感觉寒气逼人。

她一惊，正要探查个究竟，忽然外头似乎轰然一声，地面一阵震动，上头哗啦啦一阵响，什么东西塌下，顿时将最后一丝光线堵死。

“烧塌了？”她看向上方，有点担心等下出不去。

“不止，”宫胤道，“似乎远处还有大动静。”

“燕杀军来了吧。”景横波翘起唇角，眼神中流动着一分得意，“他们总是这样，到哪儿都要搞出最大的阵仗。”

他疲倦地笑了笑。

燕杀军。

他其实早该想到的，但却一直到沉铁城关之前才想起她的后手，这就是所谓的关心则乱吧。

景横波大胆却不轻狂，绝不会为一己私欲，置他人的性命于不顾，燕杀军，是她早就安排好的后手。万一他真没赶来，还有一支彪悍的燕杀军。

而且她算好了时辰，让燕杀军来得稍迟一步，就在亢龙军步步紧逼、横戟军彻底投降之后。那时候成孤漠看到大功告成，一定心事落定放松警惕，这时候燕杀军冲城，从背后逼向成孤漠，而她属下那些投降的人，一定也会再次反抗，前后夹击，正好将成孤漠包了饺子。

她身入王城，引成孤漠包她的饺子，等成孤漠成了馅，再将他反包。

这本就是一石三鸟之计。利用沉铁之变，奔赴沉铁，将战场转移到沉铁，以免自己刚刚建立的基业受损、百姓遭殃。

然后以此绝境，引出宫胤。

就算引不出宫胤，还可以诈降，与燕杀军里应外合灭了成孤漠。

成孤漠潜来玳瑁，必定要对她来一场战争，与其在玳瑁自己的地盘上，被成孤漠、上元军、十五帮围攻厮杀，不如引成孤漠到沉铁决战，可以将战损降到最低。

这一路，宫胤也把这些事想了个清楚，此刻不觉气恼只觉安慰。

或者，他真的可以放下心了。

她本聪慧，只是懒得动脑，如今久经锤炼，已经完全焕发出光彩，超越常人。

有那么一瞬间，他想把九重天门的事情告诉她，却在开口的一霎，停住。

不，不能。

一旦她知道九重天门的内幕，她就一定能查出他的真实状况，到时候，以她的性子，会发疯。

“燕杀军来了……”她此刻心事放下，忽觉疲倦万分，三日三夜不眠不休的后遗症终于在尘埃落定的此刻发作，她顿时眼眸深垂，口齿绵软，“……我也可以放心了……”

他伸过臂，轻轻揽住她：“那我们来睡一睡。”

这话她已经听不清楚，心里有抗拒，却抗不过身体的极度疲倦，脑子里已经模糊一团，下意识地便向他怀里拱了拱，找个最合适最舒服的窝，眼一闭，瞬间进入梦乡。

看她睡了，他才嘘出一口长气，刹那四肢颤抖，全身狂涌一阵冷汗。

忍了很久，生怕被她发现不妥，此刻他才能把手按在墙上，嚓的一声，半墙冰雪。

他不敢任冰雪覆满身，怕影响她的睡眠，好不容易把乱窜的气息导了出去，噗的一声喷出一口瘀血。

自从冻住了那根针，后遗症便是内伤永不愈，每日要导出瘀血。他一直等到她睡去才敢喷出这一口。

他还不忘记扒了扒地上的土，把血盖住，生怕等会儿她醒来会嗅见血腥味或看见痕迹。

做完这一切，更深重的疲倦袭来，他也再无力气，随便扒拉了自己的衣服盖在她身上，抱住了她。

两人就这么相拥着，盖着衣服，在这火场地下的泥地上，睡着了。

……

第三章　留下还是离开

火场外，又是一番景象。

大火未休，谁也不能接近，众人一开始还等着宫胤抱着景横波出来，都觉得以两人之能，这火再大都不算什么，就算宫胤脱力，景横波还有瞬移。

然而越等越紧张，越等越绝望。这么大的火，这么长时间不出来，骨头都化灰了。

伊柒早已狂呼乱叫，要扑入火场，被其余师兄弟一拳打昏了。二货们绕着火场转，试图从各个角度找到火小一点的地方进入火场，然而这殿似乎原本就做了手脚，烧起来十分猛烈，已经被火整个包围。

天弃盯着火场，满头是汗，喃喃自语，眼神中满是不敢置信。

紫蕊一直昏迷未醒，省了很多事。铁星泽紧紧地抱着她，坐在火场前的地面上，眼神凄怆。

英白酒也不喝了，一直皱着眉头，他还算镇定，并没有多理会火场，安排着士兵投降的事宜。

对于投降，所有人都有抵触情绪，很多将领都表示宁愿自杀，士兵们更是痛哭失声，大骂女王轻率。只有英白，这时候不像个主帅，倒像个大局为重的军师，以主帅的权威勒令所有人放下武器，接受整编。

有人失望，有人大骂，有人眼底浮现出泪花，少年的骄傲在这沉铁遭遇前所未有的重大挫折。

失意之下无尊卑，很多时候英白也遭到怒骂，他不过笑一笑。

这一刻他才彻底明白，景横波没有及时接回裴枢，却让他做主帅，带着裴枢的队伍的原因。

如果此刻是裴枢在，才不会管女王留下什么命令，一定让士兵们拼死抵抗，自己扑入火场。

而只有性情较为深沉持重、素来考虑大局的他，才更适合这样的任务。

他心中隐隐有种感觉，事情不会以这种方式结束。女王连每个人的反应都已经算好，怎么会真的让所有人蹈入绝地？

他要做的，就是顺应形势，等待转机。

火场外，成孤漠的大笑声响起，虽然城门前的进攻令他不得不投入更多军力去抵抗，但横戟军投降、女王和宫胤坠落火场的消息，还是让他狂喜万分。他匆匆赶来，要亲眼看看仇人的大败与授首。

火场前，一身黑甲的成孤漠仰头大笑，笑声悲愤又痛快，火势在这样的笑声中，都似猛烈了三分。

孤注一掷，千里远袭，终于在这沉铁王城，将杀子仇人彻底解决！

老天不负他！

横戟军士兵听见这样的笑声，只觉得心如针刺，多少人频频回望火场，眼睛发红，只觉遭受了生平最大的屈辱。

此刻如果手边有武器，如果有人说声“战”，那他们一定会不顾一切地扑上去，战死算完！

……

城门前耶律祁发动了第三次进攻，虽然宫胤的是骑兵，攻城不利，但临时组合的亢龙、沉铁军队，也没形成默契，合作对敌还出现各种指挥失误，尤其是成孤漠不在，眼看着攻上城的士兵越来越多。

城头上在向城内发旗号示警，要求更多兵力支援，但有一部分军队要去接受投降，整编横戟军，也无法分身。

成孤漠的军队被绊在两处，而城门前的旷野上，忽然卷来一片黑云。

那黑云移动速度极快，伴随那云极速接近，大地上轰隆之声响起，草尖颤抖，泥尘纷飞，整个地皮都似在微颤，城头上的诸般物事，都在发出细微的颤音。

城头的守兵面面相觑——这分明是有军队接近，而且从接近速度推断，还是那种行进极快、气势彪悍的军队。

是敌是友？

未等疑问落地，便听轰然大响，地平线上掠来一阵黑色的风，漫过山冈平野，忽然就到了近前。

最前面白光一闪，一只小兽在半空中展开毛茸茸的大尾巴，扫动“燕杀”血红大旗。

旗下有大冬天袒露胸膛、露出黑胸毛的将领，也有清清秀秀、不苟言笑的小姑娘。

玉照龙骑露出警惕之色——想不到凶名满天下的燕杀军，竟然来了！

来趁火打劫？捡便宜？

耶律祁目光一闪，似喜似惊。

她果然留有后手！

当初帝歌城门之前，燕杀和她约定，相助三次，这是终于用上一次了吗？

真是再没有比这更妥当的机会！

燕杀军狂驰而来，还是那副老子天下第一的模样，对玉照龙骑理也不理，领头的将领对耶律祁龇牙一笑，道：“公子爷，好久不见。”

耶律祁觉得该生气的，自己的麾下不知何时却成了人家的跑腿，但他还是忍不住笑了。

“你们来得好像有点迟，我觉得不该算帮女王一次，算半次如何？”他笑眯眯地商量。

“啊呸。”那将领瞥他一眼，脸一抹，“等你成了王夫，再来代表她和我们讨价还价不迟！”一挥斗大的金锤：“兄弟们，上啊！别让那些玉照虫骑的小白脸，爬得比咱们快啊！”

在玉照龙骑的怒目瞪视下，燕杀军连个停顿都没有，狂喊乱叫着冲上去了。

城头上早已乱成一片，士兵们纷乱地奔跑，旗帜乱摇，不住有人大喊：“求援！向城内求援！向周边驻军求援！”

耶律祁头一抬，看见城头的角楼上，忽有飞鸽掠起，正向城内飞去。

他一抬手，身边将领的弓箭已经到他手中，他张弓搭箭，一箭如流星。

唰的一声，飞鸽落地，燕杀军轰然一声喝彩，耶律祁毫无得色，放下弓箭，目光微带思索。

这信，是报给谁的呢？

而景横波和宫胤，安好吗？

……

沉铁城头风云涌动，吸引着周边各部、各国的目光。

蒙国国主的案头不断递上最新的军报，大臣们挤在一起，绿色的高帽子相互碰撞，如一堆茁壮成长的莴苣。

莴苣们研究着这场看起来简单其实却云谲波诡的局部战事，推测着这场战争将会带来怎样的格局变动和深远影响，并对整个战局里展现出来的“螳螂捕蝉，黄雀在后”和“一石三鸟，远奔诱敌”的计谋精髓，表示十分赞叹。

不过大多数人都觉得，这只是一场局部战争，虽然精妙有意思，但不会影响到整个大荒全局，只有一个帽子不够高的家伙大声道：“非也！非也！此战局出现的几支军队，非同寻常。在下推测，此战必将载入大荒战争史册，并彻底改变大荒未来五十年的政治格局……”

“胡言乱语！”一批高绿帽子大臣，一把拍下了矮绿帽子……

……

商国君臣也在研究战局，他们不关心谁是否名垂青史，只想着女王不在，裴魔王掌管玳瑁要害三县，作风粗暴，又为了战事不断扩充队伍，导致自己国内又有很多不法分子失踪。想到这些，商国国君的biubiu声越发激烈，他怒不可遏地道：“biubiubiu，女王什么时候把仗打完回来？那个裴枢……biu……居然发布了免罪庇护令……biu……允许一切投军者可以无须担保，不需报上来历、户籍……biu……还表示可以庇护一切有军功者，庇护一切对军队有贡献者……biu……这分明是给我国的不法商人和流窜盗贼……biu……庇护……biu……等女王回来，我要找她算账……biu……怎么管的手下……biubiubiu！”

……

易国国主根本没有看军报，他对着案头另一封火漆密封的信笺发呆，半晌大声道：“来人！”

有人匆匆现于屏风后，他将信笺甩出，那人看见内容先是一喜，再是一惊。

“皇叔有下落……可是怎么会在……”

“只说可能在宫胤身边，”易国国主烦躁地道，“探子找了这么多年，现在就含含糊糊地来这么句话！国师身边，是侍从还是护卫还是军人？玉照龙骑也算国师身边的！更见鬼的是，怎么给他混到国师身边了？国师身边，我们怎么把他弄回来！”

“那咱们还得去帝歌？”

“谁告诉你宫胤在帝歌？”易国国主露出一丝诡谲的笑意，抹了一把脸，刚才那张英俊小白脸，顿时变成了女子艳丽容颜，声音也变得娇滴滴，“你就没看出来，参加对沉铁战争的那支骑兵，是玉照龙骑吗？玉照龙骑只接受宫胤亲率，宫胤一定就在附近！”

“那帝歌……”那人倒吸一口凉气，没听说国师出帝歌的消息，难道帝歌的那个国师，是假的？

这可是天大的秘密！

“宫胤应该在帝歌有安排，或者他会迅速赶回去，这不是你我该操心的事。”易国国主冷笑一声，“我们要做的，是趁宫胤还在沉铁，赶紧找机会潜入，把咱们那位伟大的皇叔，找出来！”

……

沉铁王城和各国尔虞我诈、风云激变的那一刻，锦衣人已经远远离开玳瑁。

他按照锦囊中的指示一路向前，渐渐接近翡翠部靠近边境的一座小村庄。

他在路上花的时间，将近三天。

前三天，他还保持着宫胤的面具和打扮。虽然他认为，这事有人在背后搞鬼，但人数应该不多，弄不好是一人的手笔，这个人当然要有属下帮忙，但他自己，一定是在最重要的地方，在目标所在的地方。

比如宫胤所在，景横波所在。

而那人既然能设这样的局，定非凡品，就算他和宫胤换了这一场，但那人迟早能猜到宫胤还是去了沉铁，不用多说，沉铁王城前宫胤一到，那人就该知道了。

换句话说，其余各路负责掌控安排、传递消息的，只是这人的手下。比如他这一路。

那么监视他的人，一时是没本事搞明白他不是宫胤的，在传递消息上，不能及时给自己的主人提供信息，中间会有两天的缓冲。

他算着时日，宫胤一到沉铁，他就可以做自己了。到时候就算跟踪监视他的人发现他不是宫胤，再通知也没有意义了。

所以第三天，他在翡翠部最靠近那座小村庄的县城，近乎欢快地扔了那灰衣般的白衣，痛痛快快地洗了个澡，当然当晚他没睡着，因为那客栈最好的上房的床，竟然坏了一角！

无法忍受！

所以他第二天起来的时候，心情很不好。

据说东堂帝都的人，最怕三殿下心情不好，他心情不好，最是阴冷肃杀，必定会有一大堆人倒霉。

所以他原本没打算动那个监视的人，这回却拎了出来，半刻钟后那人就哭着告诉他真正的目的地在哪儿、怎么进入，然后就自杀了。

锦衣人看也没看一眼，按照那人说的，直接去了那座小村庄——至于人家会不会骗他，在他面前有人敢说谎？

当然，小蛋糕除外，或许还得再加上个女王。

村子早已败落，据说以前得过瘟疫，病者会夜半发疯咬人，后来残存的住户基本都搬走了，只在祠堂破庙里住着几个鳏寡孤独。

锦衣人并没有去祠堂破庙，而是直奔村子中心唯一一座瓦房……后面的猪圈。

猪圈自然是脏乱的，哪怕没有猪。这种地方，换以前锦衣人连远远看一眼都嫌脏，但他有个特点，就是一旦被挑起兴趣，纵有万难也要玩一玩。

所以他很自然地走了过去，只是不惜耗费真气也不肯落足那些沾了粪泥的稻草，衣袖一挥，草都到了屋顶上，他虚虚地走过去，靴子离地面还有三寸。

他拂开稻草，地面上果然有个机关痕迹，这机关也太明显，凸出来一块石板，石板上有双膝的印子。

石板上有一行字："宫胤，此处地下有你的尊长；此间印记，只合你双膝的尺寸，叩首三拜方可入门。若以他物随意替代，则与真相永远无缘。"

锦衣人嗤了一声，笑得那叫一个讥诮。

这是在折辱宫胤呢，还是故弄玄虚，以此迷惑宫胤？

只合宫胤的双膝？

如果是真的宫胤到了这里，事关重大，他又性格谨慎，也许真的有可能试试，但锦衣人才不在乎。

他抬脚就去踢那石板。

身后不远处，唰的一声异响，他早已听见，霍地收脚，辨准方向，伸手一抓。

啊的一声大叫，一人被他劈空抓来，在他手上挣扎。锦衣人看也不看，将那人顶在身前，一踢他的双膝，将那人踢跪在石板的膝痕上。

隐约砰的一声闷响，石板没动静，整个猪圈却向后移动三尺，他回头，就看见原先猪圈的门下，露出一道台阶。

他唇角一撇，将那人扔在台阶上，见没有机关被触动，这才过去将人踢开，自己下了地道。

那个灰衣人一声不敢吭，颤抖地缩在一边，不敢兴起丝毫的反抗念头。

锦衣人也没有带他下地道的念头，他不信这人会知道底下的布置。安排这一局的人，明显是个厉害人物，看他一路的布置，每段路负责监视他的人都不同，这样做好处是谁都不会知道的秘密太多，坏处也是谁知道的秘密都不太多，消息传递的连贯性上，就容易出岔子。

会这么做的人，性子一定多疑，怎么会让一个属下知晓重要的秘密。

这个灰衣人，充其量只知道石板强硬掀开会有机关，所以他作势要掀开石板的时候，那人不禁一惊，呼吸微乱，正被他摸准方位，一把揪出，代为跪上一跪。

锦衣人看也不看那人，迈下一阶时忽然一指封住那人的穴道，将那人塞在第一级台阶和地面之间。这样万一他在底下触动什么，这上头的入口也无法彻底关闭。

他冰冷的袍角在那人脸上拂过，随意在他脸上擦了擦靴子上的泥，从容地下台阶。

地室简陋，也就是在猪圈下再挖个坑罢了，也没弄什么机关，对方也知道，对宫胤这种人，做这个是浪费。

猪圈下，果然有人。

是个枯瘦的中年汉子，盘坐在地面上，在地室的另一端，看见有人来，他睁开眼。

一瞬间锦衣人觉得脸上似被刀割过，感觉到彻骨的冷与寒。

仅凭眼神便能给人这种感觉，锦衣人之前遇见的人中，只有宫胤能够做到。

那人呼吸悠长，有种奇特的频率，锦衣人知道凡是隐世名门，都有独门练气法门，而且都带着鲜明的家族特色。此人的呼吸和气息，就和宫胤非常像。

那人盯着锦衣人，眼神冷漠而犀利。他虽然形容狼狈，却气度非凡，哪怕只是坐在猪圈下的泥地上，也像坐在华堂之上，端然而尊贵。

这人给人的感觉就是：必非凡人。

锦衣人想如果宫胤在这里，一定会有熟悉的感觉，因为这个人的神情气度、气息举止，会让他有亲近感。

这种亲近感，会给人错觉。

可惜来的是他。

可惜他不会有亲近感。

锦衣人心中冷冷一笑。

两人隔着地室相望，谁也不开口，似乎谁先开口就是谁输。

那人望定锦衣人，似乎算定他该先开口，谁知道他微笑着四处打量，什么都看就是不看自己，看上去好像一点都不急。

枯瘦汉子眼底掠过一丝诧异，伸手对着锦衣人一指。

咔的一声，他指尖迸射出一道雪白气流，地面瞬间凝冰一段。

锦衣人凝视那一截冰花，心想宫胤若来，只怕要上前一步吧？

然后他退后一步。

那枯瘦汉子忽然激动起来，遥遥对他伸出双手，声音嘶哑："走吧……走吧……"

"为什么要走？"

枯瘦汉子身子一动，隐约有锁链之声，仔细看能看见两条链子穿过他的肩膀，各自钉在两边墙上。

"这链子……连着火药机关，单独扯动一边，就会燃烧……"他似乎被关了太久，连说话都已经忘记，每个字都很慢。

锦衣人看了那锁链一眼，看出那锁链是可以取下的，但得同时按下两边的锁头才行，不过也不难，只要一个人站在锁头之前，伸开双臂同时按，长度是够的。

"你是谁？"锦衣人问。

那人却急速地拍着地面，大声道："走……走！"似乎很急。

随着他的举动，锁链响声更急。

"我不走。"锦衣人笑道，"你得告诉我，你是谁？然后，你是怎么过来的？这些年你在哪里？还有，其余人在哪里？"

那汉子咕哝了几句，锦衣人听不清，上前两步，那人却忽然剧烈喘息，猛咳几声，喷出一口紫血，那血溅到地面上，唰地凝了一层霜。

随即他两眼一翻，身子一软，晕了。

锦衣人静静地看着他晕去，没什么表情，缓步上前，看看那锁头。

然后他伸开双臂，准备去按两边的锁头，救出那汉子。

多少问题，都得把人救出来再问，宫胤来了，也一定这么处理。

地上那汉子静静地晕着，呼吸急促，脸色发白。

锦衣人站在他身前，展开双臂，去按两边的锁头。

忽然嚓的一声微响，地上忽然闪出两道金光，缠上锦衣人的一双脚踝！

而那两边的锁头，也各自飞出两道金光，咻咻缠上锦衣人的手腕。

此时锦衣人双足被困，双臂拉开被缠，空门大露，全身受制！

背后风声急响，一支重箭旋转着直射锦衣人的后心！

此刻那"晕去"的汉子，忽然睁开眼睛！

锦衣人眼底杀机一闪。

那汉子却没有任何动作，怔怔地看着锦衣人，随即反应过来，沙哑地道："你……中计……”

一霎他眉心寒气一闪，头顶现蒙蒙白气，随即他口一张，一道冰剑电射，当的一声掠过锦衣人的腰侧，击上那支偷袭锦衣人后心的重箭。

冰花飞溅，冰剑片片碎裂落地，重箭也一顿，擦着锦衣人的衣襟滑落。

那人又哇的一声，一口紫血喷出。

此时因为锦衣人已经按动两边的锁头，轧轧一响，锁链脱落，枯瘦汉子获得自由，他立即伸手去解锦衣人脚踝上的金丝。

锦衣人低头看着他，终于露出微笑，道：“多谢你，先前我还怀疑你……”

那汉子喘息着，费力地给他解金丝，很快解开了脚踝上的，又去解他手腕上的。

锦衣人等他帮自己解开手腕的束缚，一边伸出手臂比对了一下，看两边捆痕有没有不对称，一边亲切地道：“你真的很不错。对了，为表感谢，给你看样东西。”

他忽然一低头。

一样东西从他头上落了下来。

那枯瘦汉子解开他的绳索，正在乏力地喘气，听见这话一仰头，忽然看见乌黑一团落下来，正落在自己脸上，顿时遮住视线。

他惊得身子向后一让，随即感觉到那东西柔软还带着香气，根本无害，顿时放心，伸手要将那东西抓下来。

手伸到头顶，忽然触及一样冰冷的东西，那东西触感太熟悉，以至于他手指一僵。

下一瞬一股尖锐的疼痛，穿过天灵盖，穿过大脑，直射入咽喉，他张大嘴，一脸惊愕，想要惨呼，想要发出疑问。

但是他已经永远没有机会了。

噗的一声鲜血激射，鲜血向前，人向后。

锦衣人微笑着，从他的脸上拿走自己的假发，顺手毁了，又取一顶新的来戴上，弹了弹手指，道：“我话还没说完。感谢你演的好戏，所以给你看看我的脑袋，是不是很圆很好看？”

砰，尸体落地声沉闷，血泊静静迤逦漫延，躺在血泊中的人睁大眼睛，眼底的震惊不解至死不散。

他一定到死都想不通，好端端的，自己还救了对方，怎么会忽然被杀？

不说救命之恩，对方当真不想知道真相吗？

他揣着一怀至死不解的疑问去了阴间，不知道之所以这么倒霉，只不过是因为遇见了世上难有第二人的奇葩而已。

锦衣人凝视着他的尸首，忽然取出一双手套戴上，蹲下身，手指虚空一划，尸首的胸膛被无声剖开。

胸膛呈现一种奇异的状态：以心脏为界，上半截血管粗大，有细微的冰雪痕迹，下半截却血液发黑，甚至连骨头也是黑的。

“果然。”锦衣人喃喃一声，很满意自己的猜测是准确的。

这个人，还是有问题。

他身上的冰雪真气，是他人强力移上去的，不是他的本源真气，并不能维持几次。

而他身体内部，早已被种了毒，这毒先藏在内腑，现在已经渗透到了骨头，再下一步就是肌肤和呼吸气息，到时候无论谁和他接触过，都必死无疑。

严格来说，这是个毒人。

锦衣人站起身，环顾简陋的室内一周，第一次对宫胤的敌人产生了三分敬意。

好个厉害人物。

处处出人意料，不按常理出牌。

那所谓的开锁机关，根本不是为了杀他，只是为了让他打消对这枯瘦汉子的怀疑。毕竟像宫胤这种久经风浪的人，是不可能随随便便就相信谁的。

这汉子在可以杀人的时候没有出手，而是出手相救，又一身冰雪系武功，只要稍微理智的人，都会选择先将人带走。就算心中还有怀疑，但宫胤为了家族的下落，是不可能那么干脆就杀掉这人、掐灭线索的。

正常人，有利害关系的人都不会这么干。

这一手对付宫胤，其实是相当厉害的。宫胤对此事执念太深，不可能舍得放弃。

偏偏来的是锦衣人，他对生命淡漠，行事无拘，又没有约束顾忌，他怀疑，就直接杀人，用尸首的真相来证明自己的怀疑。

至于会不会弄错，会不会杀错人——他才不管。

只是他也不禁对暗中那人刮目相看，明显这位也是个深谙心理、擅长攻人软肋的高手，如果今儿来的是宫胤，后果难料。

锦衣人又看了看尸首，想了想，手指一划，截了一截隐藏冰雪气息的血管。

不管怎样，这人被移植的真气，还是和宫胤有关，不如此不能骗过宫胤。这本身就是个线索，这真气怎么移植的，对方出手如何，到底和宫胤的家族有没有关系，可以从这里推断。

他忽然发现哪里有些不对，手指向下一划，直探那尸首的小腹，分开血肉，看见小腹下端，赫然有一根针。

他愣了半晌，忽然起了兴趣，蹲下身仔细看了看那人腹内的情况，眼睛里渐渐闪出光芒，喃喃道："好巧妙的位置……够狠……哦，是从这里进入的……可以这样移动……"

他也不嫌尸首脏臭，拨弄了半天，最后还把那针取出，另行包裹了收起，完了才出了地室。上最后一级台阶时，他将那堵在地室门口的人一抽，迅速闪身出了猪圈，果然立即地底一声闷响，整个猪圈向下一塌，弥漫出一股烟尘。

不用去看，他也知道，那地底的一切已经被抹去。

如果来的是宫胤，这会是宫胤带走人质时的最后一个机关，不是为了杀宫胤，只是为了制造危险感，好让宫胤更加相信这个人质的真实性。

"是个布局高手呢……"锦衣人注视着那簌簌烟尘，弹了弹手指，幸灾乐祸地说。

……

景横波本来睡得很香，她实在是太累了。

她在做梦，梦中大火扑面，热浪灼人，有道人影在火中缓缓前行，始终看不清面目，她心中万分好奇，忍不住一路追逐，冲入火中却忽然没了灼热，迎头一波浪潮扑来，顿时湿了脸……

她霍然睁开眼，眼前乌黑一片，上头的火光也不知道是熄灭了还是已经被堵住地室口看不到了，完全没有了。

脸上湿漉漉的，难怪会梦见大水扑面，她正想哪来的水，自己睡出汗了吗？流口水了吗？轻轻一动，忽然便感觉脸下非常滑腻，似乎是贴在沾水的玉上的感觉……

她一怔，随即想起睡前的姿态，这个……这脸下贴着的，不会是宫胤吧？

再想到睡前他的姿态，她又窘了一把，这个，不会宫胤连衣服都没穿，就这么搂着她睡了吧？

不穿衣服纯睡觉？

这不像宫胤的风格，当然不是后半截，是前半截。

鼻端气息清凉，确定是宫胤，他似乎还没醒，呼吸却不大平稳。她轻轻一推，果然手下是他肌理平滑的胸膛，而自己的肩头，滑落下半截衣裳。

他维持着单手抱住她的肩头的姿势，似乎也睡得很香，眼睫静静地垂着。

她拉下他的手，坐起身，将衣裳拉了拉，发了一阵呆。

事情似乎已交代完。

那么问题来了，是心有芥蒂地留下，还是满怀遗憾地离开？

第四章　解衣覆怀

她心里空落落的，不知是怒是怨是怅然还是纠结。好像和宫胤把什么都说明了，又好像什么都没有真正说清楚。真相明白了，心事反而更没个定处。相比之下，之前仇恨着他，反而显得简单。此刻她却几乎不知，该恨还是该谅解？该放下从头再来，还是该放下就此离开？

他的苦衷似乎是苦衷，可理由并不足以让她释怀。翠姐的死，她的心伤，那些日子近乎绝望的痛苦，都缘于他的独断专行，她承认他爱她，相信他爱她，可为什么他就不肯相信她？为什么就不肯给她一个机会去努力一把？为什么就不能给她尊重和信任？

相爱的人在一起，哪怕死也心甘，不是吗？

何况还有翠姐的死，这是横亘在她与他之间，一时难以跨越的沟壑。

为了做戏更像，他放弃了翠姐。在他这样的人眼里，翠姐之流如蝼蚁，随时可以为上位者的需要牺牲。

而她来自现代，她心中生命无比重要，和挚友的性命比起来，那些理由，似乎都显得过于薄软。

无论有多少苦衷，都不是轻掷他人性命的理由。

这是她和他观念的最大冲突，是现代人和古代人，在人权和生命意识上的无法共通之处。

她也承认自己爱他，可是她那颗饱受创伤的心，尚未平复到可以轻易原谅他的地步。

有多爱，就有多怨。那些一路的苦难，她宁愿在他身边经历。

如果就这么掀过一页，她也觉得对不起挚友，她不能忘却他人的无辜丧命，只为自私地成全自己的幸福。

她默然坐在黑暗中很久，心如乱麻难理，良久轻轻叹息一声，起身。

理不清，就暂时不要再见面吧。

至于结果，交给天意与缘分。

他要她自强，这点还是对的。或许等她更加强大，视野更开阔，很多事自然就会知道解决的办法。

身后宫胤依旧静静地躺在黑暗中，她隐约听得上头似乎有动静，也隐约听得他呼吸微乱，但她也心乱，一时没注意。

走出两步，她又忍不住回头，黑暗中，宫胤身上微微发亮，那是汗水。

她觉得有点不对劲，宫胤这种体质怎么会一直流汗？

她忍不住回身，拿了宫胤被撕裂的衣裳，推了推他，想要叫醒他，让他自己穿上衣裳，擦擦身，不然会受凉。

宫胤原本一直维持着虚虚搂着她的姿势，被她这么一推，他的身子忽然向一边一歪。

景横波大惊。

这姿势……给人的联想太不好了！

他怎么会出现这样无力的姿势？

景横波心怦怦急跳起来，连忙去按他的心脏，他心脏的冰冷又吓得她一身冷汗，随即想起他这个位置本就是冷的，仔细感觉下心跳虽然慢但还是有，想了想还是不放心，又去试他的呼吸，他的呼吸低微急促，脸上起了微微的潮红，额头挺热，似乎在发烧，偏偏身体还是冰冷的，状态十分诡异。

虽然她不确定他到底是病还是伤，但很明显他现在很虚弱，从微微颤抖的四肢和满身虚汗来看，脱力是肯定的。

怨恨瞬间压下，内疚和心疼盈满她的心房——他这一路狂奔，很不容易吧？

当初逼他现身，并没有想过他会有什么问题。因为她事先计算过，给了他充裕的时间可以赶到沉铁，而无论以他的武功还是他的军队的实力，这一路上都不该有人能够阻拦他才对。

可以阻拦他的人，比如成孤漠，或者暗处那个人，应该都已经被她吸引到了沉铁，他不会有危险。

正是事先将所有可能都考虑过，又留了燕杀军那一手，怎么算，除了她自己，都不会有人在这场棋局中受伤害，她才放手一搏，逼他入局。

但现在看来，他还是被阻拦了，一路奔来不知道过了多少关，险些来不及。

景横波皱起眉，觉得还是不对劲，隐在暗处的敌人真的那么强大吗？可以将宫胤一留再留？以宫胤的权势地位和能力，又到底是什么原因能将他一留再留？暗处的敌人肯定在沉铁，留在路上阻拦的不过是对方的属下，能将宫胤逼到这么衰弱？

在她心中宫胤无比强大，所以她才敢尝试冒险逼他。但现在的情况让她不安，她伸手去把他的脉，抓了他的手腕半天才想起来自己不会把脉，只得悻悻地放手。

心中的疑问没法问，她知道宫胤不会回答，他现在似乎也没有力气回答，她抓过他破碎的亵衣，给他擦身，准备给他穿上衣服，不然会受凉的。

她之前照顾过耶律祁，手法还算熟练，手指拭过他的胸膛，感觉到指下光洁温润的肌肤，她忽然有些心跳加速，耳根也微微热了。

她有些发怔，抓着亵衣，想起自己当初给耶律祁擦身，虽然也觉得他肌肤甚美，身材极好，男色让人流鼻血，然而却能冷静地欣赏，虽然有些紧张，却没有太多羞涩，全不似此刻，发春似的手指发颤，看见明月般的肌肤，擦着擦着总想摸，摸着摸着还想揪，时不时就忘记人家还是病人，想睡觉，想发春，心潮澎湃得挡都挡不住。

这是因为……喜欢吗？

还是她只是个精虫上脑的女色狼？

她又想甩自己巴掌了。

好半天她才收敛心神，快速地给他擦干身子，但他的状况明显很不好，一层汗水刚擦干迅速又泛上一层，湿漉漉的美男很诱惑，她却开始紧张，这样流汗人会脱水，会出事的。

不能总这样擦身了，擦也没用。她找到他的深衣，想要给他穿上，却发现那衣裳也染了尘灰，几天没洗微微发硬，穿在流汗的身上一定很不舒服。

她想了想，开始脱衣裳。

她外头的红裙已经烧毁，里头是红色的长衣长裤和内衣什么的。红色上衣还是干净的，而且是软缎的，很舒服，上衣宽大塌肩，是她自己设计的，保不住他能穿上。

她把自己的衣裳往他头上套，他似乎还有点清醒，又抬起手臂想抗拒，手臂抬起几寸正给景横波一把捉住，干脆抓着他的双臂高举过头，扶起他，把自己的红色上衣给他套上了。

果然好穿，对她来说塌下的肩膀处，对他正好，而他上身的线条瘦不露骨，劲健流畅，毫无赘肉，触上去手指就能弹开的那种触感，套她的衣裳也没太大压力。

套好衣裳她一瞧，忍不住扑哧一声。

真好看。

那人雪白的脸庞被如火的红衣一衬，越发晶莹得如玉如雪，鲜明至诱惑。

他一向穿白，虽然极度衬托他冰雪霜冷的气质，但也显得太冷，带着不可亵玩不可接近的遥远。然而只是颜色一换，那种我在红尘外霜雪中的感觉忽然便少了很多，他整个人显得清丽到近乎可爱。

“你才该穿红……”景横波瞧得目光发直，喃喃几声，忽然有点恍惚。

他该在什么时候穿红？

洞房花烛……

心忽然跳了跳，又冷了冷，她咬着唇，转头对着墙壁发了阵呆，半晌回过头，有点舍不得地狠狠看了几眼，才在自己的红衣外头再套上他的袍子。

至于最外面那件耶律祁的外袍，早已脏得一塌糊涂，还是算了。

她给他整理好，再看看他的气色，还是觉得不妥。她起身看看上头，试了试，似乎被堵死了。不过也没关系，既然有地室，就该有出口。

现在还算安全，她在他身边盘膝坐下，想着这状况会不会是她锁了他的真气引起？便试着给他解开。她回忆着明月心心法的独门解法，掌心按在他的小腹处，试图引出自己的那一缕真气。

掌心微微一震，她能感觉到自己那点不算雄浑的真气，很快顺着经脉流出，但不妙的是，还有丝丝缕缕的寒气，也顺着她的真气流了出来。

她心中一惊，心想可别像吸星大法一样，把宫胤的真气也吸了出来，那不是更糟糕？随即想起明月心心法从来就没说过有这种功效，有这功效她老人家早天下第一了。

那寒气很冷，她可以撤回手掌，却硬生生抵住，想要看看到底是怎么回事。寒气入体，她便浑身猛地一颤，只觉得这冰雪之气和宫胤平时给她的感觉不一样，更加凶狠狞厉，还带三分火灼之气，入体是冰冷的，流转经脉时却烫得连心尖都似痛了。

她不止一次被宫胤以真气抚平经脉和疗伤，对纯正的般若雪有了解，那是近似于明月心的光明洁净泊泊然、绵绵然的气流，她觉得形容起来就是清透如水润精华，绝不是此刻这种近乎暴烈的气息。如果般若雪是一把冰雪之刀，这就是一把淬毒的惨青的利刃。

紫微告诉过她，真气不会随便乱窜，会四处逸散的真气，多半就不是本源，是对人体有害的。她心中一喜，自以为找到他虚弱的原因，他好像之前受了什么伤，把这外来的乱窜的真气导引出来就好了。

所以哪怕此刻半边身体都冻僵了，相连他小腹的掌心如被针刺般剧痛，她也没有松手，反而向前凑了凑。

黑暗中响起咯咯声响，那是她牙齿打战的声音，她被火烧断的碎发上渐渐凝了霜雪，再簌簌落下，在黑暗中一闪一闪地亮，转瞬消失，再亮，再消失……

她努力和寒气对抗，一点点吸出他杂乱的气息，隐约看见他眉宇间的青气似乎消失了不少，心中微微安慰。

在吸取他的乱窜毒气时，她忍不住以明月心心法查了查他体内的情况，明月心心法号称明月，本就有“明月在天，映万象纤尘”之意，能查探天下绝大多数功法的运行轨迹。但不知道为什么，她并不能以真气探索他的全身，只感觉到他丹田附近的般若雪真气还算正常。

也许是她还没练到家吧。

她忽然轻轻咦了一声，感觉到他的下腹似乎有点不对，有一处的经脉特别宽，似乎那里的血肉少了一部分。

武人的经脉一般都比较宽，但这宽是整体的宽，像他这样只有一处忽然变宽，很奇怪，而且能感觉到那里的经脉微乱。

那不是什么要害，而且那里好像也已经愈合，她也没太在意，只是觉得那位置似乎有点奇怪，忍不住在那思索，这么一分神，忽然打了个冷战，只觉得一股寒厉之气忽然扑来，唰的一下便冲散了她的真气，直逼她的心脉。

她一霎只觉似有利刃忽然倒插入五脏六腑！

剧痛彻骨！

这一霎她只来得及调集最后一点真气，护住了心脉。

感觉整个内腑都似一震，浪潮拍岸，月光照崖，上涌的潮水终究还是不能抗拒天力，响应着月色潮汐，渐渐缓了下来。

她睁开眼，喘了一口气，一低头，噗地喷出一口紫血。

喷血时犹自不忘回头看看，他还没醒，她舒了一口气，只觉得浑身内外都又痛又冷，一点力气都没有了，只想倒头躺下。

然而她还是挣扎着回头看了看自己吐出的血，伸手在地上扒了扒，用泥土盖住了血迹。

完了她又觉得生气，恨恨地将泥手在他身上擦了擦。

感觉到他的呼吸终于平缓了些，她微微放心，那股凶猛的气息她没有能全部导出来，也不敢再试，再试她的小命赔上不要紧，关键这样就算救醒了他，他醒来看见她翘辫子了，八成还得自杀，那就白瞎两条命了。

现在，无论是她还是他，都不是一个人，都背负着沉重责任和无数人的性命，谁也不能任性。

人累到极点，什么恩怨都懒得理，她砰地倒下，又倒在他身边，倒下时感觉自己成了一个冰人，体内冰碎一般咔嚓一响。

她苦笑一声，心想这下可好了，这家伙的伤病还没好，自己也倒下了，这要是马上来了敌人，可就麻烦了。

不过在地底，似乎也不用担心这个？

这么想着的时候，她忽然听见了奇怪的声音。

……

景横波和宫胤在地底没完没了纠结的时候，地面上的夺城之战，已经进入了尾声。

城头的守军，原本对付耶律祁带着的士兵就已经很吃力，护城河失去效用，玉照龙骑个个都是好手。在燕杀军到的时候，耶律祁已经占据上风，彪悍爱争的燕杀军一到，战争立即就进入白热化状态。那些粗豪的、大冬天都袒露着胸膛的汉子，将战斧一扬，策马狂奔，一个箭步就上城头一半，旁边的人还要笑他太慢！

在这种不要命的打仗风格刺激下，尊贵自矜的玉照龙骑也不甘示弱，一黑一白两支军队比拼一样，一刻钟就抢占了城头。

沉铁军不过是内陆军队，战事也少，哪里见识过这样的军队，再加上频频被震撼，几个照面就失去了抵抗的意志。

燕杀军大总管一斧头劈断城头的旗帜，大笑道："城头你们守，咱们去揪老成的尾巴去！"带着士兵呼啸而下。

耶律祁羡慕地看着他的背影，暗恨自己接下了苦差事，居然外人都能先进城探望景横波！

他一转眼，忽然看见宫胤的护卫首领，接下一只信鸽。

宫胤的护卫首领，在宫胤后一步赶来沉铁，没有跟随进城，而是陪在耶律祁身边护卫，他身上带着宫胤密卫的标记，留下来也是为了帮助耶律祁安定军心。

耶律祁眼看那密卫接到信时神情一怔，心中对那信很好奇，但他无法向宫胤的护卫打听，只得作罢。

那护卫首领看完信，将信纸毁去，从鸽子腿上抽出一根管子，看了看，里面薄薄一卷，果然是人皮面具，而且是极其精致的人皮面具，不然没可能这么薄。

他心间有淡淡的疑惑。

主子需要人皮面具，帝歌寄面具来很正常，只是之前没有要，忽然寄来这么一张，怎么都透着点奇怪。

他也没有多想，眼看战事激烈，将管子往腰上一揣，便加入了攻城的队伍。

……

此时成孤漠正在宫城之内，大笑着俯瞰底下的投降士兵，他不急着训话，只盯着熊熊火场，火势越大他笑得越开心。

至于人迟迟不出来，那他就更开心了。

眼看着火势由大转小，火场始终没人出来，他忍不住放声大笑，手中马鞭一指。

"兄弟们，"他对那些满面羞愤的投降士兵道，"你们放心，今日你们降了我，就是我的兄弟，日后有福同享有难同当，有我一口喝的，就有你们一口！"又转头吩咐军需官："给兄弟们登记造册，编入各营，发放新军衣，不得怠慢！"

军需官急忙应了。

成孤漠注视着底下一万完整建制的士兵，心花怒放，想着女王这贱人，杀死了他的独子，如今拿一万精兵来赔，算老天有眼。

"别这副丧气样子！"他畅快地大笑，"景横波那贱人，值得你们恋恋不舍吗？跟着个娘儿们很有脸？还是个光长脸蛋不长脑袋的蠢女人，就为了救一个朋友，孤军深入，生生把你们送入火坑！她朋友的命是命，你们的命就不是命？如果不是本将军宽宏大量，你们现在就在万人坑里！这样的主子，值得你们掉一滴眼泪？"

士兵们低着头，脸色闷闷的，觉得成孤漠的话有道理，但听着总觉得不舒服，而且还觉得，女王不是这样的人。

她大火中殿顶一舞，如此凄怆绝艳，众人无法忘怀那一幕的壮烈与华艳，无法忘怀那一刻她的眼神。

绝望与深情。

这样的人，不会拿万千将士的性命做儿戏。

“至于你们！”成孤漠忽然一指七杀、天弃、英白等人，凶狠地道，“杀无赦！”

不是不想收服这些高手，但看这些人的眼神他就知道是奢望，那还不如先下手为强。

没人理他，都在望着那火，伊柒急不可待地绕着火场转，烦躁地骂一声：“真吵！”

成孤漠眼底凶光一闪，胸中嗜血的渴望更加激越，手一挥，一大批亢龙军扑了上来。

刀剑将鸣。

忽有另一种声音响起，马蹄奔腾声。

伴随着奔马之声，还有大笑声、呵斥声、砍杀声，以及燕杀军豪迈激越的挑战声。

“成老儿！”有人远远地大笑道，“威风逞完了没？逞完了该轮到咱捅你一捅啦！”

成孤漠在马上骇然回首。

就看见黑压压的人头，卷过宫门，卷过甬道，刀剑的寒光映射在赤裸的胸膛上，飞溅的鲜血铺满后方的道路。

黑色大旗无字无号，染满鲜血，杀气凛然。

燕杀军！

成孤漠眼前一黑，险些栽下马来。

百战将军立刻便明白了通盘计谋，立刻便明白，上当了！

燕杀军才是景横波的后手！

他将景横波包了饺子，景横波再反包他！

他曾笑女王轻狂，曾庆女王愚蠢，曾以为女人就是头发长见识短，任性自私不顾大局，将自己和大军蹈入死地，却不知到头来，不过是笑了自己蠢。

燕杀军狂扑而来的气势，便似一卷黑旗当头罩下。

成孤漠手下的一个副将还算反应快，立即大叫：“先杀了这些俘虏……”

他知道这时候俘虏必定反水，接下来面临的就是里外夹攻的局势，这是军队最怕遇见的局面。

唰的一声响，一只酒壶穿云破电，如一道乌黑的光撞上他的脸，他满嘴的牙顿时四处飞溅。

英白的酒壶。

俘虏们已经醒悟过来，欢呼狂叫着扑起，扑到自己刚刚上缴的武器堆里，随便拿起什么，就对着面前的士兵捅了过去。

英白的声音及时响起：“亢龙军若降，亦可不杀！”

被铺天盖地而来的燕杀军以及忽然反水的横戟军震得呆住的亢龙军反应过来，面面相觑。

刚刚还在接收队伍，一眨眼自己就要投降？似乎也不甘心。

可是打？燕杀军无论如何也是本国的军队，横戟军是女王的军队，都算友军，这场出师本就名不正言不顺，此刻还要继续错下去吗？

刹那的犹豫，燕杀军已经扑至面前，那些黑亮的肌肉突突颤动，手中的战斧反射血光和天光，看那些亡命之徒的表情，便知道这些人才不管什么友军不友军，不投降就杀你个三刀六洞！

“不义之师，失道寡助！”英白声音清越，数万人听得清晰，“亢龙军此时回头，犹未晚也！当真要以叛变之军，面对玉照龙骑和燕杀军齐齐围剿，死也要遗臭万年吗？”

一阵死寂和哗然，随即不知是谁大叫一声：“我们降了！英白统领！燕杀军兄弟！我们也是被蒙在鼓里，事先并不知道围杀的是女王！”

“迷途知返，可喜可贺！”英白大笑，“当浮一大白！”

燕杀军士兵们却不满地大骂：“没劲！滚犊子！老子冲这么远，刀都不给我劈出来！”

成孤漠在那句“降了”之前，就猛地一击马，向外猛冲。

事已不可为，留得青山在，不怕没柴烧！

他的亲兵护卫队自然不会降，护着他向外猛冲，此时横戟军还未完全武装完毕，还要看守亢龙军，他面对的只是燕杀军。

两方军马轰然撞上，刹那间最尖端便血色飞溅！

属于沉铁之战的真正最后一场围剿战，打响！

……

小半个时辰后，成孤漠的亲军拼着死伤近半，终究还是护着他突破了燕杀军的重围，向城外冲去。

燕杀军人人性子狂烈，不喜布密密的战阵，不喜事先围堵，看见敌人冲上去就砍，虽然悍勇先声夺人，却也容易给人可乘之机。

但城前还有玉照龙骑，身后燕杀军呼啸追来，成孤漠能否顺利出沉铁王城，真要看他的运气。

景横波的手下无心去追，眼看火势渐小，开始进入火场搜寻。

沉铁军原本奉铁风雷之命，和亢龙军合作，如今亢龙军降了，铁风雷已死，王族剩下的只有铁星泽，必将接位，所以也很自然地便接受了铁星泽的命令，放下了武器，转而帮助搜寻。

宫胤的护卫首领也赶到了，和英白通报了城门前的情况，加入了搜寻的队伍。

宫胤和景横波相拥坠落的地方，原先在宫殿中心最高处，大火之后建筑物倒塌，一片废墟，难以辨认，众人只能估摸着大概的方位，在那周围一点点地找。

“奇怪，这宫殿这么大，这火怎么会烧这么快、这么透？”天弃一边找一边疑问。

铁星泽在他对面，抬起被火熏得漆黑的脸，道：“以前这里曾经是皇后的寝殿，后来宫廷扩建，这位置好，便扩建成正殿。皇后的寝殿号称椒房，四壁和墙壁的夹层都涂了椒泥，地下还有火道，可能易燃物特别多，因此也烧得特别快。”

天弃道：“你倒对王宫熟悉。也是，以后就是你的了。”

铁星泽一声长叹，神情唏嘘，道："先找到女王吧，找不到女王，这王位坐着也没滋味。"

天弃忽然一拍脑袋道："对了，我觉得咱们的思路都不对，怎么就忘记景横波会瞬移的事了？她又没受伤，怎么可能坐以待毙被烧死？也许当时便瞬移离开这里了，只是浓烟大火的，咱们都没看见。她那瞬移现在可以走很远，不如在附近也搜搜。"

几人听了都觉得靠谱，铁星泽当即道："我先带宫中的护卫去宫城附近搜寻。"当即点了人离开。

七杀等人也觉得这个可能性更大，大呼小叫地在宫内四处搜寻。

倒是宫胤那个护卫首领，一直在废墟上搜寻，神情忧虑。他知道主子的身体状况，很担心主子逃不了一劫。

搜到一处高处的废墟时，他脚下绊到一块松动的焦木，打了个踉跄，扶着一边的断壁站起，继续搜寻。

遍地凌乱，他也就没注意到，自己腰上那个放面具的管子，已经在刚才的踉跄中跌落。

那管子滚下地面，穿过地面的缝隙，一路骨碌骨碌向下滚，最终啪的一声，穿越无数道缝隙和塌陷，落在了一个人的头上。

"哎哟，"景横波摸着脑袋醒转，"哪个王八蛋砸我的头……"

她以为自己的叫骂声很高，不想声音出口却很低，只觉得嗓子疼痛，浑身僵硬，低头看看，自己不知何时又拱入了宫胤怀中，大概是觉得太冷了，睡梦中不知不觉地往他怀里钻。

她觉得自己有点不大好，体内有一股冰凉的真气冲撞不休，撞得经脉疼痛浑身发软，而宫胤……宫胤还没醒？

如果到现在还没醒，那就真的不对劲了。

她摸摸他的手，好像已经不出汗了，又去摸他的脸，结果却摸到了他的唇，指尖忽然被咬了咬，他低低地道："醒了？"

景横波看他醒了，顿时放下心来，问道："你怎么回事？"一边收回手指，恨恨地在衣裳上擦，以示嫌弃。

宫胤唇角疲倦地一勾，他是强迫自己醒来的，在昏迷中浮沉，意识犹自不断提醒自己，不能久睡，睡久了景横波会怀疑，这么不断提醒，竟然真的醒了。

以他现在的状况，其实应该休养一段时间，完全不用武功，让身体进行自我修复。身体选择长期沉睡是必然的，可他不敢就这么睡下去，怕吓坏了她。

他隐约觉得在昏睡期间，似乎发生了什么事，景横波的体温似乎也不大正常。心中有些不安，他想要去试试她的脉搏，指尖探出却无力，他只得停住。

景横波已经敏锐地发觉，皱眉盯着他——他似乎，很虚弱的样子？

……

第五章　磨人的小妖精

“前阵子有点走火入魔。”他这样和她解释，“一路急赶，真气调理不妥，现在状态不大好，暂时怕是行动不了。”

“不是被我害的？”她很在意这个。

“当然不是。”他立即否认，“般若雪很容易走火入魔，所以我的体温才不稳定。”

她稍稍放心，走火入魔对别人来说可能很糟糕，但宫胤的般若雪，足可护持本元，总能恢复的。

但心中总有疑惑未去，她伸手试试他的额头，觉得好烫：“你好像发烧了。”

走火入魔会发烧吗？这家伙又瞒着她什么？

宫胤却皱起眉，因为景横波的手冰凉。

她的手太冷，才会觉得他的额头过热。

他没否认，虚弱无法完全遮掩，让她认为自己发烧生病，总比让她知道真相好。

随即他发觉身上似乎有些不对劲，贴身衣衫忽然变得柔软舒适，再无先前的冷硬难受，眼睛向下瞄了瞄，似见胸口红衣的一角，顿时一惊，伸手就去解，却被景横波一把压住，嘿嘿冷笑道：“怎么，嫌弃我？”

“你的衣服……”

“嫌弃女人？”

他手指一顿，半晌轻轻叹息一声，道：“仔细你自己着凉。”

“弄脏了，浸了汗，我穿着不舒服，又嫌你衣衫不整难看，脱给你挡着了。”她一脸鄙视地道，“你若嫌脏，嫌女人的衣裳不吉利，尽可以脱。”

他握了握她的手指，没说什么，觉得她一脸冷硬地说倔强的话，可爱到令他心疼。

衣服穿着有点别扭，更多的却是喜悦。衣裳温软，香气淡淡，丝缎滑润熨帖，似第二层肌肤，将人轻轻包裹，他不禁想起这衣裳先前正穿在她身上，然后，载着她的芳泽，拥住了他。

拥住他的何止这衣裳、这淡香，更多的是她那些别扭着不愿出口、密密藏着的绵软心意……

他忽然有些燥热，衣服簇拥在胸口，滑滑软软，他不由自主便要生出一些同样旖旎绵软的遐想，想起她身姿飞舞时也如软缎柔韧，想起她肌肤也如缎子一般光滑，想起她呼吸的香气如这衣裳的香气，想起她缠绕在他身上时，和这衣裳一样，软滑，销魂……

似乎哪里有了点反应，他又渗出点汗，不忍流汗浸湿了她的衣裳，赶紧收敛心神，忽然又觉得虽然还是虚软无力，但内腑先前那小刀挖般的剧痛已经消解不少，这说明乱窜的真气被引流了一些，而他并没有自己调息，难道……

“你方才做什么了……”他皱起眉。

“什么都没做。”她否认得干脆，立即转移话题，“我们什么时候回到地面上？”

这么说的时候她心头纠结，忽然便想起很多事一旦面对又是不同的局面，竟有点不想回去的感觉。

“我怕是不能再在这里停留了……”他微带歉意地道，“身份暴露，很快就会有人知道我不在帝歌……”

“是了，你得尽快赶回去。”她慢慢答，心里不知道是松了一口气，还是失落。

为不必现在抉择而松一口气，为马上又分离而失落。

她哼哼两声道：“很好，快滚，我也不想看见你。”骂完又皱眉打量他，道，“但你这样子，自己出不去吧，还得我先把你送上去……”

“不行。”他立即截断她的话，“我们不能公开出现在同一场合。”

说完这话他有些后悔。他还想和她维持表面敌对关系，以免被雪山中人注意到。这事他本来想换个说辞，和她慢慢商量，以免她误会，此刻忽然说出来，只怕不妥。

果然她立即变了脸，冷哼一声道：“死不悔改！和我一起会死吗？！”愤然挡开他伸过来拉她的手。

他唇角的笑意微微苦涩，很想说是和我一起会死，最终也不过轻轻叹息。

景横波揉了揉头发，想的却是宫胤不肯和她一起，只怕是担心被帝歌的人知道了，提高警惕防备。这么想着她也便罢了，只是心中怨气难平，逆气上涌心头冰冷，忍不住咳嗽。

听见她咳嗽他便来拉她，被她再次挡开，塞了个东西到他手里，道：“看看这是什么，上头掉下来的。”

宫胤手指一触及那东西，不禁一怔。

他正想说什么，忽然一转头，与此同时景横波也诧然转头。

两人都听见了异声。

不在先前那处缝隙，而在身后另一个方向，从地形推测，应该是地道出口方向。

按说两人早该去查看地形，偏偏一个伤一个被伤，偏又不愿意让对方知道，都在死撑着，故作淡定地坐在地上谈论局势，心中想着的却是如何忽悠蒙骗了另一个。

此刻听见声响，两人都是大风大浪闯过来的，一看这方向就知道不大对劲，大眼对大眼地望了望，都在想：不好，这下要露馅了……

身后不远处有簌簌扒土的声音，隐约一点灯火摇曳，接着有脚步声杂沓而来。

似乎不止一个人，地道里脚步声杂乱。

一人道：“要说咱们也够倒霉的，大王说起来简单，找个人，天知道找个咱们易国的人得有多难！早上一张脸，晚上一张脸，一年三百多天不重样，怎么找？”

“说人可能在沉铁，一句可能，就跑细了咱们的腿！好不容易趁打仗混进这里，结果遇上宫殿塌陷，咱们险些被砸死！好不容易找到地道藏身，刚想出去，上头火又烧起来了。真是处处不顺！我说，咱们出来之时，是不是忘记拜神了？”

“呸，就你这杀人如麻的货色，拜神也没用！要我说，赶紧找路出去是正经。至于皇叔，找了那么多年都找不到，这次找不到也不算咱们的不是……”

景横波和宫胤对望一眼。

皇叔？什么皇叔？景横波想了想，不记得自己有什么叔叔，看看宫胤，他的叔叔也可以叫皇叔吧？不过他好像是个孤儿？

宫胤眼神似乎也有几分疑惑，仔细想了想，忽然皱了皱眉头。

他低头看看掌心的管子，打开，从里头抽出一张面具。景横波隐约看到，惊讶地瞪大眼睛，她没想到那么细的管子，居然能藏下这么大一张面具，这面具的薄可想而知。

越薄的面具，技巧越高，价值越高。她怎么会忽然捡到这么一个宝贝？

“咱们走吧？”她问宫胤。对方好几个人，平时不在话下，此刻她却根本瞬移不了，留下来就有麻烦。

“嗯，走。”宫胤点头，道，“你先走，我把这几个人打发了就来。”

景横波吸了吸鼻子：“我看还是你先走，我把这几个人打发了就来。好久没揍人了，手痒。”

“有男人在，要女人做什么？”宫胤伸手对她示意上头先前的出口。

“没女人，你们只能一辈子自慰！”景横波打下他的手，“滚，我不想看见你。”

“你可以自己离开，不看见我。”宫胤坐着不动。

景横波也坐着不动，垂下眼，过了一会儿冷笑一声，又笑一声。

宫胤也不说话了，叹息一声。

两人都是人精，说到这程度还不知道怎么回事？分明就是两个人现在都走不了，还在互相忽悠。

景横波垂着眼，面上冷笑，听着危机逼近，心中却并没有紧张、畏惧，反而泛起一股酸酸的热，不知道是欣慰，是难受，是无奈，还是愤恨、堵心。

他若能自私无情些，她也能令自己割舍，可是这么矛盾周折放不下，她也就成了一团缠丝黏絮的乱麻。

脚步声渐渐接近，既然走不掉，就要想个办法，总不能一对大高手，属下近在咫尺，却栽在一群乌合之众手中，那也死得太冤了。

景横波在全力思考，一眼看见宫胤拿着那面具发怔，神情倒看不出太紧张。

不过她就没见他紧张过，除了先前那扑入火场的一刻……

“这里应该就有出口……”声音已经近在咫尺。

宫胤拿着那面具，似乎准备戴到自己脸上，忽然手一停，想了想，戴到她脸上。

景横波一怔，摸了摸脸，感觉是个男人的脸，看一眼宫胤，忽起恶作剧念头，猛地往他身上一扑。

宫胤猝不及防，给她一扑就倒，两人滚倒在泥地上，景横波一边想大神受伤唯一的好处，就是身娇体软易推倒，一边伸手就去拽他的裤带。

宫胤被她压在身下，正想这女人压他越来越熟练了，忽然感觉到她的狼爪所探的方向，一时又惊讶又忍不住心中一颤，想要挡又舍不得，想要不挡又觉得实在不是时候，正在那里痛并快乐地纠结着，景横波的手却停了下来。

她只略略解松他的裤带，将衣裳向上撩起，把裤子稍稍向下拉了拉，露出细细一截腰部肌肤，然后一口啃在他耳后。

宫胤的耳垂唰的一下便红了，那红迅速蔓延过耳垂，染上玉色脸颊。

他在到达沉铁时，便扔掉了锦衣人的面具，此刻正是本来面目，雪玉染明霞，连景横波都被这一霎的清艳惊得眼睛一眯。

正在此时，火光一亮，一行人转过了地道，出现在两人面前。

“啊！”两边人同时惊呼。

出地道的那几人惊呼，是因为看见了想不到的一幕——地下竟然滚着一对人，两人都看不清面目，只感觉身姿都很美好修长，躺在地上那人肌肤如雪，脸色微红，衣衫不整，裤带半解，衣裳撩起，微露一抹腰间肌肤，只细细一线，便在火折子光下如玉生光，而那伏在他身上的人，似正在他耳侧喃喃。

好一个旖旎情态，满室诱惑，一霎连黑暗的地室，都似因此忽然馥郁香暖。

众人面面相觑——地道行到尽头，忽然看见这么香艳一幕，是福是祸？

景横波的“啊”就是假装了，仿佛正自情浓之中被惊醒，一边惊叫，一边手忙脚乱地给宫胤拉裤子，放衣裳，各种“被撞破好事赶紧遮掩我的小情郎”的姿态。

给他拎裤子的时候，手背被狠狠弹了一下，景横波背对众人，对他龇了龇牙——呵呵，姐心气还没平呢，欺负的就是你。

“你们……”那群人中领头的一个，抹一把快要流出来的鼻血，戒备地问，“这是……”

另一个眼尖的，却忽然道：“头儿，这人脸上戴了面具！”

那头儿原本被宫胤的美色摄了魂，没有注意到景横波的脸，此刻被提醒，稍一凝神看看景横波的侧脸，惊道：“好厉害的面具！”

易国人一辈子都在和面具打交道，也很少见到这种极度高端的面具，这绝非寻常人能做得出，就算本国皇族，能做出来的都寥寥无几，难道……

几个人互相打个眼色，一时眼中狂喜——难道踏破铁鞋无觅处，得来全不费工夫？当年咱易国皇叔，可是以一手最精妙的面具闻名易国！

趁着几人打眼色，宫胤在景横波耳边悄悄地道：“传闻易国现今的皇叔，失踪多年，当年这位皇叔是皇位最有力的竞争者，结果事到临头却出了岔子，由现在的王接替了皇位。之后这位皇叔似乎还曾造反过一次，事败远走，自此不知所终。不过据说此间还有纠葛……真相到底如何，只有当事人才知道了……”

景横波这才明白刚才那些人口中的“皇叔”说的是谁，而且能一眼看出她这无比精巧的面具，易国易容之术甲天下，熟悉面具便如熟悉自己的手指，只有他们才能一眼认出来。

换句话说，宫胤给她戴这面具是有意的？他为什么自己不戴？难道另有打算？

她其实是想复杂了，宫胤之所以改变主意给她戴，纯粹是不喜欢自己的女人给别人看而已。

宫胤其实也想多了，景横波现在头发被烧断，满头如狗啃，一脸黑灰，路边的二流子都没兴趣多看她一眼，也就他还当朵花似的罢了。

在他眼里，满头狗啃那叫可爱，一脸黑灰不掩丽色。全世界的美女都套上树桩子站他面前，他也觉得景横波那个桩子最美。

话说到这个程度，她也就明白宫胤的意思了，心想这也不失为一个好办法，先出去再说。

不过冒充皇叔，这些易国寻找大逆的人，不会立即杀人吗？

随即她就发觉，事情和她想象的有些不同，那些人怀疑她是皇叔之后，并没有露出杀机，反而收敛了敌意，收起武器，彬彬有礼地问："敢问二位为何在此处？"

景横波一边想还是宫胤眼毒看出有猫腻，一边想着该如何扮演皇叔这个角色，是邪肆狂放呢，还是高贵谦虚呢？是满脸风霜忍辱负重呢，还是……

耳边宫胤轻轻地道："他们都没见过易国皇叔。"

景横波心中大定，眉毛一挑，傲然道："你等是谁？为何又在此处？"

那群人对望一眼，道："我等路过沉铁王宫，前来寻找一位旧人，无意中被埋入宫殿底下，得逢二位。"

他越谦恭，景横波心中底气越足，慢条斯理地道："我也是无意中被埋入宫殿地底。这位，"她指了指宫胤，"是我朋友。"

那几个人对望一眼，眼神里写着："怎么做？"

"动手？"

"还没确定，怎么动手？"

"这两人体虚气弱，正好挟制，先抓起来问明白再说。不然上头就有军队，被发现了咱们都走不脱。"

"这万一真是皇叔怎么办？要不好好说，请他和我们走？"

"这万一不肯走……"

一群人眼色乱飞，景横波大致明白他们在搞什么鬼，抓紧时机调息，却发现先头给宫胤疗伤时，那一击着实太重，一股寒毒之气堵住了她丹田附近的经脉，真气不通还在其次，关键是瞬移忽然也施展不出了，怕是得花时间慢慢化解才行。

现在只能先靠这些人出去，走一步看一步了。

那几个人眼色终于打好，忽然抢上前一步，嚓嚓刀剑连响，逼住了地上的宫胤。

"你们干什么？"景横波怒喝。

"我等对您有些疑问，希望您和我们走一趟。"那领头人道，"不得已挟持贵友，不过您放心，只要您和我们走，我们不会伤他一根毫毛。"

"啊呸。"景横波恶狠狠地道，"拿他来威胁我？瞎了眼吧？这不过是我的一个玩物，你们喜欢就拿去！"

这么说的时候，她心中忽然涌起一阵快意和恶意，觉得真这样做似乎也很解恨？这么说似乎也很契合心境？然而一低头，看见他静静的神色，他那双眸子黑白分明地看着她，明明看出她一霎的恨和恶意，眸子里却连一丝伤心沮丧都没有。

明摆着是那种，我爱我的，你骂你的，你骂我我也是爱你的，反正我不会骂你的。

山一样的稳和坚。

她爱他的岿然如山，也恨他的岿然如山，山一般矗立在她面前不可动摇，绕不过躲不开，她抬脚踹过去，只能伤了自己。

她觉得宫胤遇见她很倒霉，她遇见宫胤也很倒霉。

那边几个人在笑，笑得暧昧，眼神里满满都是“你刚才那副急色样子埋到地下了都不忘记来一场不知道多宝贝这美人儿还装什么装”。

领头人道：“您捍卫朋友的方式真是奇特。不过我等眼还不瞎，您就别费精神了。跟咱们走，大家都省心，如何？”

景横波满脸被识破的无可奈何，半晌不情不愿地道：“反正我也要出去的，一起结个伴。”

她本色出演，几分狡猾几分骄傲，加上做久了女王自有风范，倒还真有几分曾经叱咤风云的皇叔派头，那些人事先得过嘱咐，越发不敢轻慢，却也不敢放松，当即命人将宫胤拉起。

景横波看他们动作粗暴，其中一人似乎还想偷偷摸宫胤的手腕，忽然上前一步，道：“我这朋友，先前落下时伤了腿，暂时不良于行，我来。”

众人都露出讥笑的神情——受了重伤还不忘玩一场，真是“浴血奋战”精神可嘉啊！

景横波上前，将宫胤抱起，一边抱还一边贱贱地笑了笑——哦呵呵呵，公主抱哦，你这辈子给姐这么抱一回，以后还想和姐逞威风？

姐压过你，扒过你的衣裳，解过你的裤带，玩过公主抱！

以后少和我叨叨！

宫胤似乎有点没反应过来，脸上唰地掠过一抹红影，想拒绝，又似乎有点小期待，还似乎有点舍不得，景横波没见过他这副犹豫不定的模样，顿觉这模样更加令人着迷，嘿哟一声使劲一抱，却忽略了自己此刻的状态也很糟糕，只觉得双臂一软，身子向下一栽，把宫胤又给滑出了怀抱。

多亏旁边的人扶了一把，她才没抱着宫胤栽个狗啃泥，那扶她的人还不忘取笑一声：“事后容易腿软，您悠着点。”

“小妖精太磨人啊……”景横波心有戚戚地长叹，一脸得了便宜卖乖的贱样。

有人不以为然，有人神情艳羡。宫胤深以为然——小妖精是很磨人。

最终还是由那群人中的一个汉子背了宫胤，景横波看宫胤没什么抗拒之色地由他背了，心中啧啧称奇，想着有洁癖尊贵的宫大神，居然也能这么随遇而安，忽然想起那一路他地也钻过，泥坑也滚过，血痰也吸过，早就说不起洁癖这回事了。

这么一想她心口又有些发堵，不知是喜是悲。

那群人背着宫胤商量了一下，决定不从这头的出口走，再从原来的地方挖个洞出去，以免惊动上头，因为此时上头的动静越来越大了。

景横波倒希望从这边出去，分分钟就能遇见自己的人脱身，但宫胤对她使了个眼色，她就没有再开口。

在一群人看似客气实则戒备的拥卫中，她顺着地道向里走。

她自己也很虚弱，走着走着便由人扶住了，对方问她："敢问您如何也弄成了这样？"

"先前在战阵中受了伤，多亏我这朋友拼死护我，我们滚入火场，却又万幸地撞倒了塌陷的地板，滚入这地室……哎哟可痛死我了。"景横波哼哼唧唧。

那询问的汉子倒一脸羡慕，羡慕中又夹杂着对景横波的鄙视，大抵是觉得这谁谁这么深情，这皇叔却是个没心没肺的，人家还重伤着呢，就这么"浴血奋战了"，真是太不怜香惜玉了。

景横波此时头发被烧得长短不齐，衣衫是白衫红裤红靴，虽不整，却不显女性特征。而宫胤虽是男装，偏偏景横波给他在里头裹了一袭自己的红衫，从外头衣裳的裂口露出里头鲜艳的红衣，看在众人眼里越发觉得这位果然是个断袖。

众人走了一截，到了原先的入口，入口已经被落下的东西堵住，三四个人上前一起努力，将那歪斜的石板顶开，一线天光漏了下来。

看见天光的那一刻，景横波身后的人忽然道："失礼了。"抽出一条布条，飞快地将她的嘴堵住。

又有人想要堵住宫胤的嘴，宫胤却道："你们应有短暂控声的药物，拿来。"

那些人愣了愣，有心想不理，被宫胤那双清凌凌的眼睛一看，不知不觉就摸出一颗药物递了过去，心中想着这小倌居然也有这等气质。

宫胤看了看那药，很主动地吃了。景横波觉得被绑住嘴不爽，干脆也要了一颗吃了。她此时却有了个想法，觉得宫胤如果此时不适合出现在人前，那就不要出现，把下落弄得扑朔迷离最好。这样敌人就不知道他到底在哪里，也就不敢轻举妄动。

照这么说，这群人的出现，倒是瞌睡遇上了热枕头，不如就给他们掳走好了。

想到这她踌躇了一下，自己这边还有军队，战事还不知怎样了，虽说觉得必胜，能够带兵的人也有，但战场凶危变数多，这万一自己不在有什么不妥……

身后的人动作很快，从背后的包袱里拿出两套沉铁宫廷太监的衣裳给两人套上，连带假发、假胡子、假眉毛，种种易容装备伸手就来，转眼就把两人打扮成普通太监，真不愧是易国人。

景横波任他们摆布，装扮好了爬上地面，地道不长，自然还在内宫，身后不远处就是坍塌的大殿，隐约有大批军士在已经熄灭的火堆上挖掘，大概是在找他们。还有不少人在约束宫人，满地都是惊惶的宫人、尖叫的宫妃，显得很乱。

景横波皱了皱眉，心想大家都忙着找自己，也不先整肃一下沉铁宫廷，还有铁星泽到现在还没掌握沉铁军吗？这样乱糟糟的，难怪给人乘虚而入。

不过从自己的军队在挖掘废墟这情况看来，还是己方胜了，就是不知道成孤漠现在怎么样了。

此时她稍稍恢复了点力气，觉得可以近距离瞬移了。四面都是她的人，只要忽然一个瞬移，脱离掌控，哪怕不远，她就可以获得自由。

身边的宫胤忽然对她使了个眼色，她知道这是让她走。

她用眼神问他：你呢？

他以口型回答：随后就来。

景横波心里呵呵一声：才怪。

他忽然一脚踹在扶他的人的膝窝，那人哎哟一声向前扑出，他作势要跑，这群人都被惊动，齐齐扑出，连看守她的人都下意识地目光移过去，移动脚步。

景横波知道自己现在可以闪了。

她也确实动了。

她扑过去，一把抓住宫胤，用口型怒道："菊花儿，你是我的人，你敢丢下我就跑？"

宫菊花儿身子一顿，转头看她。

一瞬间他眼神啼笑皆非又无可奈何，随即又转为怜惜和欣喜。

这眼神太复杂，她转头不看，犹自咄咄逼人地做口型道："想走？也得等我玩腻你再说！"

她台词说得顺溜，心里却微微苦涩。

刚才那一瞬，她确实闪过想走的心思——何必管那么多？何必放不下？他到现在还半隐半藏不肯坦诚，她又为什么不能一走了之？旧账还没算清，牵扯只是无益，她该做最潇洒的自己，明白真相后别离江湖海阔天空，为什么还要纠缠不清？

他不过是借易国掳人之事正好隐藏行踪，难道还怕他真的身陷几个小毛贼之手？

诸般想法都是坚决的，对自己的心理建设也是做足了的，但事情真的发生了，她的动作还是在理智之前。

没法解释，她自己也懊恼，觉得感情真烦人。

那些人嘘了一口气，赶上来又将两人围住。此时众人在废墟一角，四面人影乱窜，这一角的小动作倒也没人发觉。

一把硬硬的刀顶上了景横波的后背，易国探子在她身后道："请您及贵友自重，否则我等便要得罪了。"

景横波摊手以示合作。

此时沉铁宫廷内有人开始整肃秩序，将宫人各自赶回所属宫殿，这批人手疾眼快，拉着她和宫胤混入了一群太监的队伍，跟着进了最靠近外殿的漱玉宫，那是一位宠妃的宫殿。宠妃今夜受了惊吓，卧床不起，宫中诸人乱糟糟的各自奔忙，谁也没注意混进来几个人。

这一夜宫中因为内乱和大火，也死了不少人，还有不少人到处乱窜，被随便驱赶入各处宫中，此刻也无人查问，几个人随便找了间空出来的下房，便进去休息。

景横波和宫胤老实不客气地占据了屋子里唯一一张床，听着那些人在商量如何出宫出城回易国。他们声音压得很低，景横波也懒得听，估计今晚那宠妃要倒霉了。

太监房的床很窄，睡两个人着实不够，她觉得很挤，挨着宫胤的身体她便忍不住想起先前扒衣撕襟，看见的紧致腰肢、修长双腿、流畅颈线、光洁胸膛，还有胸膛上的滟滟落梅……

忽然便燥热了，她不自在地向外挪，没留神挪到床帮，哎哟一声快要掉下去。

一只手伸过来，将她抓住，捞回来，按在了怀中。

第六章　珍馐千道，只吃一口

她刚想抗拒，忽然感觉到他掌心燥热，反手一摸，果然，他身上又开始忽冷忽热，她下意识地去探他的真气，被他挡住。

走火入魔引起的真气反噬非同小可，可能会导致各种病状。她有些焦躁，爬起身看他的状态，他看上去像发烧，脸上有一抹不正常的微红，唇边微微起了皮，显得火燥。

她重重地一拍床边，把那些家伙吓了一跳，赶过去一看，都笑道："瞧这弱身子，竟似发烧了。"

景横波拍着床边示意送水，那些人看宫胤生病了，反觉放心，看景横波横眉竖目，生怕她一个不顺心搞出什么幺蛾子，当下便安排人找药送水。景横波夺过水盆，拧湿手巾把，亲自给他擦汗降温，药却是不敢随便吃的。

擦了没两下，他的身子又冷了，她不能确定那冷是恢复正常了还是在打战，但那种仿佛没有生机的感觉让她害怕，她当即扔了水盆和毛巾，拖过被子，当头一盖，在被子下抱住了他。

屋子里的人都笑看着，互相传递着眼色，都觉得这皇叔看着性情骄纵，但对自己这名叫菊花儿的朋友，倒真算得上深情。

眼瞧着景横波竟然当众大被一盖，众人都不禁笑了，有趣地瞧着那被子——高高地隆起一大团，还翻来翻去，不会吧，这当众就……

景横波才懒得理别人怎么想，她躲在被子下，抱住了宫胤，先大力摩擦他的掌心，觉得血脉不活，又去试探他小腹处的真气。宫胤神志不大清醒，居然还晓得拨开她的手，护住那里，景横波一边嗤笑这家伙跟护怀的孩儿似的，一边转向他的心口，想知道心口那处极冰是怎么回事，是不是就是走火入魔的根源，宫胤的手又把她挡住，她来了火气，拨开他的手，按在两边，用自己的双手压住，将脸贴上去，顿时觉得半边脸都冻麻了。

他微微挣扎，她觉得自己的动作像个欲强暴弱女的流氓，可老天知道到底谁强势，他就算有伤病，依旧把她又掀了下去。

她恨恨地想，这年头啥事儿都反过来了！这都叫什么事儿！却也不敢再乱动，怕他病中还惦记着抵抗她，平白多费力气更加虚弱，只得乖乖地睡在他身边，用屁股压住他的手腕，手再从自己背后伸过去，以这种诡异的姿势，试图给他调理气息。

她一触及他的真气，就感觉到阴冷的寒气彻骨，盖了被子依旧冷得像冬天裸奔，那股真气太凶猛，以至于她刚刚聚拢的一点真气立即被冲散，她牙关咯咯打战不肯放，觉得连屁股都被冻住了，他却忽然翻了个身，将她抱住。

这一抱，她的手被挪开，她还想试试，他却在她耳边低声道："抱着，便好了……"

她心中一声叹息，怨念地想着自己异能虽牛，内功什么的终究还是练得太迟。此时疲倦袭来，她忍不住合眼睡去，睡着了也是不安的，不停地做噩梦，一会儿梦见被绳索捆死，那是宫胤把她抱得太紧；一会儿梦见被火烤着，那是宫胤又起了热；一会儿梦见宫胤死了，冰冷地躺在她身边，渐渐凝成一具冰雪尸首。她惊吓而醒，立即伸手摸了摸他唇边——他发作时，只有唇是微热的。

这一夜她睡得不安稳，那群找她的人也不安稳。没人认为她会死，但一时废墟也清理不干净，众人扩大了搜索范围，甚至找出了宫。

景横波有心想通知，此时却没有能力，而且也不敢离开宫胤一步。先前她还有和他分道扬镳的心思，想自己一个人静一静，此刻却再也想不到这事儿。

天快亮的时候她被哭声惊醒，据说这座宫里的宠妃暴毙了。

宫中暴毙是个要命事儿，所有伺候的人都会被立即迁到偏宫或者干脆打发到宫外。景横波看一眼笑得开心的易国探子们，心想自己的猜测果然被证实，可惜了个如花似玉的美人儿。

宫人们都要被挪出，已经在院子里排成了队，在被沉铁王军检查后，坐上大车，一起逐出宫城。

易国的人监视着两人起身，宫胤在她面前疲态毕露，但有外人在却依旧立得笔直，那种高远冷淡的气质，连绑匪们都下意识地不肯靠近。

景横波犹豫着，她想带宫胤回自己那里，最起码那样他可以得到很好的照顾。但宫胤抓住了她的手，在她耳边道："我不想露面，打算先跟易国人走一路，你若不愿走，且通知你最信得过的人便是。"

景横波冷哼一声道："谁不愿意走了？我分分钟就走。"脚下却不动。

宫胤不过唇角一弯而已，抬手给她理了理额前的碎发。

因为人多，排着长长的队伍，易国的几个人将景横波和宫胤夹在中间，看似扶着两人，袖子里的刀却紧紧逼着。眼看两人对刀好像全无感觉，气度从容，几人都觉得，这谁，真的越看越像皇叔了。

易国这几个人，原本是觉得任务艰难，不想到国师身边去冒险找人，碰上戴着只有皇叔可以制作出来的精巧面具的景横波，就想先抓了来应付差事，如今却想，莫不真这么巧碰上了吧？

这边宫人出宫，那边景横波的手下还在着急寻找，景横波看见英白在指挥士兵扒开废墟，七杀在灰堆里扒来扒去，连紫蕊都挽起裙角，赤手扒开那些断木残砖，纤纤十指染一手黑灰。

她心中有歉意，想着这一夜让他们急坏了，等会儿得想个法子暗示自己无恙才行。

宫胤却忽然轻轻地道："你知道什么时候，能将众生相看得最清楚吗？"

景横波心中一动。

死亡。

死亡才能让人放下伪装。

她很欣慰地笑了笑，因为眼前看来，她的属下和朋友们，都很忠诚。

那群焦急寻找的人，大多并没有注意到这群出宫的宫人，因为在他们的想法里，景横波这个时候不可能贸然离开。

天弃忽然从宫外冲了进来，满头大汗，老远就扬声问："找到没有？"

里头沮丧地答："还没——"

天弃又冲出去了，动作过快，差点卷倒了宫胤，宫胤一让，天弃也没看他，随意伸手一扶，匆匆说了声"抱歉"，转身又掠了出去。

"他这是为我急，还是为你急呢？"景横波凉凉地道。

眼角斜瞟宫胤，他的眼神一点不自在都没有，景横波恨得牙痒痒。

大殿废墟上，英白忽然直起身子，看了这边的队伍一眼。

他眼角扫到刚才那一幕，觉得似乎有什么不对。

然后他碰见了宫胤的目光。

宫胤的目光淡淡地掠了过去，似乎什么都没发生，英白却站在废墟上皱起眉头。

天弃跑出去又找了大半天，总觉得有什么地方不对劲，想了很久，忽然抬起手臂嗅了嗅自己的衣袖。

衣袖上有股清透的淡香，让人想起覆盖了繁花的冰雪。

这气息，他闻见的次数不多，却难忘。

天弃傻了半晌，忽然想起在广场上撞到过的那个人。

他猛地向回跑，但那时，景横波、宫胤早已出城了……

此时这群排队的宫人，已经越过了大殿门口的广场，离开了他的视线。

最前方的宫门开着，大队的沉铁军在站岗，宫门前铁星泽骑在马上，正在整束队伍。

对面，耶律祁率玉照龙骑过来。燕杀军去追杀成孤漠了。他先前已经来过王宫，在废墟内寻找了很久，他比别人更坚信那两人不会出事，并要求士兵尽快扒开废墟，看看底下有没有什么地道。只是一时半刻废墟很难清理完，他便又带士兵在宫城附近寻找。

和天弃满城乱找不同，他只在宫城附近寻找，因为他认为景横波三日夜没吃什么东西，又承受着巨大的压力，体力早已耗损，瞬移也瞬移不远。如今没找着，他又折回宫内。

他连日奔波，也是一身风尘之色，眉宇疲倦。景横波看他带领着玉照龙骑，诧异之下也明白了是怎么回事，忍不住感激地看他一眼。

谁知道就这么一眼，明明还在好几丈外的人群中马上的耶律祁，便似有感应，眼光飞快地转了过来。

景横波没想到他这么敏锐，有些傻眼。身边，某个大醋坛子忽然轻轻哼了一声，有意无意地移动了一下，挡住了她。

景横波不敢抬头，听到宫胤在自己耳边轻轻地道：“你若控制不住欢喜，正好随他去。”

景横波眨眨眼，心想好酸！

存心气他，她也悄声道：“我瞧他这样，确实欢喜。”说完看他的反应。

宫胤却并不接她的目光，转过脸去，忽然咳嗽，声音沉闷空洞，她顿时又觉得后悔，他伤病正重，还得劳心劳力掩藏身份，何必再刺激他？

她赶紧又解释道：“我是欢喜他不计前嫌帮你……”

她还没说完就见他转过脸，眉宇间哪有郁闷之色？他从从容容地道：“嗯，我知道你从来都是偏着我的。”

景横波气结——当初谁觉得他是高岭之花人间雪的？分明是个会使苦肉计的腹黑自恋狂！

她一怒之下扭头，下巴对着他，却忘记自己这个动作很有代表性。耶律祁的头本来已经扭了过去，忽然又扭了回来，目光灼灼地盯了这边半晌，策马向这边来。

景横波暗叫不好，急忙思考如何补救，她虽然不太明白宫胤为何要这样隐藏，但绝不想坏了他的计划。

眼看耶律祁越来越近，她正在发急，忽听一声哭叫从背后炸起。

她被惊得一跳，转头看去。耶律祁的注意力也被吸引，勒马相望。

便见身后宫门内，又出来一群人，这群人衣裳锦绣，云鬓花颜，各自由太监、宫女簇拥着，却都神色哀凄，捂脸不语。其中一人却脸色苍白，哭着向宫门前马上的铁星泽扑去。

铁星泽骑在马上，一动不动，遥遥看着那个扑来的女子。

他目光淡而冷，再无平日的温和亲切。

沉铁军的士兵们急忙拦阻，森冷的刀枪一架，架住了那素衣女子，再一弹，那女子生生被弹了个跟斗，栽倒在地。

她也不起身，趴在地上呜呜哭泣。

“星泽……星泽……”她声音凄切，“……你……你误会我了……那日……那日我是被逼的……大王说，如果我不来见你……不来说那一番话……他就杀了你……我……我……”她忽然抬起泪痕斑斑的脸，急切地道，“我当初嫁给他，也是因为他说我如果不嫁，就派杀手去杀了你！星泽！我不能让你死！不能让你死！”

宫门前的广场上顿时寂静无声，只有那女子的幽咽哭泣，在风中回响。

铁星泽没有动，马鞭缓缓绕着手掌，一圈又一圈。

沉铁的御林军都默然低下头。本地人大多知道世子曾和前仆射之女关姑娘有过一段情缘，但世子有指腹为婚的未婚妻，又要去帝歌做人质，关姑娘因此等了他很多年，谁知道老王暴毙，关姑娘忽然就做了新王的妾，再然后风云突变，如今世子又重掌大权，关姑娘如今倒要和其余做了寡妇的先王妃妾一起，被迁到宫外尼姑庵去了。

众人多有唏嘘之色。有人叹这世事从何说起，真真不走到最后谁也看不见结局；有人惋惜关琇珑运气太差，等了那么多年，却在最后走错了一步，白白错失王妃之位；有人嘲笑这女子轻薄沉不住气，早知今日，何必当初？

景横波之前听过关于此事的汇报，也知道个来龙去脉，对关琇珑，她倒没有太多想法。她知道这个世道女子弱势，关琇珑是等还是嫁，有时候也未必由得她。世人总将不是归结于女子身上，也不想想在最困难的时候，又有谁来帮她？

不过她很想知道，铁星泽会是怎样的反应。

铁星泽似乎没什么反应，他微微仰着头，眯着眼睛，似乎透过此刻的云天看见了过往的美好，又似乎透过此刻的云天看见了未来的森凉。

半晌他挥挥手，有人上前扶起关琇珑。

关琇珑惊喜地抬起头，然而铁星泽下一句话，就让她黯了眼眸。

“不必送关夫人去尼姑庵了。”铁星泽轻轻地道，“送关夫人回府吧，着家人好好对待。愿意在家修持，还是愿意再嫁，都由得关夫人，不必勉强。”

众人都赞大王仁慈，关琇珑却脸色惨白，只一个“关夫人”称呼，她便知道铁星泽没有原谅她，不去尼姑庵便要回到家里，只要铁星泽不原谅她，她这个父母双亡的孤女，又怎么能在叔叔婶婶家中过得安生？

冬日的地面冰冷，那冷似箭般穿透膝头，似要冷到她心里去。

当初……她是真的不想辜负铁星泽的。

但叔叔婶婶威逼，大王威逼，而星泽……星泽自从离开沉铁，去帝歌做了质子，待她便不如当初。互通音信渐疏的结果，便是她的决心越来越薄弱，内心的希望越来越渺茫，当初的海誓山盟，渐渐被风刀霜剑穿刺得千疮百孔，她不知道他的归期，不知道他的心意，甚至不知道他打算如何解决他的未婚妻……女子有多少青春，经得起这样没有希望地日日耗？

她屈服了，心中想着这也许也解脱了他，他那未婚妻，身份比她高贵，更合适他。

大王要她来刺激铁星泽，她不敢不来，嫁了人，夫君就是天。不触怒大王，对他也是一种保全，她自认为情意犹在，只是换了一种方式来爱他而已。

然而他不接受。

然而世事翻覆如此快。

她跪在地上，只觉得浑身僵冷，满腹的委屈和后悔，都似这清晨的霜气，无边无垠地蔓延开去。

“大王！”终究不死心，她又膝行上前，试图越过士兵的阻拦，抱住他下垂的衣角，“你看看我，你看看我，我是琇珑，我是等了你五年的琇珑啊！你怎么忍心这么对我……”

“关琇珑！”忽然一个女声截断了她的哭诉。

关琇珑哭声骤停，茫然抬头。铁星泽目光一闪，缓缓转头。

广场前一顶轿子停下，轿帘一掀，出来一个少女，也不看铁星泽，上前拨开士兵的刀枪，将关琇珑扶起。

“关琇珑，”她声音清晰地道，“你做错了一步，就不能错第二步。男人的心，硬起来铁一样，你又何必在这里苦苦哀求，将自己的最后一份尊严，都折了去？”

关琇珑脸色更白了，喃喃说了一句：“萱亭小姐……”便低下头去。

她自觉没脸见姚萱亭。

在她被威逼嫁给大王的同时，姚萱亭也受到了同样的威胁。但和她的委屈进轿不同，姚萱亭退回聘礼，严词拒绝提亲的宫监，面对残暴之名闻名沉铁的大王毫无惧色，当着大王的面梳起了妇人发髻，以示非铁星泽不嫁，并在拒绝提亲之后，当即将家人连夜全数迁出沉铁王城，隐藏起来，自己则组织起所有家将，积极为救援铁星泽奔走。

所以她也满身灰尘，连头发都是乱的。

但衣饰华贵的关琇珑看见她，却自惭形秽得恨不得钻进地里去。

当初大王先威逼姚萱亭，威逼不成就转向了她。姚萱亭家世显赫，是功臣之后，本身和皇族还沾亲带故，姚萱亭又出了名地才貌双全、人品出众，大王终究没敢做得太过分。

姚萱亭的烈性，照见她自己的自私，关琇珑心如死灰，忍不住捂脸哭泣。

景横波一直冷眼瞧着，此刻倒觉得有意思，铁星泽这情债，看起来很麻烦啊。

“瞧瞧，”她对宫胤道，“就说情债不要惹太多，你瞧这纠结的。”

“嗯。”他清清淡淡地道，“你知道就好。”

景横波又给气着了，立即反唇相讥：“我好歹都是正常情债，总比有些人男女通吃好。”

“珍馐千道，”他悠悠地道，“在下只吃一口。”

说便说了，他还似有若无地瞄了她一眼。

那一眼瞄的位置，不忍说。

景横波脸唰的一下灼热了——啊啊啊不要脸！太不要脸！越来越不要脸！

啊啊啊说这种暗示性极强的话，居然还一脸高岭之花人间雪的神态语气，很让人崩溃好吗！

当初那个碰一碰就跳开，摸一摸就脸红的宫胤呢？

他到底是怎么把禁欲和挑逗这两种截然不同的气质，完美无缺地融合在一起的？

此刻如果是君珂，八成脸红装听不见；如果是文臻，迟早在蛋糕中下毒，吃，让你吃；如果是太史阑，肯定在思考要不要干脆先吃了他？

景横波似痞却还不够狠，当然亏是绝对不肯吃的。

她干脆迎着宫胤的目光，挺了挺胸，托着下巴翘起了兰花指，幽幽地道：“不怕人不吃，就怕人想吃吃不成呵呵呵。”

宫胤似乎噎了一下……

易国的人听不见两人在说什么，只看出两人在不停叽叽咕咕吵架，都心想诚然这是一对断袖，但还是一对感情好的断袖呢……

那边姚萱亭将关琇珑拉起，转身面对铁星泽。

铁星泽已经听身边人说了姚萱亭的事情，这回终于下了马，上前一礼，温和地道：“姚小姐。”

姚萱亭一听这称呼，心也咚地一沉，她却和关琇珑不一样，也不提自己的辛苦，也不提旧事如何，抬手掠了掠鬓，笑道：“世子，萱亭有个请求。”也不等他回答，她指了指关琇珑，道，“关姑娘如果发还原府，寄人篱下，日子不好过。还请世子允她在宫中继续居住。”

铁星泽看了满脸羞愧和祈求的关琇珑一眼，目光转回姚萱亭身上：“姚小姐心地真是仁善，以前没听说过姚小姐和关夫人有何交情，不想此刻竟会为她求情。”

“因为我知道，她过去这几年，也不容易。”姚萱亭语气带着淡淡的忧伤，“早先，我是很佩服她的。”

铁星泽就好像没听出她话中的意思，忽然笑道：“还没谢姚小姐为我奔走相助之情。”

“那是应当的。”姚萱亭却不愿多提的模样，只道，“我们女人能做的，毕竟有限。”

她忽然笑了笑，道：“不是谁都是黑水女王，能够和男人们对抗的。”

一边的景横波摸着下巴，笑吟吟地想，这个姚萱亭倒是个人才，不输给苏紫蕊。

当然她才不承认，是因为人家夸她她才觉得人家不错的。

铁星泽低头想了想，对侍卫道：“送关夫人回宫。”

关琇珑一脸狂喜，周围其余嫔妃神情羡慕又凄伤。

景横波却皱了皱眉，觉得铁星泽这举动有点拖泥带水，要照顾她可以有很多办法，留在宫内却是不妥的。关琇珑对他心思不死，性子又娇怯黏缠，只怕还得有事。

她因为某些原因，对所有小白花似的女子都没好感。回头想想，铁星泽会这么做也不奇怪，毕竟这么多年的情分在，他素来又是温和的性子。

宫女正要扶着关琇珑回宫，铁星泽忽然又道：“且慢。”

关琇珑愕然停下，提着一颗心等他吩咐，铁星泽却没看她，只对姚萱亭道：“我应了姚小姐一个请求，如今也有一个请求，想问问姚小姐的意思。”

姚萱亭盯着他，脸色慢慢白了，却挺起胸，咬着下唇，一字一字地道：“请讲。”

铁星泽一笑，也没说什么，对身边的人低声吩咐了几句，那人匆匆领命去了。

此刻检查的队伍都停在广场上，因为要等铁星泽最后放行，耶律祁等人的注意力也被广场上的事吸引了去，没有再过来。

广场上一男二女相对，这当众的三角恋情着实挺吸引人的，景横波瞧得目光灼灼，心想当初自己答应过帮他解决这事的，如今看来，他自己便要解决了。

只是不知他到底是什么打算。景横波当然知道紫蕊对铁星泽有点意思，但她总觉得，铁星泽的感情关系太复杂，即使到了现在，她还是不大看好。

她想到紫蕊，紫蕊就到了，景横波一眼看见紫蕊跟着那侍从，从宫内匆匆出来，脸上犹带茫然之色。

看见铁星泽，她眼中温柔的微光一闪，亮如星辰。

景横波一看那光芒，顿时叹了口气。

完了。

这女子确实动心了。

她明明觉得之前紫蕊只是对铁星泽有好感，现在怎么这么明显了？感情的事儿，有时候来得真快啊。

她忍不住看看宫胤，心想感情的事儿何止来得快来得莫名其妙，还来得让人没法应对。

宫胤似感应到她的目光，没有回头，却握了握她的手。

她很想甩开的，又有点舍不得，舍不得了又有点不甘心，手指在他的掌心掐啊掐，掐轻了不解恨，掐重了又觉得不妥，再用指腹抹啊抹。

她细细碎碎地做着小动作，他回眸看她一眼，眼眸里是淡淡的笑意。

那边紫蕊看见铁星泽就要迎上去，却一眼看见那两个女子，脚步一停。

她脸上的些微紧张很快消失，端庄地立在原地，对铁星泽一礼。

景横波微笑，觉得紫蕊的风采气度真真是最好的，是她这个女王脸上的荣光，当然，紫蕊也有这个认识，所以她时时刻刻注意自己的表现，想要为女王撑起这样的荣光。

铁星泽见她来，倒下了马，亲自迎上，笑道："紫蕊，我想为你介绍两个人。"

苏紫蕊脸色一红，有点羞恼有点不安，不明白他是什么意思。那两位脸色却彻底变了。

他对她们是那么生疏的称呼，然后当着她们的面找来这位女官，再这么亲热地称呼她。女人都是敏感的，她们顿时知道是怎么回事了。

关琇珑脸色死灰中隐藏不甘，姚萱亭注视着苏紫蕊，倒淡淡地笑了。

"苏女官是吗？"她倒主动招呼上了，笑容丝毫不逊苏紫蕊的端庄高贵，"我听说过你，你是黑水女王身边的女官，是陪她一路从帝歌到玳瑁的第一贴心人。如今得见，名不虚传。"

苏紫蕊并不知道她是谁，只得谦虚地还礼，口说不敢。

姚萱亭又道："女官既然来了，我这里正好有件事，不妨请女官做个见证。"

这下不仅苏紫蕊莫名其妙，连铁星泽都怔住了。

他请苏紫蕊来，自然是要当着那两个与他有纠葛的女子的面，介绍苏紫蕊，请求解除婚约，对苏紫蕊表明心迹，可眼瞧着，姚萱亭似乎不打算按着他的剧本来。

姚萱亭挺直腰，并不看他，在广场上缓缓踱出两步，迎着清晨初升的日光。

这一刻只有景横波看清楚了她的目光。

一霎迷茫，一霎心伤，一霎绝望，一霎悼念过往。

过往是十数年暗恋和等候岁月，似这清晨的霞，曾经照耀了她那一段青春年少，却终究要在那一轮新日升起之际，黯然退避。

但就算注定要云散光收，也得她自己完美谢幕。

她迎着阳光，伸手开始解头顶的发髻。

此时众人才注意到她是妇人发髻，除了不知她身份的苏紫蕊，其余人都大致猜到她要做什么了，眼神有惊讶、有佩服，各种复杂。

景横波轻轻唏嘘。

虽然紫蕊是她的女官，可她还是觉得，姚萱亭真的很好。

是不是爱情，从来不是由谁好不好来论定结局？

姚萱亭在众目睽睽之下，迎着阳光，解开了自己的妇人发髻，一头鸦青长发泻下，光可鉴人。

然后她就这么散着头发，转向了铁星泽，清晰地道："世子，萱亭和你自幼指腹为婚。然而婚姻之事，须得你情我愿。现在萱亭已无家室之念，只想奉养双亲，归隐山林。还请世子允准，你我解除婚约。"

第七章　真心所爱，一生唯一

她说完盈盈一礼。

我知你将退婚于我，那么，让我先来解脱你吧。

你将登位，这时候抛弃早有婚约等你多年的未婚妻，会遭受百姓、士子的非议。

那么，让我成全你无瑕无垢的声名。

也成全我自己的尊严。

……

广场无声，为那女子的刚烈明锐所惊。

苏紫蕊脸色白了，她也没想到会遇见这样一个局面，下意识地转头看向铁星泽。

铁星泽接下了话，道："人各有志，不能强求。既然如此，星泽祝愿萱亭小姐永生安好。"

他神情微微歉疚，向姚萱亭深深一礼。

姚萱亭还礼，再抬起头时，眼底水光闪动。

众人都觉得不忍，她毕竟还只是一个少女，为他等了那么久，做了那么多，到头来却亲手作结，这是注定绵长的疼痛，容不得云淡风轻。

苏紫蕊退后一步，张了张嘴要说话，铁星泽却忽然在她身边轻声道："紫蕊，在负她和负你之间，我只能选择负她。"

苏紫蕊一震，再回首看他时，眼底也闪出水光。

她未曾想到，他亦能有如此决心。

这一霎少女的情爱之心，再燃三分，忽然便觉得多年行走，终于遇见对的那个人，一霎回眸，不需要更多理由。

景横波喃喃道："只闻新人笑，不见旧人哭……"

宫胤却在她身边不以为然地道："真心所爱，一生唯一，何来新人、旧人？"

景横波心中一震。这话他说来再自然不过，不是故意说情话，是真心这么认为。

这男人无论多么骄傲尊贵，各种和她观念冲突，但在感情上，他当真如白纸洁净，容不得一抹杂色。

他爱了，就是冰雪里的火，燃烧得幽蓝闪亮，一生唯一。

此刻他看铁星泽的神情，似乎也有些不以为然呢。

广场上铁星泽微微退后，让开道路。

姚萱亭既然聪明地主动退婚，他便也不再说什么。

姚萱亭拍了拍关琇珑，问一句："你可愿与我一同离开王城，归隐山林？别的我不敢说，但照顾你一生衣食不缺，还是能做到的。"

众人都知道姚萱亭出身诗书大族，却天生擅长经济之道，名下田庄店铺无数，是沉铁数一数二的女富豪，关琇珑若跟了她去，这辈子还是有好日子的。

关琇珑却轻轻摇了摇头，低头不语。

姚萱亭一看她那样子，就知道她心不死，冷笑一声，道："好自为之吧！"不再理她，转身就走。

风扬起她披散的长发，她始终没有回头。

这一生发髻为你束，再为你散，这辈子，再无再次束起那一日。

人间情爱，不过如此。

从此后，我要为自己活。

……

众人目送那女子的背影完全消失，才恢复了活气。

铁星泽神色倒还如常，走到苏紫蕊身边，忽然伸手入怀，掏出一个精致的首饰盒子。

景横波一看就瞠目道："不好。"

求婚的节奏！

不知道为什么，她觉得不妥。

主要原因是她觉得，这事儿处理得不干净，铁星泽性子太优柔，还是要再看看比较好。

但紫蕊却很可能因为激动，当场就答应了。

女人在爱情中，总是没智商的。

果然，广场上当着全体军士的面，铁星泽轻轻打开那个盒子，隔得远，景横波看不到盒子里是什么，但从紫蕊惊讶赞叹的眼神来看，想必是宝物。

宫廷女官都控制不住惊讶赞叹，还得是价值连城级别的宝物。

这种级别的东西拿出来，不套个老婆回去，就白瞎了。

铁星泽捧着盒子，递给苏紫蕊，轻轻地道："紫蕊，如今我是自由身了，我要向你……"

苏紫蕊已经捂住了嘴，眼底泪光盈盈。

景横波翻了翻白眼——为什么所有女人遇见求婚都这德行？

她正想着怎么打断这事，她可以调动点残余力量来个控物砸晕紫蕊，可那样就等于告诉所有人，她在这里。

她正在发急，忽见苏紫蕊上前一步，对着盒子露出惊喜赞叹的表情，大声道："啊，世子，这就是您给我说过的，要请我帮忙鉴定的烟霞白玉双环吗？果真是妙品呢。不过紫蕊眼拙，还得仔细鉴别，请世子再给紫蕊一点时间，好吗？"

她迎着铁星泽微怔的目光，含笑合上盒盖，手指轻轻按着他的手背，眼底的神情温柔又祈求。

景横波差点一拍大腿。

咱家女官就是聪明！

发现要被心上人求婚，却没被冲昏头，反应极快，一番言语既做了拒绝，又全了铁星泽的面子，还暗示他"给时间考虑"，真是漂亮。

连宫胤都轻轻地赞了一句："强将手下无弱兵。"

景横波听得更加得意，乐不可支地决定，可以对他态度稍稍好一点。

不过她有点奇怪，所谓旁观者清，以紫蕊现在的心情，正在幸福动情中，没道理拒绝铁星泽啊，她拒绝的原因，是什么呢？

那边苏紫蕊按住盒盖，迎着铁星泽的目光，轻声道："我……我其实很愿意……但我的事情……我希望得到女王的首肯……"

她是那种严厉宫规熏陶出来的女子，在她的认知里，她属于女王，婚事当然要由女王做主，怎么可以自己擅自决定？

再说铁星泽不是普通人，马上就要做沉铁族长，和他联姻关系到政治局势，跟在女王身边久了，她有这方面的敏锐。

铁星泽凝视着她，微微一笑，将盒子顺势盖好，柔声道："好，我等你。"

苏紫蕊满面感激，景横波觉得仅仅这事，这小妮子对铁星泽的心思又得再陷一层。

不过她也松了口气，这样也好，大家都再想想。

紫蕊是她的挚友，她只望紫蕊的爱情经得起考验，得真正的幸福。

铁星泽求婚失败，似乎多少影响了兴致，对这边排队的人群也没有多看，示意王宫护卫放行。

景横波向宫外走，紫蕊向宫内走，她还急着回去找女王。

景横波挥了挥衣袖。

紫蕊忽然觉得胸前一痒，一惊，却不敢声张，直到进入宫内，找了个净房，脱下衣裳一看，胸部不知何时多了颗纽扣。

紫蕊啊了一声，认出这是女王衣裳上的纽扣。

刚才广场上……

她大喜——女王没事，就在刚才的广场上！

她急忙跑出去，想要把这个好消息告诉铁星泽，恋爱中的人，总愿意和心爱的人先分享。

她却没能找到铁星泽，冷静下来后，又觉得女王自己不露面，只放颗纽扣提示，只怕另有隐情，还是不要声张的好，便去悄悄告诉了英白。

英白也是持重的性子，和她同样的看法，当即不动声色，留一半人继续假作挖掘，另一半人暗中寻找。

广场上人大批地散出去，耶律祁想起先前那个似乎有些熟悉的侧影，再回头去找，哪里还看得见！

宫门外停着几辆大车，准备把这些人都送出宫城，景横波和宫胤，以及几个易国的探子上了一辆车。

驶出宫城不远，这批车队惊了马，大车四散，等到护送的士兵找回来，发现人数少了，但这车队的任务本就是驱人出城，少也便少了，也没人在意。

而景横波等人，已经换了脸换了衣服换了大车，一路出了城，易国不愧是易容之国，对于换脸换身份之类的事儿非常熟练。

他们刚出城，城内忽然开始加强戒备，军队在每条街道上搜查寻找，城门关卡开始许进不许出，每人的路引都会被严格查验。

但这时，那辆载着景横波和宫胤的马车，已经驰在沉铁王城郊外的山野上。

……

庚申年十二月，成孤漠分兵北上，欲以骑兵奇袭女王。女王引成孤漠至沉铁王城决战，自焚诈降后，再以燕杀军围之。十二月二十二日，亢龙军降，成孤漠逃。

六国八部谁也没想到，这一战，定的竟然并不止沉铁，还有女王的王位。一直和她作对的亢龙军，经此一役，被制服了最精锐的一部分，成孤漠一败，亢龙军再也难以成为女王的掣肘。

帝歌、上元，因此更加惶惶不安。

当然这是后话了。

随着女王声威日盛，一些流言也开始悄悄在大荒大地上流传。

据说此战能胜，是因为国师亲率玉照龙骑，前往沉铁相助。

据说战役胜利后，女王失踪，国师也失踪。

前一个消息传来时，帝歌耸动——国师相助？国师在沉铁？那在帝歌的国师是谁？

但当国师失踪的消息传来之后，反而打消了帝歌之人对坐在宝座上的那位国师的怀疑——失踪？好拙劣的理由，果然国师在沉铁是谣传。

就算有人依旧怀疑，但国师失踪，让人担心国师或许在故布疑阵，保不住早已回了帝歌，还是不要轻举妄动的好。

当然，宫胤的“失踪”，并不仅仅是为了让帝歌的人迷惑。

雪山上，那片茵茵草地上，有人独坐，宽大的裙摆间跳跃着温柔的雪狐。

许平然摊开面前的几张纸卷，眼底也微微露出疑惑之色。

宫胤到底在哪里？

前阵子有蛛丝马迹显示，他似乎在玳瑁，她当即令人去玳瑁查探，摸清他去那里的真正原因。但雪山来人到玳瑁之后，就失去了宫胤的踪迹，似乎他哪里都在，又似乎哪里都不在，被各种线索牵着到处跑，最远的都跑到了几个域外小国！

雪山门徒已经接二连三地吃亏了，外门弟子全军覆没后，派遣内门的纳木尔去，不想居然也是所有人音信全无，不用问，必定是凶多吉少。

现在看来，当初宫胤确实在玳瑁，因为他最近出现在了沉铁，但现在他的失踪，让她也无法确定他到底在哪里。

雪山门徒最近抓到了宫胤的一些护卫，为了逼问宫胤的下落，用了一些禁忌之法，可以确定的是，确实没人知道他在哪里。

无法摸清下落，就无法有的放矢。

许平然手掌按在纸卷上，纸卷在掌下慢慢消失，阳光中腾起淡黄色的纸雾，她微微仰起头，眼眸在这样的烟光中，难得地浮现出一丝迷离。

这些年她虽然掌控了雪山大权，但那些人从未放弃对她进行各种软性抵抗。比如长老们关于见宗主的要求，比如以慕容为主的那一派，要求提前结束宗主候选人历练，新旧宗主早日交接。还有一些人，对她的各种人类极限试验提出异议，认为这样并不能培养出绝顶人才，还会浪费很多好苗子。

她唇边勾起一抹淡淡的讥嘲……他们懂什么？不过一群蠢夫而已。

还真以为雪山血脉世上最高贵，九重天门高在云端？

他们懂什么叫真正的高贵吗？

唇角微笑不散，她看起来温柔又和善，这么多年，她就是以这样的温柔和善笑意，应对了那些试探和抗拒，笑意如此温婉，使出来的却是铁腕手段，看似商量退让的背后，是雪山脚下隐秘沟渠里流不尽的血。

她不介意再多流点，反正雪山很高，那血一路流下，在路上就干涸了。

雪山太高了啊。

那么多年她没走下去，那么多年，那个年轻人，在一群人的簇拥下，试图向上走，走到最高峰，也还没能走上来。

但她已经嗅见了他逼近的气息。

战胜她，他就是够资格的那一个。

压下他，她就是雪山永远的掌权者。

她会带着雪山和她培养的那一群如冰似铁的战士，走下山，走向大荒，走上真正属于她的神坛。

不过在此之前，先得找到宫胤。帝位还等着他呢！

许平然目光远远地投向山下，日光下雪山晶莹如玉龙，在大地上奔腾，不见尽头。

潜龙蛰伏待风云，何时腾飞而起？

她忽然想到景横波，这位黑水女王，现在已经有了偌大的名声，据说已经有人称她为“潜凤”，认为她必将在数年内崛起。

潜凤？呵呵。

不过这位小凤凰的羽翼伸展，也多少提醒了她。以前她的注意力都在宫胤身上，竟然忽略了他身周的关系，竟然没能看出来，宫胤对这个小凤凰，如此情根深种。

现在看来，当初的帝歌逼宫事件，完全就是宫胤做给天下人包括她看的一场戏，以免景横波成为她的目标。但是世事不由人，他放逐她，又放不下，最终引起她的怀疑，一场沉铁战役，生生逼出了他的心意。

也令许平然惊觉，也许之前那么久，她的注意力，都放错了。

终于知道了宫胤最在乎的是什么，也不算太晚。

她弹了弹手指，花丛间出现一个银衣人，日光下依旧淡得像个影子。

“耶律昙的情况，怎么样了？”

“回夫人，”属下恭谨地答，“心口一伤，虽然导致试验失败，但他没死，也说明试验还是有作用的。现在他状况良好，正准备试验最新的控雪丹。”

“先暂停。”她道，“让他下山一趟，去探望耶律家族，顺便带些凝气丸，赐给他们。”

银衣人眼底有惊异和羡慕之色，想不到耶律昙如此受夫人器重，连家人都可以得到雪山之人梦寐以求的凝气丸，看样子，夫人是选中耶律家族作为之后十年的扶持人了。

许平然看出他的羡慕，面上毫无表情。珍贵的东西赐给那种普通家族，确实有点浪费，如果不是因为耶律昙体质特殊，哪里轮得到他们。

接连两批人在山下失败，纳木尔也失踪了，再动用其余人下山，如果再出问题，就会被长老们趁机弹劾，不如就用时不时可以回家族的耶律昙，好好地招呼那位女王。

“夫人……”那银衣人忽然道，“玳瑁十三太保中的二太保，叫简之卓的那个，通过咱们的外门联络人，辗转给夫人献上了礼物……”

她似乎在笑，神情却如听见蝼蚁爬过，淡淡地道：“收着吧。”

收着的意思，就是她不要，连看都不看，让这些人自己处置。

银衣人眼底掠过一丝喜色——那可是厚礼。

她挥挥手，银衣人如一缕烟般消失不见。她起身，宽大的裙摆在草地上缓缓逶迤而去，雪狐们之前一直在她裙摆上跳跃，却在她起身后，忙不迭逃开。

她回到自己那间如普通民居一样的屋子，自己倒茶，喝水，对着依旧低垂的帐子发呆。

“慕容最近很安分……我反倒有些不安……”

“我让那人去查咱们的孩儿……其实不指望他去找……只希望看出他是否有什么异动，他要是有动作，我就有线索了……他却好像根本就对这事不感兴趣……他到底怎么想……还是……还是……”

她忽然一把扔掉茶盏，茶盏砸在地上碎裂，她已经扑入帐中。刺啦一声帐子被扯下半边，隐约砰的一声似有什么物体倒下，她也不管，跪在床上抓住一个什么东西拼命摇：“还是我们的儿子真的已经死了！你告诉我，是不是！是不是！是不是！”

帐钩摇晃，帐子抖动，整张床都在颤抖，发出吱吱嘎嘎叮叮当当的声音，她的发簪被激烈的动作晃掉，头发散了一脸，她抬手一撕，刺啦一声，宽大的衣裙落下。

刺啦，刺啦。

撕裂，撕裂。

一腔愤懑郁恨，压抑在心深处，年年月月将心烧成干燥的炭，看似死寂黑暗，却总在刹那间燃起大火，妖火红艳，将万事万物烧着。

床下落了一地被撕碎的衣物。

床在凶猛地摇，经久不休。

她的哭泣和呻吟，似蛰伏的母兽，等待一场嗜血的追逐。

歪了半边的帐帘险险地挂着，隐约可见起伏的肌肤，凌乱黑发乌光闪耀，枯涩白发雪光一闪。

……

马车在道路上晃晃悠悠地行驶着。

景横波坐在宫胤身边，用湿布给他润泽着嘴唇。

她身边堆放着棉被，脚下有一盆冰水。

宫胤脸色永远那么白，看起来和平常没有太大的区别，但景横波眼神忽然就变得很犀利，眼看宫胤的脸色微微透出一丝异样的红晕，立刻捞起冰水里的布巾，拧干覆盖在他额头上。

冰布巾还没干，他忽然一颤，景横波唰的一下把布巾撤下去，另一只手已经拖了被子过来，把他密密裹住，而此时宫胤刚刚开始发抖，红晕迅速褪去，换了眉宇间淡淡的青。

景横波动作无比熟练，衔接得行云流水。

因为经过无数次反复。

宫胤出城之后就又不行了，那些易国人重新雇了大车给两人坐着，景横波完全顾不了其他事，注意力都在宫胤身上。

武人走火入魔，都是可以慢慢调息将养的，但宫胤并没有调息，反而如平常人生病般躺倒了。他的病看上去很像风寒，忽冷忽热，但景横波绝不认为他这是普通风寒，如果她没猜错的话，宫胤看似是冰雪体质，其实体内一定有烈阳类真气，现在很明显，他体内的真气失去了平衡，冲突碰撞，导致类似打战一般的症状。

景横波只恨自己不懂医术，内功也没能练到懂得别人真气问题的程度，但她知道平常不生病的人，一旦倒下就是重病，哪里敢有一分懈怠，自己衣不解带地照顾，又催着那群易国人寻医找药。

好在那群人也算合作，一开始他们还警惕地看守着两人，后来见宫胤当真是病重，景横波自己也衰弱，而且一心都在病人身上，赶都不会走，便渐渐放了心。每次路过市镇，这群人都会找来当地最好的大夫，大夫的说法却不一，有的说是伤寒，有的说是内热，有的干脆说准备后事吧，被景横波大脚踢了出去。

景横波看得出来，这群人虽然奉命找叛乱的皇叔，但敌意并不重。下人的态度说明发号施令者的态度，看来易国国主并没有要求属下为难皇叔，她便也不客气，要汤要水要补药，可着劲儿地提要求，达不到要求就把宫胤一扛说要一起自杀，那群人只得哭着喊着拦下，暗恨这差事太憋屈，只求早点把这对奸情深重的断袖伺候到易国便好。

一路都在车上，很少投宿，景横波吃、住、睡都和宫胤同车。将大车两边的座位搭在一起，累极了就一躺，有时候倦得睁不开眼睛，手指还搭在宫胤的手腕边，她就像个活体体温表，时刻探测着宫胤的变化，没两天她就练出一桩绝活——眼睛不睁，摸一下宫胤就知道他是在发寒还是在泛热，闭着眼也能给他敷冰汗巾或者盖上被子，而且保证汗巾不会敷到鼻子上，被子从头到脚盖得严严实实，被角都能塞好。

每天她还给他擦身，他的体温不稳定，导致有时发僵有时流汗，他这么爱干净的人，自然要时时清理。她不愿意别人伺候他，也知道他自己一定也不愿意，那就只好亲自上手。一开始把手伸进他的衣内时她还有点不好意思，后来就变成了揩油，在他病况最重的时候，揩油的心思也没了，她渐渐地变得像个专业的护士，轻轻巧巧地给他翻身、擦身、换衣，还能让他不走光。

她再没了那么多乱七八糟的念头，什么怨恨啊不解啊是爱是恨是走是留啊，在时刻威胁着的生死面前，这些情绪都显得过于矫情。她甚至没有空闲和心思去关注外头的情况，不再关心战局如何，不再关心士兵们是否都已经回了玳瑁，不再关心铁星泽是否顺利登位，甚至不关心成孤漠是死还是活。

至于外头已经将这场战事传得沸沸扬扬，震惊亢龙军的反叛，盛赞女王的智慧，她的声名如日头迅速升起在大荒土地上——这和她有一点关系？

如果要她拿这些来换宫胤痊愈，也不是不可以。她看惯了高在云端冰雪不侵的大神，实在不习惯他如此虚弱，他这样少见的虚弱让天不怕地不怕的她，心中也不能不涌起恐惧，她害怕他真的会被这一击击倒，害怕一觉醒来身边就是他的尸体。所以一开始她不敢睡，坚持了一天一夜，终究因为疲惫积压和内伤，砰的一声栽倒睡死过去，脑袋上砸了好大一个包。

后来看他虽然状况不好，但也没有更糟，而是维持着同一状态，她猜想这也许是他疗伤的方式之一。毒还是要发一发好，否则越积越深。她也便慢慢放下心来。

她这回还真猜对了。宫胤将自身的伤病压抑太久，对身体极为不利。但景横波一直风波不断，他连倒都不敢倒，直到景横波逼自己入死地，也逼他到了死地，他一路狂奔，直入火场，将体能调动到了极限，直到确认景横波无恙，又终于以真面目和她相认，心中一松，被压下的伤病立即凶猛反弹，这时候倒下，是顺应濒临极限的身体的要求，倒未必是最坏的事。

因为药石效用甚微，景横波终究还是不太放心，每天也会用自己的真气给他稍稍调理，维持在一个能对他有点帮助，她自己也不至于重伤的程度。也因为如此，她的状态也大不如前，严格意义上说，她也是个伤病之人。

满世界都在称颂女王，满世界都在寻找女王，称颂的人和寻找的人都不知道，那个传说里光辉熠熠的女子，此刻没日没夜地窝在一辆马车内，疲惫、憔悴，无时无刻不在担心，以至于眼眸深陷，满眼血丝，满头乌发发枯，甚至悄悄冒出一星白发。

在出沉铁王城之后，她估算着已经出现了行踪空白，或者可以联络一下属下，但那时宫胤情况凶险，她一时慌乱没顾上，等到稍稍安定后再想要联络，离沉铁已远，她也不能确定留下的暗号什么时候能被寻找的属下发现。

好在易国好像暂时也没恶意，走一步看一步吧。

她有时候觉得，这或许是老天的安排，老天不让她走得那么潇洒，在她最犹豫的时候，自动帮她做了选择。那些夜里，她倚靠着车壁，握着他的手，听着他长长短短的呼吸，心头既忧伤又安宁，为那些不能完全释怀的往事忧伤，却又为此刻还能听他呼吸而安宁。

爱情的滋味，都是这么矛盾的吗？她郁郁地抚了抚消瘦的脸颊，想着男人都什么玩意啊，当初一心要谈个轰轰烈烈惊天动地的恋爱真是傻啊，脑袋被门挤了才想轰轰烈烈，“高富帅”是那么好招惹的？花心的你受伤，不花心的他受伤你也受伤，反正都是受伤，认识两年了，连个觉都没睡上。

这么一想她就觉得亏大了，嗷嗷一叫，扑出去夺过赶车的家伙手里的鞭子，噼里啪啦一阵乱甩，将车子乱七八糟地一阵胡赶，发泄完了鞭子一扔，又一头钻回去伺候病人。可怜那群给她折腾惯了的家伙，也只能叫喊几声，回头还得把车子赶到正道上去。

因为一路换车换脸换身份，也因为要经过翡翠部，他们走得不快，这一天终于到了翡翠部和易国相连的边境，再翻过一座山，就是易国境内。因为天色太晚，翻山不利，他们便在山脚下停下。

第八章　销魂滋味

车外，易国的人在埋锅造饭，烟气和香气在夜色中袅袅散开。

没多久，景横波接到了一碗热气腾腾的粥，粥里有各种谷类食物。送粥来的人告诉她，这是“清仓粥”，大荒历十二月二十八了。

腊月二十八了，她有些恍惚。

大荒这边，这一天也有个和她现代那世近似的传说，说一家子原本家财万贯，粮谷满仓，然后不事生产，坐吃山空，在十二月二十八这天彻底断粮，一家子哭哭啼啼准备自杀，后来得仙人指点，清了家里的粮仓，扫出一篮子粮食煮了粥，第二天又有了转机，从此改邪归正，再振家业。自此后每逢这天，百姓们都要将家里的粮仓彻底清扫，哪怕家中有新粮，也要在这一晚，吃掉粮仓底散落的存粮。

这个故事在这里，关键已经不是那碗粥，而是清扫和等待希望的寓意——坚持到最后，才能有转机。

景横波掀起车帘，车子不经过大市镇，在荒郊野外停住住宿，但不远处有几座小村，天色将晚，依旧有一辆辆牛车往村里赶，那是进城为过年采买的村人，远远地可以看见牛车上满满当当的东西，有孩童欢笑着迎出村外，提着的红灯笼在暮色中摇曳着红光，隐约可以听见清脆的笑声，噼啪一声鞭子响，老牛慢吞吞地走，孩子在车后捡起掉落的块儿糖。

景横波今天才认真地看了一眼以盛产翡翠著名的翡翠部，但看起来和别的部族也没什么不同，只是山都特别矮。她想着英白就是翡翠部出身，据说还是翡翠部世家大族的嫡系子弟，但很年轻的时候就离开了翡翠部，他对少年时期的事情也从不提及，以至于到了后来，世人只知他战功赫赫，纵情风流，却连他出身翡翠部都已经忘记。

景横波一直觉得英白是个神秘的人，这么久了，几乎没什么人了解他。那一壶壶的酒，遮住他不知是迷离还是清醒的眼神，谁也看不见那眼神背后是否也有如酒的心事。

但景横波认为，会那样沉溺于酒的人，必定是有心事的人，只是藏得太深。

此时不是研究英白的时候，她注定要和翡翠部擦肩而过。

景横波捧着那一大碗粥，发了阵呆，将碗搁下，又要了个小碗，将粥拨进小碗里。

宫胤每天会清醒一阵子，但话很少，吃得也少。她都是趁他稍稍清醒的时候，赶紧给他喂些吃的，他也很乖地来者不拒，但吃不了几口，就吃不下了，再喂，他也会吃，但她能看出他并不舒服，只好不硬塞给他。

她要求粥必须熬烂，必须是药膳，参汤必须非常浓，必须用百年以上老参，每天必须一盏，以此来维持他的体力。她对饮食的高要求吃得那群家伙哭爹喊娘，说银子快要不够了，只求早点回到易国。景横波才不管他们——女王陛下和国师大人吃你们几口参，是你们的福气，以后你们会谢谢我的。

大车里很暗，外头的易国人点起了火，取暖作乐庆节，四五个人围着火堆有说有笑，各自捧着酒碗和粥碗，也不知道是酒气熏的还是粥热暖的，个个脸色酡红，渐渐开始玩起变脸，比谁变脸更快，一口酒一张脸，夜色里看得人眼花缭乱，像一群鬼怪。

火焰的红光在大车内覆了一层淡红的光影，景横波将宫胤扶起来，给他身后垫了枕头，端起碗，勺子搅了搅粥，将粥中比较大颗的谷物先挑出去，以免他不消化。

瓷勺碰着瓷碗清脆有声，反倒显得此刻马车中分外静寂，外头的笑闹声，似乎很远。

她隐隐约约听见外头有人笑着说："过了碧野原，就是天裂峡谷和易山瀑布，穿过易山，咱们就到家啦……"

她也没在意，就着灯光打量宫胤，红光里宫胤看起来似乎清瘦了些，却更显得皎皎如玉竹，清透雅致。

景横波凝视着他，轻轻抚过他稍稍清减的下颌。

"你这病，可病得真巧……"她喃喃道，"你是知道我要甩了你，所以才来这么一出苦肉汁吗？”

宫胤垂下的眼睫，在眼下投出淡淡的黑影。

她把碗凑过去：“闻闻，香不香？清仓粥呢。不过你们大荒人真是不会起名字，什么清仓粥，真难听。在我们那儿，这叫腊八粥，十二月初八吃的。而在你们这里，这是十二月二十八的固定食物……十二月二十八啊，宫胤，快过年了。”

她自己凑过去，嗅了嗅粥，其实是顺便嗅了嗅他，闻见他唇上淡淡的药味和参香，再一看他轮廓优美的唇线，顿时又想啃一啃，嘴刚凑上去，她忽然又哼了一声，唰地退回来。

“才不要偷亲你，那明明是便宜你。”她一脸郁闷，“像你这德行，就该被弃于道边，老死不相往来才对。伺候你照顾你那叫不得已，哪里有还给你占便宜的道理。”

话是这么说，可是瞄着他淡淡的红唇，修长的颈项，以及为了方便擦身微微敞开的领口，她就忍不住想扑上去，想浑身上下摸索，想压了又压，想听听这男人的鼻音和呻吟是不是别有一番销魂滋味。

她觉得自己色欲熏心，无可救药，或者病美男更能勾起她的欲望？她只好自己转移话题：“知道我腊月二十八的愿望是什么吗？”

当然没有回答，却不妨碍她自说自话：“我想咱们都尝一尝这粥。因为没有人比咱们更懂绝境之后等待希望的滋味，其实没有什么比绝望更可怕，我希望我们永远不要绝望，往前走，撞见墙也不回头，转机一定就在某面墙后面躲着，一伸手就能抓住。答应我，不要缩手。”

她将粥碗端过去，准备碰一碰他的唇，也算他吃过了。

手指忽然被卷进湿润柔软的唇里，她一惊——他醒了？

手一抖，落了几滴粥在他下巴上，她慌忙用另一只手将碗接走放在一边，伸手去揩他的下巴，他的舌尖却一舔，将那粥和她的手指都吃了。

她哭笑不得，觉得这家伙越来越流氓，或者是骨子里的流氓终于暴露出来了？同时也有些淡淡的欣喜，今晚他好像状态不错，平时虽然有清醒，但都没话、没动作。

“姐刚才给你擦身没洗手。”她一本正经地道。

他一顿，她以为自己的手指要被吐出来，下一瞬指尖一痛，她哎哟一声——被咬了。

咬得不重，甚至有微微的麻，这麻一直麻到了心底，连身子都似微微酥软，她抽回手指，脸莫名其妙地红了。

“吃粥，吃粥，好不容易你醒了，尝尝这……”

没等她说完，他已经拨开了那碗粥，粥碗滚落在地，洒了个一塌糊涂，但已经没人顾得上了。

她已经倒在了他胸膛上。

……

深冬的风在屋宇之间盘旋，呼啸悠长，似哭。

有人在风中，慢慢解开自己的斗篷，道：“宫胤和景横波失踪了。”

身后有人接道：“大家都在寻找。我等也派出了几支队伍分头去寻。总是能寻出来的。”

解斗篷的人道：“我想的不是找人这事，我只是奇怪，宫胤和景横波为什么忽然就抛下所有人，连军队都不管了，消失在所有人面前？”

“或许……只是故布疑阵？”站在他身后的属下想了想。

“我看不是，”那人将斗篷兜在肘弯，摇摇头，“我仔细观察过了，景横波和宫胤的属下，是真心焦急，作不得假。宫胤离开也就罢了，他有故意遮掩行踪的必要；景横波离开实在不合常理，无论如何这时候她不该抛下大军，和谁都不交代。”

“您的意思是……”

“和谁都不交代，说明并没有信任所有人，所以才干脆谁都不告诉就失踪。问题是，这两人，想瞒的人是谁？”

身后那人声音有点紧张：“难道……”

“不会。”他将斗篷慢慢叠起，似在整理思绪，半晌道，“应该还没有明确目标，或者说，是久经风浪的人对于危险的直觉退避。”他顿了顿，叹息，“也怪我，我还是有些心急了，不该把那些东西放在大殿中，引起了景横波和宫胤的警惕。”

身后的属下沉默，不敢接这样的话。

“也是，”他冷笑一声，“谁能想到，景横波本就是个疯子呢。一个聪明的疯子。”

“那……”

他想了想，缓缓地道：“或者，那个真正的我，该出现了。也好转移一下视线。”

他将斗篷交给属下，轻声道：“近期离开沉铁的所有可疑的队伍以及大概的去向，都查出来了？”

“是的。”属下奉上纸卷。

他接了纸卷，看了看，手指在某几行下划了印子，随即道：“我要亲自去瞧瞧，接下来这里的事交给你们了。”

“是。”

他步伐轻轻，云一般掠了出去，身影在夕阳的映照下，似挂在琉璃檐角上的虚影。

……

马车里，一段旖旎香。

他的呼吸在她脸上，她的脸在他唇上，他寻找她唇的姿态微微急切，掌心在她肩背上一遍遍摩挲。她只觉得浑身发软又发热，忍不住要化成一摊春水，身周迤逦着淡淡药香，有点涩有点清爽有点撩人，说不出的奇特味道，反而更令人心中狂跳，要不是药都是她自己盯着熬的，她会以为这其中掺了春药，或者是有情便生旖旎，人间万象到此处都显得春情荡漾。

身下的他忽冷忽热的体温，令她的心忽紧忽松，她为他终于有些清醒而欣喜，又因为他一清醒便想着占便宜而恼恨，忍不住要掐他，掐他腰间的软肉，手指触上去滑而柔韧，忍不住便想起那些给他擦身换衣的日子，黑暗中男子年轻柔韧线条优美的身体，黑暗中光滑明洁一触便弹的肌肤，黑暗里的长腿、细腰，如玉容貌……那些因为忧虑压抑下的欲望，忽然便在此刻轰的一声爆发，她额头浸出微微的汗，忽然咯咯一笑，手滑入他衣服内。

他身子一紧，她觉得男子在这一刻身体各处的细微变化很奇妙，她甚至能感觉到他的心漏跳了一拍，随即又急切地跳起，擂鼓一般敲击着心房。

两人贴得极近，他的心跳也敲在她心上，他忽然起了轻轻的喘息，因为同样感觉到年轻女子身体的蓬勃和饱满，那是青春，是鲜活，是活泼的鸽子，在心上颤颤地飞起。他想抬手抓住，把她更深地按入自己怀中。

她却在小小挣扎，躯体如美女蛇一般在他身上滑来滑去，年轻的肌肤身段，触一触便是燎原的火，他哪里经得起这样的撩拨，只觉得一股热线从咽喉往下再往下，等待炸开漫天的烟花。他忽然便不敢动了。

她咯咯一笑，手指不安分地在他胸上揪啊揪，他低低苦笑——为她的大胆和顽皮。他心里不知道是喜悦还是无奈，隐隐还有企盼，企盼那软滑的手指，能继续再继续……她却只在他胸膛上摸索，一边摸一边咕哝："这身材越来越差了……缩水了……"手指滑到他的锁骨，叹息，"瞧这明显的……"摸到肋骨，叹息，"肋骨都出来了，要天天喂你吃肥肉……"滑到腰线，叹息，"又窄了……我的手掌都快能握过来了，啊啊啊男人腰太细很丑的好吗……"

他忽然也咕哝一声，她没听清，将耳朵凑到他唇边，问："啊？"

他喘息着低声道："不是所有地方都缩水的……"

景横波险些一口喷在他脸上，捏住他的脸，在他脸上乱摸，肃然道："错了，错了，你一定不是宫胤，你一定只是戴了宫胤面具。自从火场里我见到你，你说话就没正常过，说，你是谁！"

虎落平阳被猫欺，他无奈地任她将一张脸揉圆搓扁，轻声道："或者你也不是你？要不也给我试试？"

景横波瞪大眼看了他半天，将他向后一推，道："有点精神就骚动，反了你了！"手指勒住他的咽喉，恨恨地道，"现在不过是没有办法，路边的乞丐要死了也得救一救呢，你以为姐真的非跟着你了？"说着说着又觉得手指扼着的皮肤好滑好想摸，忍不住又习惯性地滑进衣领，一路滑下去了。

他苦笑，觉得这位真是要命的小妖精，似挑逗又似无意，似拒绝又似邀请，想靠近又总拉开距离，想推开还要撩拨，喜怒无常，若即若离，简直要了人命。

回头想想这好像也是他对她的态度，这么说起来也是报应，他其实已经恢复了点力气，却无意抗拒，她的手因此一路顺利地向下滑，眼看就要触及某处要害，她好像没有停的意思，忽然道："我想起我们还有一件重要的事没做……"

他一惊又一喜，一时竟有些犹豫，这重要的事儿，他拒绝了她两次，当真还要拒绝她第三次吗？……天知道他每次拒绝也是用尽全部理智……他正在那微微冒汗地纠结，她忽然将手抽了出来，伸向一边，再拿上来的时候，手中已经多了条温热的毛巾把，贼笑着道："先前准备在你吃完粥后给你洗脸的，现在正好拿来擦身，你今天还没擦身呢，这么臭，好意思靠近我？"

空气里药香伴随着他天生的冰雪淡芳的清香，说臭实在不要脸。她笑得奸诈快意，他唇角的弧度无奈地一压，想着等着好了，该怎么惩罚她呢？

但惩罚她好像只是一句自找台阶的空话，现在是他被惩罚，之前她帮他擦身，他是昏迷的，并不大清楚，如今神志清醒，他禁不住有些尴尬，待要接过汗巾自己来，她却不让，不让也就罢了，偏要折腾他似的，抓着布巾抹得很慢，有时候还绕个圈圈……

他忍不住想去抓住她的手，她却灵活地绕开，手指向下，他赶紧按住腰带，她却嗤笑一声缩了手，鼻孔朝天，傲然道："想多了吧？有说擦全身吗？"

宫胤唇角一勾，他有一万句毒舌可以将她一军，此时却完全不想和她计较。是心情好，也是舍不得。她也瘦了，头发乱蓬蓬的，眼窝深陷，眼底大片的红血丝，连发青的眼袋都出现了，哪里还是原先那爱美到极点，时时刻刻都要风华绝代的景横波。

此刻身体舒爽，他却禁不住心疼起来。这几日他看似昏迷，其实也等于进入龟息状态的调息休眠，身体在慢慢自我修补，这时候必定出汗多，但身上毫无黏腻难受的感觉，他便知道这是她的功劳。

她也是金尊玉贵的人儿，在遇见他之前，虽然他不知道她过的是什么样的生活，但从神态、形貌来看，衣食无忧，并没有伺候过人是肯定的。

这几天，难为她了。

景横波却也想着，当初和他初见时，那个"别用你肮脏的手碰我"的宫胤，好像也变了呢。

不过下一刻她就推翻了自己的想法，因为宫胤皱眉看着那粥，问："是外面那群人煮的？"

看着他那微微嫌弃的表情，景横波哼了一声："现在嫌弃已经迟了，何止这粥，那些汤啊茶啊，都是这群人做的，包括你身上的衣裳，都是他们亲手买了给你的，你要不要现在就吐出来、脱下来？"

"说起衣裳，"宫胤忽然道，"我记得你曾答应过给我做衣裳。"

黑暗中他转过来的目光微亮，瞧得景横波一阵汗颜，这事儿她早忘了。

"衣裳啊……"她扔掉汗巾，踢开盆子，躺下和他肩并肩，拖长声音道，"嗯……在做呢……"

他瞟她一眼，懒得拆穿她的谎言，之前她一直怨恨着，又抢地盘又打仗的，之后又忙着照顾他，她哪有时间做衣裳？八成都忘光了吧？

他心里有数，却爱听她撒谎时的声调，故意拖得长长的，曳着绵软的尾音，还稍稍带点鼻音，有种不自知的销魂，听得人心都似在梦中荡漾，每滴血液都泛着喜悦的泡泡。

他忍不住便要多说几句："是吗？做到哪里了？"

景横波想，一个内裤分分钟解决的事儿，有那么复杂吗？懒懒地答："你什么时候对我彻底坦诚，我什么时候给你做好。"

他沉默了下，轻轻摩挲着她的发，她狗啃似的乱发戳手也戳心，半晌他淡淡地道："你只需信我，我永不会因为隐瞒什么，对你造成伤害便是。"

"隐瞒本身便是伤害。"她反应很快。

他不答，拽了拽她的发，道：“什么时候能长齐？”

他又转移话题，她赌气地打下他的手：“长不齐最好。”

他竟然点头，一脸赞同：“也好，丑点好。”

景横波一心要和他作对，冷笑一声：“有种你划花我的脸，你就真的放心了，就不用神经病一样甩了我再跟着我，把我的每个追求者都赶来赶去了。”

身边没有声音，她以为他终于懂得羞愧了，转头看他，却见他唰的一下不知道从哪儿摸出一把剪刀，晃了晃。

景横波惊得声音都变了：“你干吗？”

……

旷野上，燃起的火堆可以将光传得很远。

易国人将要接近家乡，一路平安，心情愉悦，在火堆边玩乐笑闹，声音远远地惊破这夜。

在很远的地方，有道人影轻轻掠过。

他身上黑色的斗篷在月下投射出庞大的身影。

他一边走一边四面张望，眼神似乎在寻找。

他在寻找有疑问的队伍。

宫胤和景横波的莫名失踪，引起了他的兴趣，他命人查出近期出沉铁王城的所有可疑队伍，一处处查找过去。

先后追上六支队伍，一一排除怀疑，今天他追上了这支队伍。

这支队伍之所以最迟追上，是因为出城较迟，可疑度最小。

很多人推断宫胤、景横波失踪，可能是出城了，既然是出城了，那自然是立即就走，谁也想不到那两人状态很差，在城内耽搁了一夜才出城。

这也是最后一支可疑的队伍，如果这支再找不到，他也打算回去了，不能在外面耽搁太久。

他悄悄潜近那群人，隐藏在附近的一棵树后。

……

在另一个方向，旷野之上，还有一个人在飘。

他悠悠荡荡的衣袖，连同长发一起在风中招摇，飞掠速度却极快，似一抹月光，在天地之间刹那纵横。

他似乎扛着个很大的包袱，包袱还在不住挣扎，里头似乎是个人。

在他身后很远的地方，还有一大簇人影，顺着他的方向狂追不休。

前头扛东西奔跑的那个，偶尔回头看看后面，如果人家累了，他就停下来等一等，如果人家跑快了，他就更快点。

后头那群人似乎把他撵得像只丧家之犬，其实他们才像是一群狗，被引着在这翡翠部与易国交界的平原上气喘吁吁地追。

他们渐渐也往篝火的方向去。

……

马车里景横波瞠目看着那寒光闪闪的剪刀。

这货不会真的各种郁结导致变成神经病了，为了排除“干扰”把她给毁容吧？

宫胤伸手按住她，唇角一抹淡淡的笑意：“如你所愿，划花。以后就真的放心了。”

景横波唰地拔刀：“小样儿玩真的？”

黑暗中他目光流转如星辰，抬手轻轻一拍，她肩井穴一麻，他将她一推，推得背过身去。

景横波大呼小叫：“喂喂你什么意思，喂喂原来你已经恢复了点真气，早知道姐不伺候你了……”

她虽然在叫嚷，心底并无恐惧，只有淡淡的喜悦——他已经能点她的穴了，说明在恢复当中。

不恐惧，是因为知道他不会这样伤害她，没有为什么，就是知道。

身后剪刀嚓嚓响，头发被拨弄着，有细碎的发落在脖子里，微痒，她这才知道，原来这家伙要给她剪头发。

大概是实在看不下去她狗啃一样的乱发，他终于出手了。

她想笑，宫大神又多了一个剃头匠造型，越来越全能，就是不知道那些看惯他高坐宝座之上的帝歌大臣，看见这个样子的他，会不会掉一地眼珠？

笑着笑着，她忍不住又敛了笑意。

她似乎看尽他的各种面目，但他为她做过多少，又放弃了多少，隐忍了多少，掩藏了多少，也许只有他自己知道。

她是天生喜欢热烈张扬的人，少女怀春，勾勒心中理想的另一半时，也都是那种张扬狂肆类型，她觉得那样的人才对她的胃口。

然而到最后，她爱上世上最内敛的男子，不惜将自己的火焰，扑入他的静水流深。

世间情爱，真叫人无从说起。

身后的宫胤似乎很认真，剪刀比来比去，这边一点，那边一点，似乎想要剪出花来。

她忽然想起一个人，忍不住又要笑。

“想剪出对称来吗？什么时候你被那家伙附身了？”

两人都知道指的是锦衣人，想起这个奇葩，连宫胤都有些发怔，想着锦衣人去查他的家族的线索，现在也不知道怎么样了。

直觉告诉他，锦衣人去，不会办砸，甚至可能比他自己去更合适。

他唯一担心的就是这家伙会不会搞出什么后续。

“你有心事？”她忽然问。

他目光一闪，觉得她越来越敏锐，背对着也能发现他的细微异常。

漫不经心的景横波什么时候开始变得这么敏锐？

是因为现实和他的逼迫吧？

他眼底有微微的怜惜，手上的动作更轻，淡淡地道：“我操心你这头发什么时候能长齐。”

“我短发也很帅啊。”她嘿嘿一笑，想了想又道，“那家伙似乎有假发呢，见到他和他借一顶。”

宫胤目光又一闪，手却不停，道：“不行。”

“为什么不行？”景横波问出来就知道这家伙是独占欲又发作，冷哼一声道，“这也不行，那也不行，要不就把你的头发剃下来赔我，凭什么我的头发烧得狗啃一样，你的头发一根不少？”说完就要来抓他的头发。

宫胤一让，剪刀对她的脖子一拍：“别乱动！想被戳着吗？”

景横波哼了一声，不敢再乱动，感觉到他的手指很轻柔，春风一般，触及后颈痒痒麻麻，舒服得想睡。她伺候了他好几天，也是疲倦至极，忍不住便闭上眼睛。

她背对着宫胤，因此没看见宫胤之后给她剪头发时，头部向后侧，并将自己的头发都拢到了身后。

宫胤听得她鼻息沉沉，动作更加轻柔，她的脖子渐渐耷拉下来，露一截雪白优美的颈项，脖颈尽头衣领缝隙里，背部肌肤美玉一般亮着。她黑发被烧掉的地方留下些柔软的绒毛般的细发，柔柔地在他鼻端拂动，散发着女子馥郁的香气，他的神情因此更加柔和。

剪下的碎发，落在事先铺好的汗巾上，他有点可惜地将短了她很多的头发拢了拢，指尖温柔地梳过，她似在梦中也觉得愉悦，舒服地嗯嗯两声。

他收回剪刀，拉过自己的头发仔细看着，半晌吐出一口长气，似乎在庆幸什么，忽然指尖从发底拉出一根银亮的发，剪刀一闪剪去，那根银发落在她的碎黑发堆里，看上去黑白分明。

他默默地注视着，半晌伸手取一根最长的黑发，和自己那根银发绞在一起，慢慢地打了个结。

结发为夫妻，恩爱两不疑。欢娱在今夕，嬿婉及良时。

这一生，他未必能等到真正结发之时，便在此刻默默地将心事相结。

伴她听年节将至，冬日的风在响，他将手指静静地搁在她的肩头，听着她沉静的呼吸，也觉得心境安详。

有些事真的不那么重要，和她在一起，一刻也好。

……

第九章　我的小菊花儿

外头的易国人开始比拼变脸，比过了花样比技巧，看谁能以不同造型最快换脸，有人倒立换脸，有人跳舞换脸，有人吃东西换脸，一个汉子站起来，打着酒嗝儿摇摇晃晃地向外走，众人拉住他，笑道："干吗去？还没比呢快出招。"

那汉子抖了抖裤子笑道："放水，等我回来给你们来个大变脸。"

众人放开他，哈哈笑道："莫不是一边撒尿一边变脸？"也没在意，任他摇摇晃晃地去了。

那汉子也哈哈大笑，道："如此……甚好。"

他走出十几步，转到一棵树后，撒尿的声音随之响起。

他一边撒尿一边低声哼歌，歌声掩盖了一声树叶碎裂的脆响。

哗哗的水流漫延出一片阴影，阴影尽头似乎还有一点阴影，在树后，隐约是人的轮廓。

那汉子放水完毕，束起裤子。

一双手忽然勒上他的咽喉！

汉子大惊，双手还在腰上，只能徒劳地向后猛抓。那人手指用力，咯吱一声，汉子翻着白眼软软地倒下。

他身后的人接住他，顺手在他脸上一抹，抹下他脸上的面具。

那人又抹下自己脸上的面具，将汉子的面具戴上，再戴上自己的面具，然后哑着喉咙哈哈一笑，一脚踢在身前的树上，一个倒翻跟斗翻了出来。

他在半空中笑道："瞧我撒尿变脸！"

火堆旁的众人都抬头，正见一人倒翻而出，手在脸上一抹，再落地时露出一张陌生的虬髯纠结的脸。

众人都哈哈一笑，骂一声："小心余尿甩老子脸上。"便又吃肉喝酒。

此刻大家的脸都换来换去，都习惯了各种陌生的脸，也都带了几分醉意，谁都不会多想。

那换脸的人坐在人群中，推杯换盏，勾肩搭背，一阵猛喝和巧妙的试探之后，这群人大概的身份，来自哪里，将去哪里，他基本已经问了出来。

不过易国找寻皇叔也是机密，谁都不会挂在嘴上，提起的时候也是习惯性地以隐语代替，彼此心知的那种，所以这换脸的人问来问去，也只确定这些人来自易国，有重要任务，并且任务差不多完成了，正在回国。

这人眼看也问不出什么了，想了想，扬了扬酒碗，指着一边的马车，醉醺醺地问："那里面的，那么金贵干吗？嗝儿……也不出来一起喝酒，嗝儿，我就不服气人家的身份，你说那谁啊，嗝儿，架子这么大……"

……

马车里，宫胤和景横波的注意力并不在那群喝酒的人身上。

一起同行也好几日了，出来得又隐秘，实在再无提防的必要。

宫胤不想吵醒景横波，景横波却似乎不能沉睡很久，没多久就呼吸微急，似乎将醒。

宫胤欲将那绞在一起的两根发收起，摸腰间锦囊的时候才想起锦囊已经被抢走，这让他皱了皱眉。

身上的衣服大多换过，没法存放，他想了想，点起蜡烛，将那打结的两根发，烧了。

火苗跃动，发丝在火上哧的一声，化为青烟不见。

他微微垂着眼，似在许愿，又似什么都没想。

很多心情化为此刻袅袅的微烟，穿过马车的缝隙，扑向天际。

苍天尽处，谁将心头宏大的愿景，以及内心最细密的心情，聆听。

他轻轻嘘出一口气。

愿望是否被听见，是否能实现，是否终有一日各自执发丝一缕，结发为夫妻，其实也不是那么重要。

爱过便好。

她欢喜便好。

景横波睁开眼，就看见马车里朦胧一丝橘黄的光晕，光晕里是他清雅尊贵的侧影。

似有一缕烟气从眼前过，袅袅如梦。

她有种恍惚感和沧桑感，觉得空气沉甸甸的。

但他的背影温暖，什么东西燃烧的淡淡气味闻着，让人心动又心安。

她忍不住便想抱抱他的腰，告诉他刚才她睡得真好，还做了一个很美的梦。

梦里光影朦胧，似有红晕浮动，有人给她梳头，彼此的黑发流水般交缠，绾成一个美妙的蝴蝶结。

想到梦里那蝴蝶结的造型她就想笑，然而看看他岿然不动的背影，又不想便宜了他，这个梦暗示意味太明显，她才不想他知道她内心最隐秘的心思。

“你在烧什么？”她懒懒地不想动，鼻音浓浓地问。

“烧你给我的情书。”他答。

她听成“我给你的情书”，又好笑又鄙视地哧了一声，道：“扯淡吧，你还肯写情书？……”忽然反应过来这家伙又耍她，一脚蹬在他背上，道，“玩我是吧？罚你给我写情书，写完一百篇我再考虑要不要原谅你。”

“你还是一脚蹬死我吧。”他答。

“很想！”景横波恨恨地骂一声，哪里敢真蹬死他，蹬重了都不敢，倒下了还得她伺候。

她看见宫胤膝头那一堆碎发，顺手兜过来，卷成一团，道：“怎么不扔了？等会儿吹起来飘得满身都是，烦不烦？”说完便开窗扔头发。

宫胤阻止不及，也就随她去了，目光下意识地顺着她拉开的窗向外一掠，正看见外头的易国人围成圈子玩变脸，火光前一张张脸变来变去，有趣，又有些诡异。

他目光随意地扫过，正准备放下帘子，忽然手一顿。

……

火堆旁，那个混进来的人提问之后，一个喝得醉醺醺的家伙眼神迷离地道：“那两个人啊……是一对断袖……嗝儿……一对感情忒好的……断袖！”

“那样的人物……嗝儿……”另一个人接道，“哈哈竟然是断袖！”

“很特别呢……也难怪咱们国主对他……”另一个人也接话，大腿却被身边的人一拍，醒觉失言，呵呵一笑，举碗，“喝酒喝酒！”

“喝酒喝酒！”混进来的那人和他酒碗一碰，啪的一声酒液溅起，各自落入对方的酒碗。

他并不急着喝，勾着身边的人的肩膀，笑吟吟地道：“都干！都干！”和每个人都狠狠地碰了碰碗。

瓷碗交击，酒液溅到碗外，落入每个人的酒碗。

……

宫胤掀帘的手一顿，景横波就发觉了，凑过头来，问：“怎么了？”

宫胤一把将她的脑袋向下一按。

景横波脖子一缩，立即明白了什么，心道不好：“怎么了？”

这一声的语气已经和先前不同，带了三分紧张。

她心中暗暗祈祷，现在可不能出问题，宫胤刚醒，他和她状态都不佳！

“有点不对劲……”宫胤靠在窗边，将帘子放下，只露出一点缝隙，轻声道，“有一个人，坐姿、动作都有些奇怪。”

碰酒碗的动作过于大力，这个可以用酒劲上头来解释，但是坐姿也是一门学问，所有的高手，都会在站立坐卧时，下意识地选择最有利于自己出手和逃脱的方位，这和当时的情境无关，完全是久经训练养成的习惯性反应。

宫胤这样的高手，自然能一眼看出那火堆边哪个位置最有利，现在，那个位置上，就坐着那个大力碰酒碗的人。

易国人的脸无法辨认，只能通过服饰来辨别，这个碰酒碗的家伙，并不是这群人的主事人，既然主事人都不知道如何选择最有利的地形，一个从属能知道？

也许是巧合，但多年生死生涯中走过来的宫胤知道，这世上没那么多巧合，一切用巧合解释，很可能自己就会丢命。

“那个，”他指给景横波看，“有问题。”

景横波对宫胤的判断毫不质疑，她立即开始忧心怎么解决即将到来的危机。

来者不善，必是高手，如何逃脱？

此处的地形和当初纳木尔围剿他们时近似，但此处离山还有一段距离，而四面旷野几乎无处掩藏，村落也很远，她的瞬移因为受寒气接连渗入，现在移动不远。

而宫胤的状态，还不如当初以穆先生身份伴她逃亡时。

火堆旁那人忽然转头看了马车一眼，这一眼看得她心中一紧，宫胤已经唰地将帘子放下。

两人在黑暗中默然相对。

直觉告诉他们，虽然来的只是一人，但绝对比纳木尔那一帮人都难缠很多。

“不能硬拼……”两人几乎同时开口。

宫胤忽然伸手拍向景横波的肩头，景横波却反应极快，身子一仰避过。

她倒下时，明媚的眼波如剑，狠狠刺了宫胤一眼。

又想拍倒她他自己来，也不想想现在他自己能行吗？也不想想他自己硬撑着若出了什么问题，她能好好过吗？

她腰部柔韧，一倒便是一个铁板桥，砰的一声撞上车壁，她顺势哎哟一声，大骂道：“小菊花儿！你越来越骄纵了！瞧我不收拾你！”劈手抓过车壁上固定着的一壶酒。

酒是用来给宫胤降温擦身用的，还有半壶，她抓着酒壶就要翻下车。

声音已出，火堆边的人都已经回头，这时候她已经不能不下车，宫胤只得无奈地罢手，却在她即将掀开帘子那一刻，手中的剪刀一闪，划破腕脉，一小股鲜血射入景横波手中的酒壶。

景横波一个倒翻下车，顺势晃了晃酒壶，将血液摇散。

宫胤的血液，她是见识过威力的，当初进入耶律祁的伤口，都给他带来了不小的麻烦，如果给人喝下去，效果当然更惊人。

对付这种敌人，普通的毒是瞒不住的。

火堆边的人听见她在车内大骂，谁知道一眨眼她自己跌下车来了，都禁不住哄堂大笑，纷纷打趣。

“咦，您不是要狠狠收拾菊花儿的吗？”

“咦，您怎么自个儿先掉下来啦？舍不得？”

“瞧着像是被踢下来的呢，哈哈……”

这群人这段日子和她相处得不错，彼此说话都已经不再拘束，景横波嘿嘿笑着，眯着眼睛，尽责地扮演一个“宠爱男宠的合格断袖”，摇着酒壶道：“理那小贱人干吗？回头喝爽了，有的是办法整治他！现在喝酒！喝酒！”

她目光一转，忽然发现没有多余的酒碗，此刻她怀疑这里所有的酒碗都已经沾了毒不能用，用酒壶和对方碰杯，酒液很难溅出来泼到对方碗里，怎么办？

此时大家都目光灼灼地看着，那人也含笑转过头，丝毫不能犹豫，她正要心一狠，决定狠狠用酒壶和对方碰个杯的时候，忽然马车的帘子一掀，一个碗扔了出来，险些砸到她的头。

她一伸手接住，马车里宫胤经过改变的声音传出来：“您喝！千万得多喝！用这只碗，这只碗大，我等着您喝爽了，回头整治我呢！”

景横波险些噗地一口喷出来，喉咙被呛住了，连连咳嗽。

宫菊花儿竟然会演戏了！

宫菊花儿竟然把一个赌气娇情撒娇的小倌，演得活灵活现！

高冷帝什么时候变性了？

他真是宫胤吗？

众人哄堂大笑，都在乐不可支地挤眉弄眼："哈哈哈好个心疼人的菊花儿。"

"哈哈哈这碗可够大，一个抵俩，您可得招架住了。"

"这回招架不住，等会儿回去恐怕更招架不住啊。"

"河东狮吼啊，哈哈哈……"

那碗就是先前装粥的碗，因为是两人份，跟个盆似的，景横波一边怨念今儿只怕姐要喝倒，一边咕嘟咕嘟往碗里倒酒，骂道："贱人就是矫情！"

众人瞧着这一对打情骂俏的断袖，都觉得有意思，笑得自在。那混进来的家伙，瞧着众人脸上神情轻松，毫无作伪，脸上的怀疑也渐渐去了，身子的姿态稍稍放松了些。

景横波看到众人虽然言笑如常，但眼神迷离，身躯摇晃，很明显是着了道儿，但竟然自己不知道。

好厉害的手段，她心中更警惕。

景横波抓着酒碗，开始和众人碰杯，当然不能第一个和那个可疑的家伙碰杯，她从身边的人喝起，酒碗重重地碰出去："干！"

酒液泼洒，她也不介意那些人酒碗中因此掺了料，反正这些家伙已经中毒了。

她端着酒碗刚想抿一口，忽然身边一个家伙把她一搂，笑道："哪有这么秀气喝酒的？大口的！快活！"

景横波给这突如其来的一搂，险些栽入对方怀中，一股男子的混浊气息扑来，她下意识地皱起眉，又感觉到身后马车中似有目光灼灼，再一转眼，斜对面那个可疑的家伙，在一边笑着和人拼酒，但那眼光若有似无地扫了过来。

她撑起的手臂立即一收，顺手一把勾起那家伙的脖子，半个身子都靠在他身上，咕咚灌了一口，笑道："你们懂什么，嗝儿……我刚才在车上就喝了半壶……我那小菊花儿呀，不发烧了……我这一高兴呀……来，喝！一醉方休！"

"一醉方休！"身边的人呵呵笑着和她碰杯。

斜对面那人，将眼光收了回去。

既然做出豪饮的样子，就不能喝起来叽叽歪歪，景横波只好大口喝酒，一边喝一边暗暗叫苦，怎么每次喝酒都时机不对，最近累得要死，体力下降，很容易醉的。

一人一大口，四五个人喝下来，已经去了半碗，这时酒已经敬到那可疑的家伙面前，她醉眼迷离，停也不停，酒碗一送："来！"

那家伙比她还豪气，早早就把酒碗递了过来，重重一撞："干！"

两个心怀鬼胎的家伙，都在手上用了力，砰的一声，两个碗险些撞出缺口，两个碗里的酒液溅起足有半尺高，哗啦啦落在对方碗里。

两人相视一笑，各自端碗便饮。

景横波之前一直喝得很快，碰杯之后都是她先喝，这回她动作也快，一仰头。

那人也没有犹豫，景横波碗里的酒液虽然溅入他碗中，但一碗酒有没有毒，他还是看得出的。

两人眸子越过酒碗，互相一盯，景横波眼看他仰头喝酒，立即将碗一翻。

她已经将领口拉到下巴处，正准备趁机将酒倒入领口，忽然对面那个家伙迅速一口喝干，将酒碗一抛，伸手对着她的肩头一拍，笑道："怎么，喝不下了？"

这一拍，她手一颤，碗中剩余的一点酒倒入口中。

此时无法吐出也无法含着，因为对面那家伙还在目光灼灼地盯着她。

似是心灵感应，她仿佛看见此刻宫胤霍然抬头，将要出马车。

她立即咬牙咽下酒，笑道："嗝儿……怎么可能？……再来三碗！"

一边大声叫嚷，一边却醉醺醺地将碗一抛，碗砸到石头上碎裂，她大呼小叫哈哈大笑，"嗝儿……砸了……砸了！"

她对着马车方向连连挥手，示意宫胤事已至此就不要出来白白牺牲了，手却有点发僵，挣扎了一下才挥了出去。

此时其余喝酒的人还在坐着，还说要喝酒，但笑着说着却没什么动作，想伸手拍拍别人的肩头，手抬起都很僵硬，奇怪的是，他们自己依旧没感觉。

火堆旁的场景，因此便显得有些诡异——一群人说说笑笑，半举着酒碗，却不动。火光跃动，那些真真假假的脸却一动不动，似一群被定住的鬼魅。

坐在火堆旁的人抬起脸四面看了一圈，笑了笑。

然后他从容地喝掉碗中剩余的酒，起身。

这群人没什么异常，全部都已经毒倒，包括马车中的那个，呼吸非常微弱，根本就没有武功。

他有点失望，一边想着宫胤、景横波到底去了哪里，一边懒懒地向外走。景横波挡住了他的路，他随意抬脚一踢，景横波像根木头桩子般倒下，骨碌骨碌滚了几滚。

他走了几步，停下，犹豫了一下，想着要不要去看看马车里那个，总得亲眼见见才能放心。

没等他做出决定，马车门吱呀一声打开，一个瘦弱的男子走了下来，披着大氅，咳嗽着，看也不看他，径直走向景横波，看了一眼被砸碎的酒碗，嘀咕一声："又喝醉！"没好气地将景横波架起往车上拖，神态很不爽，脚下却还不忘将那些碎瓷片踢开，以免弄伤景横波。

那人冷眼瞧着，忽然笑道："拖得动吗？我来帮帮你。"伸手要扶住景横波。

宫胤看也不看他，手一挡，没好气地道："都是你们灌的酒，现在倒来做好人，不用了！"拖着景横波往车子里去。

他一转身，整个后背的空门都卖给了对方。

那人目光一闪，一霎杀机一现。

行事习惯让他下意识地想杀人，此刻将这人解决，再方便不过，大罗金仙也逃不掉他这背后一掌。

但他生性谨慎多虑，这一瞬间想到了很多东西。

他想到易国的这批人忽然出现，定是有什么重要任务，而且和易国国主有关。

而这两个人，显然就是易国国主要寻找的人。

只要这两个人和宫胤、景横波无关，他就不想出手，因为一旦出手就得杀死所有人，而此地已经靠近易国边境，这些人应该已经将快要回国的消息传递给了国内，如果他们在这里全军覆没，易国国主一定会追查。

他自己的事情还没办完，不愿意再树强敌，横生枝节。

而此刻，那个空门大开的背影，也让他更加坚定地认为，这个人不会是他要找的人，甚至不会是武林中人。

因为任何武林中人，都不敢将空门这样袒露在人前。

麻烦，总是越少越好。

这么一想，他也便放弃了。

马车车门砰的一声被打开，那个菊花儿将那个小子拖到车上去了，虽然神情恨恨的，动作却温柔。他笑了笑，心想还真是一对深情的断袖呢，眼里都没有旁人。

他起身向黑暗中行去，那些人中的是他的僵毒，并不重，半天之后自解，还不会留下记忆。这是他专用来试探他人的药物。

他一边走一边脱掉身上借来的衣裳，黑夜里他的背影修长。

……

马车里景横波躺在车上，宫胤拖她进车后，自己也直接往她身边一倒，两人四仰八叉地躺在车上，脸对着脸。

景横波心中松了口气——可算过关了。虽然她被下了小毒，但对方却是被下了大毒，宫胤的血，天下谁可以应付？

半晌，景横波眨了眨眼睛，想说话，却只能发出啊啊声。

她大惊，心想完蛋了姐被毒哑了，拼命地眨眼睛。宫胤却好像没发现她的异常，问她：“你怎么样了？为什么要喝下那一口酒？”

景横波心想姐不喝你就会跳下来姐能不喝吗？她张开嘴，又是啊啊两声。

宫胤凝视着她：“嗯？口渴了？”

景横波发急——他平时聪明得吓死人，现在怎么忽然变笨了？但现在只有嘴能勉强张开，她只得拼命张嘴。

宫胤忽然恍然道：“哦，你是在索吻。”

景横波好像被雷劈中般，顿时张着嘴呆住了，正想着这货不是宫胤这货不是宫胤……他却已经一本正经地道：“那就如你所愿。”

他俯下身，清逸的气息逼近，景横波脑子却还不会转，傻傻地金鱼一样张着嘴都不晓得闭，眼看着他的唇在自己面前放大再放大，然后被轻轻一压，唇上齿间顿时满满都是微凉清爽的淡香。

她的舌不由自主地微微一颤，正逢他的舌轻轻一挑，瞬间一个勾缠，她正觉得呼吸发紧，忽听他深深一个吸气，一股沁凉至锋利的气息剑一般刺下去，她胸腹一痛，感觉喉间一股辛辣之气冲上，她生怕又把什么呕出来。他的唇在她唇上一压，已经让了开来，顺手在她背上一拂。

她一阵猛咳，只觉口腔里忽然便有了些酒意，与此同时腹中翻涌。

他一偏头，道："吐！尽量多吐些出来！"

她趴在车窗边呕吐，先前喝下的酒哗啦啦吐出来，吐了个天昏地暗。他在她身后轻轻拍着她的背。

一番吐完，浑身僵麻的感觉好了很多，她翻身，死狗一般躺着，大着舌头问："偶滴都素粗来了？"

难得他竟然能听懂，淡淡地道："如果不是你的舌头纠缠不放，也许还可以逼出更多毒素来。"

"八要脸！"她愤怒地控诉，"明明素你无耻八放……"

他一边给她轻轻按摩还有些发僵的肌肉，一边点头道："原来这就叫无耻。"

她看着他的眼神，自动脑补出他的后半句：或者还可以更无耻一点。

一口气噎在喉咙里，她差点翻白眼——说好的高冷呢？眼前这个无耻的家伙是谁？

怒气和残余的酒气都冲上来，她嗝儿了一声，翻身重重地压住他，眼睛一翻道："好僵硬……起不来了。"

他就给她压着，不说话。

景横波压着他，觉得人肉垫子好舒服，酒意微醺好舒服，敌人走了好舒服，有惊无险好舒服……忍不住闭上眼睛，昏昏欲睡。

忽听他在底下道："横波。"被压着，他的声音嗡嗡的。

她一边想他的鼻音真好听，一边懒洋洋地道："嗯？"

"别起来。"他道，"好软。"

片刻的寂静。

"宫胤！"景横波气急败坏的声音传出车厢，"你骨子里这么无耻，大荒的人知道吗？！"

……

那人又披上了斗篷，行走在荒野上。

最后一支队伍也确认不是，这令他心头不解又不快，眉头微微皱起。

忽然他停住脚步。

一瞬间他听见体内的血液似有咔咔之声，仿佛忽然冻住，凝结，炸开！

他脸上，也有惊异的神情炸开！

但这惊异里，并无多少着了道儿的恐惧，反而似有一分不敢置信的狂喜！

他深深吸了一口气，体内气流滚滚调动，那也是一股冰雪似的气流，在遇上那股凶猛的冰寒真气时，似同源归宗，只稍稍一顿，随即融为一股。

这一股气流稍稍有些排斥，但并不足以对他造成伤害，随即那些凝结和澎湃都渐渐停止，他的真气又恢复如常。

他的脸色也由惨白，转为正常的血色，眼底惊喜与阴鸷交替闪现。

原来他们在……

他霍然转身狂奔！

……

旷野的另一边，扛着东西的人也在狂奔。

他身后还是一大堆追逐的人，连吊着的距离都不远不近，和原来一模一样。

对于这个家伙来讲，把一切事物都控制在他喜欢的尺寸之内，是必须的事。

他身上的人还在挣扎，挣扎得他有点烦，啪地抬手一拍，那家伙不动了。

月光斜斜地映着斜飞的眉，锦衣人的脸依旧那么皎皎清美，一点都不像他本人那么可恶。

当然他背上扛的那个和他身后追的那一大群，可不这么认为。

他们觉得世上哪有这么变态的人？变态哪配有这么好的一张脸？

三天前他们好好地在翡翠王宫里，伺候着小主子下厨，小主子最爱酿酒、下厨之类的事情，那天他突发奇想，要做一种特别甜美的点心，据说方子是从东堂传过来的，小主子费了好大心力和金钱，才得了那个方子，第一次试做，一堆人都在打下手，据说打蛋就用了三个人，不断搅拌，搅了两个时辰，差点手腕都断了。

忙碌了整整一天，到了晚间，终于差不多了，小主子把那一盆宝贝小心翼翼地放进一种也是特制的烘炉，说好了之后大家都可以尝尝这种蛋糕。

这种蛋糕真是香啊，那香气非常具有穿透力，直接射进人的鼻腔，刺激完味蕾，再逸散而出，越过王宫的巍巍高墙，随风飘向……变态的鼻子中。

谁也不知道变态是从哪儿来的，怎么能在王宫外就闻见王宫内做蛋糕的气味，只知道这家伙忽然就蹿了出来，还是掐着点儿在蛋糕刚刚好的时候出现的，一出现就掀翻了锅盖抢走了蛋糕，尝了一口就把众人努力了很久的心血给扔了，一脸不满地说："糖精太多！发泡不够！"

小主子当时就气晕了——这蛋糕的很多材料和做法，闻所未闻，甚至现有的厨具根本无法做到，小主子钻研那方子一个月，请教大厨，连猜带蒙，又亲自设计了很多独一无二的用具，又到处寻各种材料，好不容易觉得基本凑齐了，特意选了个良辰吉日开火，准备如果试验成功，回头女王的生日再做一个好敬献给母亲，结果这不知道从哪个旮旯冲出来的变态，打翻厨具，抢走蛋糕，抢也便抢了，还吃一口就扔在脚底踩烂了。

别说小主子被气晕，他们也吐血——一群人一个月的心血啊！

但世事就是没有最糟糕只有更糟糕，这家伙践踏完蛋糕后，想了想又道："不过你能做到这样，已经很不错了。来，跟我走，我指点指点你，咱们做个真正的蛋糕吃吃。"一伸手就把小主子抓走了。

剩下的人只能从尘埃里爬起来，哭爹喊娘地追上去，惊动了王宫，惊动了御林军，惊动了王城守军，女王闻讯急令一路官军出兵追踪，但这家伙鬼一样飘忽，硬是拖着众人快要出了翡翠境。

第十章 我与你同生共死

这要是出了境，再到易国去追，难度成倍增加。

过了这个平原，在翡翠和易国相连的边境，有座天裂峡谷，谷中有巨型瀑布和蜿蜒山路，在那里可以对人进行堵截。

所以现在附近的边军全部出动，务必要在边境将人救下来。

锦衣人在前头随意地飘着。

他已经接到国内的信息，可以准备回去了，所以他在帮宫胤处理完事情之后，就从翡翠部一路往回奔，不料在经过翡翠部王城的时候，竟然闻见了那股魂牵梦萦的气味。

天知道当时他还在宫城外，隔着半座城是怎么闻见的，反正他就是闻见了。因为太熟悉，他的第一反应就是：他们没看住小蛋糕，小蛋糕又逃跑了！

蛋糕是这世上独一无二的玩意，小蛋糕说过平常人有方子也做不到，所以他二话不说就闻香而去，最后发现不是小蛋糕，但蛋糕本身对他的吸引力也是无法形容的，闻不见也就罢了，闻见了却吃不到他觉得自己一定会死的，所以干脆把那小厨师也抓走了。

他看见了远处的篝火，在旷野上显眼地跳跃着。

但他没打算靠近，因为那个方向和他要走的路不符。

他知道前头不远，越过平原，就有峡谷和瀑布，后头人逼他往那里去，他也正好想往那里去，带着人往峡谷里一藏，正好可以给他做吃的。

他在接近那篝火的前一刻，身子一折，远远离开。

……

景横波吐完了，休息了一会儿，觉得好多了，就是身子还有些僵麻，行动不便，但那僵麻也是渐渐松缓的，说明这毒不怎么厉害，不需要解药就能自解。

大概一两个时辰后，她就可以行动自如。

她放下心来，这样外头那群易国人也没事，很好，好歹那些人还能给她提供个伪装。

就是不知道那人到底是什么来路，来干什么，莫名其妙地出现，不曾杀人离开，他的真正目的是什么？

景横波直觉他是在找人，而且很可能是在找她和宫胤。

她怀疑这人便是那在殿中放下那些仿制衣物刺激她的人，也是之前帝歌逼宫事件前后，若隐若现对她不利的人。

他是谁？

今天并没有看见他的真面目，只感觉年纪不大，是个男人。

景横波遗憾自己和宫胤都伤病在身，只能自保，不然今天原本是个机会，可以揭开那人的庐山真面目。

她偏头，想和宫胤讨论一下这事，一转头却看见他闭目沉沉地睡去。

宫胤今天也不过刚醒，就遇上一番折腾，此刻终于体力不支。景横波怜惜地将他额前的乱发理齐，想着他这伤病可快些好了吧，可千万别留下什么后遗症，这样她老人家就可以没有心理负担地把他甩啦。

对于他这次的走火入魔，就她对他真气情况的了解，还是有可能的。以极端冰系体质，练阳系真气，确实极容易走火，这是常识。可她心中还是不安，总觉得以大神的本事，既然选择这样练了，就该有办法控制，怎么会崩毁成这样？

还有，到底是什么样的危机，令他这样冒险地练习双系真气？她看出来，他对于“强大”有种极其迫切的渴望，那么，又是什么原因逼他一定要强大？甚至逼他不得不也逼着她要强大？

还是那句话，她绝不认为帝歌的人配让他这么做。

她轻轻抚平他眉间微微的皱起，心想这闷骚的家伙，肯定永远不会给她答案，智慧的女王，只能自己摸索了。

宫胤身体自动休眠，意识却还残存，迷迷糊糊地伸手握住了她的手，对着车门指了指。

“嗯？”景横波疑惑地看着他。

宫胤又把她的手往车门外推了推。

景横波看了看车门，忽然觉得，宫胤的意思是不是先离开？

他还是觉得不安全？

景横波知道自己该听从他的意思，他的经验总比她丰富，可是那群易国人中的毒还没解，她自己不大会赶车，更怕路不熟胡乱赶车误入歧途，到时候没吃没喝缺医少药，她无所谓，宫胤的身体要紧。

她想了想，还是决定不走，但是将车子又四面检查了下，将一些食物搬上来，又去后头的一辆大车上找来了绳索、火石之类的必备用品，再把宫胤牢牢绑在座位上。

她想好了，没事就解开他，如果有事，也别下车了，车总比她跑得快，赶着车就跑，绑住宫胤是为了固定住他免得他受伤。

做完这一切，她也累得半死，下车去看看那群人情况怎么样了，好点的话赶紧走。

忽然她听见窸窸窣窣的声音，像是什么东西在地上被压碎，她回头，就看见一片冰晶色。

一棵树后忽然滚出来一个人，满身的冰霜，滚动中那些霜花不断碎裂，发出吱吱的声音。

她认出这人正是先前那个下毒的人！

他喝下宫胤的血，终于发作了？

但是他不是离开了吗？为什么忽然又回来，发作在她附近？

她想了想，恍然大悟地哦了一声，这家伙一定是走到半路，想想觉得不对劲，打算回来灭口，刚回到这里，毒发了。

宫胤的直觉不错，这家伙果然会回来，只是他也担心太过了，这家伙回来是回来了，这不是倒了？

自己送上门来，挺好。

景横波很警惕地没有立即靠近，而是远远地观察，那些随时出现又随时消融的冰霜，确实属于大神的般若雪才有的能力，就她所知，普天之下没有第二个人有。

冰霜冻成这样，还闪着隐隐青光，对方绝对丧失了行动能力。

景横波的心开始痒了起来。

她真的很想知道这人是谁啊。

这个人，很有可能关系着她之前的恩怨，之后的路途，知道他是谁，很多事就有了答案，很多困难就不再存在，未来的道路就会少很多阻碍。

巨大的诱惑。

在自己下定决心之前，她已经走了过去，本来想遥遥控物掀开他脸上的面具，但此时僵麻还没消去，她只能自己动手。

手指触及面具，一掀！

她全身戒备，那人却没有动静，僵尸一样奄奄一息。

面具底下是一张陌生的脸，她怔了怔，忽然想起宫胤的三层面具，果然很快就发现他耳后还有接口，她伸手又是一掀。

因为刚才没有任何动静，此时她也稍稍放松，探过了半边身子。

正在此时她听见宫胤一声呼喊："牡丹！"

她一惊，下意识地缩手。

正在这时，她看见身下的人眼睛霍然一睁，似露出一抹诡笑。

她拼命撤身后退！

然而一片晶光亮起！如闪电刺人眼目，直逼她的心脏。

刀光！

幸亏那一喊，她僵硬地向后栽出，刀光堪堪擦她的心口而过，在她肩头擦出一片血光！

景横波停也没停，用尽最后一点力气，一个瞬移。

半空里飘血如带。

下一瞬，她砰的一声砸在车顶上，再从车顶滑下，啪地栽在马背上，脸对着马屁股，身子背对马头。

马儿受惊，仰天长嘶，开始狂奔。

她什么也来不及想，趴在马屁股上大叫："菊花儿！不想我死就别起身！"

叫声里她手中握着的马鞭已经狠狠抽在马屁股上。

马车呼啸而奔，她的坐姿不对，此时狂奔之中无法调整，她怕被颠下来，只得伏下身，死死抓住马屁股。

她面对着车门，车门先前已经被她拴好，这车本身还算牢固，她暗暗庆幸之前自己有先见之明，把宫胤给固定住了，不然车子这么突然地猛撞出去，车门被撞开，他就可能滑下去被车轮轧伤。

里头没动静，不知道他怎样了。

但现在状况也不妙，因为那个人已经从地上飞起，追了过来。

夜色里他身形飘荡如风摆草，一闪三丈，哪里有一丝中毒重伤的迹象？

景横波心中大恨，从她出帝歌以来，还没被人这样骗过！

他为什么没中毒？难道根本没喝下那酒？

此时也没法好好思考，她紧紧揪住马屁股，自己的屁股被起伏蹿动的马头颠得发麻，马屁股被她死死抓着，马疼痛之下奔跑更剧烈，这是双马马车，景横波想要挪到另一匹马上，但身子的僵硬未解，能把马屁股抓紧就不错了。

她肩头的伤口在这样激烈的运动中不住扩大，曳血不绝，身后如飘开彩带一缕。但此时她已经完全感觉不到疼痛，全身都是麻木的，有毒的麻，也有冻的麻，她盯着车厢，生怕车门被震开，生怕看见宫胤滚出来，他被自己绑住，虽然有助于他固定，但也失去了行动自由，弄不好就会坏事。

而那人飘飞着，不知道是故意逗弄，还是多少中了点毒，没有很快追上，也没有落下去，就在车后不远处吊着，这迫使她不得不驱马狂奔，黑夜的旷野之上，陌生地带，完全不辨方向，也无法辨认方向。

这么紧张的时刻，她居然忽然想起和宫胤初见，似也曾有马车和奔马，似也有他独坐马车之内，自己屁股向后落在马上，还是被他赶出去的。

两年后情境重现，她真不知道预示着什么。

难道是从哪幕开始，就从哪幕结束吗……

这么想的时候，她激灵灵打了个寒战，赶紧甩掉脑中的想法。她忽然发现自己似乎又在改变，在帝歌时初生牛犊不怕虎，出帝歌时一腔悲愤但心气不灭，如今却多了许多顾虑和不安，越向前走，势力越大，心思越重。

到此时她忽然有些理解了宫胤的心态，身在高位，背负如山，每一步迈出都足迹重重，哪里容得丝毫轻忽？

车轮忽然撞上一块石头，右侧车轮发出令人心惊胆战的一声嘎吱大响，整个车身都猛地一震，她紧张得心跳都似乎停了，生怕下一瞬听见人体撞在车壁上的声音。

宫胤怎么样了？

马车里，宫胤在先前景横波下车时，就已经醒了过来。

他心思被景横波牵动，睡着也挂记着她，醒来发现自己被绑在座位上，就半直起身，看窗外的动静，正看见景横波俯身去撕那人的面具，而那人肩头极其细微地一动。

他想也没想，一声大喊冲口而出。

之后就是砰的一声，车顶大震，那声重重撞击声险些撞裂他的心，生怕景横波这一撞，哪处骨头断了。

之后马车开始疯跑，他并没有试图打开车门，立即去救景横波，因为一旦开了车门，景横波注意力转移，而他自己体力衰弱，一个抓不住她就会落马被轧死。

他先就着车窗仔细看外头的地形，先前他醒来时，已经看过四周。身为独掌大权的国师，他熟知大荒六国八部所有地形，推断出这里大概是翡翠部和易国交界处的碧野原，再往前就是天裂峡谷、易山瀑布和属于易国的易山。

随即他发现马车并不是乱跑，而是被那吊在车后的人，有意无意驱赶向峡谷方向。

那人到底要做什么，他已经清楚了。

是了，杀人太露痕迹，很容易被查出来，驱车入峡谷，让人自己摔死，是个好办法。

他一眼看过便回头，挣出手去够座位下的绳子，马车晃动不定，绳子滑到车厢边缘，够起来很艰难，手腕被绳索磨破，他却并没有找武器割断绳子。

景横波那个性子，自己本事不大，却像母鸡护崽一样喜欢护住所有人，现在她认为他被固定着，在车厢里是安全的，如果他解开绳索，碰撞到马车发出声响，她就会紧张不安，她自己都九死一生了，再分神操心他，不出事也难。

好不容易将绳索够到手，他往后颈一摸，在发下摸出一片薄薄的刀刃。

他身上隐秘武器还是有几件的，换再多衣服也不会被发现。

刀将那绳团截开，截成几丈长的几段。绳团的一头拴着铁钩，武人行走江湖，带绳索和链条的铁钩，是爬高上山的必备物品。但一个铁钩，还不够。

车厢四角镶铁边，他选了靠近自己的部分撬下，一个固定好的桌子下端也是铁的，他也撬了。

刀削铁如泥，将那些铁质的东西都撬下后，再捏合在一起，做成钩形。

这需要运用真气，他体内永远有一股真气保真元不失，非生死之境不可动用，他还在疗伤期，擅自运用真气会影响恢复，但此时他停也没停，指掌覆冰雪，铁钩渐渐成形，再拴在绳头。

他如法炮制，凑齐四个钩子，因为铁不够，最后一个只有三个爪。

他一身大汗，脸色苍白，这下真的快连解开绳索的劲都没了。

绳索很结实，桐油泡过，掺了铁丝，希望等下能撑住车子的重量。

砰，又是一声撞响，车子下方开了一个洞，他趁机把车内原本的一些杂物、重物，都往那洞里扔去，尽量减轻车子的重量。

东西滚落在地，看起来像是漏下来的。

他稍稍喘息，将车门的搭扣打开，却用一根棍子先抵住，棍子上缠了绳索。

外头景横波并不知道就在这样的狂奔颠动之中，他迅速做好了这么多事，她只是隐隐觉得不安，在黑暗中努力扭头向后看，却只看见沉沉的地平线，地平线那头似乎有些巍巍的影子，离得还远，但激烈的风声里，似乎有种震耳欲聋的声音传来。

身下的马已经勒不住，那两匹马已经跑疯了，直直向前冲去，像是要冲入无穷的黑暗地狱里。

那个影子还在，飘荡若舞，她似乎看见他嘴角，戏谑又残忍的笑容。

即将达成目标的快意笑容。

那种震耳欲聋的声音越来越近了。

她的不安预感越来越浓。

到底是什么东西？

忽然一句话闪过她的脑海："过了碧野原，就是天裂峡谷和易山瀑布……"

瀑布！

那震耳欲聋的隆隆声，是大型瀑布的水声！

瀑布对面，就是峡谷……

峡谷！

她浑身一冷。

再抬头看那飘荡的影子，似一只潜伏在暗处的鬼魅，正待推出罪恶之手，将她和宫胤推入万丈深渊。

水声如雷，响在耳侧。

她再次回首，就看见了前方出现了断线！

她在这一霎什么都来不及想。

拔刀，斩！

斩断马和车身的套绳，要掉，就她掉吧！

一道寒光闪来，击飞了她的刀，力道奇大，她虎口被震裂，鲜血涔涔。

她怒而抬头，就看见那影子高而远地挂在月亮末梢，面具上一道裂口，似在讽笑。

她忽然放手，跳起，直扑向那影子。

既然你不许我砍断绳子，我先杀了你再砍断绳子，也还来得及。

车轮轰隆隆轧过碎石地面，只余五丈。

人影一闪，全力瞬移，下一瞬她已经在那人所在的位置，手中刀早已飞回，毫不犹豫一捅。

却捅在空处。

那人早已不在原地。

随即她后心一痛，嘴一张，一口瘀血喷出。

一道人影从她背后冷笑着翻开。

马车狂奔，以一往无前的气势向前，离峡谷只有三丈距离。

对面瀑布如匹练，反射这一刻的月色，清冷万丈。

她倒飞的身影如断了线的风筝，越过马车，先要落入万丈峡谷之中。

忽然车门砰地打开，一根棍子伸出，递向她的双手。

半空中那人目光一闪，满满的期待——你终于出手！

他衣袖一拂，嚓的一声棍子断裂，离景横波的手还差一尺。

但棍子上忽然飞出一截绳索，闪电般飞向景横波。

景横波手一探，已经抓住绳索，迅速在手腕上绕了一圈。

这一招，半空中那人影没想到，眼神有点惊异，有点不服，随即淡淡地冷笑。

料敌机先又怎样？

悬崖就在你身后半丈！

景横波抓好绳索，正想拉出宫胤，忽觉一只脚下一空。

她已经在峡谷边缘！

这一霎什么都来不及想，她竟然仰头，迎着随后撞来的马车，双手扑出。

她竟要以自己的身体，生生将马车逼停！

她体内的气息第一次如此滚滚而动，明月心真气穿越丹田，过明堂、重楼，狂涌而上，她在瞬间似乎听见破关的声音。

她身周起蒙蒙光华，有什么东西在体内好像被冲散，但她不知道，顾不得。

两声厉嘶，两匹马从她身侧越过，扑入峡谷之中。

与此同时，嘣的一声，马和车身之间的绳索断裂，车身一顿。

砰的一声，她的手和半边肩膀先撞上打开的车门，啪的一下车门粉碎，飞入峡谷之中。

她整条手臂顿时麻了，掌心痛如火烧，她的心瞬间沉入谷底，知道自己那点可怜的真气，绝对不可能将车逼停。

此刻她心中大悔，恨自己将宫胤绑在了位置上，限制了他的自由，否则此刻他便可以冲出。

不能救他，就一起死吧！

她扑向车身，要穿过碎掉的那块车门，进入车厢。

腰身忽然一紧，她被生生提溜起来，在空中荡出一个半圆，眼看着车厢从自己头顶滑过，轰隆隆一路碰撞，栽向峡谷之下。

而此时那先落入峡谷的两匹马落地的砰然震响才起。

她倒仰在空中，眼看巨大的阴影从头顶一滑而过，像天瞬间砸在头顶。

她眼底涌起泪花。

这一刻心情惨痛，她只愿立刻坠落死去。

但身子却在向上拔，与此同时她觉得脚踝似乎一紧，但极度痛苦绝望之下也没在意，注意力都在上方。

她在半空中荡了一圈，眼前就是崖壁。

求生的本能使她下意识地伸手扒住了崖壁，吊在了悬崖边。

底下轰然一声坠响，一缕烟尘笔直上冲，她觉得心都似被这一声响震碎，哇的一声吐出一口鲜血。

血溅青崖，色泽狞丽。

宫胤！宫胤！

此刻悔恨痛苦便如怒海浪潮，一波波将她淹没，她浑身发抖，全身剧痛，只想这么松手扑下，伴他一起葬身绝崖。

但她却更紧地抱住了崖壁，慢慢抬头。

她知道，既然那人在最后关头出手把她拎上来，那定然是还要表演一番的。

她不趁此机会瞧清楚仇人怎么成？

哪怕下一刻就死了，也得先把仇人搞清楚再死，她都穿越一回了，说不定走狗屎运还能重生报仇呢？

崖边，缓缓露出一双黑色的靴尖。

景横波对着那靴尖，吐出一口带血的唾沫，呵呵笑了两声。

她此刻居然在笑，果然引起了那人的好奇，那人慢慢探下脸来。

景横波懒得看他的脸，反正不是真的，她吃力地伸出手，目光迷离，喃喃道："救我……救我……"

她满身尘土，肩头染血，唇角血迹殷然，看起来已经是强弩之末，半昏迷中只被一缕求生欲望驱使，殷切求援。

那人黑色的身影和崖身似乎连为一体，岿然不动。

他沉默地注视她半晌，问她："心情如何？"声音沙哑，完全陌生。

她迷乱地摇头，只执拗地伸手往前够他的靴尖。

"别以为我是要救你，"他让开她的手指，淡淡地道，"我只是想让你亲眼看着，所爱的那个人死在你眼前，想让你尝尝这美妙滋味，好让你下地狱了也记得。然后我会成全你，让你和他死在一起。"他无声地笑了笑，道，"记住我是谁，下辈子可以回来报仇，我是桑天洗，被你杀了的桑侗的儿子。"

"我……我……"她喘息着，似乎根本没听清最后一句话，只执着地求生，"我是……我是黑水女王……你救了我……我会给你好处的……"

他沉默，眼光一闪，似乎忽然想到了什么，问："皇图绢书，在哪里？"

她迷迷糊糊地道："拉我上去，我就……"

他犹豫着，最终戴上一双金丝手套，伸手来拉她。

他拉她的时候，一条腿向后微微一撤，依旧摆出戒备的姿势。

他拎起景横波，她的半个身子依旧悬在悬崖外，他就这么拎着她，道："先说在哪儿……"

景横波垂着的那只手中，忽然寒光一闪，多了一把匕首，她扬起匕首向他的手腕劈下！

劈的竟然是他拎住她的那只手！

劈断这只手，她一样会掉下去！

那人似乎对此早有预料，左手拎着她，右手早在戒备，但也没想到她会劈左手，稍稍一愣，已经伸出的右手停住。

思维稍稍一顿，动作就会稍慢，但这慢简直无法以时间计算，刹那之间他便反应过来，顺势左手一松。

景横波掉落。

与此同时她一声大笑，响彻峡谷，连对面的隆隆瀑布声都盖过：“祝你一生阳痿！”

那人未及反应，就听见身后一声厉响，极尖锐极近。

他似乎已经感觉到那东西触及了衣裳。

他此时可以跃起，但脚下的崖壁忽然崩塌。

他可以扑下，但扑下就是峡谷。

他只能回身掠起，人还未完全掠起，掌风已经卷了出去。

什么东西被啪嚓一声击断，但仍有尖锐的风声刺人。

哧的一声响，一样东西重重击上他的下腹。

他发出一声厉号，忍不住弯身捂住下腹——那实在是个要害位置，却因为景横波控制能力减弱，只差三分，就能毁了男人的要害部位。

但就是这样，也已经击中要害，他颤抖着，忍着剧痛，将那东西拔出。

是一截鲜血淋漓的木棍，先前从车厢里飞出搭救景横波，被他击断。

现在插在他自己的下腹，拔出来后还残留几根木刺在肉里。

这伤势不重，却太要紧，他咬牙将肉刺也拔出，但还是感觉痛，说明还有小刺在肉里，也许已经伤到了血管、经脉。

他盯着底下的山崖看了一阵，山间岚气浮沉，天色幽暗，实在看不出什么。

先前确实有听见马车坠落谷底的声响，但谨慎的天性让他还是想顺崖壁下去查看一番。但此时伤口痛得厉害，他又怕留下后遗症。他正在犹豫，忽听远处有声响，地平线上隐约出现一大群人，似乎正往这方向而来。

他再不犹豫，闷哼一声，转身就走。

黑色的身影大鸟一般掠过夜色，洒落一地新鲜血迹。

……

景横波在坠落。

风声急响，她闭上眼睛，放松自己，幻想自己马上要重生。

到了此刻，什么痛苦、绝望、后悔、自责都不存在了，她用最后的能力，控制那木棒小小地报了仇；马上要去和宫胤死作一堆，说不定还能一起重生，说起来也不是坏事。

她唯一的遗憾，就是再也见不到三个死党了……

闭着眼睛，她以为这一生的种种，一定会如电影般滚滚飞速闪过，她也就可以趁此机会，好好咂摸咂摸自己这短暂却精彩的两年穿越生涯，书上都是这么说的。

谁知道脑子里一片空白，什么都没有，只听见风声巨大，水声巨大，而天，黑暗而凶猛地砸下来。

忽然这些声音中，又有咻的一声，似乎是什么东西飞出的声音。

再然后她感觉到脚踝一紧。

再然后她身子一顿。

一顿之后，是一荡，再一荡……她感觉自己似乎变成了一只超大型蜘蛛，在崖壁上方，借助蛛丝弹跳，卸掉坠落的冲力。

最后啪的一声，她的身子终于停下来。

这一刻她不知道该狂喜还是该悲伤。

她得救了。

但宫胤死了。

她又要活着面对害死宫胤的巨大折磨了……

那还是死了算了！

第十一章　编个花环娶大神

她脑子忽然一顿，觉得有什么不对。

谁救了她？这时候还有谁能救她？

她睁开眼睛，赫然发现自己还在崖壁上。崖壁上方，有个乌黑的庞然大物，她眨眨眼，几乎不敢相信，然而还没看清楚那东西，喜悦的叫声已经爆发："宫胤！"

那东西一动不动，她渐渐看清楚，果然是车底，车身只剩了大半个，却不知怎的卡在了山缝间，一棵矮松从崖壁上探出来，支住了车身，但她看得出来，仅凭这棵矮松，根本撑不住沉重的车身，但车子就稳稳地在她上头，一根丝索垂下，绑住了她的脚踝。

她欢喜得浑身发抖，险些哭出来——这高空蹦极，生死来回，玩的就是心跳啊！

此刻她头朝下，她一抖，上头也在抖，松枝簌簌响，发出惊心的嘎吱声，宫胤的声音从上头传来："别叫，小心叫掉了！"

听见他的声音，她又想发抖了，绝处逢生，从害死他的极度痛苦悔恨中被拯救出来，好比天堂、地狱一个来回，真真用得上"恍然如梦"四个字。

好不容易控制住自己，她这才看清楚自己的情况，一眼就看见这里离峡谷底已经不远，大概四五层楼的样子，可以想象，宫胤那时候随车子跌下，几乎是到最后车子才成功卡在山壁间自救成功，其间的惊险，同样是生死一瞬。

她恨得牙痒痒，她和宫胤，诚然现在是状态最差时刻，但被人逼到这么狼狈，真真记忆深刻。

让她找出那货，不把他的皮扒了她跟他姓！

四面风景很美，瀑布如雪练从天而挂，峡谷间是蜿蜒的绿色丛林和淡黄山路，崖壁青青，白云浮荡，时不时有苍翠的松，挂住岚气如绡，再被浩荡天风吹破。她却无心欣赏，在这莽莽天地间无可奈何。

脚踝处忽然一颤，她的身子在被人缓慢上提，景横波心惊胆战地喊："别啊，就这么吊着，我自己想办法下去。这样吊上去，一个不好连你都栽下来啊！"

她其实根本没想到什么办法可以下崖，虽然离峡谷底已经不远，可她离崖壁还有段距离，稍稍一动，一样会震动车身。

她只是觉得，无论怎么做都是危险的，好不容易看见那车子平安在自己上头，实在不愿意再眼睁睁地看一次车子坠落，那种焚心滋味，一辈子尝一次已经够了。

宫胤不理睬她，她还是很稳地向上慢慢移动，景横波也不再喊，他要做，她就配合他，屏气凝神，一动不动。

好不容易接近那矮松，再花费更长的时间把她拖进去，离车身越近她越紧张，生怕功亏一篑，车子随时在自己面前被扯翻坠落，导致她浑身的肌肉都紧紧缩着，僵硬得像个尸体。

当她终于碰到宫胤的手时，她吐出一口长气，浑身的肌肉瞬间放松，都在突突乱跳，扯动伤口痛得她龇牙咧嘴。

他的手也在微微发颤，气息急促，以至于甚至没了力气再碰一碰她。她抖了半天，安抚地将手抚在他膝上。

他缓过气来，抚住了她的肩头，她肩上一道伤口，原本不重，却因为后来的纵马疾驰和拼死顶车，被扯得血肉翻卷。她满头的灰，睫毛上凝着霜雾，一直在轻轻发抖，却将手指安抚地紧紧握住了他的膝。

先前无论是飞钩钉车，还是飞索拉她，他的手都稳定如山，此刻按着她的伤口，却像触着了自己体内那根针，痛得翻江倒海，深入骨髓。

她因为冷和紧张，此刻并不觉得痛，靠着他，她就觉得安心，喘息定了之后便开始打量所处的情境，抬起头，看见车厢只剩下半个，车内所有的东西都已经落入谷底，她和宫胤一半身子在车内一半身子在矮松上，再往上看，一道绳索斜斜向上，尽头的铁钩钩住了一块突出的山石，左右两侧也各有一道绳索，钩住了山缝两边的凸出处，这样，车子看起来危险，其实上下左右都有依托，所选取的位置也非常巧妙，足可托住两人。

很难想象，宫胤在马车内，车子急速落下翻滚，天旋地转视线不清的时候，是怎样在刹那间就辨明了崖壁上可以依托的最准确位置，连抛三钩定位自救的。

这近乎奇迹，称他一声大神还真不夸张。

景横波隐约看见山壁上还有石头飞落，上头有一道长长的拖曳痕迹，可见当时车子并没能一次停住，险之又险。

宫胤在一边解释："除了原本就有的钩子外，其余两个钩子因为是自制的，硬度不够，撑不住一路下滑，幸亏遇上山缝，才卡住了。”

她可以想象到那一刻的惊险，又庆幸又欢喜，不敢乱动，就抱住了他的膝头，脸靠在他大腿上。

这个姿势一做，才发觉肩膀上痛得钻心，她将脸埋在他腿上，堵住了那一声痛呼。

他却像是能听见她的心声，按住了她的肩头，撕下一截衣襟，也不和她打招呼，就开始解她领口的衣扣。

景横波又好气又好笑，一口咬住他的膝盖道：“喂！喂！”

“我不介意。”他向来就是那种“你干你的，我干我的”的德行，动作很快，纽扣迅速解完，顺手往下一捋。

景横波不知道是该骂他流氓好还是该谢他麻利好，怎么都是矫情的，又想自己的肩膀原本多美丽啊，现在这个难看样子，美丽的他看不见，尽看自己灰头土脸的模样，实在是太坑了。

宫胤一看她脸上的表情，就知道她走神了，八成是在担心伤口难看吧？这个爱美的女人。

他的目光落在她的伤口上，她的肩膀原本肌骨晶莹，线条美好，皮肤紧绷而光滑，玉石一般精致的美，此刻却满是擦伤，那道伤口肌肉翻卷，血迹淋漓，被那美好肌肤一衬，越发令人心中遗憾疼惜。

他心间有钝钝的痛，只觉得她真是倒霉，和自己在一起没过过一天好日子。

她见他没有动作，也不说话，斜眼一瞅，便知道这家伙又在暗暗地心疼，保不住还在自责，赶紧啪地拍了一下他的膝，道：“看什么看！眼光别向下走！”

这简直是污蔑，他扯衣服扯得很有度，恰恰到隆起的边缘，关键的春光向下走也看不见。

虽然他很想向下走，但这崖壁之间，矮松之上，任何的大动作都是找死，牡丹花下死虽然是很风流的，但能活着采花才是真风流。

他定定神，抿着唇，快速给她包扎。这女人看似娇嫩实则坚忍，他在这心疼，她还要想法子转移他的注意力，他何必再累着她。

他动作快，手指却轻，她竟然没感觉到太多疼痛，这个冰雪一样的人，手指却如春风拨弦，轻巧温柔，拨落心头簌簌春雨。

他的呼吸拂在她肩上，微微湿热，甚至有点痒，她心间也似湿湿的，生死大劫后的疲倦泛来，她舒展了下身体，什么都不想纠结，什么都不想在意，忽然觉得如果能抛下一切，和他在这山间搭间不大的屋子隐居，他砍柴来她打猎，没事让他把满山树木冻成冰雪世界给她看，多好。

她这么一想嘴角便泛出笑意，听见上头他问：“好端端的笑什么？”

“才不告诉你。”她哼了一声，嗡嗡地回答，自顾自想着隐居生涯，想着冬天可以溜冰，夏天可以泡泉，早上睡到自然醒，在晨光里伸手就能够到窗台，顺手便可以采很多花，编个花环娶大神。

真好。

想着想着她就说了出来：“……打打猎，唱山歌……”

他手指顿了顿，随即将布条收拢，一头收进布带内，伤口包扎得完整、利落、简单，是他的风格。

他低头看看她，她眉宇间有种难得的平静，唇角带着淡淡的笑意，似在向往什么。

他知道她在向往什么。

山村田野，隐居生活，只有她和他，只爱他和她。

她骨子里，就是个懒散好享受的女人，拼杀争执流血害命，都是无奈之下的挣扎，内心里，她永远也不会喜欢。

这段时间她眉宇间隐隐多了戾气，行事似乎也已经成熟，杀伐果断，有勇有谋。可是静下来的时候，真正放松的时候，她眉间、心上，只有淡淡的慵倦。

帝歌逼宫事件之后她的心结，最近解了大半，以她宽容懒散、万事不愿过多计较的性子，当初城头斩旗，一怒出京的杀气和决心，顿时磨灭不少，他似乎看见她的斗志像冰雪一样在簌簌消融。

如果可以，他也愿她斗志消融，在他怀抱中安然终老。

可那前提是，他能陪她到老。

景横波抬起眼，看了一眼宫胤，他的眉目沉在暗光之中，依旧深沉如水。

她心中微微叹息一声。

她刚才的话，是无意，也是试探，然而当他沉默，她便知有些事终究是奢望。

还是要向前走，直面杀戮和阴谋，他是云遮雾罩的远山，看似近在眼前，实则她还未抵达。

不能抛下一切，就要面对一切，她不知道一旦过了生死之境，她和他各自回归本位，旧事和权位之争纷至沓来，是否还能如此刻坦然相拥，万事不计？

从什么时候开始，变得只有危机，才能令两人放下心结，敞开怀抱？

她和他，也是那种可以共患难，却不可以共富贵的爱人吗？

宫胤凝视着她，她闭上眼，神情平静，眉宇却在微微跳动，这是她有心事的表现。

她终究是成熟了，心中太多话学会了不再出口。

他心中不知是痛还是怜，忍不住俯下身，在她唇上轻轻一吻。

她没有睁眼，眼眸一睁也许就是另一个世界，她闭目回应着他的吻，舌尖在他唇上一遍遍舔，将他的轮廓都舔遍。

这回我要深深记住你，任你改装千万，也一眼自现。

轻怜蜜爱，温柔辗转，此刻不敢有大动作，只将彼此难言的心事，在唇与唇的厮磨中诉说。

他和她在彼此的血气和烟尘气息里，依旧感觉到了肌肤的透骨香，那是渗入彼此生命的味道。

矮松不知何时起了细微颤动，或者是被车身影响，那簌簌抖动的松针很快恢复了平静，半边车厢里传来一声悠长的喘息。

景横波深呼吸了一口新鲜空气，这一个并不热烈却绵长无比的吻，让她觉得自己已经成了一个缺气瘪了的充气娃娃。

车厢里弥漫着一股淡淡的气味，闻着令人心情骚动，那是彼此分泌的荷尔蒙，挑逗着青春躯体不可自抑的情欲。她眼眸迷蒙，看见他颊上也似起了红晕，忍不住便有了一些骚动的联想，想起马车里伴他日夜所见的一切，咽喉里越发干涩，她狠狠咽了一口唾沫，生怕自己化身为色狼，重伤危机之下还要“浴血奋战”，只得赶紧先开口，道：“刚才那个人，是桑天洗。”

“桑天洗”这个名字，她当时在崖下听着还觉得陌生，但很快就想起来是谁。

桑侗有个儿子很优秀，后来跑了，这事她是知道的，一开始也很警惕，着人查过，但桑侗死去，桑家倾毁，无人为桑家出头，桑侗的尸首是宫胤下令收葬的，甚至连桑侗之妹桑俏，也一直关在天牢内无人救援。

桑天洗这个人，要么绝对无情隐忍，要么就是个无用之人，他是哪一种？

这疑惑，因为桑天洗久久不出现，她也便淡忘了，没想到，这个人竟然选择了这样一个时机出现。

她的疑问也就有了答案，他是前一种。

这个名字一出，顿时旖旎氛围消失无踪，宫胤眉头轻轻一挑：“嗯？”

她听不出这是惊讶还是疑惑，她心里也乱糟糟的，道：“这个人终于出现了。”

宫胤沉默，天边一抹熙光渐渐映射上他的眉宇，他淡淡地道：“出现的时机很巧。”

“真这么巧吗？”景横波反问他，“之前那么久不出现，一出现就在最关键的时刻，太神奇了。”

他一笑，道：“问得真好。”

景横波沉默了下，轻轻地道：“出现也好。从暗处走到明处，总归对我们是有利的。另外……”她一笑，“我给他留下了点纪念。”说着指尖一翘，笑吟吟地指了指宫胤的某个部位。

宫胤低头瞧了一眼，皱眉道：“你似乎对攻击男人此处，很有执念。”

“哦呵呵呵，怕了吧？”景横波笑道，“所以记住以后别得罪我哦，不然小心一辈子做不了男人。”

“那是你自己的损失。”他答得顺溜。

景横波给了这个自恋的家伙一个白眼。

他觉得她的白眼也最美。

天渐渐亮了，白天视野好，或许可以找路下去，两人心情渐渐放松。

景横波忽然想起一个问题，道：“我一直有个疑问未解，想要求教咱们的大国师。你说开国女皇那么牛的人物，为什么不传位给自己的子女？还有，为什么要设置大荒这样一个格局，分明是要逼死女王的节奏啊。”

这个疑问在景横波心头盘桓很久了，她甚至因此怀疑，享尽大荒人民爱戴的开国女皇，是不是也是个穿越客。但她去过寝宫的地殿，并没有看出有穿越客的风格。

但不是穿越客，哪来这么奇特的理念，皇位居然没传下去？

她忽然感觉到宫胤沉默的时间有点长，抬头看他，他竟然在她眼光掠过来的一刻，转开了头。

这让她心中一跳，觉得自己似乎触摸到了一个关键性的大秘密，以至于宫胤这么深沉的人，都怕自己控制不住，被她发现蛛丝马迹。

“你看过皇图绢书，没有心得？”半晌，他把话题抛回给她。

“我看不懂。”每次提到这东西，她都心间隐隐作痛，忍不住要想起当日女王寝宫前的咄咄相逼，想起静筠可恶的脸和翠姐染血的尸体。

这让她的语气也禁不住冷硬了些。

他听着这样的语气，也觉堵心，顿时不忍再完全不理，垂下眼睫，淡淡地道：“传说并不都是真的。皇图绢书看似重要，其实只是个祸害。大荒格局看似愚蠢，其实也不过是有心人的有意布置。”

“你是说开国女皇故意设置了这样的格局？”景横波立即道，“她不想后世女王掌权，对吧？这就奇怪了，真的这么在意自己传下的皇位，传给自己的子女就行了，为什么要这么矛盾？”

宫胤默然，她的问题直抵中心，他却无法回答。

景横波也不说话了。她觉得自己离答案很近，而且这个答案肯定关系到很多很重要的事，关系到宫胤一直不肯明说的事。

她忽然道：“开国女皇的后代，现在在哪儿？”

这真真是个要紧的问题，但奇怪的是，所有人都没提过，以至于她自己也忘记问了。

“开国女皇在世时，生过三个子女，立过太子。”宫胤道，“但……全部暴毙了。”

景横波倒抽一口冷气——难道这就是开国女皇不传皇位，改转世制，并设置奇怪格局的原因？

她不能传给自己的子女，心有不甘？

她总觉得没这么简单，还要追问，忽然听见上头似有呼喝声响，两人下意识地抬头。

……

峡谷边，锦衣人衣袂飘飘，扛着那个巨大的包袱。

身后十丈，是翡翠部大军，浩浩荡荡，围成死地。

锦衣人表情还是那么自在又漠然，一个人足可俯视千军。

他被翡翠王军一路狂追，终于追到了天裂峡谷边，翡翠王军很是兴奋，因为绑匪已经被逼上绝路，锦衣人也很满意，因为天裂峡谷和大瀑布景色很好，在这种风景里吃美食一定会是一种享受。

“放下王子，饶你一条生路！”身后有人喊话。

锦衣人眯眼看着天际，快要日出了，看完日出再说。

天边霞光烂漫，如斑斓画卷一铺即收，宽阔之处的日出，有种让人不敢目光直视的猛烈，所有人都闭起眼睛，只有锦衣人眼光丝毫没有错开。

他竟似生有异禀，在黑暗中行走，却不惧阳光。

好半晌他长叹一声，喃喃道：“多像小蛋糕的太阳蛋啊……”

身后追兵们见通告无效，持刀枪步步逼近。他们满面疑惑，不知道这个疯子已经被逼到绝路，还打算玩什么花招。

锦衣人探头对着底下看了看，又叹息一声：“好高。”

众人听他这语气，不像恐惧，倒像兴奋？

兴奋什么？兴奋崖高会跌死人吗？

锦衣人放下包袱，从包袱里拎出个十来岁的少年，在手中晃了晃，笑道：“你们是想要他吗？”

追兵们眼底写满“废话”二字——追了三天三夜，你还不知道我们要的是他？

锦衣人下一句话让所有人再次充满吐血的冲动。

“可是我不想放他，”他道，“我还没吃上他做的蛋糕。”

“你放下王子，一切都好说！”领头的将领看见他将那少年拎在手中晃来晃去，那少年整个身子都悬空在峡谷上方，惊得急忙喊话。

“放了他有蛋糕吃吗？”他问。

“有的有的！”

“做梦！”接话的是那少年，他挣扎着抬起头，“做给鬼吃也不给你吃！”

“殿下！”将领们惊呼，生怕少年触怒魔头。

殿下是大王的独子，爱若性命，擦破一丝油皮所有人也要吃不了兜着走。

“哦？”锦衣人笑容玩味，“那你就去做给鬼吃吧！”

话音未落，他手一松。

嗖的一声，少年从崖上消失。

追兵们也没想到此人说松手就松手，犹自瞪着眼睛，傻傻地看着空空的崖边，好半晌才反应过来，发出撕心裂肺的大吼：“殿下！”

……

景横波此时正和宫胤仰头听着上面的动静，相拥坐在半山车厢中看日出，原本该是此生难得的奇特经历，但两人完全没有心思欣赏，因为透过云雾的间隙，可以看见一道人影在上头晃啊晃，鬼似的。

“怎么回事，有人要跳崖？”景横波提着一颗心道，“可千万别跳下来，这要是砸上了咱们就完蛋了……”

她的话音未落，咻的一声，上头那个影子炮弹般射下。

“啊啊啊别砸啊！”半山间回荡着景横波的惨叫声。

……

半山腰的叫声，锦衣人听见了，他诧异地低头对着下面看了看，此时云雾被日光驱散，可以看见苍青的崖壁上突出一个小小的房子状的东西。

这造型顿时引起了锦衣人的兴趣。

他觉得在那个位置，背靠大山，面对瀑布，看日出，吃美食，才是人生至高境界。

此时追兵们又惊又怒，大喊："他杀了殿下！杀了他！"呼啸着奔来。

锦衣人探头对下面看了看，瞧着那孩子的身影已经快要接近那房状物，手一提。

……

景横波眼看那一坨炮弹般砸下，在视野中不断放大，分明是个人，而且落点正是这车，不禁将宫胤大力一抱，大声道："到头来还是要死在一起！"

宫胤却在忙着将手中的丝索捆在树干上，紧紧盯着落下的人影——景横波脚踝上的丝索还没有取下，他还有机会在人影砸到车厢那一瞬间，让景横波再次脱离车厢。

吊在半空也比砸死要好。

人影急速放大，带来巨大的风声，就在那少年的头部将撞上车顶、宫胤正准备将景横波一把推下的前一霎，忽然空气中金光一闪。

景横波紧紧闭目抱住宫胤，什么也不知道，宫胤一眼看见，目光也一闪。

他停住动作。

下一瞬，那少年的身子忽然一顿，随即向上拔起，在离车顶只有一人高的距离，一荡，又一荡。

景横波屏息等了一会儿，没等到那惊天动地一砸，惴惴不安地抬起头，一眼看见吊在半空中那孩子，嘘出一口长气，拍了拍胸口道："吓死姐了，再来一次姐就要吓出心脏病了……"又道，"这造型和我刚才好像。"探头仔细看看，看见那少年靴子上镶了一个钢环，钢环上连着金丝，正是这金丝吊起了这孩子，此刻金丝笔直，显然上面有人拎着。

"谁这么缺德，拿人荡秋千玩？"景横波咕哝，"可千万拿好了，别再来一次……"

宫胤忽然咳嗽一声，声音颇有些无可奈何。

景横波一抬头，再次大惊失色。

……

上头锦衣人手一提，吊住了那孩子，忽然又听见尖叫，声音似乎还有些熟悉。

他目光一闪，兴趣更浓。

此刻对面的追兵们愤极之下再无顾忌，大声下令："放箭！"

箭如雨如乌云狂扑而至，锦衣人身后再无可躲避之处。

他轻轻一笑，手一伸，掌心一道金丝，悠悠地道："人其实没死，还吊着，但你们一射，就真的死了。"

"住手——"对面下令射箭的将领心胆俱裂，狂呼"住手"。但箭出长弓，哪有挽回的道理？

"记住是你们自己害死王子的哦！"锦衣人心满意足地微笑，向后一躺。

咻咻连声，万箭从他面门擦过，他以躺倒的姿势落下高崖。

长发同衣衫荡起，清风共白云入怀，似回归大地的怀抱，他觉得这姿势无比潇洒。

山崖上的千军却给整成了泥塑木雕。

这么莫名其妙的一个人，抢了王子，什么都不要就扔下崖，扔下崖留了一手偏偏不说，逼得众人出手，等你们出手之后再说哎呀其实我没杀人你们一动手才真的害了他。

这是分分钟逼人吐血的节奏。

哪来的疯子？

……

景横波再次头一抬，再次看见一坨黑影落了下来。

“啊啊啊啊……”景横波的惨叫再次响彻寰宇，“你不能真的再来一次啊……”

惨叫声里那少年已经砰的一声砸了下来，正落在景横波面前，嘎吱一声大响，她眼睁睁地看着那矮松就断了。

下一瞬就是三人一起翻倒。

宫胤闪电般出手推景横波，景横波闪电般反身抱住他，要落一起落，要死一起死！

然而两人没能落下去，连那落在松树梢的少年，都没落下去。

因为忽然唰的一声三人身下的松树停止了断裂，然后以肉眼可见的速度，开始变粗，变宽，生出无数郁郁葱葱的松叶，主干侧边甚至向外延伸出无数枝丫，枝丫上再生枝叶，蓬蓬松松，托住了那少年将落的身形。

这一幕宛如神话，连景横波都看直了眼。

下一瞬她抬起头，怒骂：“神经病！就知道是你！”

下一瞬，金光一闪，一道人影半空中优雅地一翻，第三次砸在了岌岌可危的车顶上，半边车身屡遭猛砸，终于支撑不住，轰隆隆向下落去，宫胤闪得快，不然差点连带着也落了下去。

这一压，松树又嘎吱一声，眼看着又要断，但景横波已经不紧张了——有个坑货来了，他虽然各种坑，但不会真的坑出人命的。

嘎的一声，松树断裂，四人落下，景横波落下时斩断了自己脚踝上的丝索，抱住了宫胤。

落下的过程中，又遇见山崖间探出的树木两次，有锦衣人的生命复苏能力在，他硬生生地把那两棵小树瞬间催生成了大树，接住了四人一霎，当树再次断裂之后，四人离地面已经不远。

这样神奇的落崖体验，对谁都是第一次，在高空无绳蹦极，听着脚下的树枝一次次断裂，着实另类刺激。景横波最后没了紧张有了兴致，百忙中还从宫胤怀中探头看了看四面的景色，高声唱：“就这样把你征服……”

宫胤一把按住她不安分的脑袋——坠落之中唱歌不晓得会岔气吗？！

嚓嚓几声连响，四人先后落地，谷底是柔软的草地，那少年有锦衣人用金丝牵着，不至于受伤，景横波和宫胤则拥抱着，在草地上滚了一大圈，骨碌骨碌滚到了山坡下。

一方面是减轻冲力，一方面也是躲开锦衣人，这家伙不按常理出牌，离远点比较好。

彻底停下之后，景横波就起不来了，从紧张状态中一解脱，伤口就发作了。

她想爬起来，但头晕眼花无力，只得哼哼唧唧地道：“我歇一歇，歇一歇……”

宫胤把了把她的脉，对那头道：“借药！”

锦衣人出现在山坡上，还是那么衣袂翩翩，风神优雅，瞧得气息奄奄的景横波恨不得把他按在身下一顿暴打。

他第一句话就是：“哦，你终于要死了？”

景横波四仰八叉地对他反唇相讥：“头发长出来了吗？”又对宫胤道：“和他借什么借？”手一伸：“拿药来，拿吃的来。”

“我为什么要给你？”锦衣人很有兴趣地瞧着她。

“有本事你杀了我啊，”景横波用鼻音表示对他的鄙视，“否则你就等着没完没了地面对各种不对称、各种脏东西、各种密集的东西，比如蜂窝啊、蚁穴啊、密密麻麻蠕动着的玩意啊……”

锦衣人还没听完，就扔了一管药膏在她身上，对宫胤道：“看在我对你有相助之恩的分儿上，管好你家这位。”

宫胤觉得后一句听来颇顺耳，也就不和他计较，景横波却警惕地问：“什么相助之恩？你和他有什么秘密交易？嗯？”

“伤员管那么多闲事做什么？”宫胤把她按倒，给她重新上药包扎。

那少年忽然走过来，看了看伤口，道：“得先洗伤口呢，我去给你们打点水来。”说完瞧了瞧锦衣人，见他没反对，便起身去找水。

景横波笑了笑，觉得这是个机灵孩子，刚从险境脱困，就看出她和宫胤与锦衣人之间那种亦敌亦友的关系，这是向他们示好，寻求靠山呢。

她此时却无心管别人，揪住宫胤的衣袖追问：“你和他到底有什么交易？”

她直觉这问题很重要。

宫胤淡淡地道：“来沉铁救你时，遇上阻碍，是他帮了忙。”

“好端端的他为什么帮你？”

“因为他有病。”宫胤道，“你懂的。”

锦衣人笑吟吟地听着。

“帮了什么忙？”

“驱退敌人而已。”他答得轻描淡写。

“扯吧，你哪需要别人帮你驱退敌人，再说他是神经病，驱退敌人这种没技术含量的事他才懒得去做。”景横波目光灼灼，“说，你们是不是有奸情？！”

两个男人都差点喷出来。

宫胤吸气，道：“他？”言下之意如受了莫大的侮辱。

锦衣人叹气：“他？”呵呵一笑。

“一看他就是不正常的，这么久在外晃荡说明也没个老婆，你可别被他影响了……”景横波循循善诱。

宫胤懒得理她的怪话，这女人不是女王时，整天脑子里不知道想着什么东西。

“万幸我是喜欢女人的，万幸我喜欢的女人不是你这种，”锦衣人拍了拍袍角，淡淡地道，“世间女子，唯小蛋……”

他忽然一顿。

与此同时，景横波咝了一声，包扎伤口的布条被宫胤解开了。

随即她抬起头，觉得自己好像听见了什么熟悉的字眼：“你刚才说什么？”

第十二章　爱情的真义

“世间女子，唯小丹也。”锦衣人回答得很顺溜。

景横波哼了一声，觉得这两个男人都太狡猾。

那少年找来了水，宫胤动手之前，朝两人看了看，少年很自觉地转身离开，锦衣人却笑道：“就她那长相、身材，有什么好看的，也就你宝贝着……”懒洋洋地走开。

景横波恨得牙痒痒，怒道：“我倒不信了，他女朋友有多美？玛丽莲·梦露吗？”

那边锦衣人听见，摸了摸下巴。

呵呵，她不是玛丽莲·梦露，她倒说过你风情如玛丽莲·梦露。

原来玛丽莲·梦露这么丑……

宫胤给景横波处理好伤口，点了她的睡穴让她休息，省得她抓狂于美丑问题，喋喋不休，他自己则盘坐调息。

那少年蹲坐在他对面，满脸兴趣地朝他看，锦衣人也不管他，早不知道游荡到哪儿去了。

宫胤向来视他人的目光如无物，除了景横波，天下一切都是狗屎。他在少年各种猜测的目光中，运行完一周天，感觉到体内奔腾的真气已经渐渐有了收拢的迹象，不禁暗暗松了一口气。

这让他更感激景横波，他在极限边缘倒下，可以说每天都在生死边缘挣扎，如果不是景横波精心看护，更不惜受伤害吸出了他部分乱窜的真气，他此刻是什么样还真不好说。

他和她，之前还是生死相对的仇人，却彼此都知道，能随时将生死托付。

他爱怜地摸了摸景横波的手，失血之后她的手冰冷彻骨，他抬起头四下张望，准备给景横波找个相对温暖的地方。

对面一直看着他的少年，看他一直不理自己，只得无奈地道：“您可以帮帮我吗？”

宫胤回头看了一眼那少年，并不打算多管闲事，然而当他终于看清那少年的眉眼时，不禁微微一怔。

“你要帮他逃走就帮，只是从此以后你就别想吃好了，更别想她能保证营养。”锦衣人忽然出现在山坡上，拎着一大堆野物，抛在那少年脚下，道，“弄给我们吃，做得好就放你走，做不好就把你烤着吃了。去吧，听话。当然，也可以不听话。”

那少年见他如老鼠见猫，立即拎起野物匆匆走了。

宫胤此时才能问一句：“那事怎么样了？”

“我办事，会出问题？”锦衣人眉毛一挑，“不过，那不是你要的人。”

这在宫胤意料之中，他并无意外之色。

锦衣人从怀中掏出一个锦囊给他，宫胤打开一看是一截干枯的血管，还有一根针。

宫胤打开锦囊的时候，锦衣人紧紧盯着他脸上的表情，宫胤的眼神却毫无变化，看了那两样东西一眼，道：“这是什么？”

锦衣人睨他一眼，笑道：“你都不知道，我怎么会知道？”

“也是。”宫胤道，“我都不知道，你当然更不会懂。”

锦衣人不受激，笑吟吟地将东西拿回，收起，道：“这两样东西，我看出了些名堂，不过这世上没有白干的活儿，想要知道这名堂呢，拿东西来换。”

宫胤就好像没听见，抱着景横波走开。

他也处处不按常理出牌，倒激起了锦衣人的不甘之心，他原本想和宫胤做个交易就离开，此刻倒跟上了，指点这四周哪里扎营最好，宫胤也不理他，也不跟他说，锦衣人顿觉无趣，自己搭了个棚子坐着，等着看宫胤满山乱转。

结果等他把棚子搭好，宫胤抱着景横波过来了，一来就说锦衣人搭的这个棚子，左边第二根支柱用料错误，其余都是樟木，这根是桐木。他这么一说，锦衣人顿时越看这棚子越不顺眼，终于浑身难受地跑了出去。宫胤顺势就把景横波放在了他刚刚搭好磨平的板床之上，占了他的窝。

锦衣人搭好第二个窝，自己动手做了一套吃喝用具，刚做好，宫胤又来了，把所有东西都看了一遍。他走掉之后，锦衣人忽然发现这些用具上面都出现了密密麻麻的小点，瞧着浑身瘆得慌，擦也擦不掉，只好扔了。

他刚把东西扔掉，宫胤转手就捡回去了，洗干净，正好给景横波喝水、吃东西。

密密麻麻，他们不嫌。

锦衣人不甘总被人捡便宜，顺手打了一头虎，剥下虎皮涂了毒，等宫胤来使坏，结果人家不来了。

锦衣人很无趣，顺着峡谷逛了一圈，发现这里虽然大，但地形不算复杂，走出去不难，只是这两天冷，很多地面结了冰，冰又结得不够厚，沼泽和寻常土地区别不大，很容易陷进去，最好是做好准备再走。

锦衣人逛回来，那少年也将野物都烤好了，果然手艺不错，皮毛整整齐齐地叠在一边，树枝串烤的猎物被烤得金黄发亮冒油，他居然随身带着盐，正小心翼翼地将野兔抹了层盐再烤，冒出的香气连锦衣人都眼睛发亮。

他眼睛发亮没有用，人家烤好的野兔，直接送去了宫胤那里，连带那些剥下来的兽皮，都搬了过去。那少年讨好地对宫胤道："这些兽皮缝缝补补，可以给姨姨做件披风。"说着居然掏出根骨针，道："我给你们把针磨好啦。"

宫胤素来是个清淡性子，习惯了高高在上，对小王子的讨好也等闲视之，不过淡淡地谢了便收下，倒是景横波忽然醒了，躺在板床上，懒洋洋地对他招了招手，道："哇，小帅哥，你可真细心，谢谢你啦。"

她一开口，那孩子就打蛇随棍上，立即目光发亮地扑过去，拎起一只烤好的野兔道："姨姨，这只野兔是我用香茅草烤的，特香，你尝尝。"

景横波一听"香茅草"，忽然想起认识宫胤之初，也曾和他落崖，在丛林中度过一段别扭又情愫暗生的日子，那时候也用香茅草烤过猎物，那时候她整天和宫胤拌嘴，那时候她背过傲娇无比的大神，那时候大神逼着她学了如何用刀，在以后这一手甚至救过她的命。

她忽然便感慨——这才两年，其间却跌宕风波无数，再回忆起来，恍若前生。

她在那儿走神，少年乖巧地并不打扰她，依旧目光发亮地捧着猎物趴在景横波面前，景横波回过神来，看见人家那小狗状，歉然一笑，捏了捏他的脸，笑道："哟，谁家的小帅哥，嘴这么甜？不过叫姨姨叫老了哦，你说该叫什么？"

"姐姐！"那小家伙声音倍儿脆，想了想又有点羞涩地道，"其实姐姐你皮肤这么嫩，比我娘年轻多了，叫姐姐你都亏了，叫妹妹好不好？"

景横波哈哈一笑，心想这货长大后八成又是个祸害，多少少女得折在他手上。

宫胤皱眉看了看她的手指——能不见人就摸吗？

他再看看少年的背影——嘴太坏，回头扔出去。

那边锦衣人抄着手，远远地瞧着，唇角一勾。

真是甜美可人，和在他包袱里时满嘴脏话的小子判若两人。

那少年又殷勤地要喂景横波吃东西，这么光荣而重要的任务，宫胤怎么肯假手于人，淡淡地说了一句："她有伤，不宜吃太油腻的食物。"便将那小家伙打发了。

那小家伙也不生气，乐呵呵地道："那我去寻些果子去。"乐颠颠地跑走了。

景横波看着他的背影消失，才道："喂，你觉不觉得他有点脸熟？"

宫胤淡淡一笑，倒不是为这句话，而是觉得景横波终于有了点城府，心中疑惑在人前却是一丝不露。

"这孩子有点奇怪呢。"景横波对着那头的锦衣人喊，"喂，强迫症，这孩子什么身份？告诉我，我就不把所有猎物都啃一口。"

锦衣人果然很合作地道："翡翠女王的独子。"

"你瞧瞧，"景横波对宫胤道，"女王的独子，何等尊贵。看他那双手也是没做过多少粗活的，偏偏会丛林生存，会烧烤野物，这合理吗？"一边说，一边把所有猎物都啃了一口。

对面的锦衣人决定，要离景横波远一点，吃不着猎物是小事，他十天半个月不吃也无所谓，但看她啃东西太痛苦了，姿势难看不说，关键是啃得坑坑洼洼的，还扯着肉丝……

呕……

他扛起自己的棚子，又避开三丈，他的棚子是活动的，随时可以扛跑，堪比蜗牛壳。

景横波见这可恶的家伙终于离远了点，顿觉舒心很多，靠着软软的兽皮，想着那少年真脸熟啊，但又确定没见过，这脸熟感从何而来？

她想了一会儿没头绪，也便放弃，低头看看自己的板床，还有虽然简单但搭得非常合理的棚子，诧然道："咱们不往前走吗？还弄这么多东西干吗？"

"反正不费事。"宫胤才不会告诉她这都是从锦衣人那里抢来的，淡淡地道，"不急，明年再走。"

"啊？"景横波愣了一会儿，才想起今天是腊月二十九了，明天就过年了。

两年了啊，今年的除夕是要和宫胤一起过吗？她不知道是高兴还是难过，忽然很想把锦衣人和那少年再撵远一点。

"咱得备点年货。"宫胤还在一本正经地说。

景横波翘起唇角，她就爱宫胤这个德行，一本正经地卖萌，高冷着无耻，她爱人间烟火里的宫大神，和高踞宝座白衣如雪的国师比起来，这个一身灰尘、像小家庭里的丈夫盘算着年货的宫胤，才让她觉得心里踏实。

哎，就这么把他拐跑，两个人横渡天涯，什么王位权争都不管，这事儿可行性高不高？

"应该还有新年礼物。"她提要求。

"你想要什么？"

她想了想，觉得自己内心真正的想法说出来也没用，还坏了气氛，一眼看见那堆大大小小的兽皮，眼珠转了转，道："以前在我们那里，都流行给女人送皮草的。"

"皮草？"

"水貂皮、狐狸皮大衣啦，实在不行獭兔皮也可以。"她笑吟吟地看着他，以为能看见他脸上露出为难之色。

不想他想也不想道："好。"

"还得是自己亲手做的。"她坏心地加要求。

他沉默了下，还是答："好。"

他这么爽快，景横波倒诧异了，心想他不会抓了那孩子帮忙吧？不过也没关系，有心意就好啦。

她又想起自己答应他的内裤，还没开工呢，等伤好了就学着做吧，做一条举世无双的龙内裤，嗯，裆里绣上龙。

她笑容渐渐猥琐，宫胤一看她那猥琐样子，就知道她一定没想着好事。

什么时候她能良心发现，把给他的袍子做好？

两人各自盘算着内裤和袍子，身后有脚步声传来，那少年捧着一些野果，又殷勤地送了来。

冬天这峡谷里果子有限，以梨子为主，景横波一眼看中一个又大又黄的梨子，吵着要。宫胤却抛给她一个又小又坑坑洼洼的，景横波委委屈屈地啃着，眼珠子不断瞟着宫胤那个又大又光润的，寻思着什么时候抢过来。

那少年不知何时已经坐到她身边，和她亲亲密密地咬耳朵道：“姐姐你可别想多了，你吃的这个叫糖心梨，是最甜的一种，还可以用来酿酒，酿出来的酒清甜醇厚，后劲很足。那种又大又黄的水梨子，是样子货，根本不好吃的。”

景横波哦了一声，忽然又想起当初丛林相依生存，他把甜果子让给她的事，心中似也泛上梨的甜味——这个人，从来不多说什么，但从一开始到现在，都是最纯粹的。

她转头看身边的少年，真是越看越觉得脸熟，但那脸上天真纯稚的表情，却又十足陌生。

“你是翡翠女王的独子？”她问，“你失踪了，你娘该急坏了吧？回头我让那家伙把你送回去。你放心，那家伙虽然是个神经病，但其实也没那么喜欢杀人，你顺着他点，不会有事的。”

那少年喜笑颜开：“那就多谢姐姐了！”一脸的光辉灿烂。

景横波看他那表情，心里抖了抖，忍不住嘀咕：这孩子，到底像谁呢？

……

哐啷一声，翡翠镜被砸得粉碎，满地大臣呼啦一下跪倒，额头重重地撞在地面上。

女王的尖叫声刺得人耳朵发痛，女王脸上每颗麻子都发红颤抖，似要喷出愤怒的火焰。

“蠢货！废物！所有人都是废物！”翡翠女王站在宝座上，怒不可遏地将手边所有的东西都劈头盖脸地砸下来，“那么多人，还有大军，追一个人，竟然给我追出了这个结果！你们这群猪！为什么不去死？！为什么不去死？！”

臣子们脸贴着地面，不敢作声，默默承受着背上砸来的力道，准确判断着砸过来的是什么东西，毛笔……笔洗……奏章……砚台……坏了，越砸越重，说明大王真的很愤怒。

也正常，这两年大王随便什么小事都会歇斯底里，更不要说王子落崖这种事了。飞鸽传书的信息过来时，大王顿时就疯了。

胆战心惊的大臣们，正在想今天是不是要死几个人才能平息大王的怒气的时候，就听见上头大王的咆哮：“滚！都给我滚！”

大臣们逃也似的滚了出去，殿中很快静了下来，一地狼藉也无人敢收拾，女王将宫人们也都赶了出去，身边只留下了从小伺候着的奶娘嬷嬷。

砸累了的翡翠女王，一摊烂泥般躺在宝座上，失神地望着天顶藻井，嬷嬷轻柔地给她按着肩膀，她一动不动。

半晌，殿上传来空洞的声音：“嬷嬷……帮我……通知他吧……”

嬷嬷的手顿时停下，每道苍老的皱纹里都写满震惊：“大王！”

她不说话，半晌有细细的泪流下来。

“大王……”嬷嬷顿时哽咽了，“别这样……别这样……殿下只是落崖，咱们的大军去找了……也许没事呢……以前高僧不是给算过，殿下福寿双全，命中得遇贵人吗……”

“高僧还算过他父母双全却不得照拂，父子牵系淡薄；还算过他十一岁有生死之难，过得去一路坦途，过不去少年夭折。”女王已经恢复了平静，声音幽幽冷冷，“这不都中了吗？”

嬷嬷无言以对，伸袖拭泪："苦命的殿下啊……"

"这么多年，他很想见他的父亲，"女王幽幽地道，"他也不知道从哪儿听说的，他父亲爱美食、爱饮酒，小小年纪就学着酿酒、做菜。他总以为我是被他父亲抛弃的，傻傻地想着，等有一日他父亲回来了，他就用美酒好菜帮我挽回他父亲的心，一家三口和和美美地在一起……"

"别说了……大王……您别说了……"嬷嬷握紧了她的手，"老奴去通知……去通知……"

"生这孩子的时候，没敢给他知道。"女王声音忽转凄厉，"孩子死了，他总该知道吧……冤家！"

……

景横波开始觉得，锦衣人这种生物，虽然大多时候都很讨厌，但有时候还是有贡献的。

比如这次他的贡献就是那个少年。

真看不出来这孩子小小年纪，那么熟悉各种食材，在这冬日荒林里，居然也能搞出很多吃的，各种野味就不必说了，他还能找出可吃的苔藓、地皮菜，用野物熬出来的油凉拌了，撒上盐花，居然也别有风味。

在这种时候遇上这样的人，还是个孩子，景横波觉得是不是自己开始走好运了？

"你这身份，怎么会这么多东西？女王培养你的？"她终于忍不住直接发问。

"我啊……"少年脸上忽转忧伤，低下头，半晌才道，"我有个很重要的人，喜欢美食美酒，我想我学会了，或许有一天他会愿意回来。"

"啊。"景横波顿觉感动，一脸慈爱地摸了摸他的头，"你这么有心，老天一定会成全你的。"

少年仰着头，眼神亮晶晶的。

女子笑容温柔慈爱，孩子笑容天真纯洁，两人诚恳相对，真真是一个很美的场景。

可惜没人捧场。

宫胤的目光森森冷冷地落在景横波那双摸来摸去的手上。

锦衣人远远地抱着双臂，眯眼看着那少年料理食物的手法，唇角忽然勾起一抹似嘲讽又似感兴趣的淡淡笑纹。

……

一只鸽子扑扇着翅膀，飞落在他的酒壶上。

他正待举起酒壶的手顿了顿，刚才还日日酒醉，显得永远迷茫的眼神，在看见鸽子腿上那碧绿色孔雀装饰时，忽然寒光一闪。

有那么一瞬间，他似乎很惊讶，又似乎想把这鸽子立即掐死，扔出去。

不过他最终还是慢慢伸出手，取下了鸽子腿上的碧环。

这个标记，他很多年没看见了，以为这辈子再见不着，没想到……

碧环里的纸卷被慢慢打开，他第一眼看见那几行细细的字时，神情因为过度震惊，显得茫然。

他难得地发了一阵愣，又低头看了一遍。

夹在腋下的酒壶当啷一声落在地上，他竟然没有去捡，霍然转身，走出屋外。

有随从跟着过来，问："您往哪里去？"

他的身影转眼就从众人眼前消失，只匆匆抛下一句话："有急事出行！军务可找裴少帅处理！"

马如怒龙，蹄声急响，转眼冲出，众人面面相觑——这是怎么了？

一人忽然掠了过来，问："怎么了？"

众人回身，就看见耶律祁。

最近耶律祁一直在女王军中，女王失踪后，他一边命玉照龙骑继续回原地驻扎，一边帮助整束女王大军回玳瑁，他也安排了所有属下在外寻找，只是至今都没有消息。

在沉铁出动了所有人依旧找不到女王后，所有人只得先回玳瑁，因为玳瑁那边战事也还没解决，十五帮都蠢蠢欲动，英白当机立断，下令回援，并封锁女王失踪的消息。

铁星泽自然要留在沉铁继位，紫蕊和他告别时，很有一份依依惜别。

耶律祁回玳瑁后，便在女王的庄园里等候，此刻听见声音，匆匆赶来询问。

众人也摸不着头脑，都道："大统领那么稳重的一个人，招呼不打一声忽然跑了，也不知道是什么急事。"

有人道："莫不是和女王有关？"

有人反驳："不会，如果是和女王有关，大统领定会通报大家。"

耶律祁目光落在一边的鸽子上，隐约发现地上一点绿渣，他将绿渣用手指抹起，认出这是翡翠，而且是极品翡翠。

在一只鸽子的传信环上用的都是极品翡翠，传信人的身份可想而知。

明明这事看起来和景横波没有任何关系，耶律祁却忽然有了一个大胆的想法，或者说是直觉。

他觉得既然四面都找不到景横波，那就不妨走远点，既然走远没个既定目标，那就不妨就眼前这件最疑惑的事，查一查。

他相信，世事于冥冥中出现，自有意义。

身后有人问："你在干吗？"

是耶律询如的声音。

耶律祁转身，对面耶律询如精神奕奕地站着，明明看不见，眼光却很精准地落在他手上。

耶律祁将自己想去翡翠部瞧一瞧的想法和耶律询如说了，耶律询如也赞同他的看法，既然四处都寻不得，就选择目前冒出来的最可疑的事来查。

"我和你一起去。"她一锤定音，又道，"把老不死也扯去。"

紫微上人已经回来了，在回来的路上听到报信说，要他去救询如"母子"，老不死跳脚大骂说哪来的"子"？人家连母猪都没睡过！

他当即要跑，这天下也没人能拦住他，报信的人眼睁睁地看着他跑了，心想没戏了，正打算回去给耶律询如报信，让她也别躺地下等着了，起来算了，结果回去一看，紫微上人就在阵中呢，一边说让白蒲的茸毛刺死那麻烦女人算了，一边把茸毛赶走，拖出耶律询如。

据说当时两人还有一段天雷滚滚的对话。

“我救了你，麻烦你以后再不要说有我儿子了！”

“那女儿？我觉得你应该喜欢女儿。”

“女儿也不行！”

“行，都依你，你说什么时候要就什么时候要。”

“对，我说什么时候……扯淡！我和你什么时候要过？！”

“七峰山雪谷雪屋之内……唉，说了你也不会承认，那算了吧。”

“真的？”

“真的。”

“嗯嗯嗯好的，好询如，不要闹，乖乖做个听话的姑娘，上人我会像对徒弟那样对你好的。”

“你对徒弟好吗？这话千万别说，我怕七杀和景横波会联合毒死你。不过如果我不说这话了，你打算怎么对我好？”

“你要什么？”

“我也没什么要求……唉，我想想前阵子对你的纠缠，也觉得不大好，我一个快死之人，何必强求呢。我只有一个小小的，小得不能再小的要求……在我死之前，你得陪着我，我说去哪里，你就去哪里。”

“……那你不能强迫我，不能让我去做我不想做的事。”

“以你的武功，天下谁能强迫你？哎你这么说，我忽然觉得你对我还是情根深种啊，一根手指都能杀了我，却一直被我追得狼奔豕突，这明明是一种无法言说的深情，要不我们成亲吧？”

“不要！”

“那就答应我了？”

“……行。老夫可以明天就害死你呵呵呵……”

“请便。哦对了，我答应你不说了，不过我想写下来。我觉得一个人活得长或者短不重要，关键是得有东西留下来。我想写一本书，记载你我感天动地的爱情，名字我已经想好了，叫《红尘紫微》，怎么样？”

“……耶律询如，祝你下辈子投胎做男人没‘后门’！”

……

耶律祁看着不远处一脸不情愿飘过来的紫微上人，淡淡一笑。

“姐，你其实根本不想绑住他，何必这样？”

他知道已经有人非议耶律询如，说她离经叛道，淫贱无耻，黄花闺女公然追逐一个老头子。

毕竟耶律询如的思想和行为，对于这个时代来说，确实太过超脱大胆，就连景横波，有时都怀疑她是不是个穿越之人。

耶律祁并不在乎紫微上人怎么想，也不在乎别人怎么看姐姐，对于他们姐弟来说，生存就是最大的命题，除此之外无大事。但他不希望紫微上人听见这些，对姐姐造成伤害。

耶律询如眯着眼睛，迎着阳光，笑了。

“听见了闲话是吧？”她鼻子一哼，“一群大俗人。”

他笑了笑，就知道姐姐不会在乎。

“我活得长短都不知道，何必绑住谁？”耶律询如抄起手“望”着天空，“我只是想给他解绑而已。”

耶律祁挑起眉。

“他的心被绑住了。一首《狐狸歌》，绑住了他一生。一日唱着这首歌，他一日不得解脱。”耶律询如淡淡地道，“不过，你没发现他最近已经不怎么唱这歌了吗？”

耶律祁点头，现在紫微上人哪有心思唱歌，整天烦耶律询如都烦不过来。

“我要搅得他没空想那见鬼的《狐狸歌》，我要抹去他心底对于旧事的一遍遍强迫记忆，我要让这忘记成为习惯。习惯记起，就会有习惯记不起。当有一日我不在，他也不再记得，那时我就成功了。”

她轻描淡写地挥挥手：“谁要他爱？谁要他娶？谁要他在乎？我只是送他一件礼物而已，那件礼物，叫真正的自由。”

她转身，满不在乎地走了。

耶律祁慢慢地笑了笑。

满口说着不需要爱的姐姐啊，你给出的，才是一个人一生能给的，最深沉的爱。

忘却生死，抛却名誉，献上所有。

他伸手入怀，触及怀中的锦囊，那是耶律询如从宫胤身上搜来的东西，看见那东西的一霎，他心中一阵钝痛。

那是一张“画”，巴掌大。

他认得是景横波才能“画”出的那种奇特的“画”，极其逼真清晰的“画”。

但这张“画”并不是很清晰，背景光线朦胧，黑暗中隐约有闪着微光的白。

“画”上有一对人。

景横波和宫胤。

两人似乎是躺在床上，姿态极其亲昵，宫胤长发和领口都散开着，露一截锁骨和脖颈，景横波则是个侧脸，发髻微斜，脸上泛着红晕，正凑向宫胤……亲吻他。

“画”虽略模糊，但两人的眼神、姿态、眼角眉梢的风情……傻子也能看出来，这是夫妻般的行为。

他当时看见，心底便是一抽，他知道景横波对宫胤情根深种，但也没想到，两人的关系竟然早已那般亲密。

景横波那些奇怪的东西，都丢在了帝歌，那说明这是两人在帝歌的时候就有的“画”。

不知是何时春风暗送，而我还在冬湖之岸。

有时他会想，如果当初不抽身而去筹备对宫胤的暗杀，而是自己一路护送景横波回帝歌，那么这张“画”里被吻的那一个，是不是就会是自己？

景横波那时初来大荒，人生地不熟，内心一定凄惶，那时候熟悉的第一个人，遇见的任何温暖和关切，都有可能被她反馈以爱意。她连一个一开始对她冷冰冰态度恶劣的宫胤都能爱上，凭什么不会爱上他？

这么想着，他的心便如被万蚁咬噬，有绵绵不绝的痛。那种无奈悔意，比仇恨失望更折磨人。

最令人痛心的不是完全没有得到，而是你也许曾有机会得到，却因为自己放手而失去。

他深深吸了一口气，将那看一次无奈一次的“画”放回了锦囊，锦囊底部还有些硬硬的东西，他知道是一双小鞋子。

非常小的鞋子，还没指头大，质地奇特，似玉非玉，玫红色，很妖艳，像是景横波穿过的那种高跟鞋的微缩版。

也不知道这么小的鞋子谁能穿得上，但可以确定这东西一定是景横波的。

小鞋子硬硬的，硌着他的胸口，他按了按。

耶律询如已经走开，忽然又走了回来，拉开他的衣裳，一把抽出了那个锦囊，塞进自己袖子中。

“后悔将这东西交给你了，每次你碰着这个就唉声叹气的。”她能敏锐地感觉到弟弟的心情，干脆将这刺激人的玩意拿走。

“回头这个要是被景横波看见，她会怎么想呢……”她将锦囊绕在手指上，笑吟吟地走了。

在翡翠部边界的某个峡谷里，景横波忽然激灵灵打了个寒战。

“哎，谁在背后说我坏话。”景横波骂一声，看了看天色，天已经黑了。

那少年又出去打猎了，宫胤指点了他一种轻功步法，锦衣人顿时不乐意了，也教了那孩子一手剑术，说要让他瞧瞧什么才是真正实用的功夫。景横波羡慕嫉妒恨地看着，心想这孩子真是好运啊，两大高手的指点！

不过她也挺高兴的，这孩子武功基础不错，又毫无贵族子弟的坏习气，勤劳乖巧，吃了这么大苦头，也该占点便宜了。

当然这是她的看法，那两个可不这么认为，他们教那孩子武功，纯粹是想把童工的劳动能力发挥到最大而已。

有人采办年货，宫胤却还是不在，景横波等着等着就睡着了。她这个棚子，嵌在一个小小凹陷里，三面是石，迎面那一面用树皮什么的遮了，分外避风暖和。她身下垫了软软的草，身上盖着厚厚的兽皮，手边有野鸡肉串、兔肉串、鹿肉串、獐子肉串……伤员的待遇相当不错。

她睡了一觉醒来，感觉到已经夜深，对面锦衣人的棚子黑漆漆的，那少年裹着兽皮睡在棚子边，宫胤还是不在。

景横波尿急，出来嘘嘘，夜里山林寂静无声，一点动静都似乎很响亮，她生怕自己嘘嘘的声音给人听见，特意走远了点，走到一处山石后蹲下。

为了控制声音，她解决得很慢，也因此就在那东张西望，看见远处山崖上似有火光移动，连成一串，她知道这是有人下峡谷来了，应该是追锦衣人的那批人，她才不管。

她目光收回，在近处扫射，忽然一凝。

对面，一棵枝叶稀疏的树后，有个影子！

她惊得浑身汗毛一奓，连撒尿的事儿都忘记了，直勾勾地瞪着那边。

那影子乌黑一大团，看不出身体、脑袋，似乎有手臂，但也只看到一边，手臂重复着一个机械的动作，向斜上方拉扯，落下，再拉扯，再落下……有时候停一停，凑到嘴边，似乎咬了咬……

这是什么造型？

第十三章　一起睡？马上来

景横波丰富的联想能力，顿时勾连了很多吃人鬼怪诡事奇谈……

风从屁股后飕飕吹过来，连尿都快冻住了，她却没感觉，蹲在那儿研究那动作到底是在干吗。

那一团黑影却忽然停了。

她更紧张，更加尿不出来了。

那黑影等了一会儿。

她也等了一会儿。

黑暗中风穿过山林呼呼响，所有的声音都是惊悚悬疑恐怖片的伴奏。

在景横波终于忍不住，决定亲自去瞧瞧，并且已经忘记了自己裤子还没拉上，直接就准备站起身来的前一刻，那团黑影终于出声了。

他说：“裤子。”

声音一出，景横波差点一个踉跄栽到石头上。

下一瞬她赶紧蹲下，抓紧了裤子，一边手指僵麻地系裤带，一边大骂：“宫胤你半夜三更不睡觉搞什么鬼？吓死我了！”

黑影慢慢起身，此时景横波才发现，他一直是盘坐在树后，手中一大团东西，那东西遮住了他的身体，而他的脑袋被遮在树后，以至于看起来没有四肢一大团。

她想看清那一大团是什么，宫胤手一扬，那东西就飞上了树梢，混在一大片树叶中，看不见了。

她忽然反应过来他刚才那句话，顿时大怒："你偷窥我上厕所！流氓！"

"我坐在这里好好的，忽然一个人跑到我身后，就开始解手。我想等她解完手好起身，结果她如长河之水滔滔不绝……"

景横波恼羞成怒地扑过去，双手去抓他的嘴："那就让你闻闻滔滔不绝之后还没洗手的手！"

手被他抓住，拖着往棚子里去，她被按在床上，他又转身出去了。片刻后从锦衣人的棚子里哐当砸出来一样东西，过了一会儿宫胤进来了，手中居然有个缺了口的木盆。

看那经过打磨的盆，景横波就知道是锦衣人的东西，这个讲究的变态，一个下午就做了很多器具，什么都会做，做什么都漂亮，一个盆都圆得可以进教科书。

不用问，宫胤又使坏，从万能大变态那里拿现成的。

"天冷，你有伤，别出去了，就在这里。"他言简意赅地将盆往板床底下一放。

景横波有点不好意思，但更多的是想笑，笑了一下心底又有些微微的酸楚——他其实一直都是这么细致耐心的人，细致到近乎婆婆妈妈，但这婆婆妈妈从来只给她一个人。这感觉睽违已久，每次她都很没出息地被感动。

她忽然问了个不相干的问题："这是变态的什么盆？"

"洗脸盆。"他答。

景横波顿觉无比畅快，笑眯眯地拍了拍床边："不早了，一起睡？"

她等着看他脸红的，结果他若无其事地道："马上来。你先睡，焐热了等我。"

景横波呃了一声，瞪眼看着他出去了，像是个准备洗澡的丈夫，而她是那个负责焐热被窝的老婆。

她发现大神越来越调戏不得了。

过了一会儿宫胤进来，一掀帘景横波就感觉到一点热气，眼看他真的直接上床，不由得啊了一声，叫道："干吗干吗？"

"你要我睡地上吗？"他道，"两个人都倒了，谁来照顾谁？"

景横波想起他其实也是刚从数天昏迷中醒来，真气还没完全恢复，顿时老老实实地掀开兽皮。

宫胤一瞄，那里本就空了个位置。

呵呵，口是心非的女人。

景横波则在怨念，当初那个动不动推她八丈远的高冷帝呢？

哎，当男人开始狡猾会揩油的时候，她却怀念男人当初的青涩清冷各种推拒。

有病！

骂了自己一句，她赌气翻身睡了，将兽皮全部裹在自己身上，屁股对着他。

宫胤不过淡淡一笑，在她身侧躺下，要睡在她身侧当然不是要揩油，也不是因为他真气还没恢复，是想看看她的真气状态如何。

他躺下了，和她还隔着半尺距离，黑暗里身侧的女体玲珑起伏，如一座最美的山峦。

她真是不知道，她侧身时最美，因为世上再无任何妙笔，可以描绘出那般的精美曲线。

他忍不住悄悄翻了个身，忽见她兽皮没裹好，腰部露出一截，这样容易受凉，便伸手去给她拉兽皮。

他的手刚伸出去，她便唰的一下翻身，将他的手压在背部，得意地笑道：“就知道你骨子里是个色狼……”

话音未落，床板嘎吱一声。

宫胤反应极快，兜手将她一抄，一个翻滚滚下地，随即咔的一声大响，床板从中缝开始，向内一收，重重合在一起，如果不是宫胤反应快，现在两人就给拍在床板中间，做了肉馅。

景横波在宫胤怀抱中就开始大骂：“神经病，你个杀千刀的……”

不用问，一定是锦衣人猜到宫胤会抢东西，干脆在床板上设了机关，一个人睡没关系，两个人睡，再过了中缝，就会引发机关，床板一合把两人包成馅。

景横波觉得和锦衣人这种人活在一个世界上，真累。

她万分同情他的女朋友和未来老婆。

锦衣人的笑声遥遥传来：“我这不是给你俩制造亲密机会吗？怎么不谢我还骂我？”

“姐以后一定会给你和你姘头，制造一万次这种机会！”景横波在宫胤怀中丝毫不让地回嘴。

宫胤才不和人吵架，吵架是女人的事，他的注意力在那床板上，在计算了机关的力度、速度和关合效果后，他不禁暗暗可惜。

锦衣人没说错，这机关合起床板力道并不大，根本不足以造成伤害。

其实，就这么合一合，似乎也并不坏……

景横波当然不知道这时候他心里想的竟然是这个，掐了掐他道：“这回怎么睡？”

宫胤不过手一摸，不知哪里咔的一声，他道：“好了。”

这回安安稳稳地睡了，景横波劳累已久，这几天来第一次安心睡觉，沉浸在他淡淡的气息中，只觉得分外安心，一开始还故作姿态背对着他，睡着睡着就凑了过去，最后如八爪鱼一般将人熊抱着，睡到半夜忽然松手，伸手在旁边摸索，摸了半天没摸到，啪的一声手打在墙上，竟然也不醒，过了一会儿手又伸出去，这回是拉扯东西的动作，呼啦一下把宫胤身上的兽皮给卷了过来，往自己身上一盖。

做了这么多小动作，难为她竟然一直没醒。

宫胤睁开眼，看着她梦乡中依旧琐琐碎碎地在忙，她在重复之前几天伺候他时的习惯动作，一边睡一边找盆给他敷冰水，一边睡一边拖过被子给他盖好。

他眼底泛起淡淡的疼惜，温柔似这夜的月色。他伸手将她揽过，固定在怀里，她再也挣动不了，也就乖乖地睡了。

宫胤等她确实睡熟了，才悄悄起身，又回到了先前那树下的位置。

锦衣人从棚子里向外瞧着，他好像从来都不需要睡觉，看见宫胤的身影淡淡地划过夜色，他从鼻子里不屑地哼了一声。

裹着兽皮的少年掀开一只眼皮，瞅了瞅，眼皮底下眼珠子骨碌碌转着。

……

一骑在风中疾驰，一路散开淡淡的酒香。

翡翠部首府玉城在望。

城门前的守卫见一骑疾驰而来，上前要拦，那人提缰控马，轻轻巧巧便滑过了人墙，在对方呵斥横枪之前，抛下了一块玉牌。

白翡和黄翡，巧妙地琢了一个“英”字。

守城的士兵掂了掂玉牌，惊道：“英家！”连忙收枪后退，看着那一骑绝尘而去，心想这是英家哪位公子出城打猎？往日那浩浩荡荡的随从呢？

那一骑直奔王宫，在王宫前驻马。骑士正想着要如何通报，忽觉那宫门缓缓打开，宫门前后的道路笔直延伸，一个人影都没有。

骑士怔了怔，一瞬间眼神变幻，终究策马向前，宫门在他身后沉重地关上，轰然一声。

然后一道影子就闪了出来。

以一种怒龙狂风般的气势，扑过来。

那一霎，骑士似乎想让开，又似乎想动手，但最终没有动，只是身形有些僵硬。

砰的一声，砸上胸膛的不是软玉温香的躯体，而是一双恶狠狠的粉拳。

号啕声几乎是立刻就要炸破他的耳膜。

“英白！你总算肯回来！你终于肯回来！”那双拳头暴雨般砸在英白胸膛上，力度绝不温柔，“你这绝情的臭男人！儿子死了你才肯回来！”

听见最后一句，英白的手才终于挥了出去。砰的一声，女子被送到他马下，他微微俯身，看着她泪眼蒙眬哭花了妆的眼睛。

“我哪来的儿子？”他一字一字问得森然。

翡翠女王脸上掠过一抹心虚的表情，随即被泼辣凶狠所取代：“本王和你生的！”

“为什么我不知道？”

“因为你无情无义！”女王指着他的鼻子，“因为你始乱终弃！”

英白闭了闭眼睛。

被喝退到一边，远远关注着这边动静的御林军，心惊胆战地瞧着，生怕女王被这个翡翠部走出的、传说中翡翠部最强大优秀的男人一个不高兴给杀了。

今儿女王面见英白的方案，经过了她和身边亲信的重重商讨。有的说要凄切温婉，以情动人，女子的弱势最能激起男人的保护欲；有的说要冷静理智，慎重摊牌，女子的优秀同样能令男子心折。但最终，女王选择做她自己。

做十六岁时的自己。

做十六岁时，一心仰慕英白，却因为脾气暴躁，爱人不得法而不被英白所喜的自己。

这么多年了，因为那些纠葛，他一怒远走，再也没有回来过。“玉白金枢”名震大荒，他的风流好酒之名更是传遍天下，她一年年地听着他的传说，一开始怨恨，后来思念，再后来淡定，再再后来就好像听着别人的故事、前生的故事，他在前生里金戈铁马胭脂青楼，她在今世里孤儿寡母一世相守，那些当初的执念，无解的哀愁，被时光慢慢淘洗，一切似乎变得不再那么不可忍受。

她打算也就这么过了，多年之后她已经懂得，爱一个人最大的给予，是给他自由。

只是午夜梦回，想起那些旧事，依旧会委屈到哽咽，心结难解，她咬牙咽下。

直到儿子出事，多年筑就的坚固心防轰然崩塌，她忽然开始恨他。

凭什么解脱他？凭什么她在这痛苦得要死，他在那逍遥得毫无负担？

做回自己，将压抑了多年的愤怒释放，她觉得，痛快！

英白凝视着她，一别多年，她好像变丑了，脸上斑点很多，她居然也不用粉遮着，他可记得以前她脸上多一点斑痕都得用半斤粉。

对她的控诉，他不过笑笑。

根本没情，何来无情无义？

始乱终弃，乱的又不是他。

“你说清楚，”他道，“儿子虽然我很想有，但忽然蹦出来的还是算了。”

“英白！”女王忽然又扑过去，“十二年前的除夕，你忘了吗？！”

英白震了震，一霎眼前光影缭乱，是辉煌宫殿，是红巾翠袖，是丝竹悠扬，是礼乐典雅，是烟花漫天，是水榭深帐……

往事流水刹那过。

随即他便有些沧桑地笑了。

这么多年花丛过而不沾身，难道偏偏就那一次错误，便留下果实了吗？

“他叫玉无色。无色，白也。”女王忽然恢复了冷静，仰头看着他，“他十一岁，性情聪慧宽厚，喜爱厨艺和酿酒。因为他听说，爹爹好酒、好美食，所以希望有一日，以自己的手艺，留住他爹爹，一家三口能真正在一起和和美美地过日子。”

英白身子一颤，想要去摸酒壶的手停住。

他神情满满的不敢置信。

“三天前他被人掳走，我们一路追至天裂峡谷，然后，他被那刺客扔下了峡谷……”她哽咽一声，一把抓住了他的马头，用力转了个方向，“英白！你去！如果他活着，救回他！如果他死了，捡回他的骨，给他报仇！这是你欠他的！是你欠他的！”

……

“我叫玉无色。”少年坐在景横波对面，给她烤着鸟，有点羞涩地笑了笑，“这名字很女气，我不喜欢，可是我娘喜欢。唉，你们女人总是这么不可理喻。”

景横波哈哈一笑："不不，可不是所有女人都不可理喻。这样吧，你做我干弟弟怎么样？我给你改个你喜欢的名字。"

"我娘不会同意。"他认真地说，将鸟肉细心地切开，抹盐。

"她会同意的。"景横波嘿嘿笑，黑水女王VS翡翠女王，谁胜？

"哎，菊花儿哪去了？"她接过玉无色递来的鸟肉，四处张望。

早上醒来，身边空了一半，也不知道他什么时候起身的，景横波觉得他最近很有些鬼鬼祟祟。

其实她心中很有些疑问，想要和宫胤讨论，比如那个桑天洗是怎么回事，为什么没有中毒，但昨晚太累了，她闭上眼就睡着了，而且宫胤似乎也有意避开，不想和她说这些。是因为身边有外人不方便，还是有别的原因？

她觉得，看似宫胤和她解释了一切，但她心底的疑问，却越来越多了。

玉无色笑了笑。

这孩子脸上有两个小酒窝，笑起来十分可爱，景横波越看他越觉得脸熟，可身边的人没有姓玉的啊。

玉无色起身给她递烤好的食物，身子一倾，怀里啪嗒一下掉下一样东西，眼看就要落入火中，景横波手一挥，将那东西救了出来。

她拿在手里一看，是本古旧的书，封皮上几个字都模糊不清，隐约看见"万物……毒"几个字。

书忽然被夺了过去，她一怔，抬头一看，少年脸上有一丝掩饰不住的紧张，见她看过来，才醒觉自己的失态，急忙笑道："这是我娘给我的东西，说是很宝贵，不过我也不大看得懂。"

景横波啃着鸟肉点头，看见宫胤从林子里出来，手里一大堆菌类。玉无色接过去，熟练地将一些鲜艳的菌子给剔除掉，道："这些有毒，可不能吃。"

宫胤点了点头。

"我给你们准备年夜饭去，保证有惊喜。"玉无色捧着一大堆食物跑了。

景横波看着他的背影，道："一族王子，能养成这样的性子，他娘很不错啊。"

"翡翠女王为人低调。"宫胤道，"传闻她年少时性子暴躁，为此被老王几废几立。但最终王位还是归了她。她继位之后性情倒是收敛了许多，翡翠部虽富庶，但向来安分。"

"你似乎对翡翠部了解不多，英白也是翡翠部的，他没告诉你吗？"

"英白对翡翠部从来一字不提。"他淡淡地答。

景横波脑子里忽然似有灵光一闪，那灵光太过突然，以至于把她劈得呆了一会儿。

不会吧？

她直勾勾地望着宫胤，似乎想从他脸上找到可以相验证的答案。

宫胤脸色却不大好看——某人已经有这么大儿子的事情，对同为男人且年龄相仿的他来说，刺激不小。

所以他马上又让她睡了。

直到她听见嘈杂的声音醒来，似乎有很多人在这附近，但声音始终没有接近，片刻后锦衣人飘过来了，脸上那种“愚蠢的人类”的表情特别鲜明。

宫胤看了一眼，道：“翡翠王军系绳下到谷底，大概是想找他们的王子。不过他们进不来的，今天一早这个家伙布了个阵法。”

“生门开在瀑布里。”锦衣人从容地接道。

景横波心中暗暗为翡翠王军祈祷。

“开饭啦！”玉无色欢快的声音传来，与此同时飘来的还有一阵阵奇香。

景横波哧溜一下坐起来——年夜饭！

她激动得眼泪哗哗的——来大荒两年了，和宫胤第一次吃上年夜饭！

唉，如果没那两个碍眼的人就好了。

但没有玉无色，这年夜饭还能不能操持起来，也难说得很。

锦衣人是个无论何时何地都死要讲究的，为了这个年夜饭，他在下午的时候特地又做了一张桌子，还是个圆桌。

几个树桩当座位，他自己的树桩纹路清晰，年轮浑圆，磨得平得不能再平。

四周点了几处篝火取暖。打磨得光滑的木盘盛着菜。

虽然没有红灯、鞭炮，但在这山谷里，已经很难得。

而且菜居然还挺丰富。

正中一盘，烤野猪腿，油光发亮，冒着特别的香气，玉无色说他抹了松茸。

四面攒盘四样：烤野鸡，烤野兔，烤鹿肉，烤鱼。

冷盘四样：切片牛肉，凉拌地衣，凉拌松菌，凉拌干丝。

热汤两品：野鸟蛋蘑菇汤，白鱼汤。

点心两样：烤馒头，切片米糕。

景横波看着这满满当当一大桌，目瞪口呆。这桌菜，在这几个人的宫殿里，当然不算什么，但这是在食物短缺、万物不长的冬日峡谷里，这一桌到哪里弄出来的？

“我去捡了一些东西。”玉无色笑得憨憨的，“你们马车里掉了很多食物，我捡回了一些。”

景横波这才想起，当初她把食物搬到马车上，后来马车倾毁落崖，应该还是有一部分掉在了峡谷底，比如冷牛肉和米糕，还有馒头什么的，应该就是捡回来的。

不过东西散落，一定离得很远，这孩子不知道跑了多少路，景横波看着他的眼睛，心想他一定也看见了寻找他的大军，这是讨好大家，以求早日被放回吗？他既然能在峡谷里奔走找食物，为什么不试着通知大军呢？

她忽然觉得这孩子也挺奇怪，不过看宫胤和锦衣人，都好像什么都不在乎的模样，景横波自己也便懒得动脑筋了——和这两个天下最聪明的人在一起，还要动脑筋，那不是找事吗？

景横波坐下，看见身前的丛林一片深绿蔓延开去，点缀着远处在阵中乱撞的军队，火把星星点点如萤火，头顶是深青色的峭壁和更深青色的天空，更远处瀑布如白练，贯通天地，那震耳欲聋的水声，经过树林的缓冲，到此处变成沉厚的背景音乐，而峡谷不狭，天地都在眼中。

在这样的环境下吃年夜饭，实在是难逢的奇妙感受，景横波觉得，比在宫殿里席开百桌，觥筹交错有意境多了，而且还免了大年初一给部下们发红包。

“辛苦了。”她亲自给那孩子盛汤。

玉无色接了，喝了一口，神情陶醉，笑道：“姐姐，这汤你一定要尝尝，这是雪菇，最鲜嫩不过了，可谓是有价无市的宝贝，平常就是在宫里，也不是想吃就能吃到的。”

景横波伸手，她的碗却被宫胤拿了过去，景横波笑了笑，手从他面前越过，拿起了他的碗。

两人各自为对方盛汤，放下碗时，又禁不住对视一笑。

有情之人，身侧自有脉脉情绪流动，如云如风，连玉无色都不禁微微露出笑容。

对面自己盛汤的锦衣人，唇角一压，忽然有点想念小蛋糕。

他想着小蛋糕这时候会不会给他盛汤？

不会。如果真的给他盛了，那他这一碗一定是下了料的，不是特别难吃，就是吃了会跑肚。

他会不会给小蛋糕盛汤？

好像也不会。

如果这汤是小蛋糕做的，那根本就不会有端上桌给阿猫阿狗都尝一尝的机会好不好？

对面，阿猫阿狗们都在尝汤，热气里笑意朦胧。

锦衣人觉得刺眼，希望此刻大军攻打山谷，又想着真的该快点回去了。

景横波端起汤，对着身边的三人照了照，道：“今儿聚在一起过年，不管情不情愿，也算是缘分。许个新年愿望吧。我先说。”

宫胤偏过头，凝视着她。

景横波却没看他，喝了一口汤道：“我愿爱我和我爱的所有人，健康如意，每一个新年都比上一年更如意。我愿我的仇人们，今天可以过得很好，但今天之后的每一天，都一天比一大个好。”

玉无色噗的一声笑出来，锦衣人似笑非笑，宫胤唇角微微一弯，觉得景横波还是太善良了。

“我知道这世上坏人永远不绝，小人无处不在，但我希望遇见这些坏人、小人的时候，我所爱的人都在，彼此信任、坦诚、齐心。那样我的坚持才有意义，连退却都是幸福。”她将汤如喝酒般一口喝干，“我希望他们懂得，女人不仅仅是菟丝花，为了自己的坚持和爱，她们个个都能像山一般雄壮！”

她举碗高呼：“为山一样雄壮的妹子干杯！”

只有玉无色爬起来和她碰了一碗，锦衣人神情似笑似不屑，睨着宫胤，宫胤目中似有星光闪动，端着汤碗似端了千钧酒杯般沉吟。

“我来说我来说，”玉无色趴在桌上，此刻终于露出点少年的活泼，“我希望我娘温柔点再温柔点，我希望能早点继承王位，这样她就不能再逼我学武，我希望所有害她哭的人都受到惩罚赶紧死光——”

“大过年的说什么死不死。”景横波笑着拦住了他的话，看见少年眉心戾气一闪。

“轮到你俩了。”她见两个大神不说话，催促。

锦衣人悠长地叹息：“每一天都能吃到想吃到的。”

景横波等了一会儿，问：“完了？”

锦衣人那种“愚蠢的人类”的神情又来了，景横波骂一声“吃货”，转向宫胤。

汤碗的热气遮住了他的眼神，她只听见他淡淡地道：“我愿世间再无抉择。”

景横波觉得大神们玩高大上什么的，最讨厌了！

每句话都云里雾里，乍一听什么都没有，联想起来却可以辐射全宇宙，爱装的人都是这么说话的。

大过年的，不和“二次元的人”计较，她坐下来吃喝。有宫胤和锦衣人在，景横波放心吃，此刻才认真尝汤，果真滋味鲜浓，雪菇滑润，似云似玉，难以言喻的美妙口感，她忍不住眼睛放光，大声称赞。

玉无色像个合格的大厨，对自己的美食有浓郁的展示欲望，竟然又起身，端了个怪模怪样的锅过来，笑道：“还有最后一道大菜，火锅！”

景横波笑道：“哟，原来大荒也有火锅了？”

“听说是从东……”

玉无色的话还没说完，锦衣人忽然截断他的话，道：“都放的什么料？”

“以野猪腿骨和潭里的白鱼熬汤底一夜，那种白鱼磷脂丰厚，熬到全部融化，加上各种肉类中最精华的部位，以及各种鲜美的野菌，以野葱提香，最后……”玉无色变戏法似的从腰带里取出一个指头大的小瓶，拔开塞子，献宝似的在几人鼻下转了一圈，一股浓郁的酒香散开，这满桌的香气都压不住。

连宫胤都说了声：“好酒。”又道：“只是太浓。当是酒母等物。”

玉无色笑道：“您可真是行家。这是我师父酿的酒，号称酒王，论滴卖。这么一小瓶，可以醉倒三个大汉。我师父是翡翠部第一酿酒名家，我好不容易讨来这一瓶，原打算做自己酿酒的酒引，谁知道还没用上，就给掳了来。”说着对景横波眨了眨眼睛，“姐姐想尝尝吗？”

不等景横波接话，宫胤已经淡淡地道：“她不会喝酒。”

景横波呵呵笑。

玉无色嘿嘿一笑，道：“问着玩呢，真要拿出来喝我也舍不得，这是拿来提味的，一滴足够。”说着拿着瓶要往火锅里倒，又忽然停手，将瓶子交给了锦衣人，道：“您闻闻这味道，香不香？”

锦衣人接过，瞥了一眼，点点头，把玩着那玉瓶，道：“这瓶子倒好看。”

景横波看那瓶子只有指节大小，做成竹子状，玉质青翠，确实很有意思。

锦衣人指尖对着玉瓶弹了弹，声响清越，又赞：“好玉！”看那模样，竟然像对这东西产生了兴趣一般。

景横波有点奇怪，这锦衣人一看就是玉堂金马的富贵人物，应该见惯了好东西，这瓶子虽然不错，但似乎也不能令他这么动心吧？

玉无色眼巴巴地看着那瓶子，似乎也很舍不得的模样。

景横波托着下巴笑道：“难得人家喜欢，你送他算啦，就算赎回自由的赎金好了。”

她是有意提醒玉无色，趁此机会讨好下锦衣人，也好让这变态心情一好放了他。

玉无色却似没听懂，一脸期待地看着锦衣人。

锦衣人把玩了一阵瓶子，才对着火锅倒了一滴酒，顿时香气升腾，难以言喻的诱惑滋味，满肚子的馋虫都似被勾动，景横波忍不住趴上去，鼻翼翕动，两颊微红，连眼睛里都满是湿润贪馋的光。

宫胤看她这样，干脆给她盛了满满一碗。

几个人各自开动，景横波很快塞满了一肚子的鱼肉，开始觉得油腻，又觉得吃多了有点口渴，目标便又转向那最清淡的野鸟蛋蘑菇汤。

她快手快脚给自己盛了一碗，又给宫胤盛了一碗，锦衣人她当然不理，玉无色早已吃得太多，抱着肚子去消化了。

几个人都喝了汤，景横波嗝儿了一声，一个饱嗝心满意足，想着这大年夜可不要和阿猫阿狗度过整晚，悄悄拉了拉宫胤的衣袖。

两人离席，在月下的峡谷中漫步。峡谷地势平坦，因为天冷，地面冻得梆硬平滑，泛着冰的光泽。有些沼泽也冻住了，微光下似一片黑色溜冰场。

景横波忽然来了兴致，跑回玉无色的临时厨房，找了几片滑腻的带毛兽皮，切割了绑在鞋底，拉着宫胤的手冲向那些冰面。

“小心跌倒……”

宫胤还没说完，她已经撒开手，悠然一个滑步，从他眼前燕子一般滑了出去。

刹那间她就似一抹流星，在冰上滑行，微微屈蹲之后，便是一场柔曼的舒展。有时张开双臂，似一只招摇的蝴蝶舞在冰面，有时背起双手，乌发在颊侧逆飞。这同样是一种展示女性身体优美的运动，腰的柔韧，腿的有力，脖颈的优美，体形的流线，似一把银亮的美丽的刀，哧的一声剖开冰面，剖开黑夜，剖开这峡谷的沉静。

宫胤立在冰面之前，眼底满满倒映着她的身影，这个女子在任何时候都能自得其乐，在困苦中不放弃不沉沦，找到属于自己的新鲜和欢喜，这是大智慧大福缘者才能有的心境，不破不灭，完满如意。

他就是爱着这样的她——永远鲜亮，翩然如蝶，美的不仅是容貌，更是一颗热爱生活的心。

只有这样的女子，才能点燃他的沉寂，一盏心灯化为烈火，嘭的一声静默燃着。

山坡上，一道人影衣袂飘拂，那是锦衣人，看着底下那女子笑声若银铃，在冰上滑出一圈又一圈的圆，他眼底忽然涌现出寂寞。

景横波张开双臂，迎着风，胸间穿透这夜的舒爽，天空中星光闪亮，俱柔和地扑入心房。

溜热了，她一把甩掉外衣，只穿里头的袍子，在冰上转圈。

上次滑冰，还在现代那世，那时她有溜冰鞋，大红一双，艳丽逼人，那时不爱运动的小蛋糕总是扶着栏杆，小透视老老实实地溜边，就她和太史阑，每次都反方向溜冰，一次次碰撞，非得把溜冰变成碰碰车。

现在，她们在哪里呢？狡猾的小蛋糕，老实的君珂，冷酷的太史阑，你们都在做什么？你们知道我这个时候，在一座人迹罕至的峡谷里，对着瀑布溜冰沼泽吗？

“啊啊啊啊你们在哪里呢？”她忽然大喊，“你们听见我的声音了吗？新年快乐！都要好好的！”

声音远远地传开去，思念的人，听不听得见？

咻的一声，景横波一个倒滑，忽然出现在宫胤面前，一把拉住他的手：“来！”

第十四章　不作就不会死

宫胤凝视着她的脸，运动过的景横波总是分外可人，热气蒸腾的红扑扑的脸，显得肌肤更加吹弹可破，眼眸盈盈蕴春水，流转皆可摄魂，而红唇因此更加娇艳饱满，石榴花儿新绽一朵，让人想伸手采撷。

他现在也想揽住她，去那无人处，把花儿细细品尝，才不要在这星光下，被山坡上的变态偷窥。

景横波拉不动他，干脆蹲下身去，道：“抬脚抬脚。”

他不想理她，却已经抬起了脚，她用兽皮绑好他的靴底，又换一只脚绑，他低头看着她乌黑的发顶，心潮涌动，忍不住轻轻抚了抚她的发。

总爱看她贤惠小妻子模样，这让他可以将往后五十年的生活幻想。假如今生真无可能，最起码他已经体验过。

“来！”景横波笑得轻快，双手拉着他的手，“跟——我——飞——”

她一个倒仰，已经拉着他咻溜滑了出去，两条人影在冰上，旋出一个流畅的圆。

武人的平衡性和灵活性就是牛，几乎不用景横波教，宫胤立即就掌握了滑冰的技巧，双手拉着他的景横波几乎已经跟不上他的速度，风呼呼而过，他的身子越来越下倾，景横波觉得下一刻他似乎就要碰上自己的嘴唇，而她的腰弯折近乎贴在冰面上，两人贴成一线。

她咯咯笑着一个转身，单手拉住了他，两人并行翩然滑行，两人翩飞的衣袖在风中飞舞如旗，呼啦啦互相拍打，似一对蹁跹的蝶。

“畅不畅快？爽不爽？”她在风中咯咯笑，很久没有这般心胸敞开，头顶是青天，身周没有敌人侵扰，没有各种繁杂事务，没有需要操心的人，只有这天这地，和身边陪着自己飞翔的喜欢的人。

真想就这么飞到碧海青天中去。

宫胤将她拂面的发撩开，以免她眯了眼睛，又护住了她受伤的肩膀那一边，以免她高兴忘形扯动伤口。

冰面之上，星空之下，飞舞盘旋，俪影成双。

玉无色默默地看着，眼神里波涛汹涌，有迷惑，有怨恨，有不甘，有向往。

锦衣人站在高岗上，只觉得衣单风寒，更加思念故乡。

下一个滑翔，景横波忽然身子一矮，牵着宫胤的手整个人斜斜躺了下去，宫胤刚一惊，她已经咯咯笑着慢慢滑起，一个漂亮的旋转。

宫胤忽然松开了她的手，哧溜一声消失在冰沼泽的边缘，隐身在一棵树后，景横波一怔，惯性让她滑了出去，仍在下意识地扭头，心想他是不是被自己耍了一下生气了？

忽然一棵树后人影一闪，她滑过去，忽听他的声音响在身后：“横波。”

她回头，就扑入一片温暖中。

厚实，柔软，触面是雪白的软滑的毛，每根毛尖都闪着莹润的光芒。

她有点发傻，拉下挡住脸的那一片，低头一看，不知何时自己已经裹上了一件袍子。

说是袍子有点太客气，这就像是一口钟，从上到下是个直筒，上头开个洞，两边开两个洞，没有袖子，没有腰身，还很大，她整个人可以缩在里面打个滚。

但这件“袍子”很好看，仔细看是一片一片的红狐皮缀成的，都是色泽纯正的火红，艳丽灼目，领子却是整条的白狐狸尾巴，一丝杂色都没有，白到发亮。

她仔细看这袍子，是一块块皮缀成的，估计整座峡谷的狐狸都遭了殃。针脚很粗，露着筋线线头，但还算整齐，每块大小都尽量裁制得差不多。领口的白狐尾设计得很趣致，垂了一绺在胸前，风一吹，颤颤如一个小白球。

她垂头玩着那白球，唇角不由自主地绽开笑意。

宫胤静静地看着她，红狐如火，白狐如雪，裹着她巴掌大的脸，俏丽清艳，让人想把这团火，给揉进怀里。

景横波摸着那毛皮，柔滑的触感似要熨帖到心里去。她想板起脸，想嘲笑，但却控制不住唇角拼命地向上弯，忍了又忍，终于抱住肚子咯咯笑起来。

宫胤脸上唰的一下掠过一抹红影，似乎猜到她笑什么，嘴硬地道：“这是玉无色帮忙做的……”

“哎哟我的妈呀，这销魂的针脚……这奇葩的设计……”景横波笑得东倒西歪，此时才想起原来那天半夜看见的那一拉一扯的造型到底是在干什么，脑子里一幕幕都是贤惠的大神，温柔的大神，灯下穿针走线的大神，轻轻咬断线头的大神，哎哟一声扎了手指的大神，幽怨抬起眼凝望远方的大神……

这些联想太奇葩、太违和了，以至于她笑得近乎抽风，笑到满脸眼泪，笑得宫胤那么淡定的人，也再站不下去，咳嗽一声，道："我去吹吹风。"转身就走。

景横波一把拉住了他。

下一个瞬间，宽大的狐皮罩子罩了下来，将宫胤也裹在了其中。

风已经呼啸在远处，天地只在温暖的拥抱间。

在那片温暖的黑暗里，她伏在他胸前，悄悄地道："谢谢你，谢谢你亲手做的新年礼物。"

宫胤唇角微微一弯，将她抱紧。景横波却忽然拉起他的手，要瞧瞧有没有针眼，宫胤哪里肯给她看，两人拉拉扯扯，忽然在冰面上滑了出去，似一个巨大的红灯笼，在冰面上点燃，却又飞着白色的羽，色泽鲜明地将这山谷中略显暗沉的大年夜，蓬勃地点亮。

景横波的笑闹声响彻山谷，锦衣人捂起了耳朵，玉无色满脸羡慕和不屑，在大阵中乱转的翡翠士兵们抬起头，以为自己听见了山间精灵的笑声。

好长时间后，那一团火影里，景横波挣扎着滚了出来，摊手摊脚地躺在冰面上喘气，忽然道："宫胤，我想这样过一辈子。"

宫胤裹着狐皮斗篷站起身，低头看看她，她闭着眼睛，胸脯起伏，脸上微微泛起激动的红潮，眉宇间满满的憧憬。

他想自己的眉间、心上，定然也有这样的憧憬之色，定然也希冀在世外之地，远离纷扰，和她共一件大裘，只为彼此温暖。

然而他最终只是说一声"小心着凉"，顺手把她扛走。淡黑色的冰面上，火红的一大团渐渐消失。

山坡上锦衣人吐出一口长气，这口气色泽晶莹，似有实物。

玉无色悄悄掰着手指头，喃喃道："两个时辰……"

……

夜深了。

棚子陷入安静。

景横波玩累了，躺在床板上扇着风，说："一身热汗！"

宫胤不知道从哪儿变戏法般变出一个盆："洗洗睡吧。"

景横波噗的一声喷出来，瞅着那盆，心想该不会是咱那个尿盆吧？

她眼角对着床下瞥，宫胤道："别看了，这是他的洗手盆。"

偷盆贼忙忙碌碌烧热水，把那火锅的锅洗了又洗，架在火上烧。火锅的锅很粗劣，也不知道是从哪儿捡的铁皮片子拼的。

景横波笑吟吟地看着他忙碌，她喜欢这种感觉，家一般的氛围，家一般的温馨。

说到底，研究所四人组，性格和爱好各不相同，唯独都对"家"的感觉毫无抵抗力，因为她们其实都是没有家的人。

热水烧好，宫胤态度端正地表示要帮她擦身，理由是她出了汗，肩上有伤不方便，景横波态度端正地拒绝，理由是这不是帮忙，这是揩油。

宫胤表示她的身材其实没什么可以揩的，再说凭什么只许州官放火不许百姓点灯？景横波反唇相讥照顾他的时候别的事都好办，唯独帮他擦身是个苦差事，一点也不雄壮，骨头硌手。

最后擦身动议只好搁置一边，换成洗脚，棚子里哧哧笑声不停，浅浅一盆水洗了个泼泼洒洒。宫胤的袍子上留了很多大脚印子。

这样闹了一个多时辰方休，棚子里渐渐安静了，午夜的微光里，景横波和宫胤各自一边睡着，面容上残留着细微的笑意。

另一个棚子里，锦衣人终于也躺下了，呼吸细长匀净。

远处的大阵里，士兵们依旧转着，灯火闪烁似鬼眼。

……

在离天裂峡谷不远处的平原上，一骑如电，划裂夜色。

马上英白的长发扬起，眉头微皱，眼眸里微微焦灼。

……

峡谷里，一道黑影无声地行走着。

脚下绑了兽皮，踏足无声。

微光下面容稚嫩，是玉无色。

忙碌了一天的小子没有睡觉，在一步步向锦衣人的棚子逼近。

在离棚子一丈远处他站定，扔出一颗石子。

他走路那么小心，扔石子的动作却很粗鲁，啪的一声石子砸在棚子上，声音清脆，半个山谷都能听见。

两个棚子都没有动静。

玉无色抿抿唇，眼底露出狂喜之色，却并没有靠近，而是转身就走。

走出几步，他回头，两个棚子依旧毫无动静。

他步子渐大，走路渐快，到了林子边缘开始狂奔，脚步声重重地踏在地面，整个山谷都似在回响。

没有人询问，没有人追出。

他已经奔到了林子边缘，再往前就是锦衣人布的阵法，他白天在这附近捡柴、打猎，看见过锦衣人布阵。

他只要抬脚就可以入阵，他知道阵法的生门在瀑布，换句话说，他入阵后就可以带领大军获得自由。

地面上暗光流动，跨过就是自由。

他的脚已经抬起，头却在向后扭。

远远的，那两个棚子依旧无声。

他的脚落下，却落在了阵外。

然后他转身狂奔回去！

……

英白也在策马狂奔。

他已经到了天裂峡谷的边缘。

驻马峡谷边，看见那高阔的山谷和对面的瀑布，估量了下高度，他倒抽一口冷气。

如果毫无准备，这样的高度，绝世高手也难逃生。

他并没有立即下谷，围着峡谷边缘查看了一下，发现很多凌乱的痕迹，有马车的轧痕，有刀痕，部分山石崩裂，显然这里曾经有过一场激烈的战斗。

这和己方军队的描述不符，殿下落崖时并没有经过凶猛搏斗。

他沉思了一会儿，束紧衣裳，备好绳索，开始下峡谷。

……

玉无色一路狂奔，首先奔向宫胤和景横波的棚子。

他到此时才真正放开步子，小小年纪轻功竟然如流星赶月，电一般掠过。

只是那清秀稚嫩的脸上的笑容，已经从先前的乖巧可人，变成了此刻的微微狡猾和狰狞。

砰的一声，他撞开了宫胤和景横波的棚子的门。

撞门时，他并没有立即冲入，脚步微微后撤。

还是没有动静，他唇角一咧，笑容微带杀气。

成功了。

扔石子也好，逃走也好，撞门也好，都是试探。

当他在阵法边，准备入阵逃走，锦衣人还没有动静时，他便知道，他们真的着了道儿。

但他还是很小心，此刻还是没有贸然进入，他深知这几人的厉害，一定要完全确定安全了再下手。

他根本就没打算走，还没得到补偿，走什么走？

选择宫胤和景横波先下手，是因为他觉得，这两人稍微好说话些，尤其是景横波，万一被发现，还有回转的余地。

此刻宫胤和景横波，都静静地躺着，眉宇间隐隐有青气。

中毒迹象。

玉无色咧嘴一笑，满满的少年得意。

那碗野鸟蛋蘑菇汤，真的是很好喝的。

那雪白的菌子，看似普通无害，其实却别有玄机，号称“墨汁鬼伞”，又名鬼盖一夜菇，刚长出来的时候雪白如平常菇类，成熟后会从伞盖边缘向中心逐渐自融，伞盖上会滴下一串串黑色液体，一夜之间消融干净，是颇为诡异的一种生物。

这东西看起来可怕，却无毒，否则也不能瞒过宫胤和锦衣人。但这东西遇上酒，哪怕只是一点，就成了毒。

他腰带里那一点酒，就是关键的催化剂。

他走进室内，开始翻宫胤身上的东西。翻了半天却一无所获，他愣愣地停手，心想绝顶高手不是都随身带着宝贝吗？怎么这人身上就这么穷酸？

那他费尽心思来这一出干什么？

遍寻无获，他只好转向景横波，也没什么顾忌，在她身上翻来翻去，也没翻出什么东西，只好怔怔地罢手，恨声道："两个穷酸！"

骂完后他看了看景横波，有点可惜地叹息一声，道："其实姐姐你挺美的，对我也不错，比那两个男人好多了，我本来不想害你的，但我没有办法，我不能单撇下你一个不下毒，那两个太厉害了，会发现的。这毒我也不知道会有什么结果，我也不知道怎么解……如果你真死了，我回去后会给你做法事，让高僧超度你转世投个好胎，转世做……做女王！荣华富贵，美男成群！你可别怪我了！"说着合起双手，拜了拜。

忽然一阵风过，撞开棚子的门，砰砰作响，又将景横波的长发吹起，一颤一颤地拂在脸上，颇有些鬼气森森。玉无色打了个寒战，终究有些心虚，不敢再待，向后退出。

走了没两步，脚下忽然绊到什么东西，他啪的一下栽倒，正趴在景横波脚边，风忽然又急了，呜呜作响，门被撞开之后就不断地撞来撞去，发出吱呀吱呀的声音。而面前，两个身体分外僵硬地躺着。

玉无色忽觉浑身发冷，牙齿咯咯打战，后知后觉地真有些怕了，簌簌发抖地爬起身，刚走一步，也不知道是心虚还是怎的，忽然又绊到什么，砰地栽倒，这回栽在宫胤脚边。

他抱住头爬起来，也不敢看两人，也不敢回身，叽里咕噜地道："天灵灵地灵灵，冤魂鬼怪从此宁……"一边絮絮念着一边抱头退了出去，想着杀人谋物这事儿终归是太恶，要不那个坏蛋那里，就不去了吧？他要是做鬼，得比这两个更恶！

退出去后冷风一吹，清醒了点，他又觉得刚才的想法实在荒唐，哪来的鬼，不过是跌了两跤而已，在这里一无所获，就这么走了，岂不是白费心思？

这么一想，胆气又壮，他直奔锦衣人的棚子而去。

锦衣人看上去也和那两个一样，僵硬发青，中毒迹象。玉无色对他却有发自内心的恐惧，在门口站了好一会儿才进去，照例翻他的衣襟，却不敢仔细翻，草草搜了一遍，没搜到什么东西。忽然看见锦衣人腰带一角似乎有点鼓起，一摸，似乎有个管子，顿时喜出望外，将管子抽出来，里头有一张图，就着星光看时，写着"飞龙在天狂舞二十八式"，上头密密麻麻都是经脉图和武功招式，纸卷纸质发黄，看上去非常高大上。

那纸背面还有字，他翻过来一看，写着"醉生梦死剧毒十二方"。

这下玉无色更是喜出望外，他精研饮食，擅长用毒，这正是他最喜欢的东西。

抓着纸卷，他忍不住哈哈笑出声，快要到变声期的少年笑起来嘎嘎的，像一群鸭子在山谷中聒噪。

有了这两样，他还有心寻找，忽见那管子下头是个荷包，荷包看起来很丑，仔细看居然是蛋糕状，这东西顿时引起了他的兴趣，伸手就要掏荷包。

忽然锦衣人的身子似乎动了动。

玉无色惊得弹跳起来，一蹦三尺，蹲在门口，目光灼灼满身冷汗地盯着锦衣人，但那一动仿佛是他的错觉，锦衣人还是静静地躺着。

这样的人，如果真的没中毒，怎么会肯忍耐这么久？

玉无色又放下心，慢慢靠近，看着那一角荷包实在眼馋，又怕刚才的事情重演，想了想心头一狠——不就是怕他没死吗？那就再来一刀！

嚓的一声小刀拔出，下一瞬狠狠地刺入锦衣人腰间。

刀和肌肉摩擦微阻的手感熟悉，少年出手狠辣，这一刀正中要害。

锦衣人还是一动不动，玉无色舒了一口气，伸手去拿荷包。

忽然一个声音懒懒地道："唉，真是不作就不会死啊。"

……

山崖上一道身影流星般掠下，长发高高扬起。

英白已经看见大军，根据军队被困的位置，确定了阵法范围，巧妙地避开了。

进入山谷，越过一片冰沼泽，他沿着人的足迹，一路寻找。

……

玉无色听见那一声，浑身一抖，二话不说转身就跑。

但脚踝已经被抓住，一拖，一抖，他就像条死鱼般，被重重掼在了地面上。

他趴在地上，挣扎着回头，就看见锦衣人慢慢坐了起来，一脸嫌弃地从腰上解下一串野猪肉。

野猪肉……

玉无色觉得自己连吐血的心都有了。

再看看对面的棚子，不知何时点起了灯火，宫胤和景横波坐在棚子边，饶有兴趣地打量着他。

宫胤脸色不大好看，因为这小子乱摸了景横波。

景横波在叹气："不作就不会死！"

玉无色满心痛苦，觉得自己是一只被吊着耍的蚂蚱。

自以为的惊天妙计，自以为的胸有成竹，自以为终于凭借智慧干翻了所有高手，到头来却发现，原来自己才是被耍的那一个。

"唉。"景横波叹气，"这熊孩子。给了他一次、两次、三次机会，怎么就不开窍呢？"

早在看见这孩子怀里的毒经的时候，三个久经风浪的人都起了警惕，之后要想拿来毒经翻一翻，当然容易得很。

在毒经中发现了那种鬼菇的描述，这东西正是生长在翡翠部边界的山林中，这时候还认不出野鸟蛋蘑菇汤里的蘑菇是什么，那三个人也不用混了。

锦衣人拿着那装酒王的玉瓶摇晃把玩的时候，其实就是用内力将酒消解的过程。

那东西两个时辰发作，三人装中毒，都是有心放玉无色一马。

结果他作死，居然想着要补偿，回来打劫。

打劫也就罢了，三人不和孩子计较，除了锦衣人耍一耍他之外，宫胤和景横波还是一笑了之。

结果这孩子还要给锦衣人来一刀。

这下玩大了。

景横波叹气，这真是作死的一刀，这一刀一下，她想求情或救人都难了。

锦衣人的好心和良心本就少得一塌糊涂，如今被恩将仇报，天知道他等下要玩什么。

景横波越想越来气，骂："你祷告就祷告呗，干吗要祝我下辈子还当女王啊？你想害我啊？"唰的一下站起身。

宫胤伸手要拉她，想了想，缩回手，跟在她身后。景横波一溜烟奔到锦衣人的棚子里，一把抓住玉无色，怒道："你害我就害我，你还咒我！大过年的，一个好愿望都不许给我，女王女王，我和你什么仇什么怨！"抓了他就往外拖。

玉无色眼泪汪汪地抬起头，不敢争辩也不敢反抗，锦衣人似笑非笑地伸手一格，景横波理也不理他，气吞山河地一挺胸，肩膀一撞："让开！"

锦衣人还不肯缩手，宫胤的手已经到了，一弹指击在他的掌心，将他快要触及景横波要紧部位的爪子给弹了开去。

锦衣人立即抽出一块手巾擦手，眼看景横波将要把玉无色拖出去，笑道："我看大荒要完。"

景横波和宫胤都知道他在讥笑大荒执政者心慈手软，也不理他，心慈手软可能会让政权玩完，太过神经病一样会玩完。

眼看景横波就要把玉无色拖出锦衣人的棚子，锦衣人忽然道："刚才他翻到的我的东西，下了毒。"

景横波一顿，低头一看，那小子双手僵硬，已经开始翻白眼了。

救人计划被破坏，她只得放手，心中叹气玉无色为什么偏要惹上这魔头。

锦衣人掠过来，一把抓住玉无色，把他翻来覆去地看，喃喃道："这小子心思太坏，留着也是祸害，今儿得解决了。给他个什么死法才好呢？要不腌了，做我的药俑？"

"我有一个办法。"景横波忽然道，"把这小子吊到那边的瀑布下面去，那群士兵一定会去救，那瀑布又大，冲力又猛，还没有路，你正好可以欣赏一群傻子怎么去救人，比在这里臭气冲天地腌人有意思多了对不对？"

锦衣人瞥她一眼，似已经看出她还是打算救人，但对他来说，本就无所谓他人的生死，只要有意思就行，景横波这样的提议，也算是了解他之后，提出的最能令他动心的建议。

"那得你自己去。"他道。他才不要淋得湿淋淋的。

景横波毫不犹豫地答："行！"

宫胤立即道："我来。"

"就她。"锦衣人微笑，笑容不怀好意，"否则我就不给解药。"

你家女人身材这么好，等下在万军之前湿身吊人，要被看光咯。

他很想看宫胤吐血。

宫胤冷冷地瞥他一眼，目光似有杀气。

景横波运了运气，拖起了玉无色，宫胤伸手按在她肩上，景横波回首，正见他怜惜的目光。

看出他眼底的阻拦之色，她知道他在心疼她，她伤势未愈，带个人去瀑布里，一定很艰难。

她反手按住了他的手，婉转一笑："没事，我能搞定。"

"算了。"宫胤似乎是几经挣扎，才说出这话，"他也是自作孽，你已经仁至义尽，别管了。"

景横波凝视着他："宫胤，这实在不像你说出来的话。"

他微微转开头，凝视着挂雪飞练一般的瀑布，半晌淡淡地道："在我心中，任何人都可以死亡，只要你不伤一分。"

"你这话可别给你那些忠心的下属听见，不然就真的成孤家寡人了。"她笑着，心中却一痛。

翠姐当初的死，是不是也是因为他这种天下唯她重、其他皆轻的心思？

她该谢他的爱重，还是无奈于他这样的冷绝？

"不就闯个瀑布吗？能有什么危险？"她笑着将玉无色拖了出去。

宫胤帮她拎着玉无色，绕过林子，一边走一边顺手折了几根树枝，在手中削成长条，挖出锯齿。

靠近瀑布，站在瀑布边缘，可以看见这瀑布很宽，高达二十丈，巨大的水流从上头倾泻而下，撞击在石上发出轰鸣，溅开一蓬蓬雪白水雾，瀑布下方的浅潭里，所有的石头都已经被长年累月的水流冲刷磨圆。

瀑布对面的林子就是锦衣人布的阵，火把游移，大军还在摸索着找门。

把人挂在瀑布上，是为了救他一命，也是给大军做个生门指引，少主子在这里，军队一定会用尽办法扑过来，那么所有人就都脱困了。

锦衣人飘过来，手中一颗药丸抛了抛，指了指瀑布中段一处石台，那里可以系绳索。他示意只要把人吊上去，他就给解药。

景横波接过玉无色，宫胤给她披上狐皮罩子，轻软保暖还防水，锦衣人想要景横波在万军面前湿身的计划失败。

宫胤又蹲下身，给景横波的鞋子上绑了木条，木条上有锯齿，可以很好地防滑，还顺手剥下两片树皮，给她裹住双腿，权当护膝。

锦衣人在一边瞧着，神情有些鄙视，又有些研究的意味，想着小蛋糕是不是也喜欢这一套？

"你这小家伙啊，心思太坏，吃点苦头得个教训也好。"景横波拍了拍玉无色的脸，"我去也！"

她背着玉无色，跳入齐膝深的水中，刚下水就被冻得打了个寒战，赶紧咬牙忍住，不想被身后凝视她的宫胤发现。

水不深，但是冰寒彻骨，虽然绑了树皮，膝盖以下还是下水就湿了，整个小腿几乎在瞬间就冻麻了，她却不敢瞬移，因为她受伤未愈，瞬移能力有限，要留着用在最关键的时候。

好在身上的狐皮罩子真暖和，宫胤选的都是最好最厚的皮子，荼毒了整个峡谷的狐狸，她蹚了一阵水，水渐渐深，就爬上那些圆石，一点一点接近瀑布。圆石滑不溜丢，她还背着个人，行进速度更慢。

好不容易接近指定位置，这时离瀑布更近，巨大的冲力带起一阵阵狂风，吹得她东倒西晃，往上看，瀑布如雪白的刀片子直插而下，往下看，却是一片黑，隐约瀑布之下并不是平地，似乎有个斜坡，一直往下，滑下去就完蛋。

她掂了掂背上的玉无色和绳索，看了看上面，有个鹰嘴一样突出的短台，正好可以挂人。

此时她在瀑布前移动，一团巨大的鲜红十分显眼，阵中的翡翠军队已经看见，都抬头看过来。

英白已经下到谷底，找到了那两个棚子，人生活的痕迹让他心中一喜——看来没那么糟糕!

他忽然听到喧哗之声，无意中一抬头，就看见远处瀑布前似乎有人影晃动。

他飞快地掠过去。

……

景横波一个瞬移，和玉无色上了平台，虽然这平台突出在瀑布外，已经减轻了水流的冲力，但身后泼溅的水流，还是从她领子的开口灌了进去，哗啦啦瞬间浇了她一个透心凉。

寒气彻骨，她打着战，一边怨念宫裁缝手艺太差领口的洞挖得太大，一边用绳子绑住玉无色，另一头系在翘起的石头上。

石台滑得无法想象，窄得只能容下一个瘦子，她每一点动作都以毫米来计算，生怕稍微动作大一点，自己和玉无色就滑了下去。

摔死了这小子，有人会找她拼命的。

一切弄好，她拍了拍玉无色的脸，喃喃道：“你和你老子，还真像，回头你得感谢你这张脸，救了你的命。”

玉无色迷迷糊糊的似要睁开眼睛。

这小子体质不错，冷水冲一冲清醒清醒头脑也不是坏事，景横波没什么愧疚心地哈哈一笑，将玉无色往石台下一踢。

玉无色啊的一声惨叫，身子直线下坠，冲入瀑布中。

林中的大军骇然抬头，就看见那红衣胖子将一个人踢下瀑布!

那人的身影在瀑布中晃荡，被巨大的瀑布当头浇下，发出一声惨叫。

有人眼尖，大叫：“殿下！”

刚到瀑布边缘的英白霍然抬头，脸上血色全无，身形狂纵，如流星电射，射向瀑布。

他人在半空，一剑已排空而去，哗啦一声，底下浅潭的水面似被牵引而起，齐齐炸出丈高水浪，一股锐气穿水浪而过，日光下绽开星光琉璃色，半空中瀑布被这股凌厉剑气所逼，哗啦一下分开一尺，如巨帘忽卷，现黑暗天地。

石台上景横波正伸手向锦衣人示意解药，忽觉罡风扑面，一侧头就见晶光耀目，一片白光水汽中隐约一人狰狞怒目，她哎呀一声下意识地要闪，脚底却忽然一滑，哧地滑下了平台。

半空中一怒出剑的英白，听见这一声，一傻。

“横波！”人影一闪，宫胤掠来，伸手去接景横波，手指已经触及景横波的衣裳，但那狐皮质量太好，沾水之后更加油润，生生从指掌间滑过，他眼睁睁地看着她身子一仰，滑入瀑布后的黑暗中。

他想也没想，一头便要扑入瀑布，却被一人抓住腰带，回头一看，正是英白。

英白站在平台上，一手持剑，一手抓住了他。

宫胤脸色雪白，一声不吭，一股掌风卷出，劈头盖脸地扑向英白。

英白在平台上啪地一个卧倒，险些滑下瀑布，抓着宫胤的腰带的手，却没有放开。

只这么一耽搁，景横波已经滑入瀑布后不见，从头至尾，除了乍被袭击那声“哎呀”，她再没有发出任何声音。

英白从平台上挺身而起，一句“怎么回事”还没问出来，蓦然手中一轻，眼前晶光一刺，一泓剑锋已经冷冷地对着他。

对面，宫胤手持他的长剑，三尺青锋森然相对。

……

第十五章　“情”之一字

一霎的僵滞。

半晌，英白吸了一口气，喃喃地问：“刚才那个……是女王？”

那一霎太心急太紧张，出剑毫无保留，只看见大红一团，隐约觉得声音熟悉，那袍子的领子又遮住了半边脸，他是真的没有看清楚是景横波。

不用回答，宫胤此时的动作已经代表了一切。

英白嘴里一阵苦涩，他到现在也不明白这到底是怎么回事。

此时无法好好思考，三尺青锋如秋水，闪耀在他咽喉前，对面，是宫胤比秋水更明锐、更冷的眼神。

他一生未曾想过会遇见这样一幕。

他一生未曾想过，宫胤会对他持剑相对。

少年时便相识，那时宫胤是前国师收留的幕僚弟子，他是前国师招徕的武士，一次暗杀中互相救了对方的命，从此多年不离不弃。他随宫胤历遍阴谋、阳谋，权力倾轧，将那帝歌风云走过，宫胤是将军时，他是副将，宫胤是副相时，他是掌事，宫胤是国师时，他是玉照龙骑大统领，步步足迹，写满少年知己的锦绣天下。

而今天，真的要为一个女人，将剑相向吗？

剑气和杀气逼在咽喉，只要宫胤手腕一动，他将再无生机。

瀑布溅一身水湿，两人都一动不动，剑光横亘在水光间，似一道桥，却不是连通的桥，是决裂的桥。

连底下的大军，都似乎感觉到这般肃杀气氛，凛然不敢言语。

忽然一声尖叫，响在对面。

英白侧身立在石台上，正看见明黄裙子的女子跌跌撞撞奔来。

他心中一震，他一直赶路，知道身后有人跟着，以为是女王的暗卫，也没在意，谁知道她自己竟然也来了。

翡翠女王一路奔来，第一眼看见吊在瀑布中、被水浇得浑身发青的玉无色，一声尖叫：“无色！”

“母亲！”玉无色被水浇醒，口齿不清地大叫，“他们害我！要杀我！救我！救我！”

翡翠女王抬头一看，第二声呼喊更加尖锐，几乎要戳破人的耳膜：“英白！”

玉无色乍听见这一句，呆了呆，努力扭头想要向上看，但水流冲得睁不开眼，哪里看得见！

“一群蠢货！”女王一看英白那被剑指着的造型，大怒，“你们都傻站着做什么！给我冲阵！救下殿下……和英白！杀了这两个人！”她一指宫胤和锦衣人。

锦衣人笑了笑，将那解药在手中抛啊抛：“杀了我，你儿子就得陪我一起死了，挺好，来吧。”

“你是谁？这是怎么回事？”翡翠女王皱起眉。

“啊？哦。”锦衣人笑得云淡风轻，“我不知道。”

此时已经有人开始冲阵，瀑布方向是生门，渐渐有人冲开阵法赶来，翡翠女王一指石台：“射！射死那个拿剑的！”

“住手！”英白怒喝。

翡翠女王一怔，拎起裙子爬上圆石，遥遥指着英白的鼻子：“你疯了！睁大眼看清楚，这是你儿子！是你儿子！你这个混账，当年不管我不要我，现在连儿子也不管不要吗？”

军队瞠目——女王的王夫，不是早先的大相吗？不是已经死了很多年了吗？……

哎呀一不小心听见皇室秘闻，怎么办？

“射！射！不要理英白！他什么都不是！我说了算！”翡翠女王连连挥手。

“我说住手！”英白声音沉厚，震得她险些翻下圆石，“玉明，今儿你要是不听我的，以后永远别想见我！”

“不见就不见！以前我就见到你了？”翡翠女王一边回嘴，一边做了个按下双手的手势。

宫胤看着这一家三口，忽然抛下长剑，反身冲入瀑布中。

英白伸手去抓，只抓到他一片衣角，湿湿冷冷地在指掌间滑过，似此刻莫名又低落的心情。

他纵身跳下石台，截断绳索，玉无色僵硬地栽在他怀中。

英白掠过潭水，一边以内力给他驱寒，一边低头看着他的脸。

虽然还是稚嫩少年的脸，但玉明说得不错，这孩子一看就是他的儿子，和他少年时，几乎是一个模子刻出来的。

孩子眉宇发青，显见中了毒，他看向锦衣人，锦衣人一笑，抛过来一颗药丸。

“这可不是因为你要，就给你的。”锦衣人神情淡漠又狡黠，“是被你害了的那个人，千辛万苦求来的。”

英白心中更加茫然。

翡翠女王气冲冲地奔过来，脸上因为激动，又冒出些麻点。

“这什么东西？”她劈手夺过那药，“传医官先来验……”

英白劈手夺回来，二话不说，喂进了玉无色嘴里。

女王怔了怔，脸上抽搐半晌，呜的一声哭了。

“每次你都这样，每次你都这样……”她捂着脸号啕，“说什么都不听，求什么都不理，什么都要和我对着干……”

英白头疼地盯着她，想着十二年不见，这女人的脾性怎么越来越古怪了？

怀里的玉无色一声呻吟，悠悠醒来，英白立即低头，抱紧了他，心中微微紧张。

无论如何，这是他的儿子，这么多年，他竟不知道儿子的存在，如今父子终于见面，这孩子是会笑，会哭，会怨，还是会……

玉无色睁开眼，盯住了他，半晌，忽咧嘴一笑，清晰地道：“爹爹！”

英白手一颤，险些没能抱住他，一瞬间眼底浪潮翻涌，俱是旧事种种。

当年一怒而去，单身浪荡这许多年，没有任何牵系也没想过该有什么牵系，但偶尔年节时，难免有几分寂寥惆怅心思。

然后忽然知道自己有个十一岁的儿子，然后此刻儿子在他怀中，全无芥蒂，那般亲亲热热地喊他“爹”。

心中一热，鼻端有些酸，他此刻真真有了几分愧疚，想着当年因为失去旧爱，又觉得是玉明设计陷害，一怒而去，对其余人也算不上多亏欠，唯独亏欠了这个孩子，禁不住将他抱得更紧。

“爹爹，你可回来了，我等你很久了……”玉无色反手抱住了他，在他耳边轻声道，“我想毒你，也很久了。”

……

宫胤没入滚滚瀑布之中。

穿越那一片凶猛的雪白水帘，后面是一片纯然的黑，这一道山壁向下倾斜，一路下滑。

这让他心中有些安慰——最起码这一路，景横波不会受到大的伤害。但不知道滑到底，又会遇见什么？如果是一片大石……

哧的一声，已经到了尽头，他被水流冲下，在地上滑出数尺，感觉还是平面，正打算顺着水流滑下，忽然心中警兆一现，伸手一按，身子飞起，停住。

他站在黑暗中，身下水珠沥沥，黑暗中晶莹弹跳，到他身前成了冰珠，再簌簌落下去。

簌簌声在身侧一掌远处忽然消失，他指尖一弹，指风击在空处。

身侧有空崖！

他的心顿时凉了半截，此时视线稍明，终于看清脚下是一个石梁，半边悬空，宽有半丈，从上头滑下来的人，运气不好的话，很容易滑掉下去。

下面大概三丈高，高度虽然还好，但问题是底下碎石嶙峋，落上去不死也要重伤。

然后他发现底下似有一团红影！

他大惊，迅速顺石梁滑下，一把抓起那团红影，喊："横波……"

他的声音止住，手中软软一团，只是衣裳，不见人。

不见人总比见到尸体好，他宽慰着自己，开始在底下一点点地寻找，走遍了不大的几丈方圆，毫无痕迹。

人不会突然消失，最后他还是回到了那狐皮斗篷旁边，拿开斗篷，发现斗篷塞在一个洞中，洞很窄，蛇一般向下延伸。洞正对着石梁的底部。

很明显，景横波一路滑下，一直到底，她身材纤细，毫无阻碍地一路滑入了那个洞，但狐皮罩子太大，被留了下来，堵住了洞口。

那洞口他进不去，也无从揣测洞口所在的方向，只能祈祷依旧是光滑的下行洞，出口就在山外。

他现在能做的，只有迅速出谷，绕过易山寻找她了。

他只得抱起狐皮斗篷，一路出洞。

……

英白忽然觉得腹中一凉，一股麻痹感蔓延全身。

与此同时，咻的一声，一颗石子击在玉无色肩头，他身子一僵。

英白抬头，就看见宫胤抱着红色狐皮衣出洞，站在他们身后，盯着玉无色，面如寒霜。

玉无色面如死灰，他还在英白怀中，英白只要轻轻一抬手，就能掐死他。

那边翡翠女王还在对宫胤大叫："你是谁？为何攻击我儿？来人啊，把他们都……"

"住手！"英白轻叱一声。

翡翠女王说个不停的嘴忽然就停住了，但犹自不甘，愤愤地道："他们掳掠我儿……"

"你儿本有机会逃生，我们已经打算放了他。"宫胤淡淡地道，"结果他自己不肯走，在饮食中下毒，以为毒倒我们后，回转对我们进行搜检，还试图杀害这位，"他指了指锦衣人，"这位打算杀了他，我的同伴不忍，为了救你儿子，提出将你儿子悬挂在瀑布上，由翡翠军队去救他。瀑布正是阵法的生门，此举给了你儿子生机，也救了你的大军。我那同伴……"他顿了顿，眼底露出肃杀之色，"伤势未愈，为救你儿一命，孤身闯瀑布，却被你们夫妻，联手逼下了瀑布，现在生死不明。"

他很少说这么多话，但此时，有不得不说的理由。

英白的脸色更加青了，神情又惭又悔，他当时心急儿子的安危，没来得及看那人是谁，哪知道这里头有这么多内情。

女王听得愣愣的，想了想冷笑道：“你这话编得离奇！先不说我儿子根本不会这么凶残，世上哪有这么好心的人，好端端的为什么要这么费尽心思救无色？说！有什么企图！”

“闭嘴。”英白忍无可忍，怒道，“废什么话，赶紧派人去找！”

女王盯着他，眼圈渐渐红了，忽然冷笑道：“好啊，你又开始命令我了，和当年一样，命令我各种顺嘴是吧？你也不想想，现在还是当年吗？你有什么资格命令我？”

英白无语，却又道：“无论如何，请你先派人搜索相救。”

“不听不听！本王凭什么要听！”女王一边驳斥，一边对手下挥了挥手。

翡翠王军依令行事，人群散开。

英白咬牙道：“为什么要费尽心思救无色？因为无色是我的儿子！”

“他们怎么知道……”女王忽然爆出惊喜之色，“难道你对外早已承认无色了？”

英白看着她那惊喜神情，实在不忍打破她的喜悦，最终却只能沉重地摇摇头，道：“……是无色和我太像，他们认出了……”

“你的熟人？谁？”翡翠女王有些失望，立即恢复了警惕。

英白看了看宫胤，他知道宫胤的意思，自己要做的就是配合。

他已经误解了女王，当然要给她回报，翡翠部的友好合作，就是回报女王的最大礼物。

“刚才落下去的……”他道，“是黑水女王。”

翡翠女王一愣，玉无色霍然抬头。

“黑水女王？”翡翠女王喃喃重复了一遍，忽然眼圈又红了，怒道，“难怪别人都说你对女王情分不同，为了她不惜放弃大统领之位，追随天涯，我还不信，每每驳斥这是谣言，如今看来真真不假……她都肯舍命为你救儿子了！下一步无色是不是要喊她一声娘？”

英白和宫胤脸色精彩，锦衣人噗的一声喷出来。

女人看事情的角度啊……真是各种诡异。

宫胤冷冷地瞧一眼翡翠女王——景横波，只会是他儿女的娘！

“瞧你那要死不活的样子……不就是掉下去了吗？”翡翠女王愤愤地转头，“救你家女王就救你家女王，用得着那么编派无色吗？无色温良友善，素来是个好孩子，你瞧……”她忽然注意到玉无色正亲亲热热地和他爹抱在一起。

她顿住，有点吃醋，有点惊讶，更多的却是欢喜，以至于神采焕发，顿时把刚才吃的干醋抛到了一边。

“无色，”她欣慰地道，“我还担心你不听话，你这么懂事真好……”又转向英白：“英白，你看，我说得不错吧？无色被我养得好不好？是不是又听话又懂事，和你小时候一样？”

英白慢慢抬起头，看一眼玉无色。

玉无色已经被宫胤那一指锁住，动弹不得，宫胤的寒气他抵受不住，脸色青白瑟瑟发抖。看到宫胤看过来，玉无色先是下意识地躲闪，但似乎心有不甘，又转了回来，一双大眼睛恶狠狠地对着他。

那眼神是倔强的，但又隐含几分愤怒、凄伤、怨恨，以及不自觉的祈求……

这孩子柔软的外表下，是一颗坚硬复杂的内心，英白撞上这样的目光，只觉得心中一堵。

他转过目光，又看了看翡翠女王。她脸上神情复杂，有儿子生还的欣喜，有对他的怨恨，更多的是对此刻父子相拥温馨场景的意外和满足。他心中一动，忽然想起当年，未婚先孕的她，是怎样在同样暴脾气的老王威压下，支撑下来的？又是怎样抵受住那满朝非议、流言蜚语，坚持生下这孩子的？

当年他和她一夜荒唐时，爱人惨死，他认定是她下的手，一怒永别，离开翡翠部后，听说她这个王太女被三废三立，几乎成为六国八部的笑柄。当时他心中还有淡淡的快意，心想她终于吃到了她那坏脾气的苦头，受到了该受的教训。

然而到今日他才知，三废三立不是因为她的暴脾气，而是因为那个不该出现的孩子。

这些年她是怎么过来的？

他凝望着她脸上的斑痕，仔细看不是麻子，是各种不平的疙瘩，脸部肌肤很糟糕，也不知道是心火太旺还是身体原因。

然而她此刻脸上的每颗疙瘩都在发光，那是她的欣慰和骄傲，因为无色这个孩子。

她这些年必定辛苦艰难，无色是她唯一的支撑。

英白默默地转头，没有再看玉无色，柔声道："是，他很好。你……"他犹豫了一下，终于道，"……辛苦了。"

翡翠女王震了震。

一瞬间她似乎要流泪，但她立即将眼睛拼命睁大，眼皮子向上翻，阻止了自己的泪水。

她仰着头，鼻孔对着他，声音有点傲娇有点笑意，高声道："假惺惺的男人！"

英白垂头不动。玉无色意外地睁大眼睛，一时有点反应不过来。宫胤眉宇森冷。锦衣人笑得讥嘲。

"哎，无色，"翡翠女王好半天才调整好自己的情绪，悄悄背过身用手绢按了按眼睛，转身已经是一脸正色，"你爹好像脱力了，还不快把他扶起来！"

玉无色似终于被这一声喊醒，茫然地四处看看，忽然将英白狠狠一推。

英白砰的一声倒地，挣扎不起。

翡翠女王手中的手绢唰地落地，张着嘴，却发不出声音。

"我为什么要扶他？！我为什么要扶他？！"玉无色猛地跳起来，身上的冰碴嚓嚓滑落，他擦了一把脸，脸上泪水和冰珠混在一起，扑簌簌往下掉，"我为什么要扶这个始乱终弃的男人？！我为什么要喊这个无情的男人'爹'？！"

"无色！"翡翠女王如遭雷击，脸色惨白，退后一步，忽然又冲了过来，抬手一掌。

啪！

耳光声清脆，玉无色的头被打得狠狠偏向一边，雪白的脸上顿时五个指印，他呸地吐出一口带血的唾沫。

勤劳乖巧的小王子，此刻才露出狞狼本色，眼神如一匹受伤的小狼。

“打啊！你打啊！你既然为他打了我第一次，肯定就有下一次！”他大叫，“你有种打死我啊！”

“无色！你疯了！”翡翠女王眼睛翻白，几乎要晕倒，身边的将领要扶，她狠狠地推开。

这女子骨子里有韧和狠，支撑着她不倒。她抬起手，指着玉无色，语气慢慢恢复了冷静。

“小兔崽子，你给我个解释！”她道，“什么始乱终弃，什么无情的男人？你听了什么乱七八糟的？谁教你去恨你爹？”

“不用人教！”玉无色声音比她更大，“全翡翠都知道！你被人始乱终弃，你少女未婚先孕，你是翡翠历史上最丢人的王太女，三废三立！你丢人的根源是什么？是我！我怎么来的？是他！我不找他算账找谁算账？”

“无色……”翡翠女王忽然想起什么，惨白着脸，颤巍巍不敢置信地问，“……这么多年，你说你想念你爹，你说你要学着做美食、酿酒，将来博得你爹的欢心留下他，我们一家三口和和美美地一起过日子……你是骗我的？你一直都是骗我的？”

“是！”玉无色满眼泪花，呵呵一笑，“娘，你太善良，心太直。只有你，才会对那个始乱终弃的伪君子一点也不记恨，还念念不忘。你喜欢他，你忘不了他，可我凭什么要喜欢他、讨好他？凭什么？因为他抛弃了你？因为他让你蒙受耻辱？还是因为他，我成了私生子，和周边部族的王族子弟在一起时，都被别人嘲笑？”

“无色……”翡翠女王踉跄一步，扶住了旁边的树。

“我不这么说，你怎么肯让我这个王子去学那些厨艺、酿酒之类的贱役呢？我又怎么能在学那些东西的时候，顺便学了毒经、懂了一手下毒的技巧呢？”玉无色冷笑一声，“娘，你可以不记得那些年的艰难；你可以不记得当初因为怀了我，被爷爷大雪天罚跪在祖庙外险些冻死；你可以不记得爷爷薨时你被拒之门外，连他的灵位都不许靠近；你可以不记得如果不是一群忠心的属下救助，你连命都活不了，更不要说王位！但我记得！我记得我是个没爹的孩子！我娘因为被他抛弃，没一天欢喜过，早早生了一脸疙瘩坏了相。而那个男人，他却为了他那个贱女人，不要妻子不要儿子，整天喝酒作乐，和一群下贱女人鬼混……”

啪。

又是一记干脆利落的耳光，打掉了他的后一句话。

“呵呵呵呵。”玉无色不生气了，抹掉嘴边的血，指了指脸色发青的英白，“娘，你怪我、气我，随你。反正这个爹我不认，我不要，我看到他就腻味，今儿先毒他一次给他个教训，以后他出现一次我毒一次，说话算话。”

翡翠女王直愣愣地盯着他，忽然一指玉无色，道：“拿下！”

“大王！”随从将领们大惊。

“拿下这个是非不分的逆子！人家还真没冤枉了他，果然是非不分，行事恶毒！”女王咬牙，“我要废了他！”

“大王！”

“废了我，你去哪儿再找个儿子？”玉无色冷笑。

“再生一个！”翡翠女王比他还理直气壮，转头四面看了看，一把拉过了身边的将领，“王程，就你了！明儿我就嫁给你！”

“大王！”那将领不敢挣脱，腿一软险些跪了。

这都什么跟什么啊！

“怕什么，我瞧你挺顺眼。”翡翠女王呵呵一笑，“这小子想太多，有必要让他清醒一下头脑！”

“玉明！”英白忽然喊了一声。

“不关你的事。”翡翠女王冷冷地道，“我忽然想明白了，我错了。我这么多年不嫁守身，让无色这小子误会了，以为我在为你守节，以为我是个被弃的怨女，连带他也因为没有父亲抬不起头来。不就是个父亲吗？我给他就是。王程，现在你就是我的王夫，回玉城之后补办婚礼。”

她冷笑着问玉无色：“请问这个爹你看得顺眼吗？还打不打算看到一次毒一次呢？如果不顺眼赶紧和本王说，本王给你再换一个，务必换到你满意为止。”

围观的人默默地低下头——这都什么神转折啊……

玉无色脸色阵青阵白，半晌咆哮道：“你一定要这样作践自己，来恶心我吗？”

“是你作践我们，来恶心全翡翠！”翡翠女王勃然变色，“我什么时候教出了你这么个狼心狗肺的逆子！”

“我狼心狗肺，也是家学渊源！”玉无色那小嘴甚伶俐，“你去问我那爹！”

“你那个狼心狗肺的爹，刚才还不要命地救了你这个狼心狗肺的儿子！”

“那是他欠我的！”

“我也欠你的！我欠你一个爹，马上补给你。你从现在开始，不是王太子了，给我滚回玉城，闭门思过！”

“我无过可思！就此祝你和新王夫百年好合，快点再生一个狼心狗肺的小崽子，好狼心狗肺地杀了我当王！”

“放心！一定如你所愿！”

低头的将领们已经在咬牙——吵得很激烈，很紧张，可为什么这么想笑？

锦衣人已经目光发亮地在一旁看戏，觉得这一幕好看得要死。

宫胤在揉眉心，怎么也想不到这一家团圆的苦情戏，忽然变成了伦理大戏。他想走，又怕英白在这奇葩娘儿俩的围攻下，冤枉地丢了小命，只得耐着性子瞧着。

“喂，”锦衣人捣他的胳膊，“咱们再帮他们一个忙怎么样？”

宫胤不理他。

“这里头一定有故事，那两个却不肯讲，我一定要让他们讲出来！”锦衣人决心很大。

宫胤不搭腔。英白看似潇洒风流，实则稳重坚执，看似游戏花丛，实则不善处理情事，看似睡遍青楼的床，实则根本没睡过一个人，故意将风流之名传遍大荒，目的也就是希望翡翠女王心死，不要来找他吧？

当年他的事宫胤隐约也听说过一些，总觉得还有内情，偏偏英白不愿面对就逃避，认定的事情就不改，这性子，玉无色真的一点没错是他的崽。

“这世上哪有没苦衷的？”他淡淡地道，“只是当年英白发誓，不见生死不谈旧事罢了。”

见生死？那还不容易？锦衣人手一抬，不耐烦地道：“吵死了。”一股劲风射出，咻地击中了英白。

那边正吵得不可开交的两人齐齐回头，一眼看见英白的脸色忽转灰败。

翡翠女王惊叫一声便扑了过去，抱起他的头：“英白！英白！你怎么了？”

玉无色站在那儿，睨着英白，腿动了动，又扭过身。

“你把他怎么了？”翡翠女王怒问锦衣人。

“吵死了，有完没完？”锦衣人淡淡地道，“听来听去，就是一个男人惹出的事，我心好，替你们把这男人解决了。反正他以后总要被毒，毒来毒去也活不长，长痛不如短痛，不必谢我。”

“英白！英白！”翡翠女王听了一半，惊慌地摸索英白的心口，“你怎么样了？你怎么样了？到底是中毒还是怎么了？玉无色！”她转头对儿子怒吼，“拿解药来！耽误了事儿你以后别喊我‘娘’！”

“不喊就不喊！”玉无色在她的逼视下声音越来越低，小声地道，“喊‘母后’就是……”看了看英白的脸色，终于还是从怀里掏出一个小瓶抛了过去。

英白中毒在先，神志已经有点模糊，又挨了锦衣人那一指，只觉全身血脉都似被截断，生机无多，此刻心中既痛且悲，情绪激越，想着生死之际还有什么顾忌，疲倦地笑了笑，握住了翡翠女王的手。

翡翠女王惊得浑身一哆嗦，看鬼似的看着英白，眼神僵硬地喃喃道：“你真的快死了，你真的快死了，这么多年，从一开始到现在，你从来都不肯主动碰我一下的……”

英白模模糊糊地听着，微微心酸，终于轻轻地道：“过去的事，就过去吧。我不知道你这么多年这么艰难，我不知道还有无色……这事你谅了我，我……我也谅了你当年，杀了玉翡的事……”

翡翠女王忽然一愣。

英白话没说完，手向下一垂，脱出了她的手掌，闭上了眼。

翡翠女王傻傻的，竟然不晓得去拉。她跪在地上，忽然身子就软了下来，稀泥似的瘫成一团。

玉无色扑过来，扶住她的肩，大叫：“母亲！母亲！”

翡翠女王似被唤醒，忽然一把推开他，发疯般扑到英白身上，众人以为她要来个临别深吻，正考虑着要不要躲开避嫌，谁知道她一低头，一口咬住了英白的脖子。

尖锐的牙齿瞬间就刺破肌肤，鲜血涔涔而出，这一手连锦衣人都怔了，还是玉无色反应快，扑过去拽他娘：“娘！你别发疯！别发疯！”一边又快速敲她的背部穴道。

几敲之下，翡翠女王霍然松口，满嘴血迹，牙齿粉红，狰狞如一只母兽。她目光凶狠地四面看了半晌，蓦然仰头：“啊啊啊啊啊啊！”

大叫声响彻山谷，满满积郁悲愤之声，十二年压抑的冤屈苦痛，十二年的挣扎与寂寞，十二年的无奈与辛酸，十二年母子相依的温暖和永久缺憾，俱在这向天一吼中。

瀑布似断流，山林簌簌颤抖，大军惶然回头，风中沉默，抱紧双臂，想起人生里所有不可挽回的哀愁。

她跪在地上，向着苍青的天，在新年的第一天，大叫出埋藏了十二年的怨和冤。

“啊啊啊你到今天还只记得玉翡！凭什么啊！凭什么啊！”

“啊啊啊你知不知道，她是我逼死的，可我不逼死她，那个小贱人就要伙同别人杀了你，毁你英家，夺了我王太女之位啊！”

“啊啊啊你只知道她死在你怀中，死前握着你的手说怀了你的孩子，啊啊啊她肚子里连只老鼠都没有啊，就算有也不是你的，是她姘头的啊！你知不知道她和你根本就没在一起过，你和她的第一次是我，是我代替的啊！”

“啊啊啊你只知道除夕那夜我灌醉你委身于你，趁机派人暗杀她让你救援不及。你觉得这是终生之憾，一怒远走永不回。可你知不知道，那一次酒宴是玉翡安排的啊！她想趁我们酒醉时杀了你，再栽赃给我，换取英家背叛我，支持她，助她登上王太女之位。我这个妹妹，心机比天裂峡谷还深啊！她用自己的身体，换了半个朝廷臣属的忠诚，你头上的绿帽子足够换十年不重样，你知道吗，知道吗？！”

“啊啊啊我灌醉你那次，根本就没碰你啊，我那时已经怀孕，还要赶去把那个小贱人杀了，你酒醒后我刚刚赶回，你翻身就给我一拳，你好狠的心，那一拳差点杀了无色啊！”

“啊啊啊你知不知道那个贱人好狠，她早早就给我下了药，我早早就开始脸上长疙瘩，暴躁易怒，越来越不得父王欢喜。这贼老天！给我的是什么命啊！她人都死了，还能继续害我，害我失去容貌，失去平静的心境，到最后，还要失去爱人……”

第十六章　追妻

声声怨愤，声声泣血，凄厉的女声穿透峡谷，似一柄剑，要将这不长眼的老天刺穿。

听见的人脸色沉重，心头瘆得慌，忽觉寒意自心而来，忍不住地凄凉。

连从来都带着微微笑意的锦衣人，都敛了那一抹淡淡的讥嘲，目光冷而遥远，似是因此想起了一些自己不愿意回忆的往事。

他们有共通的心情。

人人都曾在类似的阴谋和恶毒中，蹚血火而过。

凄惨冷血，由来帝王家。

翡翠女王骂完了，号完了，精疲力竭地向地上一坐，眼神空落落的。

多年的积郁放空了，脑子似也空了，她什么都不想再想，只想在这里天荒地老地坐下去，什么爱人，什么王位之争，什么姐妹夺位，统统都这么坐化了。

玉无色和他娘吵架吵得干劲十足，看他娘这死气沉沉的样子反而慌了，拼命拉她的胳膊，又敲她的后背："醒醒！醒醒！"

翡翠女王一动不动，她没流泪，或者在很多年前，她的眼泪就已经流干了。

忽然一只手抚上她的膝头，她先是毫无感觉，那手却努力地向上摸去，她一低头，惊得原地向后一退："英白！"

地上，英白不知何时睁开了眼睛，目光直直地盯着她。

他当然没死，有宫胤在，谁也不能让他死。锦衣人的手段，不过是在刹那间短暂闭了他的气息，女王心思浮动，性子又急躁粗疏，哪里注意得了这么多。

一霎的闭气之后就恢复了，只是毒没解还不能动，他躺在地上，将那声声号啕，听了个清清楚楚。

他从震惊到不敢相信。

难道十二年的怨恨和忧愁，都是一场错？

十二年买醉酒乡，十二年嬉笑风流，十二年自责自愧，十二年自逐家乡。

都不过是一场错，一场阴谋？

此刻再想起当年的玉翡，忽觉面目模糊，在回忆中那些原本坚信不疑的事情，再和此刻听见的真相一对证，顿时疑点多多。

潮过了沙滩，露出水底的黑石。

他记得玉翡的美丽娇俏，记得她时常神秘不见，记得她喜欢换各种香气，记得朝中贵族子弟提起玉翡多半神情奇特，此刻想来，那种奇特，确实属于隐秘的欢喜、占有的得意。

他的未婚妻，只有他不知道她的风流。

那年除夕酒醉，和玉明春风一度，而在三个月前，他和玉翡在璧山温泉也有过一次。

记忆中的璧山温泉，烟气袅袅，那日他微醉，蒙眬中到底是谁的脸，真的没看清。

香气不熟悉，但玉翡的香气，经常换。

除夕酒醉那一次，他再回头想起，中间出现断层，那种"被女人强上了"的侮辱，很可能是自己强加给自己的。

他记得当日他酒醒翻身起来时，正见玉明神色奇特地奔进门，他听见王宫上头凄厉的鸽哨，那是玉翡和他约定的暗号，最危险的那一种。他推开玉明，狂奔去玉翡宫中时，见到的已经是奄奄一息的她。

临终前她带血的手指握住了他的手，轻轻抚在小腹上，在他耳边道：“别怪姐姐……只遗憾没能给你留下这个孩子……”

一句话劈裂了他半生的幸福。

从此他只能将自己放逐。

直到今日，峡谷山风，将真相解答。

那在他“死后”泣血倾诉的冤屈，谁都听得出不能有假。

当心中豁然开朗，取而代之的就是深重的羞耻——他戴了那么多年绿帽子，人人都知，唯他不知！

这真是男人无法忍受的最大耻辱。

有那么一瞬间，他真想就这么闭着眼自断心脉算了。

他真的觉得无法睁眼面对，众目睽睽之下，翡翠王军的高级将领都在。

但那念头只是一瞬，随即便沉沉压了下去。

浪荡多年，他已经不是当年的青涩少年。苦难和磨炼告诉他，男人首要的，是担当。

他已经错失逃避了这么多年，让这个坚强女子独立承担这么多年，接下来的路，他没有理由再逃避。

他需要尊严，但不能做懦夫。

下半生，该他来补偿。

“玉明……”他握紧她的手，“为什么不告诉我，为什么不告诉我？！”

“我告诉你了。”翡翠女王还有点反应不过来的样子，呆呆地道，“你失踪了一年，后来我打听到你在前国师那里，我命人带信追过去，将前因后果和你说了。可是你没有回音，连传信的人都没回来，我想你还是不爱我、不原谅我，那就算了吧，我带着孩子也能好好活下去……”

她还有个原因没说，她当时心灰意冷，也不愿将这事说给别人听，英白少年时自尊骄傲，是翡翠部最为光辉的贵族子弟，他如果知道自己被戴了绿帽子，还是全玉城都知道只有他自己不知道的绿帽子，那种耻辱和深爱女子的背叛，足以将他击倒。到时候就不仅仅是永不回归，也许他会颓废，会一蹶不振，那么，翡翠部最前程远大的少年，就真真毁了……

爱一个人，就成全他。

英白却怔怔地道：“我没有收到任何信。”

两人对视一眼，都在对方眼底看到恍然。

那封要紧的信，到底为什么没有交到正主手中，时隔多年，现在已经无从查考，或者是玉翡的人作祟，或者是那信根本就没传递到地点，谁也不知道。

没有一捅就破的真相，只有阴错阳差的人生。

“玉明……”英白心情纷乱复杂。他到此刻终知玉明的苦楚和深情，虽然爱情并不因为负疚就马上到来，但亏欠他们母子的，终究要补偿。

他正想说要好好补偿他们，就见翡翠女王笑了笑，拿开了他的手。

“说出来了，痛快多了。现在想想真不值啊，连再试一次的勇气都没有。”她伸了个懒腰，“好了，你也没事了，无色也没事了。这小子欠教训，回头我会狠狠教他。你有空了可以来瞧瞧，没空随便你。反正这么多年，我们娘儿俩也这样过来了。”

她轻轻松松地站起来，一边拽着玉无色的衣领，狠狠地道：“跟我回去！回去好好整治你！”一边回头对英白嫣然一笑：“春天我打算纳王程为王夫，大统领有暇可来观礼。”

“不要啊，您玩真的啊……”那位王将军发出一声惨号。

翡翠女王不理他的惨叫，昂着头，挽着他的胳膊，一手拎着儿子，“一家三口”拖拖拽拽地走了。

英白脸上的表情实在难以用言语形容，以至于翡翠王军的其余将领都默默地低头赶紧走，连安慰都不好意思。

锦衣人摸着下巴，心想女人心海底针，刚才还要死要活，一转眼就傲娇上了，还是他家小蛋糕好，不矫情，只害人。

宫胤却在想英白一定是酒喝多了脑子坏了，这都什么事？两姐妹都分不出？景横波就算换张脸肥成八百斤他都一定认得出好吗？

英白没想到翡翠女王真的说走就走，呆在原地。

锦衣人一掌打在他背后：“把你媳妇追回来！”

宫胤冷冷淡淡地追加一句：“顺便记得让她还横波的情。”

英白微一犹豫，追了过去。

玉无色撺掇着他娘走快点再快点。

宫胤和锦衣人对望一眼，又各自扭过头。

山风忽然静了下来，悠悠缓缓，宫胤顺着山脉向外奔行。

景横波到底滑去了哪里？

……

景横波滑到了巫婆的小屋里。

掉下瀑布之后，一路下滑，她好运地没栽下石梁，之后好巧不巧地又滑入洞中，那一截洞好像是天然水流冲刷所致，非常光滑，她很担心到了尽头是封闭的，那到时候她就得被堵在这细长的洞中，活活堵死。

虽然这种可能性不大，因为如果不贯通，就不能水冲形成这样的洞，可是她就是没来由地紧张，觉得自己这一栽，可能还会遇上什么事。

一路快滑，身上火辣辣地痛，她忽然想起一个关于易国的传说，易国最大最有名的山就是易山，传说这山中多宝，山势特殊，成就了易国人千变万化的本事，具体是什么也没人知道。

她觉得如果易山之内真有宝，那这样一条瀑布后隐秘的道，就该是直通宝藏的地方，可这么狗血的事情，她会碰上吗？

忽然脚下一顿，她心中一沉——真的堵住了！

这种光滑细洞无法转身、无法攀缘，根本爬不上去，难道她要在这阴暗的山腹内，活活憋死，和大山化为一体？

不要啊！

她心中发狠，拼命跺脚，猛踹几次后，哗啦一响，脚下松动，出现一个洞。她大喜，继续猛踹，忽觉脚下的触感有异，随即听见哎哟一声。

她呃了一声，心想刚才踹的是什么，不会是人的屁股或脸吧？

下一刻她的脚踝忽然被一只手抓住，那手把她拖出了洞，噗的一声，她栽入了一个满是烂泥的池子。

景横波差点窒息，赶紧爬起来，却有一只手按住了她的肩头，她一惊，感觉到那手的主人有武功、武功却不大强的模样，心下稍安，抹了一把脸，抬头一看，一句“妈呀”差点出口。

眼前是什么东西？

对面壁上有油灯，身下是一个池子，刚才那洞就在墙上，池子就靠着墙边，池子里似乎是沼泽泥，但泛着淡淡的药气，面前是一个人，瘦如骷髅，满脸皱纹，乱发遮住了面貌，只能看见一双鬼火般幽幽的眼睛，脸颊到颈部皮肤皱缩，将整张脸扯歪，看起来更加狰狞。

这人手臂梆硬漆黑如铁，五指很长，指甲更长，软软地搭在自己肩上，景横波看着那发红的长虫般的指甲，一阵阵胃里翻涌。

她暗叫不好，这种造型，别指望跳崖落水遇见高人学得牛烘烘的武功，十有八九是什么受了伤靠各种药泥在疗伤的魔头。

大荒很多沼泽都有药用效果，位置越奇怪的地方，出现的沼泽越与众不同，这山腹之中的沼泽，估计也别有妙用。

果然，下一瞬她就被那人拎着肩头扔到了沼泽池子外，很显然对方很小气，不愿意她沾光。

景横波爬起身，顾不得揩脸上的泥，先看四周的环境，这里好像是个圆形石室，四面都有泥糊的洞，其中一个已经被踹破，就是她下来的那个。

哗啦一声，身后那人也出了池子，她警惕地回身，看见那人只有一条左腿。

她心中忽然掠过一抹奇怪的感觉。

那人坐在池子边，拿起一个铁制的假腿，对她招了招手，看样子是要她帮忙装上。

景横波顺从地过去，她还指望从这人口中得知出去的路，不想得罪这人。

摸上那人的腿的时候，她心中一阵作呕，那是僵硬的死肉，也似铁一般泛着寒光，让人联想起所有僵死的在暗处腐烂的不洁物质。

假腿却很精致，甚至有关节，只是接头处因为磨合问题有点分离，装上去要费点力气，难怪这人找她帮忙。

景横波弯身帮这人装假腿，脖颈倾下，露出一截雪白的肌肤，那人眼光一抬，忽然看见那截明月美玉般的肌肤，眼底忽然爆出一丝火焰，那焰光是嫉妒、愤怒、怀念、哀伤……

曾几何时，这样的肌肤，也曾属于她……

她弯曲的长长手指，无声地飘到了那截后颈前，只要往下一割，这完美的肌肤，乃至拥有完美肌肤的这条生命，也就不存在了。

景横波已经有所感觉，后颈毕竟是最敏感的要害之一。

她不动声色，手中的铁腿只剩最后一个铁扣，她用力狠狠地向上一顶。

啊的一声惨叫，那人向后翻倒，栽入沼泽池中，铁腿高高跷起，不住颤抖。

“啊，你怎么了？”景横波故作惊慌地发问，一转身便扑到一个洞口前。

那洞口比较宽，应该有可能爬上去。

身后忽然有人声音沙哑地道：“你如果从那里走，就等着死在山腹里吧！”

声音十分难听，像无数砂纸在互相摩擦，不辨男女。

景横波回身，似笑非笑：“你这么好心，会告诉我生路？”

那人从沼泽池里吃力地爬起，浑身颤抖，还在忍着疼痛，半晌才道：“你……你帮我送封信……我就告诉你怎么出去……”

“你自己不去？”

“我的假腿出了问题……”那人呻吟道，“我这次爬不出去了，可不出去也是死……”

景横波看见这人假腿和血肉连接的地方，似有骨肉突出，并不是她造成的伤害，而是这人假腿和身体的磨合，出了问题。

难怪肯忍气吞声地求她，不过这信这么重要，怎么敢托付给她？

她拿到信的时候，才知道为什么人家敢随便找人送信，那信正常人都看不懂，都是符号和数字。比如有一行是“西十三”，然后画了一个圈，然后圈中点了一个黑点，又画了几条光线状的东西。还有一行是“东四”，画了一只手和一堆黑点。还有一行是“南二”，然后是一行空白，只画了个心脏。

满纸都是这种奇怪的东西。

信随随便便一折，那人道：“出洞后，往西走三里，藏在你看见的第一棵树的底下。”

景横波哦了一声，那人指了指墙上的洞，道：“你想从哪条路走？”

“都可以走吗？”

“当然，不过有的通向地狱。”那人露出一丝诡谲笑意，那笑被伤痕扯歪，越发狰狞。

景横波那种奇怪的感觉又来了。

“你想送我去地狱，那你的信就送不到，耽误的可能也是你的生命吧？”她不急不忙地晃了晃信。

那人似被击中，低头冷笑一阵，拿起一块石头，一下砸开身边的一个洞口，桀桀笑道：“进去吧！”

景横波此时也只能死马当活马医，和这种人待在这山腹里，她觉得还不如去冒险。

她钻入洞中，感觉这依旧是一个下行洞，身后那人猛地推了她一把，她尖叫一声，感觉到自己的几根头发被那长指甲狠狠地拽了下来，而身子已经风驰电掣地向下滑去。

在飞滑的最后一刻，她听见那人的笑声如巫婆般恶毒阴冷。

“祝你地狱之旅愉悦！”

……

又是一场滑行。

真不知道这山体内，怎么会有这么多滑梯一样的洞。估计和外头那个大瀑布有关。

景横波很快就知道，那人口中的“地狱之旅”是什么意思了。

一路滑行，先快后慢，还有转折，然后在每一个转折，她都看见了这世上可以说是最为可怕的东西。

洞经过了好多和刚才一样的石室，那些石室比较小，都有池子，有人，有惨号，有哭泣。

那些人，全部都是残疾，有的缺了眼，有的少了手臂，有的双腿全残，有的天生没有耳朵。

那些石室，有的石头通红，地热天生，她经过时浑身发烫，而在石室沼泽池里的人，周身都没有皮肤，也不知道是被烫掉的，还是天生就是这样的。那人在血红的池子中辗转，身上一半红一半黑，用一双同样半红半黑的眸子死死地盯着她，仔细看根本没有眼皮，景横波差点把年夜饭给吐出来。

忽然又滑过一间冰室，室内挂满冰雪，沼泽泥也是白色的，一人在沼泽泥中一丝不挂，周身毛发已经掉光，连皮肤都变成冰晶色，景横波甚至隐隐看见他胸口下的心脏，她揉了揉眼睛，觉得不可能，想要看清楚，却一滑而过。

还有的室内一片黑暗，什么也看不见，忽然什么东西一亮，光芒四射，仔细看是一束光，光里却有什么东西在眨动，再一看好像是眼睛，一只眼睛对着光，身体都在黑暗中不见，景横波恨不得闭上眼睛，闭上眼之后脑海里都没完没了地闪过光和眼睛。

还有半边身子缺失镶了铁的，周身似乎被抽掉了骨头蛇一般游移的……眼前的一幕幕如电影镜头飞闪而过，幕幕都是人世间最阴森恐怖的画面，堪比地狱。

景横波很想闭上眼睛，可直觉告诉她此刻看见的东西很要紧，错过这次绝对没下次，再恶心也得忍着。

这山腹管道非常奇特，仅仅因为先天瀑布冲刷，不可能形成这种可以在整个山腹之中坐滑梯的效果，想必是有人发现了这里的特殊地形，后期加以开发筑成。

唰的一声，一个向下的俯冲，已经可以看见微光，景横波知道快要到洞口。

她忽然想起一个重要的问题。

洞里的那个人，为什么那么放心她会将信交出去？不怕她出了洞，就把信一扔或者干脆私藏？

那说明，就在洞口，应该就有人等着接信！所谓的“西走三里”“第一棵树”，都是鬼扯！

难怪不怕她看信，原来信送出去就会被灭口。

洞口越来越近，景横波拔出藏在腰间的薄刀，手臂持刀直直向前。

哧的一声，她已经坐着冲到洞口，与此同时，一道人影一闪，一人伸进手来，笑道：“非……”

又是哧的一声，景横波携着巨大冲力，连人带刀撞入对方怀中！

这一刀惯性惊人，刹那间刀出背！

那人一声惨呼未及出口，下意识地抬掌下拍，景横波早已一脚蹬在他腿上，将他蹬开。

刀随着那人后退离体，空中曳开一道血虹。

景横波扑过去，那人重重地倒地，还没死，在血泊中抽搐，翻着死鱼般的眼瞪着她，是张陌生的脸。

景横波习惯性去他脸上撕，没撕到面具。

“你……你不是……”那人嘶声一喊，抬手似要抓她，手举到一半垂下，气绝。

景横波有点遗憾自己下手太重，留个活口说不定能逼问出更多东西，可她伤势未愈，对方实力不明，不趁这个最好的机会下手，万一出了什么岔子，那就后悔莫及了。

她翻开尸首的黑衣，赫然发现他里面穿的是军衣。这里已经是易国，按照惯例，边界必囤重兵，附近肯定有军营。而这个人，是以士兵身份隐藏在此，专门负责联络山腹里头的“基地”。

景横波认为那地方和十三太保的坟场基地一样，应该也是做实验的地方，只是更加高端巧妙。

设立这基地的人是谁？他秘密联络的一个收信人，竟然都能混入易国军营，那么他对于易国，还有没有别的渗透？

景横波原本想不管尸体，此刻发现军衣倒不能不管了，想了想，将那人推入洞中，用石头堵上洞口。

推人的时候，她忽然想起那人看见她出来，说的第一句话：“非……”

非什么？

她琢磨着，走开两步，忽然站住，脑中如闪电劈下。

绯罗！

断了右腿，毁了容的绯罗！

那山洞里要她传信的怪物，竟然是绯罗！

景横波站在午后的阳光下，浑身发冷。

她万万没想到，当初那个美艳尊贵、风情万种的绯罗，现在竟然变成了这么个人不人、鬼不鬼的怪物！

震惊之后是后怕——幸亏她脸上一直戴着面具！

绯罗要是认出她，就不是传信的事情了，不把她活活撕吃了才怪。

发了一会儿怔，忽然听见有人声，她急忙躲入草丛，看见一队士兵快步跑来，每个人身上都带着器具，在一个军官模样的人的安排下，爬上半山腰，钻入半山腰一个山洞，之后隐约有叮叮当当的声音响起，似乎是在开山凿洞。不断有人搬出黝黑的沼泽泥，用桶运下来。

忙了大半天，这些人才收工回去吃饭。景横波看见很多人戴着面罩，从头到脚防护得严严实实，倒像是怕沾上什么东西一般。

她等了很久，想听听这些人的闲谈，能有什么信息，结果这些人行动整齐划一，从头到尾光干活不说话，似乎是在执行什么秘密任务。景横波只好等人走了之后，悄悄爬上半山腰他们开凿的洞。那洞不大，开出不多久的样子，圆溜溜的，和她之前滑梯一样坐过来的洞相似，但位置不对。

景横波在洞的尾端，看见石壁上渗出一些黑色的淤泥，而洞的前端一点都没有，这种泥好像就是刚才士兵们用桶吊下来的那种，她观察了一会儿，轻轻咦了一声，发现这泥流淌过的地方，石壁变得光滑。

她明白了，这山体中一定有一条流动的沼泽河，贯穿全山，这沼泽的作用就是腐蚀石头，所经之处山石平滑，有人发现了这山内沼泽的特性，便沿着沼泽的流向，开凿出这滑梯一般的山体内部洞穴，利用滑梯进出以及运送食物。

这真是天衣无缝的设计，谁知道一个秘密的人体实验基地在一座大山的山腹之内？就算知道，谁敢冲入那瀑布之内？就算冲入瀑布之内，找到那条入口滑道，那么窄的道，一般人也进不去，只有景横波这种快一米七、一百斤都不到的纤细女子还差不多。然后这种道只能一个人一个人地进去，一进去就落入残废绯罗手里，进去了还出不来，保不住也被投入实验室，比死还惨。

现在的问题是，这山腹内的洞，易国士兵参与开凿，似乎是易国的秘密，也就是所谓的宝藏根本就不是世俗的黄金珠宝，而是这洞和沼泽本身。

易国做这样的事干什么？有心吞并其余部族？这些奇怪的人并不多，用来暗杀或许可以，用来攻城略地，似乎起不了决定性作用。

景横波揣着一肚子疑问，站在大年初一的冷风中思考，一时连宫胤都忘了。

她忽然抽出那信，仔细看了看，看过那地狱般的惨景后，有些东西她能看明白了，比如那个“南二”，一行空白画个心脏的，应该就是表明，南边洞穴第二个地室内，那个透明体实验，现在透明的那个人，已经透明到心脏；一个圈点了个黑点再画光线的那幅图，应该就是说西边洞穴第十三个地室内，那个修炼眼睛的人，已经能够抵抗短暂的强光。每幅图都是绯罗在向外头的人通报实验的进展情况。绯罗的身份，既是一个实验品，也是这山腹实验中心的看守人。

景横波有点懊悔将那个接信人杀了，这样对方肯定迟早察觉出这山腹的秘密被人发现，但仔细一想也就释然了，这山腹实验室工程浩大，非一朝一夕可成，对方花费了这么大心思精力，才不会像十三太保那个坟地简陋的基地一样，舍得说弃就弃，对方会选择追查她，然后杀人灭口。

这样她虽然危险，但是也有可能因此引出主事人到底是谁。

这么想定，下一步就是该去哪里。

她直穿易山，走的是最快的路，现在离天裂峡谷，绕山而行的话，只怕最起码也有十几里。她想过是不是回去找宫胤，但又怕双方错过，还不如留在一个必经之道上等他，反正宫胤一定会翻山来找她，到时候两人会合后，再商量下一步到底该怎么走。

想好了，她便顺着那些士兵离开的方向，往山外的官道上走。走了没多远，就看见军营，她忽然想起，这里正是绯罗假称要她交信的“往西三里之地”。

原来是个军营，那么那棵树呢？哪有树？

她左看右看，只有军营的辕门，是两棵没有完全剥皮的树！

要她把信藏在辕门之下？绯罗这是生怕她死得不够快？

她忽然又有了一个想法——绯罗这么说，肯定有原因，应该是第二手准备，假如她在洞口没有被接信人拿走信灭口，那么这辕门口，也有一个接信人，这个人接到信后，会将她灭口。

这个人应该是易国军营里，有一定地位的人，是和这山腹密室的主事人有勾结的人，所以才有派士兵来配合挖山的举动。

这个人是谁？

景横波的好奇心顿时高涨。这山腹密室对她的震撼太大，在大荒出现这样的东西，对大荒的主事人来说，绝对不是好事，她必须要摸个清楚。

想想宫胤现在应该还来不及翻过山，她将信上的内容再记忆一遍，向辕门靠近。

军营四周都是空地，谁接近，一眼就能看见，景横波要想接近，只能靠瞬移，一闪就走，否则不被抓住也要被上头的岗哨射死。

辕门口没有人，现在是中午吃饭时间，最适合接近的时候。

景横波身体没有完全复原，估计一天也就能瞬移一两次，因此一直走到离辕门很近的位置，才忽然一个瞬移，将那信匆匆塞在辕门的树桩下。

只这一闪，上头的岗哨已经发觉，一声厉喝：“谁！”利箭已经当头射下！

景横波一个瞬移往后便退，脱离了箭的范围，直扑草丛，隐藏到草丛中，看谁最先接近那辕门，那人就该是最可疑的人。

很多人扑了出来，她正睁大眼睛瞧着，忽然身后有马蹄之声，地皮震动，声势颇为惊人，似乎来了一队骑兵。

她暗暗叫苦，这下不巧，前方的军营已经被惊动，后方又来了骑兵，她在这旷野上被夹在中间，瞬移又不利落，往哪儿跑？

她正脑子电转想着对策，那队骑兵势若狂风，已经到了她身后，她一回头，就看见当先一骑白马，周身雪白，脖系金铃，头垂红缨，十分神骏，而马上，一个人正双臂当风，以泰坦尼克号船头飞翔的经典姿势，迎风站立。

烈马狂驰，风拂起她的黑发和大红披风，她一动不动，骑术精绝。

景横波看清那人的那一刻，微微一呆，心想这是谁，好眼熟哦。

再一想，她的眼珠子忽然定住了。

连跑都忘了。

她直着眼，张着嘴，以一种傻傻的姿态，盯着越来越近的那个人。

马上是个女子，微卷的黑色长发，玲珑浮凸的身材，尖尖的下巴，波光流动的眼睛，上挑的眼角，天生三分桃花色，而红唇如火，在雪白肌肤上艳丽着。

那神情，三分随意、三分媚色、三分甜蜜，还有一分小狡黠，贴身的红裙将身体线条紧紧勾勒，瞧一眼就让人喉头发紧。她整个人像一团火，却不是那种灼热伤人的，而是妖艳的火，奔腾的火，温暖的火，在地平线尽头，独自喧嚣燃烧，然后被风吹过。

景横波下巴终于掉了下来。

这这这……这不是景横波吗？

第十七章　女王风骚

景横波目瞪口呆，从没想过有朝一日会以这种方式，看见“自己”。

抹一把口水，她喃喃道：“原来姐动起来，看起来这么风骚，下次就这个造型，去勾引那谁……”

那谁在翻山过程中，忽然打了个幸福的战。

……

景横波看着那女子不断接近，心中惊叹。

这应该是易容术，毕竟这是在易国，但这易容术也太精妙了。还有，为什么会有人扮成她？

骑兵太近，来得太快，将长草卷起，她的身形已经遮掩不住，也便不遮了。

蹄声急响，烈风如扫，那风流冶艳的“景横波”已经到了景横波身侧，在马上一个漂亮的倒翻，身形如杨柳枝一扫，手已经抓住了景横波的胳膊，将她轻轻松松一提，提上了马。

景横波低头看那手——有点大啊，而且力气也大。

那“景横波”抓住了景横波，转头对她看了看，景横波脸上已经戴了那个莫名其妙得来的面具，最精美的那一张，那女子瞧着，眼神精光一闪，伸手就来撕她的脸。

景横波可不能给她撕，这位既然扮成她，那就一定认识她，说不定另有阴谋，她怎能此刻露馅。

她偏头一躲，那女子眼底厉光一闪，忽然拎住她，将她往马下一推！

景横波的脸瞬间就要擦到地面，下一瞬就是落马被踩死或者被拖死的结局！

她心中大骂恶毒，不及多想，大叫：“我是你们国主的皇叔！”

下落的身子一顿，背心被人揪住，下一瞬她回到马上，身后砰的一下，那女子压上了她的背。

“皇叔……”她在景横波耳边道。不像个问句，说不清是什么语气，语声腻腻的。

景横波默默吸了一口气——这货连声音都像她的！

她哑声道：“是！”只求先混过这一关。

那女子呵呵一笑，原本要奔向军营的，忽然掉转马头，道：“走！”

景横波这才想起自己太过震惊，忘记看谁最先冲向辕门了，她在马上艰难地回头，辕门边一堆人，哪里看得出谁有问题。

她心中忽然一惊，不行，不能就这么走。

这么一走，宫胤怎么能找到她？

她忽然一个肘拳击向身后的女子，女子下意识地一让，她的身子已经闪了出去。

这一下用的是瞬移，看起来却像自己跳下去的，女子不防她忽然下马，一怔勒马，道：“抓住她！别让她跑了！”

她自己也策马追来，景横波却根本没有跑，手中甚至还抓着她的缰绳，趁着这马一转身的弧度，她抓着缰绳，擦着地面荡了一圈。

她靴子上还绑着宫胤做的防滑锯齿，这么一滑，正在地面上擦出一个深深的圆。她双脚一蹬，鞋底两个木头防滑锯齿掉落，插在地上，正向着骑兵队伍行驶的方向。

然后她远远地跑出去，避开了自己画的圈，骑兵队自然追上，这样就避免了圈子被马践踏掉。

景横波没有瞬移，跑得也不快，一边跑一边大叫：“你们这群混账！白痴！蠢货！脑残！敢这么对你们国主的皇叔！我是皇叔！听见没有，我是皇叔！快给我跪下磕头！喊一万声‘皇叔万岁’，我就饶了你们……”

她嗓门大，今儿风也大，附近的军营里很多人都听见了，纷纷好奇地探出头来张望。

景横波装疯卖傻没喊几句，身后马蹄急响，那女子追上来，兜手一抄，再次将她抄上马，一只手狠狠地按在她背上，顺手抽出几根带子将她给绑上了。

景横波在马上屁股扭了扭，还要喊，那女子从怀中又掏出个东西，把她的嘴也堵上了。

景横波这下没辙了，不过想传递的消息已经传递了出去，现在就祈祷这些士兵比较八卦了。

“走！”假景横波似乎不愿再横生枝节，捏了捏景横波的脸，带领骑兵队策马远去。

……

辕门前很快恢复了平静，两根树桩静静地立着。

不过先前景横波塞进去的那封信，已经不见。

又过了一阵子，有人到了山脚，找到了景横波出来的那个洞，发现了被景横波杀死的那个接信人的尸体，他将尸体拖出，处理，将那洞堵死。

本来他身上还带着颗药，按照规矩，一手交信一手交药，但这次信出了差错，药就不能全给了。

他将药掰下一半，用一种特殊的纸裹好，过了一会儿，一条蛇从山缝里爬出来，咬住了包着药的纸包，顺着滑洞向山腹内去了。

爬行了很久，这蛇从一个洞内掉下来，正落在绯罗的石室内。

绯罗已经在地上惨叫着翻滚了，一边翻滚一边咬牙切齿地诅咒那个送信的贱人，咒她耽误事情，咒她不怀好意，咒她死得不够快，拖拖拉拉，害她现在还没拿到药，就要死了，就要死了……

蛇一把药送到，她疯了一样扑出去，簌簌发抖地打开纸包，还没看清那药，就一把抓住吞了下去，急得连纸都吞掉了一点。

吃过药之后，好一会儿，她才停止了颤抖，渐渐恢复了平静。她疲倦地从地上爬起来，想起刚才只吃了半颗药，想起那代表着她将经受半个月这样的熬煎，顿时激灵灵打了个寒战。

她在痛苦和颤抖中，慢慢爬回那个让她痛苦不已的沼泽泥池，那里虽然痛苦，但让她有机会更强大，有机会报仇，这是那个救她的人告诉她的，这让人痛苦又销魂的药，也是那人给她的。

她没见过那人，只记得一袭宽大的黑色斗篷……

沼泽咕嘟咕嘟泛着黑色泡泡，她在颤抖中熬煎，在痛苦的最高峰，一遍遍喊着仇人的名字。

“景横波！我一定要杀了你！剥了你的皮，抽了你的骨，把你扔在这烈火沼泽中，腌上生生世世！”

……

又过了一个多时辰，平原上人影一闪，宫胤出现。

翻山不比直穿山腹，他最快速度地越过易山，翡翠部的军队还在易山上满山乱找呢。

宫胤先在这边的山脚下找了一圈，他不能确定景横波是否已经穿过了易山，但他在山下没有什么发现，有注意到景横波出来的那个洞口，但洞被堵住了，他急于搜寻景横波，也没空慢慢挖洞。这个洞引起了他的警惕，他在洞边做了个记号，准备将来派人过来看看，最好弄几个瘦子，从瀑布那头的滑洞进去瞧瞧。

这山上所有的洞都找过一遍，确定景横波不在，他不信景横波会被堵在山腹内，因为入口那洞光滑得异常，有后天开凿的痕迹，那就必然里头还有玄机。

山脚下找不到人，自然只能去附近的军营，在平原上转过一圈，他眼光一凝。

地面上，有个圆，印子是木头锯齿造成的。

她曾带着他溜冰，在冰上一圈圈画着圆。

那除夕夜的冰上圆舞，实际上是对团圆和完满的无声祈祷。

他蹲下身，看了看锯齿的方向，起身追去。

……

翡翠部的士兵还在满山搜寻景横波，因为这是易山，此举过了界，引起了易国的警惕，易国此处军营的边军开往易山，和翡翠部的军队发生了争执。

在两边即将打架的时候，一个紫衣服长头发的漂亮“女人”忽然蹿了出来，一顿不分敌友的乱打，把人都给打跑了。

当然这是紫微上人才干得出来的事，他负责捣乱使坏，耶律姐弟负责收拾烂摊子。

耶律祁很快便知道了翡翠部到底找的是谁。

和宫胤一样，他很快找到了易国军营，从一群抱怨的士兵那里，听说了易国皇叔神奇出现的事情。

听完那个“皇叔”在辕门口乱跑时大喊的台词之后，他微微一笑。

耶律询如翻着白眼道：“脑残！景皇叔！”

很快姐弟俩又连杀三人，得出那骑兵队的大概身份。

一群人追着脑残景皇叔而去。

……

景皇叔在马上颠啊颠。

那女人一路换马不换人，过城过镇都不停留，把景横波蹾在她面前，一天就跑出了几百里，景横波的屁股都快给颠散了。

但这队人的衣食配给，却很高档，衣裳是锦缎、金线所制，喝水喝的是参汁，干粮是精致糕点和腌制得恰到好处的硝牛肉。牛肉金贵，非一般人能食用。

这群人并没有穿军队的衣甲，也没有军人独有的铁血气质，纪律性却不错，景横波分析，这假货不是易国的巨富大豪就是王城贵族。

一路上她也在马上偷看易国风情，可谓满街无丑人，也满街无老者。很多时候很多人的脸长得都一样，几乎人人都会化妆、易容，有时候有些人的技术明显差很多，能看见鼻子那里空一块，或者耳朵后面翘起一边，或者脖颈和脸部的肤色不一致，满街有种“怪人乱窜”的感觉，景横波忽然想起了现代那世以整容著称的某国，选美比赛人人长一样。哎，易国国主是不是也有这个困扰？晚上睡觉会认错人吗？万一谁给他戴个绿帽子，也发现不了吧？

“易容的法子，还记得吗？”身后的人忽然问。

景横波鼻子里哼了一声，点头。她学过易容，是和宫胤身边的阿善学的。阿善是宫胤身边擅长易容第一人，宫胤所有的面具都是她做的，阿善本人寡言少语，人如其名十分和善，当初教景横波也很用心，景横波都还记得。

“月见草是做什么用的？”

“配合珍珠粉，改善肤色，但只能用在凸出区域的阴影部位，比如鼻梁骨下，这样看上去鼻梁更高。”

“肉熬是什么？”

“是用易国疆白猪的皮，经过处理后，作为皮面具的底层，是人皮不足情形下的最佳替代品。”

“为什么要用这种猪？”

“这种猪的猪皮，和人类皮肤在分层和组成上最相似。不同之处在于，这种猪皮的毛孔比人类皮肤粗大，不大透气，需要在易国最冷的地方，深水之下培育数年之后才能用。高手做出来效果和人皮面具差不多，但十分金贵。”

一个问题接着一个问题砸来，景横波滔滔不绝。景横波坐在那人身前，看不见她的表情，只感觉她身上的香气冷幽幽的，但又不同于宫胤的深雪清冷，时带三分阴魅鬼气的冷。

两人问答时，都是远远跑在前面，并没有别人听见，景横波觉得这易国人人都会易容，这些一定是易容常识，幸好误打误撞学过，如今好像算蒙混过关了？因为在这之后，假景横波对她的态度好像好了点，参汤也是这之后才喝到的。

这么一问一答加胡思乱想过了一天，晚上在某座小城停驻，一大帮人出城来接。骑了一天马，那女人跳下马时依旧动作轻捷，景横波瞧见她顺手把马鞭扔给了一个将领，迈着大步进城。她眼看那和自己一模一样的窈窕身躯，迈着男人一样的矫健步伐，雄赳赳气昂昂地走在最前面，就觉得眼前一黑。

那种看着“威武雄壮的另一个自己”的感觉，实在太难受了。这神经病，要扮女王，为什么不扮全套？她的风情万种呢？她的风摆莲荷步呢？她的袅袅水蛇腰呢？她的款款兰花指呢？都哪里去了？

身边过来几个随从，夹着她往里面走，景横波也不反抗，她觉得跟着这群人很好，吃得好住得好，除了一开始吓唬那一下，后面也没为难她，有便宜不占白不占。她一边这么想着，一边又和随从要参茶喝——一天到晚已经喝了四杯了。

随从用看叫花子的眼光看了她一眼，很随意地抛给她装参茶的水囊。黑水女王一边喝一边唏嘘——不容易啊，俺那边又打仗又造房子，钱各种紧张，参汤啊啥的，好久没喝了啊！

她喝着参汤，跟着进了屋子，这是一家客栈，但已经被包了下来，那假景横波直入内院上房，大马金刀往上面一坐，对她勾了勾手指。

景横波一路溜达着进去，皱眉瞧着“另一个自己”那不雅的坐姿，很想拎着这货的耳朵告诉她：学得不到家！女人怎么能这么坐？不能屁股全占椅面！膝盖要并拢！双腿要正放，最好侧放，就算要跷腿，也要并得紧紧的，保证曲线美妙！

座上那人却忽然咯咯一笑，跳下座，一把拉住她，手臂一抡。

唰的一声，景横波的身子划过一道圆润的弧，咻地飞过半掩的帘幕，落在了帘幕后的……床上。

嘎吱一声人响，像是要开始“盘肠大战”三百回合。

景横波也不紧张——两个女人能玩啥？而且她现在是短发男装打扮。当然，如果是比胸大，她很乐意让对方知道什么叫自惭形秽。

外头的假景横波又是咯咯一笑，纵身一跃，越过帘幕，重重地压在景横波身上。又是嘎吱一声大响，让人担心这床马上就要塌了。

景横波给这热情的一压，差点压闭过气，有种小狗马上要来口水洗脸的感觉，又怕被发现胸口的汹涌，赶紧用双臂横在自己胸前。

这么一横，她忽然觉得，这女人的胸肌怎么这么硬？

练健美的？

身上的假景横波咯咯一笑，伸手来撕她的面具，景横波急忙又掩，那货的手指忽然又停住。

“这么怕我撕？”她嘿嘿笑道，“撕了又怎么样？你不是一向戴十层面具的吗？撕了一张还有一张，连我都不太记得你到底长什么样子了……”说着撇了撇嘴，眼底却水光盈盈。

景横波心想大事不好，不会装李逵碰见李逵他老婆了吧？这位明显是认识皇叔的啊，不会就是皇叔的侄子易国大王吧？想想时间点对得上，易国人之前已经将皇叔回国的消息传了回去，不想这位大王竟然亲自来接，景横波心中哀叹——还以为逃掉了“皇叔噩梦”，谁知道兜兜转转又落在正主手里。不过话说回来，易国大王凭什么就认定她是皇叔呢？

她忽然又觉得哪里不对劲，等等，易国大王不是……

“快给我看看你第二层面具是什么……”上头那位压住她的胳膊，抬手一撕。

刺啦。

薄薄的面具飞开。

室内气氛一僵。

上头那货的眼珠子，和景横波先前一样，定住了，直勾勾地盯着景横波的脸半晌，呼吸急促。

景横波摆弄着脸上的表情，不晓得怎么面对这张脸，这一幕一定很诡异，两张一模一样的脸，暧昧相对。

极度寂静，片刻之后，易国大王忽然一仰头，放声大笑。

“哈哈哈哈这叫什么？这难道叫心有灵犀吗？哈哈哈哈你是想起当初咱们玩过的游戏了吗？学着扮演当前最风云的人物，谁输了谁就裸奔？哈哈哈你是用这种法子来提醒我吗？……”她乐不可支，伸手摸遍景横波的脸，又捏又掐，又去掐景横波的脖子和腰。

景横波瞪着她——什么意思？这货和那啥皇叔还真有这种同时扮演的游戏？这货把她这张脸也当面具了？

她一时不知道是该哭还是该笑，这神经病的易国，真真假假，待久了会不会精神分裂？

她身上被掐得发痒，这神经病易国大王！

那家伙掐了一遍，两眼放光，扑上来又是重重一压：“厉害！这么多年你宝刀未老！这脸、这肌肤、这身形，天衣无缝！我竟然摸不出破绽！”上上下下打量景横波的身形、神态，咧嘴一笑，“我承认我输了，你果然扮得更像黑水女王！好了，输者裸奔！”

哗啦一下，她甩掉外袍，解开腰带，刺啦一声一撕内衣。

景横波再一次目瞪口呆。

等等，为什么没有汹涌的“凶器”？为什么只有“小草莓”？

这这这……这身材……

这身材难辨男女，很年轻的身体，肌肤光润，腰线流畅，腰不算粗也不算细，男女皆可的宽度，肩膀也是这样，也没有肌肉虬结，很是漂亮平滑，严格意义上来说，作为男人的身体会显得过于纤细单薄，单从胸部下端至腰部来看，更像女人的身体。

可是……胸是平的！

到底是“太平公主”，还是男人？

景横波拼命地想，易国国主到底是男的还是女的？似乎没人特意说过是女的吧……

她忽然鼻孔一热，感觉有什么热热的东西流了下来。

对面，易国大王霍然转身，目瞪口呆地看着她，眼神先是惊讶，然后是感动，最后变成了骚动……

景横波呆呆地一摸鼻子，摸了一手血。

流鼻血了！

这关键时刻，她流鼻血了！

猛喝四碗参汤的结果，就是在最不该的时候，流鼻血了！

对面，易国大王不去裸奔了，热泪盈眶地跳上榻来，双手压住她的肩，大笑道："你还是这个样子……这么多年了，你果然都没忘记……嗯……我身材是不是更好了？"

此刻他换了本来声音，一口男嗓，景横波顿时明白，这是个断袖！

她抹了一把鼻血，只好把色狼扮演到底，色授魂与地道："……一别多年，你还是这么让我神魂颠倒……"

易国大王笑得娇羞又得意，景横波汗毛都竖起来了。

易国大王似乎很是高兴，在她身上挨挨擦擦，气息渐渐粗重，景横波忽然感觉到什么硬而火热的那啥，触及了自己的小腹，心中大惊，霍然一个翻身。

她将易国大王压在身下，手臂横在他胸前，挡住了自己的胸，下半身略略错开，避免了重要部位的接触。

易国大王轻哼一声，也没挣扎，脸上忽然泛起微微的红晕，媚眼如丝地瞟着她。

景横波不得不盯着那张脸，心里一万头羊驼狂奔过来了，又狂奔过去了——啊啊啊看见自己的脸在自己身下一脸欲求不满婉转承欢的样子是世上最残忍的折磨啊啊啊……

忍住呕血的冲动，她"深情款款"地拨了拨易国大王的发，很想把那头微卷的长发都绞在手中截断，最终却只是温柔地理顺他的鬓边。

"我怎么能忘记？"她道，"我每时每刻都不能不将你记起。"

算了，就当底下的是宫胤好了，但是把景横波的脸看成是宫胤的好像实在有点难度……

易国大王盯着她，眼神一瞬间似能滴出水来，但似乎又忽然想到了什么，眉头一皱。

景横波心中一紧，担心自己演戏过火台词不对，易国大王忽然一伸臂，将她一推，冷哼道："又来哄人！你的话和你的脸一样，从来就没真过。我要信你，早死一万次了！"说完起身，鼻子里哼了一声，看也不看她，女王般昂然迈着猫步走了。

景横波听见他一边走一边吩咐属下："给我看好这间屋子，飞出去一只苍蝇，你们就自裁吧！"

外头轰然答应，连屋顶上都有。景横波却舒了一口气，抹掉冷汗，在榻上摊开身躯。

妈呀，今儿好一出大戏！集伦理、道德、反串、反转、狗血之大成！

差点"擦枪走火"！

景横波抱住头滚啊滚，这事儿怎么整？以前她是担心贞操，现在她是担心有人要给她献出贞操，你们和黑水女王什么仇什么怨？

不行，她得走！

她本来还有轰轰烈烈扮演皇叔、通知宫胤的意思，此刻却一点都不想玩了，那对大王、皇叔，明显奸情满满，易国大王等待多年，终于抓到情郎，春情满溢，猪都看得出来，今晚不过是欲擒故纵，玩点矫情的小花招，等他不耐烦了，迟早自己动手，到时候……

景横波开始瞬移了。

第一次瞬移，撞到一个胸膛，铁甲撞得她鼻子差点开酱油铺，一抬头，哇，满院子的人，一只猫都钻不过去。

面前的大汉对她一笑，掀开衣襟，她看见长满黑毛的……“凶器”。她当场就吐了，被抬了回去。

吐完她缓过劲儿来，给了自己一巴掌，删掉脑海里那长满黑毛的“凶器”，不再想那到底是男人还是女人，第二次闪了出去。

这回她闪远了点，出了门，结果一跤栽阴沟里了，不知何时，客栈门口多了个沟。

一个白发飘扬的老太过来，对她颤巍巍地伸出双手，景横波满怀感激地递出手，那看上去马上要死的老太咧嘴一笑，一把抓住她的双臂，手臂一甩，将她甩过了客栈的墙。

景横波在空中凄惨地飞，看见那马上要断气的白发老太嘎嘎笑着敞开衣襟，露出厚实的胸肌……

砰的一声她砸回了床上，一团绳索当头罩下，将这个不安分的“皇叔”捆了个结实。

景横波只好无奈地睡了。

她做了一夜乱七八糟的梦，梦里似乎是她和宫胤在成亲，进了洞房，红彤彤的宫胤坐在床边真好看。她淫笑着掀开被子，被子里躺着宫胤，她刚要扑上去，宫胤的脸忽然变成了她的脸，她低头一看，“凶器”汹涌，满满的黑毛……

她尖叫一声，吓醒了，一睁眼阳光满窗。

新的路程又开始了，又是快马急奔，今天的易国大王比昨天更加激情，把她绑在自己身前，不住在她身上摸摸捏捏，一边掐一边咯咯笑，笑得景横波浑身鸡皮疙瘩掉了一路。

打尖的时候，易国大王吃一口瞟她一眼，吃一口瞟她一眼，景横波自认为是个风流人物，暗送秋波什么的早已习惯，可是眼睁睁瞧着“自己”对自己抛媚眼，真真食难下咽。

最可怕的晚上投宿的事儿就要来了，景横波万般无奈，下午打尖的时候假称洗脸，把脑袋埋在冰冷的河水里三分钟，如愿以偿地感冒了，不住打喷嚏，鼻头揪得通红。易国大王一面着紧地叫人熬姜汤，一面啧啧赞叹皇叔的易容功夫这么多年越发精进，瞧这鼻头居然真的红了哎，这么薄这么逼真的面具，捏了这么多下，鼻头部分竟然没有破！妙绝！

景横波咳嗽着，流着鼻涕，一摇三晃地进了屋，门吱呀一关，卡住了将要跟进来的易国大王，情深意切地跟他讲：“大王，我这伤风颇严重，可不要传给了你，你且等等，等我好了……”

“无妨，你我正当患难与共……”易国大王死命要向里面挤。

景横波死命用身子抵住门，甜言蜜语神功祭起："我知道你不在乎，可我不舍得。你咳一声就是咳在我心上，你打个喷嚏我就像被雷击，你眼睛一红我心里就像在流血……你的健康就是我的希望，等我好了，我一定把你狠狠揉进我怀里……"

易国大王面泛桃花，眼眸含春，在一波波的情话中身子渐软，门板渐渐合起，景横波砰的一声关上门，吐出一口长气。

听见外头有拖动东西的声音，她一瞧，易国大王正拖了张榻在她门口，要给心爱的人守夜呢！

景横波背往门上重重一靠。

这日子没法过了！

……

第十八章　真假女王？

第三天，天色将晚的时候，抵达一处景致优美之地，那里湖水如镜，倒映双峰似塔，湖背面是幽静的桦木林，弯曲的小道后，一座庄园若隐若现。

"那里是我的行宫，你以前没见过。"易国大王指给她看，"还记得吗？咱们一起在这打过猎，你说这里景美水清，如果在这里有一座庄园，真真是极好的。后来我便造了这座行宫，当时朝中大臣集体反对，说这里离王城已经不远，何必再造行宫，枉费财力、民力。我没理那些迂腐的老夫子。这么多年，我一直想着你能来瞧瞧，如今可算等到了。"

景横波忙着擤鼻涕，敷衍地点头，她知道这"皇叔"扮演不了多久，现在混一天是一天，可赶紧把身子养好吧，这样才能在上千护卫的虎视眈眈中顺利逃脱啊！

宫胤，你怎么还没来呢？

……

景横波所在的行宫，离易国王城幻都，只有不到三十里路程。

此刻王宫灯火通明，因为听说大王要回来了，宫中的嫔妃、宫眷们，都做好了迎接大王的准备。

一直等到夜色深浓，众人饥肠辘辘，才有侍卫飞马来报，大王今夜不入宫，着各位公主及娘娘不必迎候。

宫眷们快快回宫，其中以易城公主走得最快。

她的背影匆匆消失在宫道上，几个宫妃凝望着她的背影，都撇了撇嘴。

“这么急，又私会哪个小太监去了吧？”

“听说她最近深居简出的，再不像以前那样爱串门，也许咱们又要有新驸马人选啦。”

“得了，这都几年了，哪次真有谁成了驸马？不被她弄死也被她气死。呵呵，二十岁的老姑娘了，至今嫁不出去，也不嫌丢人。”

“你我瞧不上她有什么用？大王宠爱她就行。真是奇怪啊，那么多公主，大王独独对她不同，硬是把她的性子纵得放荡无耻，也不知道大王怎么想的。”

“怎么想的咱们也不知道。咱们还是多操心明儿的面具吧，听说大王最近喜欢扮女王……”

……

易城公主一路匆匆回宫，满脸春色，还没进门就已经曼声唤道：“阿昙，我回来了。”

室内没有点灯，也没有火盆，非常冷，窗棂上甚至结了霜花，宫人们站在阶下，都在簌簌发抖。

没有人应声，黑暗中似乎有一团雪白的东西动了动。

易城公主满脸是笑地进殿，顺手关上门，坐在那团雪白的东西对面，轻声道：“哥哥明日才会回来，今夜我又有空陪你啦。”

那团雪白的东西慢慢起身，黑暗中隐约可以看出是个少年，披了件雪白的轻裘，一张脸比轻裘还白，白到近乎透明，五官乍一看不是很美，但清清淡淡的，一抔雪般洁净、轻软，让人不敢亵渎，但心底又疯狂地想亵渎。

他一起身，这殿内的温度又冷几分，易城公主裹紧了大氅，眼睛一眨不眨地盯着他。

这是她的宝。

三天前她在易国靠近蒙国和禹国的边境打猎，遇见这个少年，他似乎是从禹国过来的，她一眼就看中了他。

不过这个人非常冷，似乎根本没有任何人间情绪，对她的殷勤根本不感兴趣。这种淡若霜雪的气质，她以前从未见过，顿时迷得不能自拔，用尽心思追逐讨好，最后拿出了自己一些极其秘密的东西，才引起了他的兴趣，答应和她来易国王宫游玩。

她觉得这个人像是天上下来的谪仙人，雪山生出的洁净莲花，世俗的男子统统不能比。为了留住他，她把最吸引他的东西先藏了起来，每日变着花样讨好他，他似乎有点不耐烦，但还真就一日日待了下来。

她心里知道，他留下不是为了她，八成是为了她拿出来的东西，可那又有什么关系？只要这个飞雪一样的少年，陪她有过一段，她的“美男谱”上便又多一项战绩。

易国易城公主，平生的宏愿，就是见识过这天下每一种风情独特的美男。

现在的这个美男，叫耶律昙。她一遍遍咀嚼这个名字，觉得“昙”字真是再适合他不过，夜色中开放的一朵雪白昙花，洁净内敛，惊艳刹那。

“你上次拿出来的那罐淤泥呢？”耶律昙又开始执着地问这个问题。

三天前，就是那一罐从易山带出来的沼泽泥，引起了这雪般干净的耶律昙的注意。

这沼泽泥，是易城公主的情人之一、易山边军守将吕卓鸿送给她的。易城公主一直有研究各种沼泽泥功效的爱好，吕卓鸿便给了她这样一罐泥，说这泥是在易山内部掏出来的，能够腐蚀石头。易城公主研究过这罐泥，发现这沼泽泥的成分并不完全是天然的，其中似乎有添加成分，她为了引起耶律昙的兴趣，和他讨论过这罐泥。耶律昙一开始不在意，后来听她说了自己猜测的几种成分之后，忽然便开始关注这沼泽泥。易城公主见引起了他的兴趣，反而不再肯和他讨论了。但耶律昙是个执拗性子，每天见到她，必问。

易城公主挑眉，双手搭向他的肩，半个身子都靠了过去，娇声笑道："哎呀别这么急嘛……"

耶律昙看一眼自己的肩，咔的一声，肩上结一层薄冰。

易城公主只好缩手，也不生气，顺势就换了个掠鬓的动作，笑道："这泥，刚给别人借去了，回头给你。要不……"她靠近他的耳边，悄悄吹气，"城外行宫里，这泥很多，我带你去看看？"

耶律昙微微偏头，躲开她的气息，他觉得混浊。

这个女人身周所有的气息，都让他觉得难受，但为了那罐泥，他忍着。

那泥，太重要了。

他前些日子奉宗主夫人之命下山，先回了禹国耶律家族庄园，把夫人赐下的丹药给了他们，宗族中人感恩戴德，又咬牙切齿地说得了这一批丹药，有望培养出一批优秀子弟，重夺帝歌大权，并处死那对叛出家族的姐弟。他对此没有任何反应，直接离开了家族，往玳瑁方向前去。

宗主夫人要处死的黑水女王，就在玳瑁。

据说，耶律询如也在玳瑁。

但在易国和禹国的边界，他看见了那一罐泥，泥是沼泽泥，但其中加了料，那料，却是雪山才有的东西，而且是专门用来锤炼体魄、改变人的体质的独门药物。

宗主夫人用这种药物，培养雪山特殊训练营，他也是其中一员，熟悉那味道。他知道，宗主夫人的所有明面和地下的训练基地，都在雪山，根本不可能在易国。

易国这里使用雪山独门药物的人，是谁？他在做什么？是否会对雪山不利？

身受宗主夫人大恩，他有责任弄清楚这一切。

为了那个雪域之中高贵慈悲的女子，他甘心忍受这红尘浊女子的侵犯亵渎。

但也快到极限了，他还有事情要做。

"行宫里有？"他立即起身，"那现在就去。"

"啊？"易城公主没想到他说去就要去，怔怔地道，"可是哥哥还没从行宫回来呢，我们会和他撞上……"

"不会被他发现。"他披上大氅，将自己埋在熟悉的冰雪气息里。

"那个……"易城公主急了，拉住他，"不能现在去。哥哥据说刚找到……老朋友，一定不喜欢人打扰……"她咬着下唇，"哥哥千变万化，你不知道哪个是他，很容易被撞上。

听说他最近扮的是黑水女王，还带回来一个更像黑水女王的人……”

“黑水女王？”耶律昙忽然转身，“景横波？”

“是啊。”

耶律昙闭上眼，想了想，忽然道：“易城。”

易城公主第一次听他唤自己的封号，顿时心花怒放：“阿昙！”

“我对你们的易容很感兴趣，你也给我扮一扮吧，这样你哥哥就看不出我是谁了。”耶律昙对易城公主轻轻一笑。

这一笑如破冰，易城公主眸子里晕染了惊艳的圈圈，顿时将顾忌不安都忘记，毫不犹豫地道：“好。你要扮成什么样子？”

身为易国公主，易容自然是基本技能，何况很少有人知道，真正要论起易国的易容高手，第一当数失踪多年的皇叔，第二就是易城公主，第三才是易国大王。

易城公主打开用具盒子，亲手给情郎易容。

“眉比我的要略浓，更直更长些，远山一般的苍青色……”耶律昙细细指导。

易城公主专心易容，笑道：“这眉好看。”

“眼要大一些，双眼皮，到中段扬起，尾部最宽，微微上挑……”

易城公主又啧啧赞叹：“这眼真美……”心想比耶律昙还美。

“鼻子更高些……”

“玉峰如柱啊，真完美。”易城公主叹息。

“唇比我饱满些，色泽红些，但也不要太红，微微的琉璃色，线条更清晰些……”

易城公主专心地挑拣颜色，试了好几种搭配，才试出耶律昙所说的那种唇色。她着迷地盯着那唇，若不是怕破坏妆容，恨不得扑上去先亲一口：“这唇色，这五官搭配，绝了……”

“肌肤比我更晶莹些……”

“不可想象，不可想象！”易城公主一边大声惊叹，一边匆匆试验各种脂粉搭配，最后以极其珍贵的冰晶粉并桃花珍珠粉，才勉强近似了耶律昙所说的那种“晶透胜雪有华光”的肌肤。

全部打理完毕，易城公主习惯性地退后一步，看整体效果，一看之下，呆若木鸡，手中的粉刷啪嗒落地。

美人！

这才是真正的美人！

原以为耶律昙这样的，已经是冰雪殊色，没想到和这张脸比起来，耶律昙只能算个苍白少年。

真正的冰雪殊色，会让人想起雪中盛开的莲，或者晶莹冰面上镶嵌的桃花，琉璃世界里的一盏香灯。

一种晶透到了极致的艳。

不属于人间。

易城公主呆呆地凝望着这张脸，忽觉刚才还记忆深刻的耶律昙的面容瞬间淡化模糊，几乎想不起他的模样，也想不通自己先前为什么会对那样一张脸神魂颠倒，忽觉过往二十年所谓的饱览男色都是笑话，是一种完全不自知的孤陋寡闻，在这张脸面前，那些所谓的男色，不值一提。

“这张脸……是谁的？”她几乎不能呼吸，怔怔地问。

“自己想出来的。”耶律昙才不会告诉她答案。

他看着镜中的那张脸，眼底涌现出一丝厌恶的情绪。

折辱了雪山的人，他的安然存在，就是对雪山最大的不敬。这笔账，就让我为夫人算回来吧。

如果行宫里真有你的女人，我会用你的脸，杀了她。

……

年节未过，行宫里一派喜庆布置，大红的灯笼从宫门一直延伸到内宫水榭，远远望去像天地间悬了一串珊瑚珠儿。

水榭正中有暖阁，暖阁里开席列珍馐，雕梁秉双烛，易国大王终于安心地关起门来，和他的“皇叔”好好叙谈当年。

“这些年你是怎么过的？今天你得好好给我讲讲。”易国大王亲自给景横波斟酒。

他还是一张景横波的脸，据说这种精仿度极高的面具，要在脸上戴上一阵子，用脸部肌肤“养熟”，才会表现出最好的效果。所以景横波到现在也不知道他到底长什么样子，但就算他真的脱下面具，景横波觉得她看见的，也未必是真的脸。

易国人，真真假假地过日子，她严重怀疑是不是会经常睡错人？

“我啊……”景横波不敢多说，怕露馅，只得做唏嘘状，“一言难尽……”

“听你说三天三夜，我也是乐意的。”大王笑吟吟地靠在她肩上，水榭雕花槅门上镶嵌着铜镜，照着一对一模一样亲热依偎的女子。景横波看一次崩溃一次。

“大王……”

“以前你都叫我小易易的……”他不依。

“咳咳，”景横波咳嗽两声，“易易……”她又想吐了怎么办？

“鄯鄯，”易国大王抚摸着她的脸，“走了这么多年，你就真的从来没想过我吗？……”

景横波在走神。

善善？

脑子里忽然电光一闪，她明白了到底是怎么回事。

易国皇叔，阿善！

宫胤身边那个沉默寡言，擅长易容的女子！

原来女子不是女子，原来沉默寡言不过是保护色。

所以阿善教她的那些易容知识，才能在易国大王这边过关，那些知识根本就不是普通易国人能知道的，必然是属于阿善和易国大王两人间精研的高端技巧。

她脸上一开始戴着的那个面具，必然是出自阿善之手，也只能出自阿善之手，肯定有阿善本人特殊的记号，所以易国人和易国大王都在看见那个面具之后，认定她是阿善。

但阿善并不在玳瑁，一直留在帝歌，这面具又是自己掉落的，这中间有个环节想不通——面具是怎么到她手里的？

可能阿善知道了易国在寻找他，他并不想露面，就制作了有个人标记的面具，寄来给宫胤。宫胤在玳瑁，一直在使用阿善制作的面具，当宫胤或者其手下使用了这个面具，就会转移易国人的视线。巧的是，这面具也不知怎的，到了景横波手里。

“鄯鄯……”易国大王皱着眉，拱她的肩头。

“啊……想！想！”景横波立即抓起酒杯灌他酒，“每日每夜都想，没完没了地想，翻天覆地地想，醉生梦死地想……我的好人儿，看见你我心肝儿乱跳，眼珠子乱掉，连话都不会说了。来来来，再来一杯，我的心意就是这浓浓的酒，你一定要亲口尝一尝……”

“多年不见，你这张嘴，倒练得越来越甜了……”易国大王咯咯笑着，依着她的怀，低头饮她杯中的酒，唏嘘地道，“当年啊……你虽然也会说话，可总也不肯和我说这么多……”

“当年……终究太年轻，犯了些错，你可得原谅我……”景横波含含糊糊地试探，反正这句话怎么理解都行。

“过去的事，都过去了。反正真相你我都知道。”易国大王挥了挥手，嗤地一笑，“什么造不造反？你怎么会造我的反？不过是做戏给那群居心叵测的王弟瞧。你造那一场反，把对王位虎视眈眈的弟弟们都逼了出来，我那一把火，烧得干净，烧得干净啊！只是累了你从此必须流亡国外，还被弟弟们的余党各种暗杀，不得不隐姓埋名屈居人下。为了你的安全，在没有拔尽弟弟们的余党的时候，我还不敢找你，一直等到那群混账手下基本弄干净了，我才开始派人到处寻找你，可是那时和你失去联系已久，一时毫无线索，耽搁到现在，天可怜见，终让我找到你……”说着轻轻摸着景横波的脸，眼神迷蒙。

“……这么多年我过得其实还不错，并没有吃太多苦……”景横波又劝上一杯，“我在国师手下，扮成一个女子，专门负责给他办理易容事务……”

她说着阿善的近况，说到这句时心中忽然电光一闪，似乎觉得有什么不对，但却又抓不住。

“……呵呵呵，我过了很久才打听到你在国师手下，”易国大王并不劝她，又干一杯，“但不知道具体做什么。还好，一找就找到了……听说你在国师手下，我也便放心了些，你的易容术一向精妙，国师一定很倚重你，不过话又说回来，国师掌握大荒，位高权重，自己的脸就是号令，没什么必要去扮成别人，想必你也只是替他的手下办办改装之类的事。”

景横波心中警惕更浓，笑吟吟地道：“易易你说得一点也不错，我也就替国师在外办事的手下做些改装，还不是经常做。好在国师对属下向来厚待，我一直生活无忧。”

“如此甚好，如此甚好。”易国大王又喝了一口她手中的酒，“……以后不用给别人做啦，我……嗝儿……我养你……”

“咱们谁跟谁啊……”景横波又灌他一杯，眼看他的身子从自己胳膊上软了下去，心中暗喜，柔声道，“你醉了，我让人来扶你去睡……”

“别喊那些人来……就这里……就这里……”易国大王一把抓住了她的胳膊，气喘吁吁地道，“就我们……就我们……”

景横波一转头，就着明珠灯光一瞧，不禁一呆。

薄薄的面具已经挡不住易国大王满脸桃花色，眼眸盈水，眼角带赤，鼻息咻咻，手指发热，整个身体似一段软面条般，挂在她肩上，景横波在他的呼吸里嗅见一股甜蜜惑人的气息，这种气息……

酒里面有药！

这货居然自己吃了助兴药！

她手一松，易国大王啪嗒一声软在她身下，咯咯一笑，伸腿一勾景横波的小腿，景横波踉跄一下栽在他身上。

“转眉欢啊……”易国大王笑道，“以前你最喜欢对我用这药……今儿你一杯又一杯地灌我，我就知道你又想我了……”说着笑着抱住景横波的肩膀。

他在锦毯上翻滚，衣裳不知何时已经翻开大半，露出胸膛如大理石的肌肤，而桃花色一直泛到锁骨间，肌肤更是滚热。景横波立即感觉到他属于男性的变化，她出了一身汗，伸手就去够桌上的酒壶，准备砸他个天旋地转算完。

她的手刚够到酒壶，忽然一阵凄厉的哨声响起，从宫门前一直响到这水榭之上。

景横波手一顿，易国大王唰地翻身坐起。

他脸上春色未消，语气竟然立即恢复了冷静，“怎么回事？”

立即水榭外就有人回答：“回大王，闯宫警报。请大王不要离开水榭，此地将增加警戒。”

景横波冒了一把冷汗——刚才如果她真砸了，会是什么后果？

她心中暗暗警惕，这易国大王看似风流浪荡，实际冷静谨慎，比她之前遇见的几位部族首领都要难缠。

“来者何人？”易国大王问。

外头稍稍一静，随即有人回答：“回大王，是一名白衣男子，速度极快，已经连过三门。”

景横波面色一变。

宫胤来了？

“此人意欲何为？”

“回大王。他没说话，但直逼内宫，看神情似在找人。”

易国大王忽然转头盯住了她，笑道：“鄯鄯，为何忽然变色？”

“我闻刺客厉害，怕大王受到伤害。”她答。

“鄯鄯真是关心本王。”易国大王咯咯一笑，伸手摸了摸她的脸，“只是本王瞧着你的眼神，似有担忧之色，当真是为我担忧？不是为什么乱七八糟的小情人担忧？”

“乱七八糟的小情人是谁？”她也咯咯一笑，反掐他一把，“你这个爱吃醋的小坏蛋。”

“没有就好。”易国大王哈哈一笑，伸臂搂住了她，“那么，咱们来看戏好不好？看一出水上千卫斩刺客的大戏好不好？”

他的话音一落，水榭两边的隔扇门已经打开，丝帘也卷起，景横波正看见一道白影电射而来。

那白影似从黑暗中生，先是一簇模糊的白光，转眼就亮成了一道闪电，周身白气蒙蒙，似有碎屑飘动，仔细看是他身周寒气凛冽，令空气里的水汽自动凝冰成雪。人到哪里，雪便下到哪里。

这一手，只有宫胤了。

景横波心中又喜又忧，喜的是宫胤果然追了过来，再不来就要出大事了，忧的是宫胤功力未复，这样动用真气真的好吗？

身边的易国大王忽然一笑，将她一把按倒。

两人面前就有桌子，她这一倒，顿时被桌子挡住，易国大王靠着她的肩膀，笑吟吟地玩着她的发，又将自己的长发束起，收拢在肩后的衣裳里。

景横波正在纳闷，冷静的易国大王为什么要这时候淫心大发？见他这个动作，再一看那张脸，心中大惊。

这家伙，要以她的脸来对付宫胤！

两人原本看起来就一模一样，隔着个湖根本无法辨别，唯一的区别是头发长短，她被烧掉的头发还没长出来，但此刻易国大王把头发束起塞入后衣领，这最后一点区别也没了。

这万一他来个活春宫表演，被宫胤看见……

她闪身要走，不管闪去哪里，哪怕极有可能闪到湖里，也比让这家伙顶着她的脸去刺激宫胤来得好。

腰部刚一动，身下的木板忽然轧轧一响，陷下一半，她忽然发现木板很黏，竟然黏得她不能动了。

“别动，乖乖别动……”易国大王在她耳侧笑道，“你一动，会掉下这水榭的暗层，到时候，好戏就看不成啦……”

景横波不敢动了，她宁可留在水榭中，还能想办法提醒宫胤，这么一落入下层，谁知道上头会发生什么。

她有点奇怪宫胤为什么不想办法潜入行宫，悄悄救她？但看看四周那忽然出现的无数灯火和这完全四面不靠的湖，就知道所谓的潜入根本不能实现，只能以最快的方式，直抵中心。

易国大王轻轻一笑，俯身在景横波耳边吹气。他并没有太过靠近景横波，也没有触及她的任何肌肤，但桌子挡住了景横波，从湖上的角度看过去，就能看见“景横波”正和别人厮缠，香艳旖旎。

湖上来的宫胤，也看见了这一幕。

他见一湖碧水，中有水榭，水榭暗香隐隐，垂帘深深，八角走马宫灯垂深红丝穗，摇曳出淡红的光影，光影下就是景横波，短发雪肌，脸颊嫣红，正眼神迷离地对底下不知何人轻怜蜜爱。

那般风情，那般神态，熟悉到了骨子里。

他第一眼一怔，第二眼皱起眉，第三眼想着景横波中药了？

她不可能和别的任何人做出如此亲昵之态！

这么想的时候他便有些分神，脚下微微一动，速度稍微慢了一点，此时正有高手拦截而来，他堪堪跨入湖中的脚步，被拦了下来。

易国大王微微一笑，一按地板，地板又陷下三分。

他见自己这副做派，宫胤看到并没有太大的情绪波动，眼神一闪，微微有些失望。

景横波挣扎着大叫："菊花儿……"

喊一句顿时止住，因为她看见易国大王坐起，单手撑着地板，正顺着她的话音在对口型呢！

看起来像是演双簧，她是背后配音的那个，易国大王是表演的那个。

景横波立即闭嘴，易国大王一笑，道："原来叫菊花儿，名字甚好！"

湖岸边的宫胤听见这一声"菊花儿"，看见景横波急切呼喊，眼眸一缩，几乎不敢置信。

真的是景横波？"菊花儿"这个称呼除了她也没人喊得出。她中了什么药？

易国大王低低一笑，对景横波道："给你变个戏法。"伸手抽了绢子将她的嘴堵住，脚一踢，一道滑板无声无息地滑过来，盖住了景横波，地板又恢复了原状。

与此同时，他将桌子下的一团东西一推，那团东西扑通一声落水，听起来像是有人落水了。

一群人大叫："大王落水啦！"纷纷坐船去救。

桌子有锦帷，桌下那团东西从宫胤的角度看是看不见的，只能看见一角锦绣大氅，从地板上滑下水榭，看上去像是景横波在和易国大王饮酒作乐，看见他来救，奋起推下易国大王。

然后易国大王扑向水榭的栏杆，对宫胤连连招手。

此时众人都去"救大王"，放弃了围攻宫胤，宫胤扑向湖中的水榭，易国大王立即扑向他。

宫胤本来已打算接住她，但看她红晕上脸衣裳不整的模样，心中一动，只牵住她的手腕，真气探入，想查查她到底是怎么回事。

他一点也没把刚才那香艳一幕当回事，他家女王看似风流爱揩油，实际上玩真的跑得比兔子还快。

他只想着景横波是不是出了什么问题。

易国大王怎么肯让他探查真气，忙闪身让过，道：“我把他们的大王推下去了，赶紧走。”

景横波和七杀学过拟声，先前一直是类似男声，喊“菊花儿”的时候，用了自己本来的声音，如今易国大王学她的声音也惟妙惟肖，玩易容的人，这是基本技能。

“你没事吧？”宫胤盯着“景横波”的背影。

“没事。”易国大王来拉宫胤的手，“快走，我知道一条人少的道！”

……

第十九章　宫胤的未婚妻？

夹层里景横波将这些对话听得清清楚楚，险些气炸了肺。

扮成她，玩她男朋友？还让她在一边听着？

这易国大王到底打的什么主意？

景横波发誓一定要给他一个教训，但前提是先提醒宫胤。易国之主的易容术实在是太精妙，面容、步态、神情乃至小动作都无一不像，还善于做戏，此刻又是夜晚，朦胧的灯光之下，紧急情况中，宫胤一时来不及细细辨认，很容易上当。

但她被困住，无法瞬移、无法控物、无法发声，怎么提醒？

景横波静下心来，开始运气。

真气自丹田生，过重关，起明月蒙蒙光华。

这么一运气，她忽然惊喜地发现，自己的明月心心法似乎有了进步，原先筷子粗的气流，现在应该有拇指粗了，也不知道是在哪次突破的。

她其实是个懒人，又各种忙碌，功夫练得有一天没一天的，就这样居然也能长进，她顿觉老不死给的功法就是好。

其实但凡高端功法，一旦入门，就会自然在体内循环，尤其是明月心心法这种呼应自然的内功，只要天上有月，就体内潮汐不止，呼吸、睡觉都在练功，景横波又经过紫微上人根据个人体质设定的特殊方法培养，打架都在练功，时机一到，稍有作用便水到渠成。

她记得老不死提起功力的时候，真的像一坨月亮闪闪发光，自己虽然远远比不上老不死，但亮一亮总可以的吧？

这木板做了夹层，总有缝隙的吧？

……

易国大王去拉宫胤的手，整个人爱娇地靠向他的肩。

宫胤看“景横波”动作很大，忽然道：“你肩上的伤可好些了？”

易国大王微微一怔，随即笑道：“好啦。”

宫胤眼光忽然扫过来，易国大王偏了偏头，将自己的脸半藏在灯影里，淡红光影下笑容妩媚朦胧，浅浅诱惑。

宫胤的目光却直接从她脸上扫了过去，落在了地板上。

深檀色的木板，有一处似乎隐隐发出白光。

宫胤挪动脚步。

易国大王眼角已经看见那点白光，他本来身子转来转去，已经挡住了那块有问题的木板，可光是发散的，遮不住。眼看宫胤就要走过去，他眼珠一转，忽然哎呀一声，惊叫道：“谁拽我！”随即身子一歪，看上去像是被人拽下去一样，扑通入水！

宫胤脚步一停，回头，就见“景横波”落水，一怔，脚下忽然颤动，随即整个水榭都开始塌下去！

水榭并不是屋舍结构，只是在湖中央打下桩子，铺以横板，搭上框架，做了一个式样简单的亭子状观景台。此刻桩子断裂，整个水榭都在塌，宫胤不可避免地落水。

啪嚓一声，困住景横波的那个暗屉也落水，混在那一片木板之中，在湖水中载沉载浮。

哗啦一声，宫胤自水中穿出，眼光在湖面一扫，想找出刚才那块发出白光的木板，但现在所有木板都已经碎裂，漂了满湖，每块看起来都一模一样，到哪里去找？

而不远处，易国大王扑腾挣扎，似乎抽筋了，向宫胤伸出手臂，一脸哀愁求救之色。

在水中的某块暗屉里，景横波行功被打断，白光已经发不出，而冰冷的湖水咕嘟咕嘟灌进来，很快就要淹没她的口鼻。

……

同一时刻，易城公主和耶律昙进了行宫。

易城公主原以为行宫难进，谁知道今晚的行宫根本没看见人，她和行宫看守者本就熟，稍微赏点银子就进去了。

进去之后她才知道，护卫们都在内宫，似乎在围剿什么刺客。

易城公主听说有刺客，顿时不愿意去凑热闹，耶律昙却坚持要去，易城公主拗不过他，只得带路。

她一边走一边贪恋地看着耶律昙的新脸，觉得这美实在难以形容，多看一眼都是好的。

不多时到了湖边，首先看见湖上一大片木头碎片，有人在水中挣扎，有人在水上，脚点着那些漂浮的木板，似乎在寻找什么。

那人一身白衣，衣衫虽湿，姿态却飘举，易城公主见识男子无数，自然善于从人的体态、风度上鉴定质素，一眼之下，不禁感叹：“好美的风姿，脸也一定很出色。”

耶律昙冷冷淡淡地看一眼，先是漫不经心地掠过，随即霍然转头，眼神里现出惊讶和疑惑之色。

他一拉易城公主，躲入旁边的假山后，易城公主受惊，不依地道：“你这是做什么？吓死我了……”一边半埋怨半撒娇，一边更紧地依偎过去，闭上眼睛，幻想着自己此刻是真的在那美人怀中……

忽然后颈一痛，她翻了翻白眼，一声不吭地晕了过去。

耶律昙毫无表情地将她踢到脚下，注意着湖面。

湖上的正是宫胤，看一眼在水中“挣扎求救”的“景横波”，他终于还是掠过去，伸出手。

易国大王大喜，再次对他伸出双手，宫胤却一把抓住他的肩头，将他往岸上一甩。

这一甩用力甚巨，呼的一声，易国大王飞到了视线之外……

一大群护卫惊叫着，急匆匆奔去救了，宫胤看了那个方向一眼，眼底有几分震惊又有微微的讥嘲。

易国，名不虚传。可惜对他没用。

他无心追究，此刻注意力都在湖面上，湖面到处漂着木板，哪一块装着她？

如果她真的被装在暗屉里，此刻定然危险，暗屉窄小，行动不得，一旦水灌入，很容易就会淹没口鼻导致窒息……

宫胤心急如焚，行动却丝毫不乱，立在湖中心，微微提气，掌心忽然跃现一团白光。

仔细看不是白光，是一团白色的气流，旋转成一个晶莹的球，球体中心有飞雪，有碎冰，有呼啸的气流，看上去像一个微缩的冰雪世界。

假山后的耶律昙，眼神微微一变，似喜，似冷。

宫胤催动着冰雪之珠，他之前用的冰雪系武功并不特别，大荒修炼这类武功的很多，他不想暴露身份。但此刻，普通的冰雪系武功不足以帮助他在最短时间内找到景横波。

和隐瞒身份比起来，自然是景横波的安全更重要。

冰雪之珠成形，宫胤双手向外一推。

刹那间湖上起漫天雪花！

先是一阵寒风卷过，湖水立即开始结冰。

然后空气中的水汽瞬间凝结，飘起碎雪。

碎雪中，宫胤雪白的掌心如一团冷云，射出无数鸡蛋大小的冰珠。

远处红灯光影朦胧，照见这一刻常青木葱茏，而湖上凝冰飞雪的奇景。

淡红光芒里，满湖冰珠飞射，折射七彩流光，像忽然下了一阵斑斓流星雨。

一湖飞雪凝日月，疑将天景移人间。

岸上救援易国大王的护卫们齐齐转身，眼眸里倒映这一湖飞雪和飞雪中冰山一般的人。

冰珠射向每块木板，无一遗漏。

宫胤精神高度集中，微微闭上眼睛，他要在自己最熟悉、最能发挥的环境中，以冰珠同时敲击所有木板，找出因为有暗屉，声音不同的那一块！

冰珠敲木板，只在刹那。

不能错！

……

黑暗的暗屉里景横波正在挣扎。

湖水已经灌入鼻子，胸腔受到挤压，如被尖锐的刀搅动胸膛，疼痛几近炸裂，暗屉中没有多少空气，还在被水浸入，她知道溺水三分钟就会窒息死亡，此刻看来已经是个死局。

她暗恨自己太大胆，想要知道一些秘密，没有早早对易国大王下手。

忽然鼻端一冷，身下漂浮感不见，没入口鼻的水不见，隐约听见嚓嚓之声，感觉到薄片切割肌肤的刺痛感，她从迷迷糊糊中一醒，顿时明白，结冰了！

宫胤瞬间令湖水结冰，这得耗费多少功力？！

她咬牙，忍着浑身的疼痛，再次开始运气，她也要努力自救，要让宫胤不至于耗费太多功力，最快找到自己。

忽听头顶有呼啸之声，似乎有很多东西飞过。

……

假山后，耶律昙也在紧紧地盯着那些冰珠。

他看出宫胤似乎是要在这些木板中找出其中一块，所以他也很感兴趣。

冰珠噼噼啪啪敲下。

宫胤和耶律昙都在仔细聆听。

耶律昙忽然眉头一扬，听出了靠近自己的一块木板，声音异常！

与此同时，湖上的宫胤似乎也有所觉，遥遥转头。

耶律昙手指一弹，啪地弹出一颗一模一样的冰珠，弹飞掉击中景横波所在木板的那颗。

然后他又接连射出十几颗冰珠，噼噼啪啪打在宫胤射出的冰珠之上。

冰珠分量加重，击打上木板的声音也会改变。

他要让宫胤混淆，只要一刹那就好。

宫胤果然微微一顿，皱起眉头——竟有十来处，声音不一致！而且在不同的方向！

一霎间要想记住十来处方位，而且还是在漂移不定的湖上，这难度非常大，宫胤皱了皱眉，只得先掠向最近的那块声音异常的木板。

他身子一转，耶律昙就扑了出去，将先前发现的那块木板拖上了岸。

他一手抱着木板，一手拍醒了易城公主，一边向外掠去一边疾声问："这宫中哪里最安全？"

别人遇上这种情况，也许要在湖上抓瞎半天，但他知道眼前这个人，不能以常理推断，也许马上就能发现情况不对，他不可能来得及扛着这块木板跑出宫去，必须先找个地方隐藏起来。

易城公主刚刚醒来，还迷迷糊糊的，下意识地道："……下人住的西厢，这里下人少，很冷清……"

耶律昙二话不说拖着她奔了出去。

湖上的宫胤本来背对着他这边，忽然似有心灵感应般回头，就见黑影一闪而过，隐约一个轮廓，惊心地熟。

而此时他也将所有声音不对的木板都翻过，没有！

想着刚才那个黑影，那熟悉的轮廓，他眼神渐冷，从湖上掠起，追了过去。

……

耶律昙带着易城公主狂奔，易城公主渐渐跟不上，耶律昙手中夹着偌大的木板也不方便，听着易城公主在后面声声哀唤，心中微烦，干脆一个转身，又把她拍昏在草丛里。

随即他砸碎木板，暗屉里掉出景横波，耶律昙俯身看看她的脸，冷哼一声。

果然是景横波！

暗屉碎裂，景横波脱困，费力地站起身，身上还粘着木片，也顾不得了，一把拉住耶律昙，道："这群人太邪门，咱们先出去，回头合计个办法再把账算了。对了，我还有个重要发现要告诉你……"

耶律昙被她忽然拉住，先是一怔，随即警惕地杀机一闪，瞅着她的后脑慢慢抬起手，听见她最后一句手一顿，慢慢放下。

景横波根本没有看他，这个时候来救她的，除了宫胤还有谁？除了宫胤谁还能让这湖面凝冰？除了宫胤谁还有这一身冷寒之气？这根本想都不用想。

她想不到这里此时居然还埋伏了别人，居然还是个和宫胤同出一源的耶律昙。

她一边拉着耶律昙狂奔，一边道："你的身体怎么样了？刚才使用内力是不是不大妥当？……"无意中转头一看，她吃惊地道，"你把面具取下了？这要被人看见……"

忽然远方似有人的笑声，声音熟悉，景横波呆了呆，喜道："紫微老不死！"

耶律昙听见这句，眼中又是杀机一闪，手再次慢慢抬起。

景横波的有力强援来了，想听秘密也听不到了，还是杀了算了。

景横波死的时候，一定非常震惊痛苦，宗主夫人如果知道，一定很愉快。

"紫微来了，询如不知道会不会也来？"景横波欢快地道。

耶律昙的手又顿住，一瞬间眼神大变。

"走，我们去见他们。"景横波拉着耶律昙，便往那方向走。

耶律昙眼神又变，神情既期待又欢喜又不愿又痛苦，复杂难言。

"咦，你的手怎么忽然冷了？"景横波忽然低头看了看他的手，随即拍了拍额头，恍然道，"对了，他们那边不知道来了多少人，你现在不宜出现在太多人面前，还是我先去看看，确定没有外人，你再出现。"

耶律昙抿了抿唇，再次抬起了掌。

夜长梦多，现在解决吧，省得被询如发现。

……

宫胤沿着那黑影掠去的方向，一路追了过去，没走几步，脚下一绊，低头一看，一个女子晕倒在草丛中。

他本想不理，但那女子身上凝结的霜花，让他停住了脚步。

他轻轻一拍，易城公主醒来，一眼看见宫胤，呆了呆。

“刚才和你在一起的人，现在在哪里？”宫胤问。

易城不答话，眼光在他周身瞄了又瞄，认出他就是刚才那湖上的人。

她的目光又落在宫胤脸上，一眼就看出这是戴了面具，还是出自易国高手的面具。

“我……”她软软地靠向宫胤，气喘吁吁地抬起手，似要指向一个方向，低声道，“……我看见……”

宫胤要获得景横波的下落，只得耐着性子扶着她，手臂虚虚地架着，尽量把她的身子推得离自己远一点。

“在……”易城公主猛地撕下了宫胤的面具，“我骗你的……啊！你！”

笑声忽然变成惊呼，她怔怔地盯着面前的脸，脸色唰的一下发白，随即又涨得通红。

她几乎不敢相信自己的眼睛——自己念念不忘的、一见钟情的、认为只属于仙人的脸，原来真的存在，现在就在自己面前。

顿时什么耶律昙、什么吕卓鸿都抛到九霄云外，她激动得浑身发抖，牙关打战，半天说不出一句话。

宫胤被她撕下面具，衣袖一翻便将她推开，易城公主手中一揉，已将他原本的面具揉烂，宫胤也只好算了，一脚踢开她，便要走。

“仙人！”易城公主忽然扑上来，一把抱住了他的腿，“别走！别走！求你别走！”

宫胤冷冷地看她一眼，易城公主觉得，啊，美极了，以前居然还觉得耶律昙气质清冷，如今才知道什么叫真正的冷若冰霜！

“公子！”她敏感地察觉出宫胤的一丝杀机，急急地道，“我要向你报信。有个人扮成了你！”

“谁？”宫胤的杀机收了收。

“他叫……”易城公主有心卖关子，好和宫胤多说几句，但宫胤的冷自带一种压迫，她竟不敢耽搁，轻声道，“他叫耶律昙。”

宫胤微微一怔。

“他好像从湖里捞出了什么东西……”易城公主又卖情报。

那就是景横波了，宫胤终于确定她无恙，轻嘘一口长气。但接下来怎么做，他难得地微微犹豫。

本来他应该毫不犹豫地去抢回景横波，但此刻出现的是耶律昙。

九重天门的内门弟子，也有三六九等，耶律昙虽然不是最高等，但比纳木尔之流又要高上很多，有大世家的背景，本身体质特殊，又被许平然看重，是内门弟子中相对特殊的存在。

耶律昙下山，必然出自许平然的授意，目标要么是他，要么是景横波。

那么，他要不要出现在耶律昙面前，以及怎么出现，就该好好斟酌了。

当然，前提是确定景横波安全。

远处有嘎嘎怪笑声，一听见这笑声，就知道是紫微上人到了。

有紫微上人在，耶律昙要想对景横波不利，那是根本不可能的事。

宫胤微微放心，但终究担心景横波的安全，身形一闪，向那个方向掠去。

易城公主痴痴地瞧着他的背影，跳上道路，匆匆找到自己的老相好，悄声说了几句。

夜风吹碎了她低低的叨念：“……我一定要留下他！”

……

耶律昙的手掌提起，掌心凝一片霜白色，景横波的后颈就在他面前。

景横波忽然身子一闪，已经出去几丈，探头对某个方向看了看，伸手对他招了招，道：“没有外人！都是可以放心的人。你过来吧，我们跟他们会合，早点出去，省得被易国大王围剿。”一边说一边对着远处招手，遥遥地打着招呼。

耶律昙有些犹豫，怕过去撞上耶律询如，又有点期待遇上耶律询如，想过去杀了景横波，再迟一步，耶律询如、紫微上人他们过来，就真的没机会了，可是就这么过去，似乎又有些不妥……

微一思考，他决定还是速战速决，看景横波的手势，紫微上人、耶律询如还在远处，他还来得及杀了景横波，毁尸灭迹，再瞧瞧那瞎子姑娘最近怎么样了。

他闪身追上，人还未到，袖子里冰凌一闪，直刺背对他的景横波的后心。

景横波忽然又不见了，下一瞬，一只手劈手抓上了他的前襟。

那只手明明并不快，他却无法躲闪，一低头，看见那手腕上深紫的衣袖。

背后同时砰的一声，挨了一掌，气血翻涌之中，他听见一个熟悉的声音笑道：“吃我一虎拳！”

这声音比拳头更撞击心肺，他哇的一声喷出一口鲜血。

此时冰凌才落地，坠落在他自己的血泊中，叮当一声。

耶律昙慢慢抬起头。

拎着他的，是紫微上人，一张绝顶美人的脸，一脸诡异地瞧着他，正哇哇大叫：“啊啊宫胤？宫胤？”

一道人影转了过来，是景横波，笑吟吟地托着下巴，道：“‘西贝货’，‘西贝货’。”

她身边是耶律祁，瞟他一眼，笑得有些古怪，随即脱下大氅，给景横波披上。

景横波打了个喷嚏，抖抖索索地穿上耶律祁的衣服，白他一眼道：“不扮瘫子了？”又对耶律昙笑道，“知道我为什么发现你不对劲吗？第一，宫胤好端端的不会取下面具；第二，宫胤见我落水，怎么可能救上我之后都不给我披衣服？你看，耶律祁都晓得给我穿件厚的。”

耶律祁笑道：“这话说得，好像我甚不懂事似的。”

景横波嘿嘿笑，一脸得意。

耶律昙满心痛苦，心若被焚，根本没在意他们说什么，他们的相见欢，对他不过是种冰冷的讽刺，但此刻这样的讽刺他也不在意，他的注意力都在背后——背后有呼吸声，是耶律询如？她在做什么？为什么不说话？她打了他这一拳，然后想做什么？再刺上一刀吗？

他这么想着觉得痛苦，但又觉得无所谓，人生本就是痛苦的，或者在痛苦中挣扎走出得大涅槃，或者在痛苦中消亡自己得大解脱，两者都是幸福。

耶律询如确实在他身后。

她没说话，低头对着耶律昙吐出的血迹，回忆着先前那叮当一声发出的地方，用脚轻轻拨了拨那冰凌。

她的嘴角，不易察觉地轻轻抿了抿。

“这货是谁呢？怎么感觉熟悉呢？”景横波好奇地探头看耶律昙的脸，“还有，好端端的怎么会扮宫胤？这扮得可真像！”说着她便伸手要撕耶律昙脸上的易容。

耶律询如忽然从背后转了出来，一拍景横波的肩，问：“喂，真宫胤呢？”

景横波被这一提醒，顿时忘记了撕易容的事，四处张望：“咦，宫胤呢？”

“在这啰唆什么？他能有什么事？”紫微上人拎起了她，“易国的军队要过来了，要么走，要么打架，你准备怎么玩？”

“我要在这等宫胤。”景横波道，“老不死你最近一定很闲，有架打你先上。我要先把这家伙的面具撕开，看看到底是哪个，怎么感觉这么熟悉呢？”说着又要去撕面具。

耶律询如忽然又拍了拍她的肩，道：“哦对了，差点忘记一件要紧的事儿，最近我得了一个东西，给你看看。”

耶律祁脸上忽然露出一抹意味深长的笑容，转头看一眼景横波。

景横波缩手：“怎么？”

耶律询如呵呵笑着，掏出一个锦囊。

“哟，你要送我锦囊啊。”景横波笑眯眯地接过，“真是不好意思……”

“我过来的时候，被一个姑娘拦住，拿着这个锦囊，向我打听她的未婚夫。”耶律询如笑眯眯地道，“我听着她的未婚大很是耳熟，所以就把锦囊要过来了，带给你瞧瞧。”

“人家拿锦囊打听未婚夫，你带来给我看干吗……”景横波莫名其妙地打开锦囊，手指摸到一样东西，笑道，“这东西触感倒特别……”微微向外一抽，随即手指一僵，脸上的表情也一僵。

耶律祁似笑非笑地打量她的表情，又看一眼耶律询如，最后看一眼耶律昙。

景横波保持着锦囊打开一半、手指把东西抽出一半的动作，发了一阵呆，半晌又快速捏了捏锦囊底，发了一阵痴。

紫微上人倒好奇了，探头过来看，被她一巴掌推开。

“这东西哪来的？……”半晌，景横波气若游丝地问。

她现在什么都忘记了，满脑子都是这锦囊，锦囊里的东西太熟悉，一看就知道是宫胤的，而宫胤肯定将这东西贴身珍藏，死都不会肯给人，更不会给情敌的姐姐耶律询如。

未婚妻？

她脑子里有点乱，肯定是不信的，但却不明白这事儿是怎么发生的。

现在别说耶律昙，就算来个太史阑，都未必能拉走她的注意力。

“一个姑娘给的啊，拜托我帮忙找人呢。”耶律询如悠闲地道，“说是半个月前，在玳瑁边境遇上一个男子，当时那人正困于危境，需要去救人，这姑娘对那男子一见钟情，不惜舍身相代，救他出困境。当时这姑娘也有私心，看中了这个男人，以婚约相要挟，要对方答应娶她，才肯冒险相救。那男子时间紧迫，实在无法，就答应了姑娘的要求，和她订了婚约，给了她这个锦囊。然后姑娘就找不到人了。她家里人要给她定亲，她死活不从，挨了好多顿打，后来她便和家人说，自己私订终身的男子，绝非凡物，一定比家人找来的要好，家人便押着她出来找这个未婚夫，要亲眼见一见，找不到的话，还押她回去嫁人。事关终身，她一心要找到未婚夫，捧着锦囊里的画逢人就打听，正巧遇上了我们，我们觉得这画眼熟，又不愿意这种画随便给人瞧，好说歹说，答应一定帮她找到人，把锦囊拿了过来，现在给你瞧瞧。这玩意你熟悉吗？你说，这男人是谁呢？”说着托着下巴，笑吟吟地看着景横波。

耶律询如很清楚，以景横波和宫胤的感情，随便编个男子变心的狗血故事是没用的，景横波反而不会信，所以她如实相告，只是换了个主角，八分真两分假，最可信。

景横波早已听得脸上开了酱油铺，五颜六色变幻得精彩。耶律询如说的时段，似乎就是她自入死地逼宫胤来沉铁那时段？她后来隐约听宫胤提过一两句，说路上不断遇到阻碍，耽搁了时日，难道就是在那时候，宫胤为了脱身，不得已和人订了婚约？

她细细将耶律询如的话都想了一遍，觉得时间、地点、人物都符合，不是曾经参与或者听说，不可能知道宫胤遇见阻碍的事。

她也想过这事儿是不是就是耶律询如自己干的，但总觉得询如似乎没这么好心，救弟弟的情敌？宫胤可是曾真心要杀耶律祁呢！

“嘿嘿嘿嘿。”紫微上人一听，就明白了这是在说白蒲林里的事，眼珠转了转，心想似乎耶律询如在使坏，做好事可以不参加，使坏必须插一脚，立即道，“说的是玳瑁和沉铁边境的白蒲林吧？老夫曾经经过，那里有布过阵法的痕迹，而且是相当了得的大阵，哟哟，就算换成老夫，也得花上好几个时辰才能解开呢。”

景横波呃了一声，又信三分，忽然将锦囊往自己怀里一揣，一把抓住耶律询如的手：“姐姐，那谁的未婚妻啥的，现在在哪儿啊？”

耶律询如眼珠转了转，“我把她安置在幻都的一家客栈里了，那家客栈叫长安。”

“那咱们走吧。”景横波立即拽着她要走，“我去找那妹子谈谈，谈谈。”

“谈什么？”耶律询如不肯走，“你不是要等宫胤吗？”

景横波现在才不肯等宫胤，她得在宫胤找过来之前，把他的未婚妻解决，不然当着他的面去解决那个姑娘，轻不得重不得，历史遗留问题清理不干净，麻烦可就大了。

女人捍卫爱情的某些嘴脸，还是不要给男人看见的好，她“青面獠牙”地磨了磨牙，耶律询如仿佛听见了景横波磨刀霍霍向未婚妻的声音。

耶律询如低头“看了看”耶律昙，慢慢笼起了袖子。

有些事原本只是玩笑，不想最后派上这样的用场。

“我给宫胤留个记号就行。”景横波随随便便在地上画了个圈，撒了点冰碴子，撕下紫微上人一截衣袖，半埋在石头下，在石头上写了“长安客栈”四个字，就催着几个人快走。

易国的护卫没动静，说明宫胤没被围攻，估计是被什么事绊住了。他看见记号，会知道跟过去找她的。

耶律姐弟自然乐见其成。

紫微上人也高高兴兴地拎起耶律昙，因为他忽然发现，自从逮到了这个小子，耶律询如忽然不那么黏缠他了，紫微上人虽然没有明白原因到底是什么，但也很乐意看见这样的情况。如果这小子在，能让耶律询如顾点面子不缠他，他不介意一辈子带着他。

此时易国的护卫也开始包抄过来，但对于几人来说，突破包围实在是很容易的事，几道人影很快撕破夜色而去。

行宫一角，有人仰头张望那几道人影，顶着景横波的脸，神色却很阴沉。

正是易国大王。

假山后缓缓走出一道人影，也注视着几人远去的方向。

是宫胤。

先前他已经过来了，将刚才景横波几人的动作、对话，都看在了眼里。

他几次打算出去解释，又几次打消了念头。

耶律询如举止奇怪，他想先在暗处瞧清楚，确定她是不是意欲不利于景横波。

至于那什么未婚妻，看景横波的样子，似乎很乐于解决？那他也不妨瞧瞧女王陛下打算怎么解决。

至于误会？误会都是给那些没经过事儿，彼此心意不坚定的男女安排的。

让女王陛下去对付耶律询如吧，宫胤觉得这个瞎子姑娘，真真是比景横波还要难缠的女人。

他忽然挥了挥衣袖，身后，悄悄靠近的易城公主立即跌了个狗吃屎。

易城公主趴在泥地里热泪盈眶——啊啊啊他那衣袖挥得真是风采无限啊……

一双靴子忽然停在她面前，易城公主惊喜地抬起头，就看见那张让她见一次窒息一次的脸。

宫胤毫无波动地看着她，女人痴迷的眼神他很熟悉，感觉和夏天的苍蝇没什么两样。

“你会易容？”他问。

易城公主拼命点头。

宫胤微微思索，觉得今日的易国大王很有些诡异。

“帮我换张脸。”他道，“谁都发现不了的那种。”

……

第二十章　老娘也有38D！

幽暗的室内没有点灯火，垂着密密的帘子，好在远处灯火的光芒射进来，能照见屋中之人的轮廓。

那人披着一件黑色的斗篷，静静地站在室内。

独处的时候，他总是喜欢披斗篷，也许是少年时在那最冷的地方待久了，总在下意识地寻找温暖。

他翻着手里的一张纸，纸上沾染着淡黑色的淤泥，他读了半晌，将纸在火上烧了，火焰噗的一下喷起老高，耀亮他深黑的眸子。

“易山接信使被杀，死于普通匕首，贯通伤口，从位置看，应该是有人从滑洞中冲出，借冲力将其捅了个对心穿。”

“莫非是绯罗？”黑暗中有人惊骇地道。

他嗤笑一声：“绯罗怎么敢？她不想要那药了？”

他在室内踱了几步，盘算着地形和事情发展的可能性，忽然颇为懊悔地闭了闭眼睛。

失策，他不该将景横波和宫胤驱赶入天裂峡谷的。

看样子这次两人又死里逃生，居然还找到了瀑布中的秘密入口。

这简直是不可思议的事情，当初他将两人往那个方向驱赶，一是要做得不露痕迹，天裂峡谷够高，落下去必死无疑；二是他觉得瀑布那地方，谁也不会闲着没事冲进中段，更不会在没有任何线索的情况下，冒险进入瀑布内部。

但世事总有变数，变数发生了，就得补救。

他默默地想着，那看见秘密的，该是谁？

杀人者需要借助冲力，才能将接信使杀死，说明力气不足或者状态不佳，这点和宫胤、景横波都符合。

但那瀑布内的入口非常狭窄，连他也进不去，非得身形极其纤细的人才可以，之前送进去的人，都经过一段时间的训练。

那么，就是景横波。

黑暗中，属下不敢作声，知道易山的重要性，等待着主子的下一步指示。

“派出天干第一星。”他道。

属下一凛，想不到主子对女王和宫胤如此重视，竟然要派出麾下最为精锐的杀手。

“是。”

“联系那边帮忙，易国的易容术，还是值得一用的。”

“是。”

“和易山驻军那边也联系一下。”半晌他又道，“他们也该动一动了。”

“是。”

……

景横波几人出了行宫，骑上带来的马，甩脱追击的行宫护卫，直奔幻都。

耶律询如故意落后一步，给耶律祁带来的那批手下打了个手势，一个最机灵的叫小豆儿的小伙子凑上来，听她吩咐了几句，忍着笑瞟了景横波一眼，点头退下，过了一会儿从人群中不见了。

这边耶律询如带着景横波从闹市走，闹市马行不快，景横波倒也不心急，一边看街景，一边心中盘算着等下和那姑娘谈判的草稿。

耶律昙和紫微上人共乘一骑，天底下任何人被紫微上人禁制了，都别想解开，耶律昙自被擒后一言不发，紫微上人嫌他的脸碍眼，经过一个卖斗笠的摊子时，顺手抓起一个斗笠给耶律昙戴上，那卖斗笠的人居然没察觉。

易国是大荒北部大国之一，幻都自然比沉铁、翡翠、玳瑁都繁华上许多，换作往日，景横波这个看似是女王其实没怎么享乐过的，一定会跳下马，从街头逛到街尾，再从街尾吃到街头，但今儿她坐在马上，目光散乱，眼神无焦距，口中念念有词，一旁的招徕、叫卖，卖艺的翻跟斗都快翻到她脸上，她都毫无察觉。

耶律询如凑近去听，听见她道：“……姑娘，感谢你对宫胤的好心相助，但是感情是不能交换的……啊呸呸呸，这什么说教词儿啊，‘道德犯’吗？”

“……姑娘，给句实在话，要多少钱你才肯退婚……啊呸呸呸，霸道总裁文看多了吧？”

“……姑娘，你们是没有感情的，强扭的瓜不甜，这样吧，这事儿就这么算了，回头我负责给你找一门包你满意的婚事……啊呸呸呸，她一口唾沫吐我脸上怎么办？”

“……姑娘，之前的事很抱歉，他不会再见你了，以后你有什么要求尽管提……啊呸呸呸，她寻死觅活怎么办？”

耶律询如捂着嘴到一边偷笑去了，一边偷笑一边叹气，一边叹气一边瞟自己的弟弟。

耶律祁还是什么都没听见的样子，看见卖糖串子的，买了一串递到景横波嘴边，景横波一边念念有词，一边咔嚓一口。

看见卖挂白霜甜柿饼的，他也买来擦干净白霜递到景横波嘴边，景横波一边叽叽咕咕，一边咔嚓一口。

一旁紫微上人瞧着眼热，大叫我也要。耶律祁才懒得理他，指了指耶律询如。耶律询如买了一包糖炒栗子，扔他怀里，紫微上人自己剥栗子，剥得栗子壳灌了耶律昙一颈。剥了几下，老不死哎哟一声，原来是伤了指甲。

耶律询如不理，紫微上人等了一会儿，没等到耶律询如的关心黏缠，悻悻地自己吹了吹指甲，咕哝道：“死丫头忽冷忽热，这回又不理我了。”扁了扁嘴，忽然又有几分失落。

习惯了耶律询如的死缠烂打，忽然一天她冷淡了，无视他了，他却觉得心里空空的。

耶律昙忽然转头，看了他一眼，那冷冷淡淡的眼神看得紫微上人恼羞成怒，啪地揍了他一下：“瞧什么瞧！不许贪图老夫的美貌！”

“也是。”耶律昙忽然开口说话了，“紫微上人？老而不死，如何还贪恋人间青春？”

紫微上人脸色微微一变，忽然又嘻嘻笑了，斜着眼道：“你小子似乎很有些不服气？”

耶律昙目光冷冷地掠过，舔了舔唇角的血迹，紫微上人看到他那冷淡的神情底下，兽般的嗜血肃杀之态，微微皱了皱眉，直觉不喜欢这小子。

那边遥遥的长街尽头，先前那小豆儿从人群中探出头来，对这边做了个“好了”的手势。

耶律询如立即加快了脚步，拉着景横波穿过长街，指着巷子尽头的一处屋舍，道：“就在那儿。”

景横波咳嗽一声，又咳嗽一声，摸了摸脸，忽然问耶律询如：“我今天看起来怎么样？”

耶律询如面无表情地道：“我是个瞎子，谢谢。”

“哦。”景横波又转头问耶律祁，“怎么样？”

“我可以写出一本书，来形容你今天的神采。”耶律祁笑得又魅又妖又正经，“就怕你嫌我啰唆。”

“宫胤怎么就没你这么会说情话……”景横波咕哝一声，叹了口气，心想人真的是贱啊，眼前也是个大美男，说得一口好情话，做得一手好菜，也温柔体贴，也细致殷勤，还有个足可加分的和她脾气相投的姐姐，又没什么前女王的纠葛啊、未婚妻的锦囊啊、说不得的苦衷啊这些破事，比宫胤那个又冷又傲娇的事儿精好许多倍，可自己为什么就死死盯住了他，一边哭喊一边爱呢？

“自找罪受！”她咕哝着向前走，挺起胸膛。

走了两步忽然又顿住，她回头看看耶律昙，道：“这人的面具还没揭下来呢。”

“急什么，大街上揭合适吗？”耶律询如道，“在老不死这里，你还怕他跑掉？”

景横波一想也是，点头继续向前走。她其实并不是想现在知道耶律昙是谁，只是有点情怯，故意拖延脚步。

她不怕那啥大战，但是毕竟师出无名，人家算宫胤的救命恩人，如果真的十分痴心，有些话说出口就会很尴尬。

耶律询如对小豆儿悄悄招手，小豆儿绕了个弯子潜过来，耶律询如落在众人之后，悄声问：“安排得怎么样了？”

“全套顶级班子！”小豆儿依次压下三根指头，“幻都万彩楼最红的姐儿季怜儿，幻都赏春班最红的戏骨黄妈妈，幻都最难缠人称‘鬼见愁’的落魄酸儒文贤生！齐了！”

“会办事！”耶律询如赞，“怎么解决的？”

“砸钱！”小豆儿气壮山河地竖起五根手指头，“大金条！立马就来，要啥演啥，还保证临场发挥！”

“别过火就好。”耶律询如嘱咐，“我只要拖过今晚，拖得她无心管其他事就行。”

“就凭那演技，您想拖三个月都行！”

……

“你想扮成什么样的，都行。”易城公主换下了身上的华服丽裳，亲自跟在宫胤身后，也走在这段大街上，远远地盯着前面景横波那一行人。

宫胤不置一词，他刚才已经问过易城公主，她和耶律昙结识的经过。易城公主本身并不清楚自己是如何吸引耶律昙的，还以为是自己的美色，但宫胤对天门弟子向来了解得很，天门弟子高高在上，怎么肯委屈自己做一个公主的面首？

必有所图。

他几经提示，易城公主终于想起了那罐泥，但泥没带在身上。宫胤皱着眉，想着也许还得和这女子去她的宫中一趟，那泥是从易山中挖出来的，是易山守将送给公主的，而景横波也是从易山出来的，从时间推断，出来得极快，说明易山内部一定有些奇异之处，而又涉及易国将领，由不得他不警惕。

大荒格局，六国强于八部，易国因为擅长易容，多出诡奇杀手，历来是帝歌政要的噩梦之一，在百年前开国女皇时代，易国不甘于臣服，曾经派出十批杀手暗杀开国女皇，那些杀手扮成了各种身份，有阵子直接扮成了开国女皇的王夫和孩子，简直防不胜防，所以易国向来是宫胤手下蛛网、蜂刺的重点监控对象。

早在一年前，宫胤就曾收到易国开始寻找皇叔的消息，但对方动静小，似乎也很安分，他也便没有过多干预。如今他为了掩藏行迹，故意斩断了和所有属下的联系，但这并不代表他完全收不到诸国、诸部的各种消息。

他目光落在街角，一个叫花子正在扪虱子，放在嘴里咬得嘎嘣响，时不时将手在墙上擦擦，墙上便留下一片模糊的擦痕。

宫胤目光扫过擦痕，从叫花子面前经过，并没有回头。

帝歌尚安。

阿善失踪。

明城和假国师，各自安稳。

朝中已听说国师在外的传闻，似有蠢蠢欲动之势，求国师速归，或授以方略。

……

长安客栈在灯草巷的最里面，单独一个院子，很难想象一家客栈开这么偏僻怎么还会有生意。

景横波却在庆幸，偏僻好啊，哭起来没人围观。

她进了门，掌柜和小二都在柜台后算账，算盘打得噼里啪啦响，看见小豆儿当先引路，掌柜的眼皮都没抬。

前厅是饭馆，坐着一些喝酒的散客，好在后院隔得还远。

景横波整了整脸皮，清了清喉咙，严肃状说了一声：“我自己去瞧瞧。”一溜烟直奔后院。

她回头一瞧，一个不落都跟了来，暗叹一声“误交损友”。

后院里有一些工人在修墙，骑在墙头上干活，看见一大群人进来都好奇地停手。

景横波转过一个月洞门，忽然一个农妇打扮的胖大妇人，赤黄脸颊，满身肥肉，气喘吁吁地冲了出来。

“耶律姑娘！”她看也不看其余人，只冲着耶律询如道，“你可回来了！我那女婿，找回来了吗？”

景横波翻了翻白眼——这哪儿跟哪儿啊？“女婿”都叫起来了。

“黄妈妈啊，”耶律询如一脸为难，吭吭哧哧地道，“那个，你家女婿啊，这事儿怕是不成啊，你瞧，这位是你家女婿的正牌未婚妻……”说着将景横波一推。

她还抽空对小豆儿抛了个“会办事”的眼神。

“什么？”那妇人霍然站住，猛地回头盯住了景横波，满身的肥肉刹那间一哆嗦，荡出好几圈震荡波。

“啥？未婚妻？她？”那妇人肥短的手指指住景横波，忽然咯咯笑起来，“耶律姑娘，少开玩笑了，这不就是个清秀小子嘛，脏兮兮胸平腿短的，跑来充什么未婚妻？不会是想来敲诈吧？告诉你，我们穷家薄业，没啥给你敲的！你跪下来磕三个响头，妈妈我就饶了你，回头我家女儿当上大官的夫人，还有银子赏你。现在，”她伸手一指门口，“给老娘滚！”

“好！滚就滚！”景横波走上前三步，啪地一脚踹倒这肥婆，靴子踢着她向前，“滚！快！快滚给我看！”

耶律询如噗的一声，耶律祁下巴险些掉地上，耶律昙不屑地扭头，紫微上人目光亮亮的，大赞：“好徒儿！”

“啊啊啊啊你这破落户儿，淫贱坯子，下作小人！”那肥婆骨碌骨碌滚出去，尖声大骂，“你竟敢打我！你竟敢打我！来人啊，救命啊，杀人啦，有混混儿光天化日之下杀人强抢民女啦……”

景横波一脚踩住她的屁股：“看清楚！姐是来退婚的！带你女儿滚回去！乘人之危，强逼婚姻，算什么事儿？不知道强扭的瓜不甜吗？现在滚回去，我给你们补偿，再撒泼装疯，一脚把你踢回西班牙！”

“你真是我那女婿的未婚妻？”那婆子不号了，睁大眼仔细看她，忽然怒道，“你什么玩意？敢对我大呼小叫！就你这德行，是我那大官女婿的未婚妻？你配吗？”

“我不配？”景横波抹了抹脸，“看清楚姐的脸！”

“一般！”婆子声音比她还大，“我女儿貌美如花，肤白胸大！”

景横波本来想好好说的，没想到这老婆子开场就撒泼，顿时给激出火气，哗啦一下扔掉外衣，胸一挺：“老娘也有38D！”

耶律询如咕咚栽倒。

耶律祁转个角度想要看清楚，被紫微上人挡住，紫微上人自己凑过头去，被耶律询如恶狠狠地抓住袍子。

“我女儿温柔贤淑，宜室宜家！”肥婆叫嚷。

景横波一脚把她踢了个跟斗：“本姑娘爱吃爱睡，杀人如麻！”

“我女儿德言容功，琴棋书画！”

“本姑娘好哄易骗，钱多人傻！”

“我女儿以夫为天，勤俭持家！”

“本姑娘河东母狮，称王称霸！”

肥婆还没想好下一句，景横波已经把她一路踢进了花园旁的小径里：“好好和你商量你不听，非要和姐拼泼辣、比嚣张。一个字，傻！”

肥婆拍着大腿在泥地里哭号，景横波跨过她山一样的身躯雄赳赳气昂昂地直奔入内，留下满地惊掉的下巴。

骑在墙上修墙的工人，手中的泥桶掉了下来。

耶律祁在咳嗽，咳着咳着笑了起来。

耶律询如也笑，悠然打着拍子，道：“还押韵呢！你好眼光！”接着又咕哝，“看她怎么过下一关……”

紫微上人乐不可支，拍掌大赞：“痛快！回头真认了这个徒弟！”一转头看见店铺掌柜带着一群小二也在伸着脖子看热闹，眼睛一瞪道：“死开死开！有什么好看的？去！去！”

掌柜呵呵一笑，恋恋不舍地走了。这么好看的戏，人生哪得几回闻。

景横波刷完肥婆怪，直奔后院，忽见一名男子，文士襦衫，一脸正色，肃然站在滴水檐下，两道川字眉皱得紧紧的，凝望着她。

景横波一看这造型，脚下一慢，原以为那肥婆别的家人，定然也是泼辣狂妄，粗俗不堪，她一并也就打发了，如今这人却像个读书人，啊，唯读书人与小人难养也。

她还没想好怎么应对，那文士已经衣袖一拂，沉声道：“姑娘，如何在月洞门外，追打我妻？”

“因为我不追打她，她就要追打我。”景横波同样一本正经地道，“子曰：打人者人恒打之也。”

“子曰？”那文人果然开始思索，“此乃哪位大贤的称号？还有，此句老夫未曾听闻。”

“井底之蛙，才学不足，没听过是正常的。”景横波笑眯眯地点头，“敢问先生可是季姑娘的家长？”

“自然。”文士冷冷地道，“姑娘的来意，老夫已经听闻，老夫对此有三问，请姑娘赐教。”

景横波暗暗提气：“请讲。”

“其一，”文士慢条斯理地道，“姑娘自称是老夫那未来女婿的未婚妻，来此是来替未婚夫退亲。自古以来，婚约皆有父母之命，媒妁之言，便是退亲，也当由男家父母出面，请托媒人，退还庚帖，以示尊重。倘若老夫那未来女婿并无双亲在堂，也该由他自己请托媒人，哪有你一个身份未明的未婚妻，抛头露面来和女家谈退亲的道理？此举贻笑大方，无礼荒唐！”

景横波嘿嘿一笑：“第二呢？”

“其二，”文士一脸鄙视，“你今日来已经是失礼失德，之后所做的一切便没了道义支撑。你当知自己无德无行，遇见女家长辈，就该谦恭请罪，好言相谈。行事错谬，当以礼仪补足，你行差踏错在先，无礼放肆于后，竟然于大庭广众之下，追打女方的母亲，不尊长者也不尊礼教，如此狂悖女子，怎配立于此地！”

景横波抓了抓脸：“快说第三点。”

“其三，”文士须发飞动，怒指景横波的鼻子，“先不论你自称老夫那未来女婿的未婚妻是真是假，便算是真，我女对你未婚夫婿拼死相救，有救命之恩。所谓生死事大，你与你未婚夫，该感激涕零才对，你未婚夫当欢喜迎娶我女入门，你应自愿退让，以她为尊。这才是做人做事的道理。然则你二人，一个恩将仇报，避而不见，躲在女人背后，唆使女子上门大闹退亲；一个无耻无礼，寡廉鲜耻，一介未嫁女子，公然闹亲。你二人行事之卑鄙张狂，心地之龌龊无德，老夫生平仅见，令人发指！”

“啊，”景横波一脸崇拜之色，由衷地道，“你老人家词儿真多，堆砌得真好。”

“休以为谄媚老夫，便可让老夫改观让步！”文士重重地拂袖，“事关大义、大礼、大节，老夫俯仰不愧天地。咄！你速速退去，老夫当谅你先前无德之行。若再纠缠，莫怪老夫告上官府，判你猪笼浸河！”

“呵呵呵呵。”景横波斜着眼睛，“给你三分颜色，你就要开染坊。本来敬你是读书人，想你虽然说话难听，但总归可以讲讲道理，现在看来，你的语文一定是明城那小婊子教的，看似档次甚高，其实是强词夺理。和我谈三点是吧？我也和你谈三点，这三点你答得出，我就退去，怎样？”

“狗嘴焉能出象牙乎！”文士怒哼，“待老夫见识你的无耻言论！”

“其一，”景横波笑眯眯地道，“阁下满嘴之乎者也，满口礼教道德，也算诗书之家吧？既然这么重视做人的道理，礼教之防，想必你家女儿，定然也是熟读诗书、谨守礼教吧？”

“那是自然！”

“那么问题来了，”景横波笑道，“谁告诉我，一个被严格家教管束着的女子，为什么会半夜出门？好吧，就算她可以半夜出门游荡，临危援手是做人的本分吧？施恩不图报是做人的道理吧？乘人之危这种事应该不屑做的吧？可你女儿，明知我那未婚夫有未婚妻，却强人所难，以性命要挟，逼他交出随身锦囊，强迫求亲。喂，请问这算有德有礼、谨守礼教吗？”

文士一窒。

墙头上的工人们哄然大笑，有人大声道：“礼教咱们是不懂的，但这一手，大户人家的好闺女只怕是做不出来的。这明明是教坊青楼里的话本儿故事嘛。”

院子门口，掌柜、小二、一大堆酒客又在探头探脑。

文士勃然大怒，挥袖道：“一群粗汉，懂得什么？闭嘴闭嘴！”

景横波不等他回答，接着道：“强迫人家有妇之夫在危急情况下，不得不屈从定亲也就罢了，也就是你家女儿比较不要脸嘛。不要脸就不要脸啦，勇于追逐喜爱的东西，虽然手段不大光明，但还是可以理解的嘛，只是不要再站在道德的制高点口口声声骂别人，却看不见自己的德行就好啦。那么第二个问题来了，还是谈你老人家到死都自夸的礼教啊，你家既然这么奉行礼教，讲究贤良淑德，那么就该明白，凡事有个先来后到，所谓尊重婚约，那么你这边要尊重，别人那边也该尊重。这边已经有未婚妻了，那边你再挤上来，这不是谈婚论嫁，这叫小三、叫撬墙脚你知道吗？想挤进来，也是你家女儿做妾明白吗？还得我这个大妇同意明白吗？先娶为妻，后纳为妾，明白吗？一个妾叫嚣到女主人头上，还嚷着要正室让位，你以为这是宅斗小说吗？哪本圣贤书告诉过你可以这么干的啊？”

“你……”文士退后一步，脸色发紫。

“第三点，”景横波上前一步，摇着手指，“你先前说的，失礼失德在先，所做的一切就失去了道义的支撑点，这话一点不错，还送给你。你没能教出一个明理懂礼的女儿，也没能教出一个贤惠端庄的老婆，一个公然趁火打劫抢别人的未婚夫，哭着喊着要挤走人家正室做大房；一个撒泼闹事狗仗人势，还没做上丈母娘就以官亲自居。圣贤书叫你修身齐家治国平天下是吧？你没能教好妻女，那就是你自己的问题，你身不修老不修；你老婆泼辣、女儿厚脸皮，你看上去一身正气，实则就是个没立场的‘妻管严’，你也齐不了家；前两点都做不好，后两点我也不必和你谈了。你说你修不了身，齐不了家，无德无能，纵妻纵女，干出这么一堆乌七八糟的事儿，你怎么还有脸站在这儿和我谈做人的道理、礼教道德？”

砰的一声，文士退后时绊倒在台阶上，虽然还想挣扎起来对骂，终究弱了气势。

景横波对他竖了竖中指，呵呵一笑道：“比讲理？两个字，找虐！”

她仰头扬长而去，临走踩脏了文士的袍子。

满墙工人瑟瑟，一窝围观者目瞪口呆，耶律询如脸色发白，喃喃道：“两个字，找虐……”

耶律祁嘴角笑纹深深，看了一眼姐姐，实在不想幸灾乐祸，但真真忍不住。这声声句句，都骂的是询如，可怜询如还一句都不能回……

这只能怪所有人都被景横波懒散无所谓的表象迷惑，谁也没想到她竟然也是一张滔滔万言的利嘴，只是一般事情提不起她的兴趣罢了。只有捍卫爱情……

耶律祁忽然敛了笑容，心间微微一酸。

景横波的所有光彩奇特之处，真的从来，都只因为爱情而生。

只有为了宫胤和她心中的坚持，其余人才能看到她悍然捍卫的凶猛。

宫胤何其有幸啊……

一大堆围观的人在讨论。

有人道：“这姑娘忒厉害。”

有人道："好像有点不讲理，好歹人家救了她未婚夫，要我说各自退让一步，后头那个也别说要做正室了，委屈一点做个小的，前头这个度量宽宏些接纳了，免得人说妒妇。传出去也是一桩佳话。只是便宜了那个未婚夫。"

众人呵呵笑，大多赞成后一种观点。

却有人道："已有珠玉在前，何必再将就鱼目、萤火？"

众人听了都是一愣，回头找却没发现是谁在说话，有人不以为然地道："珠玉在前？什么意思？是说这姑娘美丽吗？脸是很好的，可这头发乱七八糟，还有这性子，这什么性子啊？大庭广众之下抢男人、打人啊。还有说的那些话，太厉害了吧？真要娶回家，要鸡犬不宁。要我说，后头这个救人的小姐，娘差劲了些，爹还算个人物，本人如果再长得好些，倒是后头这位强些呢。"

众人又纷纷八卦地赞同。

又有人幽幽地道："要我说，这两个都不成。一个脾气差，一个家世差。这两人如此争未婚夫，那季小姐以黄花闺女之身不惜强迫求亲，这女子不惜抛头露面捍卫未婚夫，想必那男子一定极为出众，如此出众的男子，怎能配如此普通的女子？当配家世、身份、财富、地位都首屈一指的女子才对。"

男人们听着这话又不舒服了，有人冷哼一声："凭什么好女子都该给那人？也许那人歪嘴斜眼呢？"

却又有人淡淡地道："家世、身份、财富、地位何用？两心相知，才是最重要的。"

有人讥笑道："说得好像很超脱。那问问你，若换作你，你选这三种女人中哪一个？"

稍稍沉默，随即那人道："谁若为我捍卫情意，我必为她付出一生。"

……

第二十一章　宫胤是我的人！

景横波没有听见八卦人士的讨论。

她雄赳赳气昂昂，准备解决大麻烦。

她一边走一边就想起当初的帝歌逼宫事件，想起那令自己想一次就懊悔一次的与明城对质事件，那时候真的是变故太突然，被宫胤伤得太厉害，以至于被明城暴风骤雨般的控诉完全打蒙，如果换成今天，未必就一定会输。

人总是在成长的，嘴皮子和狡辩功夫也是在升级的，她已经能做到明明有点心虚，却依旧寸步不让气势汹汹了，再修炼一阵子，面对面打败明城小婊子指日可待。

她转过一个月洞门，忽然一人袅袅婷婷一路过来。

头一抬，景横波一呆。

好一枝雪茶凝露，伴风娇花。

对面，那少女不过十六七岁，生得毫无瑕疵胜雪肌肤，一双眸子盈盈剪水，一抹红唇浅浅含春，鬓发蓬蓬松松，不事妆饰，只剪一对并蒂莲，粉红的蕊心在乌发间颤颤，正和颊上一抹淡淡的红晕呼应。

她微带惊讶看过来的眼神，既含笑温婉，又满蕴风情，她斜靠着月洞门微微侧身的姿态，既庄重婉转，又精致风流。

很难想象一个人将清纯和风情同时和谐地展现，一颦一笑都似精心修炼，恰到好处，羽毛般悠悠落在人心上，搔得人心痒，又不敢亵渎。

景横波顿觉自己沧桑了，粗糙了，以及崩溃了。

怎么回事？这名花一枝犹带雪的娇弱小美人，是刚才那对奇葩父母的女儿？

太不和谐了好吗？

那少女忽然低呼一声，扑了过来。

景横波一呆，正想这是什么戏码？那少女已经越过她，一把抓住了跟过来的耶律询如的双手，急切地问："姐姐！我那未婚夫，可有下落了？"

景横波觉得这句话万分刺耳。

"啊，妹子啊，"耶律询如干笑着挣脱双手，"啊，这个啊，那个啊，是这样啊……"

"是这样。"景横波忽然大步过去，把脸凑到两人中间，对那少女道，"人找到了，不过他让我来退……"

她的话还没说完，少女啊的一声喜极而泣，忽然身子摇摇欲坠，景横波吓得一把抄住，那少女在她怀中，红晕上脸，又满目憧憬地道："多谢姐姐，不妨事的，我……我只是太欢喜了……你方才要说什么？"

景横波扶着怀里羽毛一样的身体，看到她那小脸上的红晕忽然就没了，喘息急促，顿时不知道该怎么说了。

能救宫胤又逼婚的，想象里该是孔武有力的村姑，她想着，开门见山说完了事，还敢纠缠就一顿老拳，但此刻竟然是一朵碰一碰都怕碎了的怯怯娇花，不是那泼妇老妈，也不是酸儒老爸，骂不得，打不得，该怎么说？

"啊……姐姐要说什么？没事的……"那少女在催促，"我只是有点小病……也就生了十五六年……也就是心肺有点问题……受不得刺激什么的……受了刺激也没什么……顶多病上三四个月……这么多年倒也没被真的刺激死了……你尽管说吧……"

景横波瞪着她——啥？你这么一说，我还能说吗？

"说啊，说啊。"耶律询如捣她，"你不是要来解决这桃花债的吗？都过了两关了还怕啥？"面上忧心忡忡，心底心花怒放。

景横波的战斗力太猛，她险些担心事情不成功，三两下就被搞定，没想到小豆儿真会选人！

“要不换个人说？”景横波悄悄跟她咬耳朵，“这要气死了，我可承担不起。”

“刚才的威风煞气呢？”耶律询如撇了撇嘴，“算了，好人做到底，我来。”

景横波热泪盈眶——知己啊！姐姐是好人啊！

“那我就说了啊！”耶律询如对那少女道，“季姑娘啊，这位呢，是来和你谈退亲的，你那位未婚夫呢，喀喀其实是……”

景横波接上：“是我的人！”

那季姑娘定定地瞧着两人，似乎没听明白，眼里却渐渐盈上一汪晶莹，颤巍巍要落不落，看起来实在可怜。耶律询如听她呼吸急促，大赞演技，景横波却别扭难受得要死，觉得自己真是个恶人。

这恩将仇报，坏人家的终身大事的戏码，演起来真难啊……

“你……你……”季姑娘看起来又要晕了，颤了颤揪住景横波的衣袖，“你……你骗我的是不是……你……你怎么会是他的未婚妻？他……他有未婚妻怎么答应了我？他……他不会这样骗我的！”

“这个啊，”景横波望天，“他那是事急从权，当时他是急着去救我，不得不答应了你。那个，我们的婚约，呃，就在近期刚决定……”

对着这样的女子，她再也没法理直气壮地撒谎说和宫胤早有婚约了，婚约？那家伙心里不知道想的什么，哪里肯给一句实在话哟！

“我……我……”兔子一样的季姑娘，咬着嘴唇发了半天呆，忽然扑通向她一跪！

“啊啊你这是做什么？”景横波吓了一大跳，赶紧跳开。

她吃软不吃硬，来硬的她母狮子一样就冲上去了，来软的她反而没辙。

“姐姐！”那小白兔不哭了，也不晕了，仰脸直直地看着她，“我……我……我知道我不好……我……我不该乘人之危……可我……我是真的喜欢他……我也不知道他有未婚妻……我对他一见倾心，非他不嫁……也不敢要姐姐退亲，也不敢要姐姐让位……我……我只求能排在姐姐之后……一起……一起侍奉他……”说着哀哀哭泣，连连对她磕头。

这什么狗血剧情！

景横波瞪着那楚楚可怜的小白花，真是骂不得打不得硬不得软不得，现在自己成了恩将仇报不讲理的恶婆娘，人家是委曲求全含悲忍辱的小白花，看周围观众的表情，那叫一个鄙视、同情，同情的是小白花，鄙视的是她。

这段数，比撒泼老娘和酸儒老爹牛多了。

“姐姐……”那倾国倾城貌、多愁多病身的季小姐，伸手来抓她的手臂。

那种菟丝花一样的姿态，令她浑身发麻，她唰的一下闪开，道：“季姑娘，你还是自己去和那谁去谈三妻四妾的问题吧。只要他肯……”

“姐姐你就肯吗？”季姑娘小脸上闪现出惊喜。

女王嘿嘿一笑，道：“我就阉了他！”

她闪上屋顶，嗷嗷叫了几声，一头扎进旁边的院子，不见了。

连过两关的凶猛女王，最终在步步退让的软弱小白兔面前，败下阵来。

争强斗狠她不怕，唇枪舌剑她不怕，一哭一晕她也晕。

院子里围观了好戏的人，只觉得似看精彩大戏到高潮处，忽然演员说声“俺不演了”，当当当谢幕，真真是难受。但主角收场，围观的众人也只得三三两两退场，一边走一边议论说这大妇好生泼辣厉害不讲理，如此美貌温顺妾侍，正该为夫君收了才是，一路啧啧叹息。

有人在人群后听着，冷笑一声，道：“不过是一群贪恋美色的，恨不得这艳福降临自己头上才好。”又笑一声，道，“公然叫嚣阉了男人，这女子好生厉害，那男子遇上她，好生命苦。”

一阵静默。

随即有人淡淡地道：“是苦是福，旁人怎会懂？”

……

易国王宫内，因为年节，遍地红锦，花团锦簇，一派富丽景象。不过气氛却不大喜庆，人们匆匆来去，低眉敛目，束紧着肩膀和脚步，似乎生怕动作大一些，便引发了雷霆之怒。

雷霆之怒，自然来自王宫的最高主宰者，易国大王易一一。

易一一年前接到一个消息，年也不过便出了宫，过了年才回来，众人原以为大王应该是解决了重要问题，但他从行宫回来后，脸色阴霾，把自己关在宫内不见人，宫中所有人都噤若寒蝉，无人敢靠近他的寝宫。

因此也无人知道，传说中心情不好的大王，正在寝宫密室内接待客人。

客人笔直地站立着，剑一样的身形，也剑一样充满杀气，但他的存在感很弱，隐在帐幕的阴影里，第一眼进来的人，绝对不会发现。

“想不到这次派来的是天干第一星的高手。”易一一亲自给对方斟茶，“你们主子需要我提供帮助，可以。”他举起银杯，对对方示意。

客人笑了笑，从帐幕的阴影里走出来，接过了茶杯。他一走入灯光下，那种阴影般的气质就没了，整个人又似光彩耀目，和灯光化为一体，依旧让人辨不清。

易一一赞叹地看着他，感叹道：“果然不愧是天干第一星的顶尖刺客。”又道，“其实你这样的气质，才最适合学习易容。”

“我不需要学。”那人笑道，“烦请大王为我施展妙手便行。至于回报，我家主子说，他对易山泥的研究，已经有了一定心得，之后将给您提供一款回春膏，用它来给将士锤炼体魄最合适不过。”

“如此，多谢了。”易一一笑道，“那你此来的目标，是谁呢？”

客人指了指他桌上的一张面具，道：“面具借我如何？”

易一一一瞟，讶然道：“黑水女王？”

客人笑而不语。

易一一却摇头道：“你是想扮成女王对付女王？不妥不妥，这一招本王之前已经用过，再用必无效果。”

“大王有何意见？”

易一一笑看了客人一眼，忽然一转身，托出一个盒子。

客人接过，打开盒子，眉头微微一蹙。

此人虽然不苟言笑，但一直神情从容，此刻看见这盒子，却露出点惊讶之色。

盒子里的宝光，炫着人眼。

他随即便将盒子关上，看向易一一，“敢问大王何意？”

“你接了你家主子的命令，想要杀了女王。”易一一指了指那盒子，“我可以帮你易容，还可以帮你解决这事。但我想请托你，先不要对女王下杀手，将她交给我。”

那人皱起眉头。

“放心，等我办完事后，自然会将她还给你，到时候你如何处置，我不再干涉。”易一一立即补充，“如此，你并没有违背你家主子的指令，还能获得本王的友谊和帮助，何乐而不为？”

客人沉吟了一下，微微颔首。

他很有职业修养，并不问易一一为何要暂时留下女王。

易一一笑得诚恳：“如此甚好。你我通力合作，女王自然手到擒来。”

客人走入帐幕，帘子一层层降下。

过了一阵，有人影从易王的寝宫中飘然而去。

易一一从椅上坐起，轻轻揉着眉心。

他走入内室，打开七八道复杂的机关，在一处缓缓托出的抽屉中，轻轻摸了摸抽屉底处的凹陷。

那里，原本应该放着大王玉玺。

不过四年前，皇叔造反后，那玉玺就不见了。

本来这事也没什么，他的兄弟们，在皇叔造反那一次浩大杀戮中，都死了个干净，兄弟们的鲜血，筑牢了这王位的根基，就算没有玉玺，谁还能说什么？

但就在前不久，他忽然接到一个来历不明的秘密消息，说当初那场战役中，皇叔和他的其中一位兄弟有勾结，有个兄弟没有死，潜入了他的军队中，等待时机东山再起。

这消息不知真假，甚至无法验证真假，易国人连脸都可以随时换，哪有什么一定的人心。

在易国，想要确定真假，真的是最困难的事，包括感情。

习惯了脸的变幻，心也缭乱。

但宁可信其有，不可信其无，如果真有一个兄弟没死，再拿到了玉玺，他这王位就真的岌岌可危了。

全国军队十数万，要想很快排查出人来几乎不可能，那么当务之急就是找皇叔，找到他就能搞清楚当初变乱的真相，搞清楚玉玺到底在谁那里。

景横波所扮演的皇叔，当然没能骗过他，从小一起长大的人，打个喷嚏他都知道是哪种口味的。

一通摸捏，易容行家就能确定是真脸还是假脸，他知道这是正牌黑水女王，将计就计，想要趁机拿下宫胤，逼宫胤身边的人将皇叔交出来，或者逼宫胤出手，把皇叔逼出来。

但他假扮女王没能令宫胤上当，大荒国师哪那么容易对付，水榭之上的一番安排失败。

但他同时看出了国师对女王的上心。

帝歌的风云，离幻都还远，他对帝歌的阴谋诡谲不感兴趣，只想先保住自己的王位，有了王位，才有谋取更多的希望。

他决定，把目标转移向黑水女王。

挟持住女王，钳制住宫胤，就会有皇叔，有玉玺，有王位，有天下。

……

一行人当晚在客栈中住了下来。

景横波还要等宫胤来会合，那谁的未婚妻这种事儿，她想过了，谁惹的烂摊子谁自己解决去吧。

但她不想管了，人家却不放过她，那一家三口住在隔壁，这回改了策略，肥婆也不撒泼了，酸儒也不骂人了，小白花也不磕头了，一家三口相携相扶，站在她窗子外，口口声声苦苦哀求："愿意为妾侍，共同侍奉良人，请夫人千万接纳。"

景横波一打开窗，就能看见小白花摇摇欲坠的身形，一关上窗，就能听见他们的苦苦哀求。搅得她晚饭都没吃，坐在屋里生闷气。等宫胤来了，她一定要好好和他掰扯掰扯。

她被"宫胤的未婚妻"搅得昏头涨脑，完全忘记了耶律昙这回事。紫微上人是个只爱玩、不管事的，也懒得提。他将耶律昙扔在自己的屋子里，封了穴道，自己不知道蹿到哪里玩去了。

小豆儿安排的住处很巧妙，景横波的房间在第一排，紫微上人的房间要过一个拐角，而耶律姐弟及带来的人住在紫微上人的对面或者隔壁，换句话说，只有景横波一个人，是看不见其余人的房间的动静的。而景横波此时，也无心操心这些动静。

所以吃完晚饭后，紫微上人一走，耶律询如就随随便便地走进了紫微上人的屋子。

她进紫微上人的屋子，也是很正常的事，没有人在意。

屋子里，耶律昙直挺挺地躺在床上，眼睛望着帐顶，听见有人开门进来的声音，连眼睫毛都没眨动。

进来的人步子不是很稳，有点飘。

"你怎么还没死？"耶律昙并没有看那人，对着帐顶问。

耶律询如轻轻一笑："你没死，我当然更不会死。"

她抱胸"看"着耶律昙，耶律昙却死活不看她。

耶律昙忽然冷笑一声道："怎么，还打算来伺候我？"

耶律询如呵呵一笑，伸手去按耶律昙的胸口，手指连点，手法熟练。耶律昙忽然道：“你懂得解紫微上人的禁制？”

耶律询如不回答，连试三种手法都没成功，不禁奇怪地咦了一声。

她跟在紫微上人身边，那老家伙好为人师，为了她的身体，也教了她不少东西，她自己觉得解开禁制易如反掌，这回是怎么回事？

忽然耶律昙哎了一声，身子微微一动。耶律询如一喜，道：“好了？”

“不能。”静了静后，耶律昙回答，“只能勉强动一动，真气还被锁着。”

“方法不对？”耶律询如皱起眉，她看不见，本身也没有多高深的武功，无法探知别人体内真气运行情况。

“你没武功，当然不能解开真气禁制。”他淡淡地道，目光终于落在她脸上。看见她往日瘦削的脸颊，如今终于微微丰润，还显出淡淡的红晕，他不禁唇角微微一撇。

她看起来不错，是因为那个老家伙吗？……

耶律询如皱了皱眉：“你没有恢复武功，就不能顺利离开这里。你要出去必得经过景横波窗前，有轻功当然不是问题，没轻功她一定会发现。”

他不答，忽然道：“你为何要救我？”

耶律询如沉默。看出假宫胤是耶律昙后，她就陷入了思考之中，最终决定瞒住景横波，就是因为，在耶律昙身边伺候多年，她比谁都清楚耶律昙背后的宗门。

在她看来，那是个疯狂的宗门，自大，自负，自恋，自私。这种精神气质渗透了宗门中的所有人，令每个人都显示出一种难以控制的癫狂。她亲眼看着耶律昙由一个温和亲切的少年，变成了一个冰冷孤傲的怪物，漠视生死，只看得见雪山巅的白雪皑皑。

独裁者的精神语言，影响了整个雪山。她知道雪山永不接受任何挫败。

而她如果没有猜错的话，雪山在接二连三派出弟子“惩戒”违逆者失败后，已经动了真怒，并且将目标对上了景横波。至于为什么对上景横波，她想也许和宫胤有关，耶律祁之前就对宫胤的身世做过详细调查，猜测他和九重天门有相当深的关系，而且可能还是关系不太好的那一种。

那么，杀了耶律昙也没用，雪山会更加警惕，派出更厉害的杀手，一拨儿接着一拨儿，让景横波疲于应付。而黑水女王，实力还未完全长成，干扰过多会影响她前进的脚步。

还不如留着耶律昙，最起码她知道这个少年不是雪山土生土长的人，受影响较小，最起码她还熟悉耶律昙，能够将他对景横波的威胁降到最低。

从理，从情，她都不愿意他现在被发现，以最决裂的手段拼杀死去，导致雪山倾巢而出。

好半晌，她轻轻一笑：“三公子，‘恩怨分明’四个字懂不懂？你曾害我中毒，也曾救我性命，我数数啊……”她掰着手指，“一、二、三……那十年间，你大概救过我三次。我这人，先报恩，后报仇，你也不用太放在心上。”

“不过，”她顿了顿，“救你也不能白救。你先前是要对景横波不利吧？我今儿骗了她，得对她有所补偿。所以你要答应我，以后不能再对她下手。”

耶律昙不答。

耶律询如淡淡地道：“否则咱们便是仇人。”

耶律昙沉默良久，道：“我不能答应你放弃杀她。但我可以答应你，如果她不死，将来有需要，我可以不计任何得失地帮她一次。”

耶律询如仔细盘算一下，觉得耶律昙杀掉景横波是不大可能的，能换来帮她一次也好，点头道：“成交。”

耶律昙这才冷笑一声，道：“你既救我，如何不救彻底？”

她转头“看”着他。

他迎着她的目光。那些年，那些书房相伴的年月，她就是这样安静地在他身边，一双眸子没有定数，却澄澄澈澈。他看着她走来走去，如寻常人一样铺纸磨墨，如寻常人一样“偷看”家族机密，好转给她弟弟。他心知肚明，却从不提起。她在他身边，像个耳聪目明的人，而他，则宁愿做个瞎子。

然后有一天，她终于还是离开，在风雪之夜，让她的弟弟给他一刀之后，决然而去。

她欠他的何止三次救命之恩？有些债，是心深处不可抵达的天涯。

他是家族的希望，是家族的精英少年，自小离开父母，受家族倾力培养，看似受尽同族子弟艳羡，实则早早体味了人生的寂寞和孤凉。

从六岁起，他就没有和父母过过年，更不要说和同宗兄弟姐妹一起玩乐。一年中只有宗庙祭祖的时候，他才能和父母隔着人群远远地见一面，父亲难得有机会和他说话，也是满口教训，要他好好学武，好好培养根骨，将来为家族出力，这样自己这一支才有出人头地的机会。

他人院子里笑闹玩乐，将年节喜庆洒落他寂寥的庭院，他在青瓦白墙间默默抬头，看见春光不能将这冰雪照透。

他早早被宗门选中，进行特殊培养，一开始修炼冰雪真气，吃尽了苦头，周身寒气不能控制，冻死过不少仆役。有段时间，他连眉毛、头发都开始转白，半夜在院子里游荡，像一个白毛鬼。

那时候没有人敢靠近他，一半敬，一半畏。

直到那年，犯了错的小姑娘，瞎了的小姑娘，被半惩罚地送进来，专门伺候他的笔墨。

那些瑟瑟发抖的夜里，她曾将他拥抱，用体温焐化他发间的冰雪。

她是他的姐姐，是他的丫鬟，是他在那些苦熬深夜里，曾经无声而温暖的相伴。

她便是要萎谢，也只能萎谢在他的雪域。

他垂下眼，道：“想要安全出去，我有一个法子。”

……

“一家三口”按照耶律询如的吩咐，在景横波那儿絮叨半个时辰就回去休息，过会儿再去哀求，直到耶律询如发出信号可以停止为止。

演戏也是很累的，那青楼红牌季姑娘，进了屋就一屁股坐下，伸手抹汗，气喘吁吁地道：“可累死我了……”

她忽然顿住，慢慢睁大眼，看见对面那扮演她父母的老鸨和酸儒，都慢慢倒下。

一个人从两人坐的椅子后面走出来，也不知道那么高的个子，先前是怎么被椅子挡住的，风尘里打滚多年的季姑娘，盯着那人轻若飘云飞雪般的步伐，再看看他行动间布衣改装都不能掩盖的风姿，确定这个人一定是世间少见的出众人物。

这一身风华，却穿着布衣，肩膀上还搭了条毛巾，满身不协调造型的男子，走到她面前，季姑娘这才回过神来，颤声道：“公子饶命……”

那人用布巾包住手指，一根手指就将她拎了起来，淡淡地道：“不杀你，别吵她就行。”

季姑娘一开始没听懂，看见他眼神柔和地看向景横波的屋子方向，忽有所悟，道：“您您您放心……我我我们没恶意……”

那人没有反应，用雪白毛巾垫着手，似乎根本不屑回答这样无聊的话。

季姑娘识人多矣，见惯大人物的做派，一看这人的神情、反应，就知道是条大鱼，她混迹青楼多年，也厌倦了迎来送往的生涯，只是妈妈管得紧，平常都有奸细小丫鬟寸步不离地跟着，今儿难得有重金买动了妈妈的心，放她单身出来演这一场戏，没想到真的碰到出众人物，她心想此时不抓住机会，更待何时？她赶紧微微倾身，抱住他的手，用自己最动听的声调，柔婉地道：“公子，此事另有蹊跷，您听小女子说……”

这一抱，她故意将自己丰满的胸，有意无意地挨擦向他的手臂……

下一瞬她身子一轻，骇然看见四周的景物在自己面前飞了起来，随即发觉飞起来的是自己，咻的一声穿过了窗户，撞向屋后的树丛中。

被扔出的那一刻她只来得及伸出手，颤声一句：“为什么……”

屋里的人不理她，将另外两人也扔了出去，砰砰两声栽在季姑娘身上，季姑娘被压得白眼一翻，闭过气去。

他无动于衷，用布巾慢慢拭净双手，淡淡地道：“因为我怕被阉。”

……

花丛里，“一家三口”罗汉似的叠着，一时爬不起来。

宫胤不会亲自杀这种人，只不过是小小的惩戒，这三人躺个半天，自然就能起来，到时候自然不敢再去假扮他未婚妻一家骚扰景横波。

小人物的后续境况，他从来不放在心上，看也不看便走开。

他离开后。

窗外渐渐安静。

忽然有脚步声慢慢接近。

一双靴子，停留在那“一家三口”面前。

那人蹲下，一掌拍死最上面的肥婆，将她花花绿绿的裙子剥下，扔开她的尸体，又拖着另外两人离开。

……

第二十二章　景肥婆

景横波好不容易没听见那一家三口的絮叨，松了一口气，躺了下来，刚想睡会儿放松头脑，猛地坐了起来，觉得似乎有件非常重要的事儿没做。

她直着眼睛想了半天，猛地一拍脑袋。

那假冒宫胤的货！

还没揭下他的面具呢！

都是这破事儿闹的，什么事都忘记了！

她唰地起身，奔到门外，还没走到紫微上人的房间门口，忽听砰的一声，紫微上人房间的门被踹开，那假宫胤，胳膊里夹着耶律询如，从门内挪了出来。

景横波一看这造型，呃了一声——怎么可能？耶律询如被那假宫胤挟持了？

耶律祁等人纷纷冲出来。紫微上人也不知从哪里钻出来了，老远看见就呆了呆，大叫：“哎呀，你挟持了这死丫头啊？好啊好啊，快杀了她，老夫我都烦死她了！”

耶律昙冷冷地瞟他一眼，眼神中不掩憎恶，对耶律祁道：“快马、干粮，不许来追，别玩花样。不然我就杀了她。”

“别伤我姐就行。”耶律祁答应得很爽快，立即让人去备马、备干粮。

客栈掌柜带人赶来，小二老远就张着双手喊：“各位爷行行好，千万别打坏了小店的东西，小店小本生意……”

马和干粮备好，耶律祁要牵过去，耶律昙道：“不要你。”随手一指那群在修墙的工人道，“最外面那个，下来牵过来。”

耶律祁便让掌柜去通知那人，那人犹犹豫豫地下来，耶律祁塞了一锭银子给他，他才磨磨蹭蹭地将马牵了过来，陪着一直牵到客栈门口，其余人只好亦步亦趋地跟着。

耶律昙挟持着耶律询如上马，耶律询如一直没说话，上马前才笑了笑，道：“别追，我去逛一圈就回啊。”

“姐姐你小心些。”耶律祁嘱咐一句，看了一眼耶律昙脚下，微微皱了皱眉头。

耶律昙冷冷地看了紫微上人一眼，双腿一夹马腹，驰出街道。

景横波看他的身影消失，身形一动，却被耶律祁一把拉住。

“怎么？”她疑问地看他。

“别轻举妄动，万一惊动对方，伤了姐姐就糟了。”

景横波皱了皱眉，忽然觉得今天的事情有点怪异。耶律祁姐弟太淡定，虽说两人见惯风浪，淡定也是正常的，但这样对于事态平静接受的淡定，总让她觉得怪怪的。

头顶一阵风掠过，她一抬头，看见一抹紫影。

老不死才不管耶律祁怎么说，追出去了。

景横波心中那奇怪的感觉，更浓了。

“你看，”她慢慢地道，“老不死对姐姐，其实很上心呢。”

“真情足够，自然不会无动于衷，你说是吗？”耶律祁深深地凝视她。

景横波听出这话里有话，觉得怎么回答似乎都不大合适，正想一笑岔过，那客栈掌柜忽然过来，大毛巾一甩，打断了耶律祁深情款款凝视她的眼神。

掌柜一脸肃然地和耶律祁讲：“这位客官，方才天字三号房房门被踹坏，承惠请付换门费及修理费十两银子，多谢。”

“一扇门怎么这么……”耶律祁“贵”字还没说出口，瞟了一眼景横波，改口笑道，“应该的，请稍等。”

倒是景横波，已经瞪着眼睛叫了起来：“什么？十两银子？这么贵？你这门是金子做的还是银子打的？耶律祁，这是黑店，别给他！”

“姑娘此言差矣！”掌柜立即转向她，更加严肃地道，“此门深海乌木制成，坚硬耐用，价值千金，十两银子一点都不过分。”顿了顿，又道，“当然，如果实在没钱，小店允许赊欠，但得留人扣在此地。”

“在下虽不宽裕，这点银子还是有的。”耶律祁笑着掏袖囊，手忽然一顿。

“肥头大耳，唯利是图，满身肉油，敲骨吸髓！”景横波还在叽叽咕咕地骂这个矮墩墩肥团团、一看就很恶心的店掌柜，看见耶律祁的动作，不禁一怔。

耶律祁摸完袖囊又摸胸口，再摸腰间，越摸神情越尴尬，景横波瞧着这架势不对，怎么这么眼熟？

“这个……你不会……真的……没……”她比了个钞票的手势。

耶律祁尴尬地点了点头。钱袋不见了，现在他才想起来什么时候不见了，但好像已经迟了。

景横波赶紧去掏自己的口袋，冷笑道：“不就十两银子吗？我来就是！”

她摸啊摸，摸啊摸……

掌柜抄着手冷冷地瞧着，也不催。

景横波越摸越慢……

耶律祁叹了口气——这孩子死心眼，也不想想，自己都着了道儿，她能逃掉吗？

“没钱是吧？没钱充什么阔佬？”掌柜身边的小二冷笑道，“看样子，几位连今夜的房钱，都拿不出来了吧？”

“我们走掉的那个，身上有钱！等他回来就给你！”景横波确定紫微上人绝对不会着道儿，回得还算嘴硬。

“行。”掌柜冷笑，一指小二道，“请这几位爷进去，没结房钱、房门钱之前，还请不要出来乱走。当然，您几位好像有武功，存心要赖房钱的话，小店也拦不住。您自己看着办啊。”说完袖子一甩，自顾自走了。

景横波气得七窍生烟，真想拂袖便走，但越是这样，越不能走。可以打家劫舍、强取豪夺，却不能对苦哈哈讨生活的百姓不要脸，这点原则她还是有的。

她只好在屋里待着了，好在耶律询如那里不用操心，紫微上人追过去了。如果紫微上人搞不定，这天下也没有谁能搞定了。

她被店小二一路押解回房，掌柜倒还命人送来晚饭，却全是素的，像生怕他们到时候付不出钱。景横波越发觉得郁闷，随便吃完，跳上床睡觉。

那边耶律祁面前也是一盘素菜，比景横波的还差，景横波好歹是三四样素菜，是干净的，他面前就一盘，还是馊的。

耶律祁看一眼，将盘子推开，捋起袖子，在手臂上一抹，忽然就抹下来一片金叶子，唤来小豆儿，道：“去打点酒和肉，要干净精致。”

小豆儿应了，又道：“何不让店家送？”

耶律祁微带讽意地一笑——店家送？那八成有蒙汗药。

他想了想道：“易国诡谲，人人擅长易容，真假难辨，你小心不要着了道儿。”

小豆儿应了，接了钱出去，过了一会儿回来，拎着酒菜。

袋子里的酒菜散发着香气，越近客栈，香气越烈，小豆儿是个好酒的，忍不住解开袋子，深深一嗅，顿时陶醉地眯上眼睛，道一声：“一闻都快晕了，真是好酒！”

脑子还真有点晕，他捂住额头，歪歪扭扭地向前走，路上遇见那群修墙完毕回去的工人，他步子有点歪，差点撞上人，还是一个工人好心，扶住他的肩，将他的身子转了转，说了声：“兄弟小心些。”

小豆儿谢了，原地站着辨认了一下方向，走回耶律祁的房间。

耶律祁还在房间里等候，没有点灯火，幽暗天光里轮廓如雕像。

小豆儿将酒菜送上，嘻嘻笑道：“一路上没遇见什么可疑之人，连搭话都没有。您瞧着，小豆儿可还是小豆儿？”

耶律祁一笑，拍了拍他的肩头道：“当然是你，假的哪能这么像？帮我拿着酒菜，找那位去。”下巴指了指景横波屋子的方向。

小豆儿嘻嘻一笑，赞道：“就知道公子细心。”说着端起食盒，跟着耶律祁出门去景横波那里。

景横波躺了一会儿没睡着，心里乱糟糟的，一脚蹬开被子，怒骂道：“死宫胤！臭宫胤！自从遇见你之后，姐就没碰上一件好事！”

“没事，遇见我就有好事。”忽然一个声音在窗外接道，“开窗。”

景横波一个箭步跳下床，扑到窗边，还没到就闻见诱人的香气，开窗一看，没人，却有一盘香浓细嫩的白切鸡，从窗下冉冉升起。

那鸡皮色雪白，闪着微黄的油光，甚是美貌，景横波晚饭没吃饱，此时对这香气毫无抵抗力，顿时心情大好，哈哈一笑道："果然是人未至，菜先至，不过耶律祁，你哪来的钱？"

耶律祁斜斜地坐在窗边，编着几根草茎，手指灵巧，夜色中轮廓清晰漂亮如画，那睫毛长得连景横波都忍不住叹了叹。

他也不抬头，一边悠闲地编草，一边道："混江湖的人，不是只有钱袋里才有钱的。"

"那刚才你怎么不拿出来？"景横波哈哈一笑，撕了条鸡翅膀。

又一盘菜变戏法似的冒出来，是热腾腾的糯米红心团子。小豆儿乌溜溜的眼睛在白里透红的团子后面熠熠亮着，尖声尖气地道："红心雪团，娘娘请用。"

小豆儿的嗓音很特别，七拐八弯的金属音，天生有喜感，景横波觉得他的声音太具有辨识力，这天下谁也模仿不来。听着这声音她就想笑，抓了一个团子，才听到耶律祁淡淡地道："不妨让小人得志。"

"对极。"景横波一只手抓着鸡翅，一只手抓着团子，笑道，"你姐怎么还没回来？会有危险吗？咱们要不要去接应？"

耶律询如被挟持而走，道理上该去救，不过看耶律祁的模样，却似乎不担心，她不知道他打的什么主意。

"为免打草惊蛇激怒对方，我们不要明着追，我已经派人悄悄跟着，有消息回报。再说家姐机灵，又有紫微上人照拂，你不必太担心。"

"也好。"景横波看一眼耶律祁，他始终坐在窗边，姿态闲散，黑暗里一个隐隐约约的侧面轮廓，星光月色下，有种乌衣子弟的朦胧潇逸之美。

她心中忽然有点不安——这是在易国啊，易容术千变万化的神奇国度，遇见的每个人，能确定是本尊吗？

不过，自己是不是有点疑神疑鬼了？就因为耶律祁这个姿势就怀疑他？他身边的小豆儿可绝对是正版，小豆儿的长相、声音都极有特色，又是小人物，谁也不能在短时间内把他模仿得一模一样。

在易国吃了亏，她终究多了几分谨慎，欲待咬下的鸡翅、团子，还是没有动口，耶律祁给她亲手切的薄片牛肉，她拈了一块反反复复看那腱子肉上天生的花纹透过的漂亮光影，赞不绝口，但就是不吃。

耶律祁看看她，她笑了笑，道："减肥。"

耶律祁也不劝，自己随随便便拈起一些吃了。小豆儿一边送菜，一边也在吃，满嘴是油。景横波看他们吃得香，肚子里咕噜噜响来响去，馋虫出没，却哪里好意思再吃，暗恨自己小心太过，活该挨饿。

自己饿着看别人大吃，简直就是酷刑，景横波只好找话讲，想起在玳瑁两个穆先生的事，便问耶律祁：“当初那谁扮成你，你怎么就肯了？你平常可不是这么好性子的人。”

耶律祁编草的手停了停，随即笑了笑，道：“总归是个机会。”

这话说得含混，但景横波立即就理解了。穆先生总归是个接近她的机会，耶律祁不拆穿，自然有他的心意和苦衷，说到底还是和他对自己的情意有关。

景女王风流，从来只风流在表象，不熟的美男她能奔过去摸摸捏捏，纯粹欣赏美色调戏一番，一旦确定哪个美男真对她有意思，她立马就正经了——占便宜可以，玩真的不行。

此刻耶律祁一露出表白的端倪，她立刻装傻，“哦”了一声正想着怎么将话题岔开，耶律祁忽然伸手往她头上一盖，笑道：“好不好看？”

景横波一愣，伸手去摸，头上好像多了一个草环，微微有些扎手，她一时来了兴趣，笑道：“想不到你还会这个。”

耶律祁笑道：“照镜子瞧瞧，比你的女王冠冕好看。”

景横波便笑着去照镜子，桌上有一个不算很清晰的黄铜镜，隐约看见头顶果然有一个草环，居然还点缀着星点的小黄花，颇有野趣。她笑着对着镜子端正草环，道：“这大冬天的，你哪里找来的小黄花……”

她忽然停住，手指僵在了草环边。

口齿之间，为什么忽然有些涩麻？

还有，镜子里那张脸，为什么似乎在变化？

嘴越变越大，脸庞越变越宽，脸颊上的肉越变越多，整个人像是一个气球在被慢慢吹胀。镜子模糊，因此这膨胀看起来也缓慢、朦胧，更添几分神秘诡异。

草环上的小黄花忽然落下，在她肥如山的两颊边碎成一片黄色粉末，她的脸也变成了赤黄色。

镜子里的人，陌生又有点熟悉，但怎么看都不是她自己。

好厉害的手段！

她已经够警惕，什么都没有入口，什么都没有靠近，却没想到，真正的道具不是饮食，是那个当着她的面现编的草环。

她心中惊骇，想要呼叫已经发不出声音，想要动弹已经无法移动。

身后，“耶律祁”终于从窗边翻身跃入，轻轻向她走来。

但此时，不远处耶律祁的屋内忽然一声撞门声，随即有衣袂带风声疾掠而来。

景横波热泪盈眶——一定是有人察觉了！快来！

……